御製

佛光恩照　三千大千　隨緣徧滿
恒沙法界　普度衆生　悉證菩提
身心安泰　年時豐稔　風雨調順
日月升恒　乾坤清寧　百昌蕃熾
上下樂利　中外協和　庶物咸亨
萬善圓成　情與無情　同登正覺
大清雍正十三年四月初八日

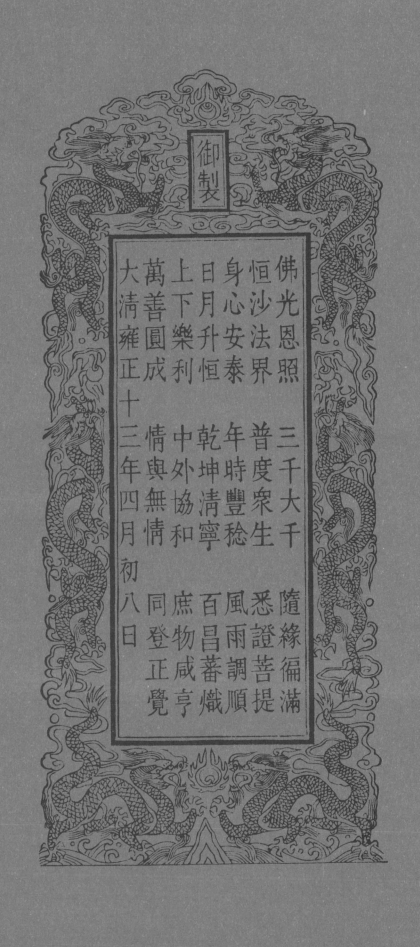

大般若波羅蜜多經

唐三藏法師玄奘奉　詔譯

清刻龍藏佛說法變相圖

大般若波羅蜜多經卷第一百八十一

唐三藏法師玄奘奉　詔譯

初分讚般若品第三十二之十

復次世尊預流向預流果無生故當知般若波羅蜜多亦無生一來向一來果不還向不還果阿羅漢向阿羅漢果無生故當知般若波羅蜜多亦無生預流向預流果無滅故當知般若波羅蜜多亦無滅一來向乃至阿羅漢果無滅故當知般若波羅蜜多亦無滅預流向預流果無自性故當知般若波羅蜜多亦無自性一來向乃至阿羅漢果無自性故當知般若波羅蜜多亦無自性預流向預流果無所有故當知般若波羅蜜多亦無所有一來向乃至阿羅漢果無所有故當知般若波羅蜜多亦無所有預流向預流果空故當

知般若波羅蜜多亦空一來向乃至阿羅漢果空故當知般若波羅蜜多亦空預流向預流果無相故當知般若波羅蜜多亦無相一來向乃至阿羅漢果無相故當知般若波羅蜜多亦無相預流向預流果無願故當知般若波羅蜜多亦無願一來向乃至阿羅漢果無願故當知般若波羅蜜多亦無願預流向預流果遠離故當知般若波羅蜜多亦遠離一來向乃至阿羅漢果遠離故當知般若波羅蜜多亦遠離預流向預流果寂靜故當知般若波羅蜜多亦寂靜一來向乃至阿羅漢果寂靜故當知般若波羅蜜多亦寂靜預流向預流果不可得故當知般若波羅蜜多亦不可得一來向乃至阿羅漢果不可得故當知般若波羅蜜多亦不可得預流向預流果不可思議故當知般若波羅蜜多亦不可思議一來向乃至阿羅漢果不可思議故當知般若波羅蜜多亦不可思議預流向預流果無覺知故當知般若波羅蜜多亦無覺知一來向乃至阿羅漢果無覺知故當知般若波羅蜜多亦無覺知預流向預流果勢力不成就故當知般若波羅蜜多勢力亦不成就一來向乃至阿羅漢果勢力不成就故當知般若波羅蜜多勢力亦不成就世尊我緣此意故說菩薩摩訶薩般若波羅蜜多名大波羅蜜多復次世尊獨覺無生故當知般若波羅蜜多亦無生獨覺菩提無生故當知般若波羅蜜多亦無生獨覺無滅故當知般若波羅蜜多亦無滅獨覺菩提無滅故當知般若波羅蜜多亦無滅獨覺無自性故當知般若波

羅蜜多亦無自性獨覺菩提無自性故當知般若波羅蜜多亦無自性獨覺無所有故當知般若波羅蜜多亦無所有獨覺菩提無所有故當知般若波羅蜜多亦無所有獨覺空故當知般若波羅蜜多亦空獨覺菩提空故當知般若波羅蜜多亦空獨覺無相故當知般若波羅蜜多亦無相獨覺菩提無相故當知般若波羅蜜多亦無相獨覺無願故當知般若波羅蜜多亦無願獨覺菩提無願故當知般若波羅蜜多亦無願獨覺遠離故當知般若波羅蜜多亦遠離獨覺菩提遠離故當知般若波羅蜜多亦遠離獨覺寂靜故當知般若波羅蜜多亦寂靜獨覺菩提寂靜故當知般若波羅蜜多亦寂靜獨覺不可得故當知般若波羅蜜多亦不可得獨覺菩提不可得故當知般若波羅蜜多亦不可得獨覺不可思議故當知般若波羅蜜多亦不可思議獨覺菩提不可思議故當知般若波羅蜜多亦不可思議獨覺無覺知故當知般若波羅蜜多亦無覺知獨覺菩提無覺知故當知般若波羅蜜多亦無覺知獨覺勢力不成就故當知般若波羅蜜多勢力亦不成就獨覺菩提勢力不成就故當知般若波羅蜜多勢力亦不成就世尊我緣此意故說菩薩摩訶薩般若波羅蜜多名大波羅蜜多復次世尊菩薩摩訶薩無生故當知般若波羅蜜多亦無生菩薩摩訶薩行無生故當知般若波羅蜜多亦無生菩薩摩訶薩無滅故當知般若波羅蜜多亦無滅菩薩摩訶薩行無滅故當知般若波羅蜜多亦無滅菩薩摩訶薩無自性

故當知般若波羅蜜多亦無自性菩薩摩訶薩行無自性故當知般若波羅蜜多亦無自性菩薩摩訶薩無所有故當知般若波羅蜜多亦無所有菩薩摩訶薩行無所有故當知般若波羅蜜多亦無所有菩薩摩訶薩空故當知般若波羅蜜多亦空菩薩摩訶薩行空故當知般若波羅蜜多亦空菩薩摩訶薩無相故當知般若波羅蜜多亦無相菩薩摩訶薩行無相故當知般若波羅蜜多亦無相菩薩摩訶薩無願故當知般若波羅蜜多亦無願菩薩摩訶薩行無願故當知般若波羅蜜多亦無願菩薩摩訶薩遠離故當知般若波羅蜜多亦遠離菩薩摩訶薩行遠離故當知般若波羅蜜多亦遠離菩薩摩訶薩寂靜故當知般若波羅蜜多亦寂靜菩薩摩訶薩行寂靜故當知般若波羅蜜多亦寂靜菩薩摩訶薩不可得故當知般若波羅蜜多亦不可得菩薩摩訶薩行不可得故當知般若波羅蜜多亦不可得菩薩摩訶薩不可思議故當知般若波羅蜜多亦不可思議菩薩摩訶薩行不可思議故當知般若波羅蜜多亦不可思議菩薩摩訶薩無覺知故當知般若波羅蜜多亦無覺知菩薩摩訶薩行無覺知故當知般若波羅蜜多亦無覺知菩薩摩訶薩勢力不成就故當知般若波羅蜜多勢力亦不成就菩薩摩訶薩行勢力不成就故當知般若波羅蜜多勢力亦不成就世尊我緣此意故說菩薩摩訶薩般若波羅蜜多名大波羅蜜多復次世尊如來應正等覺無生故當知般若波羅蜜多亦無生無上正等菩提無生

故當知般若波羅蜜多亦無生如來應正等覺無滅故當知般若波羅蜜多亦無滅無上正等菩提無滅故當知般若波羅蜜多亦無滅如來應正等覺無自性故當知般若波羅蜜多亦無自性無上正等菩提無自性故當知般若波羅蜜多亦無自性如來應正等覺無所有故當知般若波羅蜜多亦無所有無上正等菩提無所有故當知般若波羅蜜多亦無所有如來應正等覺空故當知般若波羅蜜多亦空無上正等菩提空故當知般若波羅蜜多亦空如來應正等覺無相故當知般若波羅蜜多亦無相無上正等菩提無相故當知般若波羅蜜多亦無相如來應正等覺無願故當知般若波羅蜜多亦無願無上正等菩提無願故當知般若波羅蜜多亦無願如來應正等覺遠離故當知般若波羅蜜多亦遠離無上正等菩提遠離故當知般若波羅蜜多亦遠離如來應正等覺寂靜故當知般若波羅蜜多亦寂靜無上正等菩提寂靜故當知般若波羅蜜多亦寂靜如來應正等覺不可得故當知般若波羅蜜多亦不可得無上正等菩提不可得故當知般若波羅蜜多亦不可得如來應正等覺不可思議故當知般若波羅蜜多亦不可思議無上正等菩提不可思議故當知般若波羅蜜多亦不可思議如來應正等覺無覺知故當知般若波羅蜜多亦無覺知無上正等菩提無覺知故當知般若波羅蜜多亦無覺知如來應正等覺勢力不成就故當知般若波羅蜜多勢力亦不成就無上正等菩提勢力不成就故

當知般若波羅蜜多勢力亦不成就世尊我緣此意故說菩薩摩訶薩般若波羅蜜多名大波羅蜜多復次世尊一切法無生故當知般若波羅蜜多亦無生一切法無滅故當知般若波羅蜜多亦無滅一切法無自性故當知般若波羅蜜多亦無自性一切法無所有故當知般若波羅蜜多亦無所有一切法空故當知般若波羅蜜多亦空一切法無相故當知般若波羅蜜多亦無相一切法無願故當知般若波羅蜜多亦無願一切法遠離故當知般若波羅蜜多亦遠離一切法寂靜故當知般若波羅蜜多亦寂靜一切法不可得故當知般若波羅蜜多亦不可得一切法不可思議故當知般若波羅蜜多亦不可思議一切法無覺知故當知般若波羅蜜多亦無覺知一切法勢力不成就故當知般若波羅蜜多勢力亦不成就世尊我緣此意故說菩薩摩訶薩般若波羅蜜多名大波羅蜜多

初分謗般若品第三十三

爾時具壽舍利子白佛言世尊若菩薩摩訶薩於此甚深般若波羅蜜多能信解者從何處没來生此間世尊是菩薩摩訶薩發趣無上正等菩提已經幾時世尊是菩薩摩訶薩曾親近供養幾所如來應正等覺世尊是菩薩摩訶薩修習布施淨戒安忍精進靜慮般若波羅蜜多爲已久如世尊是菩薩摩訶薩云何信解如是般若波羅蜜多甚深義趣佛言舍利子若菩薩摩訶薩於此甚深般若波羅蜜多能信解者從十方界無數無量無邊如來應正等覺法會中没來生此間舍利子

是菩薩摩訶薩發趣無上正等菩提已經無數無量無邊百千俱胝那庾多劫舍利子是菩薩摩訶薩已曾親近供養無數無量無邊不可思議不可稱量如來應正等覺舍利子是菩薩摩訶薩從初發心常勤修習布施淨戒安忍精進靜慮般若波羅蜜多已經無數無量無邊百千俱胝那庾多劫舍利子若菩薩摩訶薩見此般若波羅蜜多便作是念我為見佛聞此般若波羅蜜多便作是念我聞佛說舍利子是菩薩摩訶薩以無相無二無所得為方便能正信解如是般若波羅蜜多甚深義趣爾時具壽善現白佛言世尊甚深般若波羅蜜多為有能聞能見者不佛言善現如是般若波羅蜜多實無能聞及能見者如是般若波羅蜜多亦非所聞及非所見何以故善現色無聞無見諸法鈍故受想行識無聞無見諸法鈍故善現眼處無聞無見諸法鈍故耳鼻舌身意處無聞無見諸法鈍故色處無聞無見諸法鈍故聲香味觸法處無聞無見諸法鈍故善現眼界無聞無見諸法鈍故色界眼識界及眼觸眼觸為緣所生諸受無聞無見諸法鈍故耳界無聞無見諸法鈍故聲界耳識界及耳觸耳觸為緣所生諸受無聞無見諸法鈍故鼻界無聞無見諸法鈍故香界鼻識界及鼻觸鼻觸為緣所生諸受無聞無見諸法鈍故舌界無聞無見諸法鈍故味界舌識界及舌觸舌觸為緣所生諸受無聞無見諸法鈍故身界無聞無見諸法鈍故觸界身識界及身觸身觸為緣所生諸受無聞無見諸法鈍故意界無聞無見諸法

鈍故法界意識界及意觸意觸爲緣所生諸受無聞無見諸法鈍故善現地界無聞無見諸法鈍故水火風空識界無聞無見諸法鈍故善現無明無聞無見諸法鈍故行識名色六處觸受愛取有生老死愁歎苦憂惱無聞無見諸法鈍故善現布施波羅蜜多無聞無見諸法鈍故淨戒安忍精進靜慮般若波羅蜜多無聞無見諸法鈍故善現内空無聞無見諸法鈍故外空内外空空空大空勝義空有爲空無爲空畢竟空無際空散空無變異空本性空自相空共相空一切法空不可得空無性空自性空無性自性空無聞無見諸法鈍故善現眞如無聞無見諸法鈍故法界法性不虛妄性不變異性平等性離生性法定法住實際虛空界不思議界無聞無見諸

法鈍故善現苦聖諦無聞無見諸法鈍故集滅道聖諦無聞無見諸法鈍故善現四靜慮無聞無見諸法鈍故四無量四無色定無聞無見諸法鈍故善現八解脱無聞無見諸法鈍故八勝處九次第定十遍處無聞無見諸法鈍故善現四念住無聞無見諸法鈍故四正斷四神足五根五力七等覺支八聖道支無聞無見諸法鈍故善現空解脱門無聞無見諸法鈍故無相無願解脱門無聞無見諸法鈍故善現五眼無聞無見諸法鈍故六神通無聞無見諸法鈍故善現佛十力無聞無見諸法鈍故四無所畏四無礙解大慈大悲大喜大捨十八佛不共法無聞無見諸法鈍故善現無忘失法無聞無見諸法鈍故恒住捨性無聞無見諸法鈍故善現一切智無聞

無見諸法鈍故道相智一切相智無聞無見諸法鈍故善現一切陀羅尼門無聞無見諸法鈍故一切三摩地門無聞無見諸法鈍故善現預流無聞無見諸法鈍故一來不還阿羅漢無聞無見諸法鈍故善現預流向預流果無聞無見諸法鈍故一來向一來果不還向不還果阿羅漢向阿羅漢果無聞無見諸法鈍故善現獨覺無聞無見諸法鈍故獨覺菩提無聞無見諸法鈍故善現菩薩摩訶薩無聞無見諸法鈍故菩薩摩訶薩行無聞無見諸法鈍故善現如來應正等覺無聞無見諸法鈍故無上正等菩提無聞無見諸法鈍故善現一切法無聞無見諸法鈍故具壽善現復白佛言世尊諸菩薩摩訶薩積行久如便能修學甚深般若波羅蜜多佛言善現於此事中應分別說善現有菩薩摩訶薩從初發心即能修學甚深般若波羅蜜多亦能修學靜慮波羅蜜多精進波羅蜜多安忍波羅蜜多淨戒波羅蜜多布施波羅蜜多善現是菩薩摩訶薩有方便善巧故不謗諸法於一切法不增不減是菩薩摩訶薩常不遠離布施淨戒安忍精進靜慮般若波羅蜜多相應之行亦常不離諸佛世尊及諸菩薩摩訶薩衆是菩薩摩訶薩從一佛土趣一佛土欲以珍奇諸妙供具供養恭敬尊重讚歎諸佛世尊及諸菩薩摩訶薩等隨意成辦亦能於彼諸如來所植衆善根是菩薩摩訶薩隨受身處不墮母腹胞胎中生是菩薩摩訶薩心常不與煩惱雜住亦曾不起二乘之心是菩薩摩訶薩恒不遠離殊勝神通從一佛國趣一

佛國成熟有情嚴淨佛土善現是菩薩摩訶薩能正修學甚深般若波羅蜜多善現有菩薩乘諸善男子善女人等雖曾見多佛若多百佛若多千佛若多百千佛若多俱胝佛若多百俱胝佛若多千俱胝佛若多百千俱胝佛若多百千俱胝那庾多佛於諸佛所亦多修習布施淨戒安忍精進靜慮般若而有所得爲方便故不能修學甚深般若波羅蜜多亦不能修學靜慮波羅蜜多精進波羅蜜多安忍波羅蜜多淨戒波羅蜜多布施波羅蜜多善現是善男子善女人等聞說如是甚深般若波羅蜜多便從座起捨衆而去善現是善男子善女人等不敬如是甚深般若波羅蜜多亦不敬佛既捨如是甚深般若波羅蜜多亦捨諸佛今此衆中亦有彼類聞我說是

甚深般若波羅蜜多心不悅可捨衆而去所以者何是善男子善女人等先世聞說甚深般若波羅蜜多已曾捨去今世聞說如是般若波羅蜜多由宿習力還復捨去是善男子善女人等於此所說甚深般若波羅蜜多身語及心皆不和合由斯造作增長愚癡惡慧罪業彼由造作增長愚癡惡慧罪業聞說如是甚深般若波羅蜜多即便毀謗障礙棄捨彼既毀謗障礙棄捨如是般若波羅蜜多則爲毀謗障礙棄捨過去未來現在諸佛一切相智彼由毀謗障礙棄捨過去未來現在諸佛一切相智即便造作增長能感匱正法業彼因造作增長能感匱正法業墮大地獄經歷多歲若多百歲若多千歲若多百千歲若多俱胝歲若多百俱胝歲若多千俱胝歲若

多百千俱胝歲若多百千俱胝那庾多歲大地獄中受諸楚毒猛利大苦彼罪重故於此世界從一大地獄至一大地獄乃至火劫水劫風劫未起已來受諸楚毒猛利大苦若此世界火劫水劫風劫起時彼匱法業猶未盡故死已轉生他方世界與此同類大地獄中經歷多歲若多百歲若多千歲若多百千歲若多俱胝歲若多百俱胝歲若多千俱胝歲若多百千俱胝歲若多百千俱胝那庾多歲大地獄中受諸楚毒猛利大苦彼罪重故於他世界從一大地獄至一大地獄乃至火劫水劫風劫未起已來受諸楚毒猛利大苦若他世界火劫水劫風劫起時彼匱法業猶未盡故死已轉生餘方世界與此同類大地獄中經歷多歲若多百歲若多千歲若多百千歲若多俱胝歲若多百俱胝歲若多千俱胝歲若多百千俱胝歲若多百千俱胝那庾多歲大地獄中受諸楚毒猛利大苦彼罪重故於餘世界從一大地獄至一大地獄乃至火劫水劫風劫未起已來受諸楚毒猛利大苦如是展轉遍歷東方諸餘世界大地獄中受諸楚毒猛利大苦如是展轉遍歷南方諸餘世界大地獄中受諸楚毒猛利大苦如是展轉遍歷西方諸餘世界大地獄中受諸楚毒猛利大苦如是展轉遍歷北方諸餘世界大地獄中受諸楚毒猛利大苦如是展轉遍歷東北方諸餘世界大地獄中受諸楚毒猛利大苦如是展轉遍歷東南方諸餘世界大地獄中受諸楚毒猛利大苦如是展轉遍歷西南方諸餘世界大地獄中受諸楚毒猛利大

苦如是展轉遍歷西北方諸餘世界大地獄中受諸楚毒猛利大苦如是展轉遍歷下方諸餘世界大地獄中受諸楚毒猛利大苦如是展轉遍歷上方諸餘世界大地獄中受諸楚毒猛利大苦若彼諸餘十方世界火劫水劫風劫起時彼匱法業猶未盡故死已還生此間世界大地獄中從一大地獄至一大地獄乃至火劫水劫風劫未起已來受諸楚毒猛利大苦若此世界火劫水劫風劫起時彼匱法業猶未盡故死已復生他餘世界遍歷十方大地獄中受諸楚毒猛利大苦如是輪迴經無數劫彼匱法罪業勢稍微從地獄出墮傍生趣經歷多歲若多百歲若多千歲若多百千歲若多俱胝歲若多百俱胝歲若多千俱胝歲若多百千俱胝歲若多百千俱胝那庚多歲受傍生身備遭殘害恐逼等苦罪未盡故於此世界從一險惡處至一險惡處乃至火劫水劫風劫未起已來備遭殘害恐逼等苦若此世界三災壞時彼匱法業餘勢未盡死已轉生他方世界與此同類傍生趣中經歷多歲若多百歲乃至若多百千俱胝那庚多歲受傍生身備遭殘害恐逼等苦罪未盡故於他世界從一險惡處至一險惡處乃至火劫水劫風劫未起已來備遭殘害恐逼等苦若他世界三災壞時彼匱法業餘勢未盡死已轉生餘方世界與此同類傍生趣中經歷多歲若多百歲乃至若多百千俱胝那庚多歲受傍生身備遭殘害恐逼等苦罪未盡故於餘世界從一險惡處至一險惡處乃至火劫水劫風劫未起已來備遭殘害恐

逼等苦如是展轉遍歷十方諸餘世界受傍生身備遭殘害恐逼等苦若彼諸餘十方世界三災壞時彼匱法業餘勢未盡死已還生此間世界傍生趣中從一險惡處至一險惡處乃至火劫水劫風劫未起已來備遭殘害恐逼等苦若此世界三災壞時彼匱法業餘勢未盡死已復生他餘世界遍歷十方傍生趣中廣受衆苦如是循環經無數劫彼匱法罪業勢漸薄免傍生趣墮鬼界中經歷多歲若多百歲若多千歲若多百千歲若多俱胝歲若多百俱胝歲若多千俱胝歲若多百千俱胝歲若多百千俱胝那庾多歲於鬼界中備受虛羸飢渴等苦罪未盡故於此世界從一餓鬼國至一餓鬼國乃至火劫水劫風劫未起已來備受虛羸飢渴等苦若此世界三災壞時彼匱法業餘勢未盡死已轉生他方世界與此同類餓鬼趣中經歷多歲若多百歲乃至若多百千俱胝那庾多歲於鬼界中備受虛羸飢渴等苦罪未盡故於他世界從一餓鬼國至一餓鬼國乃至火劫水劫風劫未起已來備受虛羸飢渴等苦若他世界三災壞時彼匱法業餘勢未盡死已轉生餘方世界與此同類餓鬼趣中經歷多歲若多百歲乃至若多百千俱胝那庾多歲於鬼界中備受虛羸飢渴等苦罪未盡故於餘世界從一餓鬼國至一餓鬼國乃至火劫水劫風劫未起已來備受虛羸飢渴等苦如是展轉遍歷十方諸餘世界於鬼界中備受虛羸飢渴等苦若彼諸餘十方世界三災壞時彼匱法業餘勢未盡死已還生此間世界餓鬼趣中

從一餓鬼國至一餓鬼國乃至火劫水劫風劫未起已來備受虛羸飢渴等苦若此世界三災壞時彼匱法業餘勢未盡死已復生他餘世界徧歷十方餓鬼趣中廣受衆苦如是周流經無數劫彼匱法業餘世將盡雖得爲人而居下賤所謂生在生盲人家或旃荼羅家或補羯娑家或屠膾家或漁獵家或工匠家或樂人家或邪見家或餘猥雜惡律儀家或所受身無眼無耳無鼻無舌無手無足癰疽疥癩風狂癲癎瘻殘背僂矬陋攣躄諸根缺減貧窮枯顇頑嚚無識凡有所爲人皆輕賤或所生處不聞佛名法名僧名菩薩名獨覺名或復生於幽闇世界恒無晝夜不覩光明彼匱法業造作增長極深重故受如是等不可愛樂圓滿苦果爾時舍利子白佛言世尊彼所造作增長能感匱正法業與五無間業可說相似耶佛言舍利子彼匱法業最極麤重不可以比五無間業謂彼聞說甚深般若波羅蜜多即便不信誹謗毀呰言如是法非諸如來應正等覺之所演說非法非律非大師教我等於此不應修學是謗法人自謗般若波羅蜜多亦教無量有情毀謗自壞其身亦令他壞自飲毒藥亦令他飲自失生天解脫樂果亦令他失自以其身投地獄火亦令他人投地獄火自不信解甚深般若波羅蜜多亦教他人令不信解甚深般若波羅蜜多自陷其身沉溺苦海亦陷他人沉溺苦海舍利子我於如是甚深般若波羅蜜多尚不令彼謗正法者聞其名字況爲彼說舍利子彼謗法者我尚不聽住菩薩乘諸善男子善

女人等聞其名字況令眼見豈許共住何以故舍利子諸有誹謗甚深般若波羅蜜多當知彼名破正法者墮黑闇類如穢蝸螺自汙汙他如爛糞聚若有信用破法者言亦受如前所說大苦舍利子諸有破壞甚深般若波羅蜜多當知彼類即是地獄傍生餓鬼是故智者不應毀謗甚深般若波羅蜜多時舍利子復白佛言世尊何緣但說如是破正法者墮大地獄傍生鬼趣長時受苦而不說彼形貌身量佛言舍利子止不應說破正法者當來所受惡趣形量所以者何若我具說破正法者當來所受惡趣形量彼聞驚怖當吐熱血便致命終或近死苦心頓憂惱如中毒箭身漸枯顇如被截苗恐彼聞說謗正法者當受如是大醜苦身徒自驚惶喪失身命我愍彼故不爲汝說破正法罪形貌身量舍利子言唯願佛說破正法者當來所受惡趣形量明誡未來令知破法獲大苦報不造斯罪佛言舍利子我先所說足爲明誡謂未來世諸善男子善女人等聞我所說破正法業造作增長極圓滿者墮大地獄傍生鬼界一一趣中長時受苦足自誡持不毀正法時舍利子即白佛言唯然世尊唯然善逝未來淨信諸善男子善女人等聞佛先說破正法業感長時苦足爲明誡寧捨身命終不謗法勿我未來當受斯苦爾時具壽善現白佛言世尊若有聰明諸善男子善女人等聞佛所說謗正法者於未來世久受大苦應善護持身語意業勿於正法誹謗毀壞墮三惡趣長時受苦於久遠時不見諸佛不聞正法不值遇僧不

得生於有佛國土雖生人趣下賤貧窮醜陋頑愚支體不具諸有所説人不信受具壽善現復言世尊造作增長感匱法業豈不由習惡語業耶佛言善現如是如是實由慣習惡語業故造作增長感匱法業於我正法毗柰耶中當有愚癡諸出家者彼雖稱我以爲大師而於我説甚深般若波羅蜜多誹謗毀壞善現當知若有謗毀甚深般若波羅蜜多則爲謗毀諸佛無上正等菩提若有謗毀諸佛無上正等菩提則爲謗毀過去未來現在諸佛一切相智若有謗毀一切相智則謗毀佛若謗毀佛則謗毀法若謗毀法則謗毀僧若謗毀僧則當謗毀世間正見若當謗毀世間正見則當謗毀布施淨戒安忍精進靜慮般若波羅蜜多亦當謗毀内空外空内外空空空大空勝義空有爲空無爲空畢竟空無際空散空無變異空本性空自相空共相空一切法空不可得空無性空自性空無性自性空亦當謗毀眞如法界法性不虚妄性不變異性平等性離生性法定法住實際虚空界不思議界亦當謗毀苦聖諦集聖諦滅聖諦道聖諦亦當謗毀四靜慮四無量四無色定亦當謗毀八解脱八勝處九次第定十遍處亦當謗毀四念住四正斷四神足五根五力七等覺支八聖道支亦當謗毀空解脱門無相解脱門無願解脱門亦當謗毀五眼六神通亦當謗毀佛十力四無所畏四無礙解大慈大悲大喜大捨十八佛不共法亦當謗毀無忘失法恒住捨性亦當謗毀一切智道相智一切相智亦當謗毀一切陀羅尼門一切

三摩地門彼由謗毀諸功德聚則便攝受無數無量無邊罪聚由彼攝受無數無量無邊罪聚則便攝受諸大地獄傍生鬼界及人趣中無數無量無邊苦聚時具壽善現復白佛言世尊諸愚癡人幾因緣故謗毀如是甚深般若波羅蜜多佛言善現由四因緣何等爲四一者爲諸邪魔所扇惑故使愚癡者謗毀如是甚深般若波羅蜜多二者於甚深法不信解故使愚癡者謗毀如是甚深般若波羅蜜多三者不勤精進堅著五蘊諸惡知識所攝受故使愚癡者謗毀如是甚深般若波羅蜜多四者多懷瞋恚樂行惡法喜自高舉輕毀他故使愚癡者謗毀如是甚深般若波羅蜜多善現由具如是四因緣故諸愚癡者謗毀如是甚深般若波羅蜜多

大般若波羅蜜多經卷第一百八十一

音釋

俱胝 梵語也此云百億胝張尼切
那庾多 梵語也此云萬億庾弋渚切
鈍 徒困切不利也
匱 具位切乏也竭也
虛羸 羸力垂切羸弱也
旃荼羅 梵語也此云屠者旃諸延切荼同都切
補羯娑 梵語也此謂舁死屍等之賤類也羯居謁切
屠膾 屠音途膾古外切
獵 良輒切逐禽也
癰疽 癰紆恭切疽千余切
疥癩 疥音芥癩音賴
癲癇 癲音顛癇音閑狂病也
癃 六中切疲病也
背僂 僂呂主切背僂謂脊背俯傴也
矬陋 矬昨禾切短也陋郎豆切鄙惡也
攣躄 攣閭員切手拘攣也躄必亦切足不能行也
枯顇 顇秦醉切謂枯槁顦顇也
頑嚚 頑五還切心不則德義之經爲頑嚚音銀口不道忠信之言爲嚚
誹謗 誹芳尾切非議也謗補曠

切毀也

毀呰 呰音紫呵呰也

蝸螺 蝸公蛙切螺盧戈切蝸螺一名螺蟲以有兩角故名蝸牛即負殼蜒蚰也

兢持 兢居陵切兢持謂謹慎持守也

唯然 唯羽癸切應聲也

大般若波羅蜜多經卷第一百八十二

唐三藏法師玄奘奉　詔譯

初分難信解品第三十四之一

具壽善現復白佛言世尊不勤精進未種善根具不善根爲惡知識所攝受者於佛所說甚深般若波羅蜜多實難信解佛言善現如是如是如汝所說不勤精進未種善根具不善根爲惡知識所攝受者於此所說甚深般若波羅蜜多實難信解具壽善現復白佛言如是般若波羅蜜多云何甚深難信難解佛言善現色非縛非解何以故以色無所有性爲色自性故受想行識非縛非解何以故以受想行識無所有性爲受想行識自性故眼處非縛非解何以故以眼處無所有性爲眼處自性故耳鼻舌身意處非縛非解何以故以耳鼻舌身意處無所有性爲耳鼻舌身意處自性故色處非縛非解何以故以色處無所有性爲色處自性故聲香味觸法處非縛非解何以故以聲香味觸法處無所有性爲聲香味觸法處自性故眼界非縛非解何以故以眼界無所有性爲眼界自性故色界眼識界及眼觸眼觸爲緣所生諸受非縛非解何以故以色界乃至眼觸爲緣所生諸受無所有性爲色界乃至眼觸爲緣所生諸受自性故耳界非縛非解何以故以耳界無所有性爲耳界自性故聲界耳識界及耳觸耳觸爲緣所生諸受非縛非解何以故以聲界乃至耳觸爲緣所生諸受無所有性爲聲界乃至耳觸爲緣所生諸受自性故鼻界非縛非解何以故以鼻界無所有性爲鼻界自性故

香界鼻識界及鼻觸鼻觸爲緣所生諸受非縛非解何以故以香界乃至鼻觸爲緣所生諸受無所有性爲香界乃至鼻觸爲緣所生諸受自性故舌界非縛非解何以故以舌界無所有性爲舌界自性故味界舌識界及舌觸舌觸爲緣所生諸受非縛非解何以故以味界乃至舌觸爲緣所生諸受無所有性爲味界乃至舌觸爲緣所生諸受自性故身界非縛非解何以故以身界無所有性爲身界自性故觸界身識界及身觸身觸爲緣所生諸受非縛非解何以故以觸界乃至身觸爲緣所生諸受無所有性爲觸界乃至身觸爲緣所生諸受自性故意界非縛非解何以故以意界無所有性爲意界自性故法界意識界及意觸意觸爲緣所生諸受非縛非解何以故以法界乃至意觸爲緣所生諸受無所有性爲法界乃至意觸爲緣所生諸受自性故地界非縛非解何以故以地界無所有性爲地界自性故水火風空識界非縛非解何以故以水火風空識界無所有性爲水火風空識界自性故無明非縛非解何以故以無明無所有性爲無明自性故行識名色六處觸受愛取有生老死愁歎苦憂惱非縛非解何以故以行識乃至生老死愁歎苦憂惱無所有性爲行識乃至生老死愁歎苦憂惱自性故布施波羅蜜多非縛非解何以故以布施波羅蜜多無所有性爲布施波羅蜜多自性故淨戒安忍精進靜慮般若波羅蜜多非縛非解何以故以淨戒乃至般若波羅蜜多無所有性爲淨戒乃至般若波羅蜜多自性

故內空非縛非解何以故以內空無所有性爲內空自性故外空內外空空空大空勝義空有爲空無爲空畢竟空無際空散空無變異空本性空自相空共相空一切法空不可得空無性空自性空無性自性空非縛非解何以故以外空乃至無性自性空無所有性爲外空乃至無性自性空自性故眞如非縛非解何以故以眞如無所有性爲眞如自性故法界法性不虛妄性不變異性平等性離生性法定法住實際虛空界不思議界非縛非解何以故以法界乃至不思議界無所有性爲法界乃至不思議界自性故苦聖諦非縛非解何以故以苦聖諦無所有性爲苦聖諦自性故集滅道聖諦非縛非解何以故以集滅道聖諦無所有性爲集滅道聖諦自性

故四靜慮非縛非解何以故以四靜慮無所有性爲四靜慮自性故四無量四無色定非縛非解何以故以四無量四無色定無所有性爲四無量四無色定自性故八解脫非縛非解何以故以八解脫無所有性爲八解脫自性故八勝處九次第定十遍處非縛非解何以故以八勝處九次第定十遍處無所有性爲八勝處九次第定十遍處自性故四念住非縛非解何以故以四念住無所有性爲四念住自性故四正斷四神足五根五力七等覺支八聖道支非縛非解何以故以四正斷乃至八聖道支無所有性爲四正斷乃至八聖道支自性故空解脫門非縛非解何以故以空解脫門無所有性爲空解脫門自性故無相無願解脫門非縛非解何以故以無

相無願解脫門無所有性爲無相無願解脫門自性故菩薩十地非縛非解何以故以菩薩十地無所有性爲菩薩十地自性故五眼非縛非解何以故以五眼無所有性爲五眼自性故六神通非縛非解何以故以六神通無所有性爲六神通自性故佛十力非縛非解何以故以佛十力無所有性爲佛十力自性故四無所畏四無礙解大慈大悲大喜大捨十八佛不共法非縛非解何以故以四無所畏乃至十八佛不共法無所有性爲四無所畏乃至十八佛不共法自性故無忘失法非縛非解何以故以無忘失法無所有性爲無忘失法自性故恒住捨性非縛非解何以故以恒住捨性無所有性爲恒住捨性自性故一切智非縛非解何以故以一切智無所有性爲一切智自性故道相智一切相智非縛非解何以故以道相智一切相智無所有性爲道相智一切相智自性故一切陀羅尼門非縛非解何以故以一切陀羅尼門無所有性爲一切陀羅尼門自性故一切三摩地門非縛非解何以故以一切三摩地門無所有性爲一切三摩地門自性故預流果非縛非解何以故以預流果無所有性爲預流果自性故一來不還阿羅漢果非縛非解何以故以一來不還阿羅漢果無所有性爲一來不還阿羅漢果自性故獨覺菩提非縛非解何以故以獨覺菩提無所有性爲獨覺菩提自性故一切菩薩摩訶薩行非縛非解何以故以一切菩薩摩訶薩行無所有性爲一切菩薩摩訶薩行自性故諸佛無上正等菩提

非縛非解何以故以諸佛無上正等菩提無所有性爲諸佛無上正等菩提自性故復次善現色前際非縛非解何以故色前際無所有性爲色前際自性故受想行識前際非縛非解何以故受想行識前際無所有性爲受想行識前際自性故眼處前際非縛非解何以故眼處前際無所有性爲眼處前際自性故耳鼻舌身意處前際非縛非解何以故耳鼻舌身意處前際無所有性爲耳鼻舌身意處前際自性故色處前際非縛非解何以故色處前際無所有性爲色處前際自性故聲香味觸法處前際非縛非解何以故聲香味觸法處前際無所有性爲聲香味觸法處前際自性故眼界前際非縛非解何以故眼界前際無所有性爲眼界前際自性故色界眼識界及眼觸眼觸爲緣所生諸受前際非縛非解何以故色界乃至眼觸爲緣所生諸受前際無所有性爲色界乃至眼觸爲緣所生諸受前際自性故耳界前際非縛非解何以故耳界前際無所有性爲耳界前際自性故聲界耳識界及耳觸耳觸爲緣所生諸受前際非縛非解何以故聲界乃至耳觸爲緣所生諸受前際無所有性爲聲界乃至耳觸爲緣所生諸受前際自性故鼻界前際非縛非解何以故鼻界前際無所有性爲鼻界前際自性故香界鼻識界及鼻觸鼻觸爲緣所生諸受前際非縛非解何以故香界乃至鼻觸爲緣所生諸受前際無所有性爲香界乃至鼻觸爲緣所生諸受前際自性故舌界前際非縛非解何以故舌界前際無所有性爲舌

界前際自性故味界舌識界及舌觸舌觸爲緣所生諸受前際非縛非解何以故味界乃至舌觸爲緣所生諸受前際無所有性爲味界乃至舌觸爲緣所生諸受前際自性故身界前際非縛非解何以故身界前際無所有性爲身界前際自性故觸界身識界及身觸身觸爲緣所生諸受前際非縛非解何以故觸界乃至身觸爲緣所生諸受前際無所有性爲觸界乃至身觸爲緣所生諸受前際自性故意界前際非縛非解何以故意界前際無所有性爲意界前際自性故法界意識界及意觸意觸爲緣所生諸受前際非縛非解何以故法界乃至意觸爲緣所生諸受前際無所有性爲法界乃至意觸爲緣所生諸受前際自性故地界前際非縛非解何以故地

界前際無所有性爲地界前際自性故水火風空識界前際非縛非解何以故水火風空識界前際無所有性爲水火風空識界前際自性故無明前際非縛非解何以故無明前際無所有性爲無明前際自性故行識名色六處觸受愛取有生老死愁歎苦憂惱前際非縛非解何以故行識乃至老死愁歎苦憂惱前際無所有性爲行識乃至老死愁歎苦憂惱前際自性故布施波羅蜜多前際非縛非解何以故布施波羅蜜多前際無所有性爲布施波羅蜜多前際自性故淨戒安忍精進靜慮般若波羅蜜多前際非縛非解何以故淨戒乃至般若波羅蜜多前際無所有性爲淨戒乃至般若波羅蜜多前際自性故內空前際非縛非解何以故內空前際無所有性

爲内空前際自性故外空内外空空空大空勝義空有爲空無爲空畢竟空無際空散空無變異空本性空自相空共相空一切法空不可得空無性空自性空無性自性空前際非縛非解何以故外空乃至無性自性空前際無所有性爲外空乃至無性自性空前際自性故眞如前際非縛非解何以故眞如前際無所有性爲眞如前際自性故法界法性不虛妄性不變異性平等性離生性法定法住實際虛空界不思議界前際非縛非解何以故法界乃至不思議界前際無所有性爲法界乃至不思議界前際自性故苦聖諦前際非縛非解何以故苦聖諦前際無所有性爲苦聖諦前際自性故集滅道聖諦前際非縛非解何以故集滅道聖諦前際無所有性爲集滅道聖諦前際自性故四靜慮前際非縛非解何以故四靜慮前際無所有性爲四靜慮前際自性故四無量四無色定前際非縛非解何以故四無量四無色定前際無所有性爲四無量四無色定前際自性故八解脫前際非縛非解何以故八解脫前際無所有性爲八解脫前際自性故八勝處九次第定十遍處前際非縛非解何以故八勝處九次第定十遍處前際無所有性爲八勝處九次第定十遍處前際自性故四念住前際非縛非解何以故四念住前際無所有性爲四念住前際自性故四正斷四神足五根五力七等覺支八聖道支前際非縛非解何以故四正斷乃至八聖道支前際無所有性爲四正斷乃至八聖道支前際自性故空解脫門

前際非縛非解何以故空解脫門前際無所有性爲空解脫門前際自性故無相無願解脫門前際非縛非解何以故無相無願解脫門前際無所有性爲無相無願解脫門前際自性故菩薩十地前際非縛非解何以故菩薩十地前際無所有性爲菩薩十地前際自性故五眼前際非縛非解何以故五眼前際無所有性爲五眼前際自性故六神通前際非縛非解何以故六神通前際無所有性爲六神通前際自性故佛十力前際非縛非解何以故佛十力前際無所有性爲佛十力前際自性故四無所畏四無礙解大慈大悲大喜大捨十八佛不共法前際非縛非解何以故四無所畏乃至十八佛不共法前際無所有性爲四無所畏乃至十八佛不共法前際自性故無忘失法前際非縛非解何以故無忘失法前際無所有性爲無忘失法前際自性故恒住捨性前際非縛非解何以故恒住捨性前際無所有性爲恒住捨性前際自性故一切智前際非縛非解何以故一切智前際無所有性爲一切智前際自性故道相智一切相智前際非縛非解何以故道相智一切相智前際無所有性爲道相智一切相智前際自性故一切陀羅尼門前際非縛非解何以故一切陀羅尼門前際無所有性爲一切陀羅尼門前際自性故一切三摩地門前際非縛非解何以故一切三摩地門前際無所有性爲一切三摩地門前際自性故預流果前際非縛非解何以故預流果前際無所有性爲預流果前際自性故一來不還阿羅

漢果前際非縛非解何以故一來不還阿羅漢果前際無所有性爲一來不還阿羅漢果前際自性故獨覺菩提前際非縛非解何以故獨覺菩提前際無所有性爲獨覺菩提前際自性故一切菩薩摩訶薩行前際非縛非解何以故一切菩薩摩訶薩行前際無所有性爲一切菩薩摩訶薩行前際自性故諸佛無上正等菩提前際非縛非解何以故諸佛無上正等菩提前際無所有性爲諸佛無上正等菩提前際自性故復次善現色後際非縛非解何以故色後際無所有性爲色後際自性故受想行識後際非縛非解何以故受想行識後際無所有性爲受想行識後際自性故眼處後際非縛非解何以故眼處後際無所有性爲眼處後際自性故耳鼻舌身意處後際非縛非解何以故耳鼻舌身意處後際無所有性爲耳鼻舌身意處後際自性故色處後際非縛非解何以故色處後際無所有性爲色處後際自性故聲香味觸法處後際非縛非解何以故聲香味觸法處後際無所有性爲聲香味觸法處後際自性故眼界後際非縛非解何以故眼界後際無所有性爲眼界後際自性故色界眼識界及眼觸眼觸爲緣所生諸受後際非縛非解何以故色界乃至眼觸爲緣所生諸受後際無所有性爲色界乃至眼觸爲緣所生諸受後際自性故耳界後際非縛非解何以故耳界後際無所有性爲耳界後際自性故聲界耳識界及耳觸耳觸爲緣所生諸受後際非縛非解何以故聲界乃至耳觸爲緣所生諸受後際無

所有性爲聲界乃至耳觸爲緣所生諸受後際自性故鼻界後際非縛非解何以故鼻界後際無所有性爲鼻界後際自性故香界鼻識界及鼻觸鼻觸爲緣所生諸受後際非縛非解何以故香界乃至鼻觸爲緣所生諸受後際無所有性爲香界乃至鼻觸爲緣所生諸受後際自性故舌界後際非縛非解何以故舌界後際無所有性爲舌界後際自性故味界舌識界及舌觸舌觸爲緣所生諸受後際非縛非解何以故味界乃至舌觸爲緣所生諸受後際無所有性爲味界乃至舌觸爲緣所生諸受後際自性故身界後際非縛非解何以故身界後際無所有性爲身界後際自性故觸界身識界及身觸身觸爲緣所生諸受後際非縛非解何以故觸界乃至身觸爲緣所生諸受後際無所有性爲觸界乃至身觸爲緣所生諸受後際自性故意界後際非縛非解何以故意界後際無所有性爲意界後際自性故法界意識界及意觸意觸爲緣所生諸受後際非縛非解何以故法界乃至意觸爲緣所生諸受後際無所有性爲法界乃至意觸爲緣所生諸受後際自性故地界後際非縛非解何以故地界後際無所有性爲地界後際自性故水火風空識界後際非縛非解何以故水火風空識界後際無所有性爲水火風空識界後際自性故無明後際非縛非解何以故無明後際無所有性爲無明後際自性故行識名色六處觸受愛取有生老死愁歎苦憂惱後際非縛非解何以故行乃至老死愁歎苦憂惱後際無所有性

爲行乃至老死愁歎苦憂惱後際自性故布
施波羅蜜多後際非縛非解何以故布施波
羅蜜多後際無所有性爲布施波羅蜜多後
際自性故淨戒安忍精進靜慮般若波羅蜜
多後際非縛非解何以故淨戒乃至般若波
羅蜜多後際無所有性爲淨戒乃至般若波
羅蜜多後際自性故內空後際非縛非解何
以故內空後際無所有性爲內空後際自性
故外空內外空空空大空勝義空有爲空無
爲空畢竟空無際空散空無變異空本性空
自相空共相空一切法空不可得空無性空
自性空無性自性空後際非縛非解何以故
外空乃至無性自性空後際無所有性爲外
空乃至無性自性空後際自性故真如後際
非縛非解何以故真如後際無所有性爲真
如後際自性故法界法性不虛妄性不變異
性平等性離生性法定法住實際虛空界不
思議界後際非縛非解何以故法界乃至不
思議界後際無所有性爲法界乃至不思議
界後際自性故苦聖諦後際非縛非解何以
故苦聖諦後際無所有性爲苦聖諦後際自
性故集滅道聖諦後際非縛非解何以故集
滅道聖諦後際無所有性爲集滅道聖諦後
際自性故四靜慮後際非縛非解何以故四
靜慮後際無所有性爲四靜慮後際自性故
四無量四無色定後際非縛非解何以故四
無量四無色定後際無所有性爲四無量四
無色定後際自性故八解脫後際非縛非解
何以故八解脫後際無所有性爲八解脫後
際自性故八勝處九次第定十遍處後際非

縛非解何以故八勝處九次第定十遍處後際無所有性爲八勝處九次第定十遍處後際自性故四念住後際非縛非解何以故四念住後際無所有性爲四念住後際自性故四正斷四神足五根五力七等覺支八聖道支後際非縛非解何以故四正斷乃至八聖道支後際無所有性爲四正斷乃至八聖道支後際自性故空解脫門後際非縛非解何以故空解脫門後際無所有性爲空解脫門後際自性故無相無願解脫門後際非縛非解何以故無相無願解脫門後際無所有性爲無相無願解脫門後際自性故菩薩十地後際非縛非解何以故菩薩十地後際無所有性爲菩薩十地後際自性故五眼後際非縛非解何以故五眼後際無所有性爲五眼後際自性故六神通後際非縛非解何以故六神通後際無所有性爲六神通後際自性故佛十力後際非縛非解何以故佛十力後際無所有性爲佛十力後際自性故四無所畏四無礙解大慈大悲大喜大捨十八佛不共法後際非縛非解何以故四無所畏乃至十八佛不共法後際無所有性爲四無所畏乃至十八佛不共法後際自性故無忘失法後際非縛非解何以故無忘失法後際無所有性爲無忘失法後際自性故恒住捨性後際非縛非解何以故恒住捨性後際無所有性爲恒住捨性後際自性故一切智後際非縛非解何以故一切智後際無所有性爲一切智後際自性故道相智一切相智後際非縛非解何以故道相智一切相智後際無所

有性爲道相智一切相智後際自性故一切陀羅尼門後際非縛非解何以故一切陀羅尼門後際無所有性爲一切陀羅尼門後際自性故一切三摩地門後際非縛非解何以故一切三摩地門後際無所有性爲一切三摩地門後際自性故預流果後際非縛非解何以故預流果後際無所有性爲預流果後際自性故一來不還阿羅漢果後際非縛非解何以故一來不還阿羅漢果後際無所有性爲一來不還阿羅漢果後際自性故獨覺菩提後際非縛非解何以故獨覺菩提後際無所有性爲獨覺菩提後際自性故一切菩薩摩訶薩行後際非縛非解何以故一切菩薩摩訶薩行後際無所有性爲一切菩薩摩訶薩行後際自性故諸佛無上正等菩提後際非縛非解何以故諸佛無上正等菩提後際無所有性爲諸佛無上正等菩提後際自性故復次善現色中際非縛非解何以故色中際無所有性爲色中際自性故受想行識中際非縛非解何以故受想行識中際無所有性爲受想行識中際自性故眼處中際非縛非解何以故眼處中際無所有性爲眼處中際自性故耳鼻舌身意處中際非縛非解何以故耳鼻舌身意處中際無所有性爲耳鼻舌身意處中際自性故色處中際非縛非解何以故色處中際無所有性爲色處中際自性故聲香味觸法處中際非縛非解何以故聲香味觸法處中際無所有性爲聲香味觸法處中際自性故眼界中際非縛非解何以故眼界中際無所有性爲眼界中際自性

故色界眼識界及眼觸眼觸爲緣所生諸受中際非縛非解何以故色界乃至眼觸爲緣所生諸受中際無所有性爲色界乃至眼觸爲緣所生諸受中際自性故耳界中際非縛非解何以故耳界中際無所有性爲耳界中際自性故聲界耳識界及耳觸耳觸爲緣所生諸受中際非縛非解何以故聲界乃至耳觸爲緣所生諸受中際無所有性爲聲界乃至耳觸爲緣所生諸受中際自性故鼻界中際非縛非解何以故鼻界中際無所有性爲鼻界中際自性故香界鼻識界及鼻觸鼻觸爲緣所生諸受中際非縛非解何以故香界乃至鼻觸爲緣所生諸受中際無所有性爲香界乃至鼻觸爲緣所生諸受中際自性故舌界中際非縛非解何以故舌界中際無所有性爲舌界中際自性故味界舌識界及舌觸舌觸爲緣所生諸受中際非縛非解何以故味界乃至舌觸爲緣所生諸受中際無所有性爲味界乃至舌觸爲緣所生諸受中際自性故身界中際非縛非解何以故身界中際無所有性爲身界中際自性故觸界身識界及身觸身觸爲緣所生諸受中際非縛非解何以故觸界乃至身觸爲緣所生諸受中際無所有性爲觸界乃至身觸爲緣所生諸受中際自性故意界中際非縛非解何以故意界中際無所有性爲意界中際自性故法界意識界及意觸意觸爲緣所生諸受中際非縛非解何以故法界乃至意觸爲緣所生諸受中際無所有性爲法界乃至意觸爲緣所生諸受中際自性故地界中際非縛非解

何以故地界中際無所有性爲地界中際自
性故水火風空識界中際非縛非解何以故
水火風空識界中際無所有性爲水火風空
識界中際自性故無明中際非縛非解何以
故無明中際無所有性爲無明中際自性故
行識名色六處觸受愛取有生老死愁歎苦
憂惱中際非縛非解何以故行乃至老死愁
歎苦憂惱中際無所有性爲行乃至老死愁
歎苦憂惱中際自性故
大般若波羅蜜多經卷第一百八十二

大般若波羅蜜多經卷第一百八十三

唐三藏法師玄奘奉詔譯

初分難信解品第三十四之二

布施波羅蜜多中際非縛非解何以故布施波羅蜜多中際無所有性爲布施波羅蜜多中際自性故淨戒安忍精進靜慮般若波羅蜜多中際非縛非解何以故淨戒乃至般若波羅蜜多中際無所有性爲淨戒乃至般若波羅蜜多中際自性故內空中際非縛非解何以故內空中際無所有性爲內空中際自性故外空內外空空空大空勝義空有爲空無爲空畢竟空無際空散空無變異空本性空自相空共相空一切法空不可得空無性空自性空無性自性空中際非縛非解何以故外空乃至無性自性空中際無所有性爲外空乃至無性自性空中際自性故眞如中際非縛非解何以故眞如中際無所有性爲眞如中際自性故法界法性不虛妄性不變異性平等性離生性法定法住實際虛空界不思議界中際非縛非解何以故法界乃至不思議界中際無所有性爲法界乃至不思議界中際自性故苦聖諦中際非縛非解何以故苦聖諦中際無所有性爲苦聖諦中際自性故集滅道聖諦中際非縛非解何以故集滅道聖諦中際無所有性爲集滅道聖諦中際自性故四靜慮中際非縛非解何以故四靜慮中際無所有性爲四靜慮中際自性故四無量四無色定中際非縛非解何以故四無量四無色定中際無所有性爲四無量四無色定中際自性故八解脫中際非縛非

解何以故八解脱中際無所有性爲八解脱中際自性故八勝處九次第定十遍處中際非縛非解何以故八勝處九次第定十遍處中際無所有性爲八勝處九次第定十遍處中際自性故四念住中際非縛非解何以故四念住中際無所有性爲四念住中際自性故四正斷四神足五根五力七等覺支八聖道支中際非縛非解何以故四正斷乃至八聖道支中際無所有性爲四正斷乃至八聖道支中際自性故空解脱門中際非縛非解何以故空解脱門中際無所有性爲空解脱門中際自性故無相無願解脱門中際非縛非解何以故無相無願解脱門中際無所有性爲無相無願解脱門中際自性故菩薩十地中際非縛非解何以故菩薩十地中際無所有性爲菩薩十地中際自性故五眼中際非縛非解何以故五眼中際無所有性爲五眼中際自性故六神通中際非縛非解何以故六神通中際無所有性爲六神通中際自性故佛十力中際非縛非解何以故佛十力中際無所有性爲佛十力中際自性故四無所畏四無礙解大慈大悲大喜大捨十八佛不共法中際非縛非解何以故四無所畏乃至十八佛不共法中際無所有性爲四無所畏乃至十八佛不共法中際自性故無忘失法中際非縛非解何以故無忘失法中際無所有性爲無忘失法中際自性故恒住捨性中際非縛非解何以故恒住捨性中際無所有性爲恒住捨性中際自性故一切智中際非縛非解何以故一切智中際無所有性爲

一切智中際自性故道相智一切相智中際非縛非解何以故道相智一切相智中際無所有性爲道相智一切相智中際自性故一切陀羅尼門中際非縛非解何以故一切陀羅尼門中際無所有性爲一切陀羅尼門中際自性故一切三摩地門中際非縛非解何以故一切三摩地門中際無所有性爲一切三摩地門中際自性故預流果中際非縛非解何以故預流果中際無所有性爲預流果中際自性故一來不還阿羅漢果中際非縛非解何以故一來不還阿羅漢果中際無所有性爲一來不還阿羅漢果中際自性故獨覺菩提中際非縛非解何以故獨覺菩提中際無所有性爲獨覺菩提中際自性故一切菩薩摩訶薩行中際非縛非解何以故一切菩薩摩訶薩行中際無所有性爲一切菩薩摩訶薩行中際自性故諸佛無上正等菩提中際非縛非解何以故諸佛無上正等菩提中際無所有性爲諸佛無上正等菩提中際自性故具壽善現復白佛言世尊諸有不勤精進未種善根具不善根惡友所攝隨魔力行懈怠增上精進微劣失念惡慧補特伽羅於此般若波羅蜜多實難信解佛言善現如是如是如汝所說不勤精進未種善根具不善根惡友所攝隨魔力行懈怠增上精進微劣失念惡慧補特伽羅於此般若波羅蜜多實難信解所以者何善現色清淨即果清淨果清淨即色清淨何以故是色清淨與果清淨無二無二分無別無斷故受想行識清淨即果清淨果清淨即受想行識清淨何以故

是受想行識清淨與果清淨無二無二分無別無斷故善現眼處清淨即果清淨果清淨即眼處清淨何以故是眼處清淨與果清淨無二無二分無別無斷故耳鼻舌身意處清淨即果清淨果清淨即耳鼻舌身意處清淨何以故是耳鼻舌身意處清淨與果清淨無二無二分無別無斷故善現色處清淨即果清淨果清淨即色處清淨何以故是色處清淨與果清淨無二無二分無別無斷故聲香味觸法處清淨即果清淨果清淨即聲香味觸法處清淨何以故是聲香味觸法處清淨與果清淨無二無二分無別無斷故善現眼界清淨即果清淨果清淨即眼界清淨何以故是眼界清淨與果清淨無二無二分無別無斷故色界眼識界及眼觸眼觸爲緣所生諸受清淨即果清淨果清淨即色界乃至眼觸爲緣所生諸受清淨何以故是色界乃至眼觸爲緣所生諸受清淨與果清淨無二無二分無別無斷故善現耳界清淨即果清淨果清淨即耳界清淨何以故是耳界清淨與果清淨無二無二分無別無斷故聲界耳識界及耳觸耳觸爲緣所生諸受清淨即果清淨果清淨即聲界乃至耳觸爲緣所生諸受清淨何以故是聲界乃至耳觸爲緣所生諸受清淨與果清淨無二無二分無別無斷故善現鼻界清淨即果清淨果清淨即鼻界清淨何以故是鼻界清淨與果清淨無二無二分無別無斷故香界鼻識界及鼻觸鼻觸爲緣所生諸受清淨即果清淨果清淨即香界乃至鼻觸爲緣所生諸受清淨何以故是香

界乃至鼻觸爲緣所生諸受清淨與果清淨無二無二分無別無斷故善現舌界清淨即果清淨果清淨即舌界清淨何以故是舌界清淨與果清淨無二無二分無別無斷故味界舌識界及舌觸舌觸爲緣所生諸受清淨即果清淨果清淨即味界乃至舌觸爲緣所生諸受清淨何以故是味界乃至舌觸爲緣所生諸受清淨與果清淨無二無二分無別無斷故善現身界清淨即果清淨果清淨即身界清淨何以故是身界清淨與果清淨無二無二分無別無斷故觸界身識界及身觸身觸爲緣所生諸受清淨即果清淨果清淨即觸界乃至身觸爲緣所生諸受清淨何以故是觸界乃至身觸爲緣所生諸受清淨與果清淨無二無二分無別無斷故善現意界清淨即果清淨果清淨即意界清淨何以故是意界清淨與果清淨無二無一分無別無斷故法界意識界及意觸意觸爲緣所生諸受清淨即果清淨果清淨即法界乃至意觸爲緣所生諸受清淨何以故是法界乃至意觸爲緣所生諸受清淨與果清淨無二無二分無別無斷故善現地界清淨即果清淨果清淨即地界清淨何以故是地界清淨與果清淨無二無二分無別無斷故水火風空識界清淨即果清淨果清淨即水火風空識界清淨何以故是水火風空識界清淨與果清淨無二無二分無別無斷故善現無明清淨即果清淨果清淨即無明清淨何以故是無明清淨與果清淨無二無二分無別無斷故行識名色六處觸受愛取有生老死愁歎苦

憂惱清淨即果清淨果清淨即行乃至老死愁歎苦憂惱清淨何以故是行乃至老死愁歎苦憂惱清淨與果清淨無二無二分無別無斷故善現布施波羅蜜多清淨即果清淨果清淨即布施波羅蜜多清淨何以故是布施波羅蜜多清淨與果清淨無二無二分無別無斷故淨戒安忍精進靜慮般若波羅蜜多清淨即果清淨果清淨即淨戒乃至般若波羅蜜多清淨何以故是淨戒乃至般若波羅蜜多清淨與果清淨無二無二分無別無斷故善現内空清淨即果清淨果清淨即内空清淨何以故是内空清淨與果清淨無二無二分無別無斷故外空内外空空空大空勝義空有爲空無爲空畢竟空無際空散空無變異空本性空自相空共相空一切法空不可得空無性空自性空無性自性空清淨即果清淨果清淨即外空乃至無性自性空清淨何以故是外空乃至無性自性空清淨與果清淨無二無二分無別無斷故善現眞如清淨即果清淨果清淨即眞如清淨何以故是眞如清淨與果清淨無二無二分無別無斷故法界法性不虛妄性不變異性平等性離生性法定法住實際虛空界不思議界清淨即果清淨果清淨即法界乃至不思議界清淨何以故是法界乃至不思議界清淨與果清淨無二無二分無別無斷故善現苦聖諦清淨即果清淨果清淨即苦聖諦清淨何以故是苦聖諦清淨與果清淨無二無二分無別無斷故集滅道聖諦清淨即果清淨果清淨即集滅道聖諦清淨何以故是集滅

道聖諦清淨與果清淨無二無二分無別無
斷故善現四靜慮清淨即果清淨果清淨即
四靜慮清淨何以故是四靜慮清淨與果清
淨無二無二分無別無斷故四無量四無色
定清淨即果清淨果清淨即四無量四無色
定清淨何以故是四無量四無色定清淨與
果清淨無二無二分無別無斷故善現八解
脫清淨即果清淨果清淨即八解脫清淨何
以故是八解脫清淨與果清淨無二無二分
無別無斷故八勝處九次第定十遍處清淨
即果清淨果清淨即八勝處九次第定十遍
處清淨何以故是八勝處九次第定十遍處
清淨與果清淨無二無二分無別無斷故善
現四念住清淨即果清淨果清淨即四念住
清淨何以故是四念住清淨與果清淨無二
無二分無別無斷故四正斷四神足五根五
力七等覺支八聖道支清淨即果清淨果清
淨即四正斷乃至八聖道支清淨何以故是
四正斷乃至八聖道支清淨與果清淨無二
無二分無別無斷故善現空解脫門清淨即
果清淨果清淨即空解脫門清淨何以故是
空解脫門清淨與果清淨無二無二分無別
無斷故無相無願解脫門清淨即果清淨果
清淨即無相無願解脫門清淨何以故是無
相無願解脫門清淨與果清淨無二無二分
無別無斷故善現菩薩十地清淨即果清淨
果清淨即菩薩十地清淨何以故是菩薩十
地清淨與果清淨無二無二分無別無斷故
善現五眼清淨即果清淨果清淨即五眼清
淨何以故是五眼清淨與果清淨無二無二

分無別無斷故六神通清淨即果清淨果清淨即六神通清淨何以故是六神通清淨與果清淨無二無二分無別無斷故善現佛十力清淨即果清淨果清淨即佛十力清淨何以故是佛十力清淨與果清淨無二無二分無別無斷故四無所畏四無礙解大慈大悲大喜大捨十八佛不共法清淨即果清淨果清淨即四無所畏乃至十八佛不共法清淨何以故是四無所畏乃至十八佛不共法清淨與果清淨無二無二分無別無斷故善現無忘失法清淨即果清淨果清淨即無忘失法清淨何以故是無忘失法清淨與果清淨無二無二分無別無斷故恒住捨性清淨即果清淨果清淨即恒住捨性清淨何以故是恒住捨性清淨與果清淨無二無二分無別無斷故善現一切智清淨即果清淨果清淨即一切智清淨何以故是一切智清淨與果清淨無二無二分無別無斷故道相智一切相智清淨即果清淨果清淨即道相智一切相智清淨何以故是道相智一切相智清淨與果清淨無二無二分無別無斷故善現一切陀羅尼門清淨即果清淨果清淨即一切陀羅尼門清淨何以故是一切陀羅尼門清淨與果清淨無二無二分無別無斷故一切三摩地門清淨即果清淨果清淨即一切三摩地門清淨何以故是一切三摩地門清淨與果清淨無二無二分無別無斷故善現預流果清淨即果清淨果清淨即預流果清淨何以故是預流果清淨與果清淨無二無二分無別無斷故一來不還阿羅漢果清淨即

果清淨果清淨即一來不還阿羅漢果清淨何以故是一來不還阿羅漢果清淨與果清淨無二無二分無別無斷故善現獨覺菩提清淨即果清淨果清淨即獨覺菩提清淨何以故是獨覺菩提清淨與果清淨無二無二分無別無斷故善現一切菩薩摩訶薩行清淨即果清淨果清淨即一切菩薩摩訶薩行清淨何以故是一切菩薩摩訶薩行清淨與果清淨無二無二分無別無斷故善現諸佛無上正等菩提清淨即果清淨果清淨即諸佛無上正等菩提清淨何以故是諸佛無上正等菩提清淨與果清淨無二無二分無別無斷故復次善現色清淨即般若波羅蜜多清淨般若波羅蜜多清淨即色清淨何以故是色清淨與般若波羅蜜多清淨無二無二

分無別無斷故受想行識清淨即般若波羅蜜多清淨般若波羅蜜多清淨即受想行識清淨何以故是受想行識清淨與般若波羅蜜多清淨無二無二分無別無斷故善現眼處清淨即般若波羅蜜多清淨般若波羅蜜多清淨即眼處清淨何以故是眼處清淨與般若波羅蜜多清淨無二無二分無別無斷故耳鼻舌身意處清淨即般若波羅蜜多清淨般若波羅蜜多清淨即耳鼻舌身意處清淨何以故是耳鼻舌身意處清淨與般若波羅蜜多清淨無二無二分無別無斷故善現色處清淨即般若波羅蜜多清淨般若波羅蜜多清淨即色處清淨何以故是色處清淨與般若波羅蜜多清淨無二無二分無別無斷故聲香味觸法處清淨即般若波羅蜜多

清淨般若波羅蜜多清淨即聲香味觸法處清淨何以故是聲香味觸法處清淨與般若波羅蜜多清淨無二無二分無别無斷故善現眼界清淨即般若波羅蜜多清淨般若波羅蜜多清淨即眼界清淨何以故是眼界清淨與般若波羅蜜多清淨無二無二分無别無斷故色界眼識界及眼觸眼觸爲緣所生諸受清淨即般若波羅蜜多清淨般若波羅蜜多清淨即色界乃至眼觸爲緣所生諸受清淨何以故是色界乃至眼觸爲緣所生諸受清淨與般若波羅蜜多清淨無二無二分無别無斷故善現耳界清淨即般若波羅蜜多清淨般若波羅蜜多清淨即耳界清淨何以故是耳界清淨與般若波羅蜜多清淨無二無二分無别無斷故聲界耳識界及耳觸

耳觸爲緣所生諸受清淨即般若波羅蜜多清淨般若波羅蜜多清淨即聲界乃至耳觸爲緣所生諸受清淨何以故是聲界乃至耳觸爲緣所生諸受清淨與般若波羅蜜多清淨無二無二分無别無斷故善現鼻界清淨即般若波羅蜜多清淨般若波羅蜜多清淨即鼻界清淨何以故是鼻界清淨與般若波羅蜜多清淨無二無二分無别無斷故香界鼻識界及鼻觸鼻觸爲緣所生諸受清淨即般若波羅蜜多清淨般若波羅蜜多清淨即香界乃至鼻觸爲緣所生諸受清淨何以故是香界乃至鼻觸爲緣所生諸受清淨與般若波羅蜜多清淨無二無二分無别無斷故善現舌界清淨即般若波羅蜜多清淨般若波羅蜜多清淨即舌界清淨何以故是舌界

清淨與般若波羅蜜多清淨無二無二分無別無斷故味界舌識界及舌觸舌觸爲緣所生諸受清淨即般若波羅蜜多清淨般若波羅蜜多清淨即味界乃至舌觸爲緣所生諸受清淨何以故是味界乃至舌觸爲緣所生諸受清淨與般若波羅蜜多清淨無二無二分無別無斷故善現身界清淨即般若波羅蜜多清淨般若波羅蜜多清淨即身界清淨何以故是身界清淨與般若波羅蜜多清淨無二無二分無別無斷故觸界身識界及身觸身觸爲緣所生諸受清淨即般若波羅蜜多清淨般若波羅蜜多清淨即觸界乃至身觸爲緣所生諸受清淨何以故是觸界乃至身觸爲緣所生諸受清淨與般若波羅蜜多清淨無二無二分無別無斷故善現意界清淨即般若波羅蜜多清淨般若波羅蜜多清淨即意界清淨何以故是意界清淨與般若波羅蜜多清淨無二無二分無別無斷故法界意識界及意觸意觸爲緣所生諸受清淨即般若波羅蜜多清淨般若波羅蜜多清淨即法界乃至意觸爲緣所生諸受清淨何以故是法界乃至意觸爲緣所生諸受清淨與般若波羅蜜多清淨無二無二分無別無斷故善現地界清淨即般若波羅蜜多清淨般若波羅蜜多清淨即地界清淨何以故是地界清淨與般若波羅蜜多清淨無二無二分無別無斷故水火風空識界清淨即般若波羅蜜多清淨般若波羅蜜多清淨即水火風空識界清淨何以故是水火風空識界清淨與般若波羅蜜多清淨無二無二分無別無

斷故善現無明清淨即般若波羅蜜多清淨般若波羅蜜多清淨即無明清淨何以故是無明清淨與般若波羅蜜多清淨無二無二分無別無斷故行識名色六處觸受愛取有生老死愁歎苦憂惱清淨即般若波羅蜜多清淨般若波羅蜜多清淨即行乃至老死愁歎苦憂惱清淨何以故是行乃至老死愁歎苦憂惱清淨與般若波羅蜜多清淨無二無二分無別無斷故善現布施波羅蜜多清淨即般若波羅蜜多清淨般若波羅蜜多清淨即布施波羅蜜多清淨何以故是布施波羅蜜多清淨與般若波羅蜜多清淨無二無二分無別無斷故淨戒安忍精進靜慮波羅蜜多清淨即般若波羅蜜多清淨般若波羅蜜多清淨即淨戒乃至靜慮波羅蜜多清淨何以故是淨戒乃至靜慮波羅蜜多清淨與般若波羅蜜多清淨無二無二分無別無斷故善現內空清淨即般若波羅蜜多清淨般若波羅蜜多清淨即內空清淨何以故是內空清淨與般若波羅蜜多清淨無二無二分無別無斷故外空內外空空空大空勝義空有為空無為空畢竟空無際空散空無變異空本性空自相空共相空一切法空不可得空無性空自性空無性自性空清淨即般若波羅蜜多清淨般若波羅蜜多清淨即外空乃至無性自性空清淨何以故是外空乃至無性自性空清淨與般若波羅蜜多清淨無二無二分無別無斷故善現真如清淨即般若波羅蜜多清淨般若波羅蜜多清淨即真如清淨何以故是真如清淨與般若波羅蜜多

清淨無二無二分無別無斷故法界法性不虛妄性不變異性平等性離生性法定法住實際虛空界不思議界清淨即般若波羅蜜多清淨般若波羅蜜多清淨即法界乃至不思議界清淨何以故是法界乃至不思議界清淨與般若波羅蜜多清淨無二無二分無別無斷故善現苦聖諦清淨即般若波羅蜜多清淨般若波羅蜜多清淨即苦聖諦清淨何以故是苦聖諦清淨與般若波羅蜜多清淨無二無二分無別無斷故集滅道聖諦清淨即般若波羅蜜多清淨般若波羅蜜多清淨即集滅道聖諦清淨何以故是集滅道聖諦清淨與般若波羅蜜多清淨無二無二分無別無斷故善現四靜慮清淨即般若波羅蜜多清淨般若波羅蜜多清淨即四靜慮清淨何以故是四靜慮清淨與般若波羅蜜多清淨無二無二分無別無斷故四無量四無色定清淨即般若波羅蜜多清淨般若波羅蜜多清淨即四無量四無色定清淨何以故是四無量四無色定清淨與般若波羅蜜多清淨無二無二分無別無斷故善現八解脫清淨即般若波羅蜜多清淨般若波羅蜜多清淨即八解脫清淨何以故是八解脫清淨與般若波羅蜜多清淨無二無二分無別無斷故八勝處九次第定十遍處清淨即般若波羅蜜多清淨般若波羅蜜多清淨即八勝處九次第定十遍處清淨何以故是八勝處九次第定十遍處清淨與般若波羅蜜多清淨無二無二分無別無斷故善現四念住清淨即般若波羅蜜多清淨般若波羅蜜多清

淨即四念住清淨何以故是四念住清淨與般若波羅蜜多清淨無二無二分無别無斷故四正斷四神足五根五力七等覺支八聖道支清淨即般若波羅蜜多清淨般若波羅蜜多清淨即四正斷乃至八聖道支清淨何以故是四正斷乃至八聖道支清淨與般若波羅蜜多清淨無二無二分無别無斷故善現空解脫門清淨即般若波羅蜜多清淨般若波羅蜜多清淨即空解脫門清淨何以故是空解脫門清淨與般若波羅蜜多清淨無二無二分無别無斷故無相無願解脫門清淨即般若波羅蜜多清淨般若波羅蜜多清淨即無相無願解脫門清淨何以故是無相無願解脫門清淨與般若波羅蜜多清淨無二無二分無别無斷故善現菩薩十地清淨即般若波羅蜜多清淨般若波羅蜜多清淨即菩薩十地清淨何以故是菩薩十地清淨與般若波羅蜜多清淨無二無二分無别無斷故

大般若波羅蜜多經卷第一百八十三

大般若波羅蜜多經卷第一百八十四

唐三藏法師玄奘奉　詔譯

初分難信解品第三十四之三

善現五眼清淨即般若波羅蜜多清淨般若波羅蜜多清淨即五眼清淨何以故是五眼清淨與般若波羅蜜多清淨無二無二分無別無斷故六神通清淨即般若波羅蜜多清淨般若波羅蜜多清淨即六神通清淨何以故是六神通清淨與般若波羅蜜多清淨無二無二分無別無斷故善現佛十力清淨即般若波羅蜜多清淨般若波羅蜜多清淨即佛十力清淨何以故是佛十力清淨與般若波羅蜜多清淨無二無二分無別無斷故四無所畏四無礙解大慈大悲大喜大捨十八佛不共法清淨即般若波羅蜜多清淨般若波羅蜜多清淨即四無所畏乃至十八佛不共法清淨何以故是四無所畏乃至十八佛不共法清淨與般若波羅蜜多清淨無二無二分無別無斷故善現無忘失法清淨即般若波羅蜜多清淨般若波羅蜜多清淨即無忘失法清淨何以故是無忘失法清淨與般若波羅蜜多清淨無二無二分無別無斷故恒住捨性清淨即般若波羅蜜多清淨般若波羅蜜多清淨即恒住捨性清淨何以故是恒住捨性清淨與般若波羅蜜多清淨無二無二分無別無斷故善現一切智清淨即般若波羅蜜多清淨般若波羅蜜多清淨即一切智清淨何以故是一切智清淨與般若波羅蜜多清淨無二無二分無別無斷故道相智一切相智清淨即般若波羅蜜多清淨般

若波羅蜜多清淨即道相智一切相智清淨何以故是道相智一切相智清淨與般若波羅蜜多清淨無二無二分無別無斷故善現一切陀羅尼門清淨即般若波羅蜜多清淨般若波羅蜜多清淨即一切陀羅尼門清淨何以故是一切陀羅尼門清淨與般若波羅蜜多清淨無二無二分無別無斷故一切三摩地門清淨即般若波羅蜜多清淨般若波羅蜜多清淨即一切三摩地門清淨何以故是一切三摩地門清淨與般若波羅蜜多清淨無二無二分無別無斷故善現預流果清淨即般若波羅蜜多清淨般若波羅蜜多清淨即預流果清淨何以故是預流果清淨與般若波羅蜜多清淨無二無二分無別無斷故一來不還阿羅漢果清淨即般若波羅蜜多清淨般若波羅蜜多清淨即一來不還阿羅漢果清淨何以故是一來不還阿羅漢果清淨與般若波羅蜜多清淨無二無二分無別無斷故善現獨覺菩提清淨即般若波羅蜜多清淨般若波羅蜜多清淨即獨覺菩提清淨何以故是獨覺菩提清淨與般若波羅蜜多清淨無二無二分無別無斷故善現一切菩薩摩訶薩行清淨即般若波羅蜜多清淨般若波羅蜜多清淨即一切菩薩摩訶薩行清淨何以故是一切菩薩摩訶薩行清淨與般若波羅蜜多清淨無二無二分無別無斷故善現諸佛無上正等菩提清淨即般若波羅蜜多清淨般若波羅蜜多清淨即諸佛無上正等菩提清淨何以故是諸佛無上正等菩提清淨與般若波羅蜜多清淨無二無

二分無別無斷故復次善現色清淨即一切智智清淨一切智智清淨即色清淨何以故是色清淨與一切智智清淨無二無二分無別無斷故受想行識清淨即一切智智清淨一切智智清淨即受想行識清淨何以故是受想行識清淨與一切智智清淨無二無二分無別無斷故善現眼處清淨即一切智智清淨一切智智清淨即眼處清淨何以故是眼處清淨與一切智智清淨無二無二分無別無斷故耳鼻舌身意處清淨即一切智智清淨一切智智清淨即耳鼻舌身意處清淨何以故是耳鼻舌身意處清淨與一切智智清淨無二無二分無別無斷故善現色處清淨即一切智智清淨一切智智清淨即色處清淨何以故是色處清淨與一切智智清淨無二無二分無別無斷故聲香味觸法處清淨即一切智智清淨一切智智清淨即聲香味觸法處清淨何以故是聲香味觸法處清淨與一切智智清淨無二無二分無別無斷故善現眼界清淨即一切智智清淨一切智智清淨即眼界清淨何以故是眼界清淨與一切智智清淨無二無二分無別無斷故色界眼識界及眼觸眼觸爲緣所生諸受清淨即一切智智清淨一切智智清淨即色界乃至眼觸爲緣所生諸受清淨何以故是色界乃至眼觸爲緣所生諸受清淨與一切智智清淨無二無二分無別無斷故善現耳界清淨即一切智智清淨一切智智清淨即耳界清淨何以故是耳界清淨與一切智智清淨無二無二分無別無斷故聲界耳識界及耳

觸耳觸爲緣所生諸受清淨即一切智智清淨一切智智清淨即聲界乃至耳觸爲緣所生諸受清淨何以故是聲界乃至耳觸爲緣所生諸受清淨與一切智智清淨無二無二分無別無斷故善現鼻界清淨即一切智智清淨一切智智清淨即鼻界清淨何以故是鼻界清淨與一切智智清淨無二無二分無別無斷故香界鼻識界及鼻觸鼻觸爲緣所生諸受清淨即一切智智清淨一切智智清淨即香界乃至鼻觸爲緣所生諸受清淨何以故是香界乃至鼻觸爲緣所生諸受清淨與一切智智清淨無二無二分無別無斷故善現舌界清淨即一切智智清淨一切智智清淨即舌界清淨何以故是舌界清淨與一切智智清淨無二無二分無別無斷故味界舌識界及舌觸舌觸爲緣所生諸受清淨即一切智智清淨一切智智清淨即味界乃至舌觸爲緣所生諸受清淨何以故是味界乃至舌觸爲緣所生諸受清淨與一切智智清淨無二無二分無別無斷故善現身界清淨即一切智智清淨一切智智清淨即身界清淨何以故是身界清淨與一切智智清淨無二無二分無別無斷故觸界身識界及身觸身觸爲緣所生諸受清淨即一切智智清淨一切智智清淨即觸界乃至身觸爲緣所生諸受清淨何以故是觸界乃至身觸爲緣所生諸受清淨與一切智智清淨無二無二分無別無斷故善現意界清淨即一切智智清淨一切智智清淨即意界清淨何以故是意界清淨與一切智智清淨無二無二分無別

無斷故法界意識界及意觸意觸爲緣所生諸受清淨即一切智智清淨一切智智清淨即法界乃至意觸爲緣所生諸受清淨何以故是法界乃至意觸爲緣所生諸受清淨與一切智智清淨無二無二分無別無斷故善現地界清淨即一切智智清淨一切智智清淨即地界清淨何以故是地界清淨與一切智智清淨無二無二分無別無斷故水火風空識界清淨即一切智智清淨一切智智清淨即水火風空識界清淨何以故是水火風空識界清淨與一切智智清淨無二無二分無別無斷故善現無明清淨即一切智智清淨一切智智清淨即無明清淨何以故是無明清淨與一切智智清淨無二無二分無別無斷故行識名色六處觸受愛取有生老死愁歎苦憂惱清淨即一切智智清淨一切智智清淨即行乃至老死愁歎苦憂惱清淨何以故是行乃至老死愁歎苦憂惱清淨與一切智智清淨無二無二分無別無斷故善現布施波羅蜜多清淨即一切智智清淨一切智智清淨即布施波羅蜜多清淨何以故是布施波羅蜜多清淨與一切智智清淨無二無二分無別無斷故淨戒安忍精進靜慮般若波羅蜜多清淨即一切智智清淨一切智智清淨即淨戒乃至般若波羅蜜多清淨何以故是淨戒乃至般若波羅蜜多清淨與一切智智清淨無二無二分無別無斷故善現內空清淨即一切智智清淨一切智智清淨即內空清淨何以故是內空清淨與一切智智清淨無二無二分無別無斷故外空內外

空空空大空勝義空有爲空無爲空畢竟空無際空散空無變異空本性空自相空共相空一切法空不可得空無性空自性空無性自性空清淨即一切智智清淨一切智智清淨即外空乃至無性自性空清淨何以故是外空乃至無性自性空清淨與一切智智清淨無二無二分無別無斷故善現眞如清淨即一切智智清淨一切智智清淨即眞如清淨何以故是眞如清淨與一切智智清淨無二無二分無別無斷故法界法性不虛妄性不變異性平等性離生性法定法住實際虛空界不思議界清淨即一切智智清淨一切智智清淨即法界乃至不思議界清淨何以故是法界乃至不思議界清淨與一切智智清淨無二無二分無別無斷故善現苦聖諦清淨即一切智智清淨一切智智清淨即苦聖諦清淨何以故是苦聖諦清淨與一切智智清淨無二無二分無別無斷故集滅道聖諦清淨即一切智智清淨一切智智清淨即集滅道聖諦清淨何以故是集滅道聖諦清淨與一切智智清淨無二無二分無別無斷故善現四靜慮清淨即一切智智清淨一切智智清淨即四靜慮清淨何以故是四靜慮清淨與一切智智清淨無二無二分無別無斷故四無量四無色定清淨即一切智智清淨一切智智清淨即四無量四無色定清淨何以故是四無量四無色定清淨與一切智智清淨無二無二分無別無斷故善現八解脫清淨即一切智智清淨一切智智清淨即八解脫清淨何以故是八解脫清淨與一切

智智清淨無二無二分無別無斷故八勝處九次第定十遍處清淨即一切智智清淨一切智智清淨即八勝處九次第定十遍處清淨何以故是八勝處九次第定十遍處清淨與一切智智清淨無二無二分無別無斷故善現四念住清淨即一切智智清淨一切智智清淨即四念住清淨何以故是四念住清淨與一切智智清淨無二無二分無別無斷故四正斷四神足五根五力七等覺支八聖道支清淨即一切智智清淨一切智智清淨即四正斷乃至八聖道支清淨何以故是四正斷乃至八聖道支清淨與一切智智清淨無二無二分無別無斷故善現空解脱門清淨即一切智智清淨一切智智清淨即空解脱門清淨何以故是空解脱門清淨與一切智智清淨無二無二分無別無斷故無相無願解脱門清淨即一切智智清淨一切智智清淨即無相無願解脱門清淨何以故是無相無願解脱門清淨與一切智智清淨無二無二分無別無斷故善現菩薩十地清淨即一切智智清淨一切智智清淨即菩薩十地清淨何以故是菩薩十地清淨與一切智智清淨無二無二分無別無斷故善現五眼清淨即一切智智清淨一切智智清淨即五眼清淨何以故是五眼清淨與一切智智清淨無二無二分無別無斷故六神通清淨即一切智智清淨一切智智清淨即六神通清淨何以故是六神通清淨與一切智智清淨無二無二分無別無斷故善現佛十力清淨即一切智智清淨一切智智清淨即佛十力清

淨何以故是佛十力清淨與一切智智清淨無二無二分無別無斷故四無所畏四無礙解大慈大悲大喜大捨十八佛不共法清淨即一切智智清淨一切智智清淨即四無所畏乃至十八佛不共法清淨何以故是四無所畏乃至十八佛不共法清淨與一切智智清淨無二無二分無別無斷故善現無忘失法清淨即一切智智清淨一切智智清淨即無忘失法清淨何以故是無忘失法清淨與一切智智清淨無二無二分無別無斷故恒住捨性清淨即一切智智清淨一切智智清淨即恒住捨性清淨何以故是恒住捨性清淨與一切智智清淨無二無二分無別無斷故善現一切智清淨即一切智智清淨一切智智清淨即一切智清淨何以故是一切智清淨與一切智智清淨無二無二分無別無斷故道相智一切相智清淨即一切智智清淨一切智智清淨即道相智一切相智清淨何以故是道相智一切相智清淨與一切智智清淨無二無二分無別無斷故善現一切陀羅尼門清淨即一切智智清淨一切智智清淨即一切陀羅尼門清淨何以故是一切陀羅尼門清淨與一切智智清淨無二無二分無別無斷故一切三摩地門清淨即一切智智清淨一切智智清淨即一切三摩地門清淨何以故是一切三摩地門清淨與一切智智清淨無二無二分無別無斷故善現預流果清淨即一切智智清淨一切智智清淨即預流果清淨何以故是預流果清淨與一切智智清淨無二無二分無別無斷故一來

不還阿羅漢果清淨即一切智智清淨一切智智清淨即一來不還阿羅漢果清淨何以故是一來不還阿羅漢果清淨與一切智智清淨無二無二分無別無斷故善現獨覺菩提清淨即一切智智清淨一切智智清淨即獨覺菩提清淨何以故是獨覺菩提清淨與一切智智清淨無二無二分無別無斷故善現一切菩薩摩訶薩行清淨即一切智智清淨一切智智清淨即一切菩薩摩訶薩行清淨何以故是一切菩薩摩訶薩行清淨與一切智智清淨無二無二分無別無斷故善現諸佛無上正等菩提清淨即一切智智清淨一切智智清淨即諸佛無上正等菩提清淨何以故是諸佛無上正等菩提清淨與一切智智清淨無二無二分無別無斷故復次善

現我清淨即色清淨色清淨即我清淨何以故是我清淨與色清淨無二無二分無別無斷故我清淨即受想行識清淨受想行識清淨即我清淨何以故是我清淨與受想行識清淨無二無二分無別無斷故有情清淨即色清淨色清淨即有情清淨何以故是有情清淨與色清淨無二無二分無別無斷故有情清淨即受想行識清淨受想行識清淨即有情清淨何以故是有情清淨與受想行識清淨無二無二分無別無斷故命者清淨即色清淨色清淨即命者清淨何以故是命者清淨與色清淨無二無二分無別無斷故命者清淨即受想行識清淨受想行識清淨即命者清淨何以故是命者清淨與受想行識清淨無二無二分無別無斷故生者清淨即

色清淨色清淨即生者清淨何以故是生者
清淨與色清淨無二無二分無別無斷故生
者清淨即受想行識清淨受想行識清淨即
生者清淨何以故是生者清淨與受想行識
清淨無二無二分無別無斷故養育者清淨
即色清淨色清淨即養育者清淨何以故是
養育者清淨與色清淨無二無二分無別無
斷故養育者清淨即受想行識清淨受想行
識清淨即養育者清淨何以故是養育者清
淨與受想行識清淨無二無二分無別無斷
故士夫清淨即色清淨色清淨即士夫清淨
何以故是士夫清淨與色清淨無二無二分
無別無斷故士夫清淨即受想行識清淨受
想行識清淨即士夫清淨何以故是士夫清
淨與受想行識清淨無二無二分無別無斷

故補特伽羅清淨即色清淨色清淨即補特
伽羅清淨何以故是補特伽羅清淨與色清
淨無二無二分無別無斷故補特伽羅清淨
即受想行識清淨受想行識清淨即補特伽
羅清淨何以故是補特伽羅清淨與受想行
識清淨無二無二分無別無斷故意生清淨
即色清淨色清淨即意生清淨何以故是意
生清淨與色清淨無二無二分無別無斷故
意生清淨即受想行識清淨受想行識清淨
即意生清淨何以故是意生清淨與受想行
識清淨無二無二分無別無斷故儒童清淨
即色清淨色清淨即儒童清淨何以故是儒
童清淨與色清淨無二無二分無別無斷故
儒童清淨即受想行識清淨受想行識清淨
即儒童清淨何以故是儒童清淨與受想行

識清淨無二無二分無別無斷故作者清淨即色清淨色清淨即作者清淨何以故是作者清淨與色清淨無二無二分無別無斷故作者清淨即受想行識清淨受想行識清淨即作者清淨何以故是作者清淨與受想行識清淨無二無二分無別無斷故受者清淨即色清淨色清淨即受者清淨何以故是受者清淨與色清淨無二無二分無別無斷故受者清淨即受想行識清淨受想行識清淨即受者清淨何以故是受者清淨與受想行識清淨無二無二分無別無斷故知者清淨即色清淨色清淨即知者清淨何以故是知者清淨與色清淨無二無二分無別無斷故知者清淨即受想行識清淨受想行識清淨即知者清淨何以故是知者清淨與受想行

識清淨無二無二分無別無斷故見者清淨即色清淨色清淨即見者清淨何以故是見者清淨與色清淨無二無二分無別無斷故見者清淨即受想行識清淨受想行識清淨即見者清淨何以故是見者清淨與受想行識清淨無二無二分無別無斷故復次善現我清淨即眼處清淨眼處清淨即我清淨何以故是我清淨與眼處清淨無二無二分無別無斷故我清淨即耳鼻舌身意處清淨耳鼻舌身意處清淨即我清淨何以故是我清淨與耳鼻舌身意處清淨無二無二分無別無斷故有情清淨即眼處清淨眼處清淨即有情清淨何以故是有情清淨與眼處清淨無二無二分無別無斷故有情清淨即耳鼻舌身意處清淨耳鼻舌身意處清淨即有情

清淨何以故是有情清淨與耳鼻舌身意處清淨無二無二分無別無斷故命者清淨即眼處清淨眼處清淨即命者清淨何以故是命者清淨與眼處清淨無二無二分無別無斷故命者清淨即耳鼻舌身意處清淨耳鼻舌身意處清淨即命者清淨何以故是命者清淨與耳鼻舌身意處清淨無二無二分無別無斷故生者清淨即眼處清淨眼處清淨即生者清淨何以故是生者清淨與眼處清淨無二無二分無別無斷故生者清淨即耳鼻舌身意處清淨耳鼻舌身意處清淨即生者清淨何以故是生者清淨與耳鼻舌身意處清淨無二無二分無別無斷故養育者清淨即眼處清淨眼處清淨即養育者清淨何以故是養育者清淨與眼處清淨無二無二分無別無斷故養育者清淨即耳鼻舌身意處清淨耳鼻舌身意處清淨即養育者清淨何以故是養育者清淨與耳鼻舌身意處清淨無二無二分無別無斷故士夫清淨即眼處清淨眼處清淨即士夫清淨何以故是士夫清淨與眼處清淨無二無二分無別無斷故士夫清淨即耳鼻舌身意處清淨耳鼻舌身意處清淨即士夫清淨何以故是士夫清淨與耳鼻舌身意處清淨無二無二分無別無斷故補特伽羅清淨即眼處清淨眼處清淨即補特伽羅清淨何以故是補特伽羅清淨與眼處清淨無二無二分無別無斷故補特伽羅清淨即耳鼻舌身意處清淨耳鼻舌身意處清淨即補特伽羅清淨何以故是補特伽羅清淨與耳鼻舌身意處清淨無二無

二分無別無斷故意生清淨即眼處清淨眼處清淨即意生清淨何以故是意生清淨與眼處清淨無二無二分無別無斷故意生清淨即耳鼻舌身意處清淨耳鼻舌身意處清淨即意生清淨何以故是意生清淨與耳鼻舌身意處清淨無二無二分無別無斷故儒童清淨即眼處清淨眼處清淨即儒童清淨何以故是儒童清淨與眼處清淨無二無二分無別無斷故儒童清淨即耳鼻舌身意處清淨耳鼻舌身意處清淨即儒童清淨何以故是儒童清淨與耳鼻舌身意處清淨無二無二分無別無斷故作者清淨即眼處清淨眼處清淨即作者清淨何以故是作者清淨與眼處清淨無二無二分無別無斷故作者清淨即耳鼻舌身意處清淨耳鼻舌身意處清淨即作者清淨何以故是作者清淨與耳鼻舌身意處清淨無二無二分無別無斷故受者清淨即眼處清淨眼處清淨即受者清淨何以故是受者清淨與眼處清淨無二無二分無別無斷故受者清淨即耳鼻舌身意處清淨耳鼻舌身意處清淨即受者清淨何以故是受者清淨與耳鼻舌身意處清淨無二無二分無別無斷故知者清淨即眼處清淨眼處清淨即知者清淨何以故是知者清淨與眼處清淨無二無二分無別無斷故知者清淨即耳鼻舌身意處清淨耳鼻舌身意處清淨即知者清淨何以故是知者清淨與耳鼻舌身意處清淨無二無二分無別無斷故見者清淨即眼處清淨眼處清淨即見者清淨何以故是見者清淨與眼處清淨無二

無二分無别無斷故見者清淨即耳鼻舌身意處清淨耳鼻舌身意處清淨即見者清淨何以故是見者清淨與耳鼻舌身意處清淨無二無二分無别無斷故

大般若波羅蜜多經卷第一百八十四

大般若波羅蜜多經卷第一百八十五

唐三藏法師玄奘奉　詔譯

初分難信解品第三十四之四

復次善現我清淨即色處清淨色處清淨即我清淨何以故是我清淨與色處清淨無二無二分無別無斷故我清淨即聲香味觸法處清淨聲香味觸法處清淨即我清淨何以故是我清淨與聲香味觸法處清淨無二無二分無別無斷故有情清淨即色處清淨色處清淨即有情清淨何以故是有情清淨與色處清淨無二無二分無別無斷故有情清淨即聲香味觸法處清淨聲香味觸法處清淨即有情清淨何以故是有情清淨與聲香味觸法處清淨無二無二分無別無斷故命者清淨即色處清淨色處清淨即命者清淨何以故是命者清淨與色處清淨無二無二分無別無斷故命者清淨即聲香味觸法處清淨聲香味觸法處清淨即命者清淨何以故是命者清淨與聲香味觸法處清淨無二無二分無別無斷故生者清淨即色處清淨色處清淨即生者清淨何以故是生者清淨與色處清淨無二無二分無別無斷故生者清淨即聲香味觸法處清淨聲香味觸法處清淨即生者清淨何以故是生者清淨與聲香味觸法處清淨無二無二分無別無斷故養育者清淨即色處清淨色處清淨即養育者清淨何以故是養育者清淨與色處清淨無二無二分無別無斷故養育者清淨即聲香味觸法處清淨聲香味觸法處清淨即養育者清淨何以故是養育者清淨與聲香味

觸法處清淨無二無二分無別無斷故士夫清淨即色處清淨色處清淨即士夫清淨何以故是士夫清淨與色處清淨無二無二分無別無斷故士夫清淨即聲香味觸法處清淨聲香味觸法處清淨即士夫清淨何以故是士夫清淨與聲香味觸法處清淨無二無二分無別無斷故補特伽羅清淨即色處清淨色處清淨即補特伽羅清淨何以故是補特伽羅清淨與色處清淨無二無二分無別無斷故補特伽羅清淨即聲香味觸法處清淨聲香味觸法處清淨即補特伽羅清淨何以故是補特伽羅清淨與聲香味觸法處清淨無二無二分無別無斷故意生清淨即色處清淨色處清淨即意生清淨何以故是意生清淨與色處清淨無二無二分無別無斷故意生清淨即聲香味觸法處清淨聲香味觸法處清淨即意生清淨何以故是意生清淨與聲香味觸法處清淨無二無二分無別無斷故儒童清淨即色處清淨色處清淨即儒童清淨何以故是儒童清淨與色處清淨無二無二分無別無斷故儒童清淨即聲香味觸法處清淨聲香味觸法處清淨即儒童清淨何以故是儒童清淨與聲香味觸法處清淨無二無二分無別無斷故作者清淨即色處清淨色處清淨即作者清淨何以故是作者清淨與色處清淨無二無二分無別無斷故作者清淨即聲香味觸法處清淨聲香味觸法處清淨即作者清淨何以故是作者清淨與聲香味觸法處清淨無二無二分無別無斷故受者清淨即色處清淨色處清淨

即受者清淨何以故是受者清淨與色處清淨無二無二分無別無斷故受者清淨即聲香味觸法處清淨聲香味觸法處清淨即受者清淨何以故是受者清淨與聲香味觸法處清淨無二無二分無別無斷故知者清淨即色處清淨色處清淨即知者清淨何以故是知者清淨與色處清淨無二無二分無別無斷故生者清淨即聲香味觸法處清淨聲香味觸法處清淨即知者清淨何以故是知者清淨與聲香味觸法處清淨無二無二分無別無斷故見者清淨即色處清淨色處清淨即見者清淨何以故是見者清淨與色處清淨無二無二分無別無斷故見者清淨即聲香味觸法處清淨聲香味觸法處清淨即見者清淨何以故是見者清淨與聲香味觸

法處清淨無二無二分無別無斷故復次善現我清淨即眼界清淨眼界清淨即我清淨何以故是我清淨與眼界清淨無二無二分無別無斷故我清淨即色界眼識界及眼觸眼觸爲緣所生諸受清淨色界乃至眼觸爲緣所生諸受清淨即我清淨何以故是我清淨與色界乃至眼觸爲緣所生諸受清淨無二無二分無別無斷故有情清淨即眼界清淨眼界清淨即有情清淨何以故是有情清淨與眼界清淨無二無二分無別無斷故有情清淨即色界眼識界及眼觸眼觸爲緣所生諸受清淨色界乃至眼觸爲緣所生諸受清淨即有情清淨何以故是有情清淨與色界乃至眼觸爲緣所生諸受清淨無二無二分無別無斷故命者清淨即眼界清淨眼界

清淨即命者清淨何以故是命者清淨與眼界清淨無二無二分無別無斷故命者清淨即色界眼識界及眼觸眼觸爲緣所生諸受清淨色界乃至眼觸爲緣所生諸受清淨即命者清淨何以故是命者清淨與色界乃至眼觸爲緣所生諸受清淨無二無二分無別無斷故生者清淨即眼界清淨眼界清淨即生者清淨何以故是生者清淨與眼界清淨無二無二分無別無斷故生者清淨即色界眼識界及眼觸眼觸爲緣所生諸受清淨色界乃至眼觸爲緣所生諸受清淨即生者清淨何以故是生者清淨與色界乃至眼觸爲緣所生諸受清淨無二無二分無別無斷故養育者清淨即眼界清淨眼界清淨即養育者清淨何以故是養育者清淨與眼界清淨無二無二分無別無斷故養育者清淨即色界眼識界及眼觸眼觸爲緣所生諸受清淨色界乃至眼觸爲緣所生諸受清淨即養育者清淨何以故是養育者清淨與色界乃至眼觸爲緣所生諸受清淨無二無二分無別無斷故士夫清淨即眼界清淨眼界清淨即士夫清淨何以故是士夫清淨與眼界清淨無二無二分無別無斷故士夫清淨即色界眼識界及眼觸眼觸爲緣所生諸受清淨色界乃至眼觸爲緣所生諸受清淨即士夫清淨何以故是士夫清淨與色界乃至眼觸爲緣所生諸受清淨無二無二分無別無斷故補特伽羅清淨即眼界清淨眼界清淨即補特伽羅清淨何以故是補特伽羅清淨與眼界清淨無二無二分無別無斷故補特伽羅

清淨即色界眼識界及眼觸眼觸爲緣所生諸受清淨色界乃至眼觸爲緣所生諸受清淨即補特伽羅清淨何以故是補特伽羅清淨與色界乃至眼觸爲緣所生諸受清淨無二無二分無別無斷故意生清淨即眼界清淨眼界清淨即意生清淨何以故是意生清淨與眼界清淨無二無二分無別無斷故意生清淨即色界眼識界及眼觸眼觸爲緣所生諸受清淨色界乃至眼觸爲緣所生諸受清淨即意生清淨何以故是意生清淨與色界乃至眼觸爲緣所生諸受清淨無二無二分無別無斷故儒童清淨即眼界清淨眼界清淨即儒童清淨何以故是儒童清淨與眼界清淨無二無二分無別無斷故儒童清淨即色界眼識界及眼觸眼觸爲緣所生諸受清淨色界乃至眼觸爲緣所生諸受清淨即儒童清淨何以故是儒童清淨與色界乃至眼觸爲緣所生諸受清淨無二無二分無別無斷故作者清淨即眼界清淨眼界清淨即作者清淨何以故是作者清淨與眼界清淨無二無二分無別無斷故作者清淨即色界眼識界及眼觸眼觸爲緣所生諸受清淨色界乃至眼觸爲緣所生諸受清淨即作者清淨何以故是作者清淨與色界乃至眼觸爲緣所生諸受清淨無二無二分無別無斷故受者清淨即眼界清淨眼界清淨即受者清淨何以故是受者清淨與眼界清淨無二無二分無別無斷故受者清淨即色界眼識界及眼觸眼觸爲緣所生諸受清淨色界乃至眼觸爲緣所生諸受清淨即受者清淨何以

故是受者清淨與色界乃至眼觸為緣所生諸受清淨無二無二分無別無斷故知者清淨即眼界清淨眼界清淨即知者清淨何以故是知者清淨與眼界清淨無二無二分無別無斷故知者清淨即色界眼識界及眼觸眼觸為緣所生諸受清淨色界乃至眼觸為緣所生諸受清淨即知者清淨何以故是知者清淨與色界乃至眼觸為緣所生諸受清淨無二無二分無別無斷故見者清淨即眼界清淨眼界清淨即見者清淨何以故是見者清淨與眼界清淨無二無二分無別無斷故見者清淨即色界眼識界及眼觸眼觸為緣所生諸受清淨色界乃至眼觸為緣所生諸受清淨即見者清淨何以故是見者清淨與色界乃至眼觸為緣所生諸受清淨無二無二分無別無斷故復次善現我清淨即耳界清淨耳界清淨即我清淨何以故是我清淨與耳界清淨無二無二分無別無斷故我清淨即聲界耳識界及耳觸耳觸為緣所生諸受清淨聲界乃至耳觸為緣所生諸受清淨即我清淨何以故是我清淨與聲界乃至耳觸為緣所生諸受清淨無二無二分無別無斷故有情清淨即耳界清淨耳界清淨即有情清淨何以故是有情清淨與耳界清淨無二無二分無別無斷故有情清淨即聲界耳識界及耳觸耳觸為緣所生諸受清淨聲界乃至耳觸為緣所生諸受清淨即有情清淨何以故是有情清淨與聲界乃至耳觸為緣所生諸受清淨無二無二分無別無斷故命者清淨即耳界清淨耳界清淨即命者清

淨何以故是命者清淨與耳界清淨無二無二分無别無斷故命者清淨即聲界耳識界及耳觸耳觸爲緣所生諸受清淨聲界乃至耳觸爲緣所生諸受清淨即命者清淨何以故是命者清淨與聲界乃至耳觸爲緣所生諸受清淨無二無二分無别無斷故生者清淨即耳界清淨耳界清淨即生者清淨何以故是生者清淨與耳界清淨無二無二分無别無斷故生者清淨即聲界耳識界及耳觸耳觸爲緣所生諸受清淨聲界乃至耳觸爲緣所生諸受清淨即生者清淨何以故是生者清淨與聲界乃至耳觸爲緣所生諸受清淨無二無二分無别無斷故養育者清淨即耳界清淨耳界清淨即養育者清淨何以故是養育者清淨與耳界清淨無二無二分無别無斷故養育者清淨即聲界耳識界及耳觸耳觸爲緣所生諸受清淨聲界乃至耳觸爲緣所生諸受清淨即養育者清淨何以故是養育者清淨與聲界乃至耳觸爲緣所生諸受清淨無二無二分無别無斷故士夫清淨即耳界清淨耳界清淨即士夫清淨何以故是士夫清淨與耳界清淨無二無二分無别無斷故士夫清淨即聲界耳識界及耳觸耳觸爲緣所生諸受清淨聲界乃至耳觸爲緣所生諸受清淨即士夫清淨何以故是士夫清淨與聲界乃至耳觸爲緣所生諸受清淨無二無二分無别無斷故補特伽羅清淨即耳界清淨耳界清淨即補特伽羅清淨何以故是補特伽羅清淨與耳界清淨無二無二分無别無斷故補特伽羅清淨即聲界耳

識界及耳觸耳觸爲緣所生諸受清淨聲界乃至耳觸爲緣所生諸受清淨即補特伽羅清淨何以故是補特伽羅清淨與聲界乃至耳觸爲緣所生諸受清淨無二無二分無別無斷故意生清淨即耳界清淨耳界清淨即意生清淨何以故是意生清淨與耳界清淨無二無二分無別無斷故意生清淨即聲界耳識界及耳觸耳觸爲緣所生諸受清淨聲界乃至耳觸爲緣所生諸受清淨即意生清淨何以故是意生清淨與聲界乃至耳觸爲緣所生諸受清淨無二無二分無別無斷故儒童清淨即耳界清淨耳界清淨即儒童清淨何以故是儒童清淨與耳界清淨無二無二分無別無斷故儒童清淨即聲界耳識界及耳觸耳觸爲緣所生諸受清淨聲界乃至耳觸爲緣所生諸受清淨即儒童清淨何以故是儒童清淨與聲界乃至耳觸爲緣所生諸受清淨無二無二分無別無斷故作者清淨即耳界清淨耳界清淨即作者清淨何以故是作者清淨與耳界清淨無二無二分無別無斷故作者清淨即聲界耳識界及耳觸耳觸爲緣所生諸受清淨聲界乃至耳觸爲緣所生諸受清淨即作者清淨何以故是作者清淨與聲界乃至耳觸爲緣所生諸受清淨無二無二分無別無斷故受者清淨即耳界清淨耳界清淨即受者清淨何以故是受者清淨與耳界清淨無二無二分無別無斷故受者清淨即聲界耳識界及耳觸耳觸爲緣所生諸受清淨聲界乃至耳觸爲緣所生諸受清淨即受者清淨何以故是受者清淨

與聲界乃至耳觸爲緣所生諸受清淨無二無二分無別無斷故知者清淨即耳界清淨耳界清淨即知者清淨何以故是知者清淨與耳界清淨無二無二分無別無斷故知者清淨即聲界耳識界及耳觸耳觸爲緣所生諸受清淨聲界乃至耳觸爲緣所生諸受清淨即知者清淨何以故是知者清淨與聲界乃至耳觸爲緣所生諸受清淨無二無二分無別無斷故見者清淨即耳界清淨耳界清淨即見者清淨何以故是見者清淨與耳界清淨無二無二分無別無斷故見者清淨即聲界耳識界及耳觸耳觸爲緣所生諸受清淨聲界乃至耳觸爲緣所生諸受清淨即見者清淨何以故是見者清淨與聲界乃至耳觸爲緣所生諸受清淨無二無二分無別無斷故復次善現我清淨即鼻界清淨鼻界清淨即我清淨何以故是我清淨與鼻界清淨無二無二分無別無斷故我清淨即香界鼻識界及鼻觸鼻觸爲緣所生諸受清淨香界乃至鼻觸爲緣所生諸受清淨即我清淨何以故是我清淨與香界乃至鼻觸爲緣所生諸受清淨無二無二分無別無斷故有情清淨即鼻界清淨鼻界清淨即有情清淨何以故是有情清淨與鼻界清淨無二無二分無別無斷故有情清淨即香界鼻識界及鼻觸鼻觸爲緣所生諸受清淨香界乃至鼻觸爲緣所生諸受清淨即有情清淨何以故是有情清淨與香界乃至鼻觸爲緣所生諸受清淨無二無二分無別無斷故命者清淨即鼻界清淨鼻界清淨即命者清淨何以故是命

者清淨與鼻界清淨無二無二分無別無斷故命者清淨即香界鼻識界及鼻觸鼻觸爲緣所生諸受清淨香界乃至鼻觸爲緣所生諸受清淨即命者清淨何以故是命者清淨與香界乃至鼻觸爲緣所生諸受清淨無二無二分無別無斷故生者清淨即鼻界清淨鼻界清淨即生者清淨何以故是生者清淨與鼻界清淨無二無二分無別無斷故生者清淨即香界鼻識界及鼻觸鼻觸爲緣所生諸受清淨香界乃至鼻觸爲緣所生諸受清淨即生者清淨何以故是生者清淨與香界乃至鼻觸爲緣所生諸受清淨無二無二分無別無斷故養育者清淨即鼻界清淨鼻界清淨即養育者清淨何以故是養育者清淨與鼻界清淨無二無二分無別無斷故養育者清淨即香界鼻識界及鼻觸鼻觸爲緣所生諸受清淨香界乃至鼻觸爲緣所生諸受清淨即養育者清淨何以故是養育者清淨與香界乃至鼻觸爲緣所生諸受清淨無二無二分無別無斷故士夫清淨即鼻界清淨鼻界清淨即士夫清淨何以故是士夫清淨與鼻界清淨無二無二分無別無斷故士夫清淨即香界鼻識界及鼻觸鼻觸爲緣所生諸受清淨香界乃至鼻觸爲緣所生諸受清淨即士夫清淨何以故是士夫清淨與香界乃至鼻觸爲緣所生諸受清淨無二無二分無別無斷故補特伽羅清淨即鼻界清淨鼻界清淨即補特伽羅清淨何以故是補特伽羅清淨與鼻界清淨無二無二分無別無斷故補特伽羅清淨即香界鼻識界及鼻觸鼻

觸爲緣所生諸受清淨香界乃至鼻觸爲緣所生諸受清淨即補特伽羅清淨何以故是補特伽羅清淨與香界乃至鼻觸爲緣所生諸受清淨無二無二分無別無斷故意生清淨即鼻界清淨鼻界清淨即意生清淨何以故是意生清淨與鼻界清淨無二無二分無別無斷故意生清淨即香界鼻識界及鼻觸鼻觸爲緣所生諸受清淨香界乃至鼻觸爲緣所生諸受清淨即意生清淨何以故是意生清淨與香界乃至鼻觸爲緣所生諸受清淨無二無二分無別無斷故儒童清淨即鼻界清淨鼻界清淨即儒童清淨何以故是儒童清淨與鼻界清淨無二無二分無別無斷故儒童清淨即香界鼻識界及鼻觸鼻觸爲緣所生諸受清淨香界乃至鼻觸爲緣所生

諸受清淨即儒童清淨何以故是儒童清淨與香界乃至鼻觸爲緣所生諸受清淨無二無二分無別無斷故作者清淨即鼻界清淨鼻界清淨即作者清淨何以故是作者清淨與鼻界清淨無二無二分無別無斷故作者清淨即香界鼻識界及鼻觸鼻觸爲緣所生諸受清淨香界乃至鼻觸爲緣所生諸受清淨即作者清淨何以故是作者清淨與香界乃至鼻觸爲緣所生諸受清淨無二無二分無別無斷故受者清淨即鼻界清淨鼻界清淨即受清清淨何以故是受者清淨與鼻界清淨無二無二分無別無斷故受者清淨即香界鼻識界及鼻觸鼻觸爲緣所生諸受清淨香界乃至鼻觸爲緣所生諸受清淨即受者清淨何以故是受清清淨與香界乃至鼻

觸爲緣所生諸受清淨無二無二分無別無斷故知者清淨即鼻界清淨鼻界清淨即知者清淨何以故是知者清淨與鼻界清淨無二無二分無別無斷故知者清淨即香界鼻識界及鼻觸鼻觸爲緣所生諸受清淨香界乃至鼻觸爲緣所生諸受清淨即知者清淨何以故是知者清淨與香界乃至鼻觸爲緣所生諸受清淨無二無二分無別無斷故見者清淨即鼻界清淨鼻界清淨即見者清淨何以故是見者清淨與鼻界清淨無二無二分無別無斷故見者清淨即香界鼻識界及鼻觸鼻觸爲緣所生諸受清淨香界乃至鼻觸爲緣所生諸受清淨即見者清淨何以故是見者清淨與香界乃至鼻觸爲緣所生諸受清淨無二無二分無別無斷故復次善現我清淨即舌界清淨舌界清淨即我清淨何以故是我清淨與舌界清淨無二無二分無別無斷故我清淨即味界舌識界及舌觸舌觸爲緣所生諸受清淨味界乃至舌觸爲緣所生諸受清淨即我清淨何以故是我清淨與味界乃至舌觸爲緣所生諸受清淨無二無二分無別無斷故有情清淨即舌界清淨舌界清淨即有情清淨何以故是有情清淨與舌界清淨無二無二分無別無斷故有情清淨即味界舌識界及舌觸舌觸爲緣所生諸受清淨味界乃至舌觸爲緣所生諸受清淨即有情清淨何以故是有情清淨與味界乃至舌觸爲緣所生諸受清淨無二無二分無別無斷故命者清淨即舌界清淨舌界清淨即命者清淨何以故是命者清淨與舌界

清淨無二無二分無別無斷故命者清淨即味界舌識界及舌觸舌觸爲緣所生諸受清淨味界乃至舌觸爲緣所生諸受清淨即命者清淨何以故是命者清淨與味界乃至舌觸爲緣所生諸受清淨無二無二分無別無斷故生者清淨即舌界清淨舌界清淨即生者清淨何以故是生者清淨與舌界清淨無二無二分無別無斷故生者清淨即味界舌識界及舌觸舌觸爲緣所生諸受清淨味界乃至舌觸爲緣所生諸受清淨即生者清淨何以故是生者清淨與味界乃至舌觸爲緣所生諸受清淨無二無二分無別無斷故養育者清淨即舌界清淨舌界清淨即養育者清淨何以故是養育者清淨與舌界清淨無二無二分無別無斷故養育者清淨即味界

舌識界及舌觸舌觸爲緣所生諸受清淨味界乃至舌觸爲緣所生諸受清淨即養育者清淨何以故是養育者清淨與味界乃至舌觸爲緣所生諸受清淨無二無二分無別無斷故士夫清淨即舌界清淨舌界清淨即士夫清淨何以故是士夫清淨與舌界清淨無二無二分無別無斷故士夫清淨即味界舌識界及舌觸舌觸爲緣所生諸受清淨味界乃至舌觸爲緣所生諸受清淨即士夫清淨何以故是士夫清淨與味界乃至舌觸爲緣所生諸受清淨無二無二分無別無斷故補特伽羅清淨即舌界清淨舌界清淨即補特伽羅清淨何以故是補特伽羅清淨與舌界清淨無二無二分無別無斷故補特伽羅清淨即味界舌識界及舌觸舌觸爲緣所生諸

受清淨味界乃至舌觸爲緣所生諸受清淨即補特伽羅清淨何以故是補特伽羅清淨與味界乃至舌觸爲緣所生諸受清淨無二無二分無別無斷故意生清淨即舌界清淨舌界清淨即意生清淨何以故是意生清淨與舌界清淨無二無二分無別無斷故意生清淨即味界舌識界及舌觸舌觸爲緣所生諸受清淨味界乃至舌觸爲緣所生諸受清淨即意生清淨何以故是意生清淨與味界乃至舌觸爲緣所生諸受清淨無二無二分無別無斷故儒童清淨即舌界清淨舌界清淨即儒童清淨何以故是儒童清淨與舌界清淨無二無二分無別無斷故儒童清淨即味界舌識界及舌觸舌觸爲緣所生諸受清淨味界乃至舌觸爲緣所生諸受清淨即儒童清淨何以故是儒童清淨與味界乃至舌觸爲緣所生諸受清淨無二無二分無別無斷故作者清淨即舌界清淨舌界清淨即作者清淨何以故是作者清淨與舌界清淨無二無二分無別無斷故作者清淨即味界舌識界及舌觸舌觸爲緣所生諸受清淨味界乃至舌觸爲緣所生諸受清淨即作者清淨何以故是作者清淨與味界乃至舌觸爲緣所生諸受清淨無二無二分無別無斷故受者清淨即舌界清淨舌界清淨即受者清淨何以故是受者清淨與舌界清淨無二無二分無別無斷故受者清淨即味界舌識界及舌觸舌觸爲緣所生諸受清淨味界乃至舌觸爲緣所生諸受清淨即受者清淨何以故是受者清淨與味界乃至舌觸爲緣所生諸

受清淨無二無二分無別無斷故知者清淨即舌界清淨舌界清淨即知者清淨何以故是知者清淨與舌界清淨無二無二分無別無斷故知者清淨即味界舌識界及舌觸舌觸爲緣所生諸受清淨味界乃至舌觸爲緣所生諸受清淨即知者清淨何以故是知者清淨與味界乃至舌觸爲緣所生諸受清淨無二無二分無別無斷故見者清淨即舌界清淨舌界清淨即見者清淨何以故是見者清淨與舌界清淨無二無二分無別無斷故見者清淨即味界舌識界及舌觸舌觸爲緣所生諸受清淨味界乃至舌觸爲緣所生諸受清淨即見者清淨何以故是見者清淨與味界乃至舌觸爲緣所生諸受清淨無二無二分無別無斷故

大般若波羅蜜多經卷第一百八十五

大般若波羅蜜多經卷第一百八十六

唐三藏法師玄奘奉　詔譯

初分難信解品第三十四之五

復次善現我清淨即身界清淨身界清淨即我清淨何以故是我清淨與身界清淨無二無二分無別無斷故我清淨即觸界身識界及身觸身觸爲緣所生諸受清淨觸界乃至身觸爲緣所生諸受清淨即我清淨何以故是我清淨與觸界乃至身觸爲緣所生諸受清淨無二無二分無別無斷故有情清淨即身界清淨身界清淨即有情清淨何以故是有情清淨與身界清淨無二無二分無別無斷故有情清淨即觸界身識界及身觸身觸爲緣所生諸受清淨觸界乃至身觸爲緣所生諸受清淨即有情清淨何以故是有情清淨與觸界乃至身觸爲緣所生諸受清淨無二無二分無別無斷故命者清淨即身界清淨身界清淨即命者清淨何以故是命者清淨與身界清淨無二無二分無別無斷故命者清淨即觸界身識界及身觸身觸爲緣所生諸受清淨觸界乃至身觸爲緣所生諸受清淨即命者清淨何以故是命者清淨與觸界乃至身觸爲緣所生諸受清淨無二無二分無別無斷故生者清淨即身界清淨身界清淨即生者清淨何以故是生者清淨與身界清淨無二無二分無別無斷故生者清淨即觸界身識界及身觸身觸爲緣所生諸受清淨觸界乃至身觸爲緣所生諸受清淨即生者清淨何以故是生者清淨與觸界乃至身觸爲緣所生諸受清淨無二無二分無別

無斷故養育者清淨即身界清淨身界清淨即養育者清淨何以故是養育者清淨與身界清淨無二無二分無別無斷故養育者清淨即觸界身識界及身觸身觸爲緣所生諸受清淨觸界乃至身觸爲緣所生諸受清淨即養育者清淨何以故是養育者清淨與觸界乃至身觸爲緣所生諸受清淨無二無二分無別無斷故士夫清淨即身界清淨身界清淨即士夫清淨何以故是士夫清淨與身界清淨無二無二分無別無斷故士夫清淨即觸界身識界及身觸身觸爲緣所生諸受清淨觸界乃至身觸爲緣所生諸受清淨即士夫清淨何以故是士夫清淨與觸界乃至身觸爲緣所生諸受清淨無二無二分無別無斷故補特伽羅清淨即身界清淨身界清淨即補特伽羅清淨何以故是補特伽羅清淨與身界清淨無二無二分無別無斷故補特伽羅清淨即觸界身識界及身觸身觸爲緣所生諸受清淨觸界乃至身觸爲緣所生諸受清淨即補特伽羅清淨何以故是補特伽羅清淨與觸界乃至身觸爲緣所生諸受清淨無二無二分無別無斷故意生清淨即身界清淨身界清淨即意生清淨何以故是意生清淨與身界清淨無二無二分無別無斷故意生清淨即觸界身識界及身觸身觸爲緣所生諸受清淨觸界乃至身觸爲緣所生諸受清淨即意生清淨何以故是意生清淨與觸界乃至身觸爲緣所生諸受清淨無二無二分無別無斷故儒童清淨即身界清淨身界清淨即儒童清淨何以故是儒童清

淨與身界清淨無二無二分無別無斷故儒童清淨即觸界身識界及身觸身觸爲緣所生諸受清淨觸界乃至身觸爲緣所生諸受清淨即儒童清淨何以故是儒童清淨與觸界乃至身觸爲緣所生諸受清淨無二無二分無別無斷故作者清淨即身界清淨身界清淨即作者清淨何以故是作者清淨與身界清淨無二無二分無別無斷故作者清淨即觸界身識界及身觸身觸爲緣所生諸受清淨觸界乃至身觸爲緣所生諸受清淨即作者清淨何以故是作者清淨與觸界乃至身觸爲緣所生諸受清淨無二無二分無別無斷故受者清淨即身界清淨身界清淨即受者清淨何以故是受者清淨與身界清淨無二無二分無別無斷故受者清淨即觸界身識界及身觸身觸爲緣所生諸受清淨觸界乃至身觸爲緣所生諸受清淨即受者清淨何以故是受者清淨與觸界乃至身觸爲緣所生諸受清淨無二無二分無別無斷故知者清淨即身界清淨身界清淨即知者清淨何以故是知者清淨與身界清淨無二無二分無別無斷故知者清淨即觸界身識界及身觸身觸爲緣所生諸受清淨觸界乃至身觸爲緣所生諸受清淨即知者清淨何以故是知者清淨與觸界乃至身觸爲緣所生諸受清淨無二無二分無別無斷故見者清淨即身界清淨身界清淨即見者清淨何以故是見者清淨與身界清淨無二無二分無別無斷故見者清淨即觸界身識界及身觸身觸爲緣所生諸受清淨觸界乃至身觸爲

緣所生諸受清淨即見者清淨何以故是見者清淨與觸界乃至身觸爲緣所生諸受清淨無二無二分無別無斷故復次善現我清淨即意界清淨意界清淨即我清淨何以故是我清淨與意界清淨無二無二分無別無斷故我清淨即法界意識界及意觸意觸爲緣所生諸受清淨法界乃至意觸爲緣所生諸受清淨即我清淨何以故是我清淨與法界乃至意觸爲緣所生諸受清淨無二無二分無別無斷故有情清淨即意界清淨意界清淨即有情清淨何以故是有情清淨與意界清淨無二無二分無別無斷故有情清淨即法界意識界及意觸意觸爲緣所生諸受清淨法界乃至意觸爲緣所生諸受清淨即有情清淨何以故是有情清淨與法界乃至意觸爲緣所生諸受清淨無二無二分無別無斷故命者清淨即意界清淨意界清淨即命者清淨何以故是命者清淨與意界清淨無二無二分無別無斷故命者清淨即法界意識界及意觸意觸爲緣所生諸受清淨法界乃至意觸爲緣所生諸受清淨即命者清淨何以故是命者清淨與法界乃至意觸爲緣所生諸受清淨無二無二分無別無斷故生者清淨即意界清淨意界清淨即生者清淨何以故是生者清淨與意界清淨無二無二分無別無斷故生者清淨即法界意識界及意觸意觸爲緣所生諸受清淨法界乃至意觸爲緣所生諸受清淨即生者清淨何以故是生者清淨與法界乃至意觸爲緣所生諸受清淨無二無二分無別無斷故養育者

清淨即意界清淨意界清淨即養育者清淨何以故是養育者清淨與意界清淨無二無二分無别無斷故養育者清淨即法界意識界及意觸意觸爲縁所生諸受清淨法界乃至意觸爲縁所生諸受清淨即養育者清淨何以故是養育者清淨與法界乃至意觸爲縁所生諸受清淨無二無二分無别無斷故士夫清淨即意界清淨意界清淨即士夫清淨何以故是士夫清淨與意界清淨無二無二分無别無斷故士夫清淨即法界意識界及意觸意觸爲縁所生諸受清淨法界乃至意觸爲縁所生諸受清淨即士夫清淨何以故是士夫清淨與法界乃至意觸爲縁所生諸受清淨無二無二分無别無斷故補特伽羅清淨即意界清淨意界清淨即補特伽羅清淨何以故是補特伽羅清淨與意界清淨無二無二分無别無斷故補特伽羅清淨即法界意識界及意觸意觸爲縁所生諸受清淨法界乃至意觸爲縁所生諸受清淨即補特伽羅清淨何以故是補特伽羅清淨與法界乃至意觸爲縁所生諸受清淨無二無二分無别無斷故意生清淨即意界清淨意界清淨即意生清淨何以故是意生清淨與意界清淨無二無二分無别無斷故意生清淨即法界意識界及意觸意觸爲縁所生諸受清淨法界乃至意觸爲縁所生諸受清淨即意生清淨何以故是意生清淨與法界乃至意觸爲縁所生諸受清淨無二無二分無别無斷故儒童清淨即意界清淨意界清淨即儒童清淨何以故是儒童清淨與意界清淨

無二無二分無別無斷故儒童清淨即法界意識界及意觸意觸爲緣所生諸受清淨法界乃至意觸爲緣所生諸受清淨即儒童清淨何以故是儒童清淨與法界乃至意觸爲緣所生諸受清淨無二無二分無別無斷故作者清淨即意界清淨意界清淨即作者清淨何以故是作者清淨與意界清淨無二無二分無別無斷故作者清淨即法界意識界及意觸意觸爲緣所生諸受清淨法界乃至意觸爲緣所生諸受清淨即作者清淨何以故是作者清淨與法界乃至意觸爲緣所生諸受清淨無二無二分無別無斷故受者清淨即意界清淨意界清淨即受者清淨何以故是受者清淨與意界清淨無二無二分無別無斷故受者清淨即法界意識界及意觸意觸爲緣所生諸受清淨法界乃至意觸爲緣所生諸受清淨即受者清淨何以故是受者清淨與法界乃至意觸爲緣所生諸受清淨無二無二分無別無斷故知者清淨即意界清淨意界清淨即知者清淨何以故是知者清淨與意界清淨無二無二分無別無斷故知者清淨即法界意識界及意觸意觸爲緣所生諸受清淨法界乃至意觸爲緣所生諸受清淨即知者清淨何以故是知者清淨與法界乃至意觸爲緣所生諸受清淨無二無二分無別無斷故見者清淨即意界清淨意界清淨即見者清淨何以故是見者清淨與意界清淨無二無二分無別無斷故見者清淨即法界意識界及意觸意觸爲緣所生諸受清淨法界乃至意觸爲緣所生諸受清

淨即見者清淨何以故是見者清淨與法界乃至意觸爲緣所生諸受清淨無二無二分無別無斷故復次善現我清淨即地界清淨地界清淨即我清淨何以故是我清淨與地界清淨無二無二分無別無斷故我清淨即水火風空識界清淨水火風空識界清淨即我清淨何以故是我清淨與水火風空識界清淨無二無二分無別無斷故有情清淨即地界清淨地界清淨即有情清淨何以故是有情清淨與地界清淨無二無二分無別無斷故有情清淨即水火風空識界清淨水火風空識界清淨即有情清淨何以故是有情清淨與水火風空識界清淨無二無二分無別無斷故命者清淨即地界清淨地界清淨即命者清淨何以故是命者清淨與地界清淨無二無二分無別無斷故命者清淨即水火風空識界清淨水火風空識界清淨即命者清淨何以故是命者清淨與水火風空識界清淨無二無二分無別無斷故生者清淨即地界清淨地界清淨即生者清淨何以故是生者清淨與地界清淨無二無二分無別無斷故生者清淨即水火風空識界清淨水火風空識界清淨即生者清淨何以故是生者清淨與水火風空識界清淨無二無二分無別無斷故養育者清淨即地界清淨地界清淨即養育者清淨何以故是養育者清淨與地界清淨無二無二分無別無斷故養育者清淨即水火風空識界清淨水火風空識界清淨即養育者清淨何以故是養育者清淨與水火風空識界清淨無二無二分無別

無斷故士夫清淨即地界清淨地界清淨即
士夫清淨何以故是士夫清淨與地界清淨
無二無二分無別無斷故士夫清淨即水火
風空識界清淨水火風空識界清淨即士夫
清淨何以故是士夫清淨與水火風空識界
清淨無二無二分無別無斷故補特伽羅清
淨即地界清淨地界清淨即補特伽羅清淨
何以故是補特伽羅清淨與地界清淨無二
無二分無別無斷故補特伽羅清淨即水火
風空識界清淨水火風空識界清淨即補特
伽羅清淨何以故是補特伽羅清淨與水火
風空識界清淨無二無二分無別無斷故意
生清淨即地界清淨地界清淨即意生清淨
何以故是意生清淨與地界清淨無二無二
分無別無斷故意生清淨即水火風空識界
清淨水火風空識界清淨即意生清淨何以
故是意生清淨與水火風空識界清淨無二
無二分無別無斷故儒童清淨即地界清淨
地界清淨即儒童清淨何以故是儒童清淨
與地界清淨無二無二分無別無斷故儒童
清淨即水火風空識界清淨水火風空識界
清淨即儒童清淨何以故是儒童清淨與水
火風空識界清淨無二無二分無別無斷故
作者清淨即地界清淨地界清淨即作者清
淨何以故是作者清淨與地界清淨無二無
二分無別無斷故作者清淨即水火風空識
界清淨水火風空識界清淨即作者清淨何
以故是作者清淨與水火風空識界清淨無
二無二分無別無斷故受者清淨即地界清
淨地界清淨即受者清淨何以故是受者清

淨與地界清淨無二無二分無別無斷故受者清淨即水火風空識界清淨水火風空識界清淨即受者清淨何以故是受者清淨與水火風空識界清淨無二無二分無別無斷故知者清淨即地界清淨地界清淨即知者清淨何以故是知者清淨與地界清淨無二無二分無別無斷故知者清淨即水火風空識界清淨水火風空識界清淨即知者清淨何以故是知者清淨與水火風空識界清淨無二無二分無別無斷故見者清淨即地界清淨地界清淨即見者清淨何以故是見者清淨與地界清淨無二無二分無別無斷故見者清淨即水火風空識界清淨水火風空識界清淨即見者清淨何以故是見者清淨與水火風空識界清淨無二無二分無別無斷故復次善現我清淨即無明清淨無明清淨即我清淨何以故是我清淨與無明清淨無二無二分無別無斷故我清淨即行識名色六處觸受愛取有生老死愁歎苦憂惱清淨行乃至老死愁歎苦憂惱清淨即我清淨何以故是我清淨與行乃至老死愁歎苦憂惱清淨無二無二分無別無斷故有情清淨即無明清淨無明清淨即有情清淨何以故是有情清淨與無明清淨無二無二分無別無斷故有情清淨即行識名色六處觸受愛取有生老死愁歎苦憂惱清淨行乃至老死愁歎苦憂惱清淨即有情清淨何以故是有情清淨與行乃至老死愁歎苦憂惱清淨無二無二分無別無斷故命者清淨即無明清淨無明清淨即命者清淨何以故是命者清

淨與無明清淨無二無二分無別無斷故命
者清淨即行識名色六處觸受愛取有生老
死愁歎苦憂惱清淨行乃至老死愁歎苦憂
惱清淨即命者清淨何以故是命者清淨與
行乃至老死愁歎苦憂惱清淨無二無二分
無別無斷故生者清淨即無明清淨無明清
淨即生者清淨何以故是生者清淨與無明
清淨無二無二分無別無斷故生者清淨即
行識名色六處觸受愛取有生老死愁歎苦
憂惱清淨行乃至老死愁歎苦憂惱清淨即
生者清淨何以故是生者清淨與行乃至老
死愁歎苦憂惱清淨無二無二分無別無斷
故養育者清淨即無明清淨無明清淨即養
育者清淨何以故是養育者清淨與無明清
淨無二無二分無別無斷故養育者清淨即
行識名色六處觸受愛取有生老死愁歎苦
憂惱清淨行乃至老死愁歎苦憂惱清淨即
養育者清淨何以故是養育者清淨與行乃
至老死愁歎苦憂惱清淨無二無二分無別
無斷故士夫清淨即無明清淨無明清淨即
士夫清淨何以故是士夫清淨與無明清淨
無二無二分無別無斷故士夫清淨即行識
名色六處觸受愛取有生老死愁歎苦憂惱
清淨行乃至老死愁歎苦憂惱清淨即士夫
清淨何以故是士夫清淨與行乃至老死愁
歎苦憂惱清淨無二無二分無別無斷故補
特伽羅清淨即無明清淨無明清淨即補特
伽羅清淨何以故是補特伽羅清淨與無明
清淨無二無二分無別無斷故補特伽羅清
淨即行識名色六處觸受愛取有生老死愁

歎苦憂惱清淨行乃至老死愁歎苦憂惱清淨即補特伽羅清淨何以故是補特伽羅清淨與行乃至老死愁歎苦憂惱清淨無二無二分無別無斷故意生清淨即無明清淨無明清淨即意生清淨何以故是意生清淨與無明清淨無二無二分無別無斷故意生清淨即行識名色六處觸受愛取有生老死愁歎苦憂惱清淨行乃至老死愁歎苦憂惱清淨即意生清淨何以故是意生清淨與行乃至老死愁歎苦憂惱清淨無二無二分無別無斷故儒童清淨即無明清淨無明清淨即儒童清淨何以故是儒童清淨與無明清淨無二無二分無別無斷故儒童清淨即行識名色六處觸受愛取有生老死愁歎苦憂惱清淨行乃至老死愁歎苦憂惱清淨即儒童

清淨何以故是儒童清淨與行乃至老死愁歎苦憂惱清淨無二無二分無別無斷故作者清淨即無明清淨無明清淨即作者清淨何以故是作者清淨與無明清淨無二無二分無別無斷故作者清淨即行識名色六處觸受愛取有生老死愁歎苦憂惱清淨行乃至老死愁歎苦憂惱清淨即作者清淨何以故是作者清淨與行乃至老死愁歎苦憂惱清淨無二無二分無別無斷故受者清淨即無明清淨無明清淨即受者清淨何以故是受者清淨與無明清淨無二無二分無別無斷故受者清淨即行識名色六處觸受愛取有生老死愁歎苦憂惱清淨行乃至老死愁歎苦憂惱清淨即受者清淨何以故是受者清淨與行乃至老死愁歎苦憂惱清淨無二

無二分無別無斷故知者清淨即無明清淨無明清淨即知者清淨何以故是知者清淨與無明清淨無二無二分無別無斷故知者清淨即行識名色六處觸受愛取有生老死愁歎苦憂惱清淨行乃至老死愁歎苦憂惱清淨即知者清淨何以故是知者清淨與行乃至老死愁歎苦憂惱清淨無二無二分無別無斷故見者清淨即無明清淨無明清淨即見者清淨何以故是見者清淨與無明清淨無二無二分無別無斷故見者清淨即行識名色六處觸受愛取有生老死愁歎苦憂惱清淨行乃至老死愁歎苦憂惱清淨即見者清淨何以故是見者清淨與行乃至老死愁歎苦憂惱清淨無二無二分無別無斷故

復次善現我清淨即布施波羅蜜多清淨布施波羅蜜多清淨即我清淨何以故是我清淨與布施波羅蜜多清淨無二無二分無別無斷故我清淨即淨戒安忍精進靜慮般若波羅蜜多清淨淨戒乃至般若波羅蜜多清淨即我清淨何以故是我清淨與淨戒乃至般若波羅蜜多清淨無二無二分無別無斷故有情清淨即布施波羅蜜多清淨布施波羅蜜多清淨即有情清淨何以故是有情清淨與布施波羅蜜多清淨無二無二分無別無斷故有情清淨即淨戒安忍精進靜慮般若波羅蜜多清淨淨戒乃至般若波羅蜜多清淨即有情清淨何以故是有情清淨與淨戒乃至般若波羅蜜多清淨無二無二分無別無斷故命者清淨即布施波羅蜜多清淨布施波羅蜜多清淨即命者清淨何以故是

命者清淨與布施波羅蜜多清淨無二無二分無别無斷故命者清淨即淨戒安忍精進靜慮般若波羅蜜多清淨淨戒乃至般若波羅蜜多清淨即命者清淨何以故是命者清淨與淨戒乃至般若波羅蜜多清淨無二無二分無别無斷故生者清淨即布施波羅蜜多清淨布施波羅蜜多清淨即生者清淨何以故是生者清淨與布施波羅蜜多清淨無二無二分無别無斷故生者清淨即淨戒安忍精進靜慮般若波羅蜜多清淨淨戒乃至般若波羅蜜多清淨即生者清淨何以故是生者清淨與淨戒乃至般若波羅蜜多清淨無二無二分無别無斷故養育者清淨即布施波羅蜜多清淨布施波羅蜜多清淨即養育者清淨何以故是養育者清淨與布施波羅蜜多清淨無二無二分無别無斷故養育者清淨即淨戒安忍精進靜慮般若波羅蜜多清淨淨戒乃至般若波羅蜜多清淨即養育者清淨何以故是養育者清淨與淨戒乃至般若波羅蜜多清淨無二無二分無别無斷故士夫清淨即布施波羅蜜多清淨布施波羅蜜多清淨即士夫清淨何以故是士夫清淨與布施波羅蜜多清淨無二無二分無别無斷故士夫清淨即淨戒安忍精進靜慮般若波羅蜜多清淨淨戒乃至般若波羅蜜多清淨即士夫清淨何以故是士夫清淨與淨戒乃至般若波羅蜜多清淨無二無二分無别無斷故補特伽羅清淨即布施波羅蜜多清淨布施波羅蜜多清淨即補特伽羅清淨何以故是補特伽羅清淨與布施波羅蜜

多清淨無二無二分無別無斷故補特伽羅清淨即淨戒安忍精進靜慮般若波羅蜜多清淨淨戒乃至般若波羅蜜多清淨即補特伽羅清淨何以故是補特伽羅清淨與淨戒乃至般若波羅蜜多清淨無二無二分無別無斷故意生清淨即布施波羅蜜多清淨布施波羅蜜多清淨即意生清淨何以故是意生清淨與布施波羅蜜多清淨無二無二分無別無斷故意生清淨即淨戒安忍精進靜慮般若波羅蜜多清淨淨戒乃至般若波羅蜜多清淨即意生清淨何以故是意生清淨與淨戒乃至般若波羅蜜多清淨無二無二分無別無斷故儒童清淨即布施波羅蜜多清淨布施波羅蜜多清淨即儒童清淨何以故是儒童清淨與布施波羅蜜多清淨無二

無二分無別無斷故儒童清淨即淨戒安忍精進靜慮般若波羅蜜多清淨淨戒乃至般若波羅蜜多清淨即儒童清淨何以故是儒童清淨與淨戒乃至般若波羅蜜多清淨無二無二分無別無斷故作者清淨即布施波羅蜜多清淨布施波羅蜜多清淨即作者清淨何以故是作者清淨與布施波羅蜜多清淨無二無二分無別無斷故作者清淨即淨戒安忍精進靜慮般若波羅蜜多清淨淨戒乃至般若波羅蜜多清淨即作者清淨何以故是作者清淨與淨戒乃至般若波羅蜜多清淨無二無二分無別無斷故受者清淨即布施波羅蜜多清淨布施波羅蜜多清淨即受者清淨何以故是受者清淨與布施波羅蜜多清淨無二無二分無別無斷故受者清

淨即淨戒安忍精進靜慮般若波羅蜜多清
淨淨戒乃至般若波羅蜜多清淨即受者清
淨何以故是受者清淨與淨戒乃至般若波
羅蜜多清淨無二無二分無別無斷故知者
清淨即布施波羅蜜多清淨布施波羅蜜多
清淨即知者清淨何以故是知者清淨與布
施波羅蜜多清淨無二無二分無別無斷故
知者清淨即淨戒安忍精進靜慮般若波羅
蜜多清淨淨戒乃至般若波羅蜜多清淨即
知者清淨何以故是知者清淨與淨戒乃至
般若波羅蜜多清淨無二無二分無別無斷
故見者清淨即布施波羅蜜多清淨布施波
羅蜜多清淨即見者清淨何以故是見者清
淨與布施波羅蜜多清淨無二無二分無別
無斷故見者清淨即淨戒安忍精進靜慮般
若波羅蜜多清淨淨戒乃至般若波羅蜜多
清淨即見者清淨何以故是見者清淨與淨
戒乃至般若波羅蜜多清淨無二無二分無
別無斷故

大般若波羅蜜多經卷第一百八十六

大般若波羅蜜多經卷第一百八十七

唐三藏法師玄奘奉　詔譯

初分難信解品第三十四之六

復次善現我清淨即內空清淨內空清淨即我清淨何以故是我清淨與內空清淨無二無二分無別無斷故我清淨即外空內外空空空大空勝義空有爲空無爲空畢竟空無際空散空無變異空本性空自相空共相空一切法空不可得空無性空自性空無性自性空清淨外空乃至無性自性空清淨即我清淨何以故是我清淨與外空乃至無性自性空清淨無二無二分無別無斷故有情清淨即內空清淨內空清淨即有情清淨何以故是有情清淨與內空清淨無二無二分無別無斷故有情清淨即外空內外空空空大空勝義空有爲空無爲空畢竟空無際空散空無變異空本性空自相空共相空一切法空不可得空無性空自性空無性自性空清淨外空乃至無性自性空清淨即有情清淨何以故是有情清淨與外空乃至無性自性空清淨無二無二分無別無斷故命者清淨即內空清淨內空清淨即命者清淨何以故是命者清淨與內空清淨無二無二分無別無斷故命者清淨即外空內外空空空大空勝義空有爲空無爲空畢竟空無際空散空無變異空本性空自相空共相空一切法空不可得空無性空自性空無性自性空清淨外空乃至無性自性空清淨即命者清淨何以故是命者清淨與外空乃至無性自性空清淨無二無二分無別無斷故生者清淨即

内空清淨内空清淨即生者清淨何以故是
生者清淨與内空清淨無二無二分無別無
斷故生者清淨即外空内外空空空大空勝
義空有爲空無爲空畢竟空無際空散空無
變異空本性空自相空共相空一切法空不
可得空無性空自性空無性自性空清淨外
空乃至無性自性空清淨即生者清淨何以
故是生者清淨與外空乃至無性自性空清
淨無二無二分無別無斷故養育者清淨即
内空清淨内空清淨即養育者清淨何以故
是養育者清淨與内空清淨無二無二分無
別無斷故養育者清淨即外空内外空空空
大空勝義空有爲空無爲空畢竟空無際空
散空無變異空本性空自相空共相空一切
法空不可得空無性空自性空無性自性空
清淨外空乃至無性自性空清淨即養育者
清淨何以故是養育者清淨與外空乃至無
性自性空清淨無二無二分無別無斷故士
夫清淨即内空清淨内空清淨即士夫清淨
何以故是士夫清淨與内空清淨無二無二
分無別無斷故士夫清淨即外空内外空空
空大空勝義空有爲空無爲空畢竟空無際
空散空無變異空本性空自相空共相空一
切法空不可得空無性空自性空無性自性
空清淨外空乃至無性自性空清淨即士夫
清淨何以故是士夫清淨與外空乃至無性
自性空清淨無二無二分無別無斷故補特
伽羅清淨即内空清淨内空清淨即補特伽
羅清淨何以故是補特伽羅清淨與内空清
淨無二無二分無別無斷故補特伽羅清淨

即外空內外空空空大空勝義空有爲空無爲空畢竟空無際空散空無變異空本性空自相空共相空一切法空不可得空無性空自性空無性自性空清淨外空乃至無性自性空清淨即補特伽羅清淨何以故是補特伽羅清淨與外空乃至無性自性空清淨無二無二分無別無斷故意生清淨即內空清淨內空清淨即意生清淨何以故是意生清淨與內空清淨無二無二分無別無斷故意生清淨即外空內外空空空大空勝義空有爲空無爲空畢竟空無際空散空無變異空本性空自相空共相空一切法空不可得空無性空自性空無性自性空清淨外空乃至無性自性空清淨即意生清淨何以故是意生清淨與外空乃至無性自性空清淨無二無二分無別無斷故儒童清淨即內空清淨內空清淨即儒童清淨何以故是儒童清淨與內空清淨無二無二分無別無斷故儒童清淨即外空內外空空空大空勝義空有爲空無爲空畢竟空無際空散空無變異空本性空自相空共相空一切法空不可得空無性空自性空無性自性空清淨外空乃至無性自性空清淨即儒童清淨何以故是儒童清淨與外空乃至無性自性空清淨無二無二分無別無斷故作者清淨即內空清淨內空清淨即作者清淨何以故是作者清淨與內空清淨無二無二分無別無斷故作者清淨即外空內外空空空大空勝義空有爲空無爲空畢竟空無際空散空無變異空本性空自相空共相空一切法空不可得空無性

空自性空無性自性空清淨外空乃至無性自性空清淨即作者清淨何以故是作者清淨與外空乃至無性自性空清淨無二無二分無別無斷故受者清淨即內空清淨內空清淨即受者清淨何以故是受者清淨與內空清淨無二無二分無別無斷故受者清淨即外空內外空空空大空勝義空有爲空無爲空畢竟空無際空散空無變異空本性空自相空共相空一切法空不可得空無性空自性空無性自性空清淨外空乃至無性自性空清淨即受者清淨何以故是受者清淨與外空乃至無性自性空清淨無二無二分無別無斷故知者清淨即內空清淨內空清淨即知者清淨何以故是知者清淨與內空清淨無二無二分無別無斷故知者清淨即外空內外空空空大空勝義空有爲空無爲空畢竟空無際空散空無變異空本性空自相空共相空一切法空不可得空無性空自性空無性自性空清淨外空乃至無性自性空清淨即知者清淨何以故是知者清淨與外空乃至無性自性空清淨無二無二分無別無斷故見者清淨即內空清淨內空清淨即見者清淨何以故是見者清淨與內空清淨無二無二分無別無斷故見者清淨即外空內外空空空大空勝義空有爲空無爲空畢竟空無際空散空無變異空本性空自相空共相空一切法空不可得空無性空自性空無性自性空清淨外空乃至無性自性空清淨即見者清淨何以故是見者清淨與外空乃至無性自性空清淨無二無二分無別

無斷故復次善現我清淨即眞如清淨眞如清淨即我清淨何以故是我清淨與眞如清淨無二無二分無別無斷故我清淨即法界法性不虛妄性不變異性平等性離生性法定法住實際虛空界不思議界清淨法界乃至不思議界清淨即我清淨何以故是我清淨與法界乃至不思議界清淨無二無二分無別無斷故有情清淨即眞如清淨眞如清淨即有情清淨何以故是有情清淨與眞如清淨無二無二分無別無斷故有情清淨即法界法性不虛妄性不變異性平等性離生性法定法住實際虛空界不思議界清淨法界乃至不思議界清淨即有情清淨何以故是有情清淨與法界乃至不思議界清淨無二無二分無別無斷故命者清淨即眞如清淨眞如清淨即命者清淨何以故是命者清淨與眞如清淨無二無二分無別無斷故命者清淨即法界法性不虛妄性不變異性平等性離生性法定法住實際虛空界不思議界清淨法界乃至不思議界清淨即命者清淨何以故是命者清淨與法界乃至不思議界清淨無二無二分無別無斷故生者清淨即眞如清淨眞如清淨即生者清淨何以故是生者清淨與眞如清淨無二無二分無別無斷故生者清淨即法界法性不虛妄性不變異性平等性離生性法定法住實際虛空界不思議界清淨法界乃至不思議界清淨即生者清淨何以故是生者清淨與法界乃至不思議界清淨無二無二分無別無斷故養育者清淨即眞如清淨眞如清淨即養育

者清淨何以故是養育者清淨與真如清淨無二無二分無別無斷故養育者清淨即法界法性不虛妄性不變異性平等性離生性法定法住實際虛空界不思議界清淨法界乃至不思議界清淨即養育者清淨何以故是養育者清淨與法界乃至不思議界清淨無二無二分無別無斷故士夫清淨即真如清淨真如清淨即士夫清淨何以故是士夫清淨與真如清淨無二無二分無別無斷故士夫清淨即法界法性不虛妄性不變異性平等性離生性法定法住實際虛空界不思議界清淨法界乃至不思議界清淨即士夫清淨何以故是士夫清淨與法界乃至不思議界清淨無二無二分無別無斷故補特伽羅清淨即真如清淨真如清淨即補特伽羅清淨何以故是補特伽羅清淨與真如清淨無二無二分無別無斷故補特伽羅清淨即法界法性不虛妄性不變異性平等性離生性法定法住實際虛空界不思議界清淨法界乃至不思議界清淨即補特伽羅清淨何以故是補特伽羅清淨與法界乃至不思議界清淨無二無二分無別無斷故意生清淨即真如清淨真如清淨即意生清淨何以故是意生清淨與真如清淨無二無二分無別無斷故意生清淨即法界法性不虛妄性不變異性平等性離生性法定法住實際虛空界不思議界清淨法界乃至不思議界清淨即意生清淨何以故是意生清淨與法界乃至不思議界清淨無二無二分無別無斷故儒童清淨即真如清淨真如清淨即儒童清

淨何以故是儒童清淨與眞如清淨無二無二分無別無斷故儒童清淨即法界法性不虛妄性不變異性平等性離生性法定法住實際虛空界不思議界清淨法界乃至不思議界清淨即儒童清淨何以故是儒童清淨與法界乃至不思議界清淨無二無二分無別無斷故作者清淨即眞如清淨眞如清淨即作者清淨何以故是作者清淨與眞如清淨無二無二分無別無斷故作者清淨即法界法性不虛妄性不變異性平等性離生性法定法住實際虛空界不思議界清淨法界乃至不思議界清淨即作者清淨何以故是作者清淨與法界乃至不思議界清淨無二無二分無別無斷故受者清淨即眞如清淨眞如清淨即受者清淨何以故是受者清淨與眞如清淨無二無二分無別無斷故受者清淨即法界法性不虛妄性不變異性平等性離生性法定法住實際虛空界不思議界清淨法界乃至不思議界清淨即受者清淨何以故是受者清淨與法界乃至不思議界清淨無二無二分無別無斷故知者清淨即眞如清淨眞如清淨即知者清淨何以故是知者清淨與眞如清淨無二無二分無別無斷故知者清淨即法界法性不虛妄性不變異性平等性離生性法定法住實際虛空界不思議界清淨法界乃至不思議界清淨即知者清淨何以故是知者清淨與法界乃至不思議界清淨無二無二分無別無斷故見者清淨即眞如清淨眞如清淨即見者清淨何以故是見者清淨與眞如清淨無二無二

分無别無斷故見者清淨即法界法性不虚妄性不變異性平等性離生性法定法住實際虚空界不思議界清淨法界乃至不思議界清淨即見者清淨何以故是見者清淨與法界乃至不思議界清淨無二無二分無别無斷故復次善現我清淨即苦聖諦清淨苦聖諦清淨即我清淨何以故是我清淨與苦聖諦清淨無二無二分無别無斷故我清淨即集滅道聖諦清淨集滅道聖諦清淨即我清淨何以故是我清淨與集滅道聖諦清淨無二無二分無别無斷故有情清淨即苦聖諦清淨苦聖諦清淨即有情清淨何以故是有情清淨與苦聖諦清淨無二無二分無别無斷故有情清淨即集滅道聖諦清淨集滅道聖諦清淨即有情清淨何以故是有情清淨與集滅道聖諦清淨無二無二分無别無斷故命者清淨即苦聖諦清淨苦聖諦清淨即命者清淨何以故是命者清淨與苦聖諦清淨無二無二分無别無斷故命者清淨即集滅道聖諦清淨集滅道聖諦清淨即命者清淨何以故是命者清淨與集滅道聖諦清淨無二無二分無别無斷故生者清淨即苦聖諦清淨苦聖諦清淨即生者清淨何以故是生者清淨與苦聖諦清淨無二無二分無别無斷故生者清淨即集滅道聖諦清淨集滅道聖諦清淨即生者清淨何以故是生者清淨與集滅道聖諦清淨無二無二分無别無斷故養育者清淨即苦聖諦清淨苦聖諦清淨即養育者清淨何以故是養育者清淨與苦聖諦清淨無二無二分無别無斷故養

育者清淨即集滅道聖諦清淨集滅道聖諦清淨即養育者清淨何以故是養育者清淨與集滅道聖諦清淨無二無二分無別無斷故士夫清淨即苦聖諦清淨苦聖諦清淨即士夫清淨何以故是士夫清淨與苦聖諦清淨無二無二分無別無斷故士夫清淨即集滅道聖諦清淨集滅道聖諦清淨即士夫清淨何以故是士夫清淨與集滅道聖諦清淨無一無二分無別無斷故補特伽羅清淨即苦聖諦清淨苦聖諦清淨即補特伽羅清淨何以故是補特伽羅清淨與苦聖諦清淨無二無二分無別無斷故補特伽羅清淨即集滅道聖諦清淨集滅道聖諦清淨即補特伽羅清淨何以故是補特伽羅清淨與集滅道聖諦清淨無二無二分無別無斷故意生清

淨即苦聖諦清淨苦聖諦清淨即意生清淨何以故是意生清淨與苦聖諦清淨無二無二分無別無斷故意生清淨即集滅道聖諦清淨集滅道聖諦清淨即意生清淨何以故是意生清淨與集滅道聖諦清淨無二無二分無別無斷故儒童清淨即苦聖諦清淨苦聖諦清淨即儒童清淨何以故是儒童清淨與苦聖諦清淨無二無二分無別無斷故儒童清淨即集滅道聖諦清淨集滅道聖諦清淨即儒童清淨何以故是儒童清淨與集滅道聖諦清淨無二無二分無別無斷故作者清淨即苦聖諦清淨苦聖諦清淨即作者清淨何以故是作者清淨與苦聖諦清淨無二無二分無別無斷故作者清淨即集滅道聖諦清淨集滅道聖諦清淨即作者清淨何以

故是作者清淨與集滅道聖諦清淨無二無二分無别無斷故受者清淨即苦聖諦清淨苦聖諦清淨即受者清淨何以故是受者清淨與苦聖諦清淨無二無二分無别無斷故受者清淨即集滅道聖諦清淨集滅道聖諦清淨即受者清淨何以故是受者清淨與集滅道聖諦清淨無二無二分無别無斷故知者清淨即苦聖諦清淨苦聖諦清淨即知者清淨何以故是知者清淨與苦聖諦清淨無二無二分無别無斷故知者清淨即集滅道聖諦清淨集滅道聖諦清淨即知者清淨何以故是知者清淨與集滅道聖諦清淨無二無二分無别無斷故見者清淨即苦聖諦清淨苦聖諦清淨即見者清淨何以故是見者清淨與苦聖諦清淨無二無二分無别無斷故見者清淨即集滅道聖諦清淨集滅道聖諦清淨即見者清淨何以故是見者清淨與集滅道聖諦清淨無二無二分無别無斷故

復次善現我清淨即四靜慮清淨四靜慮清淨即我清淨何以故是我清淨與四靜慮清淨無二無二分無别無斷故我清淨即四無量四無色定清淨四無量四無色定清淨即我清淨何以故是我清淨與四無量四無色定清淨無二無二分無别無斷故有情清淨即四靜慮清淨四靜慮清淨即有情清淨何以故是有情清淨與四靜慮清淨無二無二分無别無斷故有情清淨即四無量四無色定清淨四無量四無色定清淨即有情清淨何以故是有情清淨與四無量四無色定清淨無二無二分無别無斷故命者清淨即四

靜慮清淨四靜慮清淨即命者清淨何以故是命者清淨與四靜慮清淨無二無二分無別無斷故命者清淨即四無量四無色定清淨四無量四無色定清淨即命者清淨何以故是命者清淨與四無量四無色定清淨無二無二分無別無斷故生者清淨即四靜慮清淨四靜慮清淨即生者清淨何以故是生者清淨與四靜慮清淨無二無二分無別無斷故生者清淨即四無量四無色定清淨四無量四無色定清淨即生者清淨何以故是生者清淨與四無量四無色定清淨無二無二分無別無斷故養育者清淨即四靜慮清淨四靜慮清淨即養育者清淨何以故是養育者清淨與四靜慮清淨無二無二分無別無斷故養育者清淨即四無量四無色定清淨四無量四無色定清淨即養育者清淨何以故是養育者清淨與四無量四無色定清淨無二無二分無別無斷故士夫清淨即四靜慮清淨四靜慮清淨即士夫清淨何以故是士夫清淨與四靜慮清淨無二無二分無別無斷故士夫清淨即四無量四無色定清淨四無量四無色定清淨即士夫清淨何以故是士夫清淨與四無量四無色定清淨無二無二分無別無斷故補特伽羅清淨即四靜慮清淨四靜慮清淨即補特伽羅清淨何以故是補特伽羅清淨與四靜慮清淨無二無二分無別無斷故補特伽羅清淨即四無量四無色定清淨四無量四無色定清淨即補特伽羅清淨何以故是補特伽羅清淨與四無量四無色定清淨無二無二分無別無

斷故意生清淨即四靜慮清淨四靜慮清淨即意生清淨何以故是意生清淨與四靜慮清淨無二無二分無別無斷故意生清淨即四無量四無色定清淨四無量四無色定清淨即意生清淨何以故是意生清淨與四無量四無色定清淨無二無二分無別無斷故儒童清淨即四靜慮清淨四靜慮清淨即儒童清淨何以故是儒童清淨與四靜慮清淨無二無二分無別無斷故儒童清淨即四無量四無色定清淨四無量四無色定清淨即儒童清淨何以故是儒童清淨與四無量四無色定清淨無二無二分無別無斷故作者清淨即四靜慮清淨四靜慮清淨即作者清淨何以故是作者清淨與四靜慮清淨無二無二分無別無斷故作者清淨即四無量四無色定清淨四無量四無色定清淨即作者清淨何以故是作者清淨與四無量四無色定清淨無二無二分無別無斷故受者清淨即四靜慮清淨四靜慮清淨即受者清淨何以故是受者清淨與四靜慮清淨無二無二分無別無斷故受者清淨即四無量四無色定清淨四無量四無色定清淨即受者清淨何以故是受者清淨與四無量四無色定清淨無二無二分無別無斷故知者清淨即四靜慮清淨四靜慮清淨即知者清淨何以故是知者清淨與四靜慮清淨無二無二分無別無斷故知者清淨即四無量四無色定清淨四無量四無色定清淨即知者清淨何以故是知者清淨與四無量四無色定清淨無二無二分無別無斷故見者清淨即四靜慮

清淨四靜慮清淨即見者清淨何以故是見者清淨與四靜慮清淨無二無二分無別無斷故見者清淨即四無量四無色定清淨四無量四無色定清淨即見者清淨何以故是見者清淨與四無量四無色定清淨無二無二分無別無斷故復次善現我清淨即八解脫清淨八解脫清淨即我清淨何以故是我清淨與八解脫清淨無二無二分無別無斷故我清淨即八勝處九次第定十遍處清淨八勝處九次第定十遍處清淨即我清淨何以故是我清淨與八勝處九次第定十遍處清淨無二無二分無別無斷故有情清淨即八解脫清淨八解脫清淨即有情清淨何以故是有情清淨與八解脫清淨無二無二分無別無斷故有情清淨即八勝處九次第定十遍處清淨八勝處九次第定十遍處清淨即有情清淨何以故是有情清淨與八勝處九次第定十遍處清淨無二無二分無別無斷故命者清淨即八解脫清淨八解脫清淨即命者清淨何以故是命者清淨與八解脫清淨無二無二分無別無斷故命者清淨即八勝處九次第定十遍處清淨八勝處九次第定十遍處清淨即命者清淨何以故是命者清淨與八勝處九次第定十遍處清淨無二無二分無別無斷故生者清淨即八解脫清淨八解脫清淨即生者清淨何以故是生者清淨與八解脫清淨無二無二分無別無斷故生者清淨即八勝處九次第定十遍處清淨八勝處九次第定十遍處清淨即生者清淨何以故是生者清淨與八勝處九次第

定十遍處清淨無二無二分無別無斷故養
育者清淨即八解脫清淨八解脫清淨即養
育者清淨何以故是養育者清淨與八解脫
清淨無二無二分無別無斷故養育者清淨
即八勝處九次第定十遍處清淨八勝處九
次第定十遍處清淨即養育者清淨何以故
是養育者清淨與八勝處九次第定十遍處
清淨無二無二分無別無斷故士夫清淨即
八解脫清淨八解脫清淨即士夫清淨何以
故是士夫清淨與八解脫清淨無二無二分
無別無斷故士夫清淨即八勝處九次第定
十遍處清淨八勝處九次第定十遍處清淨
即士夫清淨何以故是士夫清淨與八勝處
九次第定十遍處清淨無二無二分無別無
斷故補特伽羅清淨即八解脫清淨八解脫
清淨即補特伽羅清淨何以故是補特伽羅
清淨與八解脫清淨無二無二分無別無斷
故補特伽羅清淨即八勝處九次第定十遍
處清淨八勝處九次第定十遍處清淨即補
特伽羅清淨何以故是補特伽羅清淨與八
勝處九次第定十遍處清淨無二無二分無
別無斷故意生清淨即八解脫清淨八解脫
清淨即意生清淨何以故是意生清淨與八
解脫清淨無二無二分無別無斷故意生清
淨即八勝處九次第定十遍處清淨八勝處
九次第定十遍處清淨即意生清淨何以故
是意生清淨與八勝處九次第定十遍處清
淨無二無二分無別無斷故儒童清淨即八
解脫清淨八解脫清淨即儒童清淨何以故
是儒童清淨與八解脫清淨無二無二分無

別無斷故儒童清淨即八勝處九次第定十遍處清淨八勝處九次第定十遍處清淨即儒童清淨何以故是儒童清淨與八勝處九次第定十遍處清淨無二無二分無別無斷故作者清淨即八解脫清淨八解脫清淨即作者清淨何以故是作者清淨與八解脫清淨無二無二分無別無斷故作者清淨即八勝處九次第定十遍處清淨八勝處九次第定十遍處清淨即作者清淨何以故是作者清淨與八勝處九次第定十遍處清淨無二無二分無別無斷故受者清淨即八解脫清淨八解脫清淨即受者清淨何以故是受者清淨與八解脫清淨無二無二分無別無斷故受者清淨即八勝處九次第定十遍處清淨八勝處九次第定十遍處清淨即受者清淨何以故是受者清淨與八勝處九次第定十遍處清淨無二無二分無別無斷故知者清淨即八解脫清淨八解脫清淨即知者清淨何以故是知者清淨與八解脫清淨無二無二分無別無斷故知者清淨即八勝處九次第定十遍處清淨八勝處九次第定十遍處清淨即知者清淨何以故是知者清淨與八勝處九次第定十遍處清淨無二無二分無別無斷故見者清淨即八解脫清淨八解脫清淨即見者清淨何以故是見者清淨與八解脫清淨無二無二分無別無斷故見者清淨即八勝處九次第定十遍處清淨八勝處九次第定十遍處清淨即見者清淨何以故是見者清淨與八勝處九次第定十遍處清淨無二無二分無別無斷故

大般若波羅蜜多經卷第一百八十七

大般若波羅蜜多經卷第一百八十八

唐三藏法師玄奘奉詔譯

初分難信解品第三十四之七

復次善現我清淨即四念住清淨四念住清淨即我清淨何以故是我清淨與四念住清淨無二無二分無別無斷故我清淨即四正斷四神足五根五力七等覺支八聖道支清淨四正斷乃至八聖道支清淨即我清淨何以故是我清淨與四正斷乃至八聖道支清淨無二無二分無別無斷故有情清淨即四念住清淨四念住清淨即有情清淨何以故是有情清淨與四念住清淨無二無二分無別無斷故有情清淨即四正斷四神足五根五力七等覺支八聖道支清淨四正斷乃至八聖道支清淨即有情清淨何以故是有情清淨與四正斷乃至八聖道支清淨無二無二分無別無斷故命者清淨即四念住清淨四念住清淨即命者清淨何以故是命者清淨與四念住清淨無二無二分無別無斷故命者清淨即四正斷四神足五根五力七等覺支八聖道支清淨四正斷乃至八聖道支清淨即命者清淨何以故是命者清淨與四正斷乃至八聖道支清淨無二無二分無別無斷故生者清淨即四念住清淨四念住清淨即生者清淨何以故是生者清淨與四念住清淨無二無二分無別無斷故生者清淨即四正斷四神足五根五力七等覺支八聖道支清淨四正斷乃至八聖道支清淨即生者清淨何以故是生者清淨與四正斷乃至八聖道支清淨無二無二分無別無斷故養

育者清淨即四念住清淨四念住清淨即養育者清淨何以故是養育者清淨與四念住清淨無二無二分無別無斷故養育者清淨即四正斷四神足五根五力七等覺支八聖道支清淨四正斷乃至八聖道支清淨即養育者清淨何以故是養育者清淨與四正斷乃至八聖道支清淨無二無二分無別無斷故士夫清淨即四念住清淨四念住清淨即士夫清淨何以故是士夫清淨與四念住清淨無二無二分無別無斷故士夫清淨即四正斷四神足五根五力七等覺支八聖道支清淨四正斷乃至八聖道支清淨即士夫清淨何以故是士夫清淨與四正斷乃至八聖道支清淨無二無二分無別無斷故補特伽羅清淨即四念住清淨四念住清淨即補特伽羅清淨何以故是補特伽羅清淨與四念住清淨無二無二分無別無斷故補特伽羅清淨即四正斷四神足五根五力七等覺支八聖道支清淨四正斷乃至八聖道支清淨即補特伽羅清淨何以故是補特伽羅清淨與四正斷乃至八聖道支清淨無二無二分無別無斷故意生清淨即四念住清淨四念住清淨即意生清淨何以故是意生清淨與四念住清淨無二無二分無別無斷故意生清淨即四正斷四神足五根五力七等覺支八聖道支清淨四正斷乃至八聖道支清淨即意生清淨何以故是意生清淨與四正斷乃至八聖道支清淨無二無二分無別無斷故儒童清淨即四念住清淨四念住清淨即儒童清淨何以故是儒童清淨與四念住清

淨無二無二分無別無斷故儒童清淨即四正斷四神足五根五力七等覺支八聖道支清淨四正斷乃至八聖道支清淨即儒童清淨何以故是儒童清淨與四正斷乃至八聖道支清淨無二無二分無別無斷故作者清淨即四念住清淨四念住清淨即作者清淨何以故是作者清淨與四念住清淨無二無二分無別無斷故作者清淨即四正斷四神足五根五力七等覺支八聖道支清淨四正斷乃至八聖道支清淨即作者清淨何以故是作者清淨與四正斷乃至八聖道支清淨無二無二分無別無斷故受者清淨即四念住清淨四念住清淨即受者清淨何以故是受者清淨與四念住清淨無二無二分無別無斷故受者清淨即四正斷四神足五根五力七等覺支八聖道支清淨四正斷乃至八聖道支清淨即受者清淨何以故是受者清淨與四正斷乃至八聖道支清淨無二無二分無別無斷故知者清淨即四念住清淨四念住清淨即知者清淨何以故是知者清淨與四念住清淨無二無二分無別無斷故知者清淨即四正斷四神足五根五力七等覺支八聖道支清淨四正斷乃至八聖道支清淨即知者清淨何以故是知者清淨與四正斷乃至八聖道支清淨無二無二分無別無斷故見者清淨即四念住清淨四念住清淨即見者清淨何以故是見者清淨與四念住清淨無二無二分無別無斷故見者清淨即四正斷四神足五根五力七等覺支八聖道支清淨四正斷乃至八聖道支清淨即見者

清淨何以故是見者清淨與四正斷乃至八聖道支清淨無二無二分無別無斷故復次善現我清淨即空解脫門清淨空解脫門清淨即我清淨何以故是我清淨與空解脫門清淨無二無二分無別無斷故我清淨即無相無願解脫門清淨無相無願解脫門清淨即我清淨何以故是我清淨與無相無願解脫門清淨無二無二分無別無斷故有情清淨即空解脫門清淨空解脫門清淨即有情清淨何以故是有情清淨與空解脫門清淨無二無二分無別無斷故有情清淨即無相無願解脫門清淨無相無願解脫門清淨即有情清淨何以故是有情清淨與無相無願解脫門清淨無二無二分無別無斷故命者清淨即空解脫門清淨空解脫門清淨即命者清淨何以故是命者清淨與空解脫門清淨無二無二分無別無斷故命者清淨即無相無願解脫門清淨無相無願解脫門清淨即命者清淨何以故是命者清淨與無相無願解脫門清淨無二無二分無別無斷故生者清淨即空解脫門清淨空解脫門清淨即生者清淨何以故是生者清淨與空解脫門清淨無二無二分無別無斷故生者清淨即無相無願解脫門清淨無相無願解脫門清淨即生者清淨何以故是生者清淨與無相無願解脫門清淨無二無二分無別無斷故養育者清淨即空解脫門清淨空解脫門清淨即養育者清淨何以故是養育者清淨與空解脫門清淨無二無二分無別無斷故養育者清淨即無相無願解脫門清淨無相無

願解脫門清淨即養育者清淨何以故是養育者清淨與無相無願解脫門清淨無二無二分無別無斷故士夫清淨即空解脫門清淨空解脫門清淨即士夫清淨何以故是士夫清淨與空解脫門清淨無二無二分無別無斷故士夫清淨即無相無願解脫門清淨無相無願解脫門清淨即士夫清淨何以故是士夫清淨與無相無願解脫門清淨無二無二分無別無斷故補特伽羅清淨即空解脫門清淨空解脫門清淨即補特伽羅清淨何以故是補特伽羅清淨與空解脫門清淨無二無二分無別無斷故補特伽羅清淨即無相無願解脫門清淨無相無願解脫門清淨即補特伽羅清淨何以故是補特伽羅清淨與無相無願解脫門清淨無二無二分無別無斷故意生清淨即空解脫門清淨空解脫門清淨即意生清淨何以故是意生清淨與空解脫門清淨無二無二分無別無斷故意生清淨即無相無願解脫門清淨無相無願解脫門清淨即意生清淨何以故是意生清淨與無相無願解脫門清淨無二無二分無別無斷故儒童清淨即空解脫門清淨空解脫門清淨即儒童清淨何以故是儒童清淨與空解脫門清淨無二無二分無別無斷故儒童清淨即無相無願解脫門清淨無相無願解脫門清淨即儒童清淨何以故是儒童清淨與無相無願解脫門清淨無二無二分無別無斷故作者清淨即空解脫門清淨空解脫門清淨即作者清淨何以故是作者清淨與空解脫門清淨無二無二分無別無

斷故作者清淨即無相無願解脱門清淨無
相無願解脱門清淨即作者清淨何以故是
作者清淨與無相無願解脱門清淨無二無
二分無别無斷故受者清淨即空解脱門清
淨空解脱門清淨即受者清淨何以故是受
者清淨與空解脱門清淨無二無二分無别
無斷故受者清淨即無相無願解脱門清淨
無相無願解脱門清淨即受者清淨何以故
是受者清淨與無相無願解脱門清淨無二
無二分無别無斷故知者清淨即空解脱門
清淨空解脱門清淨即知者清淨何以故是
知者清淨與空解脱門清淨無二無二分無
别無斷故知者清淨即無相無願解脱門清
淨無相無願解脱門清淨即知者清淨何以
故是知者清淨與無相無願解脱門清淨無
二無二分無别無斷故見者清淨即空解脱
門清淨空解脱門清淨即見者清淨何以故
是見者清淨與空解脱門清淨無二無二分
無别無斷故見者清淨即無相無願解脱門
清淨無相無願解脱門清淨即見者清淨何
以故是見者清淨與無相無願解脱門清淨
無二無二分無别無斷故復次善現我清淨
即菩薩十地清淨菩薩十地清淨即我清淨
何以故是我清淨與菩薩十地清淨無二無
二分無别無斷故有情清淨即菩薩十地清
淨菩薩十地清淨即有情清淨何以故是有
情清淨與菩薩十地清淨無二無二分無别
無斷故命者清淨即菩薩十地清淨菩薩十
地清淨即命者清淨何以故是命者清淨與
菩薩十地清淨無二無二分無别無斷故生

者清淨即菩薩十地清淨即生者清淨何以故是生者清淨與菩薩十地清淨無二無二分無別無斷故養育者清淨即菩薩十地清淨菩薩十地清淨即養育者清淨何以故是養育者清淨與菩薩十地清淨無二無二分無別無斷故士夫清淨即菩薩十地清淨菩薩十地清淨即士夫清淨何以故是士夫清淨與菩薩十地清淨無二無二分無別無斷故補特伽羅清淨即菩薩十地清淨菩薩十地清淨即補特伽羅清淨何以故是補特伽羅清淨與菩薩十地清淨無二無二分無別無斷故意生清淨即菩薩十地清淨菩薩十地清淨即意生清淨何以故是意生清淨與菩薩十地清淨無二無二分無別無斷故儒童清淨即菩薩十地清淨菩薩十地清淨即儒童清淨何以故是儒童清淨與菩薩十地清淨無二無二分無別無斷故作者清淨即菩薩十地清淨菩薩十地清淨即作者清淨何以故是作者清淨與菩薩十地清淨無二無二分無別無斷故受者清淨即菩薩十地清淨菩薩十地清淨即受者清淨何以故是受者清淨與菩薩十地清淨無二無二分無別無斷故知者清淨即菩薩十地清淨菩薩十地清淨即知者清淨何以故是知者清淨與菩薩十地清淨無二無二分無別無斷故見者清淨即菩薩十地清淨菩薩十地清淨即見者清淨何以故是見者清淨與菩薩十地清淨無二無二分無別無斷故復次善現我清淨即五眼清淨五眼清淨即我清淨何以故是我清淨與五眼清淨

無二無二分無別無斷故我清淨即六神通清淨六神通清淨即我清淨何以故是我清淨與六神通清淨無二無二分無別無斷故有情清淨即五眼清淨五眼清淨即有情清淨何以故是有情清淨與五眼清淨無二無二分無別無斷故有情清淨即六神通清淨六神通清淨即有情清淨何以故是有情清淨與六神通清淨無二無二分無別無斷故命者清淨即五眼清淨五眼清淨即命者清淨何以故是命者清淨與五眼清淨無二無二分無別無斷故命者清淨即六神通清淨六神通清淨即命者清淨何以故是命者清淨與六神通清淨無二無二分無別無斷故生者清淨即五眼清淨五眼清淨即生者清淨何以故是生者清淨與五眼清淨無二無二分無別無斷故生者清淨即六神通清淨六神通清淨即生者清淨何以故是生者清淨與六神通清淨無二無二分無別無斷故養育者清淨即五眼清淨五眼清淨即養育者清淨何以故是養育者清淨與五眼清淨無二無二分無別無斷故養育者清淨即六神通清淨六神通清淨即養育者清淨何以故是養育者清淨與六神通清淨無二無二分無別無斷故士夫清淨即五眼清淨五眼清淨即士夫清淨何以故是士夫清淨與五眼清淨無二無二分無別無斷故士夫清淨即六神通清淨六神通清淨即士夫清淨何以故是士夫清淨與六神通清淨無二無二分無別無斷故補特伽羅清淨即五眼清淨五眼清淨即補特伽羅清淨何以故是補特

伽羅清淨與五眼清淨無二無二分無別無斷故補特伽羅清淨即六神通清淨六神通清淨即補特伽羅清淨何以故是補特伽羅清淨與六神通清淨無二無二分無別無斷故意生清淨即五眼清淨五眼清淨即意生清淨何以故是意生清淨與五眼清淨無二無二分無別無斷故意生清淨即六神通清淨六神通清淨即意生清淨何以故是意生清淨與六神通清淨無二無二分無別無斷故儒童清淨即五眼清淨五眼清淨即儒童清淨何以故是儒童清淨與五眼清淨無二無二分無別無斷故儒童清淨即六神通清淨六神通清淨即儒童清淨何以故是儒童清淨與六神通清淨無二無二分無別無斷故作者清淨即五眼清淨五眼清淨即作者清淨何以故是作者清淨與五眼清淨無二無二分無別無斷故作者清淨即六神通清淨六神通清淨即作者清淨何以故是作者清淨與六神通清淨無二無二分無別無斷故受者清淨即五眼清淨五眼清淨即受者清淨何以故是受者清淨與五眼清淨無二無二分無別無斷故受者清淨即六神通清淨六神通清淨即受者清淨何以故是受者清淨與六神通清淨無二無二分無別無斷故知者清淨即五眼清淨五眼清淨即知者清淨何以故是知者清淨與五眼清淨無二無二分無別無斷故知者清淨即六神通清淨六神通清淨即知者清淨何以故是知者清淨與六神通清淨無二無二分無別無斷故見者清淨即五眼清淨五眼清淨即見者

清淨何以故是見者清淨與五眼清淨無二無二分無別無斷故見者清淨即六神通清淨六神通清淨即見者清淨何以故是見者清淨與六神通清淨無二無二分無別無斷故復次善現我清淨即佛十力清淨佛十力清淨即我清淨何以故是我清淨與佛十力清淨無二無二分無別無斷故我清淨即四無所畏四無礙解大慈大悲大喜大捨十八佛不共法清淨四無所畏乃至十八佛不共法清淨即我清淨何以故是我清淨與四無所畏乃至十八佛不共法清淨無二無二分無別無斷故有情清淨即佛十力清淨佛十力清淨即有情清淨何以故是有情清淨與佛十力清淨無二無二分無別無斷故有情清淨即四無所畏四無礙解大慈大悲大喜大捨十八佛不共法清淨四無所畏乃至十八佛不共法清淨即有情清淨何以故是有情清淨與四無所畏乃至十八佛不共法清淨無二無二分無別無斷故命者清淨即佛十力清淨佛十力清淨即命者清淨何以故是命者清淨與佛十力清淨無二無二分無別無斷故命者清淨即四無所畏四無礙解大慈大悲大喜大捨十八佛不共法清淨四無所畏乃至十八佛不共法清淨即命者清淨何以故是命者清淨與四無所畏乃至十八佛不共法清淨無二無二分無別無斷故生者清淨即佛十力清淨佛十力清淨即生者清淨何以故是生者清淨與佛十力清淨無二無二分無別無斷故生者清淨即四無所畏四無礙解大慈大悲大喜大捨十八佛

不共法清淨四無所畏乃至十八佛不共法清淨即生者清淨何以故是生者清淨與四無所畏乃至十八佛不共法清淨無二無二分無別無斷故養育者清淨即佛十力清淨佛十力清淨即養育者清淨何以故是養育者清淨與佛十力清淨無二無二分無別無斷故養育者清淨即四無所畏四無礙解大慈大悲大喜大捨十八佛不共法清淨四無所畏乃至十八佛不共法清淨即養育者清淨何以故是養育者清淨與四無所畏乃至十八佛不共法清淨無二無二分無別無斷故士夫清淨即佛十力清淨佛十力清淨即士夫清淨何以故是士夫清淨與佛十力清淨無二無二分無別無斷故士夫清淨即四無所畏四無礙解大慈大悲大喜大捨十八佛不共法清淨四無所畏乃至十八佛不共法清淨即士夫清淨何以故是士夫清淨與四無所畏乃至十八佛不共法清淨無二無二分無別無斷故補特伽羅清淨即佛十力清淨佛十力清淨即補特伽羅清淨何以故是補特伽羅清淨與佛十力清淨無二無二分無別無斷故補特伽羅清淨即四無所畏四無礙解大慈大悲大喜大捨十八佛不共法清淨四無所畏乃至十八佛不共法清淨即補特伽羅清淨何以故是補特伽羅清淨與四無所畏乃至十八佛不共法清淨無二無二分無別無斷故意生清淨即佛十力清淨佛十力清淨即意生清淨何以故是意生清淨與佛十力清淨無二無二分無別無斷故意生清淨即四無所畏四無礙解大慈大

悲大喜大捨十八佛不共法清淨四無所畏乃至十八佛不共法清淨即意生清淨何以故是意生清淨與四無所畏乃至十八佛不共法清淨無二無二分無別無斷故儒童清淨即佛十力清淨佛十力清淨即儒童清淨何以故是儒童清淨與佛十力清淨無二無二分無別無斷故儒童清淨即四無所畏四無礙解大慈大悲大喜大捨十八佛不共法清淨四無所畏乃至十八佛不共法清淨即儒童清淨何以故是儒童清淨與四無所畏乃至十八佛不共法清淨無二無二分無別無斷故作者清淨即佛十力清淨佛十力清淨即作者清淨何以故是作者清淨與佛十力清淨無二無二分無別無斷故作者清淨即四無所畏四無礙解大慈大悲大喜大捨

十八佛不共法清淨四無所畏乃至十八佛不共法清淨即作者清淨何以故是作者清淨與四無所畏乃至十八佛不共法清淨無二無二分無別無斷故受者清淨即佛十力清淨佛十力清淨即受者清淨何以故是受者清淨與佛十力清淨無二無二分無別無斷故受者清淨即四無所畏四無礙解大慈大悲大喜大捨十八佛不共法清淨四無所畏乃至十八佛不共法清淨即受者清淨何以故是受者清淨與四無所畏乃至十八佛不共法清淨無二無二分無別無斷故知者清淨即佛十力清淨佛十力清淨即知者清淨何以故是知者清淨與佛十力清淨無二無二分無別無斷故知者清淨即四無所畏四無礙解大慈大悲大喜大捨十八佛不共

法清淨四無所畏乃至十八佛不共法清淨即知者清淨何以故是知者清淨與四無所畏乃至十八佛不共法清淨無二無二分無別無斷故見者清淨即佛十力清淨佛十力清淨即見者清淨何以故是見者清淨與佛十力清淨無二無二分無別無斷故見者清淨即四無所畏四無礙解大慈大悲大喜大捨十八佛不共法清淨四無所畏乃至十八佛不共法清淨即見者清淨何以故是見者清淨與四無所畏乃至十八佛不共法清淨無二無二分無別無斷故復次善現我清淨即無忘失法清淨無忘失法清淨即我清淨何以故是我清淨與無忘失法清淨無二無二分無別無斷故我清淨即恒住捨性清淨恒住捨性清淨即我清淨何以故是我清淨與恒住捨性清淨無二無二分無別無斷故有情清淨即無忘失法清淨無忘失法清淨即有情清淨何以故是有情清淨與無忘失法清淨無二無二分無別無斷故有情清淨即恒住捨性清淨恒住捨性清淨即有情清淨何以故是有情清淨與恒住捨性清淨無二無二分無別無斷故命者清淨即無忘失法清淨無忘失法清淨即命者清淨何以故是命者清淨與無忘失法清淨無二無二分無別無斷故命者清淨即恒住捨性清淨恒住捨性清淨即命者清淨何以故是命者清淨與恒住捨性清淨無二無二分無別無斷故生者清淨即無忘失法清淨無忘失法清淨即生者清淨何以故是生者清淨與無忘失法清淨無二無二分無別無斷故生者清

淨即恒住捨性清淨恒住捨性清淨即生者
清淨何以故是生者清淨與恒住捨性清淨
無二無二分無別無斷故養育者清淨即無
忘失法清淨無忘失法清淨即養育者清淨
何以故是養育者清淨與無忘失法清淨無
二無二分無別無斷故養育者清淨即恒住
捨性清淨恒住捨性清淨即養育者清淨何
以故是養育者清淨與恒住捨性清淨無二
無二分無別無斷故士夫清淨即無忘失法
清淨無忘失法清淨即士夫清淨何以故是
士夫清淨與無忘失法清淨無二無二分無
別無斷故士夫清淨即恒住捨性清淨恒住
捨性清淨即士夫清淨何以故是士夫清淨
與恒住捨性清淨無二無二分無別無斷故
補特伽羅清淨即無忘失法清淨無忘失法
清淨即補特伽羅清淨何以故是補特伽羅
清淨與無忘失法清淨無二無二分無別無
斷故補特伽羅清淨即恒住捨性清淨恒住
捨性清淨即補特伽羅清淨何以故是補特
伽羅清淨與恒住捨性清淨無二無二分無
別無斷故意生清淨即無忘失法清淨無忘
失法清淨即意生清淨何以故是意生清淨
與無忘失法清淨無二無二分無別無斷故
意生清淨即恒住捨性清淨恒住捨性清淨
即意生清淨何以故是意生清淨與恒住捨
性清淨無二無二分無別無斷故儒童清淨
即無忘失法清淨無忘失法清淨即儒童清
淨何以故是儒童清淨與無忘失法清淨無
二無二分無別無斷故儒童清淨即恒住捨
性清淨恒住捨性清淨即儒童清淨何以故

是儒童清淨與恒住捨性清淨無二無二分無別無斷故作者清淨即無忘失法清淨無忘失法清淨即作者清淨何以故是作者清淨與無忘失法清淨無二無二分無別無斷故作者清淨即恒住捨性清淨恒住捨性清淨即作者清淨何以故是作者清淨與恒住捨性清淨無二無二分無別無斷故受者清淨即無忘失法清淨無忘失法清淨即受者清淨何以故是受者清淨與無忘失法清淨無二無二分無別無斷故受者清淨即恒住捨性清淨恒住捨性清淨即受者清淨何以故是受者清淨與恒住捨性清淨無二無二分無別無斷故知者清淨即無忘失法清淨無忘失法清淨即知者清淨何以故是知者清淨與無忘失法清淨無二無二分無別無斷故知者清淨即恒住捨性清淨恒住捨性清淨即知者清淨何以故是知者清淨與恒住捨性清淨無二無二分無別無斷故見者清淨即無忘失法清淨無忘失法清淨即見者清淨何以故是見者清淨與無忘失法清淨無二無二分無別無斷故見者清淨即恒住捨性清淨恒住捨性清淨即見者清淨何以故是見者清淨與恒住捨性清淨無二無二分無別無斷故

大般若波羅蜜多經卷第一百八十八

大般若波羅蜜多經卷第一百八十九

唐三藏法師玄奘奉　詔譯

初分難信解品第三十四之八

復次善現我清淨即一切智清淨一切智清淨即我清淨何以故是我清淨與一切智清淨無二無二分無別無斷故我清淨即道相智一切相智清淨道相智一切相智清淨即我清淨何以故是我清淨與道相智一切相智清淨無二無二分無別無斷故有情清淨即一切智清淨一切智清淨即有情清淨何以故是有情清淨與一切智清淨無二無二分無別無斷故有情清淨即道相智一切相智清淨道相智一切相智清淨即有情清淨何以故是有情清淨與道相智一切相智清淨無二無二分無別無斷故命者清淨即一切智清淨一切智清淨即命者清淨何以故是命者清淨與一切智清淨無二無二分無別無斷故命者清淨即道相智一切相智清淨道相智一切相智清淨即命者清淨何以故是命者清淨與道相智一切相智清淨無二無二分無別無斷故生者清淨即一切智清淨一切智清淨即生者清淨何以故是生者清淨與一切智清淨無二無二分無別無斷故生者清淨即道相智一切相智清淨道相智一切相智清淨即生者清淨何以故是生者清淨與道相智一切相智清淨無二無二分無別無斷故養育者清淨即一切智清淨一切智清淨即養育者清淨何以故是養育者清淨與一切智清淨無二無二分無別無斷故養育者清淨即道相智一切相智清

淨道相智一切相智清淨即養育者清淨何以故是養育者清淨與道相智一切相智清淨無二無二分無別無斷故士夫清淨即一切智清淨一切智清淨即士夫清淨何以故是士夫清淨與一切智清淨無二無二分無別無斷故士夫清淨即道相智一切相智清淨道相智一切相智清淨即士夫清淨何以故是士夫清淨與道相智一切相智清淨無二無二分無別無斷故補特伽羅清淨即一切智清淨一切智清淨即補特伽羅清淨何以故是補特伽羅清淨與一切智清淨無二無二分無別無斷故補特伽羅清淨即道相智一切相智清淨道相智一切相智清淨即補特伽羅清淨何以故是補特伽羅清淨與道相智一切相智清淨無二無二分無別無斷故意生清淨即一切智清淨一切智清淨即意生清淨何以故是意生清淨與一切智清淨無二無二分無別無斷故意生清淨即道相智一切相智清淨道相智一切相智清淨即意生清淨何以故是意生清淨與道相智一切相智清淨無二無二分無別無斷故儒童清淨即一切智清淨一切智清淨即儒童清淨何以故是儒童清淨與一切智清淨無二無二分無別無斷故儒童清淨即道相智一切相智清淨道相智一切相智清淨即儒童清淨何以故是儒童清淨與道相智一切相智清淨無二無二分無別無斷故作者清淨即一切智清淨一切智清淨即作者清淨何以故是作者清淨與一切智清淨無二無二分無別無斷故作者清淨即道相智一

切相智清淨道相智一切相智清淨即作者清淨何以故是作者清淨與道相智一切相智清淨無二無二分無別無斷故受者清淨即一切智清淨一切智清淨即受者清淨何以故是受者清淨與一切智清淨無二無二分無別無斷故受者清淨即道相智一切相智清淨道相智一切相智清淨即受者清淨何以故是受者清淨與道相智一切相智清淨無二無二分無別無斷故知者清淨即一切智清淨一切智清淨即知者清淨何以故是知者清淨與一切智清淨無二無二分無別無斷故知者清淨即道相智一切相智清淨道相智一切相智清淨即知者清淨何以故是知者清淨與道相智一切相智清淨無二無二分無別無斷故見者清淨即一切智清淨一切智清淨即見者清淨何以故是見者清淨與一切智清淨無二無二分無別無斷故見者清淨即道相智一切相智清淨道相智一切相智清淨即見者清淨何以故是見者清淨與道相智一切相智清淨無二無二分無別無斷故復次善現我清淨即一切陀羅尼門清淨一切陀羅尼門清淨即我清淨何以故是我清淨與一切陀羅尼門清淨無二無二分無別無斷故我清淨即一切三摩地門清淨一切三摩地門清淨即我清淨何以故是我清淨與一切三摩地門清淨無二無二分無別無斷故有情清淨即一切陀羅尼門清淨一切陀羅尼門清淨即有情清淨何以故是有情清淨與一切陀羅尼門清淨無二無二分無別無斷故有情清淨即一

切三摩地門清淨一切三摩地門清淨即有情清淨何以故是有情清淨與一切三摩地門清淨無二無二分無別無斷故命者清淨即一切陀羅尼門清淨一切陀羅尼門清淨即命者清淨何以故是命者清淨與一切陀羅尼門清淨無二無二分無別無斷故命者清淨即一切三摩地門清淨一切三摩地門清淨即命者清淨何以故是命者清淨與一切三摩地門清淨無二無二分無別無斷故生者清淨即一切陀羅尼門清淨一切陀羅尼門清淨即生者清淨何以故是生者清淨與一切陀羅尼門清淨無二無二分無別無斷故生者清淨即一切三摩地門清淨一切三摩地門清淨即生者清淨何以故是生者清淨與一切三摩地門清淨無二無二分無別無斷故養育者清淨即一切陀羅尼門清淨一切陀羅尼門清淨即養育者清淨何以故是養育者清淨與一切陀羅尼門清淨無二無二分無別無斷故養育者清淨即一切三摩地門清淨一切三摩地門清淨即養育者清淨何以故是養育者清淨與一切三摩地門清淨無二無二分無別無斷故士夫清淨即一切陀羅尼門清淨一切陀羅尼門清淨即士夫清淨何以故是士夫清淨與一切陀羅尼門清淨無二無二分無別無斷故士夫清淨即一切三摩地門清淨一切三摩地門清淨即士夫清淨何以故是士夫清淨與一切三摩地門清淨無二無二分無別無斷故補特伽羅清淨即一切陀羅尼門清淨一切陀羅尼門清淨即補特伽羅清淨何以故

是補特伽羅清淨與一切陀羅尼門清淨無
二無二分無別無斷故補特伽羅清淨即一
切三摩地門清淨一切三摩地門清淨即補
特伽羅清淨何以故是補特伽羅清淨與一
切三摩地門清淨無二無二分無別無斷故
意生清淨即一切陀羅尼門清淨一切陀羅
尼門清淨即意生清淨何以故是意生清淨
與一切陀羅尼門清淨無二無二分無別無
斷故意生清淨即一切三摩地門清淨一切
三摩地門清淨即意生清淨何以故是意生
清淨與一切三摩地門清淨無二無二分無
別無斷故儒童清淨即一切陀羅尼門清淨
一切陀羅尼門清淨即儒童清淨何以故是
儒童清淨與一切陀羅尼門清淨無二無二
分無別無斷故儒童清淨即一切三摩地門

清淨一切三摩地門清淨即儒童清淨何以
故是儒童清淨與一切三摩地門清淨無二
無二分無別無斷故作者清淨即一切陀羅
尼門清淨一切陀羅尼門清淨即作者清淨
何以故是作者清淨與一切陀羅尼門清淨
無二無二分無別無斷故作者清淨即一切
三摩地門清淨一切三摩地門清淨即作者
清淨何以故是作者清淨與一切三摩地門
清淨無二無二分無別無斷故受者清淨即
一切陀羅尼門清淨一切陀羅尼門清淨即
受者清淨何以故是受者清淨與一切陀羅
尼門清淨無二無二分無別無斷故受者清
淨即一切三摩地門清淨一切三摩地門清
淨即受者清淨何以故是受者清淨與一切
三摩地門清淨無二無二分無別無斷故知

者清淨即一切陀羅尼門清淨一切陀羅尼門清淨即知者清淨何以故是知者清淨與一切陀羅尼門清淨無二無二分無別無斷故知者清淨即一切三摩地門清淨一切三摩地門清淨即知者清淨何以故是知者清淨與一切三摩地門清淨無二無二分無別無斷故見者清淨即一切陀羅尼門清淨一切陀羅尼門清淨即見者清淨何以故是見者清淨與一切陀羅尼門清淨無二無二分無別無斷故見者清淨即一切三摩地門清淨一切三摩地門清淨即見者清淨何以故是見者清淨與一切三摩地門清淨無二無二分無別無斷故復次善現我清淨即預流果清淨預流果清淨即我清淨何以故是我清淨與預流果清淨無二無二分無別無斷故我清淨即一來不還阿羅漢果清淨一來不還阿羅漢果清淨即我清淨何以故是我清淨與一來不還阿羅漢果清淨無二無二分無別無斷故有情清淨即預流果清淨預流果清淨即有情清淨何以故是有情清淨與預流果清淨無二無二分無別無斷故有情清淨即一來不還阿羅漢果清淨一來不還阿羅漢果清淨即有情清淨何以故是有情清淨與一來不還阿羅漢果清淨無二無二分無別無斷故命者清淨即預流果清淨預流果清淨即命者清淨何以故是命者清淨與預流果清淨無二無二分無別無斷故命者清淨即一來不還阿羅漢果清淨一來不還阿羅漢果清淨即命者清淨何以故是命者清淨與一來不還阿羅漢果清淨無二

無二分無別無斷故生者清淨即預流果清淨預流果清淨即生者清淨何以故是生者清淨與預流果清淨無二無二分無別無斷故生者清淨即一來不還阿羅漢果清淨一來不還阿羅漢果清淨即生者清淨何以故是生者清淨與一來不還阿羅漢果清淨無二無二分無別無斷故養育者清淨即預流果清淨預流果清淨即養育者清淨何以故是養育者清淨與預流果清淨無二無二分無別無斷故養育者清淨即一來不還阿羅漢果清淨一來不還阿羅漢果清淨即養育者清淨何以故是養育者清淨與一來不還阿羅漢果清淨無二無二分無別無斷故士夫清淨即預流果清淨預流果清淨即士夫清淨何以故是士夫清淨與預流果清淨無二無二分無別無斷故士夫清淨即一來不還阿羅漢果清淨一來不還阿羅漢果清淨即士夫清淨何以故是士夫清淨與一來不還阿羅漢果清淨無二無二分無別無斷故補特伽羅清淨即預流果清淨預流果清淨即補特伽羅清淨何以故是補特伽羅清淨與預流果清淨無二無二分無別無斷故補特伽羅清淨即一來不還阿羅漢果清淨一來不還阿羅漢果清淨即補特伽羅清淨何以故是補特伽羅清淨與一來不還阿羅漢果清淨無二無二分無別無斷故意生清淨即預流果清淨預流果清淨即意生清淨何以故是意生清淨與預流果清淨無二無二分無別無斷故意生清淨即一來不還阿羅漢果清淨一來不還阿羅漢果清淨即意生

清淨何以故是意生清淨與一來不還阿羅漢果清淨無二無二分無別無斷故儒童清淨即預流果清淨預流果清淨即儒童清淨何以故是儒童清淨與預流果清淨無二無二分無別無斷故儒童清淨即一來不還阿羅漢果清淨一來不還阿羅漢果清淨即儒童清淨何以故是儒童清淨與一來不還阿羅漢果清淨無二無二分無別無斷故作者清淨即預流果清淨預流果清淨即作者清淨何以故是作者清淨與預流果清淨無二無二分無別無斷故作者清淨即一來不還阿羅漢果清淨一來不還阿羅漢果清淨即作者清淨何以故是作者清淨與一來不還阿羅漢果清淨無二無二分無別無斷故受者清淨即預流果清淨預流果清淨即受者

清淨何以故是受者清淨與預流果清淨無二無二分無別無斷故受者清淨即一來不還阿羅漢果清淨一來不還阿羅漢果清淨即受者清淨何以故是受者清淨與一來不還阿羅漢果清淨無二無二分無別無斷故知者清淨即預流果清淨預流果清淨即知者清淨何以故是知者清淨與預流果清淨無二無二分無別無斷故知者清淨即一來不還阿羅漢果清淨一來不還阿羅漢果清淨即知者清淨何以故是知者清淨與一來不還阿羅漢果清淨無二無二分無別無斷故見者清淨即預流果清淨預流果清淨即見者清淨何以故是見者清淨與預流果清淨無二無二分無別無斷故見者清淨即一來不還阿羅漢果清淨一來不還阿羅漢果

清淨即見者清淨何以故是見者清淨與一
來不還阿羅漢果清淨無二無二分無別無
斷故復次善現我清淨即獨覺菩提清淨獨
覺菩提清淨即我清淨何以故是我清淨與
獨覺菩提清淨無二無二分無別無斷故有
情清淨即獨覺菩提清淨獨覺菩提清淨即
有情清淨何以故是有情清淨與獨覺菩提
清淨無二無二分無別無斷故命者清淨即
獨覺菩提清淨獨覺菩提清淨即命者清淨
何以故是命者清淨與獨覺菩提清淨無二
無二分無別無斷故生者清淨即獨覺菩提
清淨獨覺菩提清淨即生者清淨何以故是
生者清淨與獨覺菩提清淨無二無二分無
別無斷故養育者清淨即獨覺菩提清淨獨
覺菩提清淨即養育者清淨何以故是養育
者清淨與獨覺菩提清淨無二無二分無別
無斷故士夫清淨即獨覺菩提清淨獨覺菩
提清淨即士夫清淨何以故是士夫清淨與
獨覺菩提清淨無二無二分無別無斷故補
特伽羅清淨即獨覺菩提清淨獨覺菩提清
淨即補特伽羅清淨何以故是補特伽羅清
淨與獨覺菩提清淨無二無二分無別無斷
故意生清淨即獨覺菩提清淨獨覺菩提清
淨即意生清淨何以故是意生清淨與獨覺
菩提清淨無二無二分無別無斷故儒童清
淨即獨覺菩提清淨獨覺菩提清淨即儒童
清淨何以故是儒童清淨與獨覺菩提清淨
無二無二分無別無斷故作者清淨即獨覺
菩提清淨獨覺菩提清淨即作者清淨何以
故是作者清淨與獨覺菩提清淨無二無二

分無別無斷故受者清淨即獨覺菩提清淨獨覺菩提清淨即受者清淨何以故是受者清淨與獨覺菩提清淨無二無二分無別無斷故知者清淨即獨覺菩提清淨獨覺菩提清淨即知者清淨何以故是知者清淨與獨覺菩提清淨無二無二分無別無斷故見者清淨即獨覺菩提清淨獨覺菩提清淨即見者清淨何以故是見者清淨與獨覺菩提清淨無二無二分無別無斷故復次善現我清淨即一切菩薩摩訶薩行清淨一切菩薩摩訶薩行清淨即我清淨何以故是我清淨與一切菩薩摩訶薩行清淨無二無二分無別無斷故有情清淨即一切菩薩摩訶薩行清淨一切菩薩摩訶薩行清淨即有情清淨何以故是有情清淨與一切菩薩摩訶薩行清淨無二無二分無別無斷故命者清淨即一切菩薩摩訶薩行清淨一切菩薩摩訶薩行清淨即命者清淨何以故是命者清淨與一切菩薩摩訶薩行清淨無二無二分無別無斷故生者清淨即一切菩薩摩訶薩行清淨一切菩薩摩訶薩行清淨即生者清淨何以故是生者清淨與一切菩薩摩訶薩行清淨無二無二分無別無斷故養育者清淨即一切菩薩摩訶薩行清淨一切菩薩摩訶薩行清淨即養育者清淨何以故是養育者清淨與一切菩薩摩訶薩行清淨無二無二分無別無斷故士夫清淨即一切菩薩摩訶薩行清淨一切菩薩摩訶薩行清淨即士夫清淨何以故是士夫清淨與一切菩薩摩訶薩行清淨無二無二分無別無斷故補特伽羅清

淨即一切菩薩摩訶薩行清淨一切菩薩摩訶薩行清淨即補特伽羅清淨何以故是補特伽羅清淨與一切菩薩摩訶薩行清淨無二無二分無別無斷故意生清淨即一切菩薩摩訶薩行清淨一切菩薩摩訶薩行清淨即意生清淨何以故是意生清淨與一切菩薩摩訶薩行清淨無二無二分無別無斷故儒童清淨即一切菩薩摩訶薩行清淨一切菩薩摩訶薩行清淨即儒童清淨何以故是儒童清淨與一切菩薩摩訶薩行清淨無二無二分無別無斷故作者清淨即一切菩薩摩訶薩行清淨一切菩薩摩訶薩行清淨即作者清淨何以故是作者清淨與一切菩薩摩訶薩行清淨無二無二分無別無斷故受者清淨即一切菩薩摩訶薩行清淨一切菩薩摩訶薩行清淨即受者清淨何以故是受者清淨與一切菩薩摩訶薩行清淨無二無二分無別無斷故知者清淨即一切菩薩摩訶薩行清淨一切菩薩摩訶薩行清淨即知者清淨何以故是知者清淨與一切菩薩摩訶薩行清淨無二無二分無別無斷故見者清淨即一切菩薩摩訶薩行清淨一切菩薩摩訶薩行清淨即見者清淨何以故是見者清淨與一切菩薩摩訶薩行清淨無二無二分無別無斷故復次善現我清淨即諸佛無上正等菩提清淨諸佛無上正等菩提清淨即我清淨何以故是我清淨與諸佛無上正等菩提清淨無二無二分無別無斷故有情清淨即諸佛無上正等菩提清淨諸佛無上正等菩提清淨即有情清淨何以故是有情

清淨與諸佛無上正等菩提清淨無二無二分無別無斷故命者清淨即諸佛無上正等菩提清淨諸佛無上正等菩提清淨即命者清淨何以故是命者清淨與諸佛無上正等菩提清淨無二無二分無別無斷故生者清淨即諸佛無上正等菩提清淨諸佛無上正等菩提清淨即生者清淨何以故是生者清淨與諸佛無上正等菩提清淨無二無二分無別無斷故養育者清淨即諸佛無上正等菩提清淨諸佛無上正等菩提清淨即養育者清淨何以故是養育者清淨與諸佛無上正等菩提清淨無二無二分無別無斷故士夫清淨即諸佛無上正等菩提清淨諸佛無上正等菩提清淨即士夫清淨何以故是士夫清淨與諸佛無上正等菩提清淨無二無二分無別無斷故補特伽羅清淨即諸佛無上正等菩提清淨諸佛無上正等菩提清淨即補特伽羅清淨何以故是補特伽羅清淨與諸佛無上正等菩提清淨無二無二分無別無斷故意生清淨即諸佛無上正等菩提清淨諸佛無上正等菩提清淨即意生清淨何以故是意生清淨與諸佛無上正等菩提清淨無二無二分無別無斷故儒童清淨即諸佛無上正等菩提清淨諸佛無上正等菩提清淨即儒童清淨何以故是儒童清淨與諸佛無上正等菩提清淨無二無二分無別無斷故作者清淨即諸佛無上正等菩提清淨諸佛無上正等菩提清淨即作者清淨何以故是作者清淨與諸佛無上正等菩提清淨無二無二分無別無斷故受者清淨即諸

佛無上正等菩提清淨諸佛無上正等菩提清淨即受者清淨何以故是受者清淨與諸佛無上正等菩提清淨無二無二分無別無斷故知者清淨即諸佛無上正等菩提清淨諸佛無上正等菩提清淨即知者清淨何以故是知者清淨與諸佛無上正等菩提清淨無二無二分無別無斷故見者清淨即諸佛無上正等菩提清淨諸佛無上正等菩提清淨即見者清淨何以故是見者清淨與諸佛無上正等菩提清淨無二無二分無別無斷故

大般若波羅蜜多經卷第一百八十九

大般若波羅蜜多經卷第一百九十

唐三藏法師玄奘奉　詔譯

初分難信解品第三十四之九

復次善現我清淨即色清淨色清淨即我清淨何以故是我清淨與色清淨無二無二分無別無斷故我清淨即受想行識清淨受想行識清淨即我清淨何以故是我清淨與受想行識清淨無二無二分無別無斷故善現我清淨即眼處清淨眼處清淨即我清淨何以故是我清淨與眼處清淨無二無二分無別無斷故我清淨即耳鼻舌身意處清淨耳鼻舌身意處清淨即我清淨何以故是我清淨與耳鼻舌身意處清淨無二無二分無別無斷故善現我清淨即色處清淨色處清淨即我清淨何以故是我清淨與色處清淨無二無二分無別無斷故我清淨即聲香味觸法處清淨聲香味觸法處清淨即我清淨何以故是我清淨與聲香味觸法處清淨無二無二分無別無斷故善現我清淨即眼界清淨眼界清淨即我清淨何以故是我清淨與眼界清淨無二無二分無別無斷故我清淨即色界眼識界及眼觸眼觸為緣所生諸受清淨色界乃至眼觸為緣所生諸受清淨即我清淨何以故是我清淨與色界乃至眼觸為緣所生諸受清淨無二無二分無別無斷故善現我清淨即耳界清淨耳界清淨即我清淨何以故是我清淨與耳界清淨無二無二分無別無斷故我清淨即聲界耳識界及耳觸耳觸為緣所生諸受清淨聲界乃至耳觸為緣所生諸受清淨即我清淨何以故是

我清淨與聲界乃至耳觸爲縁所生諸受清淨無二無二分無別無斷故善現我清淨即鼻界清淨鼻界清淨即我清淨何以故是我清淨與鼻界清淨無二無二分無別無斷故我清淨即香界鼻識界及鼻觸鼻觸爲縁所生諸受清淨香界乃至鼻觸爲縁所生諸受清淨即我清淨何以故是我清淨與香界乃至鼻觸爲縁所生諸受清淨無二無二分無別無斷故善現我清淨即舌界清淨舌界清淨即我清淨何以故是我清淨與舌界清淨無二無二分無別無斷故我清淨即味界舌識界及舌觸舌觸爲縁所生諸受清淨味界乃至舌觸爲縁所生諸受清淨即我清淨何以故是我清淨與味界乃至舌觸爲縁所生諸受清淨無二無二分無別無斷故善現我清淨即身界清淨身界清淨即我清淨何以故是我清淨與身界清淨無二無二分無別無斷故我清淨即觸界身識界及身觸身觸爲縁所生諸受清淨觸界乃至身觸爲縁所生諸受清淨即我清淨何以故是我清淨與觸界乃至身觸爲縁所生諸受清淨無二無二分無別無斷故善現我清淨即意界清淨意界清淨即我清淨何以故是我清淨與意界清淨無二無二分無別無斷故我清淨即法界意識界及意觸意觸爲縁所生諸受清淨法界乃至意觸爲縁所生諸受清淨即我清淨何以故是我清淨與法界乃至意觸爲縁所生諸受清淨無二無二分無別無斷故善現我清淨即地界清淨地界清淨即我清淨何以故是我清淨與地界清淨無二無二

分無別無斷故我清淨即水火風空識界清淨水火風空識界清淨即我清淨何以故是我清淨與水火風空識界清淨無二無二分無別無斷故善現我清淨即無明清淨無明清淨即我清淨何以故是我清淨與無明清淨無二無二分無別無斷故我清淨即行識名色六處觸受愛取有生老死愁歎苦憂惱清淨行乃至老死愁歎苦憂惱清淨即我清淨何以故是我清淨與行乃至老死愁歎苦憂惱清淨無二無二分無別無斷故善現我清淨即布施波羅蜜多清淨布施波羅蜜多清淨即我清淨何以故是我清淨與布施波羅蜜多清淨無二無二分無別無斷故我清淨即淨戒安忍精進靜慮般若波羅蜜多清淨淨戒乃至般若波羅蜜多清淨即我清淨

何以故是我清淨與淨戒乃至般若波羅蜜多清淨無二無二分無別無斷故善現我清淨即内空清淨内空清淨即我清淨何以故是我清淨與内空清淨無二無二分無別無斷故我清淨即外空内外空空空大空勝義空有爲空無爲空畢竟空無際空散空無變異空本性空自相空共相空一切法空不可得空無性空自性空無性自性空清淨外空乃至無性自性空清淨即我清淨何以故是我清淨與外空乃至無性自性空清淨無二無二分無別無斷故善現我清淨即眞如清淨眞如清淨即我清淨何以故是我清淨與眞如清淨無二無二分無別無斷故我清淨即法界法性不虛妄性不變異性平等性離生性法定法住實際虛空界不思議界清淨

法界乃至不思議界清淨即我清淨何以故是我清淨與法界乃至不思議界清淨無二無二分無別無斷故善現我清淨即苦聖諦清淨苦聖諦清淨即我清淨何以故是我清淨與苦聖諦清淨無二無二分無別無斷故我清淨即集滅道聖諦清淨集滅道聖諦清淨即我清淨何以故是我清淨與集滅道聖諦清淨無二無二分無別無斷故善現我清淨即四靜慮清淨四靜慮清淨即我清淨何以故是我清淨與四靜慮清淨無二無二分無別無斷故我清淨即四無量四無色定清淨四無量四無色定清淨即我清淨何以故是我清淨與四無量四無色定清淨無二無二分無別無斷故善現我清淨即八解脫清淨八解脫清淨即我清淨何以故是我清淨與八解脫清淨無二無二分無別無斷故我清淨即八勝處九次第定十遍處清淨八勝處九次第定十遍處清淨即我清淨何以故是我清淨與八勝處九次第定十遍處清淨無二無二分無別無斷故善現我清淨即四念住清淨四念住清淨即我清淨何以故是我清淨與四念住清淨無二無二分無別無斷故我清淨即四正斷四神足五根五力七等覺支八聖道支清淨四正斷乃至八聖道支清淨即我清淨何以故是我清淨與四正斷乃至八聖道支清淨無二無二分無別無斷故善現我清淨即空解脫門清淨空解脫門清淨即我清淨何以故是我清淨與空解脫門清淨無二無二分無別無斷故我清淨即無相無願解脫門清淨無相無願解脫門

清淨即我清淨何以故是我清淨與無相無願解脫門清淨無二無二分無別無斷故善現我清淨即菩薩十地清淨菩薩十地清淨即我清淨何以故是我清淨與菩薩十地清淨無二無二分無別無斷故善現我清淨即五眼清淨五眼清淨即我清淨何以故是我清淨與五眼清淨無二無二分無別無斷故我清淨即六神通清淨六神通清淨即我清淨何以故是我清淨與六神通清淨無二無二分無別無斷故善現我清淨即佛十力清淨佛十力清淨即我清淨何以故是我清淨與佛十力清淨無二無二分無別無斷故我清淨即四無所畏四無礙解大慈大悲大喜大捨十八佛不共法清淨四無所畏乃至十八佛不共法清淨即我清淨何以故是我清淨與四無所畏乃至十八佛不共法清淨無二無二分無別無斷故善現我清淨即無忘失法清淨無忘失法清淨即我清淨何以故是我清淨與無忘失法清淨無二無二分無別無斷故我清淨即恒住捨性清淨恒住捨性清淨即我清淨何以故是我清淨與恒住捨性清淨無二無二分無別無斷故善現我清淨即一切智清淨一切智清淨即我清淨何以故是我清淨與一切智清淨無二無二分無別無斷故我清淨即道相智一切相智清淨道相智一切相智清淨即我清淨何以故是我清淨與道相智一切相智清淨無二無二分無別無斷故善現我清淨即一切陀羅尼門清淨一切陀羅尼門清淨即我清淨何以故是我清淨與一切陀羅尼門清淨無

二無二分無别無斷故我清淨即一切三摩地門清淨一切三摩地門清淨即我清淨何以故是我清淨與一切三摩地門清淨無二無二分無别無斷故善現我清淨即預流果清淨預流果清淨即我清淨何以故是我清淨與預流果清淨無二無二分無别無斷故我清淨即一來不還阿羅漢果清淨一來不還阿羅漢果清淨即我清淨何以故是我清淨與一來不還阿羅漢果清淨無二無二分無别無斷故善現我清淨即獨覺菩提清淨獨覺菩提清淨即我清淨何以故是我清淨與獨覺菩提清淨無二無二分無别無斷故善現我清淨即一切菩薩摩訶薩行清淨一切菩薩摩訶薩行清淨即我清淨何以故是我清淨與一切菩薩摩訶薩行清淨無二無二分無别無斷故善現我清淨即諸佛無上正等菩提清淨諸佛無上正等菩提清淨即我清淨何以故是我清淨與諸佛無上正等菩提清淨無二無二分無别無斷故復次善現有情清淨即色清淨色清淨即有情清淨何以故是有情清淨與色清淨無二無二分無别無斷故有情清淨即受想行識清淨受想行識清淨即有情清淨何以故是有情清淨與受想行識清淨無二無二分無别無斷故善現有情清淨即眼處清淨眼處清淨即有情清淨何以故是有情清淨與眼處清淨無二無二分無别無斷故有情清淨即耳鼻舌身意處清淨耳鼻舌身意處清淨即有情清淨何以故是有情清淨與耳鼻舌身意處清淨無二無二分無别無斷故善現有情清

淨即色處清淨色處清淨即有情清淨何以故是有情清淨與色處清淨無二無二分無別無斷故有情清淨即聲香味觸法處清淨聲香味觸法處清淨即有情清淨何以故是有情清淨與聲香味觸法處清淨無二無二分無別無斷故善現有情清淨即眼界清淨眼界清淨即有情清淨何以故是有情清淨與眼界清淨無二無二分無別無斷故有情清淨即色界眼識界及眼觸眼觸爲緣所生諸受清淨色界乃至眼觸爲緣所生諸受清淨即有情清淨何以故是有情清淨與色界乃至眼觸爲緣所生諸受清淨無二無二分無別無斷故善現有情清淨即耳界清淨耳界清淨即有情清淨何以故是有情清淨與耳界清淨無二無二分無別無斷故有情清淨即聲界耳識界及耳觸耳觸爲緣所生諸受清淨聲界乃至耳觸爲緣所生諸受清淨即有情清淨何以故是有情清淨與聲界乃至耳觸爲緣所生諸受清淨無二無二分無別無斷故善現有情清淨即鼻界清淨鼻界清淨即有情清淨何以故是有情清淨與鼻界清淨無二無二分無別無斷故有情清淨即香界鼻識界及鼻觸鼻觸爲緣所生諸受清淨香界乃至鼻觸爲緣所生諸受清淨即有情清淨何以故是有情清淨與香界乃至鼻觸爲緣所生諸受清淨無二無二分無別無斷故善現有情清淨即舌界清淨舌界清淨即有情清淨何以故是有情清淨與舌界清淨無二無二分無別無斷故有情清淨即味界舌識界及舌觸舌觸爲緣所生諸受清

淨味界乃至舌觸爲緣所生諸受清淨即有情清淨何以故是有情清淨與味界乃至舌觸爲緣所生諸受清淨無二無二分無別無斷故善現有情清淨即身界清淨身界清淨即有情清淨何以故是有情清淨與身界清淨無二無二分無別無斷故有情清淨即觸界身識界及身觸身觸爲緣所生諸受清淨觸界乃至身觸爲緣所生諸受清淨即有情清淨何以故是有情清淨與觸界乃至身觸爲緣所生諸受清淨無二無二分無別無斷故善現有情清淨即意界清淨意界清淨即有情清淨何以故是有情清淨與意界清淨無二無二分無別無斷故有情清淨即法界意識界及意觸意觸爲緣所生諸受清淨法界乃至意觸爲緣所生諸受清淨即有情清淨何以故是有情清淨與意界乃至意觸爲緣所生諸受清淨無二無二分無別無斷故善現有情清淨即地界清淨地界清淨即有情清淨何以故是有情清淨與地界清淨無二無二分無別無斷故有情清淨即水火風空識界清淨水火風空識界清淨即有情清淨何以故是有情清淨與水火風空識界清淨無二無二分無別無斷故善現有情清淨即無明清淨無明清淨即有情清淨何以故是有情清淨與無明清淨無二無二分無別無斷故有情清淨即行識名色六處觸受愛取有生老死愁歎苦憂惱清淨行乃至老死愁歎苦憂惱清淨即有情清淨何以故是有情清淨與行乃至老死愁歎苦憂惱清淨無二無二分無別無斷故善現有情清淨即布

施波羅蜜多清淨布施波羅蜜多清淨即有情清淨何以故是有情清淨與布施波羅蜜多清淨無二無二分無别無斷故有情清淨即淨戒安忍精進靜慮般若波羅蜜多清淨淨戒乃至般若波羅蜜多清淨即有情清淨何以故是有情清淨與淨戒乃至般若波羅蜜多清淨無二無二分無别無斷故善現有情清淨即内空清淨内空清淨即有情清淨何以故是有情清淨與内空清淨無二無二分無别無斷故有情清淨即外空内外空空空大空勝義空有爲空無爲空畢竟空無際空散空無變異空本性空自相空共相空一切法空不可得空無性空自性空無性自性空清淨外空乃至無性自性空清淨即有情清淨何以故是有情清淨與外空乃至無性

自性空清淨無二無二分無别無斷故善現有情清淨即真如清淨真如清淨即有情清淨何以故是有情清淨與真如清淨無二無二分無别無斷故有情清淨即法界法性不虚妄性不變異性平等性離生性法定法住實際虚空界不思議界清淨法界乃至不思議界清淨即有情清淨何以故是有情清淨與法界乃至不思議界清淨無二無二分無别無斷故善現有情清淨即苦聖諦清淨苦聖諦清淨即有情清淨何以故是有情清淨與苦聖諦清淨無二無二分無别無斷故有情清淨即集滅道聖諦清淨集滅道聖諦清淨即有情清淨何以故是有情清淨與集滅道聖諦清淨無二無二分無别無斷故善現有情清淨即四靜慮清淨四靜慮清淨即有

情清淨何以故是有情清淨與四靜慮清淨無二無二分無別無斷故有情清淨即四無量四無色定清淨四無量四無色定清淨即有情清淨何以故是有情清淨與四無量四無色定清淨無二無二分無別無斷故善現有情清淨即八解脫清淨八解脫清淨即有情清淨何以故是有情清淨與八解脫清淨無二無二分無別無斷故有情清淨即八勝處九次第定十遍處清淨八勝處九次第定十遍處清淨即有情清淨何以故是有情清淨與八勝處九次第定十遍處清淨無二無二分無別無斷故善現有情清淨即四念住清淨四念住清淨即有情清淨何以故是有情清淨與四念住清淨無二無二分無別無斷故有情清淨即四正斷四神足五根五力七等覺支八聖道支清淨四正斷乃至八聖道支清淨即有情清淨何以故是有情清淨與四正斷乃至八聖道支清淨無二無二分無別無斷故善現有情清淨即空解脫門清淨空解脫門清淨即有情清淨何以故是有情清淨與空解脫門清淨無二無二分無別無斷故有情清淨即無相無願解脫門清淨無相無願解脫門清淨即有情清淨何以故是有情清淨與無相無願解脫門清淨無二無二分無別無斷故善現有情清淨即菩薩十地清淨菩薩十地清淨即有情清淨何以故是有情清淨與菩薩十地清淨無二無二分無別無斷故善現有情清淨即五眼清淨五眼清淨即有情清淨何以故是有情清淨與五眼清淨無二無二分無別無斷故有情

清淨即六神通清淨六神通清淨即有情清淨何以故是有情清淨與六神通清淨無二無二分無别無斷故善現有情清淨即佛十力清淨佛十力清淨即有情清淨何以故是有情清淨與佛十力清淨無二無二分無别無斷故有情清淨即四無所畏四無礙解大慈大悲大喜大捨十八佛不共法清淨四無所畏乃至十八佛不共法清淨即有情清淨何以故是有情清淨與四無所畏乃至十八佛不共法清淨無二無二分無别無斷故善現有情清淨即無忘失法清淨無忘失法清淨即有情清淨何以故是有情清淨與無忘失法清淨無二無二分無别無斷故有情清淨即恒住捨性清淨恒住捨性清淨即有情清淨何以故是有情清淨與恒住捨性清淨

無二無二分無别無斷故善現有情清淨即一切智清淨一切智清淨即有情清淨何以故是有情清淨與一切智清淨無二無二分無别無斷故有情清淨即道相智一切相智清淨道相智一切相智清淨即有情清淨何以故是有情清淨與道相智一切相智清淨無二無二分無别無斷故善現有情清淨即一切陀羅尼門清淨一切陀羅尼門清淨即有情清淨何以故是有情清淨與一切陀羅尼門清淨無二無二分無别無斷故有情清淨即一切三摩地門清淨一切三摩地門清淨即有情清淨何以故是有情清淨與一切三摩地門清淨無二無二分無别無斷故善現有情清淨即預流果清淨預流果清淨即有情清淨何以故是有情清淨與預流果清

淨無二無二分無別無斷故有情清淨即一來不還阿羅漢果清淨一來不還阿羅漢果清淨即有情清淨何以故是有情清淨與一來不還阿羅漢果清淨無二無二分無別無斷故善現有情清淨即獨覺菩提清淨獨覺菩提清淨即有情清淨何以故是有情清淨與獨覺菩提清淨無二無二分無別無斷故善現有情清淨即一切菩薩摩訶薩行清淨一切菩薩摩訶薩行清淨即有情清淨何以故是有情清淨與一切菩薩摩訶薩行清淨無二無二分無別無斷故善現有情清淨即諸佛無上正等菩提清淨諸佛無上正等菩提清淨即有情清淨何以故是有情清淨與諸佛無上正等菩提清淨無二無二分無別無斷故復次善現命者清淨即色清淨色清淨即命者清淨何以故是命者清淨與色清淨無二無二分無別無斷故命者清淨即受想行識清淨受想行識清淨即命者清淨何以故是命者清淨與受想行識清淨無二無二分無別無斷故善現命者清淨即眼處清淨眼處清淨即命者清淨何以故是命者清淨與眼處清淨無二無二分無別無斷故命者清淨即耳鼻舌身意處清淨耳鼻舌身意處清淨即命者清淨何以故是命者清淨與耳鼻舌身意處清淨無二無二分無別無斷故善現命者清淨即色處清淨色處清淨即命者清淨何以故是命者清淨與色處清淨無二無二分無別無斷故命者清淨即聲香味觸法處清淨聲香味觸法處清淨即命者清淨何以故是命者清淨與聲香味觸法處

清淨無二無二分無別無斷故善現命者清淨即眼界清淨眼界清淨即命者清淨何以故是命者清淨與眼界清淨無二無二分無別無斷故命者清淨即色界眼識界及眼觸眼觸爲緣所生諸受清淨色界乃至眼觸爲緣所生諸受清淨即命者清淨何以故是命者清淨與色界乃至眼觸爲緣所生諸受清淨無二無二分無別無斷故善現命者清淨即耳界清淨耳界清淨即命者清淨何以故是命者清淨與耳界清淨無二無二分無別無斷故命者清淨即聲界耳識界及耳觸耳觸爲緣所生諸受清淨聲界乃至耳觸爲緣所生諸受清淨即命者清淨何以故是命者清淨與聲界乃至耳觸爲緣所生諸受清淨無二無二分無別無斷故善現命者清淨即鼻界清淨鼻界清淨即命者清淨何以故是命者清淨與鼻界清淨無二無二分無別無斷故命者清淨即香界鼻識界及鼻觸鼻觸爲緣所生諸受清淨香界乃至鼻觸爲緣所生諸受清淨即命者清淨何以故是命者清淨與香界乃至鼻觸爲緣所生諸受清淨無二無二分無別無斷故善現命者清淨即舌界清淨舌界清淨即命者清淨何以故是命者清淨與舌界清淨無二無二分無別無斷故命者清淨即味界舌識界及舌觸舌觸爲緣所生諸受清淨味界乃至舌觸爲緣所生諸受清淨即命者清淨何以故是命者清淨與味界乃至舌觸爲緣所生諸受清淨無二無二分無別無斷故善現命者清淨即身界清淨身界清淨即命者清淨何以故是命者

清淨與身界清淨無二無二分無別無斷故命者清淨即觸界身識界及身觸身觸爲緣所生諸受清淨觸界乃至身觸爲緣所生諸受清淨即命者清淨何以故是命者清淨與觸界乃至身觸爲緣所生諸受清淨無二無二分無別無斷故善現命者清淨即意界清淨意界清淨即命者清淨何以故是命者清淨與意界清淨無二無二分無別無斷故命者清淨即法界意識界及意觸意觸爲緣所生諸受清淨法界乃至意觸爲緣所生諸受清淨即命者清淨何以故是命者清淨與法界乃至意觸爲緣所生諸受清淨無二無二分無別無斷故善現命者清淨即地界清淨地界清淨即命者清淨何以故是命者清淨與地界清淨無二無二分無別無斷故命者清淨即水火風空識界清淨水火風空識界清淨即命者清淨何以故是命者清淨與水火風空識界清淨無二無二分無別無斷故善現命者清淨即無明清淨無明清淨即命者清淨何以故是命者清淨與無明清淨無二無二分無別無斷故命者清淨即行識名色六處觸受愛取有生老死愁歎苦憂惱清淨行乃至老死愁歎苦憂惱清淨即命者清淨何以故是命者清淨與行乃至老死愁歎苦憂惱清淨無二無二分無別無斷故

大般若波羅蜜多經卷第一百九十

大般若波羅蜜多經卷第一百九十一

唐三藏法師玄奘奉　詔譯

初分難信解品第三十四之十

善現命者清淨即布施波羅蜜多清淨布施波羅蜜多清淨即命者清淨何以故是命者清淨與布施波羅蜜多清淨無二無二分無別無斷故命者清淨即淨戒安忍精進靜慮般若波羅蜜多清淨淨戒乃至般若波羅蜜多清淨即命者清淨何以故是命者清淨與淨戒乃至般若波羅蜜多清淨無二無二分無別無斷故善現命者清淨即內空清淨內空清淨即命者清淨何以故是命者清淨與內空清淨無二無二分無別無斷故命者清淨即外空內外空空空大空勝義空有爲空無爲空畢竟空無際空散空無變異空本性空自相空共相空一切法空不可得空無性空自性空無性自性空清淨外空乃至無性自性空清淨即命者清淨何以故是命者清淨與外空乃至無性自性空清淨無二無二分無別無斷故善現命者清淨即眞如清淨眞如清淨即命者清淨何以故是命者清淨與眞如清淨無二無二分無別無斷故命者清淨即法界法性不虛妄性不變異性平等性離生性法定法住實際虛空界不思議界清淨法界乃至不思議界清淨即命者清淨何以故是命者清淨與法界乃至不思議界清淨無二無二分無別無斷故善現命者清淨即苦聖諦清淨苦聖諦清淨即命者清淨何以故是命者清淨與苦聖諦清淨無二無二分無別無斷故命者清淨即集滅道聖諦

清淨集滅道聖諦清淨即命者清淨何以故是命者清淨與集滅道聖諦清淨無二無二分無別無斷故善現命者清淨即四靜慮清淨四靜慮清淨即命者清淨何以故是命者清淨與四靜慮清淨無二無二分無別無斷故命者清淨即四無量四無色定清淨四無量四無色定清淨即命者清淨何以故是命者清淨與四無量四無色定清淨無二無二分無別無斷故善現命者清淨即八解脫清淨八解脫清淨即命者清淨何以故是命者清淨與八解脫清淨無二無二分無別無斷故命者清淨即八勝處九次第定十遍處清淨八勝處九次第定十遍處清淨即命者清淨何以故是命者清淨與八勝處九次第定十遍處清淨無二無二分無別無斷故善現命者清淨即四念住清淨四念住清淨即命者清淨何以故是命者清淨與四念住清淨無二無二分無別無斷故命者清淨即四正斷四神足五根五力七等覺支八聖道支清淨四正斷乃至八聖道支清淨即命者清淨何以故是命者清淨與四正斷乃至八聖道支清淨無二無二分無別無斷故善現命者清淨即空解脫門清淨空解脫門清淨即命者清淨何以故是命者清淨與空解脫門清淨無二無二分無別無斷故命者清淨即無相無願解脫門清淨無相無願解脫門清淨即命者清淨何以故是命者清淨與無相無願解脫門清淨無二無二分無別無斷故善現命者清淨即菩薩十地清淨菩薩十地清淨即命者清淨何以故是命者清淨與菩薩

十地清淨無二無二分無別無斷故善現命者清淨即五眼清淨五眼清淨即命者清淨何以故是命者清淨與五眼清淨無二無二分無別無斷故善現命者清淨即六神通清淨六神通清淨即命者清淨何以故是命者清淨與六神通清淨無二無二分無別無斷故善現命者清淨即佛十力清淨佛十力清淨即命者清淨何以故是命者清淨與佛十力清淨無二無二分無別無斷故命者清淨即四無所畏四無礙解大慈大悲大喜大捨十八佛不共法清淨四無所畏乃至十八佛不共法清淨即命者清淨何以故是命者清淨與四無所畏乃至十八佛不共法清淨無二無二分無別無斷故善現命者清淨即無忘失法清淨無忘失法清淨即命者清淨何以故是命者清淨與無忘失法清淨無二無二分無別無斷故命者清淨即恒住捨性清淨恒住捨性清淨即命者清淨何以故是命者清淨與恒住捨性清淨無二無二分無別無斷故善現命者清淨即一切智清淨一切智清淨即命者清淨何以故是命者清淨與一切智清淨無二無二分無別無斷故命者清淨即道相智一切相智清淨道相智一切相智清淨即命者清淨何以故是命者清淨與道相智一切相智清淨無二無二分無別無斷故善現命者清淨即一切陀羅尼門清淨一切陀羅尼門清淨即命者清淨何以故是命者清淨與一切陀羅尼門清淨無二無二分無別無斷故命者清淨即一切三摩地門清淨一切三摩地門清淨即命者清淨何

以故是命者清淨與一切三摩地門清淨無二無二分無別無斷故善現命者清淨即預流果清淨預流果清淨即命者清淨何以故是命者清淨與預流果清淨無二無二分無別無斷故命者清淨即一來不還阿羅漢果清淨一來不還阿羅漢果清淨即命者清淨何以故是命者清淨與一來不還阿羅漢果清淨無二無二分無別無斷故善現命者清淨即獨覺菩提清淨獨覺菩提清淨即命者清淨何以故是命者清淨與獨覺菩提清淨無二無二分無別無斷故善現命者清淨即一切菩薩摩訶薩行清淨一切菩薩摩訶薩行清淨即命者清淨何以故是命者清淨與一切菩薩摩訶薩行清淨無二無二分無別無斷故善現命者清淨即諸佛無上正等菩提清淨諸佛無上正等菩提清淨即命者清淨何以故是命者清淨與諸佛無上正等菩提清淨無二無二分無別無斷故復次善現生者清淨即色清淨色清淨即生者清淨何以故是生者清淨與色清淨無二無二分無別無斷故生者清淨即受想行識清淨受想行識清淨即生者清淨何以故是生者清淨與受想行識清淨無二無二分無別無斷故善現生者清淨即眼處清淨眼處清淨即生者清淨何以故是生者清淨與眼處清淨無二無二分無別無斷故生者清淨即耳鼻舌身意處清淨耳鼻舌身意處清淨即生者清淨何以故是生者清淨與耳鼻舌身意處清淨無二無二分無別無斷故善現生者清淨即色處清淨色處清淨即生者清淨何以故

是生者清淨與色處清淨無二無二分無別無斷故生者清淨即聲香味觸法處清淨聲香味觸法處清淨即生者清淨何以故是生者清淨與聲香味觸法處清淨無二無二分無別無斷故善現生者清淨即眼界清淨眼界清淨即生者清淨何以故是生者清淨與眼界清淨無二無二分無別無斷故生者清淨即色界眼識界及眼觸眼觸爲緣所生諸受清淨色界乃至眼觸爲緣所生諸受清淨即生者清淨何以故是生者清淨與色界乃至眼觸爲緣所生諸受清淨無二無二分無別無斷故善現生者清淨即耳界清淨耳界清淨即生者清淨何以故是生者清淨與耳界清淨無二無二分無別無斷故生者清淨即聲界耳識界及耳觸耳觸爲緣所生諸受清淨聲界乃至耳觸爲緣所生諸受清淨即生者清淨何以故是生者清淨與聲界乃至耳觸爲緣所生諸受清淨無二無二分無別無斷故善現生者清淨即鼻界清淨鼻界清淨即生者清淨何以故是生者清淨與鼻界清淨無二無二分無別無斷故生者清淨即香界鼻識界及鼻觸鼻觸爲緣所生諸受清淨香界乃至鼻觸爲緣所生諸受清淨即生者清淨何以故是生者清淨與香界乃至鼻觸爲緣所生諸受清淨無二無二分無別無斷故善現生者清淨即舌界清淨舌界清淨即生者清淨何以故是生者清淨與舌界清淨無二無二分無別無斷故生者清淨即味界舌識界及舌觸舌觸爲緣所生諸受清淨味界乃至舌觸爲緣所生諸受清淨即生者

清淨何以故是生者清淨與味界乃至舌觸爲縁所生諸受清淨無二無二分無別無斷故善現生者清淨即身界清淨身界清淨即生者清淨何以故是生者清淨與身界清淨無二無二分無別無斷故生者清淨即觸界身識界及身觸身觸爲縁所生諸受清淨觸界乃至身觸爲縁所生諸受清淨即生者清淨何以故是生者清淨與觸界乃至身觸爲縁所生諸受清淨無二無二分無別無斷故善現生者清淨即意界清淨意界清淨即生者清淨何以故是生者清淨與意界清淨無二無二分無別無斷故生者清淨即法界意識界及意觸意觸爲縁所生諸受清淨法界乃至意觸爲縁所生諸受清淨即生者清淨何以故是生者清淨與法界乃至意觸爲縁所生諸受清淨無二無二分無別無斷故善現生者清淨即地界清淨地界清淨即生者清淨何以故是生者清淨與地界清淨無二無二分無別無斷故生者清淨即水火風空識界清淨水火風空識界清淨即生者清淨何以故是生者清淨與水火風空識界清淨無二無二分無別無斷故善現生者清淨即無明清淨無明清淨即生者清淨何以故是生者清淨與無明清淨無二無二分無別無斷故生者清淨即行識名色六處觸受愛取有生老死愁歎苦憂惱清淨行乃至老死愁歎苦憂惱清淨即生者清淨何以故是生者清淨與行乃至老死愁歎苦憂惱清淨無二無二分無別無斷故善現生者清淨即布施波羅蜜多清淨布施波羅蜜多清淨即生者

清淨何以故是生者清淨與布施波羅蜜多清淨無二無二分無別無斷故生者清淨即淨戒安忍精進靜慮般若波羅蜜多清淨淨戒乃至般若波羅蜜多清淨即生者清淨何以故是生者清淨與淨戒乃至般若波羅蜜多清淨無二無二分無別無斷故善現生者清淨即內空清淨內空清淨即生者清淨何以故是生者清淨與內空清淨無二無二分無別無斷故生者清淨即外空內外空空空大空勝義空有爲空無爲空畢竟空無際空散空無變異空本性空自相空共相空一切法空不可得空無性空自性空無性自性空清淨外空乃至無性自性空清淨即生者清淨何以故是生者清淨與外空乃至無性自性空清淨無二無二分無別無斷故善現生者清淨即眞如清淨眞如清淨即生者清淨何以故是生者清淨與眞如清淨無二無二分無別無斷故生者清淨即法界法性不虛妄性不變異性平等性離生性法定法住實際虛空界不思議界清淨法界乃至不思議界清淨即生者清淨何以故是生者清淨與法界乃至不思議界清淨無二無二分無別無斷故善現生者清淨即苦聖諦清淨苦聖諦清淨即生者清淨何以故是生者清淨與苦聖諦清淨無二無二分無別無斷故生者清淨即集滅道聖諦清淨集滅道聖諦清淨即生者清淨何以故是生者清淨與集滅道聖諦清淨無二無二分無別無斷故善現生者清淨即四靜慮清淨四靜慮清淨即生者清淨何以故是生者清淨與四靜慮清淨無

二無二分無別無斷故生者清淨即四無量四無色定清淨四無量四無色定清淨即生者清淨何以故是生者清淨與四無量四無色定清淨無二無二分無別無斷故善現生者清淨即八解脫清淨八解脫清淨即生者清淨何以故是生者清淨與八解脫清淨無二無二分無別無斷故生者清淨即八勝處九次第定十遍處清淨八勝處九次第定十遍處清淨即生者清淨何以故是生者清淨與八勝處九次第定十遍處清淨無二無二分無別無斷故善現生者清淨即四念住清淨四念住清淨即生者清淨何以故是生者清淨與四念住清淨無二無二分無別無斷故生者清淨即四正斷四神足五根五力七等覺支八聖道支清淨四正斷乃至八聖道

支清淨即生者清淨何以故是生者清淨與四正斷乃至八聖道支清淨無二無二分無別無斷故善現生者清淨即空解脫門清淨空解脫門清淨即生者清淨何以故是生者清淨與空解脫門清淨無二無二分無別無斷故生者清淨即無相無願解脫門清淨無相無願解脫門清淨即生者清淨何以故是生者清淨與無相無願解脫門清淨無二無二分無別無斷故善現生者清淨即菩薩十地清淨菩薩十地清淨即生者清淨何以故是生者清淨與菩薩十地清淨無二無二分無別無斷故善現生者清淨即五眼清淨五眼清淨即生者清淨何以故是生者清淨與五眼清淨無二無二分無別無斷故生者清淨即六神通清淨六神通清淨即生者清淨

何以故是生者清淨與六神通清淨無二無二分無別無斷故善現生者清淨即佛十力清淨佛十力清淨即生者清淨何以故是生者清淨與佛十力清淨無二無二分無別無斷故生者清淨即四無所畏四無礙解大慈大悲大喜大捨十八佛不共法清淨四無所畏乃至十八佛不共法清淨即生者清淨何以故是生者清淨與四無所畏乃至十八佛不共法清淨無二無二分無別無斷故善現生者清淨即無忘失法清淨無忘失法清淨即生者清淨何以故是生者清淨與無忘失法清淨無二無二分無別無斷故生者清淨即恒住捨性清淨恒住捨性清淨即生者清淨何以故是生者清淨與恒住捨性清淨無二無二分無別無斷故善現生者清淨即一切智清淨一切智清淨即生者清淨何以故是生者清淨與一切智清淨無二無二分無別無斷故生者清淨即道相智一切相智清淨道相智一切相智清淨即生者清淨何以故是生者清淨與道相智一切相智清淨無二無二分無別無斷故善現生者清淨即一切陀羅尼門清淨一切陀羅尼門清淨即生者清淨何以故是生者清淨與一切陀羅尼門清淨無二無二分無別無斷故生者清淨即一切三摩地門清淨一切三摩地門清淨即生者清淨何以故是生者清淨與一切三摩地門清淨無二無二分無別無斷故善現生者清淨即預流果清淨預流果清淨即生者清淨何以故是生者清淨與預流果清淨無二無二分無別無斷故生者清淨即一來

不還阿羅漢果清淨一來不還阿羅漢果清淨即生者清淨何以故是生者清淨與一來不還阿羅漢果清淨無二無二分無別無斷故善現生者清淨即獨覺菩提清淨獨覺菩提清淨即生者清淨何以故是生者清淨與獨覺菩提清淨無二無二分無別無斷故善現生者清淨即一切菩薩摩訶薩行清淨一切菩薩摩訶薩行清淨即生者清淨何以故是生者清淨與一切菩薩摩訶薩行清淨無二無二分無別無斷故善現生者清淨即諸佛無上正等菩提清淨諸佛無上正等菩提清淨即生者清淨何以故是生者清淨與諸佛無上正等菩提清淨無二無二分無別無斷故復次善現養育者清淨即色清淨色清淨即養育者清淨何以故是養育者清淨與色清淨無二無二分無別無斷故養育者清淨即受想行識清淨受想行識清淨即養育者清淨何以故是養育者清淨與受想行識清淨無二無二分無別無斷故善現養育者清淨即眼處清淨眼處清淨即養育者清淨何以故是養育者清淨與眼處清淨無二無二分無別無斷故養育者清淨即耳鼻舌身意處清淨耳鼻舌身意處清淨即養育者清淨何以故是養育者清淨與耳鼻舌身意處清淨無二無二分無別無斷故善現養育者清淨即色處清淨色處清淨即養育者清淨何以故是養育者清淨與色處清淨無二無二分無別無斷故養育者清淨即聲香味觸法處清淨聲香味觸法處清淨即養育者清淨何以故是養育者清淨與聲香味觸法處

清淨無二無二分無別無斷故善現養育者
清淨即眼界清淨眼界清淨即養育者清淨
何以故是養育者清淨與眼界清淨無二無
二分無別無斷故養育者清淨即色界眼識
界及眼觸眼觸爲緣所生諸受清淨色界乃
至眼觸爲緣所生諸受清淨即養育者清淨
何以故是養育者清淨與色界乃至眼觸爲
緣所生諸受清淨無二無二分無別無斷故
善現養育者清淨即耳界清淨耳界清淨即
養育者清淨何以故是養育者清淨與耳界
清淨無二無二分無別無斷故養育者清淨
即聲界耳識界及耳觸耳觸爲緣所生諸受
清淨聲界乃至耳觸爲緣所生諸受清淨即
養育者清淨何以故是養育者清淨與聲界
乃至耳觸爲緣所生諸受清淨無二無二分

無別無斷故善現養育者清淨即鼻界清淨
鼻界清淨即養育者清淨何以故是養育者
清淨與鼻界清淨無二無二分無別無斷故
養育者清淨即香界鼻識界及鼻觸鼻觸爲
緣所生諸受清淨香界乃至鼻觸爲緣所生
諸受清淨即養育者清淨何以故是養育者
清淨與香界乃至鼻觸爲緣所生諸受清淨
無二無二分無別無斷故善現養育者清淨
即舌界清淨舌界清淨即養育者清淨何以
故是養育者清淨與舌界清淨無二無二分
無別無斷故養育者清淨即味界舌識界及
舌觸舌觸爲緣所生諸受清淨味界乃至舌
觸爲緣所生諸受清淨即養育者清淨何以
故是養育者清淨與味界乃至舌觸爲緣所
生諸受清淨無二無二分無別無斷故善現

養育者清淨即身界清淨身界清淨即養育者清淨何以故是養育者清淨與身界清淨無二無二分無別無斷故養育者清淨即觸界身識界及身觸身觸爲緣所生諸受清淨觸界乃至身觸爲緣所生諸受清淨即養育者清淨何以故是養育者清淨與觸界乃至身觸爲緣所生諸受清淨無二無二分無別無斷故善現養育者清淨即意界清淨意界清淨即養育者清淨何以故是養育者清淨與意界清淨無二無二分無別無斷故養育者清淨即法界意識界及意觸意觸爲緣所生諸受清淨法界乃至意觸爲緣所生諸受清淨即養育者清淨何以故是養育者清淨與法界乃至意觸爲緣所生諸受清淨無二無二分無別無斷故善現養育者清淨即地界清淨地界清淨即養育者清淨何以故是養育者清淨與地界清淨無二無二分無別無斷故養育者清淨即水火風空識界清淨水火風空識界清淨即養育者清淨何以故是養育者清淨與水火風空識界清淨無二無二分無別無斷故善現養育者清淨即無明清淨無明清淨即養育者清淨何以故是養育者清淨與無明清淨無二無二分無別無斷故養育者清淨即行識名色六處觸受愛取有生老死愁歎苦憂惱清淨行乃至老死愁歎苦憂惱清淨即養育者清淨何以故是養育者清淨與行乃至老死愁歎苦憂惱清淨無二無二分無別無斷故善現養育者清淨即布施波羅蜜多清淨布施波羅蜜多清淨即養育者清淨何以故是養育者清淨

與布施波羅蜜多清淨無二無二分無別無
斷故養育者清淨即淨戒安忍精進靜慮般
若波羅蜜多清淨淨戒乃至般若波羅蜜多
清淨即養育者清淨何以故是養育者清淨
與淨戒乃至般若波羅蜜多清淨無二無二
分無別無斷故善現養育者清淨即內空清
淨內空清淨即養育者清淨何以故是養育
者清淨與內空清淨無二無二分無別無斷
故養育者清淨即外空內外空空空大空勝
義空有為空無為空畢竟空無際空散空無
變異空本性空自相空共相空一切法空不
可得空無性空自性空無性自性空清淨外
空乃至無性自性空清淨即養育者清淨何
以故是養育者清淨與外空乃至無性自性
空清淨無二無二分無別無斷故善現養育
者清淨即真如清淨真如清淨即養育者清
淨何以故是養育者清淨與真如清淨無二
無二分無別無斷故養育者清淨即法界法
性不虛妄性不變異性平等性離生性法定
法住實際虛空界不思議界清淨法界乃至
不思議界清淨即養育者清淨何以故是養
育者清淨與法界乃至不思議界清淨無二
無二分無別無斷故善現養育者清淨即苦
聖諦清淨苦聖諦清淨即養育者清淨何以
故是養育者清淨與苦聖諦清淨無二無二
分無別無斷故養育者清淨即集滅道聖諦
清淨集滅道聖諦清淨即養育者清淨何以
故是養育者清淨與集滅道聖諦清淨無二
無二分無別無斷故善現養育者清淨即四
靜慮清淨四靜慮清淨即養育者清淨何以

故是養育者清淨與四靜慮清淨無二無二分無別無斷故養育者清淨即四無量四無色定清淨四無量四無色定清淨即養育者清淨何以故是養育者清淨與四無量四無色定清淨無二無二分無別無斷故善現養育者清淨即八解脫清淨八解脫清淨即養育者清淨何以故是養育者清淨與八解脫清淨無二無二分無別無斷故養育者清淨即八勝處九次第定十遍處清淨八勝處九次第定十遍處清淨即養育者清淨何以故是養育者清淨與八勝處九次第定十遍處清淨無二無二分無別無斷故善現養育者清淨即四念住清淨四念住清淨即養育者清淨何以故是養育者清淨與四念住清淨無二無二分無別無斷故養育者清淨即四正斷四神足五根五力七等覺支八聖道支清淨四正斷乃至八聖道支清淨即養育者清淨何以故是養育者清淨與四正斷乃至八聖道支清淨無二無二分無別無斷故善現養育者清淨即空解脫門清淨空解脫門清淨即養育者清淨何以故是養育者清淨與空解脫門清淨無二無二分無別無斷故養育者清淨即無相無願解脫門清淨無相無願解脫門清淨即養育者清淨何以故是養育者清淨與無相無願解脫門清淨無二無二分無別無斷故善現養育者清淨即菩薩十地清淨菩薩十地清淨即養育者清淨何以故是養育者清淨與菩薩十地清淨無二無二分無別無斷故

大般若波羅蜜多經卷第一百九十一

大般若波羅蜜多經卷第一百九十二

唐三藏法師玄奘奉　詔譯

初分難信解品第三十四之十一

善現養育者清淨即五眼清淨五眼清淨即養育者清淨何以故是養育者清淨與五眼清淨無二無二分無別無斷故養育者清淨即六神通清淨六神通清淨即養育者清淨何以故是養育者清淨與六神通清淨無二無二分無別無斷故善現養育者清淨即佛十力清淨佛十力清淨即養育者清淨何以故是養育者清淨與佛十力清淨無二無二分無別無斷故養育者清淨即四無所畏四無礙解大慈大悲大喜大捨十八佛不共法清淨四無所畏乃至十八佛不共法清淨即養育者清淨何以故是養育者清淨與四無所畏乃至十八佛不共法清淨無二無二分無別無斷故善現養育者清淨即無忘失法清淨無忘失法清淨即養育者清淨何以故是養育者清淨與無忘失法清淨無二無二分無別無斷故養育者清淨即恒住捨性清淨恒住捨性清淨即養育者清淨何以故是養育者清淨與恒住捨性清淨無二無二分無別無斷故善現養育者清淨即一切智清淨一切智清淨即養育者清淨何以故是養育者清淨與一切智清淨無二無二分無別無斷故養育者清淨即道相智一切相智清淨道相智一切相智清淨即養育者清淨何以故是養育者清淨與道相智一切相智清淨無二無二分無別無斷故善現養育者清淨即一切陀羅尼門清淨一切陀羅尼門清

淨即養育者清淨何以故是養育者清淨與一切陀羅尼門清淨無二無二分無別無斷故養育者清淨即一切三摩地門清淨一切三摩地門清淨即養育者清淨何以故是養育者清淨與一切三摩地門清淨無二無二分無別無斷故善現養育者清淨即預流果清淨預流果清淨即養育者清淨何以故是養育者清淨與預流果清淨無二無二分無別無斷故養育者清淨即一來不還阿羅漢果清淨一來不還阿羅漢果清淨即養育者清淨何以故是養育者清淨與一來不還阿羅漢果清淨無二無二分無別無斷故善現養育者清淨即獨覺菩提清淨獨覺菩提清淨即養育者清淨何以故是養育者清淨與獨覺菩提清淨無二無二分無別無斷故善現養育者清淨即一切菩薩摩訶薩行清淨一切菩薩摩訶薩行清淨即養育者清淨何以故是養育者清淨與一切菩薩摩訶薩行清淨無二無二分無別無斷故善現養育者清淨即諸佛無上正等菩提清淨諸佛無上正等菩提清淨即養育者清淨何以故是養育者清淨與諸佛無上正等菩提清淨無二無二分無別無斷故復次善現士夫清淨即色清淨色清淨即士夫清淨何以故是士夫清淨與色清淨無二無二分無別無斷故士夫清淨即受想行識清淨受想行識清淨即士夫清淨何以故是士夫清淨與受想行識清淨無二無二分無別無斷故善現士夫清淨即眼處清淨眼處清淨即士夫清淨何以故是士夫清淨與眼處清淨無二無二分無

别無斷故善現士夫清淨即耳鼻舌身意處清淨耳鼻舌身意處清淨即士夫清淨何以故是士夫清淨與耳鼻舌身意處清淨無二無二分無别無斷故善現士夫清淨即色處清淨色處清淨即士夫清淨何以故是士夫清淨與色處清淨無二無二分無别無斷故士夫清淨即聲香味觸法處清淨聲香味觸法處清淨即士夫清淨何以故是士夫清淨與聲香味觸法處清淨無二無二分無别無斷故善現士夫清淨即眼界清淨眼界清淨即士夫清淨何以故是士夫清淨與眼界清淨無二無二分無别無斷故士夫清淨即色界眼識界及眼觸眼觸爲緣所生諸受清淨色界乃至眼觸爲緣所生諸受清淨即士夫清淨何以故是士夫清淨與色界乃至眼觸爲緣所生諸受清淨無二無二分無别無斷故善現士夫清淨即耳界清淨耳界清淨即士夫清淨何以故是士夫清淨與耳界清淨無二無二分無别無斷故士夫清淨即聲界耳識界及耳觸耳觸爲緣所生諸受清淨聲界乃至耳觸爲緣所生諸受清淨即士夫清淨何以故是士夫清淨與聲界乃至耳觸爲緣所生諸受清淨無二無二分無别無斷故善現士夫清淨即鼻界清淨鼻界清淨即士夫清淨何以故是士夫清淨與鼻界清淨無二無二分無别無斷故士夫清淨即香界鼻識界及鼻觸鼻觸爲緣所生諸受清淨香界乃至鼻觸爲緣所生諸受清淨即士夫清淨何以故是士夫清淨與香界乃至鼻觸爲緣所生諸受清淨無二無二分無别無斷故善

現士夫清淨即舌界清淨舌界清淨即士夫清淨何以故是士夫清淨與舌界清淨無二無二分無别無斷故士夫清淨即味界舌識界及舌觸舌觸爲緣所生諸受清淨味界乃至舌觸爲緣所生諸受清淨即士夫清淨何以故是士夫清淨與味界乃至舌觸爲緣所生諸受清淨無二無二分無别無斷故善現士夫清淨即身界清淨身界清淨即士夫清淨何以故是士夫清淨與身界清淨無二無二分無别無斷故士夫清淨即觸界身識界及身觸身觸爲緣所生諸受清淨觸界乃至身觸爲緣所生諸受清淨即士夫清淨何以故是士夫清淨與觸界乃至身觸爲緣所生諸受清淨無二無二分無别無斷故善現士夫清淨即意界清淨意界清淨即士夫清淨

何以故是士夫清淨與意界清淨無二無二分無别無斷故士夫清淨即法界意識界及意觸意觸爲緣所生諸受清淨法界乃至意觸爲緣所生諸受清淨即士夫清淨何以故是士夫清淨與法界乃至意觸爲緣所生諸受清淨無二無二分無别無斷故善現士夫清淨即地界清淨地界清淨即士夫清淨何以故是士夫清淨與地界清淨無二無二分無别無斷故士夫清淨即水火風空識界清淨水火風空識界清淨即士夫清淨何以故是士夫清淨與水火風空識界清淨無二無二分無别無斷故善現士夫清淨即無明清淨無明清淨即士夫清淨何以故是士夫清淨與無明清淨無二無二分無别無斷故士夫清淨即行識名色六處觸受愛取有生老

死愁歎苦憂惱清淨行乃至老死愁歎苦憂惱清淨即士夫清淨何以故是士夫清淨與行乃至老死愁歎苦憂惱清淨無二無二分無別無斷故善現士夫清淨即布施波羅蜜多清淨布施波羅蜜多清淨即士夫清淨何以故是士夫清淨與布施波羅蜜多清淨無二無二分無別無斷故士夫清淨即淨戒安忍精進靜慮般若波羅蜜多清淨淨戒乃至般若波羅蜜多清淨即士夫清淨何以故是士夫清淨與淨戒乃至般若波羅蜜多清淨無二無二分無別無斷故善現士夫清淨即內空清淨內空清淨即士夫清淨何以故是士夫清淨與內空清淨無二無二分無別無斷故士夫清淨即外空內外空空空大空勝義空有爲空無爲空畢竟空無際空散空無變異空本性空自相空共相空一切法空不可得空無性空自性空無性自性空清淨外空乃至無性自性空清淨即士夫清淨何以故是士夫清淨與外空乃至無性自性空清淨無二無二分無別無斷故善現士夫清淨即真如清淨真如清淨即士夫清淨何以故是士夫清淨與真如清淨無二無二分無別無斷故士夫清淨即法界法性不虛妄性不變異性平等性離生性法定法住實際虛空界不思議界清淨法界乃至不思議界清淨即士夫清淨何以故是士夫清淨與法界乃至不思議界清淨無二無二分無別無斷故善現士夫清淨即苦聖諦清淨苦聖諦清淨即士夫清淨何以故是士夫清淨與苦聖諦清淨無二無二分無別無斷故士夫清淨即

集滅道聖諦清淨集滅道聖諦清淨即士夫
清淨何以故是士夫清淨與集滅道聖諦清
淨無二無二分無別無斷故善現士夫清淨
即四靜慮清淨四靜慮清淨即士夫清淨何
以故是士夫清淨與四靜慮清淨無二無二
分無別無斷故士夫清淨即四無量四無色
定清淨四無量四無色定清淨即士夫清淨
何以故是士夫清淨與四無量四無色定清
淨無二無二分無別無斷故善現士夫清淨
即八解脫清淨八解脫清淨即士夫清淨何
以故是士夫清淨與八解脫清淨無二無二
分無別無斷故士夫清淨即八勝處九次第
定十遍處清淨八勝處九次第定十遍處清
淨即士夫清淨何以故是士夫清淨與八勝
處九次第定十遍處清淨無二無二分無別
無斷故善現士夫清淨即四念住清淨四念
住清淨即士夫清淨何以故是士夫清淨與
四念住清淨無二無二分無別無斷故士夫
清淨即四正斷四神足五根五力七等覺支
八聖道支清淨四正斷乃至八聖道支清淨
即士夫清淨何以故是士夫清淨與四正斷
乃至八聖道支清淨無二無二分無別無斷
故善現士夫清淨即空解脫門清淨空解脫
門清淨即士夫清淨何以故是士夫清淨與
空解脫門清淨無二無二分無別無斷故士
夫清淨即無相無願解脫門清淨無相無願
解脫門清淨即士夫清淨何以故是士夫清
淨與無相無願解脫門清淨無二無二分無
別無斷故善現士夫清淨即菩薩十地清淨
菩薩十地清淨即士夫清淨何以故是士夫

清淨與善薩十地清淨無二無二分無别無斷故善現士夫清淨即五眼清淨五眼清淨即士夫清淨何以故是士夫清淨與五眼清淨無二無二分無别無斷故士夫清淨即六神通清淨六神通清淨即士夫清淨何以故是士夫清淨與六神通清淨無二無二分無别無斷故善現士夫清淨即佛十力清淨佛十力清淨即士夫清淨何以故是士夫清淨與佛十力清淨無二無二分無别無斷故士夫清淨即四無所畏四無礙解大慈大悲大喜大捨十八佛不共法清淨四無所畏乃至十八佛不共法清淨即士夫清淨何以故是士夫清淨與四無所畏乃至十八佛不共法清淨無二無二分無别無斷故善現士夫清淨即無忘失法清淨無忘失法清淨即士夫

清淨何以故是士夫清淨與無忘失法清淨無二無二分無别無斷故士夫清淨即恒住捨性清淨恒住捨性清淨即士夫清淨何以故是士夫清淨與恒住捨性清淨無二無二分無别無斷故善現士夫清淨即一切智清淨一切智清淨即士夫清淨何以故是士夫清淨與一切智清淨無二無二分無别無斷故士夫清淨即道相智一切相智清淨道相智一切相智清淨即士夫清淨何以故是士夫清淨與道相智一切相智清淨無二無二分無别無斷故善現士夫清淨即一切陁羅尼門清淨一切陁羅尼門清淨即士夫清淨何以故是士夫清淨與一切陁羅尼門清淨無二無二分無别無斷故士夫清淨即一切三摩地門清淨一切三摩地門清淨即士夫

清淨何以故是士夫清淨與一切三摩地門清淨無二無二分無別無斷故善現士夫清淨即預流果清淨預流果清淨即士夫清淨何以故是士夫清淨與預流果清淨無二無二分無別無斷故士夫清淨即一來不還阿羅漢果清淨一來不還阿羅漢果清淨即士夫清淨何以故是士夫清淨與一來不還阿羅漢果清淨無二無二分無別無斷故善現士夫清淨即獨覺菩提清淨獨覺菩提清淨即士夫清淨何以故是士夫清淨與獨覺菩提清淨無二無二分無別無斷故善現士夫清淨即一切菩薩摩訶薩行清淨一切菩薩摩訶薩行清淨即士夫清淨何以故是士夫清淨與一切菩薩摩訶薩行清淨無二無二分無別無斷故善現士夫清淨即諸佛無上正等菩提清淨諸佛無上正等菩提清淨即士夫清淨何以故是士夫清淨與諸佛無上正等菩提清淨無二無二分無別無斷故復次善現補特伽羅清淨即色清淨色清淨即補特伽羅清淨何以故是補特伽羅清淨與色清淨無二無二分無別無斷故補特伽羅清淨即受想行識清淨受想行識清淨即補特伽羅清淨何以故是補特伽羅清淨與受想行識清淨無二無二分無別無斷故善現補特伽羅清淨即眼處清淨眼處清淨即補特伽羅清淨何以故是補特伽羅清淨與眼處清淨無二無二分無別無斷故補特伽羅清淨即耳鼻舌身意處清淨耳鼻舌身意處清淨即補特伽羅清淨何以故是補特伽羅清淨與耳鼻舌身意處清淨無二無二分無

別無斷故善現補特伽羅清淨即色處清淨色處清淨即補特伽羅清淨何以故是補特伽羅清淨與色處清淨無二無二分無別無斷故補特伽羅清淨即聲香味觸法處清淨聲香味觸法處清淨即補特伽羅清淨何以故是補特伽羅清淨與聲香味觸法處清淨無二無二分無別無斷故善現補特伽羅清淨即眼界清淨眼界清淨即補特伽羅清淨何以故是補特伽羅清淨與眼界清淨無二無二分無別無斷故補特伽羅清淨即色界眼識界及眼觸眼觸爲緣所生諸受清淨色界乃至眼觸爲緣所生諸受清淨即補特伽羅清淨何以故是補特伽羅清淨與色界乃至眼觸爲緣所生諸受清淨無二無二分無別無斷故善現補特伽羅清淨即耳界清淨耳界清淨即補特伽羅清淨何以故是補特伽羅清淨與耳界清淨無二無二分無別無斷故補特伽羅清淨即聲界耳識界及耳觸耳觸爲緣所生諸受清淨聲界乃至耳觸爲緣所生諸受清淨即補特伽羅清淨何以故是補特伽羅清淨與聲界乃至耳觸爲緣所生諸受清淨無二無二分無別無斷故善現補特伽羅清淨即鼻界清淨鼻界清淨即補特伽羅清淨何以故是補特伽羅清淨與鼻界清淨無二無二分無別無斷故補特伽羅清淨即香界鼻識界及鼻觸鼻觸爲緣所生諸受清淨香界乃至鼻觸爲緣所生諸受清淨即補特伽羅清淨何以故是補特伽羅清淨與香界乃至鼻觸爲緣所生諸受清淨無二無二分無別無斷故善現補特伽羅清淨

即舌界清淨舌界清淨即補特伽羅清淨何以故是補特伽羅清淨與舌界清淨無二無二分無別無斷故補特伽羅清淨即味界舌識界及舌觸舌觸爲緣所生諸受清淨味界乃至舌觸爲緣所生諸受清淨即補特伽羅清淨何以故是補特伽羅清淨與味界乃至舌觸爲緣所生諸受清淨無二無二分無別無斷故善現補特伽羅清淨即身界清淨身界清淨即補特伽羅清淨何以故是補特伽羅清淨與身界清淨無二無二分無別無斷故補特伽羅清淨即觸界身識界及身觸身觸爲緣所生諸受清淨觸界乃至身觸爲緣所生諸受清淨即補特伽羅清淨何以故是補特伽羅清淨與觸界乃至身觸爲緣所生諸受清淨無二無二分無別無斷故善現補特伽羅清淨即意界清淨意界清淨即補特伽羅清淨何以故是補特伽羅清淨與意界清淨無二無二分無別無斷故補特伽羅清淨即法界意識界及意觸意觸爲緣所生諸受清淨法界乃至意觸爲緣所生諸受清淨即補特伽羅清淨何以故是補特伽羅清淨與法界乃至意觸爲緣所生諸受清淨無二無二分無別無斷故善現補特伽羅清淨即地界清淨地界清淨即補特伽羅清淨何以故是補特伽羅清淨與地界清淨無二無二分無別無斷故補特伽羅清淨即水火風空識界清淨水火風空識界清淨即補特伽羅清淨何以故是補特伽羅清淨與水火風空識界清淨無二無二分無別無斷故善現補特伽羅清淨即無明清淨無明清淨即補特

伽羅清淨何以故是補特伽羅清淨與無明清淨無二無二分無別無斷故補特伽羅清淨即行識名色六處觸受愛取有生老死愁歎苦憂惱清淨行乃至老死愁歎苦憂惱清淨即補特伽羅清淨何以故是補特伽羅清淨與行乃至老死愁歎苦憂惱清淨無二無二分無別無斷故善現補特伽羅清淨即布施波羅蜜多清淨布施波羅蜜多清淨即補特伽羅清淨何以故是補特伽羅清淨與布施波羅蜜多清淨無二無二分無別無斷故補特伽羅清淨即淨戒安忍精進靜慮般若波羅蜜多清淨淨戒乃至般若波羅蜜多清淨即補特伽羅清淨何以故是補特伽羅清淨與淨戒乃至般若波羅蜜多清淨無二無二分無別無斷故善現補特伽羅清淨即內空清淨內空清淨即補特伽羅清淨何以故是補特伽羅清淨與內空清淨無二無二分無別無斷故補特伽羅清淨即外空內外空空空大空勝義空有爲空無爲空畢竟空無際空散空無變異空本性空自相空共相空一切法空不可得空無性空自性空無性自性空清淨外空乃至無性自性空清淨即補特伽羅清淨何以故是補特伽羅清淨與外空乃至無性自性空清淨無二無二分無別無斷故善現補特伽羅清淨即眞如清淨眞如清淨即補特伽羅清淨何以故是補特伽羅清淨與眞如清淨無二無二分無別無斷故補特伽羅清淨即法界法性不虛妄性不變異性平等性離生性法定法住實際虛空界不思議界清淨法界乃至不思議界清淨

即補特伽羅清淨何以故是補特伽羅清淨與法界乃至不思議界清淨無二無二分無別無斷故善現補特伽羅清淨即苦聖諦清淨苦聖諦清淨即補特伽羅清淨何以故是補特伽羅清淨與苦聖諦清淨無二無二分無別無斷故補特伽羅清淨即集滅道聖諦清淨集滅道聖諦清淨即補特伽羅清淨何以故是補特伽羅清淨與集滅道聖諦清淨無二無二分無別無斷故善現補特伽羅清淨即四靜慮清淨四靜慮清淨即補特伽羅清淨何以故是補特伽羅清淨與四靜慮清淨無二無二分無別無斷故補特伽羅清淨即四無量四無色定清淨四無量四無色定清淨即補特伽羅清淨何以故是補特伽羅清淨與四無量四無色定清淨無二無二分無別無斷故善現補特伽羅清淨即八解脫清淨八解脫清淨即補特伽羅清淨何以故是補特伽羅清淨與八解脫清淨無二無二分無別無斷故補特伽羅清淨即八勝處九次第定十遍處清淨八勝處九次第定十遍處清淨即補特伽羅清淨何以故是補特伽羅清淨與八勝處九次第定十遍處清淨無二無二分無別無斷故善現補特伽羅清淨即四念住清淨四念住清淨即補特伽羅清淨何以故是補特伽羅清淨與四念住清淨無二無二分無別無斷故補特伽羅清淨即四正斷四神足五根五力七等覺支八聖道支清淨四正斷乃至八聖道支清淨即補特伽羅清淨何以故是補特伽羅清淨與四正斷乃至八聖道支清淨無二無二分無別無

斷故善現補特伽羅清淨即空解脫門清淨
空解脫門清淨即補特伽羅清淨何以故是
補特伽羅清淨與空解脫門清淨無二無二
分無別無斷故補特伽羅清淨即無相無願
解脫門清淨無相無願解脫門清淨即補特
伽羅清淨何以故是補特伽羅清淨與無相
無願解脫門清淨無二無二分無別無斷故
善現補特伽羅清淨即菩薩十地清淨菩薩
十地清淨即補特伽羅清淨何以故是補特
伽羅清淨與菩薩十地清淨無二無二分無
別無斷故善現補特伽羅清淨即五眼清淨
五眼清淨即補特伽羅清淨何以故是補特
伽羅清淨與五眼清淨無二無二分無別無
斷故補特伽羅清淨即六神通清淨六神通
清淨即補特伽羅清淨何以故是補特伽羅
清淨與六神通清淨無二無二分無別無斷
故善現補特伽羅清淨即佛十力清淨佛十
力清淨即補特伽羅清淨何以故是補特伽
羅清淨與佛十力清淨無二無二分無別無
斷故補特伽羅清淨即四無所畏四無礙解
大慈大悲大喜大捨十八佛不共法清淨四
無所畏乃至十八佛不共法清淨即補特伽
羅清淨何以故是補特伽羅清淨與四無所
畏乃至十八佛不共法清淨無二無二分無
別無斷故善現補特伽羅清淨即無忘失法
清淨無忘失法清淨即補特伽羅清淨何以
故是補特伽羅清淨與無忘失法清淨無二
無二分無別無斷故補特伽羅清淨即恒住
捨性清淨恒住捨性清淨即補特伽羅清淨
何以故是補特伽羅清淨與恒住捨性清淨

無二無二分無別無斷故善現補特伽羅清淨即一切智清淨一切智清淨即補特伽羅清淨何以故是補特伽羅清淨與一切智清淨無二無二分無別無斷故補特伽羅清淨即道相智一切相智清淨道相智一切相智清淨即補特伽羅清淨何以故是補特伽羅清淨與道相智一切相智清淨無二無二分無別無斷故善現補特伽羅清淨即一切陀羅尼門清淨一切陀羅尼門清淨即補特伽羅清淨何以故是補特伽羅清淨與一切陀羅尼門清淨無二無二分無別無斷故補特伽羅清淨即一切三摩地門清淨一切三摩地門清淨即補特伽羅清淨何以故是補特伽羅清淨與一切三摩地門清淨無二無二分無別無斷故善現補特伽羅清淨即預流果清淨預流果清淨即補特伽羅清淨何以故是補特伽羅清淨與預流果清淨無二無二分無別無斷故補特伽羅清淨即一來不還阿羅漢果清淨一來不還阿羅漢果清淨即補特伽羅清淨何以故是補特伽羅清淨與一來不還阿羅漢果清淨無二無二分無別無斷故善現補特伽羅清淨即獨覺菩提清淨獨覺菩提清淨即補特伽羅清淨何以故是補特伽羅清淨與獨覺菩提清淨無二無二分無別無斷故善現補特伽羅清淨即一切菩薩摩訶薩行清淨一切菩薩摩訶薩行清淨即補特伽羅清淨何以故是補特伽羅清淨與一切菩薩摩訶薩行清淨無二無二分無別無斷故善現補特伽羅清淨即諸佛無上正等菩提清淨諸佛無上正等菩提

清淨即補特伽羅清淨何以故是補特伽羅
清淨與諸佛無上正等菩提清淨無二無二
分無別無斷故

大般若波羅蜜多經卷第一百九十二

大般若波羅蜜多經卷第一百九十三

唐三藏法師玄奘奉　詔譯

初分難信解品第三十四之十二

復次善現意生清淨即色清淨色清淨即意生清淨何以故是意生清淨與色清淨無二無二分無別無斷故意生清淨即受想行識清淨受想行識清淨即意生清淨何以故是意生清淨與受想行識清淨無二無二分無別無斷故善現意生清淨即眼處清淨眼處清淨即意生清淨何以故是意生清淨與眼處清淨無二無二分無別無斷故意生清淨即耳鼻舌身意處清淨耳鼻舌身意處清淨即意生清淨何以故是意生清淨與耳鼻舌身意處清淨無二無二分無別無斷故善現意生清淨即色處清淨色處清淨即意生清淨何以故是意生清淨與色處清淨無二無二分無別無斷故意生清淨即聲香味觸法處清淨聲香味觸法處清淨即意生清淨何以故是意生清淨與聲香味觸法處清淨無二無二分無別無斷故善現意生清淨即眼界清淨眼界清淨即意生清淨何以故是意生清淨與眼界清淨無二無二分無別無斷故意生清淨即色界眼識界及眼觸眼觸爲緣所生諸受清淨色界乃至眼觸爲緣所生諸受清淨即意生清淨何以故是意生清淨與色界乃至眼觸爲緣所生諸受清淨無二無二分無別無斷故善現意生清淨即耳界清淨耳界清淨即意生清淨何以故是意生清淨與耳界清淨無二無二分無別無斷故意生清淨即聲界耳識界及耳觸耳觸爲緣

所生諸受清淨聲界乃至耳觸爲緣所生諸
受清淨即意生清淨何以故是意生清淨與
聲界乃至耳觸爲緣所生諸受清淨無二無
二分無別無斷故善現意生清淨即鼻界清
淨鼻界清淨即意生清淨何以故是意生清
淨與鼻界清淨無二無二分無別無斷故意
生清淨即香界鼻識界及鼻觸鼻觸爲緣所
生諸受清淨香界乃至鼻觸爲緣所生諸受
清淨即意生清淨何以故是意生清淨與香
界乃至鼻觸爲緣所生諸受清淨無二無二
分無別無斷故善現意生清淨即舌界清淨
舌界清淨即意生清淨何以故是意生清淨
與舌界清淨無二無二分無別無斷故意生
清淨即味界舌識界及舌觸舌觸爲緣所生
諸受清淨味界乃至舌觸爲緣所生諸受清
淨即意生清淨何以故是意生清淨與味界
乃至舌觸爲緣所生諸受清淨無二無二分
無別無斷故善現意生清淨即身界清淨身
界清淨即意生清淨何以故是意生清淨與
身界清淨無二無二分無別無斷故意生清
淨即觸界身識界及身觸身觸爲緣所生諸
受清淨觸界乃至身觸爲緣所生諸受清淨
即意生清淨何以故是意生清淨與觸界乃
至身觸爲緣所生諸受清淨無二無二分無
別無斷故善現意生清淨即意界清淨意界
清淨即意生清淨何以故是意生清淨與意
界清淨無二無二分無別無斷故意生清淨
即法界意識界及意觸意觸爲緣所生諸受
清淨法界乃至意觸爲緣所生諸受清淨即
意生清淨何以故是意生清淨與法界乃至

意觸爲緣所生諸受清淨無二無二分無別無斷故善現意生清淨即地界清淨地界清淨即意生清淨何以故是意生清淨與地界清淨無二無二分無別無斷故意生清淨即水火風空識界清淨水火風空識界清淨即意生清淨何以故是意生清淨與水火風空識界清淨無二無二分無別無斷故善現意生清淨即無明清淨無明清淨即意生清淨何以故是意生清淨與無明清淨無二無二分無別無斷故意生清淨即行識名色六處觸受愛取有生老死愁歎苦憂惱清淨行乃至老死愁歎苦憂惱清淨即意生清淨何以故是意生清淨與行乃至老死愁歎苦憂惱清淨無二無二分無別無斷故善現意生清淨即布施波羅蜜多清淨布施波羅蜜多清淨即意生清淨何以故是意生清淨與布施波羅蜜多清淨無二無二分無別無斷故意生清淨即淨戒安忍精進靜慮般若波羅蜜多清淨淨戒乃至般若波羅蜜多清淨即意生清淨何以故是意生清淨與淨戒乃至般若波羅蜜多清淨無二無二分無別無斷故善現意生清淨即內空清淨內空清淨即意生清淨何以故是意生清淨與內空清淨無二無二分無別無斷故意生清淨即外空內外空空空大空勝義空有爲空無爲空畢竟空無際空散空無變異空本性空自相空共相空一切法空不可得空無性空自性空無性自性空清淨外空乃至無性自性空清淨即意生清淨何以故是意生清淨與外空乃至無性自性空清淨無二無二分無別無斷

故善現意生清淨即眞如清淨眞如清淨即意生清淨何以故是意生清淨與眞如清淨無二無二分無別無斷故意生清淨即法界法性不虛妄性不變異性平等性離生性法定法住實際虛空界不思議界清淨法界乃至不思議界清淨即意生清淨何以故是意生清淨與法界乃至不思議界清淨無二無二分無別無斷故善現意生清淨即苦聖諦清淨苦聖諦清淨即意生清淨何以故是意生清淨與苦聖諦清淨無二無二分無別無斷故意生清淨即集滅道聖諦清淨集滅道聖諦清淨即意生清淨何以故是意生清淨與集滅道聖諦清淨無二無二分無別無斷故善現意生清淨即四靜慮清淨四靜慮清淨即意生清淨何以故是意生清淨與四靜慮清淨無二無二分無別無斷故意生清淨即四無量四無色定清淨四無量四無色定清淨即意生清淨何以故是意生清淨與四無量四無色定清淨無二無二分無別無斷故善現意生清淨即八解脫清淨八解脫清淨即意生清淨何以故是意生清淨與八解脫清淨無二無二分無別無斷故意生清淨即八勝處九次第定十遍處清淨八勝處九次第定十遍處清淨即意生清淨何以故是意生清淨與八勝處九次第定十遍處清淨無二無二分無別無斷故善現意生清淨即四念住清淨四念住清淨即意生清淨何以故是意生清淨與四念住清淨無二無二分無別無斷故意生清淨即四正斷四神足五根五力七等覺支八聖道支清淨四正斷乃

至八聖道支清淨即意生清淨何以故是意生清淨與四正斷乃至八聖道支清淨無二無二分無別無斷故善現意生清淨即空解脫門清淨空解脫門清淨即意生清淨何以故是意生清淨與空解脫門清淨無二無二分無別無斷故意生清淨即無相無願解脫門清淨無相無願解脫門清淨即意生清淨何以故是意生清淨與無相無願解脫門清淨無二無二分無別無斷故善現意生清淨即菩薩十地清淨菩薩十地清淨即意生清淨何以故是意生清淨與菩薩十地清淨無二無二分無別無斷故善現意生清淨即五眼清淨五眼清淨即意生清淨何以故是意生清淨與五眼清淨無二無二分無別無斷故意生清淨即六神通清淨六神通清淨即意生清淨何以故是意生清淨與六神通清淨無二無二分無別無斷故善現意生清淨即佛十力清淨佛十力清淨即意生清淨何以故是意生清淨與佛十力清淨無二無二分無別無斷故意生清淨即四無所畏四無礙解大慈大悲大喜大捨十八佛不共法清淨四無所畏乃至十八佛不共法清淨即意生清淨何以故是意生清淨與四無所畏乃至十八佛不共法清淨無二無二分無別無斷故善現意生清淨即無忘失法清淨無忘失法清淨即意生清淨何以故是意生清淨與無忘失法清淨無二無二分無別無斷故意生清淨即恒住捨性清淨恒住捨性清淨即意生清淨何以故是意生清淨與恒住捨性清淨無二無二分無別無斷故善現意生

清淨即一切智清淨一切智清淨即意生清淨何以故是意生清淨與一切智清淨無二無二分無別無斷故意生清淨即道相智一切相智清淨道相智一切相智清淨即意生清淨何以故是意生清淨與道相智一切相智清淨無二無二分無別無斷故善現意生清淨即一切陀羅尼門清淨一切陀羅尼門清淨即意生清淨何以故是意生清淨與一切陀羅尼門清淨無二無二分無別無斷故意生清淨即一切三摩地門清淨一切三摩地門清淨即意生清淨何以故是意生清淨與一切三摩地門清淨無二無二分無別無斷故善現意生清淨即預流果清淨預流果清淨即意生清淨何以故是意生清淨與預流果清淨無二無二分無別無斷故意生清淨即一來不還阿羅漢果清淨一來不還阿羅漢果清淨即意生清淨何以故是意生清淨與一來不還阿羅漢果清淨無二無二分無別無斷故善現意生清淨即獨覺菩提清淨獨覺菩提清淨即意生清淨何以故是意生清淨與獨覺菩提清淨無二無二分無別無斷故善現意生清淨即一切菩薩摩訶薩行清淨一切菩薩摩訶薩行清淨即意生清淨何以故是意生清淨與一切菩薩摩訶薩行清淨無二無二分無別無斷故善現意生清淨即諸佛無上正等菩提清淨諸佛無上正等菩提清淨即意生清淨何以故是意生清淨與諸佛無上正等菩提清淨無二無二分無別無斷故復次善現儒童清淨即色清淨色清淨即儒童清淨何以故是儒童清淨

與色清淨無二無二分無別無斷故儒童清
淨即受想行識清淨受想行識清淨即儒童
清淨何以故是儒童清淨與受想行識清淨
無二無二分無別無斷故善現儒童清淨即
眼處清淨眼處清淨即儒童清淨何以故是
儒童清淨與眼處清淨無二無二分無別無
斷故儒童清淨即耳鼻舌身意處清淨耳鼻
舌身意處清淨即儒童清淨何以故是儒童
清淨與耳鼻舌身意處清淨無二無二分無
別無斷故善現儒童清淨即色處清淨色處
清淨即儒童清淨何以故是儒童清淨與色
處清淨無二無二分無別無斷故儒童清淨
即聲香味觸法處清淨聲香味觸法處清淨
即儒童清淨何以故是儒童清淨與聲香味
觸法處清淨無二無二分無別無斷故善現

儒童清淨即眼界清淨眼界清淨即儒童清
淨何以故是儒童清淨與眼界清淨無二無
二分無別無斷故儒童清淨即色界眼識界
及眼觸眼觸爲縁所生諸受清淨色界乃至
眼觸爲縁所生諸受清淨即儒童清淨何以
故是儒童清淨與色界乃至眼觸爲縁所生
諸受清淨無二無二分無別無斷故善現儒
童清淨即耳界清淨耳界清淨即儒童清淨
何以故是儒童清淨與耳界清淨無二無二
分無別無斷故儒童清淨即聲界耳識界及
耳觸耳觸爲縁所生諸受清淨聲界乃至耳
觸爲縁所生諸受清淨即儒童清淨何以故
是儒童清淨與聲界乃至耳觸爲縁所生諸
受清淨無二無二分無別無斷故善現儒童
清淨即鼻界清淨鼻界清淨即儒童清淨何

以故是儒童清淨與鼻界清淨無二無二分無別無斷故儒童清淨即香界鼻識界及鼻觸鼻觸爲緣所生諸受清淨香界乃至鼻觸爲緣所生諸受清淨即儒童清淨何以故是儒童清淨與香界乃至鼻觸爲緣所生諸受清淨無二無二分無別無斷故善現儒童清淨即舌界清淨舌界清淨即儒童清淨何以故是儒童清淨與舌界清淨無二無二分無別無斷故儒童清淨即味界舌識界及舌觸舌觸爲緣所生諸受清淨味界乃至舌觸爲緣所生諸受清淨即儒童清淨何以故是儒童清淨與味界乃至舌觸爲緣所生諸受清淨無二無二分無別無斷故善現儒童清淨即身界清淨身界清淨即儒童清淨何以故是儒童清淨與身界清淨無二無二分無別無斷故儒童清淨即觸界身識界及身觸身觸爲緣所生諸受清淨觸界乃至身觸爲緣所生諸受清淨即儒童清淨何以故是儒童清淨與觸界乃至身觸爲緣所生諸受清淨無二無二分無別無斷故善現儒童清淨即意界清淨意界清淨即儒童清淨何以故是儒童清淨與意界清淨無二無二分無別無斷故儒童清淨即法界意識界及意觸意觸爲緣所生諸受清淨法界乃至意觸爲緣所生諸受清淨即儒童清淨何以故是儒童清淨與法界乃至意觸爲緣所生諸受清淨無二無二分無別無斷故善現儒童清淨即地界清淨地界清淨即儒童清淨何以故是儒童清淨與地界清淨無二無二分無別無斷故儒童清淨即水火風空識界清淨水火風

空識界清淨即儒童清淨何以故是儒童清淨與水火風空識界清淨無二無二分無別無斷故善現儒童清淨即無明清淨無明清淨即儒童清淨何以故是儒童清淨與無明清淨無二無二分無別無斷故儒童清淨即行識名色六處觸受愛取有生老死愁歎苦憂惱清淨行乃至老死愁歎苦憂惱清淨即儒童清淨何以故是儒童清淨與行乃至老死愁歎苦憂惱清淨無二無二分無別無斷故善現儒童清淨即布施波羅蜜多清淨布施波羅蜜多清淨即儒童清淨何以故是儒童清淨與布施波羅蜜多清淨無二無二分無別無斷故儒童清淨即淨戒安忍精進靜慮般若波羅蜜多清淨淨戒乃至般若波羅蜜多清淨即儒童清淨何以故是儒童清淨與淨戒乃至般若波羅蜜多清淨無二無二分無別無斷故善現儒童清淨即內空清淨內空清淨即儒童清淨何以故是儒童清淨與內空清淨無二無二分無別無斷故儒童清淨即外空內外空空空大空勝義空有爲空無爲空畢竟空無際空散空無變異空本性空自相空共相空一切法空不可得空無性空自性空無性自性空清淨外空乃至無性自性空清淨即儒童清淨何以故是儒童清淨與外空乃至無性自性空清淨無二無二分無別無斷故善現儒童清淨即眞如清淨眞如清淨即儒童清淨何以故是儒童清淨與眞如清淨無二無二分無別無斷故儒童清淨即法界法性不虛妄性不變異性平等性離生性法定法住實際虛空界不思議

界清淨法界乃至不思議界清淨即儒童清淨何以故是儒童清淨與法界乃至不思議界清淨無二無二分無別無斷故善現儒童清淨即苦聖諦清淨苦聖諦清淨即儒童清淨何以故是儒童清淨與苦聖諦清淨無二無二分無別無斷故儒童清淨即集滅道聖諦清淨集滅道聖諦清淨即儒童清淨何以故是儒童清淨與集滅道聖諦清淨無二無二分無別無斷故善現儒童清淨即四靜慮清淨四靜慮清淨即儒童清淨何以故是儒童清淨與四靜慮清淨無二無二分無別無斷故儒童清淨即四無量四無色定清淨四無量四無色定清淨即儒童清淨何以故是儒童清淨與四無量四無色定清淨無二無二分無別無斷故善現儒童清淨即八解脱清淨八解脱清淨即儒童清淨何以故是儒童清淨與八解脱清淨無二無二分無別無斷故儒童清淨即八勝處九次第定十遍處清淨八勝處九次第定十遍處清淨即儒童清淨何以故是儒童清淨與八勝處九次第定十遍處清淨無二無二分無別無斷故善現儒童清淨即四念住清淨四念住清淨即儒童清淨何以故是儒童清淨與四念住清淨無二無二分無別無斷故儒童清淨即四正斷四神足五根五力七等覺支八聖道支清淨四正斷乃至八聖道支清淨即儒童清淨何以故是儒童清淨與四正斷乃至八聖道支清淨無二無二分無別無斷故善現儒童清淨即空解脱門清淨空解脱門清淨即儒童清淨何以故是儒童清淨與空解脱門

清淨無二無二分無別無斷故儒童清淨即無相無願解脫門清淨無相無願解脫門清淨即儒童清淨何以故是儒童清淨與無相無願解脫門清淨無二無二分無別無斷故善現儒童清淨即菩薩十地清淨菩薩十地清淨即儒童清淨何以故是儒童清淨與菩薩十地清淨無二無二分無別無斷故善現儒童清淨即五眼清淨五眼清淨即儒童清淨何以故是儒童清淨與五眼清淨無二無二分無別無斷故儒童清淨即六神通清淨六神通清淨即儒童清淨何以故是儒童清淨與六神通清淨無二無二分無別無斷故善現儒童清淨即佛十力清淨佛十力清淨即儒童清淨何以故是儒童清淨與佛十力清淨無二無二分無別無斷故儒童清淨即四無所畏四無礙解大慈大悲大喜大捨十八佛不共法清淨四無所畏乃至十八佛不共法清淨即儒童清淨何以故是儒童清淨與四無所畏乃至十八佛不共法清淨無二無二分無別無斷故善現儒童清淨即無忘失法清淨無忘失法清淨即儒童清淨何以故是儒童清淨與無忘失法清淨無二無二分無別無斷故儒童清淨即恒住捨性清淨恒住捨性清淨即儒童清淨何以故是儒童清淨與恒住捨性清淨無二無二分無別無斷故善現儒童清淨即一切智清淨一切智清淨即儒童清淨何以故是儒童清淨與一切智清淨無二無二分無別無斷故儒童清淨即道相智一切相智清淨道相智一切相智清淨即儒童清淨何以故是儒童清淨與

道相智一切相智清淨無二無二分無別無斷故善現儒童清淨即一切陀羅尼門清淨一切陀羅尼門清淨即儒童清淨何以故是儒童清淨與一切陀羅尼門清淨無二無二分無別無斷故儒童清淨即一切三摩地門清淨一切三摩地門清淨即儒童清淨何以故是儒童清淨與一切三摩地門清淨無二無二分無別無斷故善現儒童清淨即預流果清淨預流果清淨即儒童清淨何以故是儒童清淨與預流果清淨無二無二分無別無斷故儒童清淨即一來不還阿羅漢果清淨一來不還阿羅漢果清淨即儒童清淨何以故是儒童清淨與一來不還阿羅漢果清淨無二無二分無別無斷故善現儒童清淨即獨覺菩提清淨獨覺菩提清淨即儒童清淨何以故是儒童清淨與獨覺菩提清淨無二無二分無別無斷故善現儒童清淨即一切菩薩摩訶薩行清淨一切菩薩摩訶薩行清淨即儒童清淨何以故是儒童清淨與一切菩薩摩訶薩行清淨無二無二分無別無斷故善現儒童清淨即諸佛無上正等菩提清淨諸佛無上正等菩提清淨即儒童清淨何以故是儒童清淨與諸佛無上正等菩提清淨無二無二分無別無斷故復次善現作者清淨即色清淨色清淨即作者清淨何以故是作者清淨與色清淨無二無二分無別無斷故作者清淨即受想行識清淨受想行識清淨即作者清淨何以故是作者清淨與受想行識清淨無二無二分無別無斷故善現作者清淨即眼處清淨眼處清淨即作者

清淨何以故是作者清淨與眼處清淨無二無二分無別無斷故作者清淨即耳鼻舌身意處清淨耳鼻舌身意處清淨即作者清淨何以故是作者清淨與耳鼻舌身意處清淨無二無二分無別無斷故善現作者清淨即色處清淨色處清淨即作者清淨何以故是作者清淨與色處清淨無二無二分無別無斷故作者清淨即聲香味觸法處清淨聲香味觸法處清淨即作者清淨何以故是作者清淨與聲香味觸法處清淨無二無二分無別無斷故善現作者清淨即眼界清淨眼界清淨即作者清淨何以故是作者清淨與眼界清淨無二無二分無別無斷故作者清淨即色界眼識界及眼觸眼觸爲緣所生諸受清淨色界乃至眼觸爲緣所生諸受清淨即作者清淨何以故是作者清淨與色界乃至眼觸爲緣所生諸受清淨無二無二分無別無斷故善現作者清淨即耳界清淨耳界清淨即作者清淨何以故是作者清淨與耳界清淨無二無二分無別無斷故作者清淨即聲界耳識界及耳觸耳觸爲緣所生諸受清淨聲界乃至耳觸爲緣所生諸受清淨即作者清淨何以故是作者清淨與聲界乃至耳觸爲緣所生諸受清淨無二無二分無別無斷故善現作者清淨即鼻界清淨鼻界清淨即作者清淨何以故是作者清淨與鼻界清淨無二無二分無別無斷故作者清淨即香界鼻識界及鼻觸鼻觸爲緣所生諸受清淨香界乃至鼻觸爲緣所生諸受清淨即作者清淨何以故是作者清淨與香界乃至鼻觸

爲緣所生諸受清淨無二無二分無別無斷
故善現作者清淨即舌界清淨舌界清淨即
作者清淨何以故是作者清淨與舌界清淨
無二無二分無別無斷故作者清淨即味界
舌識界及舌觸舌觸爲緣所生諸受清淨味
界乃至舌觸爲緣所生諸受清淨即作者清
淨何以故是作者清淨與味界乃至舌觸爲
緣所生諸受清淨無二無二分無別無斷故

大般若波羅蜜多經卷第一百九十三

大般若波羅蜜多經卷第一百九十四

唐三藏法師玄奘奉詔譯

初分難信解品第三十四之十三

善現作者清淨即身界清淨身界清淨即作者清淨何以故是作者清淨與身界清淨無二無二分無別無斷故作者清淨即觸界身識界及身觸身觸爲緣所生諸受清淨觸界乃至身觸爲緣所生諸受清淨即作者清淨何以故是作者清淨與觸界乃至身觸爲緣所生諸受清淨無二無二分無別無斷故善現作者清淨即意界清淨意界清淨即作者清淨何以故是作者清淨與意界清淨無二無二分無別無斷故作者清淨即法界意識界及意觸意觸爲緣所生諸受清淨法界乃至意觸爲緣所生諸受清淨即作者清淨何以故是作者清淨與法界乃至意觸爲緣所生諸受清淨無二無二分無別無斷故善現作者清淨即地界清淨地界清淨即作者清淨何以故是作者清淨與地界清淨無二無二分無別無斷故作者清淨即水火風空識界清淨水火風空識界清淨即作者清淨何以故是作者清淨與水火風空識界清淨無二無二分無別無斷故善現作者清淨即無明清淨無明清淨即作者清淨何以故是作者清淨與無明清淨無二無二分無別無斷故作者清淨即行識名色六處觸受愛取有生老死愁歎苦憂惱清淨行乃至老死愁歎苦憂惱清淨即作者清淨何以故是作者清淨與行乃至老死愁歎苦憂惱清淨無二無二分無別無斷故善現作者清淨即布施波

羅蜜多清淨布施波羅蜜多清淨即作者清淨何以故是作者清淨與布施波羅蜜多清淨無二無二分無別無斷故作者清淨即淨戒安忍精進靜慮般若波羅蜜多清淨淨戒乃至般若波羅蜜多清淨即作者清淨何以故是作者清淨與淨戒乃至般若波羅蜜多清淨無二無二分無別無斷故善現作者清淨即內空清淨內空清淨即作者清淨何以故是作者清淨與內空清淨無二無二分無別無斷故作者清淨即外空內外空空空大空勝義空有爲空無爲空畢竟空無際空散空無變異空本性空自相空共相空一切法空不可得空無性空自性空無性自性空清淨外空乃至無性自性空清淨即作者清淨何以故是作者清淨與外空乃至無性自性空清淨無二無二分無別無斷故善現作者清淨即真如清淨真如清淨即作者清淨何以故是作者清淨與真如清淨無二無二分無別無斷故作者清淨即法界法性不虛妄性不變異性平等性離生性法定法住實際虛空界不思議界清淨法界乃至不思議界清淨即作者清淨何以故是作者清淨與法界乃至不思議界清淨無二無二分無別無斷故善現作者清淨即苦聖諦清淨苦聖諦清淨即作者清淨何以故是作者清淨與苦聖諦清淨無二無二分無別無斷故作者清淨即集滅道聖諦清淨集滅道聖諦清淨即作者清淨何以故是作者清淨與集滅道聖諦清淨無二無二分無別無斷故善現作者清淨即四靜慮清淨四靜慮清淨即作者清

淨何以故是作者清淨與四靜慮清淨無二無二分無別無斷故作者清淨即四無量四無色定清淨四無量四無色定清淨即作者清淨何以故是作者清淨與四無量四無色定清淨無二無二分無別無斷故善現作者清淨即八解脫清淨八解脫清淨即作者清淨何以故是作者清淨與八解脫清淨無二無二分無別無斷故作者清淨即八勝處九次第定十遍處清淨八勝處九次第定十遍處清淨即作者清淨何以故是作者清淨與八勝處九次第定十遍處清淨無二無二分無別無斷故善現作者清淨即四念住清淨四念住清淨即作者清淨何以故是作者清淨與四念住清淨無二無二分無別無斷故作者清淨即四正斷四神足五根五力七等

覺支八聖道支清淨四正斷乃至八聖道支清淨即作者清淨何以故是作者清淨與四正斷乃至八聖道支清淨無二無二分無別無斷故善現作者清淨即空解脫門清淨空解脫門清淨即作者清淨何以故是作者清淨與空解脫門清淨無二無二分無別無斷故作者清淨即無相無願解脫門清淨無相無願解脫門清淨即作者清淨何以故是作者清淨與無相無願解脫門清淨無二無二分無別無斷故善現作者清淨即菩薩十地清淨菩薩十地清淨即作者清淨何以故是作者清淨與菩薩十地清淨無二無二分無別無斷故善現作者清淨即五眼清淨五眼清淨即作者清淨何以故是作者清淨與五眼清淨無二無二分無別無斷故作者清淨

即六神通清淨六神通清淨即作者清淨何以故是作者清淨與六神通清淨無二無二分無別無斷故善現作者清淨即佛十力清淨佛十力清淨即作者清淨何以故是作者清淨與佛十力清淨無二無二分無別無斷故作者清淨即四無所畏四無礙解大慈大悲大喜大捨十八佛不共法清淨四無所畏乃至十八佛不共法清淨即作者清淨何以故是作者清淨與四無所畏乃至十八佛不共法清淨無二無二分無別無斷故善現作者清淨即無忘失法清淨無忘失法清淨即作者清淨何以故是作者清淨與無忘失法清淨無二無二分無別無斷故作者清淨即恒住捨性清淨恒住捨性清淨即作者清淨何以故是作者清淨與恒住捨性清淨無二無二分無別無斷故善現作者清淨即一切智清淨一切智清淨即作者清淨何以故是作者清淨與一切智清淨無二無二分無別無斷故作者清淨即道相智一切相智清淨道相智一切相智清淨即作者清淨何以故是作者清淨與道相智一切相智清淨無二無二分無別無斷故善現作者清淨即一切陀羅尼門清淨一切陀羅尼門清淨即作者清淨何以故是作者清淨與一切陀羅尼門清淨無二無二分無別無斷故作者清淨即一切三摩地門清淨一切三摩地門清淨即作者清淨何以故是作者清淨與一切三摩地門清淨無二無二分無別無斷故善現作者清淨即預流果清淨預流果清淨即作者清淨何以故是作者清淨與預流果清淨無

二無二分無別無斷故作者清淨即一來不
還阿羅漢果清淨一來不還阿羅漢果清淨
即作者清淨何以故是作者清淨與一來不
還阿羅漢果清淨無二無二分無別無斷故
善現作者清淨即獨覺菩提清淨獨覺菩提
清淨即作者清淨何以故是作者清淨與獨
覺菩提清淨無二無二分無別無斷故善現
作者清淨即一切菩薩摩訶薩行清淨一切
菩薩摩訶薩行清淨即作者清淨何以故是
作者清淨與一切菩薩摩訶薩行清淨無二
無二分無別無斷故善現作者清淨即諸佛
無上正等菩提清淨諸佛無上正等菩提清
淨即作者清淨何以故是作者清淨與諸佛
無上正等菩提清淨無二無二分無別無斷
故復次善現受者清淨即色清淨色清淨即
受者清淨何以故是受者清淨與色清淨無
二無二分無別無斷故受者清淨即受想行
識清淨受想行識清淨即受者清淨何以故
是受者清淨與受想行識清淨無二無二分
無別無斷故善現受者清淨即眼處清淨眼
處清淨即受者清淨何以故是受者清淨與
眼處清淨無二無二分無別無斷故受者清
淨即耳鼻舌身意處清淨耳鼻舌身意處清
淨即受者清淨何以故是受者清淨與耳鼻
舌身意處清淨無二無二分無別無斷故善
現受者清淨即色處清淨色處清淨即受者
清淨何以故是受者清淨與色處清淨無二
無二分無別無斷故受者清淨即聲香味觸
法處清淨聲香味觸法處清淨即受者清淨
何以故是受者清淨與聲香味觸法處清淨

無二無二分無別無斷故善現受者清淨即眼界清淨眼界清淨即受者清淨何以故是受者清淨與眼界清淨無二無二分無別無斷故受者清淨即色界眼識界及眼觸眼觸爲縁所生諸受清淨色界乃至眼觸爲縁所生諸受清淨即受者清淨何以故是受者清淨與色界乃至眼觸爲縁所生諸受清淨無二無二分無別無斷故善現受者清淨即耳界清淨耳界清淨即受者清淨何以故是受者清淨與耳界清淨無二無二分無別無斷故受者清淨即聲界耳識界及耳觸耳觸爲縁所生諸受清淨聲界乃至耳觸爲縁所生諸受清淨即受者清淨何以故是受者清淨與聲界乃至耳觸爲縁所生諸受清淨無二無二分無別無斷故善現受者清淨即鼻界清淨鼻界清淨即受者清淨何以故是受者清淨與鼻界清淨無二無二分無別無斷故受者清淨即香界鼻識界及鼻觸鼻觸爲縁所生諸受清淨香界乃至鼻觸爲縁所生諸受清淨即受者清淨何以故是受者清淨與香界乃至鼻觸爲縁所生諸受清淨無二無二分無別無斷故善現受者清淨即舌界清淨舌界清淨即受者清淨何以故是受者清淨與舌界清淨無二無二分無別無斷故受者清淨即味界舌識界及舌觸舌觸爲縁所生諸受清淨味界乃至舌觸爲縁所生諸受清淨即受者清淨何以故是受者清淨與味界乃至舌觸爲縁所生諸受清淨無二無二分無別無斷故善現受者清淨即身界清淨身界清淨即受者清淨何以故是受者清淨

與身界清淨無二無二分無別無斷故受者清淨即觸界身識界及身觸身觸爲緣所生諸受清淨觸界乃至身觸爲緣所生諸受清淨即受者清淨何以故是受者清淨與觸界乃至身觸爲緣所生諸受清淨無二無二分無別無斷故善現受者清淨即意界清淨意界清淨即受者清淨何以故是受者清淨與意界清淨無二無二分無別無斷故受者清淨即法界意識界及意觸意觸爲緣所生諸受清淨法界乃至意觸爲緣所生諸受清淨即受者清淨何以故是受者清淨與法界乃至意觸爲緣所生諸受清淨無二無二分無別無斷故善現受者清淨即地界清淨地界清淨即受者清淨何以故是受者清淨與地界清淨無二無二分無別無斷故受者清淨即水火風空識界清淨水火風空識界清淨即受者清淨何以故是受者清淨與水火風空識界清淨無二無二分無別無斷故善現受者清淨即無明清淨無明清淨即受者清淨何以故是受者清淨與無明清淨無二無二分無別無斷故受者清淨即行識名色六處觸受愛取有生老死愁歎苦憂惱清淨行乃至老死愁歎苦憂惱清淨即受者清淨何以故是受者清淨與行乃至老死愁歎苦憂惱清淨無二無二分無別無斷故善現受者清淨即布施波羅蜜多清淨布施波羅蜜多清淨即受者清淨何以故是受者清淨與布施波羅蜜多清淨無二無二分無別無斷故受者清淨即淨戒安忍精進靜慮般若波羅蜜多清淨淨戒乃至般若波羅蜜多清淨即

受者清淨何以故是受者清淨與淨戒乃至
般若波羅蜜多清淨無二無二分無別無斷
故善現受者清淨即內空清淨內空清淨即
受者清淨何以故是受者清淨與內空清淨
無二無二分無別無斷故受者清淨即外空
內外空空空大空勝義空有爲空無爲空畢
竟空無際空散空無變異空本性空自相空
共相空一切法空不可得空無性空自性空
無性自性空清淨外空乃至無性自性空清
淨即受者清淨何以故是受者清淨與外空
乃至無性自性空清淨無二無二分無別無
斷故善現受者清淨即眞如清淨眞如清淨
即受者清淨何以故是受者清淨與眞如清
淨無二無二分無別無斷故受者清淨即法
界法性不虛妄性不變異性平等性離生性
法定法住實際虛空界不思議界清淨法界
乃至不思議界清淨即受者清淨何以故是
受者清淨與法界乃至不思議界清淨無二
無二分無別無斷故善現受者清淨即苦聖
諦清淨苦聖諦清淨即受者清淨何以故是
受者清淨與苦聖諦清淨無二無二分無別
無斷故受者清淨即集滅道聖諦清淨集滅
道聖諦清淨即受者清淨何以故是受者清
淨與集滅道聖諦清淨無二無二分無別無
斷故善現受者清淨即四靜慮清淨四靜慮
清淨即受者清淨何以故是受者清淨與四
靜慮清淨無二無二分無別無斷故受者清
淨即四無量四無色定清淨四無量四無色
定清淨即受者清淨何以故是受者清淨與
四無量四無色定清淨無二無二分無別無

斷故善現受者清淨即八解脫清淨八解脫清淨即受者清淨何以故是受者清淨與八解脫清淨無二無二分無別無斷故受者清淨即八勝處九次第定十遍處清淨八勝處九次第定十遍處清淨即受者清淨何以故是受者清淨與八勝處九次第定十遍處清淨無二無二分無別無斷故善現受者清淨即四念住清淨四念住清淨即受者清淨何以故是受者清淨與四念住清淨無二無二分無別無斷故受者清淨即四正斷四神足五根五力七等覺支八聖道支清淨四正斷乃至八聖道支清淨即受者清淨何以故是受者清淨與四正斷乃至八聖道支清淨無二無二分無別無斷故善現受者清淨即空解脫門清淨空解脫門清淨即受者清淨何以故是受者清淨與空解脫門清淨無二無二分無別無斷故受者清淨即無相無願解脫門清淨無相無願解脫門清淨即受者清淨何以故是受者清淨與無相無願解脫門清淨無二無二分無別無斷故善現受者清淨即菩薩十地清淨菩薩十地清淨即受者清淨何以故是受者清淨與菩薩十地清淨無二無二分無別無斷故善現受者清淨即五眼清淨五眼清淨即受者清淨何以故是受者清淨與五眼清淨無二無二分無別無斷故受者清淨即六神通清淨六神通清淨即受者清淨何以故是受者清淨與六神通清淨無二無二分無別無斷故善現受者清淨即佛十力清淨佛十力清淨即受者清淨何以故是受者清淨與佛十力清淨無二無

二分無别無斷故受者清淨即四無所畏四無礙解大慈大悲大喜大捨十八佛不共法清淨四無所畏乃至十八佛不共法清淨即受者清淨何以故是受者清淨與四無所畏乃至十八佛不共法清淨無二無二分無别無斷故善現受者清淨即無忘失法清淨無忘失法清淨即受者清淨何以故是受者清淨與無忘失法清淨無二無二分無别無斷故受者清淨即恒住捨性清淨恒住捨性清淨即受者清淨何以故是受者清淨與恒住捨性清淨無二無二分無别無斷故善現受者清淨即一切智清淨一切智清淨即受者清淨何以故是受者清淨與一切智清淨無二無二分無别無斷故受者清淨即道相智一切相智清淨道相智一切相智清淨即受者清淨何以故是受者清淨與道相智一切相智清淨無二無二分無别無斷故善現受者清淨即一切陀羅尼門清淨一切陀羅尼門清淨即受者清淨何以故是受者清淨與一切陀羅尼門清淨無二無二分無别無斷故受者清淨即一切三摩地門清淨一切三摩地門清淨即受者清淨何以故是受者清淨與一切三摩地門清淨無二無二分無别無斷故善現受者清淨即預流果清淨預流果清淨即受者清淨何以故是受者清淨與預流果清淨無二無二分無别無斷故受者清淨即一來不還阿羅漢果清淨一來不還阿羅漢果清淨即受者清淨何以故是受者清淨與一來不還阿羅漢果清淨無二無二分無别無斷故善現受者清淨即獨覺菩提

清淨獨覺菩提清淨即受者清淨何以故是受者清淨與獨覺菩提清淨無二無二分無別無斷故善現受者清淨即一切菩薩摩訶薩行清淨一切菩薩摩訶薩行清淨即受者清淨何以故是受者清淨與一切菩薩摩訶薩行清淨無二無二分無別無斷故善現受者清淨即諸佛無上正等菩提清淨諸佛無上正等菩提清淨即受者清淨何以故是受者清淨與諸佛無上正等菩提清淨無二無二分無別無斷故復次善現知者清淨即色清淨色清淨即知者清淨何以故是知者清淨與色清淨無二無二分無別無斷故知者清淨即受想行識清淨受想行識清淨即知者清淨何以故是知者清淨與受想行識清淨無二無二分無別無斷故善現知者清淨即眼處清淨眼處清淨即知者清淨何以故是知者清淨與眼處清淨無二無二分無別無斷故知者清淨即耳鼻舌身意處清淨耳鼻舌身意處清淨即知者清淨何以故是知者清淨與耳鼻舌身意處清淨無二無二分無別無斷故善現知者清淨即色處清淨色處清淨即知者清淨何以故是知者清淨與色處清淨無二無二分無別無斷故知者清淨即聲香味觸法處清淨聲香味觸法處清淨即知者清淨何以故是知者清淨與聲香味觸法處清淨無二無二分無別無斷故善現知者清淨即眼界清淨眼界清淨即知者清淨何以故是知者清淨與眼界清淨無二無二分無別無斷故知者清淨即色界眼識界及眼觸眼觸爲緣所生諸受清淨色界乃

至眼觸爲緣所生諸受清淨即知者清淨何以故是知者清淨與色界乃至眼觸爲緣所生諸受清淨無二無二分無別無斷故善現知者清淨即耳界清淨耳界清淨即知者清淨何以故是知者清淨與耳界清淨無二無二分無別無斷故知者清淨即聲界耳識界及耳觸耳觸爲緣所生諸受清淨聲界乃至耳觸爲緣所生諸受清淨即知者清淨何以故是知者清淨與聲界乃至耳觸爲緣所生諸受清淨無二無二分無別無斷故善現知者清淨即鼻界清淨鼻界清淨即知者清淨何以故是知者清淨與鼻界清淨無二無二分無別無斷故知者清淨即香界鼻識界及鼻觸鼻觸爲緣所生諸受清淨香界乃至鼻觸爲緣所生諸受清淨即知者清淨何以故是知者清淨與香界乃至鼻觸爲緣所生諸受清淨無二無二分無別無斷故善現知者清淨即舌界清淨舌界清淨即知者清淨何以故是知者清淨與舌界清淨無二無二分無別無斷故知者清淨即味界舌識界及舌觸舌觸爲緣所生諸受清淨味界乃至舌觸爲緣所生諸受清淨即知者清淨何以故是知者清淨與味界乃至舌觸爲緣所生諸受清淨無二無二分無別無斷故善現知者清淨即身界清淨身界清淨即知者清淨何以故是知者清淨與身界清淨無二無二分無別無斷故知者清淨即觸界身識界及身觸身觸爲緣所生諸受清淨觸界乃至身觸爲緣所生諸受清淨即知者清淨何以故是知者清淨與觸界乃至身觸爲緣所生諸受清

淨無二無二分無別無斷故善現知者清淨即意界清淨意界清淨即知者清淨何以故是知者清淨與意界清淨無二無二分無別無斷故知者清淨即法界意識界及意觸意觸爲緣所生諸受清淨法界乃至意觸爲緣所生諸受清淨即知者清淨何以故是知者清淨與法界乃至意觸爲緣所生諸受清淨無二無二分無別無斷故善現知者清淨即地界清淨地界清淨即知者清淨何以故是知者清淨與地界清淨無二無二分無別無斷故知者清淨即水火風空識界清淨水火風空識界清淨即知者清淨何以故是知者清淨與水火風空識界清淨無二無二分無別無斷故善現知者清淨即無明清淨無明清淨即知者清淨何以故是知者清淨與無明清淨無二無二分無別無斷故知者清淨即行識名色六處觸受愛取有生老死愁歎苦憂惱清淨行乃至老死愁歎苦憂惱清淨即知者清淨何以故是知者清淨與行乃至老死愁歎苦憂惱清淨無二無二分無別無斷故善現知者清淨即布施波羅蜜多清淨布施波羅蜜多清淨即知者清淨何以故是知者清淨與布施波羅蜜多清淨無二無二分無別無斷故知者清淨即淨戒安忍精進靜慮般若波羅蜜多清淨淨戒乃至般若波羅蜜多清淨即知者清淨何以故是知者清淨與淨戒乃至般若波羅蜜多清淨無二無二分無別無斷故善現知者清淨即內空清淨內空清淨即知者清淨何以故是知者清淨與內空清淨無二無二分無別無斷故知

者清淨即外空內外空空空大空勝義空有爲空無爲空畢竟空無際空散空無變異空本性空自相空共相空一切法空不可得空無性空自性空無性自性空清淨外空乃至無性自性空清淨即知者清淨何以故是知者清淨與外空乃至無性自性空清淨無二無二分無别無斷故善現知者清淨即真如清淨真如清淨即知者清淨何以故是知者清淨與真如清淨無二無二分無别無斷故知者清淨即法界法性不虚妄性不變異性平等性離生性法定法住實際虚空界不思議界清淨法界乃至不思議界清淨即知者清淨何以故是知者清淨與法界乃至不思議界清淨無二無二分無别無斷故善現知者清淨即苦聖諦清淨苦聖諦清淨即知者清淨何以故是知者清淨與苦聖諦清淨無二無二分無别無斷故知者清淨即集滅道聖諦清淨集滅道聖諦清淨即知者清淨何以故是知者清淨與集滅道聖諦清淨無二無二分無别無斷故善現知者清淨即四靜慮清淨四靜慮清淨即知者清淨何以故是知者清淨與四靜慮清淨無二無二分無别無斷故知者清淨即四無量四無色定清淨四無量四無色定清淨即知者清淨何以故是知者清淨與四無量四無色定清淨無二無二分無别無斷故善現知者清淨即八解脱清淨八解脱清淨即知者清淨何以故是知者清淨與八解脱清淨無二無二分無别無斷故知者清淨即八勝處九次第定十遍處清淨八勝處九次第定十遍處清淨即知

者清淨何以故是知者清淨與八勝處九次第定十遍處清淨無二無二分無別無斷故善現知者清淨即四念住清淨四念住清淨即知者清淨何以故是知者清淨與四念住清淨無二無二分無別無斷故知者清淨即四正斷四神足五根五力七等覺支八聖道支清淨四正斷乃至八聖道支清淨即知者清淨何以故是知者清淨與四正斷乃至八聖道支清淨無二無二分無別無斷故善現知者清淨即空解脫門清淨空解脫門清淨即知者清淨何以故是知者清淨與空解脫門清淨無二無二分無別無斷故知者清淨即無相無願解脫門清淨無相無願解脫門清淨即知者清淨何以故是知者清淨與無相無願解脫門清淨無二無二分無別無斷故善現知者清淨即菩薩十地清淨菩薩十地清淨即知者清淨何以故是知者清淨與菩薩十地清淨無二無二分無別無斷故

大般若波羅蜜多經卷第一百九十四

大般若波羅蜜多經卷第一百九十五

唐三藏法師玄奘奉詔譯

初分難信解品第三十四之十四

善現知者清淨即五眼清淨五眼清淨即知者清淨何以故是知者清淨與五眼清淨無二無二分無別無斷故知者清淨即六神通清淨六神通清淨即知者清淨何以故是知者清淨與六神通清淨無二無二分無別無斷故善現知者清淨即佛十力清淨佛十力清淨即知者清淨何以故是知者清淨與佛十力清淨無二無二分無別無斷故知者清淨即四無所畏四無礙解大慈大悲大喜大捨十八佛不共法清淨四無所畏乃至十八佛不共法清淨即知者清淨何以故是知者清淨與四無所畏乃至十八佛不共法清淨無二無二分無別無斷故善現知者清淨即無忘失法清淨無忘失法清淨即知者清淨何以故是知者清淨與無忘失法清淨無二無二分無別無斷故知者清淨即恒住捨性清淨恒住捨性清淨即知者清淨何以故是知者清淨與恒住捨性清淨無二無二分無別無斷故善現知者清淨即一切智清淨一切智清淨即知者清淨何以故是知者清淨與一切智清淨無二無二分無別無斷故知者清淨即道相智一切相智清淨道相智一切相智清淨即知者清淨何以故是知者清淨與道相智一切相智清淨無二無二分無別無斷故善現知者清淨即一切陀羅尼門清淨一切陀羅尼門清淨即知者清淨何以故是知者清淨與一切陀羅尼門清淨無二

無二分無別無斷故知者清淨即一切三摩地門清淨一切三摩地門清淨即知者清淨何以故是知者清淨與一切三摩地門清淨無二無二分無別無斷故善現知者清淨即預流果清淨預流果清淨即知者清淨何以故是知者清淨與預流果清淨無二無二分無別無斷故知者清淨即一來不還阿羅漢果清淨一來不還阿羅漢果清淨即知者清淨何以故是知者清淨與一來不還阿羅漢果清淨無二無二分無別無斷故善現知者清淨即獨覺菩提清淨獨覺菩提清淨即知者清淨何以故是知者清淨與獨覺菩提清淨無二無二分無別無斷故善現知者清淨即一切菩薩摩訶薩行清淨一切菩薩摩訶薩行清淨即知者清淨何以故是知者清淨與一切菩薩摩訶薩行清淨無二無二分無別無斷故善現知者清淨即諸佛無上正等菩提清淨諸佛無上正等菩提清淨即知者清淨何以故是知者清淨與諸佛無上正等菩提清淨無二無二分無別無斷故復次善現見者清淨即色清淨色清淨即見者清淨何以故是見者清淨與色清淨無二無二分無別無斷故見者清淨即受想行識清淨受想行識清淨即見者清淨何以故是見者清淨與受想行識清淨無二無二分無別無斷故善現見者清淨即眼處清淨眼處清淨即見者清淨何以故是見者清淨與眼處清淨無二無二分無別無斷故見者清淨即耳鼻舌身意處清淨耳鼻舌身意處清淨即見者清淨何以故是見者清淨與耳鼻舌身意處

清淨無二無二分無別無斷故善現見者清淨即色處清淨色處清淨即見者清淨何以故是見者清淨與色處清淨無二無二分無別無斷故見者清淨即聲香味觸法處清淨聲香味觸法處清淨即見者清淨何以故是見者清淨與聲香味觸法處清淨無二無二分無別無斷故善現見者清淨即眼界清淨眼界清淨即見者清淨何以故是見者清淨與眼界清淨無二無二分無別無斷故見者清淨即色界眼識界及眼觸眼觸爲緣所生諸受清淨色界乃至眼觸爲緣所生諸受清淨即見者清淨何以故是見者清淨與色界乃至眼觸爲緣所生諸受清淨無二無二分無別無斷故善現見者清淨即耳界清淨耳界清淨即見者清淨何以故是見者清淨與耳界清淨無二無二分無別無斷故見者清淨即聲界耳識界及耳觸耳觸爲緣所生諸受清淨聲界乃至耳觸爲緣所生諸受清淨即見者清淨何以故是見者清淨與聲界乃至耳觸爲緣所生諸受清淨無二無二分無別無斷故善現見者清淨即鼻界清淨鼻界清淨即見者清淨何以故是見者清淨與鼻界清淨無二無二分無別無斷故見者清淨即香界鼻識界及鼻觸鼻觸爲緣所生諸受清淨香界乃至鼻觸爲緣所生諸受清淨即見者清淨何以故是見者清淨與香界乃至鼻觸爲緣所生諸受清淨無二無二分無別無斷故善現見者清淨即舌界清淨舌界清淨即見者清淨何以故是見者清淨與舌界清淨無二無二分無別無斷故見者清淨即

味界舌識界及舌觸舌觸爲緣所生諸受清
淨味界乃至舌觸爲緣所生諸受清淨即見
者清淨何以故是見者清淨與味界乃至舌
觸爲緣所生諸受清淨無二無二分無別無
斷故善現見者清淨即身界清淨身界清淨
即見者清淨何以故是見者清淨與身界清
淨無二無二分無別無斷故見者清淨即觸
界身識界及身觸身觸爲緣所生諸受清淨
觸界乃至身觸爲緣所生諸受清淨即見者
清淨何以故是見者清淨與觸界乃至身觸
爲緣所生諸受清淨無二無二分無別無斷
故善現見者清淨即意界清淨意界清淨即
見者清淨何以故是見者清淨與意界清淨
無二無二分無別無斷故見者清淨即法界
意識界及意觸意觸爲緣所生諸受清淨法
界乃至意觸爲緣所生諸受清淨即見者清
淨何以故是見者清淨與法界乃至意觸爲
緣所生諸受清淨無二無二分無別無斷故
善現見者清淨即地界清淨地界清淨即見
者清淨何以故是見者清淨與地界清淨無
二無二分無別無斷故見者清淨即水火風
空識界清淨水火風空識界清淨即見者清
淨何以故是見者清淨與水火風空識界清
淨無二無二分無別無斷故善現見者清淨
即無明清淨無明清淨即見者清淨何以故
是見者清淨與無明清淨無二無二分無別
無斷故見者清淨即行識名色六處觸受愛
取有生老死愁歎苦憂惱清淨行乃至老死
愁歎苦憂惱清淨即見者清淨何以故是見
者清淨與行乃至老死愁歎苦憂惱清淨無

二無二分無別無斷故善現見者清淨即布施波羅蜜多清淨布施波羅蜜多清淨即見者清淨何以故是見者清淨與布施波羅蜜多清淨無二無二分無別無斷故見者清淨即淨戒安忍精進靜慮般若波羅蜜多清淨淨戒乃至般若波羅蜜多清淨即見者清淨何以故是見者清淨與淨戒乃至般若波羅蜜多清淨無二無二分無別無斷故善現見者清淨即內空清淨內空清淨即見者清淨何以故是見者清淨與內空清淨無二無二分無別無斷故見者清淨即外空內外空空空大空勝義空有爲空無爲空畢竟空無際空散空無變異空本性空自相空共相空一切法空不可得空無性空自性空無性自性空清淨外空乃至無性自性空清淨即見者清淨何以故是見者清淨與外空乃至無性自性空清淨無二無二分無別無斷故善現見者清淨即眞如清淨眞如清淨即見者清淨何以故是見者清淨與眞如清淨無二無二分無別無斷故見者清淨即法界法性不虛妄性不變異性平等性離生性法定法住實際虛空界不思議界清淨法界乃至不思議界清淨即見者清淨何以故是見者清淨與法界乃至不思議界清淨無二無二分無別無斷故善現見者清淨即苦聖諦清淨苦聖諦清淨即見者清淨何以故是見者清淨與苦聖諦清淨無二無二分無別無斷故見者清淨即集滅道聖諦清淨集滅道聖諦清淨即見者清淨何以故是見者清淨與集滅道聖諦清淨無二無二分無別無斷故善現

見者清淨即四靜慮清淨四靜慮清淨即見者清淨何以故是見者清淨與四靜慮清淨無二無二分無別無斷故見者清淨即四無量四無色定清淨四無量四無色定清淨即見者清淨何以故是見者清淨與四無量四無色定清淨無二無二分無別無斷故善現見者清淨即八解脫清淨八解脫清淨即見者清淨何以故是見者清淨與八解脫清淨無二無二分無別無斷故見者清淨即八勝處九次第定十遍處清淨八勝處九次第定十遍處清淨即見者清淨何以故是見者清淨與八勝處九次第定十遍處清淨無二無二分無別無斷故善現見者清淨即四念住清淨四念住清淨即見者清淨何以故是見者清淨與四念住清淨無二無二分無別無斷故見者清淨即四正斷四神足五根五力七等覺支八聖道支清淨四正斷乃至八聖道支清淨即見者清淨何以故是見者清淨與四正斷乃至八聖道支清淨無二無二分無別無斷故善現見者清淨即空解脫門清淨空解脫門清淨即見者清淨何以故是見者清淨與空解脫門清淨無二無二分無別無斷故見者清淨即無相無願解脫門清淨無相無願解脫門清淨即見者清淨何以故是見者清淨與無相無願解脫門清淨無二無二分無別無斷故善現見者清淨即菩薩十地清淨菩薩十地清淨即見者清淨何以故是見者清淨與菩薩十地清淨無二無二分無別無斷故善現見者清淨即五眼清淨五眼清淨即見者清淨何以故是見者清淨

與五眼清淨無二無二分無別無斷故見者清淨即六神通清淨六神通清淨即見者清淨何以故是見者清淨與六神通清淨無二無二分無別無斷故善現見者清淨即佛十力清淨佛十力清淨即見者清淨何以故是見者清淨與佛十力清淨無二無二分無別無斷故見者清淨即四無所畏四無礙解大慈大悲大喜大捨十八佛不共法清淨四無所畏乃至十八佛不共法清淨即見者清淨何以故是見者清淨與四無所畏乃至十八佛不共法清淨無二無二分無別無斷故善現見者清淨即無忘失法清淨無忘失法清淨即見者清淨何以故是見者清淨與無忘失法清淨無二無二分無別無斷故見者清淨即恒住捨性清淨恒住捨性清淨即見者清淨何以故是見者清淨與恒住捨性清淨無二無二分無別無斷故善現見者清淨即一切智清淨一切智清淨即見者清淨何以故是見者清淨與一切智清淨無二無二分無別無斷故見者清淨即道相智一切相智清淨道相智一切相智清淨即見者清淨何以故是見者清淨與道相智一切相智清淨無二無二分無別無斷故善現見者清淨即一切陀羅尼門清淨一切陀羅尼門清淨即見者清淨何以故是見者清淨與一切陀羅尼門清淨無二無二分無別無斷故見者清淨即一切三摩地門清淨一切三摩地門清淨即見者清淨何以故是見者清淨與一切三摩地門清淨無二無二分無別無斷故善現見者清淨即預流果清淨預流果清淨即

見者清淨何以故是見者清淨與預流果清淨無二無二分無別無斷故見者清淨即一來不還阿羅漢果清淨一來不還阿羅漢果清淨即見者清淨何以故是見者清淨與一來不還阿羅漢果清淨無二無二分無別無斷故善現見者清淨即獨覺菩提清淨獨覺菩提清淨即見者清淨何以故是見者清淨與獨覺菩提清淨無二無二分無別無斷故善現見者清淨即一切菩薩摩訶薩行清淨一切菩薩摩訶薩行清淨即見者清淨何以故是見者清淨與一切菩薩摩訶薩行清淨無二無二分無別無斷故善現見者清淨即諸佛無上正等菩提清淨諸佛無上正等菩提清淨即見者清淨何以故是見者清淨與諸佛無上正等菩提清淨無二無二分無別無斷故復次善現我清淨故色清淨色清淨故一切智智清淨何以故若我清淨若色清淨若一切智智清淨無二無二分無別無斷故我清淨故受想行識清淨受想行識清淨故一切智智清淨何以故若我清淨若受想行識清淨若一切智智清淨無二無二分無別無斷故善現我清淨故眼處清淨眼處清淨故一切智智清淨何以故若我清淨若眼處清淨若一切智智清淨無二無二分無別無斷故我清淨故耳鼻舌身意處清淨耳鼻舌身意處清淨故一切智智清淨何以故若我清淨若耳鼻舌身意處清淨若一切智智清淨無二無二分無別無斷故善現我清淨故色處清淨色處清淨故一切智智清淨何以故若我清淨若色處清淨若一切智智清

淨無二無二分無別無斷故我清淨故聲香味觸法處清淨聲香味觸法處清淨故一切智智清淨何以故若我清淨若聲香味觸法處清淨若一切智智清淨無二無二分無別無斷故善現我清淨故眼界清淨眼界清淨故一切智智清淨何以故若我清淨若眼界清淨若一切智智清淨無二無二分無別無斷故我清淨故色界眼識界及眼觸眼觸爲緣所生諸受清淨色界乃至眼觸爲緣所生諸受清淨故一切智智清淨何以故若我清淨若色界乃至眼觸爲緣所生諸受清淨若一切智智清淨無二無二分無別無斷故善現我清淨故耳界清淨耳界清淨故一切智智清淨何以故若我清淨若耳界清淨若一切智智清淨無二無二分無別無斷故我清

淨故聲界耳識界及耳觸耳觸爲緣所生諸受清淨聲界乃至耳觸爲緣所生諸受清淨故一切智智清淨何以故若我清淨若聲界乃至耳觸爲緣所生諸受清淨若一切智智清淨無二無二分無別無斷故善現我清淨故鼻界清淨鼻界清淨故一切智智清淨何以故若我清淨若鼻界清淨若一切智智清淨無二無二分無別無斷故我清淨故香界鼻識界及鼻觸鼻觸爲緣所生諸受清淨香界乃至鼻觸爲緣所生諸受清淨故一切智智清淨何以故若我清淨若香界乃至鼻觸爲緣所生諸受清淨若一切智智清淨無二無二分無別無斷故善現我清淨故舌界清淨舌界清淨故一切智智清淨何以故若我清淨若舌界清淨若一切智智清淨無二無

二分無別無斷故我清淨故味界舌識界及舌觸舌觸爲緣所生諸受清淨味界乃至舌觸爲緣所生諸受清淨故一切智智清淨何以故若我清淨若味界乃至舌觸爲緣所生諸受清淨若一切智智清淨無二無二分無別無斷故善現我清淨故身界清淨身界清淨故一切智智清淨何以故若我清淨若身界清淨若一切智智清淨無二無二分無別無斷故我清淨故觸界身識界及身觸身觸爲緣所生諸受清淨觸界乃至身觸爲緣所生諸受清淨故一切智智清淨何以故若我清淨若觸界乃至身觸爲緣所生諸受清淨若一切智智清淨無二無二分無別無斷故善現我清淨故意界清淨意界清淨故一切智智清淨何以故若我清淨若意界清淨若一切智智清淨無二無二分無別無斷故我清淨故法界意識界及意觸意觸爲緣所生諸受清淨法界乃至意觸爲緣所生諸受清淨故一切智智清淨何以故若我清淨若法界乃至意觸爲緣所生諸受清淨若一切智智清淨無二無二分無別無斷故善現我清淨故地界清淨地界清淨故一切智智清淨何以故若我清淨若地界清淨若一切智智清淨無二無二分無別無斷故我清淨故水火風空識界清淨水火風空識界清淨故一切智智清淨何以故若我清淨若水火風空識界清淨若一切智智清淨無二無二分無別無斷故善現我清淨故無明清淨無明清淨故一切智智清淨何以故若我清淨若無明清淨若一切智智清淨無二無二分無別

無斷故我清淨故行識名色六處觸受愛取有生老死愁歎苦憂惱清淨行乃至老死愁歎苦憂惱清淨故一切智智清淨何以故若我清淨若行乃至老死愁歎苦憂惱清淨若一切智智清淨無二無二分無別無斷故善現我清淨故布施波羅蜜多清淨布施波羅蜜多清淨故一切智智清淨何以故若我清淨若布施波羅蜜多清淨若一切智智清淨無二無二分無別無斷故我清淨故淨戒安忍精進靜慮般若波羅蜜多清淨淨戒乃至般若波羅蜜多清淨故一切智智清淨何以故若我清淨若淨戒乃至般若波羅蜜多清淨若一切智智清淨無二無二分無別無斷故善現我清淨故內空清淨內空清淨故一切智智清淨何以故若我清淨若內空清淨若一切智智清淨無二無二分無別無斷故我清淨故外空內外空空空大空勝義空有爲空無爲空畢竟空無際空散空無變異空本性空自相空共相空一切法空不可得空無性空自性空無性自性空清淨外空乃至無性自性空清淨故一切智智清淨何以故若我清淨若外空乃至無性自性空清淨若一切智智清淨無二無二分無別無斷故善現我清淨故眞如清淨眞如清淨故一切智智清淨何以故若我清淨若眞如清淨若一切智智清淨無二無二分無別無斷故我清淨故法界法性不虛妄性不變異性平等性離生性法定法住實際虛空界不思議界清淨法界乃至不思議界清淨故一切智智清淨何以故若我清淨若法界乃至不思議界

清淨若一切智智清淨無二無二分無別無斷故善現我清淨故苦聖諦清淨苦聖諦清淨故一切智智清淨何以故若我清淨若苦聖諦清淨若一切智智清淨無二無二分無別無斷故我清淨故集滅道聖諦清淨集滅道聖諦清淨故一切智智清淨何以故若我清淨若集滅道聖諦清淨若一切智智清淨無二無二分無別無斷故善現我清淨故四靜慮清淨四靜慮清淨故一切智智清淨何以故若我清淨若四靜慮清淨若一切智智清淨無二無二分無別無斷故我清淨故四無量四無色定清淨四無量四無色定清淨故一切智智清淨何以故若我清淨若四無量四無色定清淨若一切智智清淨無二無二分無別無斷故善現我清淨故八解脫清淨八解脫清淨故一切智智清淨何以故若我清淨若八解脫清淨若一切智智清淨無二無二分無別無斷故我清淨故八勝處九次第定十遍處清淨八勝處九次第定十遍處清淨故一切智智清淨何以故若我清淨若八勝處九次第定十遍處清淨若一切智智清淨無二無二分無別無斷故善現我清淨故四念住清淨四念住清淨故一切智智清淨何以故若我清淨若四念住清淨若一切智智清淨無二無二分無別無斷故我清淨故四正斷四神足五根五力七等覺支八聖道支清淨四正斷乃至八聖道支清淨故一切智智清淨何以故若我清淨若四正斷乃至八聖道支清淨若一切智智清淨無二無二分無別無斷故善現我清淨故空解脫

門清淨空解脫門清淨故一切智智清淨何以故若我清淨若空解脫門清淨若一切智智清淨無二無二分無別無斷故我清淨故無相無願解脫門清淨無相無願解脫門清淨故一切智智清淨何以故若我清淨若無相無願解脫門清淨若一切智智清淨無二無二分無別無斷故善現我清淨故菩薩十地清淨菩薩十地清淨故一切智智清淨何以故若我清淨若菩薩十地清淨若一切智智清淨無二無二分無別無斷故善現我清淨故五眼清淨五眼清淨故一切智智清淨何以故若我清淨若五眼清淨若一切智智清淨無二無二分無別無斷故我清淨故六神通清淨六神通清淨故一切智智清淨何以故若我清淨若六神通清淨若一切智智清淨無二無二分無別無斷故善現我清淨故佛十力清淨佛十力清淨故一切智智清淨何以故若我清淨若佛十力清淨若一切智智清淨無二無二分無別無斷故我清淨故四無所畏四無礙解大慈大悲大喜大捨十八佛不共法清淨四無所畏乃至十八佛不共法清淨故一切智智清淨何以故若我清淨若四無所畏乃至十八佛不共法清淨若一切智智清淨無二無二分無別無斷故善現我清淨故無忘失法清淨無忘失法清淨故一切智智清淨何以故若我清淨若無忘失法清淨若一切智智清淨無二無二分無別無斷故我清淨故恒住捨性清淨恒住捨性清淨故一切智智清淨何以故若我清淨若恒住捨性清淨若一切智智清淨無二

無二分無別無斷故善現我清淨故一切智清淨一切智清淨故一切智智清淨何以故若我清淨若一切智清淨若一切智智清淨無二無二分無別無斷故我清淨故道相智一切相智清淨道相智一切相智清淨故一切智智清淨何以故若我清淨若道相智一切相智清淨若一切智智清淨無二無二分無別無斷故善現我清淨故一切陀羅尼門清淨一切陀羅尼門清淨故一切智智清淨何以故若我清淨若一切陀羅尼門清淨若一切智智清淨無二無二分無別無斷故我清淨故一切三摩地門清淨一切三摩地門清淨故一切智智清淨何以故若我清淨若一切三摩地門清淨若一切智智清淨無二無二分無別無斷故善現我清淨故預流果清淨預流果清淨故一切智智清淨何以故若我清淨若預流果清淨若一切智智清淨無二無二分無別無斷故我清淨故一來不還阿羅漢果清淨一來不還阿羅漢果清淨故一切智智清淨何以故若我清淨若一來不還阿羅漢果清淨若一切智智清淨無二無二分無別無斷故善現我清淨故獨覺菩提清淨獨覺菩提清淨故一切智智清淨何以故若我清淨若獨覺菩提清淨若一切智智清淨無二無二分無別無斷故善現我清淨故一切菩薩摩訶薩行清淨一切菩薩摩訶薩行清淨故一切智智清淨何以故若我清淨若一切菩薩摩訶薩行清淨若一切智智清淨無二無二分無別無斷故善現我清淨故諸佛無上正等菩提清淨諸佛無上正

等菩提清淨故一切智智清淨何以故若我清淨若諸佛無上正等菩提清淨若一切智智清淨無二無二分無別無斷故復次善現有情清淨故色清淨色清淨故一切智智清淨何以故若有情清淨若色清淨若一切智智清淨無二無二分無別無斷故有情清淨故受想行識清淨受想行識清淨故一切智智清淨何以故若有情清淨若受想行識清淨若一切智智清淨無二無二分無別無斷故善現有情清淨故眼處清淨眼處清淨故一切智智清淨何以故若有情清淨若眼處清淨若一切智智清淨無二無二分無別無斷故有情清淨故耳鼻舌身意處清淨耳鼻舌身意處清淨故一切智智清淨何以故若有情清淨若耳鼻舌身意處清淨若一切智智清淨無二無二分無別無斷故善現有情清淨故色處清淨色處清淨故一切智智清淨何以故若有情清淨若色處清淨若一切智智清淨無二無二分無別無斷故有情清淨故聲香味觸法處清淨聲香味觸法處清淨故一切智智清淨何以故若有情清淨若聲香味觸法處清淨若一切智智清淨無二無二分無別無斷故善現有情清淨故眼界清淨眼界清淨故一切智智清淨何以故若有情清淨若眼界清淨若一切智智清淨無二無二分無別無斷故有情清淨故色界眼識界及眼觸眼觸爲緣所生諸受清淨色界乃至眼觸爲緣所生諸受清淨故一切智智清淨何以故若有情清淨若色界乃至眼觸爲緣所生諸受清淨若一切智智清淨無二

無二分無別無斷故善現有情清淨故耳界清淨耳界清淨故一切智智清淨何以故若有情清淨若耳界清淨若一切智智清淨無二無二分無別無斷故有情清淨故聲界耳識界及耳觸耳觸爲緣所生諸受清淨聲界乃至耳觸爲緣所生諸受清淨故一切智智清淨何以故若有情清淨若聲界乃至耳觸爲緣所生諸受清淨若一切智智清淨無二無二分無別無斷故

大般若波羅蜜多經卷第一百九十五

大般若波羅蜜多經卷第一百九十六

唐三藏法師玄奘奉　詔譯

初分難信解品第三十四之十五

善現有情清淨故鼻界清淨鼻界清淨故一切智智清淨何以故若有情清淨若鼻界清淨若一切智智清淨無二無二分無別無斷故有情清淨故香界鼻識界及鼻觸鼻觸爲緣所生諸受清淨香界乃至鼻觸爲緣所生諸受清淨故一切智智清淨何以故若有情清淨若香界乃至鼻觸爲緣所生諸受清淨若一切智智清淨無二無二分無別無斷故

善現有情清淨故舌界清淨舌界清淨故一切智智清淨何以故若有情清淨若舌界清淨若一切智智清淨無二無二分無別無斷故有情清淨故味界舌識界及舌觸舌觸爲緣所生諸受清淨味界乃至舌觸爲緣所生諸受清淨故一切智智清淨何以故若有情清淨若味界乃至舌觸爲緣所生諸受清淨若一切智智清淨無二無二分無別無斷故

善現有情清淨故身界清淨身界清淨故一切智智清淨何以故若有情清淨若身界清淨若一切智智清淨無二無二分無別無斷故有情清淨故觸界身識界及身觸身觸爲緣所生諸受清淨觸界乃至身觸爲緣所生諸受清淨故一切智智清淨何以故若有情清淨若觸界乃至身觸爲緣所生諸受清淨若一切智智清淨無二無二分無別無斷故

善現有情清淨故意界清淨意界清淨故一切智智清淨何以故若有情清淨若意界清淨若一切智智清淨無二無二分無別無斷

故有情清淨故法界意識界及意觸意觸爲緣所生諸受清淨法界乃至意觸爲緣所生諸受清淨故一切智智清淨何以故若有情清淨若法界乃至意觸爲緣所生諸受清淨若一切智智清淨無二無二分無別無斷故善現有情清淨故地界清淨地界清淨故一切智智清淨何以故若有情清淨若地界清淨若一切智智清淨無二無二分無別無斷故有情清淨故水火風空識界清淨水火風空識界清淨故一切智智清淨何以故若有情清淨若水火風空識界清淨若一切智智清淨無二無二分無別無斷故善現有情清淨故無明清淨無明清淨故一切智智清淨何以故若有情清淨若無明清淨若一切智智清淨無二無二分無別無斷故有情清淨

故行識名色六處觸受愛取有生老死愁歎苦憂惱清淨行乃至老死愁歎苦憂惱清淨故一切智智清淨何以故若有情清淨若行乃至老死愁歎苦憂惱清淨若一切智智清淨無二無二分無別無斷故善現有情清淨故布施波羅蜜多清淨布施波羅蜜多清淨故一切智智清淨何以故若有情清淨若布施波羅蜜多清淨若一切智智清淨無二無二分無別無斷故有情清淨故淨戒安忍精進靜慮般若波羅蜜多清淨淨戒乃至般若波羅蜜多清淨故一切智智清淨何以故若有情清淨若淨戒乃至般若波羅蜜多清淨若一切智智清淨無二無二分無別無斷故善現有情清淨故内空清淨内空清淨故一切智智清淨何以故若有情清淨若内空清

淨若一切智智清淨無二無二分無別無斷故有情清淨故外空內外空空空大空勝義空有爲空無爲空畢竟空無際空散空無變異空本性空自相空共相空一切法空不可得空無性空自性空無性自性空清淨外空乃至無性自性空清淨故一切智智清淨何以故若有情清淨若外空乃至無性自性空清淨若一切智智清淨無二無二分無別無斷故善現有情清淨故眞如清淨眞如清淨故一切智智清淨何以故若有情清淨若眞如清淨若一切智智清淨無二無二分無別無斷故有情清淨故法界法性不虛妄性不變異性平等性離生性法定法住實際虛空界不思議界清淨法界乃至不思議界清淨故一切智智清淨何以故若有情清淨若法界乃至不思議界清淨若一切智智清淨無二無二分無別無斷故善現有情清淨故苦聖諦清淨苦聖諦清淨故一切智智清淨何以故若有情清淨若苦聖諦清淨若一切智智清淨無二無二分無別無斷故有情清淨故集滅道聖諦清淨集滅道聖諦清淨故一切智智清淨何以故若有情清淨若集滅道聖諦清淨若一切智智清淨無二無二分無別無斷故善現有情清淨故四靜慮清淨四靜慮清淨故一切智智清淨何以故若有情清淨若四靜慮清淨若一切智智清淨無二無二分無別無斷故有情清淨故四無量四無色定清淨四無量四無色定清淨故一切智智清淨何以故若有情清淨若四無量四無色定清淨若一切智智清淨無二無二分

無别無斷故善現有情清淨故八解脱清淨八解脱清淨故一切智智清淨何以故若有情清淨若八解脱清淨若一切智智清淨無二無二分無别無斷故有情清淨故八勝處九次第定十遍處清淨八勝處九次第定十遍處清淨故一切智智清淨何以故若有情清淨若八勝處九次第定十遍處清淨若一切智智清淨無二無二分無别無斷故善現有情清淨故四念住清淨四念住清淨故一切智智清淨何以故若有情清淨若四念住清淨若一切智智清淨無二無二分無别無斷故有情清淨故四正斷四神足五根五力七等覺支八聖道支清淨四正斷乃至八聖道支清淨故一切智智清淨何以故若有情清淨若四正斷乃至八聖道支清淨若一切智智清淨無二無二分無别無斷故善現有情清淨故空解脱門清淨空解脱門清淨故一切智智清淨何以故若有情清淨若空解脱門清淨若一切智智清淨無二無二分無别無斷故有情清淨故無相無願解脱門清淨無相無願解脱門清淨故一切智智清淨何以故若有情清淨若無相無願解脱門清淨若一切智智清淨無二無二分無别無斷故善現有情清淨故菩薩十地清淨菩薩十地清淨故一切智智清淨何以故若有情淨淨若菩薩十地清淨若一切智智清淨無二無二分無别無斷故善現有情清淨故五眼清淨五眼清淨故一切智智清淨何以故若有情清淨若五眼清淨若一切智智清淨無二無二分無别無斷故有情清淨故六神通

清淨六神通清淨故一切智智清淨何以故若有情清淨若六神通清淨若一切智智清淨無二無二分無別無斷故善現有情清淨故佛十力清淨佛十力清淨故一切智智清淨何以故若有情清淨若佛十力清淨若一切智智清淨無二無二分無別無斷故有情清淨故四無所畏四無礙解大慈大悲大喜大捨十八佛不共法清淨四無所畏乃至十八佛不共法清淨故一切智智清淨何以故若有情清淨若四無所畏乃至十八佛不共法清淨若一切智智清淨無二無二分無別無斷故善現有情清淨故無忘失法清淨無忘失法清淨故一切智智清淨何以故若有情清淨若無忘失法清淨若一切智智清淨無二無二分無別無斷故有情清淨故恒住捨性清淨恒住捨性清淨故一切智智清淨何以故若有情清淨若恒住捨性清淨若一切智智清淨無二無二分無別無斷故善現有情清淨故一切智清淨一切智清淨故一切智智清淨何以故若有情清淨若一切智清淨若一切智智清淨無二無二分無別無斷故有情清淨故道相智一切相智清淨道相智一切相智清淨故一切智智清淨何以故若有情清淨若道相智一切相智清淨若一切智智清淨無二無二分無別無斷故善現有情清淨故一切陀羅尼門清淨一切陀羅尼門清淨故一切智智清淨何以故若有情清淨若一切陀羅尼門清淨若一切智智清淨無二無二分無別無斷故有情清淨故一切三摩地門清淨一切三摩地門清淨故

一切智智清淨何以故若有情清淨若一切三摩地門清淨若一切智智清淨無二無二分無別無斷故善現有情清淨故預流果清淨預流果清淨故一切智智清淨何以故若有情清淨若預流果清淨若一切智智清淨無二無二分無別無斷故有情清淨故一來不還阿羅漢果清淨一來不還阿羅漢果清淨故一切智智清淨何以故若有情清淨若一來不還阿羅漢果清淨若一切智智清淨無二無二分無別無斷故善現有情清淨故獨覺菩提清淨獨覺菩提清淨故一切智智清淨何以故若有情清淨若獨覺菩提清淨若一切智智清淨無二無二分無別無斷故善現有情清淨故一切菩薩摩訶薩行清淨一切菩薩摩訶薩行清淨故一切智智清淨何以故若有情清淨若一切菩薩摩訶薩行清淨若一切智智清淨無二無二分無別無斷故善現有情清淨故諸佛無上正等菩提清淨諸佛無上正等菩提清淨故一切智智清淨何以故若有情清淨若諸佛無上正等菩提清淨若一切智智清淨無二無二分無別無斷故復次善現命者清淨故色清淨色清淨故一切智智清淨何以故若命者清淨若色清淨若一切智智清淨無二無二分無別無斷故命者清淨故受想行識清淨受想行識清淨故一切智智清淨何以故若命者清淨若受想行識清淨若一切智智清淨無二無二分無別無斷故善現命者清淨故眼處清淨眼處清淨故一切智智清淨何以故若命者清淨若眼處清淨若一切智智清淨

無二無二分無別無斷故命者清淨故耳鼻舌身意處清淨耳鼻舌身意處清淨故一切智智清淨何以故若命者清淨若耳鼻舌身意處清淨若一切智智清淨無二無二分無別無斷故善現命者清淨故色處清淨色處清淨故一切智智清淨何以故若命者清淨若色處清淨若一切智智清淨無二無二分無別無斷故命者清淨故聲香味觸法處清淨聲香味觸法處清淨故一切智智清淨何以故若命者清淨若聲香味觸法處清淨若一切智智清淨無二無二分無別無斷故善現命者清淨故眼界清淨眼界清淨故一切智智清淨何以故若命者清淨若眼界清淨若一切智智清淨無二無二分無別無斷故命者清淨故色界眼識界及眼觸眼觸爲緣所生諸受清淨色界乃至眼觸爲緣所生諸受清淨故一切智智清淨何以故若命者清淨若色界乃至眼觸爲緣所生諸受清淨若一切智智清淨無二無二分無別無斷故善現命者清淨故耳界清淨耳界清淨故一切智智清淨何以故若命者清淨若耳界清淨若一切智智清淨無二無二分無別無斷故命者清淨故聲界耳識界及耳觸耳觸爲緣所生諸受清淨聲界乃至耳觸爲緣所生諸受清淨故一切智智清淨何以故若命者清淨若聲界乃至耳觸爲緣所生諸受清淨若一切智智清淨無二無二分無別無斷故善現命者清淨故鼻界清淨鼻界清淨故一切智智清淨何以故若命者清淨若鼻界清淨若一切智智清淨無二無二分無別無斷故

命者清淨故香界鼻識界及鼻觸鼻觸爲緣
所生諸受清淨香界乃至鼻觸爲緣所生諸
受清淨故一切智智清淨何以故若命者清
淨若香界乃至鼻觸爲緣所生諸受清淨若
一切智智清淨無二無二分無別無斷故善
現命者清淨故舌界清淨舌界清淨故一切
智智清淨何以故若命者清淨若舌界清淨
若一切智智清淨無二無二分無別無斷故
命者清淨故味界舌識界及舌觸舌觸爲緣
所生諸受清淨味界乃至舌觸爲緣所生諸
受清淨故一切智智清淨何以故若命者清
淨若味界乃至舌觸爲緣所生諸受清淨若
一切智智清淨無二無二分無別無斷故善
現命者清淨故身界清淨身界清淨故一切
智智清淨何以故若命者清淨若身界清淨
若一切智智清淨無二無二分無別無斷故
命者清淨故觸界身識界及身觸身觸爲緣
所生諸受清淨觸界乃至身觸爲緣所生諸
受清淨故一切智智清淨何以故若命者清
淨若觸界乃至身觸爲緣所生諸受清淨若
一切智智清淨無二無二分無別無斷故善
現命者清淨故意界清淨意界清淨故一切
智智清淨何以故若命者清淨若意界清淨
若一切智智清淨無二無二分無別無斷故
命者清淨故法界意識界及意觸意觸爲緣
所生諸受清淨法界乃至意觸爲緣所生諸
受清淨故一切智智清淨何以故若命者清
淨若法界乃至意觸爲緣所生諸受清淨若
一切智智清淨無二無二分無別無斷故善
現命者清淨故地界清淨地界清淨故一切

智智清淨何以故若命者清淨若地界清淨若一切智智清淨無二無二分無別無斷故命者清淨故水火風空識界清淨水火風空識界清淨故一切智智清淨何以故若命者清淨若水火風空識界清淨若一切智智清淨無二無二分無別無斷故善現命者清淨故無明清淨無明清淨故一切智智清淨何以故若命者清淨若無明清淨若一切智智清淨無二無二分無別無斷故命者清淨故行識名色六處觸受愛取有生老死愁歎苦憂惱清淨行乃至老死愁歎苦憂惱清淨故一切智智清淨何以故若命者清淨若行乃至老死愁歎苦憂惱清淨若一切智智清淨無二無二分無別無斷故善現命者清淨故布施波羅蜜多清淨布施波羅蜜多清淨故一切智智清淨何以故若命者清淨若布施波羅蜜多清淨若一切智智清淨無二無二分無別無斷故命者清淨故淨戒安忍精進靜慮般若波羅蜜多清淨淨戒乃至般若波羅蜜多清淨故一切智智清淨何以故若命者清淨若淨戒乃至般若波羅蜜多清淨若一切智智清淨無二無二分無別無斷故善現命者清淨故內空清淨內空清淨故一切智智清淨何以故若命者清淨若內空清淨若一切智智清淨無二無二分無別無斷故命者清淨故外空內外空空空大空勝義空有爲空無爲空畢竟空無際空散空無變異空本性空自相空共相空一切法空不可得空無性空自性空無性自性空清淨外空乃至無性自性空清淨故一切智智清淨何以

故若命者清淨若外空乃至無性自性空清淨若一切智智清淨無二無二分無別無斷故善現命者清淨故真如清淨真如清淨故一切智智清淨何以故若命者清淨若真如清淨若一切智智清淨無二無二分無別無斷故命者清淨故法界法性不虛妄性不變異性平等性離生性法定法住實際虛空界不思議界清淨法界乃至不思議界清淨故一切智智清淨何以故若命者清淨若法界乃至不思議界清淨若一切智智清淨無二無二分無別無斷故善現命者清淨故苦聖諦清淨苦聖諦清淨故一切智智清淨何以故若命者清淨若苦聖諦清淨若一切智智清淨無二無二分無別無斷故命者清淨故集滅道聖諦清淨集滅道聖諦清淨故一切智智清淨何以故若命者清淨若集滅道聖諦清淨若一切智智清淨無二無二分無別無斷故善現命者清淨故四靜慮清淨四靜慮清淨故一切智智清淨何以故若命者清淨若四靜慮清淨若一切智智清淨無二無二分無別無斷故命者清淨故四無量四無色定清淨四無量四無色定清淨故一切智智清淨何以故若命者清淨若四無量四無色定清淨若一切智智清淨無二無二分無別無斷故善現命者清淨故八解脫清淨八解脫清淨故一切智智清淨何以故若命者清淨若八解脫清淨若一切智智清淨無二無二分無別無斷故命者清淨故八勝處九次第定十遍處清淨八勝處九次第定十遍處清淨故一切智智清淨何以故若命者清

淨若八勝處九次第定十遍處清淨若一切智智清淨無二無二分無別無斷故善現命者清淨故四念住清淨四念住清淨故一切智智清淨何以故若命者清淨若四念住清淨若一切智智清淨無二無二分無別無斷故命者清淨故四正斷四神足五根五力七等覺支八聖道支清淨四正斷乃至八聖道支清淨故一切智智清淨何以故若命者清淨若四正斷乃至八聖道支清淨若一切智智清淨無二無二分無別無斷故善現命者清淨故空解脫門清淨空解脫門清淨故一切智智清淨何以故若命者清淨若空解脫門清淨若一切智智清淨無二無二分無別無斷故命者清淨故無相無願解脫門清淨無相無願解脫門清淨故一切智智清淨何以故若命者清淨若無相無願解脫門清淨若一切智智清淨無二無二分無別無斷故善現命者清淨故菩薩十地清淨菩薩十地清淨故一切智智清淨何以故若命者清淨若菩薩十地清淨若一切智智清淨無二無二分無別無斷故善現命者清淨故五眼清淨五眼清淨故一切智智清淨何以故若命者清淨若五眼清淨若一切智智清淨無二無二分無別無斷故命者清淨故六神通清淨六神通清淨故一切智智清淨何以故若命者清淨若六神通清淨若一切智智清淨無二無二分無別無斷故善現命者清淨故佛十力清淨佛十力清淨故一切智智清淨何以故若命者清淨若佛十力清淨若一切智智清淨無二無二分無別無斷故命者清

淨故四無所畏四無礙解大慈大悲大喜大捨十八佛不共法清淨四無所畏乃至十八佛不共法清淨故一切智智清淨何以故若命者清淨若四無所畏乃至十八佛不共法清淨若一切智智清淨無二無二分無別無斷故善現命者清淨故無忘失法清淨無忘失法清淨故一切智智清淨何以故若命者清淨若無忘失法清淨若一切智智清淨無二無二分無別無斷故命者清淨故恒住捨性清淨恒住捨性清淨故一切智智清淨何以故若命者清淨若恒住捨性清淨若一切智智清淨無二無二分無別無斷故善現命者清淨故一切智清淨一切智清淨故一切智智清淨何以故若命者清淨若一切智清淨若一切智智清淨無二無二分無別無斷故命者清淨故道相智一切相智清淨道相智一切相智清淨故一切智智清淨何以故若命者清淨若道相智一切相智清淨若一切智智清淨無二無二分無別無斷故善現命者清淨故一切陀羅尼門清淨一切陀羅尼門清淨故一切智智清淨何以故若命者清淨若一切陀羅尼門清淨若一切智智清淨無二無二分無別無斷故命者清淨故一切三摩地門清淨一切三摩地門清淨故一切智智清淨何以故若命者清淨若一切三摩地門清淨若一切智智清淨無二無二分無別無斷故善現命者清淨故預流果清淨預流果清淨故一切智智清淨何以故若命者清淨若預流果清淨若一切智智清淨無二無二分無別無斷故命者清淨故一來不

還阿羅漢果清淨一來不還阿羅漢果清淨故一切智智清淨何以故若命者清淨若一來不還阿羅漢果清淨若一切智智清淨無二無二分無別無斷故善現命者清淨故獨覺菩提清淨獨覺菩提清淨故一切智智清淨何以故若命者清淨若獨覺菩提清淨若一切智智清淨無二無二分無別無斷故善現命者清淨故一切菩薩摩訶薩行清淨一切菩薩摩訶薩行清淨故一切智智清淨何以故若命者清淨若一切菩薩摩訶薩行清淨若一切智智清淨無二無二分無別無斷故善現命者清淨故諸佛無上正等菩提清淨諸佛無上正等菩提清淨故一切智智清淨何以故若命者清淨若諸佛無上正等菩提清淨若一切智智清淨無二無二分無別

無斷故復次善現生者清淨故色清淨色清淨故一切智智清淨何以故若生者清淨若色清淨若一切智智清淨無二無二分無別無斷故生者清淨故受想行識清淨受想行識清淨故一切智智清淨何以故若生者清淨若受想行識清淨若一切智智清淨無二無二分無別無斷故善現生者清淨故眼處清淨眼處清淨故一切智智清淨何以故若生者清淨若眼處清淨若一切智智清淨無二無二分無別無斷故生者清淨故耳鼻舌身意處清淨耳鼻舌身意處清淨故一切智智清淨何以故若生者清淨若耳鼻舌身意處清淨若一切智智清淨無二無二分無別無斷故善現生者清淨故色處清淨色處清淨故一切智智清淨何以故若生者清淨若

色處清淨若一切智智清淨無二無二分無別無斷故生者清淨故聲香味觸法處清淨聲香味觸法處清淨故一切智智清淨何以故若生者清淨若聲香味觸法處清淨若一切智智清淨無二無二分無別無斷故善現生者清淨故眼界清淨眼界清淨故一切智智清淨何以故若生者清淨若眼界清淨若一切智智清淨無二無二分無別無斷故生者清淨故色界眼識界及眼觸眼觸爲緣所生諸受清淨色界乃至眼觸爲緣所生諸受清淨故一切智智清淨何以故若生者清淨若色界乃至眼觸爲緣所生諸受清淨若一切智智清淨無二無二分無別無斷故善現生者清淨故耳界清淨耳界清淨故一切智智清淨何以故若生者清淨若耳界清淨若

一切智智清淨無二無二分無別無斷故生者清淨故聲界耳識界及耳觸耳觸爲緣所生諸受清淨聲界乃至耳觸爲緣所生諸受清淨故一切智智清淨何以故若生者清淨若聲界乃至耳觸爲緣所生諸受清淨若一切智智清淨無二無二分無別無斷故善現生者清淨故鼻界清淨鼻界清淨故一切智智清淨何以故若生者清淨若鼻界清淨若一切智智清淨無二無二分無別無斷故生者清淨故香界鼻識界及鼻觸鼻觸爲緣所生諸受清淨香界乃至鼻觸爲緣所生諸受清淨故一切智智清淨何以故若生者清淨若香界乃至鼻觸爲緣所生諸受清淨若一切智智清淨無二無二分無別無斷故善現生者清淨故舌界清淨舌界清淨故一切智

智清淨何以故若生者清淨若舌界清淨若一切智智清淨無二無二分無別無斷故生者清淨故味界舌識界及舌觸舌觸爲緣所生諸受清淨味界乃至舌觸爲緣所生諸受清淨故一切智智清淨何以故若生者清淨若味界乃至舌觸爲緣所生諸受清淨若一切智智清淨無二無二分無別無斷故善現生者清淨故身界清淨身界清淨故一切智智清淨何以故若生者清淨若身界清淨若一切智智清淨無二無二分無別無斷故生者清淨故觸界身識界及身觸身觸爲緣所生諸受清淨觸界乃至身觸爲緣所生諸受清淨故一切智智清淨何以故若生者清淨若觸界乃至身觸爲緣所生諸受清淨若一切智智清淨無二無二分無別無斷故善現

生者清淨故意界清淨意界清淨故一切智智清淨何以故若生者清淨若意界清淨若一切智智清淨無二無二分無別無斷故生者清淨故法界意識界及意觸意觸爲緣所生諸受清淨法界乃至意觸爲緣所生諸受清淨故一切智智清淨何以故若生者清淨若法界乃至意觸爲緣所生諸受清淨若一切智智清淨無二無二分無別無斷故善現生者清淨故地界清淨地界清淨故一切智智清淨何以故若生者清淨若地界清淨若一切智智清淨無二無二分無別無斷故生者清淨故水火風空識界清淨水火風空識界清淨故一切智智清淨何以故若生者清淨若水火風空識界清淨若一切智智清淨無二無二分無別無斷故善現生者清淨故

無明清淨無明清淨故一切智智清淨何以故若生者清淨若無明清淨若一切智智清淨無二無二分無別無斷故生者清淨故行識名色六處觸受愛取有生老死愁歎苦憂惱清淨行乃至老死愁歎苦憂惱清淨故一切智智清淨何以故若生者清淨若行乃至老死愁歎苦憂惱清淨若一切智智清淨無二無二分無別無斷故

大般若波羅蜜多經卷第一百九十六

大般若波羅蜜多經卷第一百九十七

唐三藏法師玄奘奉詔譯

初分難信解品第三十四之十六

善現生者清淨故布施波羅蜜多清淨布施波羅蜜多清淨故一切智智清淨何以故若生者清淨若布施波羅蜜多清淨若一切智智清淨無二無二分無別無斷故生者清淨故淨戒安忍精進靜慮般若波羅蜜多清淨淨戒乃至般若波羅蜜多清淨故一切智智清淨何以故若生者清淨若淨戒乃至般若波羅蜜多清淨若一切智智清淨無二無二分無別無斷故善現生者清淨故內空清淨內空清淨故一切智智清淨何以故若生者清淨若內空清淨若一切智智清淨無二無二分無別無斷故生者清淨故外空內外空空空大空勝義空有爲空無爲空畢竟空無際空散空無變異空本性空自相空共相空一切法空不可得空無性空自性空無性自性空清淨外空乃至無性自性空清淨故一切智智清淨何以故若生者清淨若外空乃至無性自性空清淨若一切智智清淨無二無二分無別無斷故善現生者清淨故真如清淨真如清淨故一切智智清淨何以故若生者清淨若真如清淨若一切智智清淨無二無二分無別無斷故生者清淨故法界法性不虛妄性不變異性平等性離生性法定法住實際虛空界不思議界清淨法界乃至不思議界清淨故一切智智清淨何以故若生者清淨若法界乃至不思議界清淨若一切智智清淨無二無二分無別無斷故善現

生者清淨故苦聖諦清淨苦聖諦清淨故一切智智清淨何以故若生者清淨若苦聖諦清淨若一切智智清淨無二無二分無別無斷故生者清淨故集滅道聖諦清淨集滅道聖諦清淨故一切智智清淨何以故若生者清淨若集滅道聖諦清淨若一切智智清淨無二無二分無別無斷故善現生者清淨故四靜慮清淨四靜慮清淨故一切智智清淨何以故若生者清淨若四靜慮清淨若一切智智清淨無二無二分無別無斷故生者清淨故四無量四無色定清淨四無量四無色定清淨故一切智智清淨何以故若生者清淨若四無量四無色定清淨若一切智智清淨無二無二分無別無斷故善現生者清淨故八解脫清淨八解脫清淨故一切智智清淨何以故若生者清淨若八解脫清淨若一切智智清淨無二無二分無別無斷故生者清淨故八勝處九次第定十遍處清淨八勝處九次第定十遍處清淨故一切智智清淨何以故若生者清淨若八勝處九次第定十遍處清淨若一切智智清淨無二無二分無別無斷故善現生者清淨故四念住清淨四念住清淨故一切智智清淨何以故若生者清淨若四念住清淨若一切智智清淨無二無二分無別無斷故生者清淨故四正斷四神足五根五力七等覺支八聖道支清淨四正斷乃至八聖道支清淨故一切智智清淨何以故若生者清淨若四正斷乃至八聖道支清淨若一切智智清淨無二無二分無別無斷故善現生者清淨故空解脫門清淨空

解脱門清淨故一切智智清淨何以故若生者清淨若空解脱門清淨若一切智智清淨無二無二分無別無斷故生者清淨故無相無願解脱門清淨無相無願解脱門清淨故一切智智清淨何以故若生者清淨若無相無願解脱門清淨若一切智智清淨無二無二分無別無斷故善現生者清淨故菩薩十地清淨菩薩十地清淨故一切智智清淨何以故若生者清淨若菩薩十地清淨若一切智智清淨無二無二分無別無斷故善現生者清淨故五眼清淨五眼清淨故一切智智清淨何以故若生者清淨若五眼清淨若一切智智清淨無二無二分無別無斷故生者清淨故六神通清淨六神通清淨故一切智智清淨何以故若生者清淨若六神通清淨若一切智智清淨無二無二分無別無斷故善現生者清淨故佛十力清淨佛十力清淨故一切智智清淨何以故若生者清淨若佛十力清淨若一切智智清淨無二無二分無別無斷故生者清淨故四無所畏四無礙解大慈大悲大喜大捨十八佛不共法清淨四無所畏乃至十八佛不共法清淨故一切智智清淨何以故若生者清淨若四無所畏乃至十八佛不共法清淨若一切智智清淨無二無二分無別無斷故善現生者清淨故無忘失法清淨無忘失法清淨故一切智智清淨何以故若生者清淨若無忘失法清淨若一切智智清淨無二無二分無別無斷故生者清淨故恒住捨性清淨恒住捨性清淨故一切智智清淨何以故若生者清淨若恒住

捨性清淨若一切智智清淨無二無二分無别無斷故善現生者清淨故一切智清淨一切智清淨故一切智智清淨何以故若生者清淨若一切智清淨若一切智智清淨無二無二分無别無斷故生者清淨故道相智一切相智清淨道相智一切相智清淨故一切智智清淨何以故若生者清淨若道相智一切相智清淨若一切智智清淨無二無二分無别無斷故善現生者清淨故一切陀羅尼門清淨一切陀羅尼門清淨故一切智智清淨何以故若生者清淨若一切陀羅尼門清淨若一切智智清淨無二無二分無别無斷故生者清淨故一切三摩地門清淨一切三摩地門清淨故一切智智清淨何以故若生者清淨若一切三摩地門清淨若一切智智清淨無二無二分無别無斷故善現生者清淨故預流果清淨預流果清淨故一切智智清淨何以故若生者清淨若預流果清淨若一切智智清淨無二無二分無别無斷故生者清淨故一來不還阿羅漢果清淨一來不還阿羅漢果清淨故一切智智清淨何以故若生者清淨若一來不還阿羅漢果清淨若一切智智清淨無二無二分無别無斷故善現生者清淨故獨覺菩提清淨獨覺菩提清淨故一切智智清淨何以故若生者清淨若獨覺菩提清淨若一切智智清淨無二無二分無别無斷故善現生者清淨故一切菩薩摩訶薩行清淨一切菩薩摩訶薩行清淨故一切智智清淨何以故若生者清淨若一切菩薩摩訶薩行清淨若一切智智清淨無二

無二分無別無斷故善現生者清淨故諸佛無上正等菩提清淨諸佛無上正等菩提清淨故一切智智清淨何以故若生者清淨若諸佛無上正等菩提清淨若一切智智清淨無二無二分無別無斷故復次善現養育者清淨故色清淨色清淨故一切智智清淨何以故若養育者清淨若色清淨若一切智智清淨無二無二分無別無斷故養育者清淨故受想行識清淨受想行識清淨故一切智智清淨何以故若養育者清淨若受想行識清淨若一切智智清淨無二無二分無別無斷故善現養育者清淨故眼處清淨眼處清淨故一切智智清淨何以故若養育者清淨若眼處清淨若一切智智清淨無二無二分無別無斷故養育者清淨故耳鼻舌身意處清淨耳鼻舌身意處清淨故一切智智清淨何以故若養育者清淨若耳鼻舌身意處清淨若一切智智清淨無二無二分無別無斷故善現養育者清淨故色處清淨色處清淨故一切智智清淨何以故若養育者清淨若色處清淨若一切智智清淨無二無二分無別無斷故養育者清淨故聲香味觸法處清淨聲香味觸法處清淨故一切智智清淨何以故若養育者清淨若聲香味觸法處清淨若一切智智清淨無二無二分無別無斷故善現養育者清淨故眼界清淨眼界清淨故一切智智清淨何以故若養育者清淨若眼界清淨若一切智智清淨無二無二分無別無斷故養育者清淨故色界眼識界及眼觸眼觸爲緣所生諸受清淨色界乃至眼觸爲

緣所生諸受清淨故一切智智清淨何以故若養育者清淨若色界乃至眼觸爲緣所生諸受清淨若一切智智清淨無二無二分無別無斷故善現養育者清淨故耳界清淨耳界清淨故一切智智清淨何以故若養育者清淨若耳界清淨若一切智智清淨無二無二分無別無斷故養育者清淨故聲界耳識界及耳觸耳觸爲緣所生諸受清淨聲界乃至耳觸爲緣所生諸受清淨故一切智智清淨何以故若養育者清淨若聲界乃至耳觸爲緣所生諸受清淨若一切智智清淨無二無二分無別無斷故善現養育者清淨故鼻界清淨鼻界清淨故一切智智清淨何以故若養育者清淨若鼻界清淨若一切智智清淨無二無二分無別無斷故養育者清淨故香界鼻識界及鼻觸鼻觸爲緣所生諸受清淨香界乃至鼻觸爲緣所生諸受清淨故一切智智清淨何以故若養育者清淨若香界乃至鼻觸爲緣所生諸受清淨若一切智智清淨無二無二分無別無斷故善現養育者清淨故舌界清淨舌界清淨故一切智智清淨何以故若養育者清淨若舌界清淨若一切智智清淨無二無二分無別無斷故養育者清淨故味界舌識界及舌觸舌觸爲緣所生諸受清淨味界乃至舌觸爲緣所生諸受清淨故一切智智清淨何以故若養育者清淨若味界乃至舌觸爲緣所生諸受清淨若一切智智清淨無二無二分無別無斷故善現養育者清淨故身界清淨身界清淨故一切智智清淨何以故若養育者清淨若身界

清淨若一切智智清淨無二無二分無別無斷故養育者清淨故觸界身識界及身觸身觸爲緣所生諸受清淨觸界乃至身觸爲緣所生諸受清淨故一切智智清淨何以故若養育者清淨若觸界乃至身觸爲緣所生諸受清淨若一切智智清淨無二無二分無別無斷故善現養育者清淨故意界清淨意界清淨故一切智智清淨何以故若養育者清淨若意界清淨若一切智智清淨無二無二分無別無斷故養育者清淨故法界意識界及意觸意觸爲緣所生諸受清淨法界乃至意觸爲緣所生諸受清淨故一切智智清淨何以故若養育者清淨若法界乃至意觸爲緣所生諸受清淨若一切智智清淨無二無二分無別無斷故善現養育者清淨故地界清淨地界清淨故一切智智清淨何以故若養育者清淨若地界清淨若一切智智清淨無二無二分無別無斷故養育者清淨故水火風空識界清淨水火風空識界清淨故一切智智清淨何以故若養育者清淨若水火風空識界清淨若一切智智清淨無二無二分無別無斷故善現養育者清淨故無明清淨無明清淨故一切智智清淨何以故若養育者清淨若無明清淨若一切智智清淨無二無二分無別無斷故養育者清淨故行識名色六處觸受愛取有生老死愁歎苦憂惱清淨行乃至老死愁歎苦憂惱清淨故一切智智清淨何以故若養育者清淨若行乃至老死愁歎苦憂惱清淨若一切智智清淨無二無二分無別無斷故善現養育者清淨故

布施波羅蜜多清淨布施波羅蜜多清淨故一切智智清淨何以故若養育者清淨若布施波羅蜜多清淨若一切智智清淨無二無二分無別無斷故養育者清淨故淨戒安忍精進靜慮般若波羅蜜多清淨淨戒乃至般若波羅蜜多清淨故一切智智清淨何以故若養育者清淨若淨戒乃至般若波羅蜜多清淨若一切智智清淨無二無二分無別無斷故善現養育者清淨故內空清淨內空清淨故一切智智清淨何以故若養育者清淨若內空清淨若一切智智清淨無二無二分無別無斷故養育者清淨故外空內外空空空大空勝義空有爲空無爲空畢竟空無際空散空無變異空本性空自相空共相空一切法空不可得空無性空自性空無性自性空清淨外空乃至無性自性空清淨故一切智智清淨何以故若養育者清淨若外空乃至無性自性空清淨若一切智智清淨無二無二分無別無斷故善現養育者清淨故真如清淨真如清淨故一切智智清淨何以故若養育者清淨若真如清淨若一切智智清淨無二無二分無別無斷故養育者清淨故法界法性不虛妄性不變異性平等性離生性法定法住實際虛空界不思議界清淨法界乃至不思議界清淨故一切智智清淨何以故若養育者清淨若法界乃至不思議界清淨若一切智智清淨無二無二分無別無斷故善現養育者清淨故苦聖諦清淨苦聖諦清淨故一切智智清淨何以故若養育者清淨若苦聖諦清淨若一切智智清淨無二

無二分無別無斷故養育者清淨故集滅道聖諦清淨集滅道聖諦清淨故一切智智清淨何以故若養育者清淨若集滅道聖諦清淨若一切智智清淨無二無二分無別無斷故善現養育者清淨故四靜慮清淨四靜慮清淨故一切智智清淨何以故若養育者清淨若四靜慮清淨若一切智智清淨無二無二分無別無斷故養育者清淨故四無量四無色定清淨四無量四無色定清淨故一切智智清淨何以故若養育者清淨若四無量四無色定清淨若一切智智清淨無二無二分無別無斷故善現養育者清淨故八解脫清淨八解脫清淨故一切智智清淨何以故若養育者清淨若八解脫清淨若一切智智清淨無二無二分無別無斷故養育者清淨故八勝處九次第定十遍處清淨八勝處九次第定十遍處清淨故一切智智清淨何以故若養育者清淨若八勝處九次第定十遍處清淨若一切智智清淨無二無二分無別無斷故善現養育者清淨故四念住清淨四念住清淨故一切智智清淨何以故若養育者清淨若四念住清淨若一切智智清淨無二無二分無別無斷故養育者清淨故四正斷四神足五根五力七等覺支八聖道支清淨四正斷乃至八聖道支清淨故一切智智清淨何以故若養育者清淨若四正斷乃至八聖道支清淨若一切智智清淨無二無二分無別無斷故善現養育者清淨故空解脫門清淨空解脫門清淨故一切智智清淨何以故若養育者清淨若空解脫門清淨若一

切智智清淨無二無二分無別無斷故養育者清淨故無相無願解脫門清淨無相無願解脫門清淨故一切智智清淨何以故若養育者清淨若無相無願解脫門清淨若一切智智清淨無二無二分無別無斷故善現養育者清淨故菩薩十地清淨菩薩十地清淨故一切智智清淨何以故若養育者清淨若菩薩十地清淨若一切智智清淨無二無二分無別無斷故善現養育者清淨故五眼清淨五眼清淨故一切智智清淨何以故若養育者清淨若五眼清淨若一切智智清淨無二無二分無別無斷故養育者清淨故六神通清淨六神通清淨故一切智智清淨何以故若養育者清淨若六神通清淨若一切智智清淨無二無二分無別無斷故善現養育者清淨故佛十力清淨佛十力清淨故一切智智清淨何以故若養育者清淨若佛十力清淨若一切智智清淨無二無二分無別無斷故養育者清淨故四無所畏四無礙解大慈大悲大喜大捨十八佛不共法清淨四無所畏乃至十八佛不共法清淨故一切智智清淨何以故若養育者清淨若四無所畏乃至十八佛不共法清淨若一切智智清淨無二無二分無別無斷故善現養育者清淨故無忘失法清淨無忘失法清淨故一切智智清淨何以故若養育者清淨若無忘失法清淨若一切智智清淨無二無二分無別無斷故養育者清淨故恒住捨性清淨恒住捨性清淨故一切智智清淨何以故若養育者清淨若恒住捨性清淨若一切智智清淨無二

無二分無别無斷故善現養育者清淨故一切智清淨一切智清淨故一切智智清淨何以故若養育者清淨若一切智清淨若一切智智清淨無二無二分無别無斷故養育者清淨故道相智一切相智清淨道相智一切相智清淨故一切智智清淨何以故若養育者清淨若道相智一切相智清淨若一切智智清淨無二無二分無别無斷故善現養育者清淨故一切陀羅尼門清淨一切陀羅尼門清淨故一切智智清淨何以故若養育者清淨若一切陀羅尼門清淨若一切智智清淨無二無二分無别無斷故養育者清淨故一切三摩地門清淨一切三摩地門清淨故一切智智清淨何以故若養育者清淨若一切三摩地門清淨若一切智智清淨無二無二分無别無斷故善現養育者清淨故預流果清淨預流果清淨故一切智智清淨何以故若養育者清淨若預流果清淨若一切智智清淨無二無二分無别無斷故養育者清淨故一來不還阿羅漢果清淨一來不還阿羅漢果清淨故一切智智清淨何以故若養育者清淨若一來不還阿羅漢果清淨若一切智智清淨無二無二分無别無斷故善現養育者清淨故獨覺菩提清淨獨覺菩提清淨故一切智智清淨何以故若養育者清淨若獨覺菩提清淨若一切智智清淨無二無二分無别無斷故善現養育者清淨故一切菩薩摩訶薩行清淨一切菩薩摩訶薩行清淨故一切智智清淨何以故若養育者清淨若一切菩薩摩訶薩行清淨若一切智智清

淨無二無二分無別無斷故善現養育者清淨故諸佛無上正等菩提清淨諸佛無上正等菩提清淨故一切智智清淨何以故若養育者清淨若諸佛無上正等菩提清淨若一切智智清淨無二無二分無別無斷故復次善現士夫清淨故色清淨色清淨故一切智智清淨何以故若士夫清淨若色清淨若一切智智清淨無二無二分無別無斷故士夫清淨故受想行識清淨受想行識清淨故一切智智清淨何以故若士夫清淨若受想行識清淨若一切智智清淨無二無二分無別無斷故善現士夫清淨故眼處清淨眼處清淨故一切智智清淨何以故若士夫清淨若眼處清淨若一切智智清淨無二無二分無別無斷故士夫清淨故耳鼻舌身意處清淨耳鼻舌身意處清淨故一切智智清淨何以故若士夫清淨若耳鼻舌身意處清淨若一切智智清淨無二無二分無別無斷故善現士夫清淨故色處清淨色處清淨故一切智智清淨何以故若士夫清淨若色處清淨若一切智智清淨無二無二分無別無斷故士夫清淨故聲香味觸法處清淨聲香味觸法處清淨故一切智智清淨何以故若士夫清淨若聲香味觸法處清淨若一切智智清淨無二無二分無別無斷故善現士夫清淨故眼界清淨眼界清淨故一切智智清淨何以故若士夫清淨若眼界清淨若一切智智清淨無二無二分無別無斷故士夫清淨故色界眼識界及眼觸眼觸爲緣所生諸受清淨色界乃至眼觸爲緣所生諸受清淨故一切

智智清淨何以故若士夫清淨若色界乃至眼觸爲緣所生諸受清淨若一切智智清淨無二無二分無別無斷故善現士夫清淨故耳界清淨耳界清淨故一切智智清淨何以故若士夫清淨若耳界清淨若一切智智清淨無二無二分無別無斷故士夫清淨故聲界耳識界及耳觸耳觸爲緣所生諸受清淨聲界乃至耳觸爲緣所生諸受清淨故一切智智清淨何以故若士夫清淨若聲界乃至耳觸爲緣所生諸受清淨若一切智智清淨無二無二分無別無斷故善現士夫清淨故鼻界清淨鼻界清淨故一切智智清淨何以故若士夫清淨若鼻界清淨若一切智智清淨無二無二分無別無斷故士夫清淨故香界鼻識界及鼻觸鼻觸爲緣所生諸受清淨香界乃至鼻觸爲緣所生諸受清淨故一切智智清淨何以故若士夫清淨若香界乃至鼻觸爲緣所生諸受清淨若一切智智清淨無二無二分無別無斷故善現士夫清淨故舌界清淨舌界清淨故一切智智清淨何以故若士夫清淨若舌界清淨若一切智智清淨無二無二分無別無斷故士夫清淨故味界舌識界及舌觸舌觸爲緣所生諸受清淨味界乃至舌觸爲緣所生諸受清淨故一切智智清淨何以故若士夫清淨若味界乃至舌觸爲緣所生諸受清淨若一切智智清淨無二無二分無別無斷故善現士夫清淨故身界清淨身界清淨故一切智智清淨何以故若士夫清淨若身界清淨若一切智智清淨無二無二分無別無斷故士夫清淨故觸

界身識界及身觸身觸爲緣所生諸受清淨觸界乃至身觸爲緣所生諸受清淨故一切智智清淨何以故若士夫清淨若觸界乃至身觸爲緣所生諸受清淨若一切智智清淨無二無二分無別無斷故善現士夫清淨故意界清淨意界清淨故一切智智清淨何以故若士夫清淨若意界清淨若一切智智清淨無二無二分無別無斷故士夫清淨故法界意識界及意觸意觸爲緣所生諸受清淨法界乃至意觸爲緣所生諸受清淨故一切智智清淨何以故若士夫清淨若法界乃至意觸爲緣所生諸受清淨若一切智智清淨無二無二分無別無斷故善現士夫清淨故地界清淨地界清淨故一切智智清淨何以故若士夫清淨若地界清淨若一切智智清淨無二無二分無別無斷故士夫清淨故水火風空識界清淨水火風空識界清淨故一切智智清淨何以故若士夫清淨若水火風空識界清淨若一切智智清淨無二無二分無別無斷故善現士夫清淨故無明清淨無明清淨故一切智智清淨何以故若士夫清淨若無明清淨若一切智智清淨無二無二分無別無斷故士夫清淨故行識名色六處觸受愛取有生老死愁歎苦憂惱清淨行乃至老死愁歎苦憂惱清淨故一切智智清淨何以故若士夫清淨若行乃至老死愁歎苦憂惱清淨若一切智智清淨無二無二分無別無斷故

大般若波羅蜜多經卷第一百九十七

大般若波羅蜜多經卷第一百九十八

唐三藏法師玄奘奉詔譯

初分難信解品第三十四之十七

善現士夫清淨故布施波羅蜜多清淨布施波羅蜜多清淨故一切智智清淨何以故若士夫清淨若布施波羅蜜多清淨若一切智智清淨無二無二分無別無斷故士夫清淨故淨戒安忍精進靜慮般若波羅蜜多清淨淨戒乃至般若波羅蜜多清淨故一切智智清淨何以故若士夫清淨若淨戒乃至般若波羅蜜多清淨若一切智智清淨無二無二分無別無斷故善現士夫清淨故內空清淨內空清淨故一切智智清淨何以故若士夫清淨若內空清淨若一切智智清淨無二無二分無別無斷故士夫清淨故外空內外空空空大空勝義空有爲空無爲空畢竟空無際空散空無變異空本性空自相空共相空一切法空不可得空無性空自性空無性自性空清淨外空乃至無性自性空清淨故一切智智清淨何以故若士夫清淨若外空乃至無性自性空清淨若一切智智清淨無二無二分無別無斷故善現士夫清淨故眞如清淨眞如清淨故一切智智清淨何以故若士夫清淨若眞如清淨若一切智智清淨無二無二分無別無斷故士夫清淨故法界法性不虛妄性不變異性平等性離生性法定法住實際虛空界不思議界清淨法界乃至不思議界清淨故一切智智清淨何以故若士夫清淨若法界乃至不思議界清淨若一切智智清淨無二無二分無別無斷故善現

士夫清淨故苦聖諦清淨苦聖諦清淨故一切智智清淨何以故若士夫清淨若苦聖諦清淨若一切智智清淨無二無二分無別無斷故士夫清淨故集滅道聖諦清淨集滅道聖諦清淨故一切智智清淨何以故若士夫清淨若集滅道聖諦清淨若一切智智清淨無二無二分無別無斷故善現士夫清淨故四靜慮清淨四靜慮清淨故一切智智清淨何以故若士夫清淨若四靜慮清淨若一切智智清淨無二無二分無別無斷故士夫清淨故四無量四無色定清淨四無量四無色定清淨故一切智智清淨何以故若士夫清淨若四無量四無色定清淨若一切智智清淨無二無二分無別無斷故善現士夫清淨故八解脱清淨八解脱清淨故一切智智清淨何以故若士夫清淨若八解脱清淨若一切智智清淨無二無二分無別無斷故士夫清淨故八勝處九次第定十遍處清淨八勝處九次第定十遍處清淨故一切智智清淨何以故若士夫清淨若八勝處九次第定十遍處清淨若一切智智清淨無二無二分無別無斷故善現士夫清淨故四念住清淨四念住清淨故一切智智清淨何以故若士夫清淨若四念住清淨若一切智智清淨無二無二分無別無斷故士夫清淨故四正斷四神足五根五力七等覺支八聖道支清淨四正斷乃至八聖道支清淨故一切智智清淨何以故若士夫清淨若四正斷乃至八聖道支清淨若一切智智清淨無二無二分無別無斷故善現士夫清淨故空解脱門清淨空

解脱門清淨故一切智智清淨何以故若士夫清淨若空解脱門清淨若一切智智清淨無二無二分無別無斷故士夫清淨故無相無願解脱門清淨無相無願解脱門清淨故一切智智清淨何以故若士夫清淨若無相無願解脱門清淨若一切智智清淨無二無二分無別無斷故善現士夫清淨故菩薩十地清淨菩薩十地清淨故一切智智清淨何以故若士夫清淨若菩薩十地清淨若一切智智清淨無二無二分無別無斷故善現士夫清淨故五眼清淨五眼清淨故一切智智清淨何以故若士夫清淨若五眼清淨若一切智智清淨無二無二分無別無斷故士夫清淨故六神通清淨六神通清淨故一切智智清淨何以故若士夫清淨若六神通清淨若一切智智清淨無二無二分無別無斷故善現士夫清淨故佛十力清淨佛十力清淨故一切智智清淨何以故若士夫清淨若佛十力清淨若一切智智清淨無二無二分無別無斷故士夫清淨故四無所畏四無礙解大慈大悲大喜大捨十八佛不共法清淨四無所畏乃至十八佛不共法清淨故一切智智清淨何以故若士夫清淨若四無所畏乃至十八佛不共法清淨若一切智智清淨無二無二分無別無斷故善現士夫清淨故無忘失法清淨無忘失法清淨故一切智智清淨何以故若士夫清淨若無忘失法清淨若一切智智清淨無二無二分無別無斷故士夫清淨故恒住捨性清淨恒住捨性清淨故一切智智清淨何以故若士夫清淨若恒住

捨性清淨若一切智智清淨無二無二分無
別無斷故善現士夫清淨故一切智清淨一
切智清淨故一切智智清淨何以故若士夫
清淨若一切智清淨若一切智智清淨無二
無二分無別無斷故士夫清淨故道相智一
切相智清淨道相智一切相智清淨故一切
智智清淨何以故若士夫清淨若道相智一
切相智清淨若一切智智清淨無二無二分
無別無斷故善現士夫清淨故一切陀羅尼
門清淨一切陀羅尼門清淨故一切智智清
淨何以故若士夫清淨若一切陀羅尼門清
淨若一切智智清淨無二無二分無別無斷
故士夫清淨故一切三摩地門清淨一切三
摩地門清淨故一切智智清淨何以故若士
夫清淨若一切三摩地門清淨若一切智智
清淨無二無二分無別無斷故善現士夫清
淨故預流果清淨預流果清淨故一切智智
清淨何以故若士夫清淨若預流果清淨若
一切智智清淨無二無二分無別無斷故士
夫清淨故一來不還阿羅漢果清淨一來不
還阿羅漢果清淨故一切智智清淨何以故
若士夫清淨若一來不還阿羅漢果清淨若
一切智智清淨無二無二分無別無斷故善
現士夫清淨故獨覺菩提清淨獨覺菩提清
淨故一切智智清淨何以故若士夫清淨若
獨覺菩提清淨若一切智智清淨無二無二
分無別無斷故善現士夫清淨故一切菩薩
摩訶薩行清淨一切菩薩摩訶薩行清淨故
一切智智清淨何以故若士夫清淨若一切
菩薩摩訶薩行清淨若一切智智清淨無二

無二分無別無斷故善現士夫清淨故諸佛無上正等菩提清淨諸佛無上正等菩提清淨故一切智智清淨何以故若士夫清淨若諸佛無上正等菩提清淨若一切智智清淨無二無二分無別無斷故復次善現補特伽羅清淨故色清淨色清淨故一切智智清淨何以故若補特伽羅清淨若色清淨若一切智智清淨無二無二分無別無斷故補特伽羅清淨故受想行識清淨受想行識清淨故一切智智清淨何以故若補特伽羅清淨若受想行識清淨若一切智智清淨無二無二分無別無斷故善現補特伽羅清淨故眼處清淨眼處清淨故一切智智清淨何以故若補特伽羅清淨若眼處清淨若一切智智清淨無二無二分無別無斷故補特伽羅清淨故耳鼻舌身意處清淨耳鼻舌身意處清淨故一切智智清淨何以故若補特伽羅清淨若耳鼻舌身意處清淨若一切智智清淨無二無二分無別無斷故善現補特伽羅清淨故色處清淨色處清淨故一切智智清淨何以故若補特伽羅清淨若色處清淨若一切智智清淨無二無二分無別無斷故補特伽羅清淨故聲香味觸法處清淨聲香味觸法處清淨故一切智智清淨何以故若補特伽羅清淨若聲香味觸法處清淨若一切智智清淨無二無二分無別無斷故善現補特伽羅清淨故眼界清淨眼界清淨故一切智智清淨何以故若補特伽羅清淨若眼界清淨若一切智智清淨無二無二分無別無斷故補特伽羅清淨故色界眼識界及眼觸眼觸

爲緣所生諸受清淨色界乃至眼觸爲緣所生諸受清淨故一切智智清淨何以故若補特伽羅清淨若色界乃至眼觸爲緣所生諸受清淨若一切智智清淨無二無二分無別無斷故善現補特伽羅清淨故耳界清淨耳界清淨故一切智智清淨何以故若補特伽羅清淨若耳界清淨若一切智智清淨無二無二分無別無斷故補特伽羅清淨故聲界耳識界及耳觸耳觸爲緣所生諸受清淨聲界乃至耳觸爲緣所生諸受清淨故一切智智清淨何以故若補特伽羅清淨若聲界乃至耳觸爲緣所生諸受清淨若一切智智清淨無二無二分無別無斷故善現補特伽羅清淨故鼻界清淨鼻界清淨故一切智智清淨何以故若補特伽羅清淨若鼻界清淨若

一切智智清淨無二無二分無別無斷故補特伽羅清淨故香界鼻識界及鼻觸鼻觸爲緣所生諸受清淨香界乃至鼻觸爲緣所生諸受清淨故一切智智清淨何以故若補特伽羅清淨若香界乃至鼻觸爲緣所生諸受清淨若一切智智清淨無二無二分無別無斷故善現補特伽羅清淨故舌界清淨舌界清淨故一切智智清淨何以故若補特伽羅清淨若舌界清淨若一切智智清淨無二無二分無別無斷故補特伽羅清淨故味界舌識界及舌觸舌觸爲緣所生諸受清淨味界乃至舌觸爲緣所生諸受清淨故一切智智清淨何以故若補特伽羅清淨若味界乃至舌觸爲緣所生諸受清淨若一切智智清淨無二無二分無別無斷故善現補特伽羅清

淨故身界清淨身界清淨故一切智智清淨
何以故若補特伽羅清淨若身界清淨若一
切智智清淨無二無二分無別無斷故補特
伽羅清淨故觸界身識界及身觸身觸爲緣
所生諸受清淨觸界乃至身觸爲緣所生諸
受清淨故一切智智清淨何以故若補特伽
羅清淨若觸界乃至身觸爲緣所生諸受清
淨若一切智智清淨無二無二分無別無斷
故善現補特伽羅清淨故意界清淨意界清
淨故一切智智清淨何以故若補特伽羅清
淨若意界清淨若一切智智清淨無二無二
分無別無斷故補特伽羅清淨故法界意識
界及意觸意觸爲緣所生諸受清淨法界乃
至意觸爲緣所生諸受清淨故一切智智清
淨何以故若補特伽羅清淨若法界乃至意
觸爲緣所生諸受清淨若一切智智清淨無
二無二分無別無斷故善現補特伽羅清淨
故地界清淨地界清淨故一切智智清淨何
以故若補特伽羅清淨若地界清淨若一切
智智清淨無二無二分無別無斷故補特伽
羅清淨故水火風空識界清淨水火風空識
界清淨故一切智智清淨何以故若補特伽
羅清淨若水火風空識界清淨若一切智智
清淨無二無二分無別無斷故善現補特伽
羅淨淨故無明清淨無明清淨故一切智智
清淨何以故若補特伽羅清淨若無明清淨
若一切智智清淨無二無二分無別無斷故
補特伽羅清淨故行識名色六處觸受愛取
有生老死愁歎苦憂惱清淨行乃至老死愁
歎苦憂惱清淨故一切智智清淨何以故若

補特伽羅清淨若行乃至老死愁歎苦憂惱清淨若一切智智清淨無二無二分無別無斷故善現補特伽羅清淨故布施波羅蜜多清淨布施波羅蜜多清淨故一切智智清淨何以故若補特伽羅清淨若布施波羅蜜多清淨若一切智智清淨無二無二分無別無斷故補特伽羅清淨故淨戒安忍精進靜慮般若波羅蜜多清淨淨戒乃至般若波羅蜜多清淨故一切智智清淨何以故若補特伽羅清淨若淨戒乃至般若波羅蜜多清淨若一切智智清淨無二無二分無別無斷故善現補特伽羅清淨故內空清淨內空清淨故一切智智清淨何以故若補特伽羅清淨若內空清淨若一切智智清淨無二無二分無別無斷故補特伽羅清淨故外空內外空空空大空勝義空有爲空無爲空畢竟空無際空散空無變異空本性空自相空共相空一切法空不可得空無性空自性空無性自性空清淨外空乃至無性自性空清淨故一切智智清淨何以故若補特伽羅清淨若外空乃至無性自性空清淨若一切智智清淨無二無二分無別無斷故善現補特伽羅清淨故眞如清淨眞如清淨故一切智智清淨何以故若補特伽羅清淨若眞如清淨若一切智智清淨無二無二分無別無斷故補特伽羅清淨故法界法性不虛妄性不變異性平等性離生性法定法住實際虛空界不思議界清淨法界乃至不思議界清淨故一切智智清淨何以故若補特伽羅清淨若法界乃至不思議界清淨若一切智智清淨無二無

二分無別無斷故善現補特伽羅清淨故苦聖諦清淨苦聖諦清淨故一切智智清淨何以故若補特伽羅清淨若苦聖諦清淨若一切智智清淨無二無二分無別無斷故補特伽羅清淨故集滅道聖諦清淨集滅道聖諦清淨故一切智智清淨何以故若補特伽羅清淨若集滅道聖諦清淨若一切智智清淨無二無二分無別無斷故善現補特伽羅清淨故四靜慮清淨四靜慮清淨故一切智智清淨何以故若補特伽羅清淨若四靜慮清淨若一切智智清淨無二無二分無別無斷故補特伽羅清淨故四無量四無色定清淨四無量四無色定清淨故一切智智清淨何以故若補特伽羅清淨若四無量四無色定清淨若一切智智清淨無二無二分無別無斷故善現補特伽羅清淨故八解脱清淨八解脱清淨故一切智智清淨何以故若補特伽羅清淨若八解脱清淨若一切智智清淨無二無二分無別無斷故補特伽羅清淨故八勝處九次第定十遍處清淨八勝處九次第定十遍處清淨故一切智智清淨何以故若補特伽羅清淨若八勝處九次第定十遍處清淨若一切智智清淨無二無二分無別無斷故善現補特伽羅清淨故四念住清淨四念住清淨故一切智智清淨何以故若補特伽羅清淨若四念住清淨若一切智智清淨無二無二分無別無斷故補特伽羅清淨故四正斷四神足五根五力七等覺支八聖道支清淨四正斷乃至八聖道支清淨故一切智智清淨何以故若補特伽羅清淨若四

正斷乃至八聖道支清淨若一切智智清淨無二無二分無別無斷故善現補特伽羅清淨故空解脫門清淨空解脫門清淨故一切智智清淨何以故若補特伽羅清淨若空解脫門清淨若一切智智清淨無二無二分無別無斷故補特伽羅清淨故無相無願解脫門清淨無相無願解脫門清淨故一切智智清淨何以故若補特伽羅清淨若無相無願解脫門清淨若一切智智清淨無二無二分無別無斷故善現補特伽羅清淨故菩薩十地清淨菩薩十地清淨故一切智智清淨何以故若補特伽羅清淨若菩薩十地清淨若一切智智清淨無二無二分無別無斷故善現補特伽羅清淨故五眼清淨五眼清淨故一切智智清淨何以故若補特伽羅清淨若五眼清淨若一切智智清淨無二無二分無別無斷故補特伽羅清淨故六神通清淨六神通清淨故一切智智清淨何以故若補特伽羅清淨若六神通清淨若一切智智清淨無二無二分無別無斷故善現補特伽羅清淨故佛十力清淨佛十力清淨故一切智智清淨何以故若補特伽羅清淨若佛十力清淨若一切智智清淨無二無二分無別無斷故補特伽羅清淨故四無所畏四無礙解大慈大悲大喜大捨十八佛不共法清淨四無所畏乃至十八佛不共法清淨故一切智智清淨何以故若補特伽羅清淨若四無所畏乃至十八佛不共法清淨若一切智智清淨無二無二分無別無斷故善現補特伽羅清淨故無忘失法清淨無忘失法清淨故一切

智智清淨何以故若補特伽羅清淨若無忘失法清淨若一切智智清淨無二無二分無別無斷故補特伽羅清淨故恒住捨性清淨恒住捨性清淨故一切智智清淨何以故若補特伽羅清淨若恒住捨性清淨若一切智智清淨無二無二分無別無斷故善現補特伽羅清淨故一切智清淨一切智清淨故一切智智清淨何以故若補特伽羅清淨若一切智清淨若一切智智清淨無二無二分無別無斷故補特伽羅清淨故道相智一切相智清淨道相智一切相智清淨故一切智智清淨何以故若補特伽羅清淨若道相智一切相智清淨若一切智智清淨無二無二分無別無斷故善現補特伽羅清淨故一切陀羅尼門清淨一切陀羅尼門清淨故一切智智清淨何以故若補特伽羅清淨若一切陀羅尼門清淨若一切智智清淨無二無二分無別無斷故補特伽羅清淨故一切三摩地門清淨一切三摩地門清淨故一切智智清淨何以故若補特伽羅清淨若一切三摩地門清淨若一切智智清淨無二無二分無別無斷故善現補特伽羅清淨故預流果清淨預流果清淨故一切智智清淨何以故若補特伽羅清淨若預流果清淨若一切智智清淨無二無二分無別無斷故補特伽羅清淨故一來不還阿羅漢果清淨一來不還阿羅漢果清淨故一切智智清淨何以故若補特伽羅清淨若一來不還阿羅漢果清淨若一切智智清淨無二無二分無別無斷故善現補特伽羅清淨故獨覺菩提清淨獨覺菩提

清淨故一切智智清淨何以故若補特伽羅清淨若獨覺菩提清淨若一切智智清淨無二無二分無別無斷故善現補特伽羅清淨故一切菩薩摩訶薩行清淨一切菩薩摩訶薩行清淨故一切智智清淨何以故若補特伽羅清淨若一切菩薩摩訶薩行清淨若一切智智清淨無二無二分無別無斷故善現補特伽羅清淨故諸佛無上正等菩提清淨諸佛無上正等菩提清淨故一切智智清淨何以故若補特伽羅清淨若諸佛無上正等菩提清淨若一切智智清淨無二無二分無別無斷故復次善現意生清淨故色清淨色清淨故一切智智清淨何以故若意生清淨若色清淨若一切智智清淨無二無二分無別無斷故意生清淨故受想行識清淨受想行識清淨故一切智智清淨何以故若意生清淨若受想行識清淨若一切智智清淨無二無二分無別無斷故善現意生清淨故眼處清淨眼處清淨故一切智智清淨何以故若意生清淨若眼處清淨若一切智智清淨無二無二分無別無斷故意生清淨故耳鼻舌身意處清淨耳鼻舌身意處清淨故一切智智清淨何以故若意生清淨若耳鼻舌身意處清淨若一切智智清淨無二無二分無別無斷故善現意生清淨故色處清淨色處清淨故一切智智清淨何以故若意生清淨若色處清淨若一切智智清淨無二無二分無別無斷故意生清淨故聲香味觸法處清淨聲香味觸法處清淨故一切智智清淨何以故若意生清淨若聲香味觸法處清淨若

一切智智清淨無二無二分無別無斷故善
現意生清淨故眼界清淨眼界清淨故一切
智智清淨何以故若意生清淨若眼界清淨
若一切智智清淨無二無二分無別無斷故
意生清淨故色界眼識界及眼觸眼觸爲緣
所生諸受清淨色界乃至眼觸爲緣所生諸
受清淨故一切智智清淨何以故若意生清
淨若色界乃至眼觸爲緣所生諸受清淨若
一切智智清淨無二無二分無別無斷故善
現意生清淨故耳界清淨耳界清淨故一切
智智清淨何以故若意生清淨若耳界清淨
若一切智智清淨無二無二分無別無斷故
意生清淨故聲界耳識界及耳觸耳觸爲緣
所生諸受清淨聲界乃至耳觸爲緣所生諸
受清淨故一切智智清淨何以故若意生清

淨若聲界乃至耳觸爲緣所生諸受清淨若
一切智智清淨無二無二分無別無斷故善
現意生清淨故鼻界清淨鼻界清淨故一切
智智清淨何以故若意生清淨若鼻界清淨
若一切智智清淨無二無二分無別無斷故
意生清淨故香界鼻識界及鼻觸鼻觸爲緣
所生諸受清淨香界乃至鼻觸爲緣所生諸
受清淨故一切智智清淨何以故若意生清
淨若香界乃至鼻觸爲緣所生諸受清淨若
一切智智清淨無二無二分無別無斷故善
現意生清淨故舌界清淨舌界清淨故一切
智智清淨何以故若意生清淨若舌界清淨
若一切智智清淨無二無二分無別無斷故
意生清淨故味界舌識界及舌觸舌觸爲緣
所生諸受清淨味界乃至舌觸爲緣所生諸

受清淨故一切智智清淨何以故若意生清淨若味界乃至舌觸爲縁所生諸受清淨若一切智智清淨無二無二分無别無斷故善現意生清淨故身界清淨身界清淨故一切智智清淨何以故若意生清淨若身界清淨若一切智智清淨無二無二分無别無斷故意生清淨故觸界身識界及身觸身觸爲縁所生諸受清淨觸界乃至身觸爲縁所生諸受清淨故一切智智清淨何以故若意生清淨若觸界乃至身觸爲縁所生諸受清淨若一切智智清淨無二無二分無别無斷故善現意生清淨故意界清淨意界清淨故一切智智清淨何以故若意生清淨若意界清淨若一切智智清淨無二無二分無别無斷故意生清淨故法界意識界及意觸意觸爲縁

所生諸受清淨法界乃至意觸爲縁所生諸受清淨故一切智智清淨何以故若意生清淨若法界乃至意觸爲縁所生諸受清淨若一切智智清淨無二無二分無别無斷故善現意生清淨故地界清淨地界清淨故一切智智清淨何以故若意生清淨若地界清淨若一切智智清淨無二無二分無别無斷故意生清淨故水火風空識界清淨水火風空識界清淨故一切智智清淨何以故若意生清淨若水火風空識界清淨若一切智智清淨無二無二分無别無斷故善現意生清淨故無明清淨無明清淨故一切智智清淨何以故若意生清淨若無明清淨若一切智智清淨無二無二分無别無斷故意生清淨故行識名色六處觸受愛取有生老死愁歎苦

憂惱清淨行乃至老死愁歎苦憂惱清淨故一切智智清淨何以故若意生清淨若行乃至老死愁歎苦憂惱清淨若一切智智清淨無二無二分無別無斷故善現意生清淨故布施波羅蜜多清淨布施波羅蜜多清淨故一切智智清淨何以故若意生清淨若布施波羅蜜多清淨若一切智智清淨無二無二分無別無斷故意生清淨故淨戒安忍精進靜慮般若波羅蜜多清淨淨戒乃至般若波羅蜜多清淨故一切智智清淨何以故若意生清淨若淨戒乃至般若波羅蜜多清淨若一切智智清淨無二無二分無別無斷故善現意生清淨故內空清淨內空清淨故一切智智清淨何以故若意生清淨若內空清淨若一切智智清淨無二無二分無別無斷故意生清淨故外空內外空空空大空勝義空有爲空無爲空畢竟空無際空散空無變異空本性空自相空共相空一切法空不可得空無性空自性空無性自性空清淨外空乃至無性自性空清淨故一切智智清淨何以故若意生清淨若外空乃至無性自性空清淨若一切智智清淨無二無二分無別無斷故善現意生清淨故眞如清淨眞如清淨故一切智智清淨何以故若意生清淨若眞如清淨若一切智智清淨無二無二分無別無斷故意生清淨故法界法性不虛妄性不變異性平等性離生性法定法住實際虛空界不思議界清淨法界乃至不思議界清淨故一切智智清淨何以故若意生清淨若法界乃至不思議界清淨若一切智智清淨無二

無二分無別無斷故善現意生清淨故苦聖諦清淨苦聖諦清淨故一切智智清淨何以故若意生清淨若苦聖諦清淨若一切智智清淨無二無二分無別無斷故意生清淨故集滅道聖諦清淨集滅道聖諦清淨故一切智智清淨何以故若意生清淨若集滅道聖諦清淨若一切智智清淨無二無二分無別無斷故善現意生清淨故四靜慮清淨四靜慮清淨故一切智智清淨何以故若意生清淨若四靜慮清淨若一切智智清淨無二無二分無別無斷故意生清淨故四無量四無色定清淨四無量四無色定清淨故一切智智清淨何以故若意生清淨若四無量四無色定清淨若一切智智清淨無二無二分無別無斷故善現意生清淨故八解脫清淨八解脫清淨故一切智智清淨何以故若意生清淨若八解脫清淨若一切智智清淨無二無二分無別無斷故意生清淨故八勝處九次第定十遍處清淨八勝處九次第定十遍處清淨故一切智智清淨何以故若意生清淨若八勝處九次第定十遍處清淨若一切智智清淨無二無二分無別無斷故善現意生清淨故四念住清淨四念住清淨故一切智智清淨何以故若意生清淨若四念住清淨若一切智智清淨無二無二分無別無斷故意生清淨故四正斷四神足五根五力七等覺支八聖道支清淨四正斷乃至八聖道支清淨故一切智智清淨何以故若意生清淨若四正斷乃至八聖道支清淨若一切智智清淨無二無二分無別無斷故善現意生

清淨故空解脱門清淨空解脱門清淨故一
切智智清淨何以故若意生清淨若空解脱
門清淨若一切智智清淨無二無二分無別
無斷故意生清淨故無相無願解脱門清淨
無相無願解脱門清淨故一切智智清淨何
以故若意生清淨若無相無願解脱門清淨
若一切智智清淨無二無二分無別無斷故
善現意生清淨故菩薩十地清淨菩薩十地
清淨故一切智智清淨何以故若意生清淨
若菩薩十地清淨若一切智智清淨無二無
二分無別無斷故

大般若波羅蜜多經卷第一百九十八

大般若波羅蜜多經卷第一百九十九

唐三藏法師玄奘奉　詔譯

初分難信解品第三十四之十八

善現意生清淨故五眼清淨五眼清淨故一切智智清淨何以故若意生清淨若五眼清淨若一切智智清淨無二無二分無別無斷故意生清淨故六神通清淨六神通清淨故一切智智清淨何以故若意生清淨若六神通清淨若一切智智清淨無二無二分無別無斷故善現意生清淨故佛十力清淨佛十力清淨故一切智智清淨何以故若意生清淨若佛十力清淨若一切智智清淨無二無二分無別無斷故意生清淨故四無所畏四無礙解大慈大悲大喜大捨十八佛不共法清淨四無所畏乃至十八佛不共法清淨故一切智智清淨何以故若意生清淨若四無所畏乃至十八佛不共法清淨若一切智智清淨無二無二分無別無斷故善現意生清淨故無忘失法清淨無忘失法清淨故一切智智清淨何以故若意生清淨若無忘失法清淨若一切智智清淨無二無二分無別無斷故意生清淨故恒住捨性清淨恒住捨性清淨故一切智智清淨何以故若意生清淨若恒住捨性清淨若一切智智清淨無二無二分無別無斷故善現意生清淨故一切智清淨一切智清淨故一切智智清淨何以故若意生清淨若一切智清淨若一切智智清淨無二無二分無別無斷故意生清淨故道相智一切相智清淨道相智一切相智清淨故一切智智清淨何以故若意生清淨若道

相智一切相智清淨若一切智智清淨無二無二分無別無斷故善現意生清淨故一切陀羅尼門清淨一切陀羅尼門清淨故一切智智清淨何以故若意生清淨若一切陀羅尼門清淨若一切智智清淨無二無二分無別無斷故意生清淨故一切三摩地門清淨一切三摩地門清淨故一切智智清淨何以故若意生清淨若一切三摩地門清淨若一切智智清淨無二無二分無別無斷故善現意生清淨故預流果清淨預流果清淨故一切智智清淨何以故若意生清淨若預流果清淨若一切智智清淨無二無二分無別無斷故意生清淨故一來不還阿羅漢果清淨一來不還阿羅漢果清淨故一切智智清淨何以故若意生清淨若一來不還阿羅漢果

清淨若一切智智清淨無二無二分無別無斷故善現意生清淨故獨覺菩提清淨獨覺菩提清淨故一切智智清淨何以故若意生清淨若獨覺菩提清淨若一切智智清淨無二無二分無別無斷故善現意生清淨故一切菩薩摩訶薩行清淨一切菩薩摩訶薩行清淨故一切智智清淨何以故若意生清淨若一切菩薩摩訶薩行清淨若一切智智清淨無二無二分無別無斷故善現意生清淨故諸佛無上正等菩提清淨諸佛無上正等菩提清淨故一切智智清淨何以故若意生清淨若諸佛無上正等菩提清淨若一切智智清淨無二無二分無別無斷故復次善現儒童清淨故色清淨色清淨故一切智智清淨何以故若儒童清淨若色清淨若一切智

智清淨無二無二分無別無斷故儒童清淨故受想行識清淨受想行識清淨故一切智智清淨何以故若儒童清淨若受想行識清淨若一切智智清淨無二無二分無別無斷故善現儒童清淨故眼處清淨眼處清淨故一切智智清淨何以故若儒童清淨若眼處清淨若一切智智清淨無二無二分無別無斷故儒童清淨故耳鼻舌身意處清淨耳鼻舌身意處清淨故一切智智清淨何以故若儒童清淨若耳鼻舌身意處清淨若一切智智清淨無二無二分無別無斷故善現儒童清淨故色處清淨色處清淨故一切智智清淨何以故若儒童清淨若色處清淨若一切智智清淨無二無二分無別無斷故儒童清淨故聲香味觸法處清淨聲香味觸法處清淨故一切智智清淨何以故若儒童清淨若聲香味觸法處清淨若一切智智清淨無二無二分無別無斷故善現儒童清淨故眼界清淨眼界清淨故一切智智清淨何以故若儒童清淨若眼界清淨若一切智智清淨無二無二分無別無斷故儒童清淨故色界眼識界及眼觸眼觸爲緣所生諸受清淨色界乃至眼觸爲緣所生諸受清淨故一切智智清淨何以故若儒童清淨若色界乃至眼觸爲緣所生諸受清淨若一切智智清淨無二無二分無別無斷故善現儒童清淨故耳界清淨耳界清淨故一切智智清淨何以故若儒童清淨若耳界清淨若一切智智清淨無二無二分無別無斷故儒童清淨故聲界耳識界及耳觸耳觸爲緣所生諸受清淨聲界

乃至耳觸爲緣所生諸受清淨故一切智智清淨何以故若儒童清淨若聲界乃至耳觸爲緣所生諸受清淨若一切智智清淨無二無二分無別無斷故善現儒童清淨故鼻界清淨鼻界清淨故一切智智清淨何以故若儒童清淨若鼻界清淨若一切智智清淨無二無二分無別無斷故儒童清淨故香界鼻識界及鼻觸鼻觸爲緣所生諸受清淨香界乃至鼻觸爲緣所生諸受清淨故一切智智清淨何以故若儒童清淨若香界乃至鼻觸爲緣所生諸受清淨若一切智智清淨無二無二分無別無斷故善現儒童清淨故舌界清淨舌界清淨故一切智智清淨何以故若儒童清淨若舌界清淨若一切智智清淨無二無二分無別無斷故儒童清淨故味界舌識界及舌觸舌觸爲緣所生諸受清淨味界乃至舌觸爲緣所生諸受清淨故一切智智清淨何以故若儒童清淨若味界乃至舌觸爲緣所生諸受清淨若一切智智清淨無二無二分無別無斷故善現儒童清淨故身界清淨身界清淨故一切智智清淨何以故若儒童清淨若身界清淨若一切智智清淨無二無二分無別無斷故儒童清淨故觸界身識界及身觸身觸爲緣所生諸受清淨觸界乃至身觸爲緣所生諸受清淨故一切智智清淨何以故若儒童清淨若觸界乃至身觸爲緣所生諸受清淨若一切智智清淨無二無二分無別無斷故善現儒童清淨故意界清淨意界清淨故一切智智清淨何以故若儒童清淨若意界清淨若一切智智清淨無

二無二分無別無斷故儒童清淨故法界意識界及意觸意觸爲緣所生諸受清淨法界乃至意觸爲緣所生諸受清淨故一切智智清淨何以故若儒童清淨若法界乃至意觸爲緣所生諸受清淨若一切智智清淨無二無二分無別無斷故善現儒童清淨故地界清淨地界清淨故一切智智清淨何以故若儒童清淨若地界清淨若一切智智清淨無二無二分無別無斷故儒童清淨故水火風空識界清淨水火風空識界清淨故一切智智清淨何以故若儒童清淨若水火風空識界清淨若一切智智清淨無二無二分無別無斷故善現儒童清淨故無明清淨無明清淨故一切智智清淨何以故若儒童清淨若無明清淨若一切智智清淨無二無二分無別無斷故儒童清淨故行識名色六處觸受愛取有生老死愁歎苦憂惱清淨行乃至老死愁歎苦憂惱清淨故一切智智清淨何以故若儒童清淨若行乃至老死愁歎苦憂惱清淨若一切智智清淨無二無二分無別無斷故善現儒童清淨故布施波羅蜜多清淨布施波羅蜜多清淨故一切智智清淨何以故若儒童清淨若布施波羅蜜多清淨若一切智智清淨無二無二分無別無斷故儒童清淨故淨戒安忍精進靜慮般若波羅蜜多清淨淨戒乃至般若波羅蜜多清淨故一切智智清淨何以故若儒童清淨若淨戒乃至般若波羅蜜多清淨若一切智智清淨無二無二分無別無斷故善現儒童清淨故內空清淨內空清淨故一切智智清淨何以故若

儒童清淨若內空清淨若一切智智清淨無二無二分無別無斷故儒童清淨故外空內外空空空大空勝義空有爲空無爲空畢竟空無際空散空無變異空本性空自相空共相空一切法空不可得空無性空自性空無性自性空清淨外空乃至無性自性空清淨故一切智智清淨何以故若儒童清淨若外空乃至無性自性空清淨若一切智智清淨無二無二分無別無斷故善現儒童清淨故眞如清淨眞如清淨故一切智智清淨何以故若儒童清淨若眞如清淨若一切智智清淨無二無二分無別無斷故儒童清淨故法界法性不虛妄性不變異性平等性離生性法定法住實際虛空界不思議界清淨法界乃至不思議界清淨故一切智智清淨何以故若儒童清淨若法界乃至不思議界清淨若一切智智清淨無二無二分無別無斷故善現儒童清淨故苦聖諦清淨苦聖諦清淨故一切智智清淨何以故若儒童清淨若苦聖諦清淨若一切智智清淨無二無二分無別無斷故儒童清淨故集滅道聖諦清淨集滅道聖諦清淨故一切智智清淨何以故若儒童清淨若集滅道聖諦清淨若一切智智清淨無二無二分無別無斷故善現儒童清淨故四靜慮清淨四靜慮清淨故一切智智清淨何以故若儒童清淨若四靜慮清淨若一切智智清淨無二無二分無別無斷故儒童清淨故四無量四無色定清淨四無量四無色定清淨故一切智智清淨何以故若儒童清淨若四無量四無色定清淨若一切智

智清淨無二無二分無別無斷故善現儒童清淨故八解脫清淨八解脫清淨故一切智智清淨何以故若儒童清淨若八解脫清淨若一切智智清淨無二無二分無別無斷故儒童清淨故八勝處九次第定十遍處清淨八勝處九次第定十遍處清淨故一切智智清淨何以故若儒童清淨若八勝處九次第定十遍處清淨若一切智智清淨無二無二分無別無斷故善現儒童清淨故四念住清淨四念住清淨故一切智智清淨何以故若儒童清淨若四念住清淨若一切智智清淨無二無二分無別無斷故儒童清淨故四正斷四神足五根五力七等覺支八聖道支清淨四正斷乃至八聖道支清淨故一切智智清淨何以故若儒童清淨若四正斷乃至八聖道支清淨若一切智智清淨無二無二分無別無斷故善現儒童清淨故空解脫門清淨空解脫門清淨故一切智智清淨何以故若儒童清淨若空解脫門清淨若一切智智清淨無二無二分無別無斷故儒童清淨故無相無願解脫門清淨無相無願解脫門清淨故一切智智清淨何以故若儒童清淨若無相無願解脫門清淨若一切智智清淨無二無二分無別無斷故善現儒童清淨故菩薩十地清淨菩薩十地清淨故一切智智清淨何以故若儒童清淨若菩薩十地清淨若一切智智清淨無二無二分無別無斷故善現儒童清淨故五眼清淨五眼清淨故一切智智清淨何以故若儒童清淨若五眼清淨若一切智智清淨無二無二分無別無斷故

儒童清淨故六神通清淨六神通清淨故一切智智清淨何以故若儒童清淨若六神通清淨若一切智智清淨無二無二分無別無斷故善現儒童清淨故佛十力清淨佛十力清淨故一切智智清淨何以故若儒童清淨若佛十力清淨若一切智智清淨無二無二分無別無斷故儒童清淨故四無所畏四無礙解大慈大悲大喜大捨十八佛不共法清淨四無所畏乃至十八佛不共法清淨故一切智智清淨何以故若儒童清淨若四無所畏乃至十八佛不共法清淨若一切智智清淨無二無二分無別無斷故善現儒童清淨故無忘失法清淨無忘失法清淨故一切智智清淨何以故若儒童清淨若無忘失法清淨若一切智智清淨無二無二分無別無斷故儒童清淨故恒住捨性清淨恒住捨性清淨故一切智智清淨何以故若儒童清淨若恒住捨性清淨若一切智智清淨無二無二分無別無斷故善現儒童清淨故一切智清淨一切智清淨故一切智智清淨何以故若儒童清淨若一切智清淨若一切智智清淨無二無二分無別無斷故儒童清淨故道相智一切相智清淨道相智一切相智清淨故一切智智清淨何以故若儒童清淨若道相智一切相智清淨若一切智智清淨無二無二分無別無斷故善現儒童清淨故一切陀羅尼門清淨一切陀羅尼門清淨故一切智智清淨何以故若儒童清淨若一切陀羅尼門清淨若一切智智清淨無二無二分無別無斷故儒童清淨故一切三摩地門清淨一

切三摩地門清淨故一切智智清淨何以故若儒童清淨若一切三摩地門清淨若一切智智清淨無二無二分無別無斷故善現儒童清淨故預流果清淨預流果清淨故一切智智清淨何以故若儒童清淨若預流果清淨若一切智智清淨無二無二分無別無斷故儒童清淨故一來不還阿羅漢果清淨一來不還阿羅漢果清淨故一切智智清淨何以故若儒童清淨若一來不還阿羅漢果清淨若一切智智清淨無二無二分無別無斷故善現儒童清淨故獨覺菩提清淨獨覺菩提清淨故一切智智清淨何以故若儒童清淨若獨覺菩提清淨若一切智智清淨無二無二分無別無斷故善現儒童清淨故一切菩薩摩訶薩行清淨一切菩薩摩訶薩行清

淨故一切智智清淨何以故若儒童清淨若一切菩薩摩訶薩行清淨若一切智智清淨無二無二分無別無斷故善現儒童清淨故諸佛無上正等菩提清淨諸佛無上正等菩提清淨故一切智智清淨何以故若儒童清淨若諸佛無上正等菩提清淨若一切智智清淨無二無二分無別無斷故復次善現作者清淨故色清淨色清淨故一切智智清淨何以故若作者清淨若色清淨若一切智智清淨無二無二分無別無斷故作者清淨故受想行識清淨受想行識清淨故一切智智清淨何以故若作者清淨若受想行識清淨若一切智智清淨無二無二分無別無斷故善現作者清淨故眼處清淨眼處清淨故一切智智清淨何以故若作者清淨若眼處清

淨若一切智智清淨無二無二分無別無斷故作者清淨故耳鼻舌身意處清淨耳鼻舌身意處清淨故一切智智清淨何以故若作者清淨若耳鼻舌身意處清淨若一切智智清淨無二無二分無別無斷故善現作者清淨故色處清淨色處清淨故一切智智清淨何以故若作者清淨若色處清淨若一切智智清淨無二無二分無別無斷故作者清淨故聲香味觸法處清淨聲香味觸法處清淨故一切智智清淨何以故若作者清淨若聲香味觸法處清淨若一切智智清淨無二無二分無別無斷故善現作者清淨故眼界清淨眼界清淨故一切智智清淨何以故若作者清淨若眼界清淨若一切智智清淨無二無二分無別無斷故作者清淨故色界眼識界及眼觸眼觸爲緣所生諸受清淨色界乃至眼觸爲緣所生諸受清淨故一切智智清淨何以故若作者清淨若色界乃至眼觸爲緣所生諸受清淨若一切智智清淨無二無二分無別無斷故善現作者清淨故耳界清淨耳界清淨故一切智智清淨何以故若作者清淨若耳界清淨若一切智智清淨無二無二分無別無斷故作者清淨故聲界耳識界及耳觸耳觸爲緣所生諸受清淨聲界乃至耳觸爲緣所生諸受清淨故一切智智清淨何以故若作者清淨若聲界乃至耳觸爲緣所生諸受清淨若一切智智清淨無二無二分無別無斷故善現作者清淨故鼻界清淨鼻界清淨故一切智智清淨何以故若作者清淨若鼻界清淨若一切智智清淨無二

無二分無別無斷故作者清淨故香界鼻識
界及鼻觸鼻觸爲縁所生諸受清淨香界乃
至鼻觸爲縁所生諸受清淨故一切智智清
淨何以故若作者清淨若香界乃至鼻觸爲
縁所生諸受清淨若一切智智清淨無二無
二分無別無斷故善現作者清淨故舌界清
淨舌界清淨故一切智智清淨何以故若作
者清淨若舌界清淨若一切智智清淨無二
無二分無別無斷故作者清淨故味界舌識
界及舌觸舌觸爲縁所生諸受清淨味界乃
至舌觸爲縁所生諸受清淨故一切智智清
淨何以故若作者清淨若味界乃至舌觸爲
縁所生諸受清淨若一切智智清淨無二無
二分無別無斷故善現作者清淨故身界清
淨身界清淨故一切智智清淨何以故若作
者清淨若身界清淨若一切智智清淨無二
無二分無別無斷故作者清淨故觸界身識
界及身觸身觸爲縁所生諸受清淨觸界乃
至身觸爲縁所生諸受清淨故一切智智清
淨何以故若作者清淨若觸界乃至身觸爲
縁所生諸受清淨若一切智智清淨無二無
二分無別無斷故善現作者清淨故意界清
淨意界清淨故一切智智清淨何以故若作
者清淨若意界清淨若一切智智清淨無二
無二分無別無斷故作者清淨故法界意識
界及意觸意觸爲縁所生諸受清淨法界乃
至意觸爲縁所生諸受清淨故一切智智清
淨何以故若作者清淨若法界乃至意觸爲
縁所生諸受清淨若一切智智清淨無二無
二分無別無斷故善現作者清淨故地界清

淨地界清淨故一切智智清淨何以故若作者清淨若地界清淨若一切智智清淨無二無二分無別無斷故作者清淨故水火風空識界清淨水火風空識界清淨故一切智智清淨何以故若作者清淨若水火風空識界清淨若一切智智清淨無二無二分無別無斷故善現作者清淨故無明清淨無明清淨故一切智智清淨何以故若作者清淨若無明清淨若一切智智清淨無二無二分無別無斷故作者清淨故行識名色六處觸受愛取有生老死愁歎苦憂惱清淨行乃至老死愁歎苦憂惱清淨故一切智智清淨何以故若作者清淨若行乃至老死愁歎苦憂惱清淨若一切智智清淨無二無二分無別無斷故善現作者清淨故布施波羅蜜多清淨布施波羅蜜多清淨故一切智智清淨何以故若作者清淨若布施波羅蜜多清淨若一切智智清淨無二無二分無別無斷故作者清淨故淨戒安忍精進靜慮般若波羅蜜多清淨淨戒乃至般若波羅蜜多清淨故一切智智清淨何以故若作者清淨若淨戒乃至般若波羅蜜多清淨若一切智智清淨無二無二分無別無斷故善現作者清淨故內空清淨內空清淨故一切智智清淨何以故若作者清淨若內空清淨若一切智智清淨無二無二分無別無斷故作者清淨故外空內外空空空大空勝義空有爲空無爲空畢竟空無際空散空無變異空本性空自相空共相空一切法空不可得空無性空自性空無性自性空清淨外空乃至無性自性空清淨故

一切智智清淨何以故若作者清淨若外空乃至無性自性空清淨若一切智智清淨無二無二分無別無斷故善現作者清淨故眞如清淨眞如清淨故一切智智清淨何以故若作者清淨若眞如清淨若一切智智清淨無二無二分無別無斷故作者清淨故法界法性不虛妄性不變異性平等性離生性法定法住實際虛空界不思議界清淨法界乃至不思議界清淨故一切智智清淨何以故若作者清淨若法界乃至不思議界清淨若一切智智清淨無二無二分無別無斷故善現作者清淨故苦聖諦清淨苦聖諦清淨故一切智智清淨何以故若作者清淨若苦聖諦清淨若一切智智清淨無二無二分無別無斷故作者清淨故集滅道聖諦清淨集滅道聖諦清淨故一切智智清淨何以故若作者清淨若集滅道聖諦清淨若一切智智清淨無二無二分無別無斷故善現作者清淨故四靜慮清淨四靜慮清淨故一切智智清淨何以故若作者清淨若四靜慮清淨若一切智智清淨無二無二分無別無斷故作者清淨故四無量四無色定清淨四無量四無色定清淨故一切智智清淨何以故若作者清淨若四無量四無色定清淨若一切智智清淨無二無二分無別無斷故善現作者清淨故八解脫清淨八解脫清淨故一切智智清淨何以故若作者清淨若八解脫清淨若一切智智清淨無二無二分無別無斷故作者清淨故八勝處九次第定十遍處清淨八勝處九次第定十遍處清淨故一切智智清

淨何以故若作者清淨若八勝處九次第定十遍處清淨若一切智智清淨無二無二分無别無斷故善現作者清淨故四念住清淨四念住清淨故一切智智清淨何以故若作者清淨若四念住清淨若一切智智清淨無二無二分無别無斷故作者清淨故四正斷四神足五根五力七等覺支八聖道支清淨四正斷乃至八聖道支清淨故一切智智清淨何以故若作者清淨若四正斷乃至八聖道支清淨若一切智智清淨無二無二分無别無斷故善現作者清淨故空解脱門清淨空解脱門清淨故一切智智清淨何以故若作者清淨若空解脱門清淨若一切智智清淨無二無二分無别無斷故作者清淨故無相無願解脱門清淨無相無願解脱門清淨故一切智智清淨何以故若作者清淨若無相無願解脱門清淨若一切智智清淨無二無二分無别無斷故善現作者清淨故菩薩十地清淨菩薩十地清淨故一切智智清淨何以故若作者清淨若菩薩十地清淨若一切智智清淨無二無二分無别無斷故善現作者清淨故五眼清淨五眼清淨故一切智智清淨何以故若作者清淨若五眼清淨若一切智智清淨無二無二分無别無斷故作者清淨故六神通清淨六神通清淨故一切智智清淨何以故若作者清淨若六神通清淨若一切智智清淨無二無二分無别無斷故善現作者清淨故佛十力清淨佛十力清淨故一切智智清淨何以故若作者清淨若佛十力清淨若一切智智清淨無二無二分

無別無斷故作者清淨故四無所畏四無礙解大慈大悲大喜大捨十八佛不共法清淨四無所畏乃至十八佛不共法清淨故一切智智清淨何以故若作者清淨若四無所畏乃至十八佛不共法清淨若一切智智清淨無二無二分無別無斷故善現作者清淨故無忘失法清淨無忘失法清淨故一切智智清淨何以故若作者清淨若無忘失法清淨若一切智智清淨無二無二分無別無斷故作者清淨故恒住捨性清淨恒住捨性清淨故一切智智清淨何以故若作者清淨若恒住捨性清淨若一切智智清淨無二無二分無別無斷故善現作者清淨故一切智清淨一切智清淨故一切智智清淨何以故若作者清淨若一切智清淨若一切智智清淨無二無二分無別無斷故作者清淨故道相智一切相智清淨道相智一切相智清淨故一切智智清淨何以故若作者清淨若道相智一切相智清淨若一切智智清淨無二無二分無別無斷故善現作者清淨故一切陀羅尼門清淨一切陀羅尼門清淨故一切智智清淨何以故若作者清淨若一切陀羅尼門清淨若一切智智清淨無二無二分無別無斷故作者清淨故一切三摩地門清淨一切三摩地門清淨故一切智智清淨何以故若作者清淨若一切三摩地門清淨若一切智智清淨無二無二分無別無斷故善現作者清淨故預流果清淨預流果清淨故一切智智清淨何以故若作者清淨若預流果清淨若一切智智清淨無二無二分無別無斷故

作者清淨故一來不還阿羅漢果清淨一來不還阿羅漢果清淨故一切智智清淨何以故若作者清淨若一來不還阿羅漢果清淨若一切智智清淨無二無二分無別無斷故善現作者清淨故獨覺菩提清淨獨覺菩提清淨故一切智智清淨何以故若作者清淨若獨覺菩提清淨若一切智智清淨無二無二分無別無斷故善現作者清淨故一切菩薩摩訶薩行清淨一切菩薩摩訶薩行清淨故一切智智清淨何以故若作者清淨若一切菩薩摩訶薩行清淨若一切智智清淨無二無二分無別無斷故善現作者清淨故諸佛無上正等菩提清淨諸佛無上正等菩提清淨故一切智智清淨何以故若作者清淨若諸佛無上正等菩提清淨若一切智智清淨無二無二分無別無斷故

大般若波羅蜜多經卷第一百九十九

大般若波羅蜜多經卷第二百

唐三藏法師玄奘奉　詔譯

初分難信解品第三十四之十九

復次善現受者清淨故色清淨色清淨故一切智智清淨何以故若受者清淨若色清淨若一切智智清淨無二無二分無別無斷故受者清淨故受想行識清淨受想行識清淨故一切智智清淨何以故若受者清淨若受想行識清淨若一切智智清淨無二無二分無別無斷故善現受者清淨故眼處清淨眼處清淨故一切智智清淨何以故若受者清淨若眼處清淨若一切智智清淨無二無二分無別無斷故受者清淨故耳鼻舌身意處清淨耳鼻舌身意處清淨故一切智智清淨何以故若受者清淨若耳鼻舌身意處清淨若一切智智清淨無二無二分無別無斷故善現受者清淨故色處清淨色處清淨故一切智智清淨何以故若受者清淨若色處清淨若一切智智清淨無二無二分無別無斷故受者清淨故聲香味觸法處清淨聲香味觸法處清淨故一切智智清淨何以故若受者清淨若聲香味觸法處清淨若一切智智清淨無二無二分無別無斷故善現受者清淨故眼界清淨眼界清淨故一切智智清淨何以故若受者清淨若眼界清淨若一切智智清淨無二無二分無別無斷故受者清淨故色界眼識界及眼觸眼觸爲緣所生諸受清淨色界乃至眼觸爲緣所生諸受清淨故一切智智清淨何以故若受者清淨若色界乃至眼觸爲緣所生諸受清淨若一切智智

清淨無二無二分無別無斷故善現受者清
淨故耳界清淨耳界清淨故一切智智清淨
何以故若受者清淨若耳界清淨若一切智
智清淨無二無二分無別無斷故受者清淨
故聲界耳識界及耳觸耳觸爲緣所生諸受
清淨聲界乃至耳觸爲緣所生諸受清淨故
一切智智清淨何以故若受者清淨若聲界
乃至耳觸爲緣所生諸受清淨若一切智智
清淨無二無二分無別無斷故善現受者清
淨故鼻界清淨鼻界清淨故一切智智清淨
何以故若受者清淨若鼻界清淨若一切智
智清淨無二無二分無別無斷故受者清淨
故香界鼻識界及鼻觸鼻觸爲緣所生諸受
清淨香界乃至鼻觸爲緣所生諸受清淨故
一切智智清淨何以故若受者清淨若香界
乃至鼻觸爲緣所生諸受清淨若一切智智
清淨無二無二分無別無斷故善現受者清
淨故舌界清淨舌界清淨故一切智智清淨
何以故若受者清淨若舌界清淨若一切智
智清淨無二無二分無別無斷故受者清淨
故味界舌識界及舌觸舌觸爲緣所生諸受
清淨味界乃至舌觸爲緣所生諸受清淨故
一切智智清淨何以故若受者清淨若味界
乃至舌觸爲緣所生諸受清淨若一切智智
清淨無二無二分無別無斷故善現受者清
淨故身界清淨身界清淨故一切智智清淨
何以故若受者清淨若身界清淨若一切智
智清淨無二無二分無別無斷故受者清淨
故觸界身識界及身觸身觸爲緣所生諸受
清淨觸界乃至身觸爲緣所生諸受清淨故

一切智智清淨何以故若受者清淨若觸界乃至身觸爲緣所生諸受清淨若一切智智清淨無二無二分無別無斷故善現受者清淨故意界清淨意界清淨故一切智智清淨何以故若受者清淨若意界清淨若一切智智清淨無二無二分無別無斷故受者清淨故法界意識界及意觸意觸爲緣所生諸受清淨法界乃至意觸爲緣所生諸受清淨故一切智智清淨何以故若受者清淨若法界乃至意觸爲緣所生諸受清淨若一切智智清淨無二無二分無別無斷故善現受者清淨故地界清淨地界清淨故一切智智清淨何以故若受者清淨若地界清淨若一切智智清淨無二無二分無別無斷故受者清淨故水火風空識界清淨水火風空識界清淨故一切智智清淨何以故若受者清淨若水火風空識界清淨若一切智智清淨無二無二分無別無斷故善現受者清淨故無明清淨無明清淨故一切智智清淨何以故若受者清淨若無明清淨若一切智智清淨無二無二分無別無斷故受者清淨故行識名色六處觸受愛取有生老死愁歎苦憂惱清淨行乃至老死愁歎苦憂惱清淨故一切智智清淨何以故若受者清淨若行乃至老死愁歎苦憂惱清淨若一切智智清淨無二無二分無別無斷故善現受者清淨故布施波羅蜜多清淨布施波羅蜜多清淨故一切智智清淨何以故若受者清淨若布施波羅蜜多清淨若一切智智清淨無二無二分無別無斷故受者清淨故淨戒安忍精進靜慮般若

波羅蜜多清淨淨戒乃至般若波羅蜜多清淨故一切智智清淨何以故若受者清淨若淨戒乃至般若波羅蜜多清淨若一切智智清淨無二無二分無別無斷故善現受者清淨故內空清淨內空清淨故一切智智清淨何以故若受者清淨若內空清淨若一切智智清淨無二無二分無別無斷故受者清淨故外空內外空空空大空勝義空有爲空無爲空畢竟空無際空散空無變異空本性空自相空共相空一切法空不可得空無性空自性空無性自性空清淨外空乃至無性自性空清淨故一切智智清淨何以故若受者清淨若外空乃至無性自性空清淨若一切智智清淨無二無二分無別無斷故善現受者清淨故眞如清淨眞如清淨故一切智智清淨何以故若受者清淨若眞如清淨若一切智智清淨無二無二分無別無斷故受者清淨故法界法性不虛妄性不變異性平等性離生性法定法住實際虛空界不思議界清淨法界乃至不思議界清淨故一切智智清淨何以故若受者清淨若法界乃至不思議界清淨若一切智智清淨無二無二分無別無斷故善現受者清淨故苦聖諦清淨苦聖諦清淨故一切智智清淨何以故若受者清淨若苦聖諦清淨若一切智智清淨無二無二分無別無斷故受者清淨故集滅道聖諦清淨集滅道聖諦清淨故一切智智清淨何以故若受者清淨若集滅道聖諦清淨若一切智智清淨無二無二分無別無斷故善現受者清淨故四靜慮清淨四靜慮清淨故

一切智智清淨何以故若受者清淨若四靜慮清淨若一切智智清淨無二無二分無別無斷故受者清淨故四無量四無色定清淨四無量四無色定清淨故一切智智清淨何以故若受者清淨若四無量四無色定清淨若一切智智清淨無二無二分無別無斷故善現受者清淨故八解脫清淨八解脫清淨故一切智智清淨何以故若受者清淨若八解脫清淨若一切智智清淨無二無二分無別無斷故受者清淨故八勝處九次第定十遍處清淨八勝處九次第定十遍處清淨故一切智智清淨何以故若受者清淨若八勝處九次第定十遍處清淨若一切智智清淨無二無二分無別無斷故善現受者清淨故四念住清淨四念住清淨故一切智智清淨何以故若受者清淨若四念住清淨若一切智智清淨無二無二分無別無斷故受者清淨故四正斷四神足五根五力七等覺支八聖道支清淨四正斷乃至八聖道支清淨故一切智智清淨何以故若受者清淨若四正斷乃至八聖道支清淨若一切智智清淨無二無二分無別無斷故善現受者清淨故空解脫門清淨空解脫門清淨故一切智智清淨何以故若受者清淨若空解脫門清淨若一切智智清淨無二無二分無別無斷故受者清淨故無相無願解脫門清淨無相無願解脫門清淨故一切智智清淨何以故若受者清淨若無相無願解脫門清淨若一切智智清淨無二無二分無別無斷故善現受者清淨故菩薩十地清淨菩薩十地清淨故一

切智智清淨何以故若受者清淨若菩薩十地清淨若一切智智清淨無二無二分無別無斷故善現受者清淨故五眼清淨五眼清淨故一切智智清淨何以故若受者清淨若五眼清淨若一切智智清淨無二無二分無別無斷故受者清淨故六神通清淨六神通清淨故一切智智清淨何以故若受者清淨若六神通清淨若一切智智清淨無二無二分無別無斷故善現受者清淨故佛十力清淨佛十力清淨故一切智智清淨何以故若受者清淨若佛十力清淨若一切智智清淨無二無二分無別無斷故受者清淨故四無所畏四無礙解大慈大悲大喜大捨十八佛不共法清淨四無所畏乃至十八佛不共法清淨故一切智智清淨何以故若受者清淨若四無所畏乃至十八佛不共法清淨若一切智智清淨無二無二分無別無斷故善現受者清淨故無忘失法清淨無忘失法清淨故一切智智清淨何以故若受者清淨若無忘失法清淨若一切智智清淨無二無二分無別無斷故受者清淨故恒住捨性清淨恒住捨性清淨故一切智智清淨何以故若受者清淨若恒住捨性清淨若一切智智清淨無二無二分無別無斷故善現受者清淨故一切智清淨一切智清淨故一切智智清淨何以故若受者清淨若一切智清淨若一切智智清淨無二無二分無別無斷故受者清淨故道相智一切相智清淨道相智一切相智清淨故一切智智清淨何以故若受者清淨若道相智一切相智清淨若一切智智清

淨無二無二分無別無斷故善現受者清淨故一切陀羅尼門清淨一切陀羅尼門清淨故一切智智清淨何以故若受者清淨若一切陀羅尼門清淨若一切智智清淨無二無二分無別無斷故受者清淨故一切三摩地門清淨一切三摩地門清淨故一切智智清淨何以故若受者清淨若一切三摩地門清淨若一切智智清淨無二無二分無別無斷故善現受者清淨故預流果清淨預流果清淨故一切智智清淨何以故若受者清淨若預流果清淨若一切智智清淨無二無二分無別無斷故受者清淨故一來不還阿羅漢果清淨一來不還阿羅漢果清淨故一切智智清淨何以故若受者清淨若一來不還阿羅漢果清淨若一切智智清淨無二無二分

無別無斷故善現受者清淨故獨覺菩提清淨獨覺菩提清淨故一切智智清淨何以故若受者清淨若獨覺菩提清淨若一切智智清淨無二無二分無別無斷故善現受者清淨故一切菩薩摩訶薩行清淨一切菩薩摩訶薩行清淨故一切智智清淨何以故若受者清淨若一切菩薩摩訶薩行清淨若一切智智清淨無二無二分無別無斷故善現受者清淨故諸佛無上正等菩提清淨諸佛無上正等菩提清淨故一切智智清淨何以故若受者清淨若諸佛無上正等菩提清淨若一切智智清淨無二無二分無別無斷故復次善現知者清淨故色清淨色清淨故一切智智清淨何以故若知者清淨若色清淨若一切智智清淨無二無二分無別無斷故知

者清淨故受想行識清淨受想行識清淨故
一切智智清淨何以故若知者清淨若受想
行識清淨若一切智智清淨無二無二分無
別無斷故善現知者清淨故眼處清淨眼處
清淨故一切智智清淨何以故若知者清淨
若眼處清淨若一切智智清淨無二無二分
無別無斷故知者清淨故耳鼻舌身意處清
淨耳鼻舌身意處清淨故一切智智清淨何
以故若知者清淨若耳鼻舌身意處清淨若
一切智智清淨無二無二分無別無斷故善
現知者清淨故色處清淨色處清淨故一切
智智清淨何以故若知者清淨若色處清淨
若一切智智清淨無二無二分無別無斷故
知者清淨故聲香味觸法處清淨聲香味觸
法處清淨故一切智智清淨何以故若知者

清淨若聲香味觸法處清淨若一切智智清
淨無二無二分無別無斷故善現知者清淨
故眼界清淨眼界清淨故一切智智清淨何
以故若知者清淨若眼界清淨若一切智智
清淨無二無二分無別無斷故知者清淨故
色界眼識界及眼觸眼觸為緣所生諸受清
淨色界乃至眼觸為緣所生諸受清淨故一
切智智清淨何以故若知者清淨若色界乃
至眼觸為緣所生諸受清淨若一切智智清
淨無二無二分無別無斷故善現知者清淨
故耳界清淨耳界清淨故一切智智清淨何
以故若知者清淨若耳界清淨若一切智智
清淨無二無二分無別無斷故知者清淨故
聲界耳識界及耳觸耳觸為緣所生諸受清
淨聲界乃至耳觸為緣所生諸受清淨故一

切智智清淨何以故若知者清淨若聲界乃至耳觸爲緣所生諸受清淨若一切智智清淨無二無二分無別無斷故善現知者清淨故鼻界清淨鼻界清淨故一切智智清淨何以故若知者清淨若鼻界清淨若一切智智清淨無二無二分無別無斷故知者清淨故香界鼻識界及鼻觸鼻觸爲緣所生諸受清淨香界乃至鼻觸爲緣所生諸受清淨故一切智智清淨何以故若知者清淨若香界乃至鼻觸爲緣所生諸受清淨若一切智智清淨無二無二分無別無斷故善現知者清淨故舌界清淨舌界清淨故一切智智清淨何以故若知者清淨若舌界清淨若一切智智清淨無二無二分無別無斷故知者清淨故味界舌識界及舌觸舌觸爲緣所生諸受清淨味界乃至舌觸爲緣所生諸受清淨故一切智智清淨何以故若知者清淨若味界乃至舌觸爲緣所生諸受清淨若一切智智清淨無二無二分無別無斷故善現知者清淨故身界清淨身界清淨故一切智智清淨何以故若知者清淨若身界清淨若一切智智清淨無二無二分無別無斷故知者清淨故觸界身識界及身觸身觸爲緣所生諸受清淨觸界乃至身觸爲緣所生諸受清淨故一切智智清淨何以故若知者清淨若觸界乃至身觸爲緣所生諸受清淨若一切智智清淨無二無二分無別無斷故善現知者清淨故意界清淨意界清淨故一切智智清淨何以故若知者清淨若意界清淨若一切智智清淨無二無二分無別無斷故知者清淨故

法界意識界及意觸意觸為緣所生諸受清淨法界乃至意觸為緣所生諸受清淨故一切智智清淨何以故若知者清淨若法界乃至意觸為緣所生諸受清淨若一切智智清淨無二無二分無別無斷故善現知者清淨故地界清淨地界清淨故一切智智清淨何以故若知者清淨若地界清淨若一切智智清淨無二無二分無別無斷故知者清淨故水火風空識界清淨水火風空識界清淨故一切智智清淨何以故若知者清淨若水火風空識界清淨若一切智智清淨無二無二分無別無斷故善現知者清淨故無明清淨無明清淨故一切智智清淨何以故若知者清淨若無明清淨若一切智智清淨無二無二分無別無斷故知者清淨故行識名色六處觸受愛取有生老死愁歎苦憂惱清淨行乃至老死愁歎苦憂惱清淨故一切智智清淨何以故若知者清淨若行乃至老死愁歎苦憂惱清淨若一切智智清淨無二無二分無別無斷故善現知者清淨故布施波羅蜜多清淨布施波羅蜜多清淨故一切智智清淨何以故若知者清淨若布施波羅蜜多清淨若一切智智清淨無二無二分無別無斷故知者清淨故淨戒安忍精進靜慮般若波羅蜜多清淨淨戒乃至般若波羅蜜多清淨故一切智智清淨何以故若知者清淨若淨戒乃至般若波羅蜜多清淨若一切智智清淨無二無二分無別無斷故善現知者清淨故內空清淨內空清淨故一切智智清淨何以故若知者清淨若內空清淨若一切智智

清淨無二無二分無別無斷故知者清淨故外空內外空空空大空勝義空有爲空無爲空畢竟空無際空散空無變異空本性空自相空共相空一切法空不可得空無性空自性空無性自性空清淨外空乃至無性自性空清淨故一切智智清淨何以故若知者清淨若外空乃至無性自性空清淨若一切智智清淨無二無二分無別無斷故善現知者清淨故眞如清淨眞如清淨故一切智智清淨何以故若知者清淨若眞如清淨若一切智智清淨無二無二分無別無斷故知者清淨故法界法性不虛妄性不變異性平等性離生性法定法住實際虛空界不思議界清淨法界乃至不思議界清淨故一切智智清淨何以故若知者清淨若法界乃至不思議界清淨若一切智智清淨無二無二分無別無斷故善現知者清淨故苦聖諦清淨苦聖諦清淨故一切智智清淨何以故若知者清淨若苦聖諦清淨若一切智智清淨無二無二分無別無斷故知者清淨故集滅道聖諦清淨集滅道聖諦清淨故一切智智清淨何以故若知者清淨若集滅道聖諦清淨若一切智智清淨無二無二分無別無斷故善現知者清淨故四靜慮清淨四靜慮清淨故一切智智清淨何以故若知者清淨若四靜慮清淨若一切智智清淨無二無二分無別無斷故知者清淨故四無量四無色定清淨四無量四無色定清淨故一切智智清淨何以故若知者清淨若四無量四無色定清淨若一切智智清淨無二無二分無別無斷故善

現知者清淨故八解脫清淨八解脫清淨故一切智智清淨何以故若知者清淨若八解脫清淨若一切智智清淨無二無二分無別無斷故知者清淨故八勝處九次第定十遍處清淨八勝處九次第定十遍處清淨故一切智智清淨何以故若知者清淨若八勝處九次第定十遍處清淨若一切智智清淨無二無二分無別無斷故善現知者清淨故四念住清淨四念住清淨故一切智智清淨何以故若知者清淨若四念住清淨若一切智智清淨無二無二分無別無斷故知者清淨故四正斷四神足五根五力七等覺支八聖道支清淨四正斷乃至八聖道支清淨故一切智智清淨何以故若知者清淨若四正斷乃至八聖道支清淨若一切智智清淨無二無二分無別無斷故善現知者清淨故空解脫門清淨空解脫門清淨故一切智智清淨何以故若知者清淨若空解脫門清淨若一切智智清淨無二無二分無別無斷故知者清淨故無相無願解脫門清淨無相無願解脫門清淨故一切智智清淨何以故若知者清淨若無相無願解脫門清淨若一切智智清淨無二無二分無別無斷故善現知者清淨故菩薩十地清淨菩薩十地清淨故一切智智清淨何以故若知者清淨若菩薩十地清淨若一切智智清淨無二無二分無別無斷故善現知者清淨故五眼清淨五眼清淨故一切智智清淨何以故若知者清淨若五眼清淨若一切智智清淨無二無二分無別無斷故知者清淨故六神通清淨六神通清

淨故一切智智清淨何以故若知者清淨若六神通清淨若一切智智清淨無二無二分無別無斷故善現知者清淨故佛十力清淨佛十力清淨故一切智智清淨何以故若知者清淨若佛十力清淨若一切智智清淨無二無二分無別無斷故知者清淨故四無所畏四無礙解大慈大悲大喜大捨十八佛不共法清淨四無所畏乃至十八佛不共法清淨故一切智智清淨何以故若知者清淨若四無所畏乃至十八佛不共法清淨若一切智智清淨無二無二分無別無斷故善現知者清淨故無忘失法清淨無忘失法清淨故一切智智清淨何以故若知者清淨若無忘失法清淨若一切智智清淨無二無二分無別無斷故知者清淨故恒住捨性清淨恒住捨性清淨故一切智智清淨何以故若知者清淨若恒住捨性清淨若一切智智清淨無二無二分無別無斷故善現知者清淨故一切智清淨一切智清淨故一切智智清淨何以故若知者清淨若一切智清淨若一切智智清淨無二無二分無別無斷故知者清淨故道相智一切相智清淨道相智一切相智清淨故一切智智清淨何以故若知者清淨若道相智一切相智清淨若一切智智清淨無二無二分無別無斷故善現知者清淨故一切陀羅尼門清淨一切陀羅尼門清淨故一切智智清淨何以故若知者清淨若一切陀羅尼門清淨若一切智智清淨無二無二分無別無斷故知者清淨故一切三摩地門清淨一切三摩地門清淨故一切智智清淨

何以故若知者清淨若一切三摩地門清淨若一切智智清淨無二無二分無別無斷故善現知者清淨故預流果清淨預流果清淨故一切智智清淨何以故若知者清淨若預流果清淨若一切智智清淨無二無二分無別無斷故知者清淨故一來不還阿羅漢果清淨一來不還阿羅漢果清淨故一切智智清淨何以故若知者清淨若一來不還阿羅漢果清淨若一切智智清淨無二無二分無別無斷故善現知者清淨故獨覺菩提清淨獨覺菩提清淨故一切智智清淨何以故若知者清淨若獨覺菩提清淨若一切智智清淨無二無二分無別無斷故善現知者清淨故一切菩薩摩訶薩行清淨一切菩薩摩訶薩行清淨故一切智智清淨何以故若知者清淨若一切菩薩摩訶薩行清淨若一切智智清淨無二無二分無別無斷故善現知者清淨故諸佛無上正等菩提清淨諸佛無上正等菩提清淨故一切智智清淨何以故若知者清淨若諸佛無上正等菩提清淨若一切智智清淨無二無二分無別無斷故

大般若波羅蜜多經卷第二百

大般若波羅蜜多經卷第二百一

唐三藏法師玄奘奉　詔譯

初分難信解品第三十四之二十

復次善現見者清淨故色清淨色清淨故一切智智清淨何以故若見者清淨若色清淨若一切智智清淨無二無二分無別無斷故見者清淨故受想行識清淨受想行識清淨故一切智智清淨何以故若見者清淨若受想行識清淨若一切智智清淨無二無二分無別無斷故善現見者清淨故眼處清淨眼處清淨故一切智智清淨何以故若見者清淨若眼處清淨若一切智智清淨無二無二分無別無斷故見者清淨故耳鼻舌身意處清淨耳鼻舌身意處清淨故一切智智清淨何以故若見者清淨若耳鼻舌身意處清淨若一切智智清淨無二無二分無別無斷故善現見者清淨故色處清淨色處清淨故一切智智清淨何以故若見者清淨若色處清淨若一切智智清淨無二無二分無別無斷故見者清淨故聲香味觸法處清淨聲香味觸法處清淨故一切智智清淨何以故若見者清淨若聲香味觸法處清淨若一切智智清淨無二無二分無別無斷故善現見者清淨故眼界清淨眼界清淨故一切智智清淨何以故若見者清淨若眼界清淨若一切智智清淨無二無二分無別無斷故見者清淨故色界眼識界及眼觸眼觸爲緣所生諸受清淨色界乃至眼觸爲緣所生諸受清淨故一切智智清淨何以故若見者清淨若色界乃至眼觸爲緣所生諸受清淨若一切智智

清淨無二無二分無別無斷故善現見者清淨故耳界清淨耳界清淨故一切智智清淨何以故若見者清淨若耳界清淨若一切智智清淨無二無二分無別無斷故見者清淨故聲界耳識界及耳觸耳觸爲緣所生諸受清淨聲界乃至耳觸爲緣所生諸受清淨故一切智智清淨何以故若見者清淨若聲界乃至耳觸爲緣所生諸受清淨若一切智智清淨無二無二分無別無斷故善現見者清淨故鼻界清淨鼻界清淨故一切智智清淨何以故若見者清淨若鼻界清淨若一切智智清淨無二無二分無別無斷故見者清淨故香界鼻識界及鼻觸鼻觸爲緣所生諸受清淨香界乃至鼻觸爲緣所生諸受清淨故一切智智清淨何以故若見者清淨若香界乃至鼻觸爲緣所生諸受清淨若一切智智清淨無二無二分無別無斷故善現見者清淨故舌界清淨舌界清淨故一切智智清淨何以故若見者清淨若舌界清淨若一切智智清淨無二無二分無別無斷故見者清淨故味界舌識界及舌觸舌觸爲緣所生諸受清淨味界乃至舌觸爲緣所生諸受清淨故一切智智清淨何以故若見者清淨若味界乃至舌觸爲緣所生諸受清淨若一切智智清淨無二無二分無別無斷故善現見者清淨故身界清淨身界清淨故一切智智清淨何以故若見者清淨若身界清淨若一切智智清淨無二無二分無別無斷故見者清淨故觸界身識界及身觸身觸爲緣所生諸受清淨觸界乃至身觸爲緣所生諸受清淨故

一切智智清淨何以故若見者清淨若觸界乃至身觸爲緣所生諸受清淨若一切智智清淨無二無二分無別無斷故善現見者清淨故意界清淨意界清淨故一切智智清淨何以故若見者清淨若意界清淨若一切智智清淨無二無二分無別無斷故見者清淨故法界意識界及意觸意觸爲緣所生諸受清淨法界乃至意觸爲緣所生諸受清淨故一切智智清淨何以故若見者清淨若法界乃至意觸爲緣所生諸受清淨若一切智智清淨無二無二分無別無斷故善現見者清淨故地界清淨地界清淨故一切智智清淨何以故若見者清淨若地界清淨若一切智智清淨無二無二分無別無斷故見者清淨故水火風空識界清淨水火風空識界清淨故一切智智清淨何以故若見者清淨若水火風空識界清淨若一切智智清淨無二無二分無別無斷故善現見者清淨故無明清淨無明清淨故一切智智清淨何以故若見者清淨若無明清淨若一切智智清淨無二無二分無別無斷故見者清淨故行識名色六處觸受愛取有生老死愁歎苦憂惱清淨行乃至老死愁歎苦憂惱清淨故一切智智清淨何以故若見者清淨若行乃至老死愁歎苦憂惱清淨若一切智智清淨無二無二分無別無斷故善現見者清淨故布施波羅蜜多清淨布施波羅蜜多清淨故一切智智清淨何以故若見者清淨若布施波羅蜜多清淨若一切智智清淨無二無二分無別無斷故見者清淨故淨戒安忍精進靜慮般若

波羅蜜多清淨淨戒乃至般若波羅蜜多清淨故一切智智清淨何以故若見者清淨若淨戒乃至般若波羅蜜多清淨若一切智智清淨無二無二分無別無斷故善現見者清淨故内空清淨内空清淨故一切智智清淨何以故若見者清淨若内空清淨若一切智智清淨無二無二分無別無斷故見者清淨故外空内外空空空大空勝義空有爲空無爲空畢竟空無際空散空無變異空本性空自相空共相空一切法空不可得空無性空自性空無性自性空清淨外空乃至無性自性空清淨故一切智智清淨何以故若見者清淨若外空乃至無性自性空清淨若一切智智清淨無二無二分無別無斷故善現見者清淨故真如清淨真如清淨故一切智智清淨何以故若見者清淨若真如清淨若一切智智清淨無二無二分無別無斷故見者清淨故法界法性不虚妄性不變異性平等性離生性法定法住實際虚空界不思議界清淨法界乃至不思議界清淨故一切智智清淨何以故若見者清淨若法界乃至不思議界清淨若一切智智清淨無二無二分無別無斷故善現見者清淨故苦聖諦清淨苦聖諦清淨故一切智智清淨何以故若見者清淨若苦聖諦清淨若一切智智清淨無二無二分無別無斷故見者清淨故集滅道聖諦清淨集滅道聖諦清淨故一切智智清淨何以故若見者清淨若集滅道聖諦清淨若一切智智清淨無二無二分無別無斷故善現見者清淨故四靜慮清淨四靜慮清淨故

一切智智清淨何以故若見者清淨若四靜慮清淨若一切智智清淨無二無二分無別無斷故見者清淨故四無量四無色定清淨四無量四無色定清淨故一切智智清淨何以故若見者清淨若四無量四無色定清淨若一切智智清淨無二無二分無別無斷故善現見者清淨故八解脫清淨八解脫清淨故一切智智清淨何以故若見者清淨若八解脫清淨若一切智智清淨無二無二分無別無斷故見者清淨故八勝處九次第定十遍處清淨八勝處九次第定十遍處清淨故一切智智清淨何以故若見者清淨若八勝處九次第定十遍處清淨若一切智智清淨無二無二分無別無斷故善現見者清淨故四念住清淨四念住清淨故一切智智清淨何以故若見者清淨若四念住清淨若一切智智清淨無二無二分無別無斷故見者清淨故四正斷四神足五根五力七等覺支八聖道支清淨四正斷乃至八聖道支清淨故一切智智清淨何以故若見者清淨若四正斷乃至八聖道支清淨若一切智智清淨無二無二分無別無斷故善現見者清淨故空解脫門清淨空解脫門清淨故一切智智清淨何以故若見者清淨若空解脫門清淨若一切智智清淨無二無二分無別無斷故見者清淨故無相無願解脫門清淨無相無願解脫門清淨故一切智智清淨何以故若見者清淨若無相無願解脫門清淨若一切智智清淨無二無二分無別無斷故善現見者清淨故菩薩十地清淨菩薩十地清淨故一

切智智清淨何以故若見者清淨若菩薩十地清淨若一切智智清淨無二無二分無別無斷故善現見者清淨故五眼清淨五眼清淨故一切智智清淨何以故若見者清淨若五眼清淨若一切智智清淨無二無二分無別無斷故見者清淨故六神通清淨六神通清淨故一切智智清淨何以故若見者清淨若六神通清淨若一切智智清淨無二無二分無別無斷故善現見者清淨故佛十力清淨佛十力清淨故一切智智清淨何以故若見者清淨若佛十力清淨若一切智智清淨無二無二分無別無斷故見者清淨故四無所畏四無礙解大慈大悲大喜大捨十八佛不共法清淨四無所畏乃至十八佛不共法清淨故一切智智清淨何以故若見者清淨若四無所畏乃至十八佛不共法清淨若一切智智清淨無二無二分無別無斷故善現見者清淨故無忘失法清淨無忘失法清淨故一切智智清淨何以故若見者清淨若無忘失法清淨若一切智智清淨無二無二分無別無斷故見者清淨故恒住捨性清淨恒住捨性清淨故一切智智清淨何以故若見者清淨若恒住捨性清淨若一切智智清淨無二無二分無別無斷故善現見者清淨故一切智清淨一切智清淨故一切智智清淨何以故若見者清淨若一切智清淨若一切智智清淨無二無二分無別無斷故見者清淨故道相智一切相智清淨道相智一切相智清淨故一切智智清淨何以故若見者清淨若道相智一切相智清淨若一切智智清

淨無二無二分無別無斷故善現見者清淨故一切陀羅尼門清淨一切陀羅尼門清淨故一切智智清淨何以故若見者清淨若一切陀羅尼門清淨若一切智智清淨無二無二分無別無斷故見者清淨故一切三摩地門清淨一切三摩地門清淨故一切智智清淨何以故若見者清淨若一切三摩地門清淨若一切智智清淨無二無二分無別無斷故善現見者清淨故預流果清淨預流果清淨故一切智智清淨何以故若見者清淨若預流果清淨若一切智智清淨無二無二分無別無斷故見者清淨故一來不還阿羅漢果清淨一來不還阿羅漢果清淨故一切智智清淨何以故若見者清淨若一來不還阿羅漢果清淨若一切智智清淨無二無二分無別無斷故善現見者清淨故獨覺菩提清淨獨覺菩提清淨故一切智智清淨何以故若見者清淨若獨覺菩提清淨若一切智智清淨無二無二分無別無斷故善現見者清淨故一切菩薩摩訶薩行清淨一切菩薩摩訶薩行清淨故一切智智清淨何以故若見者清淨若一切菩薩摩訶薩行清淨若一切智智清淨無二無二分無別無斷故善現見者清淨故諸佛無上正等菩提清淨諸佛無上正等菩提清淨故一切智智清淨何以故若見者清淨若諸佛無上正等菩提清淨若一切智智清淨無二無二分無別無斷故復次善現貪清淨即色清淨色清淨即貪清淨何以故是貪清淨與色清淨無二無二分無別無斷故貪清淨即受想行識清淨受想行

識清淨即貪清淨何以故是貪清淨與受想行識清淨無二無二分無別無斷故善現貪清淨即眼處清淨眼處清淨即貪清淨何以故是貪清淨與眼處清淨無二無二分無別無斷故貪清淨即耳鼻舌身意處清淨耳鼻舌身意處清淨即貪清淨何以故是貪清淨與耳鼻舌身意處清淨無二無二分無別無斷故善現貪清淨即色處清淨色處清淨即貪清淨何以故是貪清淨與色處清淨無二無二分無別無斷故貪清淨即聲香味觸法處清淨聲香味觸法處清淨即貪清淨何以故是貪清淨與聲香味觸法處清淨無二無二分無別無斷故善現貪清淨即眼界清淨眼界清淨即貪清淨何以故是貪清淨與眼界清淨無二無二分無別無斷故貪清淨即色界眼識界及眼觸眼觸爲緣所生諸受清淨色界乃至眼觸爲緣所生諸受清淨即貪清淨何以故是貪清淨與色界乃至眼觸爲緣所生諸受清淨無二無二分無別無斷故善現貪清淨即耳界清淨耳界清淨即貪清淨何以故是貪清淨與耳界清淨無二無二分無別無斷故貪清淨即聲界耳識界及耳觸耳觸爲緣所生諸受清淨聲界乃至耳觸爲緣所生諸受清淨即貪清淨何以故是貪清淨與聲界乃至耳觸爲緣所生諸受清淨無二無二分無別無斷故善現貪清淨即鼻界清淨鼻界清淨即貪清淨何以故是貪清淨與鼻界清淨無二無二分無別無斷故貪清淨即香界鼻識界及鼻觸鼻觸爲緣所生諸受清淨香界乃至鼻觸爲緣所生諸受清

淨即貪清淨何以故是貪清淨與香界乃至鼻觸爲緣所生諸受清淨無二無二分無別無斷故善現貪清淨即舌界清淨舌界清淨即貪清淨何以故是貪清淨與舌界清淨無二無二分無別無斷故貪清淨即味界舌識界及舌觸舌觸爲緣所生諸受清淨味界乃至舌觸爲緣所生諸受清淨即貪清淨何以故是貪清淨與味界乃至舌觸爲緣所生諸受清淨無二無二分無別無斷故善現貪清淨即身界清淨身界清淨即貪清淨何以故是貪清淨與身界清淨無二無二分無別無斷故貪清淨即觸界身識界及身觸身觸爲緣所生諸受清淨觸界乃至身觸爲緣所生諸受清淨即貪清淨何以故是貪清淨與觸界乃至身觸爲緣所生諸受清淨無二無二分無別無斷故善現貪清淨即意界清淨意界清淨即貪清淨何以故是貪清淨與意界清淨無二無二分無別無斷故貪清淨即法界意識界及意觸意觸爲緣所生諸受清淨法界乃至意觸爲緣所生諸受清淨即貪清淨何以故是貪清淨與法界乃至意觸爲緣所生諸受清淨無二無二分無別無斷故善現貪清淨即地界清淨地界清淨即貪清淨何以故是貪清淨與地界清淨無二無二分無別無斷故貪清淨即水火風空識界清淨水火風空識界清淨即貪清淨何以故是貪清淨與水火風空識界清淨無二無二分無別無斷故善現貪清淨即無明清淨無明清淨即貪清淨何以故是貪清淨與無明清淨無二無二分無別無斷故貪清淨即行識名

色六處觸受愛取有生老死愁歎苦憂惱清淨行乃至老死愁歎苦憂惱清淨即貪清淨何以故是貪清淨與行乃至老死愁歎苦憂惱清淨無二無二分無別無斷故善現貪清淨即布施波羅蜜多清淨布施波羅蜜多清淨即貪清淨何以故是貪清淨與布施波羅蜜多清淨無二無二分無別無斷故貪清淨即淨戒安忍精進靜慮般若波羅蜜多清淨淨戒乃至般若波羅蜜多清淨即貪清淨何以故是貪清淨與淨戒乃至般若波羅蜜多清淨無二無二分無別無斷故善現貪清淨即內空清淨內空清淨即貪清淨何以故是貪清淨與內空清淨無二無二分無別無斷故貪清淨即外空內外空空空大空勝義空有爲空無爲空畢竟空無際空散空無變異空本性空自相空共相空一切法空不可得空無性空自性空無性自性空清淨外空乃至無性自性空清淨即貪清淨何以故是貪清淨與外空乃至無性自性空清淨無二無二分無別無斷故善現貪清淨即眞如清淨眞如清淨即貪清淨何以故是貪清淨與眞如清淨無二無二分無別無斷故貪清淨即法界法性不虛妄性不變異性平等性離生性法定法住實際虛空界不思議界清淨法界乃至不思議界清淨即貪清淨何以故是貪清淨與法界乃至不思議界清淨無二無二分無別無斷故善現貪清淨即苦聖諦清淨苦聖諦清淨即貪清淨何以故是貪清淨與苦聖諦清淨無二無二分無別無斷故貪清淨即集滅道聖諦清淨集滅道聖諦清淨

即貪清淨何以故是貪清淨與集滅道聖諦清淨無二無二分無別無斷故善現貪清淨即四靜慮清淨四靜慮清淨即貪清淨何以故是貪清淨與四靜慮清淨無二無二分無別無斷故貪清淨即四無量四無色定清淨四無量四無色定清淨即貪清淨何以故是貪清淨與四無量四無色定清淨無二無二分無別無斷故善現貪清淨即八解脫清淨八解脫清淨即貪清淨何以故是貪清淨與八解脫清淨無二無二分無別無斷故貪清淨即八勝處九次第定十遍處清淨八勝處九次第定十遍處清淨即貪清淨何以故是貪清淨與八勝處九次第定十遍處清淨無二無二分無別無斷故善現貪清淨即四念住清淨四念住清淨即貪清淨何以故是貪清淨與四念住清淨無二無二分無別無斷故貪清淨即四正斷四神足五根五力七等覺支八聖道支清淨四正斷乃至八聖道支清淨即貪清淨何以故是貪清淨與四正斷乃至八聖道支清淨無二無二分無別無斷故善現貪清淨即空解脫門清淨空解脫門清淨即貪清淨何以故是貪清淨與空解脫門清淨無二無二分無別無斷故貪清淨即無相無願解脫門清淨無相無願解脫門清淨即貪清淨何以故是貪清淨與無相無願解脫門清淨無二無二分無別無斷故善現貪清淨即菩薩十地清淨菩薩十地清淨即貪清淨何以故是貪清淨與菩薩十地清淨無二無二分無別無斷故善現貪清淨即五眼清淨五眼清淨即貪清淨何以故是貪清

淨與五眼清淨無二無二分無別無斷故貪清淨即六神通清淨六神通清淨即貪清淨何以故是貪清淨與六神通清淨無二無二分無別無斷故善現貪清淨即佛十力清淨佛十力清淨即貪清淨何以故是貪清淨與佛十力清淨無二無二分無別無斷故貪清淨即四無所畏四無礙解大慈大悲大喜大捨十八佛不共法清淨四無所畏乃至十八佛不共法清淨即貪清淨何以故是貪清淨與四無所畏乃至十八佛不共法清淨無二無二分無別無斷故善現貪清淨即無忘失法清淨無忘失法清淨即貪清淨何以故是貪清淨與無忘失法清淨無二無二分無別無斷故貪清淨即恒住捨性清淨恒住捨性清淨即貪清淨何以故是貪清淨與恒住捨

性清淨無二無二分無別無斷故善現貪清淨即一切智清淨一切智清淨即貪清淨何以故是貪清淨與一切智清淨無二無二分無別無斷故貪清淨即道相智一切相智清淨道相智一切相智清淨即貪清淨何以故是貪清淨與道相智一切相智清淨無二無二分無別無斷故善現貪清淨即一切陁羅尼門清淨一切陁羅尼門清淨即貪清淨何以故是貪清淨與一切陁羅尼門清淨無二無二分無別無斷故貪清淨即一切三摩地門清淨一切三摩地門清淨即貪清淨何以故是貪清淨與一切三摩地門清淨無二無二分無別無斷故善現貪清淨即預流果清淨預流果清淨即貪清淨何以故是貪清淨與預流果清淨無二無二分無別無斷故貪

清淨即一來不還阿羅漢果清淨一來不還阿羅漢果清淨即貪清淨何以故是貪清淨與一來不還阿羅漢果清淨無二無二分無別無斷故善現貪清淨即獨覺菩提清淨獨覺菩提清淨即貪清淨何以故是貪清淨與獨覺菩提清淨無二無二分無別無斷故善現貪清淨即一切菩薩摩訶薩行清淨一切菩薩摩訶薩行清淨即貪清淨何以故是貪清淨與一切菩薩摩訶薩行清淨無二無二分無別無斷故善現貪清淨即諸佛無上正等菩提清淨諸佛無上正等菩提清淨即貪清淨何以故是貪清淨與諸佛無上正等菩提清淨無二無二分無別無斷故復次善現瞋清淨即色清淨色清淨即瞋清淨何以故是瞋清淨與色清淨無二無二分無別無斷故瞋清淨即受想行識清淨受想行識清淨即瞋清淨何以故是瞋清淨與受想行識清淨無二無二分無別無斷故善現瞋清淨即眼處清淨眼處清淨即瞋清淨何以故是瞋清淨與眼處清淨無二無二分無別無斷故瞋清淨即耳鼻舌身意處清淨耳鼻舌身意處清淨即瞋清淨何以故是瞋清淨與耳鼻舌身意處清淨無二無二分無別無斷故善現瞋清淨即色處清淨色處清淨即瞋清淨何以故是瞋清淨與色處清淨無二無二分無別無斷故瞋清淨即聲香味觸法處清淨聲香味觸法處清淨即瞋清淨何以故是瞋清淨與聲香味觸法處清淨無二無二分無別無斷故善現瞋清淨即眼界清淨眼界清淨即瞋清淨何以故是瞋清淨與眼界清淨

無二無二分無別無斷故瞋清淨即色界眼識界及眼觸眼觸爲緣所生諸受清淨色界乃至眼觸爲緣所生諸受清淨即瞋清淨何以故是瞋清淨與色界乃至眼觸爲緣所生諸受清淨無二無二分無別無斷故善現瞋清淨即耳界清淨耳界清淨即瞋清淨何以故是瞋清淨與耳界清淨無二無二分無別無斷故瞋清淨即聲界耳識界及耳觸耳觸爲緣所生諸受清淨聲界乃至耳觸爲緣所生諸受清淨即瞋清淨何以故是瞋清淨與聲界乃至耳觸爲緣所生諸受清淨無二無二分無別無斷故善現瞋清淨即鼻界清淨鼻界清淨即瞋清淨何以故是瞋清淨與鼻界清淨無二無二分無別無斷故瞋清淨即香界鼻識界及鼻觸鼻觸爲緣所生諸受清淨香界乃至鼻觸爲緣所生諸受清淨即瞋清淨何以故是瞋清淨與香界乃至鼻觸爲緣所生諸受清淨無二無二分無別無斷故善現瞋清淨即舌界清淨舌界清淨即瞋清淨何以故是瞋清淨與舌界清淨無二無二分無別無斷故瞋清淨即味界舌識界及舌觸舌觸爲緣所生諸受清淨味界乃至舌觸爲緣所生諸受清淨即瞋清淨何以故是瞋清淨與味界乃至舌觸爲緣所生諸受清淨無二無二分無別無斷故善現瞋清淨即身界清淨身界清淨即瞋清淨何以故是瞋清淨與身界清淨無二無二分無別無斷故瞋清淨即觸界身識界及身觸身觸爲緣所生諸受清淨觸界乃至身觸爲緣所生諸受清淨即瞋清淨何以故是瞋清淨與觸界乃至

身觸為緣所生諸受清淨無二無二分無別無斷故善現瞋清淨即意界清淨意界清淨即瞋清淨何以故是瞋清淨與意界清淨無二無二分無別無斷故瞋清淨即法界意識界及意觸意觸為緣所生諸受清淨法界乃至意觸為緣所生諸受清淨即瞋清淨何以故是瞋清淨與法界乃至意觸為緣所生諸受清淨無二無二分無別無斷故善現瞋清淨即地界清淨地界清淨即瞋清淨何以故是瞋清淨與地界清淨無二無二分無別無斷故瞋清淨即水火風空識界清淨水火風空識界清淨即瞋清淨何以故是瞋清淨與水火風空識界清淨無二無二分無別無斷故善現瞋清淨即無明清淨無明清淨即瞋清淨何以故是瞋清淨與無明清淨無二無二分無別無斷故瞋清淨即行識名色六處觸受愛取有生老死愁歎苦憂惱清淨行乃至老死愁歎苦憂惱清淨即瞋清淨何以故是瞋清淨與行乃至老死愁歎苦憂惱清淨無二無二分無別無斷故

大般若波羅蜜多經卷第二百一

大般若波羅蜜多經卷第二百二

唐三藏法師玄奘奉詔譯

初分難信解品第三十四之二十一

善現瞋清淨即布施波羅蜜多清淨布施波羅蜜多清淨即瞋清淨何以故是瞋清淨與布施波羅蜜多清淨無二無二分無別無斷故瞋清淨即淨戒安忍精進靜慮般若波羅蜜多清淨淨戒乃至般若波羅蜜多清淨即瞋清淨何以故是瞋清淨與淨戒乃至般若波羅蜜多清淨無二無二分無別無斷故善現瞋清淨即內空清淨內空清淨即瞋清淨何以故是瞋清淨與內空清淨無二無二分無別無斷故瞋清淨即外空內外空空空大空勝義空有為空無為空畢竟空無際空散空無變異空本性空自相空共相空一切法空不可得空無性空自性空無性自性空清淨外空乃至無性自性空清淨即瞋清淨何以故是瞋清淨與外空乃至無性自性空清淨無二無二分無別無斷故善現瞋清淨即真如清淨真如清淨即瞋清淨何以故是瞋清淨與真如清淨無二無二分無別無斷故瞋清淨即法界法性不虛妄性不變異性平等性離生性法定法住實際虛空界不思議界清淨法界乃至不思議界清淨即瞋清淨何以故是瞋清淨與法界乃至不思議界清淨無二無二分無別無斷故善現瞋清淨即苦聖諦清淨苦聖諦清淨即瞋清淨何以故是瞋清淨與苦聖諦清淨無二無二分無別無斷故瞋清淨即集滅道聖諦清淨集滅道聖諦清淨即瞋清淨何以故是瞋清淨與集

滅道聖諦清淨無二無二分無別無斷故善現瞋清淨即四靜慮清淨四靜慮清淨即瞋清淨何以故是瞋清淨與四靜慮清淨無二無二分無別無斷故瞋清淨即四無量四無色定清淨四無量四無色定清淨即瞋清淨何以故是瞋清淨與四無量四無色定清淨無二無二分無別無斷故善現瞋清淨即八解脫清淨八解脫清淨即瞋清淨何以故是瞋清淨與八解脫清淨無二無二分無別無斷故瞋清淨即八勝處九次第定十遍處清淨八勝處九次第定十遍處清淨即瞋清淨何以故是瞋清淨與八勝處九次第定十遍處清淨無二無二分無別無斷故善現瞋清淨即四念住清淨四念住清淨即瞋清淨何以故是瞋清淨與四念住清淨無二無二分無別無斷故瞋清淨即四正斷四神足五根五力七等覺支八聖道支清淨四正斷乃至八聖道支清淨即瞋清淨何以故是瞋清淨與四正斷乃至八聖道支清淨無二無二分無別無斷故善現瞋清淨即空解脫門清淨空解脫門清淨即瞋清淨何以故是瞋清淨與空解脫門清淨無二無二分無別無斷故瞋清淨即無相無願解脫門清淨無相無願解脫門清淨即瞋清淨何以故是瞋清淨與無相無願解脫門清淨無二無二分無別無斷故善現瞋清淨即菩薩十地清淨菩薩十地清淨即瞋清淨何以故是瞋清淨與菩薩十地清淨無二無二分無別無斷故善現瞋清淨即五眼清淨五眼清淨即瞋清淨何以故是瞋清淨與五眼清淨無二無二分無別

無斷故瞋清淨即六神通清淨六神通清淨即瞋清淨何以故是瞋清淨與六神通清淨無二無二分無別無斷故善現瞋清淨即佛十力清淨佛十力清淨即瞋清淨何以故是瞋清淨與佛十力清淨無二無二分無別無斷故瞋清淨即四無所畏四無礙解大慈大悲大喜大捨十八佛不共法清淨四無所畏乃至十八佛不共法清淨即瞋清淨何以故是瞋清淨與四無所畏乃至十八佛不共法清淨無二無二分無別無斷故善現瞋清淨即無忘失法清淨無忘失法清淨即瞋清淨何以故是瞋清淨與無忘失法清淨無二無二分無別無斷故瞋清淨即恒住捨性清淨恒住捨性清淨即瞋清淨何以故是瞋清淨與恒住捨性清淨無二無二分無別無斷故善現瞋清淨即一切智清淨一切智清淨即瞋清淨何以故是瞋清淨與一切智清淨無二無二分無別無斷故瞋清淨即道相智一切相智清淨道相智一切相智清淨即瞋清淨何以故是瞋清淨與道相智一切相智清淨無二無二分無別無斷故善現瞋清淨即一切陀羅尼門清淨一切陀羅尼門清淨即瞋清淨何以故是瞋清淨與一切陀羅尼門清淨無二無二分無別無斷故瞋清淨即一切三摩地門清淨一切三摩地門清淨即瞋清淨何以故是瞋清淨與一切三摩地門清淨無二無二分無別無斷故善現瞋清淨即預流果清淨預流果清淨即瞋清淨何以故是瞋清淨與預流果清淨無二無二分無別無斷故瞋清淨即一來不還阿羅漢果清淨

一來不還阿羅漢果清淨即瞋清淨何以故是瞋清淨與一來不還阿羅漢果清淨無二無二分無別無斷故善現瞋清淨即獨覺菩提清淨獨覺菩提清淨即瞋清淨何以故是瞋清淨與獨覺菩提清淨無二無二分無別無斷故善現瞋清淨即一切菩薩摩訶薩行清淨一切菩薩摩訶薩行清淨即瞋清淨何以故是瞋清淨與一切菩薩摩訶薩行清淨無二無二分無別無斷故善現瞋清淨即諸佛無上正等菩提清淨諸佛無上正等菩提清淨即瞋清淨何以故是瞋清淨與諸佛無上正等菩提清淨無二無二分無別無斷故

復次善現癡清淨即色清淨色清淨即癡清淨何以故是癡清淨與色清淨無二無二分無別無斷故癡清淨即受想行識清淨受想行識清淨即癡清淨何以故是癡清淨與受想行識清淨無二無二分無別無斷故善現癡清淨即眼處清淨眼處清淨即癡清淨何以故是癡清淨與眼處清淨無二無二分無別無斷故癡清淨即耳鼻舌身意處清淨耳鼻舌身意處清淨即癡清淨何以故是癡清淨與耳鼻舌身意處清淨無二無二分無別無斷故善現癡清淨即色處清淨色處清淨即癡清淨何以故是癡清淨與色處清淨無二無二分無別無斷故癡清淨即聲香味觸法處清淨聲香味觸法處清淨即癡清淨何以故是癡清淨與聲香味觸法處清淨無二無二分無別無斷故善現癡清淨即眼界清淨眼界清淨即癡清淨何以故是癡清淨與眼界清淨無二無二分無別無斷故癡清淨

即色界眼識界及眼觸眼觸爲緣所生諸受清淨色界乃至眼觸爲緣所生諸受清淨即癡清淨何以故是癡清淨與色界乃至眼觸爲緣所生諸受清淨無二無二分無別無斷故善現癡清淨即耳界清淨耳界清淨即癡清淨何以故是癡清淨與耳界清淨無二無二分無別無斷故癡清淨即聲界耳識界及耳觸耳觸爲緣所生諸受清淨聲界乃至耳觸爲緣所生諸受清淨即癡清淨何以故是癡清淨與聲界乃至耳觸爲緣所生諸受清淨無二無二分無別無斷故善現癡清淨即鼻界清淨鼻界清淨即癡清淨何以故是癡清淨與鼻界清淨無二無二分無別無斷故癡清淨即香界鼻識界及鼻觸鼻觸爲緣所生諸受清淨香界乃至鼻觸爲緣所生諸受清淨即癡清淨何以故是癡清淨與香界乃至鼻觸爲緣所生諸受清淨無二無二分無別無斷故善現癡清淨即舌界清淨舌界清淨即癡清淨何以故是癡清淨與舌界清淨無二無二分無別無斷故癡清淨即味界舌識界及舌觸舌觸爲緣所生諸受清淨味界乃至舌觸爲緣所生諸受清淨即癡清淨何以故是癡清淨與味界乃至舌觸爲緣所生諸受清淨無二無二分無別無斷故善現癡清淨即身界清淨身界清淨即癡清淨何以故是癡清淨與身界清淨無二無二分無別無斷故癡清淨即觸界身識界及身觸身觸爲緣所生諸受清淨觸界乃至身觸爲緣所生諸受清淨即癡清淨何以故是癡清淨與觸界乃至身觸爲緣所生諸受清淨無二無

二分無別無斷故善現癡清淨即意界清淨意界清淨即癡清淨何以故是癡清淨與意界清淨無二無二分無別無斷故癡清淨即法界意識界及意觸意觸爲緣所生諸受清淨法界乃至意觸爲緣所生諸受清淨即癡清淨何以故是癡清淨與法界乃至意觸爲緣所生諸受清淨無二無二分無別無斷故善現癡清淨即地界清淨地界清淨即癡清淨何以故是癡清淨與地界清淨無二無二分無別無斷故癡清淨即水火風空識界清淨水火風空識界清淨即癡清淨何以故是癡清淨與水火風空識界清淨無二無二分無別無斷故善現癡清淨即無明清淨無明清淨即癡清淨何以故是癡清淨與無明清淨無二無二分無別無斷故癡清淨即行識名色六處觸受愛取有生老死愁歎苦憂惱清淨行乃至老死愁歎苦憂惱清淨即癡清淨何以故是癡清淨與行乃至老死愁歎苦憂惱清淨無二無二分無別無斷故善現癡清淨即布施波羅蜜多清淨布施波羅蜜多清淨即癡清淨何以故是癡清淨與布施波羅蜜多清淨無二無二分無別無斷故癡清淨即淨戒安忍精進靜慮般若波羅蜜多清淨淨戒乃至般若波羅蜜多清淨即癡清淨何以故是癡清淨與淨戒乃至般若波羅蜜多清淨無二無二分無別無斷故善現癡清淨即內空清淨內空清淨即癡清淨何以故是癡清淨與內空清淨無二無二分無別無斷故癡清淨即外空內外空空空大空勝義空有爲空無爲空畢竟空無際空散空無變

異空本性空自相空共相空一切法空不可得空無性空自性空無性自性空清淨外空乃至無性自性空清淨即癡清淨何以故是癡清淨與外空乃至無性自性空清淨無二無二分無別無斷故善現癡清淨即真如清淨真如清淨即癡清淨何以故是癡清淨與真如清淨無二無二分無別無斷故癡清淨即法界法性不虛妄性不變異性平等性離生性法定法住實際虛空界不思議界清淨法界乃至不思議界清淨即癡清淨何以故是癡清淨與法界乃至不思議界清淨無二無二分無別無斷故善現癡清淨即苦聖諦清淨苦聖諦清淨即癡清淨何以故是癡清淨與苦聖諦清淨無二無二分無別無斷故癡清淨即集滅道聖諦清淨集滅道聖諦清淨即癡清淨何以故是癡清淨與集滅道聖諦清淨無二無二分無別無斷故善現癡清淨即四靜慮清淨四靜慮清淨即癡清淨何以故是癡清淨與四靜慮清淨無二無二分無別無斷故癡清淨即四無量四無色定清淨四無量四無色定清淨即癡清淨何以故是癡清淨與四無量四無色定清淨無二無二分無別無斷故善現癡清淨即八解脫清淨八解脫清淨即癡清淨何以故是癡清淨與八解脫清淨無二無二分無別無斷故癡清淨即八勝處九次第定十遍處清淨八勝處九次第定十遍處清淨即癡清淨何以故是癡清淨與八勝處九次第定十遍處清淨無二無二分無別無斷故善現癡清淨即四念住清淨四念住清淨即癡清淨何以故是

癡清淨與四念住清淨無二無二分無別無斷故癡清淨即四正斷四神足五根五力七等覺支八聖道支清淨四正斷乃至八聖道支清淨即癡清淨何以故是癡清淨與四正斷乃至八聖道支清淨無二無二分無別無斷故善現癡清淨即空解解脫門淨空解脫門清淨即癡清淨何以故是癡清淨與空解脫門清淨無二無二分無別無斷故癡清淨即無相無願解脫門清淨無相無願解脫門清淨即癡清淨何以故是癡清淨與無相無願解脫門清淨無二無二分無別無斷故善現癡清淨即菩薩十地清淨菩薩十地清淨即癡清淨何以故是癡清淨與菩薩十地清淨無二無二分無別無斷故善現癡清淨即五眼清淨五眼清淨即癡清淨何以故是癡清淨與五眼清淨無二無二分無別無斷故癡清淨即六神通清淨六神通清淨即癡清淨何以故是癡清淨與六神通清淨無二無二分無別無斷故善現癡清淨即佛十力清淨佛十力清淨即癡清淨何以故是癡清淨與佛十力清淨無二無二分無別無斷故癡清淨即四無所畏四無礙解大慈大悲大喜大捨十八佛不共法清淨四無所畏乃至十八佛不共法清淨即癡清淨何以故是癡清淨與四無所畏乃至十八佛不共法清淨無二無二分無別無斷故善現癡清淨即無忘失法清淨無忘失法清淨即癡清淨何以故是癡清淨與無忘失法清淨無二無二分無別無斷故癡清淨即恒住捨性清淨恒住捨性清淨即癡清淨何以故是癡清淨與恒住

捨性清淨無二無二分無別無斷故善現癡清淨即一切智清淨一切智清淨即癡清淨何以故是癡清淨與一切智清淨無二無二分無別無斷故癡清淨即道相智一切相智清淨道相智一切相智清淨即癡清淨何以故是癡清淨與道相智一切相智清淨無二無二分無別無斷故善現癡清淨即一切陀羅尼門清淨一切陀羅尼門清淨即癡清淨何以故是癡清淨與一切陀羅尼門清淨無二無二分無別無斷故癡清淨即一切三摩地門清淨一切三摩地門清淨即癡清淨何以故是癡清淨與一切三摩地門清淨無二無二分無別無斷故善現癡清淨即預流果清淨預流果清淨即癡清淨何以故是癡清淨與預流果清淨無二無二分無別無斷故癡清淨即一來不還阿羅漢果清淨一來不還阿羅漢果清淨即癡清淨何以故是癡清淨與一來不還阿羅漢果清淨無二無二分無別無斷故善現癡清淨即獨覺菩提清淨獨覺菩提清淨即癡清淨何以故是癡清淨與獨覺菩提清淨無二無二分無別無斷故善現癡清淨即一切菩薩摩訶薩行清淨一切菩薩摩訶薩行清淨即癡清淨何以故是癡清淨與一切菩薩摩訶薩行清淨無二無二分無別無斷故善現癡清淨即諸佛無上正等菩提清淨諸佛無上正等菩提清淨即癡清淨何以故是癡清淨與諸佛無上正等菩提清淨無二無二分無別無斷故復次善現貪清淨故色清淨色清淨故一切智智清淨何以故若貪清淨若色清淨若一切智智

清淨無二無二分無別無斷故貪清淨故受想行識清淨受想行識清淨故一切智智清淨何以故若貪清淨若受想行識清淨若一切智智清淨無二無二分無別無斷故善現貪清淨故眼處清淨眼處清淨故一切智智清淨何以故若貪清淨若眼處清淨若一切智智清淨無二無二分無別無斷故貪清淨故耳鼻舌身意處清淨耳鼻舌身意處清淨故一切智智清淨何以故若貪清淨若耳鼻舌身意處清淨若一切智智清淨無二無二分無別無斷故善現貪清淨故色處清淨色處清淨故一切智智清淨何以故若貪清淨若色處清淨若一切智智清淨無二無二分無別無斷故貪清淨故聲香味觸法處清淨聲香味觸法處清淨故一切智智清淨何以故若貪清淨若聲香味觸法處清淨若一切智智清淨無二無二分無別無斷故善現貪清淨故眼界清淨眼界清淨故一切智智清淨何以故若貪清淨若眼界清淨若一切智智清淨無二無二分無別無斷故貪清淨故色界眼識界及眼觸眼觸爲緣所生諸受清淨色界乃至眼觸爲緣所生諸受清淨故一切智智清淨何以故若貪清淨若色界乃至眼觸爲緣所生諸受清淨若一切智智清淨無二無二分無別無斷故善現貪清淨故耳界清淨耳界清淨故一切智智清淨何以故若貪清淨若耳界清淨若一切智智清淨無二無二分無別無斷故貪清淨故聲界耳識界及耳觸耳觸爲緣所生諸受清淨聲界乃至耳觸爲緣所生諸受清淨故一切智智清

淨何以故若貪清淨若聲界乃至耳觸爲緣所生諸受清淨若一切智智清淨無二無二分無別無斷故善現貪清淨故鼻界清淨鼻界清淨故一切智智清淨何以故若貪清淨若鼻界清淨若一切智智清淨無二無二分無別無斷故貪清淨故香界鼻識界及鼻觸鼻觸爲緣所生諸受清淨香界乃至鼻觸爲緣所生諸受清淨故一切智智清淨何以故若貪清淨若香界乃至鼻觸爲緣所生諸受清淨若一切智智清淨無二無二分無別無斷故善現貪清淨故舌界清淨舌界清淨故一切智智清淨何以故若貪清淨若舌界清淨若一切智智清淨無二無二分無別無斷故貪清淨故味界舌識界及舌觸舌觸爲緣所生諸受清淨味界乃至舌觸爲緣所生諸受清淨故一切智智清淨何以故若貪清淨若味界乃至舌觸爲緣所生諸受清淨若一切智智清淨無二無二分無別無斷故善現貪清淨故身界清淨身界清淨故一切智智清淨何以故若貪清淨若身界清淨若一切智智清淨無二無二分無別無斷故貪清淨故觸界身識界及身觸身觸爲緣所生諸受清淨觸界乃至身觸爲緣所生諸受清淨故一切智智清淨何以故若貪清淨若觸界乃至身觸爲緣所生諸受清淨若一切智智清淨無二無二分無別無斷故善現貪清淨故意界清淨意界清淨故一切智智清淨何以故若貪清淨若意界清淨若一切智智清淨無二無二分無別無斷故貪清淨故法界意識界及意觸意觸爲緣所生諸受清淨法界

乃至意觸爲緣所生諸受清淨故一切智智清淨何以故若貪清淨若法界乃至意觸爲緣所生諸受清淨若一切智智清淨無二無二分無別無斷故善現貪清淨故地界清淨地界清淨故一切智智清淨何以故若貪清淨若地界清淨若一切智智清淨無二無二分無別無斷故貪清淨故水火風空識界清淨水火風空識界清淨故一切智智清淨何以故若貪清淨若水火風空識界清淨若一切智智清淨無二無二分無別無斷故善現貪清淨故無明清淨無明清淨故一切智智清淨何以故若貪清淨若無明清淨若一切智智清淨無二無二分無別無斷故貪清淨故行識名色六處觸受愛取有生老死愁歎苦憂惱清淨行乃至老死愁歎苦憂惱清淨故一切智智清淨何以故若貪清淨若行乃至老死愁歎苦憂惱清淨若一切智智清淨無二無二分無別無斷故善現貪清淨故布施波羅蜜多清淨布施波羅蜜多清淨故一切智智清淨何以故若貪清淨若布施波羅蜜多清淨若一切智智清淨無二無二分無別無斷故貪清淨故淨戒安忍精進靜慮般若波羅蜜多清淨淨戒乃至般若波羅蜜多清淨故一切智智清淨何以故若貪清淨若淨戒乃至般若波羅蜜多清淨若一切智智清淨無二無二分無別無斷故善現貪清淨故內空清淨內空清淨故一切智智清淨何以故若貪清淨若內空清淨若一切智智清淨無二無二分無別無斷故貪清淨故外空內外空空空大空勝義空有爲空無爲空畢

竟空無際空散空無變異空本性空自相空共相空一切法空不可得空無性空自性空無性自性空清淨外空乃至無性自性空清淨故一切智智清淨何以故若貪清淨若外空乃至無性自性空清淨若一切智智清淨無二無二分無別無斷故善現貪清淨故眞如清淨眞如清淨故一切智智清淨何以故若貪清淨若眞如清淨若一切智智清淨無二無二分無別無斷故貪清淨故法界法性不虛妄性不變異性平等性離生性法定法住實際虛空界不思議界清淨法界乃至不思議界清淨故一切智智清淨何以故若貪清淨若法界乃至不思議界清淨若一切智智清淨無二無二分無別無斷故善現貪清淨故苦聖諦清淨苦聖諦清淨故一切智智清淨何以故若貪清淨若苦聖諦清淨若一切智智清淨無二無二分無別無斷故貪清淨故集滅道聖諦清淨集滅道聖諦清淨故一切智智清淨何以故若貪清淨若集滅道聖諦清淨若一切智智清淨無二無二分無別無斷故善現貪清淨故四靜慮清淨四靜慮清淨故一切智智清淨何以故若貪清淨若四靜慮清淨若一切智智清淨無二無二分無別無斷故貪清淨故四無量四無色定清淨四無量四無色定清淨故一切智智清淨何以故若貪清淨若四無量四無色定清淨若一切智智清淨無二無二分無別無斷故善現貪清淨故八解脫清淨八解脫清淨故一切智智清淨何以故若貪清淨若八解脫清淨若一切智智清淨無二無二分無別

無斷故貪清淨故八勝處九次第定十遍處清淨八勝處九次第定十遍處清淨故一切智智清淨何以故若貪清淨若八勝處九次第定十遍處清淨若一切智智清淨無二無二分無别無斷故善現貪清淨故四念住清淨四念住清淨故一切智智清淨何以故若貪清淨若四念住清淨若一切智智清淨無二無二分無别無斷故貪清淨故四正斷四神足五根五力七等覺支八聖道支清淨四正斷乃至八聖道支清淨故一切智智清淨何以故若貪清淨若四正斷乃至八聖道支清淨若一切智智清淨無二無二分無别無斷故善現貪清淨故空解脫門清淨空解脫門清淨故一切智智清淨何以故若貪清淨若空解脫門清淨若一切智智清淨無二無二分無别無斷故貪清淨故無相無願解脫門清淨無相無願解脫門清淨故一切智智清淨何以故若貪清淨若無相無願解脫門清淨若一切智智清淨無二無二分無别無斷故善現貪清淨故菩薩十地清淨菩薩十地清淨故一切智智清淨何以故若貪清淨若菩薩十地清淨若一切智智清淨無二無二分無别無斷故

大般若波羅蜜多經卷第二百二

大般若波羅蜜多經卷第二百三

唐三藏法師玄奘奉　詔譯

初分難信解品第三十四之二十二

善現貪清淨故五眼清淨五眼清淨故一切智智清淨何以故若貪清淨若五眼清淨若一切智智清淨無二無二分無別無斷故貪清淨故六神通清淨六神通清淨故一切智智清淨何以故若貪清淨若六神通清淨若一切智智清淨無二無二分無別無斷故善現貪清淨故佛十力清淨佛十力清淨故一切智智清淨何以故若貪清淨若佛十力清淨若一切智智清淨無二無二分無別無斷故貪清淨故四無所畏四無礙解大慈大悲大喜大捨十八佛不共法清淨四無所畏乃至十八佛不共法清淨故一切智智清淨何以故若貪清淨若四無所畏乃至十八佛不共法清淨若一切智智清淨無二無二分無別無斷故善現貪清淨故無忘失法清淨無忘失法清淨故一切智智清淨何以故若貪清淨若無忘失法清淨若一切智智清淨無二無二分無別無斷故貪清淨故恒住捨性清淨恒住捨性清淨故一切智智清淨何以故若貪清淨若恒住捨性清淨若一切智智清淨無二無二分無別無斷故善現貪清淨故一切智清淨一切智清淨故一切智智清淨何以故若貪清淨若一切智清淨若一切智智清淨無二無二分無別無斷故貪清淨故道相智一切相智清淨道相智一切相智清淨故一切智智清淨何以故若貪清淨若道相智一切相智清淨若一切智智清淨無

二無二分無別無斷故善現貪清淨故一切陀羅尼門清淨一切陀羅尼門清淨故一切智智清淨何以故若貪清淨若一切陀羅尼門清淨若一切智智清淨無二無二分無別無斷故貪清淨故一切三摩地門清淨一切三摩地門清淨故一切智智清淨何以故若貪清淨若一切三摩地門清淨若一切智智清淨無二無二分無別無斷故善現貪清淨故預流果清淨預流果清淨故一切智智清淨何以故若貪清淨若預流果清淨若一切智智清淨無二無二分無別無斷故貪清淨故一來不還阿羅漢果清淨一來不還阿羅漢果清淨故一切智智清淨何以故若貪清淨若一來不還阿羅漢果清淨若一切智智清淨無二無二分無別無斷故善現貪清淨故獨覺菩提清淨獨覺菩提清淨故一切智智清淨何以故若貪清淨若獨覺菩提清淨若一切智智清淨無二無二分無別無斷故善現貪清淨故一切菩薩摩訶薩行清淨一切菩薩摩訶薩行清淨故一切智智清淨何以故若貪清淨若一切菩薩摩訶薩行清淨若一切智智清淨無二無二分無別無斷故善現貪清淨故諸佛無上正等菩提清淨諸佛無上正等菩提清淨故一切智智清淨何以故若貪清淨若諸佛無上正等菩提清淨若一切智智清淨無二無二分無別無斷故

復次善現瞋清淨故色清淨色清淨故一切智智清淨何以故若瞋清淨若色清淨若一切智智清淨無二無二分無別無斷故瞋清淨故受想行識清淨受想行識清淨故一切

智智清淨何以故若瞋清淨若受想行識清淨若一切智智清淨無二無二分無別無斷故善現瞋清淨故眼處清淨眼處清淨故一切智智清淨何以故若瞋清淨若眼處清淨若一切智智清淨無二無二分無別無斷故瞋清淨故耳鼻舌身意處清淨耳鼻舌身意處清淨故一切智智清淨何以故若瞋清淨若耳鼻舌身意處清淨若一切智智清淨無二無二分無別無斷故善現瞋清淨故色處清淨色處清淨故一切智智清淨何以故若瞋清淨若色處清淨若一切智智清淨無二無二分無別無斷故瞋清淨故聲香味觸法處清淨聲香味觸法處清淨故一切智智清淨何以故若瞋清淨若聲香味觸法處清淨若一切智智清淨無二無二分無別無斷故善現瞋清淨故眼界清淨眼界清淨故一切智智清淨何以故若瞋清淨若眼界清淨若一切智智清淨無二無二分無別無斷故瞋清淨故色界眼識界及眼觸眼觸爲緣所生諸受清淨色界乃至眼觸爲緣所生諸受清淨故一切智智清淨何以故若瞋清淨若色界乃至眼觸爲緣所生諸受清淨若一切智智清淨無二無二分無別無斷故善現瞋清淨故耳界清淨耳界清淨故一切智智清淨何以故若瞋清淨若耳界清淨若一切智智清淨無二無二分無別無斷故瞋清淨故聲界耳識界及耳觸耳觸爲緣所生諸受清淨聲界乃至耳觸爲緣所生諸受清淨故一切智智清淨何以故若瞋清淨若聲界乃至耳觸爲緣所生諸受清淨若一切智智清淨無

二無二分無別無斷故善現瞋清淨故鼻界清淨鼻界清淨故一切智智清淨何以故若瞋清淨若鼻界清淨若一切智智清淨無二無二分無別無斷故瞋清淨故香界鼻識界及鼻觸鼻觸爲緣所生諸受清淨香界乃至鼻觸爲緣所生諸受清淨故一切智智清淨何以故若瞋清淨若香界乃至鼻觸爲緣所生諸受清淨若一切智智清淨無二無二分無別無斷故善現瞋清淨故舌界清淨舌界清淨故一切智智清淨何以故若瞋清淨若舌界清淨若一切智智清淨無二無二分無別無斷故瞋清淨故味界舌識界及舌觸舌觸爲緣所生諸受清淨味界乃至舌觸爲緣所生諸受清淨故一切智智清淨何以故若瞋清淨若味界乃至舌觸爲緣所生諸受清淨若一切智智清淨無二無二分無別無斷故善現瞋清淨故身界清淨身界清淨故一切智智清淨何以故若瞋清淨若身界清淨若一切智智清淨無二無二分無別無斷故瞋清淨故觸界身識界及身觸身觸爲緣所生諸受清淨觸界乃至身觸爲緣所生諸受清淨故一切智智清淨何以故若瞋清淨若觸界乃至身觸爲緣所生諸受清淨若一切智智清淨無二無二分無別無斷故善現瞋清淨故意界清淨意界清淨故一切智智清淨何以故若瞋清淨若意界清淨若一切智智清淨無二無二分無別無斷故瞋清淨故法界意識界及意觸意觸爲緣所生諸受清淨法界乃至意觸爲緣所生諸受清淨故一切智智清淨何以故若瞋清淨若法界乃至

意觸爲緣所生諸受清淨若一切智智清淨無二無二分無別無斷故善現瞋清淨故地界清淨地界清淨故一切智智清淨何以故若瞋清淨若地界清淨若一切智智清淨無二無二分無別無斷故瞋清淨故水火風空識界清淨水火風空識界清淨故一切智智清淨何以故若瞋清淨若水火風空識界清淨若一切智智清淨無二無二分無別無斷故善現瞋清淨故無明清淨無明清淨故一切智智清淨何以故若瞋清淨若無明清淨若一切智智清淨無二無二分無別無斷故瞋清淨故行識名色六處觸受愛取有生老死愁歎苦憂惱清淨行乃至老死愁歎苦憂惱清淨故一切智智清淨何以故若瞋清淨若行乃至老死愁歎苦憂惱清淨若一切智智清淨無二無二分無別無斷故善現瞋清淨故布施波羅蜜多清淨布施波羅蜜多清淨故一切智智清淨何以故若瞋清淨若布施波羅蜜多清淨若一切智智清淨無二無二分無別無斷故瞋清淨故淨戒安忍精進靜慮般若波羅蜜多清淨淨戒乃至般若波羅蜜多清淨故一切智智清淨何以故若瞋清淨若淨戒乃至般若波羅蜜多清淨若一切智智清淨無二無二分無別無斷故善現瞋清淨故內空清淨內空清淨故一切智智清淨何以故若瞋清淨若內空清淨若一切智智清淨無二無二分無別無斷故瞋清淨故外空內外空空空大空勝義空有爲空無爲空畢竟空無際空散空無變異空本性空自相空共相空一切法空不可得空無性空

自性空無性自性空清淨外空乃至無性自性空清淨故一切智智清淨何以故若瞋清淨若外空乃至無性自性空清淨若一切智智清淨無二無二分無別無斷故善現瞋清淨故眞如清淨眞如清淨故一切智智清淨何以故若瞋清淨若眞如清淨若一切智智清淨無二無二分無別無斷故瞋清淨故法界法性不虛妄性不變異性平等性離生性法定法住實際虛空界不思議界清淨法界乃至不思議界清淨故一切智智清淨何以故若瞋清淨若法界乃至不思議界清淨若一切智智清淨無二無二分無別無斷故善現瞋清淨故苦聖諦清淨苦聖諦清淨故一切智智清淨何以故若瞋清淨若苦聖諦清淨若一切智智清淨無二無二分無別無斷故瞋清淨故集滅道聖諦清淨集滅道聖諦清淨故一切智智清淨何以故若瞋清淨若集滅道聖諦清淨若一切智智清淨無二無二分無別無斷故善現瞋清淨故四靜慮清淨四靜慮清淨故一切智智清淨何以故若瞋清淨若四靜慮清淨若一切智智清淨無二無二分無別無斷故瞋清淨故四無量四無色定清淨四無量四無色定清淨故一切智智清淨何以故若瞋清淨若四無量四無色定清淨若一切智智清淨無二無二分無別無斷故善現瞋清淨故八解脫清淨八解脫清淨故一切智智清淨何以故若瞋清淨若八解脫清淨若一切智智清淨無二無二分無別無斷故瞋清淨故八勝處九次第定十遍處清淨八勝處九次第定十遍處清淨

故一切智智清淨何以故若瞋清淨若八勝處九次第定十遍處清淨若一切智智清淨無二無二分無別無斷故善現瞋清淨故四念住清淨四念住清淨故一切智智清淨何以故若瞋清淨若四念住清淨若一切智智清淨無二無二分無別無斷故瞋清淨故四正斷四神足五根五力七等覺支八聖道支清淨四正斷乃至八聖道支清淨故一切智智清淨何以故若瞋清淨若四正斷乃至八聖道支清淨若一切智智清淨無二無二分無別無斷故善現瞋清淨故空解脫門清淨空解脫門清淨故一切智智清淨何以故若瞋清淨若空解脫門清淨若一切智智清淨無二無二分無別無斷故瞋清淨故無相無願解脫門清淨無相無願解脫門清淨故一

切智智清淨何以故若瞋清淨若無相無願解脫門清淨若一切智智清淨無二無二分無別無斷故善現瞋清淨故菩薩十地清淨菩薩十地清淨故一切智智清淨何以故若瞋清淨若菩薩十地清淨若一切智智清淨無二無二分無別無斷故善現瞋清淨故五眼清淨五眼清淨故一切智智清淨何以故若瞋清淨若五眼清淨若一切智智清淨無二無二分無別無斷故瞋清淨故六神通清淨六神通清淨故一切智智清淨何以故若瞋清淨若六神通清淨若一切智智清淨無二無二分無別無斷故善現瞋清淨故佛十力清淨佛十力清淨故一切智智清淨何以故若瞋清淨若佛十力清淨若一切智智清淨無二無二分無別無斷故瞋清淨故四無

所畏四無礙解大慈大悲大喜大捨十八佛不共法清淨四無所畏乃至十八佛不共法清淨故一切智智清淨何以故若瞋清淨若四無所畏乃至十八佛不共法清淨若一切智智清淨無二無二分無別無斷故善現瞋清淨故無忘失法清淨無忘失法清淨故一切智智清淨何以故若瞋清淨若無忘失法清淨若一切智智清淨無二無二分無別無斷故瞋清淨故恒住捨性清淨恒住捨性清淨故一切智智清淨何以故若瞋清淨若恒住捨性清淨若一切智智清淨無二無二分無別無斷故善現瞋清淨故一切智清淨一切智清淨故一切智智清淨何以故若瞋清淨若一切智清淨若一切智智清淨無二無二分無別無斷故瞋清淨故道相智一切相智清淨道相智一切相智清淨故一切智智清淨何以故若瞋清淨若道相智一切相智清淨若一切智智清淨無二無二分無別無斷故善現瞋清淨故一切陀羅尼門清淨一切陀羅尼門清淨故一切智智清淨何以故若瞋清淨若一切陀羅尼門清淨若一切智智清淨無二無二分無別無斷故瞋清淨故一切三摩地門清淨一切三摩地門清淨故一切智智清淨何以故若瞋清淨若一切三摩地門清淨若一切智智清淨無二無二分無別無斷故善現瞋清淨故預流果清淨預流果清淨故一切智智清淨何以故若瞋清淨若預流果清淨若一切智智清淨無二無二分無別無斷故瞋清淨故一來不還阿羅漢果清淨一來不還阿羅漢果清淨故一切

智智清淨何以故若瞋清淨若一來不還阿羅漢果清淨若一切智智清淨無二無二分無別無斷故善現瞋清淨故獨覺菩提清淨獨覺菩提清淨故一切智智清淨何以故若瞋清淨若獨覺菩提清淨若一切智智清淨無二無二分無別無斷故善現瞋清淨故一切菩薩摩訶薩行清淨一切菩薩摩訶薩行清淨故一切智智清淨何以故若瞋清淨若一切菩薩摩訶薩行清淨若一切智智清淨無二無二分無別無斷故善現瞋清淨故諸佛無上正等菩提清淨諸佛無上正等菩提清淨故一切智智清淨何以故若瞋清淨若諸佛無上正等菩提清淨若一切智智清淨無二無二分無別無斷故復次善現癡清淨故色清淨色清淨故一切智智清淨何以故若癡清淨若色清淨若一切智智清淨無二無二分無別無斷故癡清淨故受想行識清淨受想行識清淨故一切智智清淨何以故若癡清淨若受想行識清淨若一切智智清淨無二無二分無別無斷故善現癡清淨故眼處清淨眼處清淨故一切智智清淨何以故若癡清淨若眼處清淨若一切智智清淨無二無二分無別無斷故癡清淨故耳鼻舌身意處清淨耳鼻舌身意處清淨故一切智智清淨何以故若癡清淨若耳鼻舌身意處清淨若一切智智清淨無二無二分無別無斷故善現癡清淨故色處清淨色處清淨故一切智智清淨何以故若癡清淨若色處清淨若一切智智清淨無二無二分無別無斷故癡清淨故聲香味觸法處清淨聲香味觸

法處清淨故一切智智清淨何以故若癡清淨若聲香味觸法處清淨若一切智智清淨無二無二分無别無斷故善現癡清淨故眼界清淨眼界清淨故一切智智清淨何以故若癡清淨若眼界清淨若一切智智清淨無二無二分無别無斷故癡清淨故色界眼識界及眼觸眼觸爲緣所生諸受清淨色界乃至眼觸爲緣所生諸受清淨故一切智智清淨何以故若癡清淨若色界乃至眼觸爲緣所生諸受清淨若一切智智清淨無二無二分無别無斷故善現癡清淨故耳界清淨耳界清淨故一切智智清淨何以故若癡清淨若耳界清淨若一切智智清淨無二無二分無别無斷故癡清淨故聲界耳識界及耳觸耳觸爲緣所生諸受清淨聲界乃至耳觸爲緣所生諸受清淨故一切智智清淨何以故若癡清淨若聲界乃至耳觸爲緣所生諸受清淨若一切智智清淨無二無二分無别無斷故善現癡清淨故鼻界清淨鼻界清淨故一切智智清淨何以故若癡清淨若鼻界清淨若一切智智清淨無二無二分無别無斷故癡清淨故香界鼻識界及鼻觸鼻觸爲緣所生諸受清淨香界乃至鼻觸爲緣所生諸受清淨故一切智智清淨何以故若癡清淨若香界乃至鼻觸爲緣所生諸受清淨若一切智智清淨無二無二分無别無斷故善現癡清淨故舌界清淨舌界清淨故一切智智清淨何以故若癡清淨若舌界清淨若一切智智清淨無二無二分無别無斷故癡清淨故味界舌識界及舌觸舌觸爲緣所生諸受

清淨味界乃至舌觸爲緣所生諸受清淨故一切智智清淨何以故若癡清淨若味界乃至舌觸爲緣所生諸受清淨若一切智智清淨無二無二分無別無斷故善現癡清淨故身界清淨身界清淨故一切智智清淨何以故若癡清淨若身界清淨若一切智智清淨無二無二分無別無斷故癡清淨故觸界身識界及身觸身觸爲緣所生諸受清淨觸界乃至身觸爲緣所生諸受清淨故一切智智清淨何以故若癡清淨若觸界乃至身觸爲緣所生諸受清淨若一切智智清淨無二無二分無別無斷故善現癡清淨故意界清淨意界清淨故一切智智清淨何以故若癡清淨若意界清淨若一切智智清淨無二無二分無別無斷故癡清淨故法界意識界及意觸意觸爲緣所生諸受清淨法界乃至意觸爲緣所生諸受清淨故一切智智清淨何以故若癡清淨若法界乃至意觸爲緣所生諸受清淨若一切智智清淨無二無二分無別無斷故善現癡清淨故地界清淨地界清淨故一切智智清淨何以故若癡清淨若地界清淨若一切智智清淨無二無二分無別無斷故癡清淨故水火風空識界清淨水火風空識界清淨故一切智智清淨何以故若癡清淨若水火風空識界清淨若一切智智清淨無二無二分無別無斷故善現癡清淨故無明清淨無明清淨故一切智智清淨何以故若癡清淨若無明清淨若一切智智清淨無二無二分無別無斷故癡清淨故行識名色六處觸受愛取有生老死愁歎苦憂惱清

淨行乃至老死愁歎苦憂惱清淨故一切智智清淨何以故若癡清淨若行乃至老死愁歎苦憂惱清淨若一切智智清淨無二無二分無別無斷故善現癡清淨故布施波羅蜜多清淨布施波羅蜜多清淨故一切智智清淨何以故若癡清淨若布施波羅蜜多清淨若一切智智清淨無二無二分無別無斷故癡清淨故淨戒安忍精進靜慮般若波羅蜜多清淨淨戒乃至般若波羅蜜多清淨故一切智智清淨何以故若癡清淨若淨戒乃至般若波羅蜜多清淨若一切智智清淨無二無二分無別無斷故善現癡清淨故內空清淨內空清淨故一切智智清淨何以故若癡清淨若內空清淨若一切智智清淨無二無二分無別無斷故癡清淨故外空內外空空空大空勝義空有爲空無爲空畢竟空無際空散空無變異空本性空自相空共相空一切法空不可得空無性空自性空無性自性空清淨外空乃至無性自性空清淨故一切智智清淨何以故若癡清淨若外空乃至無性自性空清淨若一切智智清淨無二無二分無別無斷故善現癡清淨故真如清淨真如清淨故一切智智清淨何以故若癡清淨若真如清淨若一切智智清淨無二無二分無別無斷故癡清淨故法界法性不虛妄性不變異性平等性離生性法定法住實際虛空界不思議界清淨法界乃至不思議界清淨故一切智智清淨何以故若癡清淨若法界乃至不思議界清淨若一切智智清淨無二無二分無別無斷故善現癡清淨故苦聖

諦清淨苦聖諦清淨故一切智智清淨何以故若癡清淨若苦聖諦清淨若一切智智清淨無二無二分無別無斷故癡清淨故集滅道聖諦清淨集滅道聖諦清淨故一切智智清淨何以故若癡清淨若集滅道聖諦清淨若一切智智清淨無二無二分無別無斷故善現癡清淨故四靜慮清淨四靜慮清淨故一切智智清淨何以故若癡清淨若四靜慮清淨若一切智智清淨無二無二分無別無斷故癡清淨故四無量四無色定清淨四無量四無色定清淨故一切智智清淨何以故若癡清淨若四無量四無色定清淨若一切智智清淨無二無二分無別無斷故善現癡清淨故八解脫清淨八解脫清淨故一切智智清淨何以故若癡清淨若八解脫清淨若一切智智清淨無二無二分無別無斷故癡清淨故八勝處九次第定十遍處清淨八勝處九次第定十遍處清淨故一切智智清淨何以故若癡清淨若八勝處九次第定十遍處清淨故一切智智清淨無二無二分無別無斷故善現癡清淨故四念住清淨四念住清淨故一切智智清淨何以故若癡清淨若四念住清淨若一切智智清淨無二無二分無別無斷故癡清淨故四正斷四神足五根五力七等覺支八聖道支清淨四正斷乃至八聖道支清淨故一切智智清淨何以故若癡清淨若四正斷乃至八聖道支清淨若一切智智清淨無二無二分無別無斷故善現癡清淨故空解脫門清淨空解脫門清淨故一切智智清淨何以故若癡清淨若空解脫

門清淨若一切智智清淨無二無二分無別無斷故癡清淨故無相無願解脫門清淨無相無願解脫門清淨故一切智智清淨何以故若癡清淨若無相無願解脫門清淨若一切智智清淨無二無二分無別無斷故善現癡清淨故菩薩十地清淨菩薩十地清淨故一切智智清淨何以故若癡清淨若菩薩十地清淨若一切智智清淨無二無二分無別無斷故善現癡清淨故五眼清淨五眼清淨故一切智智清淨何以故若癡清淨若五眼清淨若一切智智清淨無二無二分無別無斷故癡清淨故六神通清淨六神通清淨故一切智智清淨何以故若癡清淨若六神通清淨若一切智智清淨無二無二分無別無斷故善現癡清淨故佛十力清淨佛十力清淨故一切智智清淨何以故若癡清淨若佛十力清淨若一切智智清淨無二無二分無別無斷故癡清淨故四無所畏四無礙解大慈大悲大喜大捨十八佛不共法清淨四無所畏乃至十八佛不共法清淨故一切智智清淨何以故若癡清淨若四無所畏乃至十八佛不共法清淨若一切智智清淨無二無二分無別無斷故善現癡清淨故無忘失法清淨無忘失法清淨故一切智智清淨何以故若癡清淨若無忘失法清淨若一切智智清淨無二無二分無別無斷故癡清淨故恒住捨性清淨恒住捨性清淨故一切智智清淨何以故若癡清淨若恒住捨性清淨若一切智智清淨無二無二分無別無斷故善現癡清淨故一切智清淨一切智清淨故一切

智智清淨何以故若癡清淨若一切智清淨若一切智智清淨無二無二分無別無斷故癡清淨故道相智一切相智清淨道相智一切相智清淨故一切智智清淨何以故若癡清淨若道相智一切相智清淨若一切智智清淨無二無二分無別無斷故善現癡清淨故一切陀羅尼門清淨一切陀羅尼門清淨故一切智智清淨何以故若癡清淨若一切陀羅尼門清淨若一切智智清淨無二無二分無別無斷故癡清淨故一切三摩地門清淨一切三摩地門清淨故一切智智清淨何以故若癡清淨若一切三摩地門清淨若一切智智清淨無二無二分無別無斷故善現癡清淨故預流果清淨預流果清淨故一切智智清淨何以故若癡清淨若預流果清淨若一切智智清淨無二無二分無別無斷故癡清淨故一來不還阿羅漢果清淨一來不還阿羅漢果清淨故一切智智清淨何以故若癡清淨若一來不還阿羅漢果清淨若一切智智清淨無二無二分無別無斷故善現癡清淨故獨覺菩提清淨獨覺菩提清淨故一切智智清淨何以故若癡清淨若獨覺菩提清淨若一切智智清淨無二無二分無別無斷故善現癡清淨故一切菩薩摩訶薩行清淨一切菩薩摩訶薩行清淨故一切智智清淨何以故若癡清淨若一切菩薩摩訶薩行清淨若一切智智清淨無二無二分無別無斷故善現癡清淨故諸佛無上正等菩提清淨諸佛無上正等菩提清淨故一切智智清淨何以故若癡清淨若諸佛無上正等菩

提清淨若一切智智清淨無二無二分無別無斷故

大般若波羅蜜多經卷第二百三

大般若波羅蜜多經卷第二百四

唐三藏法師玄奘奉詔譯

初分難信解品第三十四之二十三

復次善現色清淨故受清淨受清淨故色清淨何以故是色清淨與受清淨無二無二分無別無斷故受清淨故想清淨想清淨故受清淨何以故是受清淨與想清淨無二無二分無別無斷故想清淨故行清淨行清淨故想清淨何以故是想清淨與行清淨無二無二分無別無斷故行清淨故識清淨識清淨故行清淨何以故是行清淨與識清淨無二無二分無別無斷故識清淨故眼處清淨眼處清淨故識清淨何以故是識清淨與眼處清淨無二無二分無別無斷故眼處清淨故耳處清淨耳處清淨故眼處清淨何以故是眼處清淨與耳處清淨無二無二分無別無斷故耳處清淨故鼻處清淨鼻處清淨故耳處清淨何以故是耳處清淨與鼻處清淨無二無二分無別無斷故鼻處清淨故舌處清淨舌處清淨故鼻處清淨何以故是鼻處清淨與舌處清淨無二無二分無別無斷故舌處清淨故身處清淨身處清淨故舌處清淨何以故是舌處清淨與身處清淨無二無二分無別無斷故身處清淨故意處清淨意處清淨故身處清淨何以故是身處清淨與意處清淨無二無二分無別無斷故意處清淨故色處清淨色處清淨故意處清淨何以故是意處清淨與色處清淨無二無二分無別無斷故色處清淨故聲處清淨聲處清淨故色處清淨何以故是色處清淨與聲處清淨

無二無二分無別無斷故聲處清淨故香處清淨香處清淨故聲處清淨何以故是聲處清淨與香處清淨無二無二分無別無斷故香處清淨故味處清淨味處清淨故香處清淨何以故是香處清淨與味處清淨無二無二分無別無斷故味處清淨故觸處清淨觸處清淨故味處清淨何以故是味處清淨與觸處清淨無二無二分無別無斷故觸處清淨故法處清淨法處清淨故觸處清淨何以故是觸處清淨與法處清淨無二無二分無別無斷故法處清淨故眼界清淨眼界清淨故法處清淨何以故是法處清淨與眼界清淨無二無二分無別無斷故眼界清淨故色界清淨色界清淨故眼界清淨何以故是眼界清淨與色界清淨無二無二分無別無斷故色界清淨故眼識界清淨眼識界清淨故色界清淨何以故是色界清淨與眼識界清淨無二無二分無別無斷故眼識界清淨故眼觸清淨眼觸清淨故眼識界清淨何以故是眼識界清淨與眼觸清淨無二無二分無別無斷故眼觸清淨故眼觸爲緣所生諸受清淨眼觸爲緣所生諸受清淨故眼觸清淨何以故是眼觸清淨與眼觸爲緣所生諸受清淨無二無二分無別無斷故眼觸爲緣所生諸受清淨故耳界清淨耳界清淨故眼觸爲緣所生諸受清淨何以故是眼觸爲緣所生諸受清淨與耳界清淨無二無二分無別無斷故耳界清淨故聲界清淨聲界清淨故耳界清淨何以故是耳界清淨與聲界清淨無二無二分無別無斷故聲界清淨故耳識

界清淨耳識界清淨故聲界清淨何以故是聲界清淨與耳識界清淨無二無二分無别無斷故耳識界清淨故耳觸清淨耳觸清淨故耳識界清淨何以故是耳識界清淨與耳觸清淨無二無二分無别無斷故耳觸清淨故耳觸爲緣所生諸受清淨耳觸爲緣所生諸受清淨故耳觸清淨何以故是耳觸清淨與耳觸爲緣所生諸受清淨無二無二分無别無斷故耳觸爲緣所生諸受清淨故鼻界清淨鼻界清淨故耳觸爲緣所生諸受清淨何以故是耳觸爲緣所生諸受清淨與鼻界清淨無二無二分無别無斷故鼻界清淨故香界清淨香界清淨故鼻界清淨何以故是鼻界清淨與香界清淨無二無二分無别無斷故香界清淨故鼻識界清淨鼻識界清淨故香界清淨何以故是香界清淨與鼻識界清淨無二無二分無别無斷故鼻識界清淨故鼻觸清淨鼻觸清淨故鼻識界清淨何以故是鼻識界清淨與鼻觸清淨無二無二分無别無斷故鼻觸清淨故鼻觸爲緣所生諸受清淨鼻觸爲緣所生諸受清淨故鼻觸清淨何以故是鼻觸清淨與鼻觸爲緣所生諸受清淨無二無二分無别無斷故鼻觸爲緣所生諸受清淨故舌界清淨舌界清淨故鼻觸爲緣所生諸受清淨何以故是鼻觸爲緣所生諸受清淨與舌界清淨無二無二分無别無斷故舌界清淨故味界清淨味界清淨故舌界清淨何以故是舌界清淨與味界清淨無二無二分無别無斷故味界清淨故舌識界清淨舌識界清淨故味界清淨何以故

是味界清淨與舌識界清淨無二無二分無別無斷故舌識界清淨故舌觸清淨舌觸清淨故舌識界清淨何以故是舌識界清淨與舌觸清淨無二無二分無別無斷故舌觸清淨故舌觸爲緣所生諸受清淨舌觸爲緣所生諸受清淨故舌觸清淨何以故是舌觸清淨與舌觸爲緣所生諸受清淨無二無二分無別無斷故舌觸爲緣所生諸受清淨故身界清淨身界清淨故舌觸爲緣所生諸受清淨何以故是舌觸爲緣所生諸受清淨與身界清淨無二無二分無別無斷故身界清淨故觸界清淨觸界清淨故身界清淨何以故是身界清淨與觸界清淨無二無二分無別無斷故觸界清淨故身識界清淨身識界清淨故觸界清淨何以故是觸界清淨與身識界清淨無二無二分無別無斷故身識界清淨故身觸清淨身觸清淨故身識界清淨何以故是身識界清淨與身觸清淨無二無二分無別無斷故身觸清淨故身觸爲緣所生諸受清淨身觸爲緣所生諸受清淨故身觸清淨何以故是身觸清淨與身觸爲緣所生諸受清淨無二無二分無別無斷故身觸爲緣所生諸受清淨故意界清淨意界清淨故身觸爲緣所生諸受清淨何以故是身觸爲緣所生諸受清淨與意界清淨無二無二分無別無斷故意界清淨故法界清淨法界清淨故意界清淨何以故是意界清淨與法界清淨無二無二分無別無斷故法界清淨故意識界清淨意識界清淨故法界清淨何以故是法界清淨與意識界清淨無二無二分

無別無斷故意識界清淨故意觸清淨意觸清淨故意識界清淨何以故是意識界清淨與意觸清淨無二無二分無別無斷故意觸清淨故意觸爲緣所生諸受清淨意觸爲緣所生諸受清淨故意觸清淨何以故是意觸清淨與意觸爲緣所生諸受清淨無二無二分無別無斷故意觸爲緣所生諸受清淨故地界清淨地界清淨故意觸爲緣所生諸受清淨何以故是意觸爲緣所生諸受清淨與地界清淨無二無二分無別無斷故地界清淨故水界清淨水界清淨故地界清淨何以故是地界清淨與水界清淨無二無二分無別無斷故水界清淨故火界清淨火界清淨故水界清淨何以故是水界清淨與火界清淨無二無二分無別無斷故火界清淨故風界清淨風界清淨故火界清淨何以故是火界清淨與風界清淨無二無二分無別無斷故風界清淨故空界清淨空界清淨故風界清淨何以故是風界清淨與空界清淨無二無二分無別無斷故空界清淨故識界清淨識界清淨故空界清淨何以故是空界清淨與識界清淨無二無二分無別無斷故識界清淨故無明清淨無明清淨故識界清淨何以故是識界清淨與無明清淨無二無二分無別無斷故無明清淨故行清淨行清淨故無明清淨何以故是無明清淨與行清淨無二無二分無別無斷故行清淨故識清淨識清淨故行清淨何以故是行清淨與識清淨無二無二分無別無斷故識清淨故名色清淨名色清淨故識清淨何以故是識清淨與

名色清淨無二無二分無別無斷故名色清淨故六處清淨六處清淨故名色清淨何以故是名色清淨與六處清淨無二無二分無別無斷故六處清淨故觸清淨觸清淨故六處清淨何以故是六處清淨與觸清淨無二無二分無別無斷故觸清淨故受清淨受清淨故觸清淨何以故是觸清淨與受清淨無二無二分無別無斷故受清淨故愛清淨愛清淨故受清淨何以故是受清淨與愛清淨無二無二分無別無斷故愛清淨故取清淨取清淨故愛清淨何以故是愛清淨與取清淨無二無二分無別無斷故取清淨故有清淨有清淨故取清淨何以故是取清淨與有清淨無二無二分無別無斷故有清淨故生清淨生清淨故有清淨何以故是有清淨與生清淨無二無二分無別無斷故生清淨故老死愁歎苦憂惱清淨老死愁歎苦憂惱清淨故生清淨何以故是生清淨與老死愁歎苦憂惱清淨無二無二分無別無斷故老死愁歎苦憂惱清淨故布施波羅蜜多清淨布施波羅蜜多清淨故老死愁歎苦憂惱清淨何以故是老死愁歎苦憂惱清淨與布施波羅蜜多清淨無二無二分無別無斷故布施波羅蜜多清淨故淨戒波羅蜜多清淨淨戒波羅蜜多清淨故布施波羅蜜多清淨何以故是布施波羅蜜多清淨與淨戒波羅蜜多清淨無二無二分無別無斷故淨戒波羅蜜多清淨故安忍波羅蜜多清淨安忍波羅蜜多清淨故淨戒波羅蜜多清淨何以故是淨戒波羅蜜多清淨與安忍波羅蜜多清淨無

二無二分無別無斷故安忍波羅蜜多清淨故精進波羅蜜多清淨精進波羅蜜多清淨故安忍波羅蜜多清淨何以故是安忍波羅蜜多清淨與精進波羅蜜多清淨無二無二分無別無斷故精進波羅蜜多清淨故靜慮波羅蜜多清淨靜慮波羅蜜多清淨故精進波羅蜜多清淨何以故是精進波羅蜜多清淨與靜慮波羅蜜多清淨無二無二分無別無斷故靜慮波羅蜜多清淨故般若波羅蜜多清淨般若波羅蜜多清淨故靜慮波羅蜜多清淨何以故是靜慮波羅蜜多清淨與般若波羅蜜多清淨無二無二分無別無斷故般若波羅蜜多清淨故內空清淨內空清淨故般若波羅蜜多清淨何以故是般若波羅蜜多清淨與內空清淨無二無二分無別無斷故內空清淨故外空清淨外空清淨故內空清淨何以故是內空清淨與外空清淨無二無二分無別無斷故外空清淨故內外空清淨內外空清淨故外空清淨何以故是外空清淨與內外空清淨無二無二分無別無斷故內外空清淨故空空清淨空空清淨故內外空清淨何以故是內外空清淨與空空清淨無二無二分無別無斷故空空清淨故大空清淨大空清淨故空空清淨何以故是空空清淨與大空清淨無二無二分無別無斷故大空清淨故勝義空清淨勝義空清淨故大空清淨何以故是大空清淨與勝義空清淨無二無二分無別無斷故勝義空清淨故有爲空清淨有爲空清淨故勝義空清淨何以故是勝義空清淨與有爲空清淨無二

無二分無別無斷故有爲空清淨故無爲空清淨無爲空清淨故有爲空清淨何以故是有爲空清淨與無爲空清淨無二無二分無別無斷故無爲空清淨故畢竟空清淨畢竟空清淨故無爲空清淨何以故是無爲空清淨與畢竟空清淨無二無二分無別無斷故畢竟空清淨故無際空清淨無際空清淨故畢竟空清淨何以故是畢竟空清淨與無際空清淨無二無二分無別無斷故無際空清淨故散空清淨散空清淨故無際空清淨何以故是無際空清淨與散空清淨無二無二分無別無斷故散空清淨故無變異空清淨無變異空清淨故散空清淨何以故是散空清淨與無變異空清淨無二無二分無別無斷故無變異空清淨故本性空清淨本性空清淨故無變異空清淨何以故是無變異空清淨與本性空清淨無二無二分無別無斷故本性空清淨故自相空清淨自相空清淨故本性空清淨何以故是本性空清淨與自相空清淨無二無二分無別無斷故自相空清淨故共相空清淨共相空清淨故自相空清淨何以故是自相空清淨與共相空清淨無二無二分無別無斷故共相空清淨故一切法空清淨一切法空清淨故共相空清淨何以故是共相空清淨與一切法空清淨無二無二分無別無斷故一切法空清淨故不可得空清淨不可得空清淨故一切法空清淨何以故是一切法空清淨與不可得空清淨無二無二分無別無斷故不可得空清淨故無性空清淨無性空清淨故不可得空清

淨何以故是不可得空清淨與無性空清淨無二無二分無別無斷故無性空清淨故自性空清淨自性空清淨故無性空清淨何以故是無性空清淨與自性空清淨無二無二分無別無斷故自性空清淨故無性自性空清淨無性自性空清淨故自性空清淨何以故是自性空清淨與無性自性空清淨無二無二分無別無斷故無性自性空清淨故真如清淨真如清淨故無性自性空清淨何以故是無性自性空清淨與真如清淨無二無二分無別無斷故真如清淨故法界清淨法界清淨故真如清淨何以故是真如清淨與法界清淨無二無二分無別無斷故法界清淨故法性清淨法性清淨故法界清淨何以故是法界清淨與法性清淨無二無二分無別無斷故法性清淨故不虛妄性清淨不虛妄性清淨故法性清淨何以故是法性清淨與不虛妄性清淨無二無二分無別無斷故不虛妄性清淨故不變異性清淨不變異性清淨故不虛妄性清淨何以故是不虛妄性清淨與不變異性清淨無二無二分無別無斷故不變異性清淨故平等性清淨平等性清淨故不變異性清淨何以故是不變異性清淨與平等性清淨無二無二分無別無斷故平等性清淨故離生性清淨離生性清淨故平等性清淨何以故是平等性清淨與離生性清淨無二無二分無別無斷故離生性清淨故法定清淨法定清淨故離生性清淨何以故是離生性清淨與法定清淨無二無二分無別無斷故法定清淨故法住清淨法

住清淨故法定清淨何以故是法定清淨與法住清淨無二無二分無別無斷故法住清淨故實際清淨實際清淨故法住清淨何以故是法住清淨與實際清淨無二無二分無別無斷故實際清淨故虛空界清淨虛空界清淨故實際清淨何以故是實際清淨與虛空界清淨無二無二分無別無斷故虛空界清淨故不思議界清淨不思議界清淨故虛空界清淨何以故是虛空界清淨與不思議界清淨無二無二分無別無斷故不思議界清淨故苦聖諦清淨苦聖諦清淨故不思議界清淨何以故是不思議界清淨與苦聖諦清淨無二無二分無別無斷故苦聖諦清淨故集聖諦清淨集聖諦清淨故苦聖諦清淨何以故是苦聖諦清淨與集聖諦清淨無二無二分無別無斷故集聖諦清淨故滅聖諦清淨滅聖諦清淨故集聖諦清淨何以故是集聖諦清淨與滅聖諦清淨無二無二分無別無斷故滅聖諦清淨故道聖諦清淨道聖諦清淨故滅聖諦清淨何以故是滅聖諦清淨與道聖諦清淨無二無二分無別無斷故道聖諦清淨故四靜慮清淨四靜慮清淨故道聖諦清淨何以故是道聖諦清淨與四靜慮清淨無二無二分無別無斷故四靜慮清淨故四無量清淨四無量清淨故四靜慮清淨何以故是四靜慮清淨與四無量清淨無二無二分無別無斷故四無量清淨故四無色定清淨四無色定清淨故四無量清淨何以故是四無量清淨與四無色定清淨無二無二分無別無斷故四無色定清淨故八解

脱清淨八解脱清淨故四無色定清淨何以故是四無色定清淨與八解脱清淨無二無二分無别無斷故八解脱清淨故八勝處清淨八勝處清淨故八解脱清淨何以故是八解脱清淨與八勝處清淨無二無二分無别無斷故八勝處清淨故九次第定清淨九次第定清淨故八勝處清淨何以故是八勝處清淨與九次第定清淨無二無二分無别無斷故九次第定清淨故十遍處清淨十遍處清淨故九次第定清淨何以故是九次第定清淨與十遍處清淨無二無二分無别無斷故十遍處清淨故四念住清淨四念住清淨故十遍處清淨何以故是十遍處清淨與四念住清淨無二無二分無别無斷故四念住清淨故四正斷清淨四正斷清淨故四念住

清淨何以故是四念住清淨與四正斷清淨無二無二分無别無斷故四正斷清淨故四神足清淨四神足清淨故四正斷清淨何以故是四正斷清淨與四神足清淨無二無二分無别無斷故四神足清淨故五根清淨五根清淨故四神足清淨何以故是四神足清淨與五根清淨無二無二分無别無斷故五根清淨故五力清淨五力清淨故五根清淨何以故是五根清淨與五力清淨無二無二分無别無斷故五力清淨故七等覺支清淨七等覺支清淨故五力清淨何以故是五力清淨與七等覺支清淨無二無二分無别無斷故七等覺支清淨故八聖道支清淨八聖道支清淨故七等覺支清淨何以故是七等覺支清淨與八聖道支清淨無二無二分無

別無斷故八聖道支清淨故空解脫門清淨空解脫門清淨故八聖道支清淨何以故是八聖道支清淨與空解脫門清淨無二無二分無別無斷故空解脫門清淨故無相解脫門清淨無相解脫門清淨故空解脫門清淨何以故是空解脫門清淨與無相解脫門清淨無二無二分無別無斷故無相解脫門清淨故無願解脫門清淨無願解脫門清淨故無相解脫門清淨何以故是無相解脫門清淨與無願解脫門清淨無二無二分無別無斷故無願解脫門清淨故菩薩十地清淨菩薩十地清淨故無願解脫門清淨何以故是無願解脫門清淨與菩薩十地清淨無二無二分無別無斷故菩薩十地清淨故五眼清淨五眼清淨故菩薩十地清淨何以故是菩薩十地清淨與五眼清淨無二無二分無別無斷故五眼清淨故六神通清淨六神通清淨故五眼清淨何以故是五眼清淨與六神通清淨無二無二分無別無斷故六神通清淨故佛十力清淨佛十力清淨故六神通清淨何以故是六神通清淨與佛十力清淨無二無二分無別無斷故佛十力清淨故四無所畏清淨四無所畏清淨故佛十力清淨何以故是佛十力清淨與四無所畏清淨無二無二分無別無斷故四無所畏清淨故四無礙解清淨四無礙解清淨故四無所畏清淨何以故是四無所畏清淨與四無礙解清淨無二無二分無別無斷故四無礙解清淨故大慈清淨大慈清淨故四無礙解清淨何以故是四無礙解清淨與大慈清淨無二無二

分無別無斷故大慈清淨故大悲清淨大悲清淨故大慈清淨何以故是大慈清淨與大悲清淨無二無二分無別無斷故大悲清淨故大喜清淨大喜清淨故大悲清淨何以故是大悲清淨與大喜清淨無二無二分無別無斷故大喜清淨故大捨清淨大捨清淨故大喜清淨何以故是大喜清淨與大捨清淨無二無二分無別無斷故大捨清淨故十八佛不共法清淨十八佛不共法清淨故大捨清淨何以故是大捨清淨與十八佛不共法清淨無二無二分無別無斷故十八佛不共法清淨故無忘失法清淨無忘失法清淨故十八佛不共法清淨何以故是十八佛不共法清淨與無忘失法清淨無二無二分無別無斷故無忘失法清淨故恒住捨性清淨恒住捨性清淨故無忘失法清淨何以故是無忘失法清淨與恒住捨性清淨無二無二分無別無斷故恒住捨性清淨故一切智清淨一切智清淨故恒住捨性清淨何以故是恒住捨性清淨與一切智清淨無二無二分無別無斷故一切智清淨故道相智清淨道相智清淨故一切智清淨何以故是一切智清淨與道相智清淨無二無二分無別無斷故道相智清淨故一切相智清淨一切相智清淨故道相智清淨何以故是道相智清淨與一切相智清淨無二無二分無別無斷故一切相智清淨故一切陀羅尼門清淨一切陀羅尼門清淨故一切相智清淨何以故是一切相智清淨與一切陀羅尼門清淨無二無二分無別無斷故一切陀羅尼門清淨故一

切三摩地門清淨一切三摩地門清淨故一切陀羅尼門清淨何以故是一切陀羅尼門清淨與一切三摩地門清淨無二無二分無別無斷故一切三摩地門清淨故預流果清淨預流果清淨故一切三摩地門清淨何以故是一切三摩地門清淨與預流果清淨無二無二分無別無斷故預流果清淨故一來果清淨一來果清淨故預流果清淨何以故是預流果清淨與一來果清淨無二無二分無別無斷故一來果清淨故不還果清淨不還果清淨故一來果清淨何以故是一來果清淨與不還果清淨無二無二分無別無斷故不還果清淨故阿羅漢果清淨阿羅漢果清淨故不還果清淨何以故是不還果清淨與阿羅漢果清淨無二無二分無別無斷故阿羅漢果清淨故獨覺菩提清淨獨覺菩提清淨故阿羅漢果清淨何以故是阿羅漢果清淨與獨覺菩提清淨無二無二分無別無斷故獨覺菩提清淨故一切菩薩摩訶薩行清淨一切菩薩摩訶薩行清淨故獨覺菩提清淨何以故是獨覺菩提清淨與一切菩薩摩訶薩行清淨無二無二分無別無斷故一切菩薩摩訶薩行清淨故諸佛無上正等菩提清淨諸佛無上正等菩提清淨故一切菩薩摩訶薩行清淨何以故是一切菩薩摩訶薩行清淨與諸佛無上正等菩提清淨無二無二分無別無斷故

大般若波羅蜜多經卷第二百四

大般若波羅蜜多經卷第二百五

唐三藏法師玄奘奉詔譯

初分難信解品第三十四之二十四

復次善現般若波羅蜜多清淨故色清淨色清淨故一切智智清淨何以故若般若波羅蜜多清淨若色清淨若一切智智清淨無二無二分無別無斷故般若波羅蜜多清淨故受想行識清淨受想行識清淨故一切智智清淨何以故若般若波羅蜜多清淨若受想行識清淨若一切智智清淨無二無二分無別無斷故善現般若波羅蜜多清淨故眼處清淨眼處清淨故一切智智清淨何以故若般若波羅蜜多清淨若眼處清淨若一切智智清淨無二無二分無別無斷故般若波羅蜜多清淨故耳鼻舌身意處清淨耳鼻舌身意處清淨故一切智智清淨何以故若般若波羅蜜多清淨若耳鼻舌身意處清淨若一切智智清淨無二無二分無別無斷故善現般若波羅蜜多清淨故色處清淨色處清淨故一切智智清淨何以故若般若波羅蜜多清淨若色處清淨若一切智智清淨無二無二分無別無斷故般若波羅蜜多清淨故聲香味觸法處清淨聲香味觸法處清淨故一切智智清淨何以故若般若波羅蜜多清淨若聲香味觸法處清淨若一切智智清淨無二無二分無別無斷故善現般若波羅蜜多清淨故眼界清淨眼界清淨故一切智智清淨何以故若般若波羅蜜多清淨若眼界清淨若一切智智清淨無二無二分無別無斷故般若波羅蜜多清淨故色界眼識界及眼

觸眼觸爲緣所生諸受清淨色界乃至眼觸爲緣所生諸受清淨故一切智智清淨何以故若般若波羅蜜多清淨若色界乃至眼觸爲緣所生諸受清淨若一切智智清淨無二無二分無別無斷故善現般若波羅蜜多清淨故耳界清淨耳界清淨故一切智智清淨何以故若般若波羅蜜多清淨若耳界清淨若一切智智清淨無二無二分無別無斷故般若波羅蜜多清淨故聲界耳識界及耳觸耳觸爲緣所生諸受清淨聲界乃至耳觸爲緣所生諸受清淨故一切智智清淨何以故若般若波羅蜜多清淨若聲界乃至耳觸爲緣所生諸受清淨若一切智智清淨無二無二分無別無斷故善現般若波羅蜜多清淨故鼻界清淨鼻界清淨故一切智智清淨何以故若般若波羅蜜多清淨若鼻界清淨若一切智智清淨無二無二分無別無斷故般若波羅蜜多清淨故香界鼻識界及鼻觸鼻觸爲緣所生諸受清淨香界乃至鼻觸爲緣所生諸受清淨故一切智智清淨何以故若般若波羅蜜多清淨若香界乃至鼻觸爲緣所生諸受清淨若一切智智清淨無二無二分無別無斷故善現般若波羅蜜多清淨故舌界清淨舌界清淨故一切智智清淨何以故若般若波羅蜜多清淨若舌界清淨若一切智智清淨無二無二分無別無斷故般若波羅蜜多清淨故味界舌識界及舌觸舌觸爲緣所生諸受清淨味界乃至舌觸爲緣所生諸受清淨故一切智智清淨何以故若般若波羅蜜多清淨若味界乃至舌觸爲緣所

生諸受清淨若一切智智清淨無二無二分無別無斷故善現般若波羅蜜多清淨故身界清淨身界清淨故一切智智清淨何以故若般若波羅蜜多清淨若身界清淨若一切智智清淨無二無二分無別無斷故般若波羅蜜多清淨故觸界身識界及身觸身觸爲緣所生諸受清淨觸界乃至身觸爲緣所生諸受清淨故一切智智清淨何以故若般若波羅蜜多清淨若觸界乃至身觸爲緣所生諸受清淨若一切智智清淨無二無二分無別無斷故善現般若波羅蜜多清淨故意界清淨意界清淨故一切智智清淨何以故若般若波羅蜜多清淨若意界清淨若一切智智清淨無二無二分無別無斷故般若波羅蜜多清淨故法界意識界及意觸意觸爲緣所生諸受清淨法界乃至意觸爲緣所生諸受清淨故一切智智清淨何以故若般若波羅蜜多清淨若法界乃至意觸爲緣所生諸受清淨若一切智智清淨無二無二分無別無斷故善現般若波羅蜜多清淨故地界清淨地界清淨故一切智智清淨何以故若般若波羅蜜多清淨若地界清淨若一切智智清淨無二無二分無別無斷故般若波羅蜜多清淨故水火風空識界清淨水火風空識界清淨故一切智智清淨何以故若般若波羅蜜多清淨若水火風空識界清淨若一切智智清淨無二無二分無別無斷故善現般若波羅蜜多清淨故無明清淨無明清淨故一切智智清淨何以故若般若波羅蜜多清淨若無明清淨若一切智智清淨無二無二

分無別無斷故般若波羅蜜多清淨故行識名色六處觸受愛取有生老死愁歎苦憂惱清淨行乃至老死愁歎苦憂惱清淨故一切智智清淨何以故若般若波羅蜜多清淨若行乃至老死愁歎苦憂惱清淨若一切智智清淨無二無二分無別無斷故善現般若波羅蜜多清淨故布施波羅蜜多清淨布施波羅蜜多清淨故一切智智清淨何以故若般若波羅蜜多清淨若布施波羅蜜多清淨若一切智智清淨無二無二分無別無斷故般若波羅蜜多清淨故淨戒安忍精進靜慮波羅蜜多清淨淨戒乃至靜慮波羅蜜多清淨故一切智智清淨何以故若般若波羅蜜多清淨若淨戒乃至靜慮波羅蜜多清淨若一切智智清淨無二無二分無別無斷故善現

般若波羅蜜多清淨故內空清淨內空清淨故一切智智清淨何以故若般若波羅蜜多清淨若內空清淨若一切智智清淨無二無二分無別無斷故般若波羅蜜多清淨故外空內外空空空大空勝義空有爲空無爲空畢竟空無際空散空無變異空本性空自相空共相空一切法空不可得空無性空自性空無性自性空清淨外空乃至無性自性空清淨故一切智智清淨何以故若般若波羅蜜多清淨若外空乃至無性自性空清淨若一切智智清淨無二無二分無別無斷故善現般若波羅蜜多清淨故眞如清淨眞如清淨故一切智智清淨何以故若般若波羅蜜多清淨若眞如清淨若一切智智清淨無二無二分無別無斷故般若波羅蜜多清淨故

法界法性不虛妄性不變異性平等性離生性法定法住實際虛空界不思議界清淨法界乃至不思議界清淨故一切智智清淨何以故若般若波羅蜜多清淨若法界乃至不思議界清淨若一切智智清淨無二無二分無别無斷故善現般若波羅蜜多清淨故苦聖諦清淨苦聖諦清淨故一切智智清淨何以故若般若波羅蜜多清淨若苦聖諦清淨若一切智智清淨無二無二分無别無斷故般若波羅蜜多清淨故集滅道聖諦清淨集滅道聖諦清淨故一切智智清淨何以故若般若波羅蜜多清淨若集滅道聖諦清淨若一切智智清淨無二無二分無别無斷故善現般若波羅蜜多清淨故四靜慮清淨四靜慮清淨故一切智智清淨何以故若般若波羅蜜多清淨若四靜慮清淨若一切智智清淨無二無二分無别無斷故般若波羅蜜多清淨故四無量四無色定清淨四無量四無色定清淨故一切智智清淨何以故若般若波羅蜜多清淨若四無量四無色定清淨若一切智智清淨無二無二分無别無斷故善現般若波羅蜜多清淨故八解脫清淨八解脫清淨故一切智智清淨何以故若般若波羅蜜多清淨若八解脫清淨若一切智智清淨無二無二分無别無斷故般若波羅蜜多清淨故八勝處九次第定十遍處清淨八勝處九次第定十遍處清淨故一切智智清淨何以故若般若波羅蜜多清淨若八勝處九次第定十遍處清淨若一切智智清淨無二無二分無别無斷故善現般若波羅蜜多清

淨故四念住清淨四念住清淨故一切智智清淨何以故若般若波羅蜜多清淨若四念住清淨若一切智智清淨無二無二分無別無斷故般若波羅蜜多清淨故四正斷四神足五根五力七等覺支八聖道支清淨四正斷乃至八聖道支清淨故一切智智清淨何以故若般若波羅蜜多清淨若四正斷乃至八聖道支清淨若一切智智清淨無二無二分無別無斷故善現般若波羅蜜多清淨故空解脫門清淨空解脫門清淨故一切智智清淨何以故若般若波羅蜜多清淨若空解脫門清淨若一切智智清淨無二無二分無別無斷故般若波羅蜜多清淨故無相無願解脫門清淨無相無願解脫門清淨故一切智智清淨何以故若般若波羅蜜多清淨若無相無願解脫門清淨若一切智智清淨無二無二分無別無斷故善現般若波羅蜜多清淨故菩薩十地清淨菩薩十地清淨故一切智智清淨何以故若般若波羅蜜多清淨若菩薩十地清淨若一切智智清淨無二無二分無別無斷故善現般若波羅蜜多清淨故五眼清淨五眼清淨故一切智智清淨何以故若般若波羅蜜多清淨若五眼清淨若一切智智清淨無二無二分無別無斷故般若波羅蜜多清淨故六神通清淨六神通清淨故一切智智清淨何以故若般若波羅蜜多清淨若六神通清淨若一切智智清淨無二無二分無別無斷故善現般若波羅蜜多清淨故佛十力清淨佛十力清淨故一切智智清淨何以故若般若波羅蜜多清淨若佛

十力清淨若一切智智清淨無二無二分無別無斷故般若波羅蜜多清淨故四無所畏四無礙解大慈大悲大喜大捨十八佛不共法清淨四無所畏乃至十八佛不共法清淨故一切智智清淨何以故若般若波羅蜜多清淨若四無所畏乃至十八佛不共法清淨若一切智智清淨無二無二分無別無斷故善現般若波羅蜜多清淨故無忘失法清淨無忘失法清淨故一切智智清淨何以故若般若波羅蜜多清淨若無忘失法清淨若一切智智清淨無二無二分無別無斷故般若波羅蜜多清淨故恒住捨性清淨恒住捨性清淨故一切智智清淨何以故若般若波羅蜜多清淨若恒住捨性清淨若一切智智清淨無二無二分無別無斷故善現般若波羅蜜多清淨故一切智清淨一切智清淨故一切智智清淨何以故若般若波羅蜜多清淨若一切智清淨若一切智智清淨無二無二分無別無斷故般若波羅蜜多清淨故道相智一切相智清淨道相智一切相智清淨故一切智智清淨何以故若般若波羅蜜多清淨若道相智一切相智清淨若一切智智清淨無二無二分無別無斷故善現般若波羅蜜多清淨故一切陀羅尼門清淨一切陀羅尼門清淨故一切智智清淨何以故若般若波羅蜜多清淨若一切陀羅尼門清淨若一切智智清淨無二無二分無別無斷故般若波羅蜜多清淨故一切三摩地門清淨一切三摩地門清淨故一切智智清淨何以故若般若波羅蜜多清淨若一切三摩地門清淨

若一切智智清淨無二無二分無別無斷故善現般若波羅蜜多清淨故預流果清淨預流果清淨故一切智智清淨何以故若般若波羅蜜多清淨若預流果清淨若一切智智清淨無二無二分無別無斷故般若波羅蜜多清淨故一來不還阿羅漢果清淨一來不還阿羅漢果清淨故一切智智清淨何以故若般若波羅蜜多清淨若一來不還阿羅漢果清淨若一切智智清淨無二無二分無別無斷故善現般若波羅蜜多清淨故獨覺菩提清淨獨覺菩提清淨故一切智智清淨何以故若般若波羅蜜多清淨若獨覺菩提清淨若一切智智清淨無二無二分無別無斷故善現般若波羅蜜多清淨故一切菩薩摩訶薩行清淨一切菩薩摩訶薩行清淨故一切智智清淨何以故若般若波羅蜜多清淨若一切菩薩摩訶薩行清淨若一切智智清淨無二無二分無別無斷故善現般若波羅蜜多清淨故諸佛無上正等菩提清淨諸佛無上正等菩提清淨故一切智智清淨何以故若般若波羅蜜多清淨若諸佛無上正等菩提清淨若一切智智清淨無二無二分無別無斷故復次善現靜慮波羅蜜多清淨故色清淨色清淨故一切智智清淨何以故若靜慮波羅蜜多清淨若色清淨若一切智智清淨無二無二分無別無斷故靜慮波羅蜜多清淨故受想行識清淨受想行識清淨故一切智智清淨何以故若靜慮波羅蜜多清淨若受想行識清淨若一切智智清淨無二無二分無別無斷故善現靜慮波羅蜜多清

淨故眼處清淨眼處清淨故一切智智清淨何以故若靜慮波羅蜜多清淨若眼處清淨若一切智智清淨無二無二分無別無斷故靜慮波羅蜜多清淨故耳鼻舌身意處清淨耳鼻舌身意處清淨故一切智智清淨何以故若靜慮波羅蜜多清淨若耳鼻舌身意處清淨若一切智智清淨無二無二分無別無斷故善現靜慮波羅蜜多清淨故色處清淨色處清淨故一切智智清淨何以故若靜慮波羅蜜多清淨若色處清淨若一切智智清淨無二無二分無別無斷故靜慮波羅蜜多清淨故聲香味觸法處清淨聲香味觸法處清淨故一切智智清淨何以故若靜慮波羅蜜多清淨若聲香味觸法處清淨若一切智智清淨無二無二分無別無斷故善現靜慮

波羅蜜多清淨故眼界清淨眼界清淨故一切智智清淨何以故若靜慮波羅蜜多清淨若眼界清淨若一切智智清淨無二無二分無別無斷故靜慮波羅蜜多清淨故色界眼識界及眼觸眼觸爲緣所生諸受清淨色界乃至眼觸爲緣所生諸受清淨故一切智智清淨何以故若靜慮波羅蜜多清淨若色界乃至眼觸爲緣所生諸受清淨若一切智智清淨無二無二分無別無斷故善現靜慮波羅蜜多清淨故耳界清淨耳界清淨故一切智智清淨何以故若靜慮波羅蜜多清淨若耳界清淨若一切智智清淨無二無二分無別無斷故靜慮波羅蜜多清淨故聲界耳識界及耳觸耳觸爲緣所生諸受清淨聲界乃至耳觸爲緣所生諸受清淨故一切智智清

淨何以故若靜慮波羅蜜多清淨若聲界乃至耳觸爲緣所生諸受清淨若一切智智清淨無二無二分無別無斷故善現靜慮波羅蜜多清淨故鼻界清淨鼻界清淨故一切智智清淨何以故若靜慮波羅蜜多清淨若鼻界清淨若一切智智清淨無二無二分無別無斷故靜慮波羅蜜多清淨故香界鼻識界及鼻觸鼻觸爲緣所生諸受清淨香界乃至鼻觸爲緣所生諸受清淨故一切智智清淨何以故若靜慮波羅蜜多清淨若香界乃至鼻觸爲緣所生諸受清淨若一切智智清淨無二無二分無別無斷故善現靜慮波羅蜜多清淨故舌界清淨舌界清淨故一切智智清淨何以故若靜慮波羅蜜多清淨若舌界清淨若一切智智清淨無二無二分無別無斷故靜慮波羅蜜多清淨故味界舌識界及舌觸舌觸爲緣所生諸受清淨味界乃至舌觸爲緣所生諸受清淨故一切智智清淨何以故若靜慮波羅蜜多清淨若味界乃至舌觸爲緣所生諸受清淨若一切智智清淨無二無二分無別無斷故善現靜慮波羅蜜多清淨故身界清淨身界清淨故一切智智清淨何以故若靜慮波羅蜜多清淨若身界清淨若一切智智清淨無二無二分無別無斷故靜慮波羅蜜多清淨故觸界身識界及身觸身觸爲緣所生諸受清淨觸界乃至身觸爲緣所生諸受清淨故一切智智清淨何以故若靜慮波羅蜜多清淨若觸界乃至身觸爲緣所生諸受清淨若一切智智清淨無二無二分無別無斷故善現靜慮波羅蜜多清

淨故意界清淨意界清淨故一切智智清淨
何以故若靜慮波羅蜜多清淨若意界清淨
若一切智智清淨無二無二分無別無斷故
靜慮波羅蜜多清淨故法界意識界及意觸
意觸爲緣所生諸受清淨法界乃至意觸爲
緣所生諸受清淨故一切智智清淨何以故
若靜慮波羅蜜多清淨若法界乃至意觸爲
緣所生諸受清淨若一切智智清淨無二無
二分無別無斷故善現靜慮波羅蜜多清淨
故地界清淨地界清淨故一切智智清淨何
以故若靜慮波羅蜜多清淨若地界清淨若
一切智智清淨無二無二分無別無斷故靜
慮波羅蜜多清淨故水火風空識界清淨水
火風空識界清淨故一切智智清淨何以故
若靜慮波羅蜜多清淨若水火風空識界清

淨若一切智智清淨無二無二分無別無斷
故善現靜慮波羅蜜多清淨故無明清淨無
明清淨故一切智智清淨何以故若靜慮波
羅蜜多清淨若無明清淨若一切智智清淨
無二無二分無別無斷故靜慮波羅蜜多清
淨故行識名色六處觸受愛取有生老死愁
歎苦憂惱清淨行乃至老死愁歎苦憂惱清
淨故一切智智清淨何以故若靜慮波羅蜜
多清淨若行乃至老死愁歎苦憂惱清淨若
一切智智清淨無二無二分無別無斷故善
現靜慮波羅蜜多清淨故布施波羅蜜多清
淨布施波羅蜜多清淨故一切智智清淨何
以故若靜慮波羅蜜多清淨若布施波羅蜜
多清淨若一切智智清淨無二無二分無別
無斷故靜慮波羅蜜多清淨故淨戒安忍精

進般若波羅蜜多清淨淨戒乃至般若波羅蜜多清淨故一切智智清淨何以故若靜慮波羅蜜多清淨若淨戒乃至般若波羅蜜多清淨若一切智智清淨無二無二分無別無斷故善現靜慮波羅蜜多清淨故內空清淨內空清淨故一切智智清淨何以故若靜慮波羅蜜多清淨若內空清淨若一切智智清淨無二無二分無別無斷故靜慮波羅蜜多清淨故外空內外空空空大空勝義空有為空無為空畢竟空無際空散空無變異空本性空自相空共相空一切法空不可得空無性空自性空無性自性空清淨外空乃至無性自性空清淨故一切智智清淨何以故若靜慮波羅蜜多清淨若外空乃至無性自性空清淨若一切智智清淨無二無二分無別無斷故善現靜慮波羅蜜多清淨故真如清淨真如清淨故一切智智清淨何以故若靜慮波羅蜜多清淨若真如清淨若一切智智清淨無二無二分無別無斷故靜慮波羅蜜多清淨故法界法性不虛妄性不變異性平等性離生性法定法住實際虛空界不思議界清淨法界乃至不思議界清淨故一切智智清淨何以故若靜慮波羅蜜多清淨若法界乃至不思議界清淨若一切智智清淨無二無二分無別無斷故善現靜慮波羅蜜多清淨故苦聖諦清淨苦聖諦清淨故一切智智清淨何以故若靜慮波羅蜜多清淨若苦聖諦清淨若一切智智清淨無二無二分無別無斷故靜慮波羅蜜多清淨故集滅道聖諦清淨集滅道聖諦清淨故一切智智清淨

何以故若靜慮波羅蜜多清淨若集滅道聖諦清淨若一切智智清淨無二無二分無別無斷故善現靜慮波羅蜜多清淨故四靜慮清淨四靜慮清淨故一切智智清淨何以故若靜慮波羅蜜多清淨若四靜慮清淨若一切智智清淨無二無二分無別無斷故靜慮波羅蜜多清淨故四無量四無色定清淨四無量四無色定清淨故一切智智清淨何以故若靜慮波羅蜜多清淨若四無量四無色定清淨若一切智智清淨無二無二分無別無斷故善現靜慮波羅蜜多清淨故八解脱清淨八解脱清淨故一切智智清淨何以故若靜慮波羅蜜多清淨若八解脱清淨若一切智智清淨無二無二分無別無斷故靜慮波羅蜜多清淨故八勝處九次第定十遍處清淨八勝處九次第定十遍處清淨故一切智智清淨何以故若靜慮波羅蜜多清淨若八勝處九次第定十遍處清淨若一切智智清淨無二無二分無別無斷故善現靜慮波羅蜜多清淨故四念住清淨四念住清淨故一切智智清淨何以故若靜慮波羅蜜多清淨若四念住清淨若一切智智清淨無二無二分無別無斷故靜慮波羅蜜多清淨故四正斷四神足五根五力七等覺支八聖道支清淨四正斷乃至八聖道支清淨故一切智智清淨何以故若靜慮波羅蜜多清淨若四正斷乃至八聖道支清淨若一切智智清淨無二無二分無別無斷故善現靜慮波羅蜜多清淨故空解脱門清淨空解脱門清淨故一切智智清淨何以故若靜慮波羅蜜多清

淨若空解脫門清淨若一切智智清淨無二無二分無別無斷故靜慮波羅蜜多清淨故無相無願解脫門清淨無相無願解脫門清淨故一切智智清淨何以故若靜慮波羅蜜多清淨若無相無願解脫門清淨若一切智智清淨無二無二分無別無斷故善現靜慮波羅蜜多清淨故菩薩十地清淨菩薩十地清淨故一切智智清淨何以故若靜慮波羅蜜多清淨若菩薩十地清淨若一切智智清淨無二無二分無別無斷故善現靜慮波羅蜜多清淨故五眼清淨五眼清淨故一切智智清淨何以故若靜慮波羅蜜多清淨若五眼清淨若一切智智清淨無二無二分無別無斷故靜慮波羅蜜多清淨故六神通清淨六神通清淨故一切智智清淨何以故若靜慮波羅蜜多清淨若六神通清淨若一切智智清淨無二無二分無別無斷故善現靜慮波羅蜜多清淨故佛十力清淨佛十力清淨故一切智智清淨何以故若靜慮波羅蜜多清淨若佛十力清淨若一切智智清淨無二無二分無別無斷故靜慮波羅蜜多清淨故四無所畏四無礙解大慈大悲大喜大捨十八佛不共法清淨四無所畏乃至十八佛不共法清淨故一切智智清淨何以故若靜慮波羅蜜多清淨若四無所畏乃至十八佛不共法清淨若一切智智清淨無二無二分無別無斷故善現靜慮波羅蜜多清淨故無忘失法清淨無忘失法清淨故一切智智清淨何以故若靜慮波羅蜜多清淨若無忘失法清淨若一切智智清淨無二無二分無別無

斷故靜慮波羅蜜多清淨故恒住捨性清淨恒住捨性清淨故一切智智清淨何以故若靜慮波羅蜜多清淨若恒住捨性清淨若一切智智清淨無二無二分無別無斷故善現靜慮波羅蜜多清淨故一切智清淨一切智清淨故一切智智清淨何以故若靜慮波羅蜜多清淨若一切智清淨若一切智智清淨無二無二分無別無斷故靜慮波羅蜜多清淨故道相智一切相智清淨道相智一切相智清淨故一切智智清淨何以故若靜慮波羅蜜多清淨若道相智一切相智清淨若一切智智清淨無二無二分無別無斷故善現靜慮波羅蜜多清淨故一切陀羅尼門清淨一切陀羅尼門清淨故一切智智清淨何以故若靜慮波羅蜜多清淨若一切陀羅尼門清淨若一切智智清淨無二無二分無別無斷故靜慮波羅蜜多清淨故一切三摩地門清淨一切三摩地門清淨故一切智智清淨何以故若靜慮波羅蜜多清淨若一切三摩地門清淨若一切智智清淨無二無二分無別無斷故善現靜慮波羅蜜多清淨故預流果清淨預流果清淨故一切智智清淨何以故若靜慮波羅蜜多清淨若預流果清淨若一切智智清淨無二無二分無別無斷故靜慮波羅蜜多清淨故一來不還阿羅漢果清淨一來不還阿羅漢果清淨故一切智智清淨何以故若靜慮波羅蜜多清淨若一來不還阿羅漢果清淨若一切智智清淨無二無二分無別無斷故善現靜慮波羅蜜多清淨故獨覺菩提清淨獨覺菩提清淨故一切智

智清淨何以故若靜慮波羅蜜多清淨若獨覺菩提清淨若一切智智清淨無二無二分無別無斷故善現靜慮波羅蜜多清淨故一切菩薩摩訶薩行清淨一切菩薩摩訶薩行清淨故一切智智清淨何以故若靜慮波羅蜜多清淨若一切菩薩摩訶薩行清淨若一切智智清淨無二無二分無別無斷故善現靜慮波羅蜜多清淨故諸佛無上正等菩提清淨諸佛無上正等菩提清淨故一切智智清淨何以故若靜慮波羅蜜多清淨若諸佛無上正等菩提清淨若一切智智清淨無二無二分無別無斷故

大般若波羅蜜多經卷第二百五

大般若波羅蜜多經卷第二百六　秋六

唐三藏法師玄奘奉　詔譯

初分難信解品第三十四之二十五

復次善現精進波羅蜜多清淨故色清淨色清淨故一切智智清淨何以故若精進波羅蜜多清淨若色清淨若一切智智清淨無二無二分無別無斷故精進波羅蜜多清淨故受想行識清淨受想行識清淨故一切智智清淨何以故若精進波羅蜜多清淨若受想行識清淨若一切智智清淨無二無二分無別無斷故善現精進波羅蜜多清淨故眼處清淨眼處清淨故一切智智清淨何以故若精進波羅蜜多清淨若眼處清淨若一切智智清淨無二無二分無別無斷故精進波羅蜜多清淨故耳鼻舌身意處清淨耳鼻舌身意處清淨故一切智智清淨何以故若精進波羅蜜多清淨若耳鼻舌身意處清淨若一切智智清淨無二無二分無別無斷故善現精進波羅蜜多清淨故色處清淨色處清淨故一切智智清淨何以故若精進波羅蜜多清淨若色處清淨若一切智智清淨無二無二分無別無斷故精進波羅蜜多清淨故聲香味觸法處清淨聲香味觸法處清淨故一切智智清淨何以故若精進波羅蜜多清淨若聲香味觸法處清淨若一切智智清淨無二無二分無別無斷故善現精進波羅蜜多清淨故眼界清淨眼界清淨故一切智智清淨何以故若精進波羅蜜多清淨若眼界清淨若一切智智清淨無二無二分無別無斷故精進波羅蜜多清淨故色界眼識界及眼

觸眼觸爲緣所生諸受清淨色界乃至眼觸爲緣所生諸受清淨故一切智智清淨何以故若精進波羅蜜多清淨若色界乃至眼觸爲緣所生諸受清淨若一切智智清淨無二無二分無別無斷故善現精進波羅蜜多清淨故耳界清淨耳界清淨故一切智智清淨何以故若精進波羅蜜多清淨若耳界清淨若一切智智清淨無二無二分無別無斷故精進波羅蜜多清淨故聲界耳識界及耳觸耳觸爲緣所生諸受清淨聲界乃至耳觸爲緣所生諸受清淨故一切智智清淨何以故若精進波羅蜜多清淨若聲界乃至耳觸爲緣所生諸受清淨若一切智智清淨無二無二分無別無斷故善現精進波羅蜜多清淨故鼻界清淨鼻界清淨故一切智智清淨何以故若精進波羅蜜多清淨若鼻界清淨若一切智智清淨無二無二分無別無斷故精進波羅蜜多清淨故香界鼻識界及鼻觸鼻觸爲緣所生諸受清淨香界乃至鼻觸爲緣所生諸受清淨故一切智智清淨何以故若精進波羅蜜多清淨若香界乃至鼻觸爲緣所生諸受清淨若一切智智清淨無二無二分無別無斷故善現精進波羅蜜多清淨故舌界清淨舌界清淨故一切智智清淨何以故若精進波羅蜜多清淨若舌界清淨若一切智智清淨無二無二分無別無斷故精進波羅蜜多清淨故味界舌識界及舌觸舌觸爲緣所生諸受清淨味界乃至舌觸爲緣所生諸受清淨故一切智智清淨何以故若精進波羅蜜多清淨若味界乃至舌觸爲緣所

生諸受清淨若一切智智清淨無二無二分
無別無斷故善現精進波羅蜜多清淨故身
界清淨身界清淨故一切智智清淨何以故
若精進波羅蜜多清淨若身界清淨若一切
智智清淨無二無二分無別無斷故精進波
羅蜜多清淨故觸界身識界及身觸身觸爲
緣所生諸受清淨觸界乃至身觸爲緣所生
諸受清淨故一切智智清淨何以故若精進
波羅蜜多清淨若觸界乃至身觸爲緣所生
諸受清淨若一切智智清淨無二無二分無
別無斷故善現精進波羅蜜多清淨故意界
清淨意界清淨故一切智智清淨何以故若
精進波羅蜜多清淨若意界清淨若一切智
智清淨無二無二分無別無斷故精進波羅
蜜多清淨故法界意識界及意觸意觸爲緣
所生諸受清淨法界乃至意觸爲緣所生諸
受清淨故一切智智清淨何以故若精進波
羅蜜多清淨若法界乃至意觸爲緣所生諸
受清淨若一切智智清淨無二無二分無別
無斷故善現精進波羅蜜多清淨故地界清
淨地界清淨故一切智智清淨何以故若精
進波羅蜜多清淨若地界清淨若一切智智
清淨無二無二分無別無斷故精進波羅蜜
多清淨故水火風空識界清淨水火風空識
界清淨故一切智智清淨何以故若精進波
羅蜜多清淨若水火風空識界清淨若一切
智智清淨無二無二分無別無斷故善現精
進波羅蜜多清淨故無明清淨無明清淨故
一切智智清淨何以故若精進波羅蜜多清
淨若無明清淨若一切智智清淨無二無二

分無別無斷故精進波羅蜜多清淨故行識名色六處觸受愛取有生老死愁歎苦憂惱清淨行乃至老死愁歎苦憂惱清淨故一切智智清淨何以故若精進波羅蜜多清淨若行乃至老死愁歎苦憂惱清淨若一切智智清淨無二無二分無別無斷故善現精進波羅蜜多清淨故布施波羅蜜多清淨布施波羅蜜多清淨故一切智智清淨何以故若精進波羅蜜多清淨若布施波羅蜜多清淨若一切智智清淨無二無二分無別無斷故精進波羅蜜多清淨故淨戒安忍靜慮般若波羅蜜多清淨淨戒乃至般若波羅蜜多清淨故一切智智清淨何以故若精進波羅蜜多清淨若淨戒乃至般若波羅蜜多清淨若一切智智清淨無二無二分無別無斷故善現精進波羅蜜多清淨故內空清淨內空清淨故一切智智清淨何以故若精進波羅蜜多清淨若內空清淨若一切智智清淨無二無二分無別無斷故精進波羅蜜多清淨故外空內外空空空大空勝義空有爲空無爲空畢竟空無際空散空無變異空本性空自相空共相空一切法空不可得空無性空自性空無性自性空清淨外空乃至無性自性空清淨故一切智智清淨何以故若精進波羅蜜多清淨若外空乃至無性自性空清淨若一切智智清淨無二無二分無別無斷故善現精進波羅蜜多清淨故眞如清淨眞如清淨故一切智智清淨何以故若精進波羅蜜多清淨若眞如清淨若一切智智清淨無二無二分無別無斷故精進波羅蜜多清淨故

法界法性不虛妄性不變異性平等性離生性法定法住實際虛空界不思議界清淨法界乃至不思議界清淨故一切智智清淨何以故若精進波羅蜜多清淨若法界乃至不思議界清淨若一切智智清淨無二無二分無別無斷故善現精進波羅蜜多清淨故苦聖諦清淨苦聖諦清淨故一切智智清淨何以故若精進波羅蜜多清淨若苦聖諦清淨若一切智智清淨無二無二分無別無斷故精進波羅蜜多清淨故集滅道聖諦清淨集滅道聖諦清淨故一切智智清淨何以故若精進波羅蜜多清淨若集滅道聖諦清淨若一切智智清淨無二無二分無別無斷故善現精進波羅蜜多清淨故四靜慮清淨四靜慮清淨故一切智智清淨何以故若精進波羅蜜多清淨若四靜慮清淨若一切智智清淨無二無二分無別無斷故精進波羅蜜多清淨故四無量四無色定清淨四無量四無色定清淨故一切智智清淨何以故若精進波羅蜜多清淨若四無量四無色定清淨若一切智智清淨無二無二分無別無斷故善現精進波羅蜜多清淨故八解脫清淨八解脫清淨故一切智智清淨何以故若精進波羅蜜多清淨若八解脫清淨若一切智智清淨無二無二分無別無斷故精進波羅蜜多清淨故八勝處九次第定十遍處清淨八勝處九次第定十遍處清淨故一切智智清淨何以故若精進波羅蜜多清淨若八勝處九次第定十遍處清淨若一切智智清淨無二無二分無別無斷故善現精進波羅蜜多清

淨故四念住清淨四念住清淨故一切智智清淨何以故若精進波羅蜜多清淨若四念住清淨若一切智智清淨無二無二分無別無斷故精進波羅蜜多清淨故四正斷四神足五根五力七等覺支八聖道支清淨四正斷乃至八聖道支清淨故一切智智清淨何以故若精進波羅蜜多清淨若四正斷乃至八聖道支清淨若一切智智清淨無二無二分無別無斷故善現精進波羅蜜多清淨故空解脫門清淨空解脫門清淨故一切智智清淨何以故若精進波羅蜜多清淨若空解脫門清淨若一切智智清淨無二無二分無別無斷故精進波羅蜜多清淨故無相無願解脫門清淨無相無願解脫門清淨故一切智智清淨何以故若精進波羅蜜多清淨若無相無願解脫門清淨若一切智智清淨無二無二分無別無斷故善現精進波羅蜜多清淨故菩薩十地清淨菩薩十地清淨故一切智智清淨何以故若精進波羅蜜多清淨若菩薩十地清淨若一切智智清淨無二無二分無別無斷故善現精進波羅蜜多清淨故五眼清淨五眼清淨故一切智智清淨何以故若精進波羅蜜多清淨若五眼清淨若一切智智清淨無二無二分無別無斷故精進波羅蜜多清淨故六神通清淨六神通清淨故一切智智清淨何以故若精進波羅蜜多清淨若六神通清淨若一切智智清淨無二無二分無別無斷故善現精進波羅蜜多清淨故佛十力清淨佛十力清淨故一切智智清淨何以故若精進波羅蜜多清淨若佛

十力清淨若一切智智清淨無二無二分無別無斷故精進波羅蜜多清淨故四無所畏四無礙解大慈大悲大喜大捨十八佛不共法清淨四無所畏乃至十八佛不共法清淨故一切智智清淨何以故若精進波羅蜜多清淨若四無所畏乃至十八佛不共法清淨若一切智智清淨無二無二分無別無斷故善現精進波羅蜜多清淨故無忘失法清淨無忘失法清淨故一切智智清淨何以故若精進波羅蜜多清淨若無忘失法清淨若一切智智清淨無二無二分無別無斷故精進波羅蜜多清淨故恒住捨性清淨恒住捨性清淨故一切智智清淨何以故若精進波羅蜜多清淨若恒住捨性清淨若一切智智清淨無二無二分無別無斷故善現精進波羅

蜜多清淨故一切智清淨一切智清淨故一切智智清淨何以故若精進波羅蜜多清淨若一切智清淨若一切智智清淨無二無二分無別無斷故精進波羅蜜多清淨故道相智一切相智清淨道相智一切相智清淨故一切智智清淨何以故若精進波羅蜜多清淨若道相智一切相智清淨若一切智智清淨無二無二分無別無斷故善現精進波羅蜜多清淨故一切陁羅尼門清淨一切陁羅尼門清淨故一切智智清淨何以故若精進波羅蜜多清淨若一切陁羅尼門清淨若一切智智清淨無二無二分無別無斷故精進波羅蜜多清淨故一切三摩地門清淨一切三摩地門清淨故一切智智清淨何以故若精進波羅蜜多清淨若一切三摩地門清淨

若一切智智清淨無二無二分無別無斷故善現精進波羅蜜多清淨故預流果清淨預流果清淨故一切智智清淨何以故若精進波羅蜜多清淨若預流果清淨若一切智智清淨無二無二分無別無斷故精進波羅蜜多清淨故一來不還阿羅漢果清淨一來不還阿羅漢果清淨故一切智智清淨何以故若精進波羅蜜多清淨若一來不還阿羅漢果清淨若一切智智清淨無二無二分無別無斷故善現精進波羅蜜多清淨故獨覺菩提清淨獨覺菩提清淨故一切智智清淨何以故若精進波羅蜜多清淨若獨覺菩提清淨若一切智智清淨無二無二分無別無斷故善現精進波羅蜜多清淨故一切菩薩摩訶薩行清淨一切菩薩摩訶薩行清淨故一切智智清淨何以故若精進波羅蜜多清淨若一切菩薩摩訶薩行清淨若一切智智清淨無二無二分無別無斷故善現精進波羅蜜多清淨故諸佛無上正等菩提清淨諸佛無上正等菩提清淨故一切智智清淨何以故若精進波羅蜜多清淨若諸佛無上正等菩提清淨若一切智智清淨無二無二分無別無斷故復次善現安忍波羅蜜多清淨故色清淨色清淨故一切智智清淨何以故若安忍波羅蜜多清淨若色清淨若一切智智清淨無二無二分無別無斷故安忍波羅蜜多清淨故受想行識清淨受想行識清淨故一切智智清淨何以故若安忍波羅蜜多清淨若受想行識清淨若一切智智清淨無二無二分無別無斷故善現安忍波羅蜜多清

淨故眼處清淨眼處清淨故一切智智清淨何以故若安忍波羅蜜多清淨若眼處清淨若一切智智清淨無二無二分無别無斷故安忍波羅蜜多清淨故耳鼻舌身意處清淨耳鼻舌身意處清淨故一切智智清淨何以故若安忍波羅蜜多清淨若耳鼻舌身意處清淨若一切智智清淨無二無二分無别無斷故善現安忍波羅蜜多清淨故色處清淨色處清淨故一切智智清淨何以故若安忍波羅蜜多清淨若色處清淨若一切智智清淨無二無二分無别無斷故安忍波羅蜜多清淨故聲香味觸法處清淨聲香味觸法處清淨故一切智智清淨何以故若安忍波羅蜜多清淨若聲香味觸法處清淨若一切智智清淨無二無二分無别無斷故善現安忍波羅蜜多清淨故眼界清淨眼界清淨故一切智智清淨何以故若安忍波羅蜜多清淨若眼界清淨若一切智智清淨無二無二分無别無斷故安忍波羅蜜多清淨故色界眼識界及眼觸眼觸爲緣所生諸受清淨色界乃至眼觸爲緣所生諸受清淨故一切智智清淨何以故若安忍波羅蜜多清淨若色界乃至眼觸爲緣所生諸受清淨若一切智智清淨無二無二分無别無斷故善現安忍波羅蜜多清淨故耳界清淨耳界清淨故一切智智清淨何以故若安忍波羅蜜多清淨若耳界清淨若一切智智清淨無二無二分無别無斷故安忍波羅蜜多清淨故聲界耳識界及耳觸耳觸爲緣所生諸受清淨聲界乃至耳觸爲緣所生諸受清淨故一切智智清

淨何以故若安忍波羅蜜多清淨若聲界乃至耳觸爲縁所生諸受清淨若一切智智清淨無二無二分無別無斷故善現安忍波羅蜜多清淨故鼻界清淨鼻界清淨故一切智智清淨何以故若安忍波羅蜜多清淨若鼻界清淨若一切智智清淨無二無二分無別無斷故安忍波羅蜜多清淨故香界鼻識界及鼻觸鼻觸爲縁所生諸受清淨香界乃至鼻觸爲縁所生諸受清淨故一切智智清淨何以故若安忍波羅蜜多清淨若香界乃至鼻觸爲縁所生諸受清淨若一切智智清淨無二無二分無別無斷故善現安忍波羅蜜多清淨故舌界清淨舌界清淨故一切智智清淨何以故若安忍波羅蜜多清淨若舌界清淨若一切智智清淨無二無二分無別無斷故安忍波羅蜜多清淨故味界舌識界及舌觸舌觸爲縁所生諸受清淨味界乃至舌觸爲縁所生諸受清淨故一切智智清淨何以故若安忍波羅蜜多清淨若味界乃至舌觸爲縁所生諸受清淨若一切智智清淨無二無二分無別無斷故善現安忍波羅蜜多清淨故身界清淨身界清淨故一切智智清淨何以故若安忍波羅蜜多清淨若身界清淨若一切智智清淨無二無二分無別無斷故安忍波羅蜜多清淨故觸界身識界及身觸身觸爲縁所生諸受清淨觸界乃至身觸爲縁所生諸受清淨故一切智智清淨何以故若安忍波羅蜜多清淨若觸界乃至身觸爲縁所生諸受清淨若一切智智清淨無二無二分無別無斷故善現安忍波羅蜜多清

淨故意界清淨意界清淨故一切智智清淨何以故若安忍波羅蜜多清淨若意界清淨若一切智智清淨無二無二分無別無斷故安忍波羅蜜多清淨故法界意識界及意觸意觸爲緣所生諸受清淨法界乃至意觸爲緣所生諸受清淨故一切智智清淨何以故若安忍波羅蜜多清淨若法界乃至意觸爲緣所生諸受清淨若一切智智清淨無二無二分無別無斷故善現安忍波羅蜜多清淨故地界清淨地界清淨故一切智智清淨何以故若安忍波羅蜜多清淨若地界清淨若一切智智清淨無二無二分無別無斷故安忍波羅蜜多清淨故水火風空識界清淨水火風空識界清淨故一切智智清淨何以故若安忍波羅蜜多清淨若水火風空識界清淨若一切智智清淨無二無二分無別無斷故善現安忍波羅蜜多清淨故無明清淨無明清淨故一切智智清淨何以故若安忍波羅蜜多清淨若無明清淨若一切智智清淨無二無二分無別無斷故安忍波羅蜜多清淨故行識名色六處觸受愛取有生老死愁歎苦憂惱清淨行乃至老死愁歎苦憂惱清淨故一切智智清淨何以故若安忍波羅蜜多清淨若行乃至老死愁歎苦憂惱清淨若一切智智清淨無二無二分無別無斷故善現安忍波羅蜜多清淨故布施波羅蜜多清淨布施波羅蜜多清淨故一切智智清淨何以故若安忍波羅蜜多清淨若布施波羅蜜多清淨若一切智智清淨無二無二分無別無斷故安忍波羅蜜多清淨故淨戒精進靜

處般若波羅蜜多清淨淨戒乃至般若波羅蜜多清淨故一切智智清淨何以故若安忍波羅蜜多清淨若淨戒乃至般若波羅蜜多清淨若一切智智清淨無二無二分無別無斷故善現安忍波羅蜜多清淨故內空清淨內空清淨故一切智智清淨何以故若安忍波羅蜜多清淨若內空清淨若一切智智清淨無二無二分無別無斷故安忍波羅蜜多清淨故外空內外空空空大空勝義空有為空無為空畢竟空無際空散空無變異空本性空自相空共相空一切法空不可得空無性空自性空無性自性空清淨外空乃至無性自性空清淨故一切智智清淨何以故若安忍波羅蜜多清淨若外空乃至無性自性空清淨若一切智智清淨無二無二分無別無斷故善現安忍波羅蜜多清淨故真如清淨真如清淨故一切智智清淨何以故若安忍波羅蜜多清淨若真如清淨若一切智智清淨無二無二分無別無斷故安忍波羅蜜多清淨故法界法性不虛妄性不變異性平等性離生性法定法住實際虛空界不思議界清淨法界乃至不思議界清淨故一切智智清淨何以故若安忍波羅蜜多清淨若法界乃至不思議界清淨若一切智智清淨無二無二分無別無斷故善現安忍波羅蜜多清淨故苦聖諦清淨苦聖諦清淨故一切智智清淨何以故若安忍波羅蜜多清淨若苦聖諦清淨若一切智智清淨無二無二分無別無斷故安忍波羅蜜多清淨故集滅道聖諦清淨集滅道聖諦清淨故一切智智清淨

何以故若安忍波羅蜜多清淨若集滅道聖諦清淨若一切智智清淨無二無二分無別無斷故善現安忍波羅蜜多清淨故四靜慮清淨四靜慮清淨故一切智智清淨何以故若安忍波羅蜜多清淨若四靜慮清淨若一切智智清淨無二無二分無別無斷故安忍波羅蜜多清淨故四無量四無色定清淨四無量四無色定清淨故一切智智清淨何以故若安忍波羅蜜多清淨若四無量四無色定清淨若一切智智清淨無二無二分無別無斷故善現安忍波羅蜜多清淨故八解脫清淨八解脫清淨故一切智智清淨何以故若安忍波羅蜜多清淨若八解脫清淨若一切智智清淨無二無二分無別無斷故安忍波羅蜜多清淨故八勝處九次第定十遍處清淨八勝處九次第定十遍處清淨故一切智智清淨何以故若安忍波羅蜜多清淨若八勝處九次第定十遍處清淨若一切智智清淨無二無二分無別無斷故善現安忍波羅蜜多清淨故四念住清淨四念住清淨故一切智智清淨何以故若安忍波羅蜜多清淨若四念住清淨若一切智智清淨無二無二分無別無斷故安忍波羅蜜多清淨故四正斷四神足五根五力七等覺支八聖道支清淨四正斷乃至八聖道支清淨故一切智智清淨何以故若安忍波羅蜜多清淨若四正斷乃至八聖道支清淨若一切智智清淨無二無二分無別無斷故善現安忍波羅蜜多清淨故空解脫門清淨空解脫門清淨故一切智智清淨何以故若安忍波羅蜜多清

淨若空解脫門清淨若一切智智清淨無二無二分無別無斷故安忍波羅蜜多清淨故無相無願解脫門清淨無相無願解脫門清淨故一切智智清淨何以故若安忍波羅蜜多清淨若無相無願解脫門清淨若一切智智清淨無二無二分無別無斷故善現安忍波羅蜜多清淨故菩薩十地清淨菩薩十地清淨故一切智智清淨何以故若安忍波羅蜜多清淨若菩薩十地清淨若一切智智清淨無二無二分無別無斷故善現安忍波羅蜜多清淨故五眼清淨五眼清淨故一切智智清淨何以故若安忍波羅蜜多清淨若五眼清淨若一切智智清淨無二無二分無別無斷故安忍波羅蜜多清淨故六神通清淨六神通清淨故一切智智清淨何以故若安忍波羅蜜多清淨若六神通清淨若一切智智清淨無二無二分無別無斷故善現安忍波羅蜜多清淨故佛十力清淨佛十力清淨故一切智智清淨何以故若安忍波羅蜜多清淨若佛十力清淨若一切智智清淨無二無二分無別無斷故安忍波羅蜜多清淨故四無所畏四無礙解大慈大悲大喜大捨十八佛不共法清淨四無所畏乃至十八佛不共法清淨故一切智智清淨何以故若安忍波羅蜜多清淨若四無所畏乃至十八佛不共法清淨若一切智智清淨無二無二分無別無斷故善現安忍波羅蜜多清淨故無忘失法清淨無忘失法清淨故一切智智清淨何以故若安忍波羅蜜多清淨若無忘失法清淨若一切智智清淨無二無二分無別無

斷故安忍波羅蜜多清淨故恒住捨性清淨恒住捨性清淨故一切智智清淨何以故若安忍波羅蜜多清淨若恒住捨性清淨若一切智智清淨無二無二分無別無斷故善現安忍波羅蜜多清淨故一切智清淨一切智清淨故一切智智清淨何以故若安忍波羅蜜多清淨若一切智清淨若一切智智清淨無二無二分無別無斷故安忍波羅蜜多清淨故道相智一切相智清淨道相智一切相智清淨故一切智智清淨何以故若安忍波羅蜜多清淨若道相智一切相智清淨若一切智智清淨無二無二分無別無斷故善現安忍波羅蜜多清淨故一切陀羅尼門清淨一切陀羅尼門清淨故一切智智清淨何以故若安忍波羅蜜多清淨若一切陀羅尼門清淨若一切智智清淨無二無二分無別無斷故安忍波羅蜜多清淨故一切三摩地門清淨一切三摩地門清淨故一切智智清淨何以故若安忍波羅蜜多清淨若一切三摩地門清淨若一切智智清淨無二無二分無別無斷故善現安忍波羅蜜多清淨故預流果清淨預流果清淨故一切智智清淨何以故若安忍波羅蜜多清淨若預流果清淨若一切智智清淨無二無二分無別無斷故安忍波羅蜜多清淨故一來不還阿羅漢果清淨一來不還阿羅漢果清淨故一切智智清淨何以故若安忍波羅蜜多清淨若一來不還阿羅漢果清淨若一切智智清淨無二無二分無別無斷故善現安忍波羅蜜多清淨故獨覺菩提清淨獨覺菩提清淨故一切智

智清淨何以故若安忍波羅蜜多清淨若獨覺菩提清淨若一切智智清淨無二無二分無別無斷故善現安忍波羅蜜多清淨故一切菩薩摩訶薩行清淨一切菩薩摩訶薩行清淨故一切智智清淨何以故若安忍波羅蜜多清淨若一切菩薩摩訶薩行清淨若一切智智清淨無二無二分無別無斷故善現安忍波羅蜜多清淨故諸佛無上正等菩提清淨諸佛無上正等菩提清淨故一切智智清淨何以故若安忍波羅蜜多清淨若諸佛無上正等菩提清淨若一切智智清淨無二無二分無別無斷故

大般若波羅蜜多經卷第二百六

大般若波羅蜜多經卷第二百七

唐三藏法師玄奘奉詔譯

初分難信解品第三十四之二十六

復次善現淨戒波羅蜜多清淨故色清淨色清淨故一切智智清淨何以故若淨戒波羅蜜多清淨若色清淨若一切智智清淨無二無二分無別無斷故淨戒波羅蜜多清淨故受想行識清淨受想行識清淨故一切智智清淨何以故若淨戒波羅蜜多清淨若受想行識清淨若一切智智清淨無二無二分無別無斷故善現淨戒波羅蜜多清淨故眼處清淨眼處清淨故一切智智清淨何以故若淨戒波羅蜜多清淨若眼處清淨若一切智智清淨無二無二分無別無斷故淨戒波羅蜜多清淨故耳鼻舌身意處清淨耳鼻舌身意處清淨故一切智智清淨何以故若淨戒波羅蜜多清淨若耳鼻舌身意處清淨若一切智智清淨無二無二分無別無斷故善現淨戒波羅蜜多清淨故色處清淨色處清淨故一切智智清淨何以故若淨戒波羅蜜多清淨若色處清淨若一切智智清淨無二無二分無別無斷故淨戒波羅蜜多清淨故聲香味觸法處清淨聲香味觸法處清淨故一切智智清淨何以故若淨戒波羅蜜多清淨若聲香味觸法處清淨若一切智智清淨無二無二分無別無斷故善現淨戒波羅蜜多清淨故眼界清淨眼界清淨故一切智智清淨何以故若淨戒波羅蜜多清淨若眼界清淨若一切智智清淨無二無二分無別無斷故淨戒波羅蜜多清淨故色界眼識界及眼

觸眼觸爲縁所生諸受清淨色界乃至眼觸爲縁所生諸受清淨故一切智智清淨何以故若淨戒波羅蜜多清淨若色界乃至眼觸爲縁所生諸受清淨若一切智智清淨無二無二分無别無斷故善現淨戒波羅蜜多清淨故耳界清淨耳界清淨故一切智智清淨何以故若淨戒波羅蜜多清淨若耳界清淨若一切智智清淨無二無二分無别無斷故淨戒波羅蜜多清淨故聲界耳識界及耳觸耳觸爲縁所生諸受清淨聲界乃至耳觸爲縁所生諸受清淨故一切智智清淨何以故若淨戒波羅蜜多清淨若聲界乃至耳觸爲縁所生諸受清淨若一切智智清淨無二無二分無别無斷故善現淨戒波羅蜜多清淨故鼻界清淨鼻界清淨故一切智智清淨何以故若淨戒波羅蜜多清淨若鼻界清淨若一切智智清淨無二無二分無别無斷故淨戒波羅蜜多清淨故香界鼻識界及鼻觸鼻觸爲縁所生諸受清淨香界乃至鼻觸爲縁所生諸受清淨故一切智智清淨何以故若淨戒波羅蜜多清淨若香界乃至鼻觸爲縁所生諸受清淨若一切智智清淨無二無二分無别無斷故善現淨戒波羅蜜多清淨故舌界清淨舌界清淨故一切智智清淨何以故若淨戒波羅蜜多清淨若舌界清淨若一切智智清淨無二無二分無别無斷故淨戒波羅蜜多清淨故味界舌識界及舌觸舌觸爲縁所生諸受清淨味界乃至舌觸爲縁所生諸受清淨故一切智智清淨何以故若淨戒波羅蜜多清淨若味界乃至舌觸爲縁所

生諸受清淨若一切智智清淨無二無二分無別無斷故善現淨戒波羅蜜多清淨故身界清淨身界清淨故一切智智清淨何以故若淨戒波羅蜜多清淨若身界清淨若一切智智清淨無二無二分無別無斷故淨戒波羅蜜多清淨故觸界身識界及身觸身觸爲緣所生諸受清淨觸界乃至身觸爲緣所生諸受清淨故一切智智清淨何以故若淨戒波羅蜜多清淨若觸界乃至身觸爲緣所生諸受清淨若一切智智清淨無二無二分無別無斷故善現淨戒波羅蜜多清淨故意界清淨意界清淨故一切智智清淨何以故若淨戒波羅蜜多清淨若意界清淨若一切智智清淨無二無二分無別無斷故淨戒波羅蜜多清淨故法界意識界及意觸意觸爲緣所生諸受清淨法界乃至意觸爲緣所生諸受清淨故一切智智清淨何以故若淨戒波羅蜜多清淨若法界乃至意觸爲緣所生諸受清淨若一切智智清淨無二無二分無別無斷故善現淨戒波羅蜜多清淨故地界清淨地界清淨故一切智智清淨何以故若淨戒波羅蜜多清淨若地界清淨若一切智智清淨無二無二分無別無斷故淨戒波羅蜜多清淨故水火風空識界清淨水火風空識界清淨故一切智智清淨何以故若淨戒波羅蜜多清淨若水火風空識界清淨若一切智智清淨無二無二分無別無斷故善現淨戒波羅蜜多清淨故無明清淨無明清淨故一切智智清淨何以故若淨戒波羅蜜多清淨若無明清淨若一切智智清淨無二無二

分無別無斷故淨戒波羅蜜多清淨故行識名色六處觸受愛取有生老死愁歎苦憂惱清淨行乃至老死愁歎苦憂惱清淨故一切智智清淨何以故若淨戒波羅蜜多清淨若行乃至老死愁歎苦憂惱清淨若一切智智清淨無二無二分無別無斷故善現淨戒波羅蜜多清淨故布施波羅蜜多清淨布施波羅蜜多清淨故一切智智清淨何以故若淨戒波羅蜜多清淨若布施波羅蜜多清淨若一切智智清淨無二無二分無別無斷故淨戒波羅蜜多清淨故安忍精進靜慮般若波羅蜜多清淨安忍乃至般若波羅蜜多清淨故一切智智清淨何以故若淨戒波羅蜜多清淨若安忍乃至般若波羅蜜多清淨若一切智智清淨無二無二分無別無斷故善現

淨戒波羅蜜多清淨故內空清淨內空清淨故一切智智清淨何以故若淨戒波羅蜜多清淨若內空清淨若一切智智清淨無二無二分無別無斷故淨戒波羅蜜多清淨故外空內外空空空大空勝義空有為空無為空畢竟空無際空散空無變異空本性空自相空共相空一切法空不可得空無性空自性空無性自性空清淨外空乃至無性自性空清淨故一切智智清淨何以故若淨戒波羅蜜多清淨若外空乃至無性自性空清淨若一切智智清淨無二無二分無別無斷故善現淨戒波羅蜜多清淨故真如清淨真如清淨故一切智智清淨何以故若淨戒波羅蜜多清淨若真如清淨若一切智智清淨無二無二分無別無斷故淨戒波羅蜜多清淨故

法界法性不虛妄性不變異性平等性離生性法定法住實際虛空界不思議界清淨法界乃至不思議界清淨故一切智智清淨何以故若淨戒波羅蜜多清淨若法界乃至不思議界清淨若一切智智清淨無二無二分無別無斷故善現淨戒波羅蜜多清淨故苦聖諦清淨苦聖諦清淨故一切智智清淨何以故若淨戒波羅蜜多清淨若苦聖諦清淨若一切智智清淨無二無二分無別無斷故淨戒波羅蜜多清淨故集滅道聖諦清淨集滅道聖諦清淨故一切智智清淨何以故若淨戒波羅蜜多清淨若集滅道聖諦清淨若一切智智清淨無二無二分無別無斷故善現淨戒波羅蜜多清淨故四靜慮清淨四靜慮清淨故一切智智清淨何以故若淨戒波羅蜜多清淨若四靜慮清淨若一切智智清淨無二無二分無別無斷故淨戒波羅蜜多清淨故四無量四無色定清淨四無量四無色定清淨故一切智智清淨何以故若淨戒波羅蜜多清淨若四無量四無色定清淨若一切智智清淨無二無二分無別無斷故善現淨戒波羅蜜多清淨故八解脫清淨八解脫清淨故一切智智清淨何以故若淨戒波羅蜜多清淨若八解脫清淨若一切智智清淨無二無二分無別無斷故淨戒波羅蜜多清淨故八勝處九次第定十遍處清淨八勝處九次第定十遍處清淨故一切智智清淨何以故若淨戒波羅蜜多清淨若八勝處九次第定十遍處清淨若一切智智清淨無二無二分無別無斷故善現淨戒波羅蜜多清

淨故四念住清淨四念住清淨故一切智智清淨何以故若淨戒波羅蜜多清淨若四念住清淨若一切智智清淨無二無二分無別無斷故淨戒波羅蜜多清淨故四正斷四神足五根五力七等覺支八聖道支清淨四正斷乃至八聖道支清淨故一切智智清淨何以故若淨戒波羅蜜多清淨若四正斷乃至八聖道支清淨若一切智智清淨無二無二分無別無斷故善現淨戒波羅蜜多清淨故空解脫門清淨空解脫門清淨故一切智智清淨何以故若淨戒波羅蜜多清淨若空解脫門清淨若一切智智清淨無二無二分無別無斷故淨戒波羅蜜多清淨故無相無願解脫門清淨無相無願解脫門清淨故一切智智清淨何以故若淨戒波羅蜜多清淨若

無相無願解脫門清淨若一切智智清淨無二無二分無別無斷故善現淨戒波羅蜜多清淨故菩薩十地清淨菩薩十地清淨故一切智智清淨何以故若淨戒波羅蜜多清淨若菩薩十地清淨若一切智智清淨無二無二分無別無斷故善現淨戒波羅蜜多清淨故五眼清淨五眼清淨故一切智智清淨何以故若淨戒波羅蜜多清淨若五眼清淨若一切智智清淨無二無二分無別無斷故淨戒波羅蜜多清淨故六神通清淨六神通清淨故一切智智清淨何以故若淨戒波羅蜜多清淨若六神通清淨若一切智智清淨無二無二分無別無斷故善現淨戒波羅蜜多清淨故佛十力清淨佛十力清淨故一切智智清淨何以故若淨戒波羅蜜多清淨若佛

十力清淨若一切智智清淨無二無二分無別無斷故淨戒波羅蜜多清淨故四無所畏四無礙解大慈大悲大喜大捨十八佛不共法清淨四無所畏乃至十八佛不共法清淨故一切智智清淨何以故若淨戒波羅蜜多清淨若四無所畏乃至十八佛不共法清淨若一切智智清淨無二無二分無別無斷故善現淨戒波羅蜜多清淨故無忘失法清淨無忘失法清淨故一切智智清淨何以故若淨戒波羅蜜多清淨若無忘失法清淨若一切智智清淨無二無二分無別無斷故淨戒波羅蜜多清淨故恒住捨性清淨恒住捨性清淨故一切智智清淨何以故若淨戒波羅蜜多清淨若恒住捨性清淨若一切智智清淨無二無二分無別無斷故善現淨戒波羅蜜多清淨故一切智清淨一切智清淨故一切智智清淨何以故若淨戒波羅蜜多清淨若一切智清淨若一切智智清淨無二無二分無別無斷故淨戒波羅蜜多清淨故道相智一切相智清淨道相智一切相智清淨故一切智智清淨何以故若淨戒波羅蜜多清淨若道相智一切相智清淨若一切智智清淨無二無二分無別無斷故善現淨戒波羅蜜多清淨故一切陀羅尼門清淨一切陀羅尼門清淨故一切智智清淨何以故若淨戒波羅蜜多清淨若一切陀羅尼門清淨若一切智智清淨無二無二分無別無斷故淨戒波羅蜜多清淨故一切三摩地門清淨一切三摩地門清淨故一切智智清淨何以故若淨戒波羅蜜多清淨若一切三摩地門清淨

若一切智智清淨無二無二分無別無斷故善現淨戒波羅蜜多清淨故預流果清淨預流果清淨故一切智智清淨何以故若淨戒波羅蜜多清淨若預流果清淨若一切智智清淨無二無二分無別無斷故淨戒波羅蜜多清淨故一來不還阿羅漢果清淨一來不還阿羅漢果清淨故一切智智清淨何以故若淨戒波羅蜜多清淨若一來不還阿羅漢果清淨若一切智智清淨無二無二分無別無斷故善現淨戒波羅蜜多清淨故獨覺菩提清淨獨覺菩提清淨故一切智智清淨何以故若淨戒波羅蜜多清淨若獨覺菩提清淨若一切智智清淨無二無二分無別無斷故善現淨戒波羅蜜多清淨故一切菩薩摩訶薩行清淨一切菩薩摩訶薩行清淨故一切智智清淨何以故若淨戒波羅蜜多清淨若一切菩薩摩訶薩行清淨若一切智智清淨無二無二分無別無斷故善現淨戒波羅蜜多清淨故諸佛無上正等菩提清淨諸佛無上正等菩提清淨故一切智智清淨何以故若淨戒波羅蜜多清淨若諸佛無上正等菩提清淨若一切智智清淨無二無二分無別無斷故復次善現布施波羅蜜多清淨故色清淨色清淨故一切智智清淨何以故若布施波羅蜜多清淨若色清淨若一切智智清淨無二無二分無別無斷故布施波羅蜜多清淨故受想行識清淨受想行識清淨故一切智智清淨何以故若布施波羅蜜多清淨若受想行識清淨若一切智智清淨無二無二分無別無斷故善現布施波羅蜜多清

淨故眼處清淨眼處清淨故一切智智清淨何以故若布施波羅蜜多清淨若眼處清淨若一切智智清淨無二無二分無別無斷故布施波羅蜜多清淨故耳鼻舌身意處清淨耳鼻舌身意處清淨故一切智智清淨何以故若布施波羅蜜多清淨若耳鼻舌身意處清淨若一切智智清淨無二無二分無別無斷故善現布施波羅蜜多清淨故色處清淨色處清淨故一切智智清淨何以故若布施波羅蜜多清淨若色處清淨若一切智智清淨無二無二分無別無斷故布施波羅蜜多清淨故聲香味觸法處清淨聲香味觸法處清淨故一切智智清淨何以故若布施波羅蜜多清淨若聲香味觸法處清淨若一切智智清淨無二無二分無別無斷故善現布施波羅蜜多清淨故眼界清淨眼界清淨故一切智智清淨何以故若布施波羅蜜多清淨若眼界清淨若一切智智清淨無二無二分無別無斷故布施波羅蜜多清淨故色界眼識界及眼觸眼觸爲緣所生諸受清淨色界乃至眼觸爲緣所生諸受清淨故一切智智清淨何以故若布施波羅蜜多清淨若色界乃至眼觸爲緣所生諸受清淨若一切智智清淨無二無二分無別無斷故善現布施波羅蜜多清淨故耳界清淨耳界清淨故一切智智清淨何以故若布施波羅蜜多清淨若耳界清淨若一切智智清淨無二無二分無別無斷故布施波羅蜜多清淨故聲界耳識界及耳觸耳觸爲緣所生諸受清淨聲界乃至耳觸爲緣所生諸受清淨故一切智智清

淨何以故若布施波羅蜜多清淨若聲界乃至耳觸爲緣所生諸受清淨若一切智智清淨無二無二分無別無斷故善現布施波羅蜜多清淨故鼻界清淨鼻界清淨故一切智智清淨何以故若布施波羅蜜多清淨若鼻界清淨若一切智智清淨無二無二分無別無斷故布施波羅蜜多清淨故香界鼻識界及鼻觸鼻觸爲緣所生諸受清淨香界乃至鼻觸爲緣所生諸受清淨故一切智智清淨何以故若布施波羅蜜多清淨若香界乃至鼻觸爲緣所生諸受清淨若一切智智清淨無二無二分無別無斷故善現布施波羅蜜多清淨故舌界清淨舌界清淨故一切智智清淨何以故若布施波羅蜜多清淨若舌界清淨若一切智智清淨無二無二分無別無斷故布施波羅蜜多清淨故味界舌識界及舌觸舌觸爲緣所生諸受清淨味界乃至舌觸爲緣所生諸受清淨故一切智智清淨何以故若布施波羅蜜多清淨若味界乃至舌觸爲緣所生諸受清淨若一切智智清淨無二無二分無別無斷故善現布施波羅蜜多清淨故身界清淨身界清淨故一切智智清淨何以故若布施波羅蜜多清淨若身界清淨若一切智智清淨無二無二分無別無斷故布施波羅蜜多清淨故觸界身識界及身觸身觸爲緣所生諸受清淨觸界乃至身觸爲緣所生諸受清淨故一切智智清淨何以故若布施波羅蜜多清淨若觸界乃至身觸爲緣所生諸受清淨若一切智智清淨無二無二分無別無斷故善現布施波羅蜜多清

淨故意界清淨意界清淨故一切智智清淨何以故若布施波羅蜜多清淨若意界清淨若一切智智清淨無二無二分無別無斷故布施波羅蜜多清淨故法界意識界及意觸意觸爲緣所生諸受清淨法界乃至意觸爲緣所生諸受清淨故一切智智清淨何以故若布施波羅蜜多清淨若法界乃至意觸爲緣所生諸受清淨若一切智智清淨無二無二分無別無斷故善現布施波羅蜜多清淨故地界清淨地界清淨故一切智智清淨何以故若布施波羅蜜多清淨若地界清淨若一切智智清淨無二無二分無別無斷故布施波羅蜜多清淨故水火風空識界清淨水火風空識界清淨故一切智智清淨何以故若布施波羅蜜多清淨若水火風空識界清淨若一切智智清淨無二無二分無別無斷故善現布施波羅蜜多清淨故無明清淨無明清淨故一切智智清淨何以故若布施波羅蜜多清淨若無明清淨若一切智智清淨無二無二分無別無斷故布施波羅蜜多清淨故行識名色六處觸受愛取有生老死愁歎苦憂惱清淨行乃至老死愁歎苦憂惱清淨故一切智智清淨何以故若布施波羅蜜多清淨若行乃至老死愁歎苦憂惱清淨若一切智智清淨無二無二分無無別斷故善現布施波羅蜜多清淨故淨戒波羅蜜多清淨淨戒波羅蜜多清淨故一切智智清淨何以故若布施波羅蜜多清淨若淨戒波羅蜜多清淨若一切智智清淨無二無二分無別無斷故布施波羅蜜多清淨故安忍精進靜

處般若波羅蜜多清淨安忍乃至般若波羅蜜多清淨故一切智智清淨何以故若布施波羅蜜多清淨若安忍乃至般若波羅蜜多清淨若一切智智清淨無二無二分無別無斷故善現布施波羅蜜多清淨故内空清淨内空清淨故一切智智清淨何以故若布施波羅蜜多清淨若内空清淨若一切智智清淨無二無二分無別無斷故布施波羅蜜多清淨故外空内外空空空大空勝義空有爲空無爲空畢竟空無際空散空無變異空本性空自相空共相空一切法空不可得空無性空自性空無性自性空清淨外空乃至無性自性空清淨故一切智智清淨何以故若布施波羅蜜多清淨若外空乃至無性自性空清淨若一切智智清淨無二無二分無別無斷故善現布施波羅蜜多清淨故真如清淨真如清淨故一切智智清淨何以故若布施波羅蜜多清淨若真如清淨若一切智智清淨無二無二分無別無斷故布施波羅蜜多清淨故法界法性不虛妄性不變異性平等性離生性法定法住實際虛空界不思議界清淨法界乃至不思議界清淨故一切智智清淨何以故若布施波羅蜜多清淨若法界乃至不思議界清淨若一切智智清淨無二無二分無別無斷故善現布施波羅蜜多清淨故苦聖諦清淨苦聖諦清淨故一切智智清淨何以故若布施波羅蜜多清淨若苦聖諦清淨若一切智智清淨無二無二分無別無斷故布施波羅蜜多清淨故集滅道聖諦清淨集滅道聖諦清淨故一切智智清淨

何以故若布施波羅蜜多清淨若集滅道聖諦清淨若一切智智清淨無二無二分無別無斷故善現布施波羅蜜多清淨故四靜慮清淨四靜慮清淨故一切智智清淨何以故若布施波羅蜜多清淨若四靜慮清淨若一切智智清淨無二無二分無別無斷故布施波羅蜜多清淨故四無量四無色定清淨四無量四無色定清淨故一切智智清淨何以故若布施波羅蜜多清淨若四無量四無色定清淨若一切智智清淨無二無二分無別無斷故善現布施波羅蜜多清淨故八解脫清淨八解脫清淨故一切智智清淨何以故若布施波羅蜜多清淨若八解脫清淨若一切智智清淨無二無二分無別無斷故布施波羅蜜多清淨故八勝處九次第定十遍處清淨八勝處九次第定十遍處清淨故一切智智清淨何以故若布施波羅蜜多清淨若八勝處九次第定十遍處清淨若一切智智清淨無二無二分無別無斷故善現布施波羅蜜多清淨故四念住清淨四念住清淨故一切智智清淨何以故若布施波羅蜜多清淨若四念住清淨若一切智智清淨無二無二分無別無斷故布施波羅蜜多清淨故四正斷四神足五根五力七等覺支八聖道支清淨四正斷乃至八聖道支清淨故一切智智清淨何以故若布施波羅蜜多清淨若四正斷乃至八聖道支清淨若一切智智清淨無二無二分無別無斷故善現布施波羅蜜多清淨故空解脫門清淨空解脫門清淨故一切智智清淨何以故若布施波羅蜜多清

淨若空解脱門清淨若一切智智清淨無二無二分無别無斷故布施波羅蜜多清淨故無相無願解脱門清淨無相無願解脱門清淨故一切智智清淨何以故若布施波羅蜜多清淨若無相無願解脱門清淨若一切智智清淨無二無二分無别無斷故善現布施波羅蜜多清淨故菩薩十地清淨菩薩十地清淨故一切智智清淨何以故若布施波羅蜜多清淨若菩薩十地清淨若一切智智清淨無二無二分無别無斷故善現布施波羅蜜多清淨故五眼清淨五眼清淨故一切智智清淨何以故若布施波羅蜜多清淨若五眼清淨若一切智智清淨無二無二分無别無斷故布施波羅蜜多清淨故六神通清淨六神通清淨故一切智智清淨何以故若布施波羅蜜多清淨若六神通清淨若一切智智清淨無二無二分無别無斷故善現布施波羅蜜多清淨故佛十力清淨佛十力清淨故一切智智清淨何以故若布施波羅蜜多清淨若佛十力清淨若一切智智清淨無二無二分無别無斷故布施波羅蜜多清淨故四無所畏四無礙解大慈大悲大喜大捨十八佛不共法清淨四無所畏乃至十八佛不共法清淨故一切智智清淨何以故若布施波羅蜜多清淨若四無所畏乃至十八佛不共法清淨若一切智智清淨無二無二分無别無斷故善現布施波羅蜜多清淨故無忘失法清淨無忘失法清淨故一切智智清淨何以故若布施波羅蜜多清淨若無忘失法清淨若一切智智清淨無二無二分無别無

斷故布施波羅蜜多清淨故若恒住捨性清淨恒住捨性清淨故一切智智清淨何以故若布施波羅蜜多清淨若恒住捨性清淨若一切智智清淨無二無二分無別無斷故善現布施波羅蜜多清淨故一切智清淨一切智清淨故一切智智清淨何以故若布施波羅蜜多清淨若一切智清淨若一切智智清淨無二無二分無別無斷故布施波羅蜜多清淨故道相智一切相智清淨道相智一切相智清淨故一切智智清淨何以故若布施波羅蜜多清淨若道相智一切相智清淨若一切智智清淨無二無二分無別無斷故善現布施波羅蜜多清淨故一切陁羅尼門清淨一切陁羅尼門清淨故一切智智清淨何以故若布施波羅蜜多清淨若一切陁羅尼門清淨若一切智智清淨無二無二分無別無斷故布施波羅蜜多清淨故一切三摩地門清淨一切三摩地門清淨故一切智智清淨何以故若布施波羅蜜多清淨若一切三摩地門清淨若一切智智清淨無二無二分無別無斷故善現布施波羅蜜多清淨故預流果清淨預流果清淨故一切智智清淨何以故若布施波羅蜜多清淨若預流果清淨若一切智智清淨無二無二分無別無斷故布施波羅蜜多清淨故一來不還阿羅漢果清淨一來不還阿羅漢果清淨故一切智智清淨何以故若布施波羅蜜多清淨若一來不還阿羅漢果清淨若一切智智清淨無二無二分無別無斷故善現布施波羅蜜多清淨故獨覺菩提清淨獨覺菩提清淨故一切

智智清淨何以故若布施波羅蜜多清淨若獨覺菩提清淨若一切智智清淨無二無二分無別無斷故善現布施波羅蜜多清淨故一切菩薩摩訶薩行清淨一切菩薩摩訶薩行清淨故一切智智清淨何以故若布施波羅蜜多清淨若一切菩薩摩訶薩行清淨若一切智智清淨無二無二分無別無斷故善現布施波羅蜜多清淨故諸佛無上正等菩提清淨諸佛無上正等菩提清淨故一切智智清淨何以故若布施波羅蜜多清淨若諸佛無上正等菩提清淨若一切智智清淨無二無二分無別無斷故

大般若波羅蜜多經卷第二百七

大般若波羅蜜多經卷第二百八

唐三藏法師玄奘奉詔譯

初分難信解品第三十四之二十七

復次善現内空清淨故色清淨色清淨故一切智智清淨何以故若内空清淨若色清淨若一切智智清淨無二無二分無別無斷故内空清淨故受想行識清淨受想行識清淨故一切智智清淨何以故若内空清淨若受想行識清淨若一切智智清淨無二無二分無別無斷故善現内空清淨故眼處清淨眼處清淨故一切智智清淨何以故若内空清淨若眼處清淨若一切智智清淨無二無二分無別無斷故内空清淨故耳鼻舌身意處清淨耳鼻舌身意處清淨故一切智智清淨何以故若内空清淨若耳鼻舌身意處清淨若一切智智清淨無二無二分無別無斷故善現内空清淨故色處清淨色處清淨故一切智智清淨何以故若内空清淨若色處清淨若一切智智清淨無二無二分無別無斷故内空清淨故聲香味觸法處清淨聲香味觸法處清淨故一切智智清淨何以故若内空清淨若聲香味觸法處清淨若一切智智清淨無二無二分無別無斷故善現内空清淨故眼界清淨眼界清淨故一切智智清淨何以故若内空清淨若眼界清淨若一切智智清淨無二無二分無別無斷故内空清淨故色界眼識界及眼觸眼觸爲緣所生諸受清淨色界乃至眼觸爲緣所生諸受清淨故一切智智清淨何以故若内空清淨若色界乃至眼觸爲緣所生諸受清淨若一切智智

清淨無二無二分無別無斷故善現內空清
淨故耳界清淨耳界清淨故一切智智清淨
何以故若內空清淨若耳界清淨若一切智
智清淨無二無二分無別無斷故內空清淨
故聲界耳識界及耳觸耳觸爲緣所生諸受
清淨聲界乃至耳觸爲緣所生諸受清淨故
一切智智清淨何以故若內空清淨若聲界
乃至耳觸爲緣所生諸受清淨若一切智智
清淨無二無二分無別無斷故善現內空清
淨故鼻界清淨鼻界清淨故一切智智清淨
何以故若內空清淨若鼻界清淨若一切智
智清淨無二無二分無別無斷故內空清淨
故香界鼻識界及鼻觸鼻觸爲緣所生諸受
清淨香界乃至鼻觸爲緣所生諸受清淨故
一切智智清淨何以故若內空清淨若香界
乃至鼻觸爲緣所生諸受清淨若一切智智
清淨無二無二分無別無斷故善現內空清
淨故舌界清淨舌界清淨故一切智智清淨
何以故若內空清淨若舌界清淨若一切智
智清淨無二無二分無別無斷故內空清淨
故味界舌識界及舌觸舌觸爲緣所生諸受
清淨味界乃至舌觸爲緣所生諸受清淨故
一切智智清淨何以故若內空清淨若味界
乃至舌觸爲緣所生諸受清淨若一切智智
清淨無二無二分無別無斷故善現內空清
淨故身界清淨身界清淨故一切智智清淨
何以故若內空清淨若身界清淨若一切智
智清淨無二無二分無別無斷故內空清淨
故觸界身識界及身觸身觸爲緣所生諸受
清淨觸界乃至身觸爲緣所生諸受清淨故

一切智智清淨何以故若内空清淨若觸界乃至身觸爲緣所生諸受清淨若一切智智清淨無二無二分無别無斷故善現内空清淨故意界清淨意界清淨故一切智智清淨何以故若内空清淨若意界清淨若一切智智清淨無二無二分無别無斷故内空清淨故法界意識界及意觸意觸爲緣所生諸受清淨法界乃至意觸爲緣所生諸受清淨故一切智智清淨何以故若内空清淨若法界乃至意觸爲緣所生諸受清淨若一切智智清淨無二無二分無别無斷故善現内空清淨故地界清淨地界清淨故一切智智清淨何以故若内空清淨若地界清淨若一切智智清淨無二無二分無别無斷故内空清淨故水火風空識界清淨水火風空識界清淨故一切智智清淨何以故若内空清淨若水火風空識界清淨若一切智智清淨無二無二分無别無斷故善現内空清淨故無明清淨無明清淨故一切智智清淨何以故若内空清淨若無明清淨若一切智智清淨無二無二分無别無斷故内空清淨故行識名色六處觸受愛取有生老死愁歎苦憂惱清淨行乃至老死愁歎苦憂惱清淨故一切智智清淨何以故若内空清淨若行乃至老死愁歎苦憂惱清淨若一切智智清淨無二無二分無别無斷故善現内空清淨故布施波羅蜜多清淨布施波羅蜜多清淨故一切智智清淨何以故若内空清淨若布施波羅蜜多清淨若一切智智清淨無二無二分無别無斷故内空清淨故淨戒安忍精進靜慮般若

波羅蜜多清淨淨戒乃至般若波羅蜜多清淨故一切智智清淨何以故若內空清淨若淨戒乃至般若波羅蜜多清淨若一切智智清淨無二無二分無別無斷故善現內空清淨故外空清淨外空清淨故一切智智清淨何以故若內空清淨若外空清淨若一切智智清淨無二無二分無別無斷故內空清淨故內外空空空大空勝義空有為空無為空畢竟空無際空散空無變異空本性空自相空共相空一切法空不可得空無性空自性空無性自性空清淨內外空乃至無性自性空清淨故一切智智清淨何以若若內空清淨若內外空乃至無性自性空清淨若一切智智清淨無二無二分無別無斷故善現內空清淨故真如清淨真如清淨故一切智智清淨何以故若內空清淨若真如清淨若一切智智清淨無二無二分無別無斷故內空清淨故法界法性不虛妄性不變異性平等性離生性法定法住實際虛空界不思議界清淨法界乃至不思議界清淨故一切智智清淨何以故若內空清淨若法界乃至不思議界清淨若一切智智清淨無二無二分無別無斷故善現內空清淨故苦聖諦清淨苦聖諦清淨故一切智智清淨何以故若內空清淨若苦聖諦清淨若一切智智清淨無二無二分無別無斷故內空清淨故集滅道聖諦清淨集滅道聖諦清淨故一切智智清淨何以故若內空清淨若集滅道聖諦清淨若一切智智清淨無二無二分無別無斷故善現內空清淨故四靜慮清淨四靜慮清淨故

一切智智清淨何以故若内空清淨若四静
慮清淨若一切切智智淨無二無二分無別
無斷故内空清淨故四無量四無色定清淨
四無量四無色定清淨故一切智智清淨何
以故若内空清淨若四無量四無色定清淨
若一切智智清淨無二無二分無別無斷故
善現内空清淨故八解脱清淨八解脱清淨
故一切智智清淨何以故若内空清淨若八
解脱清淨若一切智智清淨無二無二分無
別無斷故内空清淨故八勝處九次第定十
遍處清淨八勝處九次第定十遍處清淨故
一切智智清淨何以故若内空清淨若八勝
處九次第定十遍處清淨若一切智智清淨
無二無二分無別無斷故善現内空清淨故
四念住清淨四念住清淨故一切智智清淨
何以故若内空清淨若四念住清淨若一切
智智清淨無二無二分無別無斷故内空清
淨故四正斷四神足五根五力七等覺支八
聖道支清淨四正斷乃至八聖道支清淨故
一切智智清淨何以故若内空清淨若四正
斷乃至八聖道支清淨若一切智智清淨無
二無二分無別無斷故善現内空清淨故空
解脱門清淨空解脱門清淨故一切智智清
淨何以故若内空清淨若空解脱門清淨若
一切智智清淨無二無二分無別無斷故内
空清淨故無相無願解脱門清淨無相無願
解脱門清淨故一切智智清淨何以故若内
空清淨若無相無願解脱門清淨若一切智
智清淨無二無二分無別無斷故善現内空
清淨故菩薩十地清淨菩薩十地清淨故一

切智智清淨何以故若內空清淨若菩薩十地清淨若一切智智清淨無二無二分無別無斷故善現內空清淨故五眼清淨五眼清淨故一切智智清淨何以故若內空清淨若五眼清淨若一切智智清淨無二無二分無別無斷故內空清淨故六神通清淨六神通清淨故一切智智清淨何以故若內空清淨若六神通清淨若一切智智清淨無二無二分無別無斷故善現內空清淨故佛十力清淨佛十力清淨故一切智智清淨何以故若內空清淨若佛十力清淨若一切智智清淨無二無二分無別無斷故內空清淨故四無所畏四無礙解大慈大悲大喜大捨十八佛不共法清淨四無所畏乃至十八佛不共法清淨故一切智智清淨何以故若內空清淨若四無所畏乃至十八佛不共法清淨若一切智智清淨無二無二分無別無斷故善現內空清淨故無忘失法清淨無忘失法清淨故一切智智清淨何以故若內空清淨若無忘失法清淨若一切智智清淨無二無二分無別無斷故內空清淨故恒住捨性清淨恒住捨性清淨故一切智智清淨何以故若內空清淨若恒住捨性清淨若一切智智清淨無二無二分無別無斷故善現內空清淨故一切智清淨一切智清淨故一切智智清淨何以故若內空清淨若一切智清淨若一切智智清淨無二無二分無別無斷故內空清淨故道相智一切相智清淨道相智一切相智清淨故一切智智清淨何以故若內空清淨若道相智一切相智清淨若一切智智清

淨無二無二分無別無斷故善現內空清淨故一切陁羅尼門清淨一切陁羅尼門清淨故一切智智清淨何以故若內空清淨若一切陁羅尼門清淨若一切智智清淨無二無二分無別無斷故內空清淨故一切三摩地門清淨一切三摩地門清淨故一切智智清淨何以故若內空清淨若一切三摩地門清淨若一切智智清淨無二無二分無別無斷故善現內空清淨故預流果清淨預流果清淨故一切智智清淨何以故若內空清淨若預流果清淨若一切智智清淨無二無二分無別無斷故內空清淨故一來不還阿羅漢果清淨一來不還阿羅漢果清淨故一切智智清淨何以故若內空清淨若一來不還阿羅漢果清淨若一切智智清淨無二無二分無別無斷故善現內空清淨故獨覺菩提清淨獨覺菩提清淨故一切智智清淨何以故若內空清淨若獨覺菩提清淨若一切智智清淨無二無二分無別無斷故善現內空清淨故一切菩薩摩訶薩行清淨一切菩薩摩訶薩行清淨故一切智智清淨何以故若內空清淨若一切菩薩摩訶薩行清淨若一切智智清淨無二無二分無別無斷故善現內空清淨故諸佛無上正等菩提清淨諸佛無上正等菩提清淨故一切智智清淨何以故若內空清淨若諸佛無上正等菩提清淨若一切智智清淨無二無二分無別無斷故復次善現外空清淨故色清淨色清淨故一切智智清淨何以故若外空清淨若色清淨若一切智智清淨無二無二分無別無斷故外

空清淨故受想行識清淨受想行識清淨故一切智智清淨何以故若外空清淨若受想行識清淨若一切智智清淨無二無二分無别無斷故善現外空清淨故眼處清淨眼處清淨故一切智智清淨何以故若外空清淨若眼處清淨若一切智智清淨無二無二分無别無斷故外空清淨故耳鼻舌身意處清淨耳鼻舌身意處清淨故一切智智清淨何以故若外空清淨若耳鼻舌身意處清淨若一切智智清淨無二無二分無别無斷故善現外空清淨故色處清淨色處清淨故一切智智清淨何以故若外空清淨若色處清淨若一切智智清淨無二無二分無别無斷故外空清淨故聲香味觸法處清淨聲香味觸法處清淨故一切智智清淨何以故若外空清淨若聲香味觸法處清淨若一切智智清淨無二無二分無别無斷故善現外空清淨故眼界清淨眼界清淨故一切智智清淨何以故若外空清淨若眼界清淨若一切智智清淨無二無二分無别無斷故外空清淨故色界眼識界及眼觸眼觸爲緣所生諸受清淨色界乃至眼觸爲緣所生諸受清淨故一切智智清淨何以故若外空清淨若色界乃至眼觸爲緣所生諸受清淨若一切智智清淨無二無二分無别無斷故善現外空清淨故耳界清淨耳界清淨故一切智智清淨何以故若外空清淨若耳界清淨若一切智智清淨無二無二分無别無斷故外空清淨故聲界耳識界及耳觸耳觸爲緣所生諸受清淨聲界乃至耳觸爲緣所生諸受清淨故一

切智智清淨何以故若外空清淨若聲界乃至耳觸爲緣所生諸受清淨若一切智智清淨無二無二分無別無斷故善現外空清淨故鼻界清淨鼻界清淨故一切智智清淨何以故若外空清淨若鼻界清淨若一切智智清淨無二無二分無別無斷故外空清淨故香界鼻識界及鼻觸鼻觸爲緣所生諸受清淨香界乃至鼻觸爲緣所生諸受清淨故一切智智清淨何以故若外空清淨若香界乃至鼻觸爲緣所生諸受清淨若一切智智清淨無二無二分無別無斷故善現外空清淨故舌界清淨舌界清淨故一切智智清淨何以故若外空清淨若舌界清淨若一切智智清淨無二無二分無別無斷故外空清淨故味界舌識界及舌觸舌觸爲緣所生諸受清淨味界乃至舌觸爲緣所生諸受清淨故一切智智清淨何以故若外空清淨若味界乃至舌觸爲緣所生諸受清淨若一切智智清淨無二無二分無別無斷故善現外空清淨故身界清淨身界清淨故一切智智清淨何以故若外空清淨若身界清淨若一切智智清淨無二無二分無別無斷故外空清淨故觸界身識界及身觸身觸爲緣所生諸受清淨觸界乃至身觸爲緣所生諸受清淨故一切智智清淨何以故若外空清淨若觸界乃至身觸爲緣所生諸受清淨若一切智智清淨無二無二分無別無斷故善現外空清淨故意界清淨意界清淨故一切智智清淨何以故若外空清淨若意界清淨若一切智智清淨無二無二分無別無斷故外空清淨故

法界意識界及意觸意觸爲緣所生諸受清淨法界乃至意觸爲緣所生諸受清淨故一切智智清淨何以故若外空清淨若法界乃至意觸爲緣所生諸受清淨若一切智智清淨無二無二分無別無斷故善現外空清淨故地界清淨地界清淨故一切智智清淨何以故若外空清淨若地界清淨若一切智智清淨無二無二分無別無斷故外空清淨故水火風空識界清淨水火風空識界清淨故一切智智清淨何以故若外空清淨若水火風空識界清淨若一切智智清淨無二無二分無別無斷故善現外空清淨故無明清淨無明清淨故一切智智清淨何以故若外空清淨若無明清淨若一切智智清淨無二無二分無別無斷故外空清淨故行識名色六處觸受愛取有生老死愁嘆苦憂惱清淨行乃至老死愁嘆苦憂惱清淨故一切智智清淨何以故若外空清淨若行乃至老死愁嘆苦憂惱清淨若一切智智清淨無二無二分無別無斷故善現外空清淨故布施波羅蜜多清淨布施波羅蜜多清淨故一切智智清淨何以故若外空清淨若布施波羅蜜多清淨若一切智智清淨無二無二分無別無斷故外空清淨故淨戒安忍精進靜慮般若波羅蜜多清淨淨戒乃至般若波羅蜜多清淨故一切智智清淨何以故若外空清淨若淨戒乃至般若波羅蜜多清淨若一切智智清淨無二無二分無別無斷故善現外空清淨故內空清淨內空清淨故一切智智清淨何以故若外空清淨若內空清淨若一切智智

清淨無二無二分無別無斷故外空清淨故內外空空空大空勝義空有爲空無爲空畢竟空無際空散空無變異空本性空自相空共相空一切法空不可得空無性空自性空無性自性空清淨內外空乃至無性自性空清淨故一切智智清淨何以故若外空清淨若內外空乃至無性自性空清淨若一切智智清淨無二無二分無別無斷故善現外空清淨故眞如清淨眞如清淨故一切智智清淨何以故若外空清淨若眞如清淨若一切智智清淨無二無二分無別無斷故外空清淨故法界法性不虛妄性不變異性平等性離生性法定法住實際虛空界不思議界清淨法界乃至不思議界清淨故一切智智清淨何以故若外空清淨若法界乃至不思議界清淨若一切智智清淨無二無二分無別無斷故善現外空清淨故苦聖諦清淨苦聖諦清淨故一切智智清淨何以故若外空清淨若苦聖諦清淨若一切智智清淨無二無二分無別無斷故外空清淨故集滅道聖諦清淨集滅道聖諦清淨故一切智智清淨何以故若外空清淨若集滅道聖諦清淨若一切智智清淨無二無二分無別無斷故善現外空清淨故四靜慮清淨四靜慮清淨故一切智智清淨何以故若外空清淨若四靜慮清淨若一切智智清淨無二無二分無別無斷故外空清淨故四無量四無色定清淨四無量四無色定清淨故一切智智清淨何以故若外空清淨若四無量四無色定清淨若一切智智清淨無二無二分無別無斷故善

現外空清淨故八解脱清淨八解脱清淨故一切智智清淨何以故若外空清淨若八解脱清淨若一切智智清淨無二無二分無別無斷故外空清淨故八勝處九次第定十遍處清淨八勝處九次第定十遍處清淨故一切智智清淨何以故若外空清淨若八勝處九次第定十遍處清淨若一切智智清淨無二無二分無別無斷故善現外空清淨故四念住清淨四念住清淨故一切智智清淨何以故若外空清淨若四念住清淨若一切智智清淨無二無二分無別無斷故外空清淨故四正斷四神足五根五力七等覺支八聖道支清淨四正斷乃至八聖道支清淨故一切智智清淨何以故若外空清淨若四正斷乃至八聖道支清淨若一切智智清淨無二

無二分無別無斷故善現外空清淨故空解脱門清淨空解脱門清淨故一切智智清淨何以故若外空清淨若空解脱門清淨若一切智智清淨無二無二分無別無斷故外空清淨故無相無願解脱門清淨無相無願解脱門清淨故一切智智清淨何以故若外空清淨若無相無願解脱門清淨若一切智智清淨無二無二分無別無斷故善現外空清淨故菩薩十地清淨菩薩十地清淨故一切智智清淨何以故若外空清淨若菩薩十地清淨若一切智智清淨無二無二分無別無斷故善現外空清淨故五眼清淨五眼清淨故一切智智清淨何以故若外空清淨若五眼清淨若一切智智清淨無二無二分無別無斷故外空清淨故六神通清淨六神通清

淨故一切智智清淨何以故若外空清淨若六神通清淨若一切智智清淨無二無二分無別無斷故善現外空清淨故佛十力清淨佛十力清淨故一切智智清淨何以故若外空清淨若佛十力清淨若一切智智清淨無二無二分無別無斷故外空清淨故四無所畏四無礙解大慈大悲大喜大捨十八佛不共法清淨四無所畏乃至十八佛不共法清淨故一切智智清淨何以故若外空清淨若四無所畏乃至十八佛不共法清淨若一切智智清淨無二無二分無別無斷故善現外空清淨故無忘失法清淨無忘失法清淨故一切智智清淨何以故若外空清淨若無忘失法清淨若一切智智清淨無二無二分無別無斷故外空清淨故恒住捨性清淨恒住捨性清淨故一切智智清淨何以故若外空清淨若恒住捨性清淨若一切智智清淨無二無二分無別無斷故善現外空清淨故一切智清淨一切智清淨故一切智智清淨何以故若外空清淨若一切智清淨若一切智智清淨無二無二分無別無斷故外空清淨故道相智一切相智清淨道相智一切相智清淨故一切智智清淨何以故若外空清淨若道相智一切相智清淨若一切智智清淨無二無二分無別無斷故善現外空清淨故一切陁羅尼門清淨一切陁羅尼門清淨故一切智智清淨何以故若外空清淨若一切陁羅尼門清淨若一切智智清淨無二無二分無別無斷故外空清淨故一切三摩地門清淨一切三摩地門清淨故一切智智清淨

何以故若外空清淨若一切三摩地門清淨若一切智智清淨無二無二分無別無斷故善現外空清淨故預流果清淨預流果清淨故一切智智清淨何以故若外空清淨若預流果清淨若一切智智清淨無二無二分無別無斷故外空清淨故一來不還阿羅漢果清淨一來不還阿羅漢果清淨故一切智智清淨何以故若外空清淨若一來不還阿羅漢果清淨若一切智智清淨無二無二分無別無斷故善現外空清淨故獨覺菩提清淨獨覺菩提清淨故一切智智清淨何以故若外空清淨若獨覺菩提清淨若一切智智清淨無二無二分無別無斷故善現外空清淨故一切菩薩摩訶薩行清淨一切菩薩摩訶薩行清淨故一切智智清淨何以故若外空清淨若一切菩薩摩訶薩行清淨若一切智智清淨無二無二分無別無斷故善現外空清淨故諸佛無上正等菩提清淨諸佛無上正等菩提清淨故一切智智清淨何以故若外空清淨若諸佛無上正等菩提清淨若一切智智清淨無二無二分無別無斷故復次善現內外空清淨故色清淨色清淨故一切智智清淨何以故若內外空清淨若色清淨若一切智智清淨無二無二分無別無斷故內外空清淨故受想行識清淨受想行識清淨故一切智智清淨何以故若內外空清淨若受想行識清淨若一切智智清淨無二無二分無別無斷故善現內外空清淨故眼處清淨眼處清淨故一切智智清淨何以故若內外空清淨若眼處清淨若一切智智清淨

無二無二分無别無斷故内外空清淨故耳鼻舌身意處清淨耳鼻舌身意處清淨故一切智智清淨何以故若内外空清淨若耳鼻舌身意處清淨若一切智智清淨無二無二分無别無斷故善現内外空清淨故色處清淨色處清淨故一切智智清淨何以故若内外空清淨若色處清淨若一切智智清淨無二無二分無别無斷故内外空清淨故聲香味觸法處清淨聲香味觸法處清淨故一切智智清淨何以故若内外空清淨若聲香味觸法處清淨若一切智智清淨無二無二分無别無斷故善現内外空清淨故眼界清淨眼界清淨故一切智智清淨何以故若内外空清淨若眼界清淨若一切智智清淨無二無二分無别無斷故内外空清淨故色界眼識界及眼觸眼觸爲緣所生諸受清淨色界乃至眼觸爲緣所生諸受清淨故一切智智清淨何以故若内外空清淨若色界乃至眼觸爲緣所生諸受清淨若一切智智清淨無二無二分無别無斷故善現内外空清淨故耳界清淨耳界清淨故一切智智清淨何以故若内外空清淨若耳界清淨若一切智智清淨無二無二分無别無斷故内外空清淨故聲界耳識界及耳觸耳觸爲緣所生諸受清淨聲界乃至耳觸爲緣所生諸受清淨故一切智智清淨何以故若内外空清淨若聲界乃至耳觸爲緣所生諸受清淨若一切智智清淨無二無二分無别無斷故善現内外空清淨故鼻界清淨鼻界清淨故一切智智清淨何以故若内外空清淨若鼻界清淨若

一切智智清淨無二無二分無別無斷故內外空清淨故香界鼻識界及鼻觸鼻觸爲緣所生諸受清淨香界乃至鼻觸爲緣所生諸受清淨故一切智智清淨何以故若內外空清淨若香界乃至鼻觸爲緣所生諸受清淨若一切智智清淨無二無二分無別無斷故

大般若波羅蜜多經卷第二百八

大般若波羅蜜多經卷第二百九

唐三藏法師玄奘奉　詔譯

初分難信解品第三十四之二十八

善現內外空清淨故舌界清淨舌界清淨故一切智智清淨何以故若內外空清淨若舌界清淨若一切智智清淨無二無二分無別無斷故內外空清淨故味界舌識界及舌觸舌觸爲緣所生諸受清淨味界乃至舌觸爲緣所生諸受清淨故一切智智清淨何以故若內外空清淨若味界乃至舌觸爲緣所生諸受清淨若一切智智清淨無二無二分無別無斷故善現內外空清淨故身界清淨身界清淨故一切智智清淨何以故若內外空清淨若身界清淨若一切智智清淨無二無二分無別無斷故內外空清淨故觸界身識界及身觸身觸爲緣所生諸受清淨觸界乃至身觸爲緣所生諸受清淨故一切智智清淨何以故若內外空清淨若觸界乃至身觸爲緣所生諸受清淨若一切智智清淨無二無二分無別無斷故善現內外空清淨故意界清淨意界清淨故一切智智清淨何以故若內外空清淨若意界清淨若一切智智清淨無二無二分無別無斷故內外空清淨故法界意識界及意觸意觸爲緣所生諸受清淨法界乃至意觸爲緣所生諸受清淨故一切智智清淨何以故若內外空清淨若法界乃至意觸爲緣所生諸受清淨若一切智智清淨無二無二分無別無斷故善現內外空清淨故地界清淨地界清淨故一切智智清淨何以故若內外空清淨若地界清淨若一

切智智清淨無二無二分無別無斷故內外
空清淨故水火風空識界清淨水火風空識
界清淨故一切智智清淨何以故若內外空
清淨若水火風空識界清淨若一切智智清
淨無二無二分無別無斷故善現內外空清
淨故無明清淨無明清淨故一切智智清淨
何以故若內外空清淨若無明清淨若一切
智智清淨無二無二分無別無斷故內外空
清淨故行識名色六處觸受愛取有生老死
愁歎苦憂惱清淨行乃至老死愁歎苦憂惱
清淨故一切智智清淨何以故若內外空清
淨若行乃至老死愁歎苦憂惱清淨若一切
智智清淨無二無二分無別無斷故善現內
外空清淨故布施波羅蜜多清淨布施波羅
蜜多清淨故一切智智清淨何以故若內外
空清淨若布施波羅蜜多清淨若一切智智
清淨無二無二分無別無斷故內外空清淨
故淨戒安忍精進靜慮般若波羅蜜多清淨
淨戒乃至般若波羅蜜多清淨故一切智智
清淨何以故若內外空清淨若淨戒乃至般
若波羅蜜多清淨若一切智智清淨無二無
二分無別無斷故善現內外空清淨故內空
清淨內空清淨故一切智智清淨何以故若
內外空清淨若內空清淨若一切智智清淨
無二無二分無別無斷故內外空清淨故外
空空空大空勝義空有爲空無爲空畢竟空
無際空散空無變異空本性空自相空共相
空一切法空不可得空無性空自性空無性
自性空清淨外空乃至無性自性空清淨故
一切智智清淨何以故若內外空清淨若外

空乃至無性自性空清淨若一切智智清淨無二無二分無別無斷故善現內外空清淨故真如清淨真如清淨故一切智智清淨何以故若內外空清淨若真如清淨若一切智智清淨無二無二分無別無斷故內外空清淨故法界法性不虛妄性不變異性平等性離生性法定法住實際虛空界不思議界清淨法界乃至不思議界清淨故一切智智清淨何以故若內外空清淨若法界乃至不思議界清淨若一切智智清淨無二無二分無別無斷故善現內外空清淨故苦聖諦清淨苦聖諦清淨故一切智智清淨何以故若內外空清淨若苦聖諦清淨若一切智智清淨無二無二分無別無斷故內外空清淨故集滅道聖諦清淨集滅道聖諦清淨故一切智智清淨何以故若內外空清淨若集滅道聖諦清淨若一切智智清淨無二無二分無別無斷故善現內外空清淨故四靜慮清淨四靜慮清淨故一切智智清淨何以故若內外空清淨若四靜慮清淨若一切智智清淨無二無二分無別無斷故內外空清淨故四無量四無色定清淨四無量四無色定清淨故一切智智清淨何以故若內外空清淨若四無量四無色定清淨若一切智智清淨無二無二分無別無斷故善現內外空清淨故八解脫清淨八解脫清淨故一切智智清淨何以故若內外空清淨若八解脫清淨若一切智智清淨無二無二分無別無斷故內外空清淨故八勝處九次第定十遍處清淨八勝處九次第定十遍處清淨故一切智智清淨

何以故若内外空清淨若八勝處九次第定十遍處清淨若一切智智清淨無二無二分無別無斷故善現内外空清淨故四念住清淨四念住清淨故一切智智清淨何以故若内外空清淨若四念住清淨若一切智智清淨無二無二分無別無斷故内外空清淨故四正斷四神足五根五力七等覺支八聖道支清淨四正斷乃至八聖道支清淨故一切智智清淨何以故若内外空清淨若四正斷乃至八聖道支清淨若一切智智清淨無二無二分無別無斷故善現内外空清淨故空解脫門清淨空解脫門清淨故一切智智清淨何以故若内外空清淨若空解脫門清淨若一切智智清淨無二無二分無別無斷故内外空清淨故無相無願解脫門清淨無相無願解脫門清淨故一切智智清淨何以故若内外空清淨若無相無願解脫門清淨若一切智智清淨無二無二分無別無斷故善現内外空清淨故菩薩十地清淨菩薩十地清淨故一切智智清淨何以故若内外空清淨若菩薩十地清淨若一切智智清淨無二無二分無別無斷故善現内外空清淨故五眼清淨五眼清淨故一切智智清淨何以故若内外空清淨若五眼清淨若一切智智清淨無二無二分無別無斷故内外空清淨故六神通清淨六神通清淨故一切智智清淨何以故若内外空清淨若六神通清淨若一切智智清淨無二無二分無別無斷故善現内外空清淨故佛十力清淨佛十力清淨故一切智智清淨何以故若内外空清淨若佛

十力清淨若一切智智清淨無二無二分無別無斷故內外空清淨故四無所畏四無礙解大慈大悲大喜大捨十八佛不共法清淨四無所畏乃至十八佛不共法清淨故一切智智清淨何以故若內外空清淨若四無所畏乃至十八佛不共法清淨若一切智智清淨無二無二分無別無斷故善現內外空清淨故無忘失法清淨無忘失法清淨故一切智智清淨何以故若內外空清淨若無忘失法清淨若一切智智清淨無二無二分無別無斷故內外空清淨故恒住捨性清淨恒住捨性清淨故一切智智清淨何以故若內外空清淨若恒住捨性清淨若一切智智清淨無二無二分無別無斷故善現內外空清淨故一切智清淨一切智清淨故一切智智清淨何以故若內外空清淨若一切智清淨若一切智智清淨無二無二分無別無斷故內外空清淨故道相智一切相智清淨道相智一切相智清淨故一切智智清淨何以故若內外空清淨若道相智一切相智清淨若一切智智清淨無二無二分無別無斷故善現內外空清淨故一切陀羅尼門清淨一切陀羅尼門清淨故一切智智清淨何以故若內外空清淨若一切陀羅尼門清淨若一切智智清淨無二無二分無別無斷故內外空清淨故一切三摩地門清淨一切三摩地門清淨故一切智智清淨何以故若內外空清淨若一切三摩地門清淨若一切智智清淨無二無二分無別無斷故善現內外空清淨故預流果清淨預流果清淨故一切智智清淨

何以故若内外空清淨若預流果清淨若一切智智清淨無二無二分無別無斷故内外空清淨故一來不還阿羅漢果清淨一來不還阿羅漢果清淨故一切智智清淨何以故若内外空清淨若一來不還阿羅漢果清淨若一切智智清淨無二無二分無別無斷故善現内外空清淨故獨覺菩提清淨獨覺菩提清淨故一切智智清淨何以故若内外空清淨若獨覺菩提清淨若一切智智清淨無二無二分無別無斷故善現内外空清淨故一切菩薩摩訶薩行清淨一切菩薩摩訶薩行清淨故一切智智清淨何以故若内外空清淨若一切菩提摩訶薩行清淨若一切智智清淨無二無二分無別無斷故善現内外空清淨故諸佛無上正等菩提清淨諸佛無上正等菩提清淨故一切智智清淨何以故若内外空清淨若諸佛無上正等菩提清淨若一切智智清淨無二無二分無別無斷故

復次善現空空清淨故色清淨色清淨故一切智智清淨何以故若空空清淨若色清淨若一切智智清淨無二無二分無別無斷故空空清淨故受想行識清淨受想行識清淨故一切智智清淨何以故若空空清淨若受想行識清淨若一切智智清淨無二無二分無別無斷故善現空空清淨故眼處清淨眼處清淨故一切智智清淨何以故若空空清淨若眼處清淨若一切智智清淨無二無二分無別無斷故空空清淨故耳鼻舌身意處清淨耳鼻舌身意處清淨故一切智智清淨何以故若空空清淨若耳鼻舌身意處清淨

若一切智智清淨無二無二分無別無斷故善現空空清淨故色處清淨色處清淨故一切智智清淨何以故若空空清淨若色處清淨若一切智智清淨無二無二分無別無斷故空空清淨故聲香味觸法處清淨聲香味觸法處清淨故一切智智清淨何以故若空空清淨若聲香味觸法處清淨若一切智智清淨無二無二分無別無斷故善現空空清淨故眼界清淨眼界清淨故一切智智清淨何以故若空空清淨若眼界清淨若一切智智清淨無二無二分無別無斷故空空清淨故色界眼識界及眼觸眼觸爲緣所生諸受清淨色界乃至眼觸爲緣所生諸受清淨故一切智智清淨何以故若空空清淨若色界乃至眼觸爲緣所生諸受清淨若一切智智清淨無二無二分無別無斷故善現空空清淨故耳界清淨耳界清淨故一切智智清淨何以故若空空清淨若耳界清淨若一切智智清淨無二無二分無別無斷故空空清淨故聲界耳識界及耳觸耳觸爲緣所生諸受清淨聲界乃至耳觸爲緣所生諸受清淨故一切智智清淨何以故若空空清淨若聲界乃至耳觸爲緣所生諸受清淨若一切智智清淨無二無二分無別無斷故善現空空清淨故鼻界清淨鼻界清淨故一切智智清淨何以故若空空清淨若鼻界清淨若一切智智清淨無二無二分無別無斷故空空清淨故香界鼻識界及鼻觸鼻觸爲緣所生諸受清淨香界乃至鼻觸爲緣所生諸受清淨故一切智智清淨何以故若空空清淨若香界

乃至鼻觸爲緣所生諸受清淨若一切智智清淨無二無二分無別無斷故善現空空清淨故舌界清淨舌界清淨故一切智智清淨何以故若空空清淨若舌界清淨若一切智智清淨無二無二分無別無斷故空空清淨故味界舌識界及舌觸舌觸爲緣所生諸受清淨味界乃至舌觸爲緣所生諸受清淨故一切智智清淨何以故若空空清淨若味界乃至舌觸爲緣所生諸受清淨若一切智智清淨無二無二分無別無斷故善現空空清淨故身界清淨身界清淨故一切智智清淨何以故若空空清淨若身界清淨若一切智智清淨無二無二分無別無斷故空空清淨故觸界身識界及身觸身觸爲緣所生諸受清淨觸界乃至身觸爲緣所生諸受清淨故

一切智智清淨何以故若空空清淨若觸界乃至身觸爲緣所生諸受清淨若一切智智清淨無二無二分無別無斷故善現空空清淨故意界清淨意界清淨故一切智智清淨何以故若空空清淨若意界清淨若一切智智清淨無二無二分無別無斷故空空清淨故法界意識界及意觸意觸爲緣所生諸受清淨法界乃至意觸爲緣所生諸受清淨故一切智智清淨何以故若空空清淨若法界乃至意觸爲緣所生諸受清淨若一切智智清淨無二無二分無別無斷故善現空空清淨故地界清淨地界清淨故一切智智清淨何以故若空空清淨若地界清淨若一切智智清淨無二無二分無別無斷故空空清淨故水火風空識界清淨水火風空識界清淨

故一切智智清淨何以故若空空清淨若水火風空識界清淨若一切智智清淨無二無二分無別無斷故善現空空清淨故無明清淨無明清淨故一切智智清淨何以故若空空清淨若無明清淨若一切智智清淨無二無二分無別無斷故空空清淨故行識名色六處觸受愛取有生老死愁歎苦憂惱清淨行乃至老死愁歎苦憂惱清淨故一切智智清淨何以故若空空清淨若行乃至老死愁歎苦憂惱清淨若一切智智清淨無二無二分無別無斷故善現空空清淨故布施波羅蜜多清淨布施波羅蜜多清淨故一切智智清淨何以故若空空清淨若布施波羅蜜多清淨若一切智智清淨無二無二分無別無斷故空空清淨故淨戒安忍精進靜慮般若波羅蜜多清淨淨戒乃至般若波羅蜜多清淨故一切智智清淨何以故若空空清淨若淨戒乃至般若波羅蜜多清淨若一切智智清淨無二無二分無別無斷故善現空空清淨故內空清淨內空清淨故一切智智清淨何以故若空空清淨若內空清淨若一切智智清淨無二無二分無別無斷故空空清淨故外空內外空大空勝義空有爲空無爲空畢竟空無際空散空無變異空本性空自相空共相空一切法空不可得空無性空自性空無性自性空清淨外空乃至無性自性空清淨故一切智智清淨何以故若空空清淨若外空乃至無性自性空清淨若一切智智清淨無二無二分無別無斷故善現空空清淨故真如清淨真如清淨故一切智智清淨

何以故若空空清淨若眞如清淨若一切智智清淨無二無二分無別無斷故空空清淨故法界法性不虛妄性不變異性平等性離生性法定法住實際虛空界不思議界清淨法界乃至不思議界清淨故一切智智清淨何以故若空空清淨若法界乃至不思議界清淨若一切智智清淨無二無二分無別無斷故善現空空清淨故苦聖諦清淨苦聖諦清淨故一切智智清淨何以故若空空清淨若苦聖諦清淨若一切智智清淨無二無二分無別無斷故空空清淨故集滅道聖諦清淨集滅道聖諦清淨故一切智智清淨何以故若空空清淨若集滅道聖諦清淨若一切智智清淨無二無二分無別無斷故善現空空清淨故四靜慮清淨四靜慮清淨故一切智智清淨何以故若空空清淨若四靜慮清淨若一切智智清淨無二無二分無別無斷故空空清淨故四無量四無色定清淨四無量四無色定清淨故一切智智清淨何以故若空空清淨若四無量四無色定清淨若一切智智清淨無二無二分無別無斷故善現空空清淨故八解脫清淨八解脫清淨故一切智智清淨何以故若空空清淨若八解脫清淨若一切智智清淨無二無二分無別無斷故空空清淨故八勝處九次第定十遍處清淨八勝處九次第定十遍處清淨故一切智智清淨何以故若空空清淨若八勝處九次第定十遍處清淨若一切智智清淨無二無二分無別無斷故善現空空清淨故四念住清淨四念住清淨故一切智智清淨何以

故若空空清淨若四念住清淨若一切智智清淨無二無二分無別無斷故空空清淨故四正斷四神足五根五力七等覺支八聖道支清淨四正斷乃至八聖道支清淨故一切智智清淨何以故若空空清淨若四正斷乃至八聖道支清淨若一切智智清淨無二無二分無別無斷故善現空空清淨故空解脫門清淨空解脫門清淨故一切智智清淨何以故若空空清淨若空解脫門清淨若一切智智清淨無二無二分無別無斷故空空清淨故無相無願解脫門清淨無相無願解脫門清淨故一切智智清淨何以故若空空清淨若無相無願解脫門清淨若一切智智清淨無二無二分無別無斷故善現空空清淨故菩薩十地清淨菩薩十地清淨故一切智

智清淨何以故若空空清淨若菩薩十地清淨若一切智智清淨無二無二分無別無斷故善現空空清淨故五眼清淨五眼清淨故一切智智清淨何以故若空空清淨若五眼清淨若一切智智清淨無二無二分無別無斷故空空清淨故六神通清淨六神通清淨故一切智智清淨何以故若空空清淨若六神通清淨若一切智智清淨無二無二分無別無斷故善現空空清淨故佛十力清淨佛十力清淨故一切智智清淨何以故若空空清淨若佛十力清淨若一切智智清淨無二無二分無別無斷故空空清淨故四無所畏四無礙解大慈大悲大喜大捨十八佛不共法清淨四無所畏乃至十八佛不共法清淨故一切智智清淨何以故若空空清淨若四

無所畏乃至十八佛不共法清淨若一切智智清淨無二無二分無別無斷故善現空空清淨故無忘失法清淨無忘失法清淨故一切智智清淨何以故若空空清淨若無忘失法清淨若一切智智清淨無二無二分無別無斷故空空清淨故恒住捨性清淨恒住捨性清淨故一切智智清淨何以故若空空清淨若恒住捨性清淨若一切智智清淨無二無二分無別無斷故善現空空清淨故一切智清淨一切智清淨故一切智智清淨何以故若空空清淨若一切智清淨若一切智智清淨無二無二分無別無斷故空空清淨故道相智一切相智清淨道相智一切相智清淨故一切智智清淨何以故若空空清淨若道相智一切相智清淨若一切智智清淨無二無二分無別無斷故善現空空清淨故一切陀羅尼門清淨一切陀羅尼門清淨故一切智智清淨何以故若空空清淨若一切陀羅尼門清淨若一切智智清淨無二無二分無別無斷故空空清淨故一切三摩地門清淨一切三摩地門清淨故一切智智清淨何以故若空空清淨若一切三摩地門清淨若一切智智清淨無二無二分無別無斷故善現空空清淨故預流果清淨預流果清淨故一切智智清淨何以故若空空清淨若預流果清淨若一切智智清淨無二無二分無別無斷故空空清淨故一來不還阿羅漢果清淨一來不還阿羅漢果清淨故一切智智清淨何以故若空空清淨若一來不還阿羅漢果清淨若一切智智清淨無二無二分無別

無斷故善現空空清淨故獨覺菩提清淨獨覺菩提清淨故一切智智清淨何以故若空空清淨若獨覺菩提清淨若一切智智清淨無二無二分無別無斷故善現空空清淨故一切菩薩摩訶薩行清淨一切菩薩摩訶薩行清淨故一切智智清淨何以故若空空清淨若一切菩薩摩訶薩行清淨若一切智智清淨無二無二分無別無斷故善現空空清淨故諸佛無上正等菩提清淨諸佛無上正等菩提清淨故一切智智清淨何以故若空空清淨若諸佛無上正等菩提清淨若一切智智清淨無二無二分無別無斷故復次善現大空清淨故色清淨色清淨故一切智智清淨何以故若大空清淨若色清淨若一切智智清淨無二無二分無別無斷故大空清淨故受想行識清淨受想行識清淨故一切智智清淨何以故若大空清淨若受想行識清淨若一切智智清淨無二無二分無別無斷故善現大空清淨故眼處清淨眼處清淨故一切智智清淨何以故若大空清淨若眼處清淨若一切智智清淨無二無二分無別無斷故大空清淨故耳鼻舌身意處清淨耳鼻舌身意處清淨故一切智智清淨何以故若大空清淨若耳鼻舌身意處清淨若一切智智清淨無二無二分無別無斷故善現大空清淨故色處清淨色處清淨故一切智智清淨何以故若大空清淨若色處清淨若一切智智清淨無二無二分無別無斷故大空清淨故聲香味觸法處清淨聲香味觸法處清淨故一切智智清淨何以故若大空清淨

若聲香味觸法處清淨若一切智智清淨無二無二分無別無斷故善現大空清淨故眼界清淨眼界清淨故一切智智清淨何以故若大空清淨若眼界清淨若一切智智清淨無二無二分無別無斷故大空清淨故色界眼識界及眼觸眼觸爲緣所生諸受清淨色界乃至眼觸爲緣所生諸受清淨故一切智智清淨何以故若大空清淨若色界乃至眼觸爲緣所生諸受清淨若一切智智清淨無二無二分無別無斷故善現大空清淨故耳界清淨耳界清淨故一切智智清淨何以故若大空清淨若耳界清淨若一切智智清淨無二無二分無別無斷故大空清淨故聲界耳識界及耳觸耳觸爲緣所生諸受清淨聲界乃至耳觸爲緣所生諸受清淨故一切智智清淨何以故若大空清淨若聲界乃至耳觸爲緣所生諸受清淨若一切智智清淨無二無二分無別無斷故善現大空清淨故鼻界清淨鼻界清淨故一切智智清淨何以故若大空清淨若鼻界清淨若一切智智清淨無二無二分無別無斷故大空清淨故香界鼻識界及鼻觸鼻觸爲緣所生諸受清淨香界乃至鼻觸爲緣所生諸受清淨故一切智智清淨何以故若大空清淨若香界乃至鼻觸爲緣所生諸受清淨若一切智智清淨無二無二分無別無斷故善現大空清淨故舌界清淨舌界清淨故一切智智清淨何以故若大空清淨若舌界清淨若一切智智清淨無二無二分無別無斷故大空清淨故味界舌識界及舌觸舌觸爲緣所生諸受清淨味

界乃至舌觸爲縁所生諸受清淨故一切智智清淨何以故若大空清淨若味界乃至舌觸爲縁所生諸受清淨若一切智智清淨無二無二分無別無斷故善現大空清淨故身界清淨身界清淨故一切智智清淨何以故若大空清淨若身界清淨若一切智智清淨無二無二分無別無斷故大空清淨故觸界身識界及身觸身觸爲縁所生諸受清淨觸界乃至身觸爲縁所生諸受清淨故一切智智清淨何以故若大空清淨若觸界乃至身觸爲縁所生諸受清淨若一切智智清淨無二無二分無別無斷故善現大空清淨故意界清淨意界清淨故一切智智清淨何以故若大空清淨若意界清淨若一切智智清淨無二無二分無別無斷故大空清淨故法界意識界及意觸意觸爲縁所生諸受清淨法界乃至意觸爲縁所生諸受清淨故一切智智清淨何以故若大空清淨若法界乃至意觸爲縁所生諸受清淨若一切智智清淨無二無二分無別無斷故善現大空清淨故地界清淨地界清淨故一切智智清淨何以故若大空清淨若地界清淨若一切智智清淨無二無二分無別無斷故大空清淨故水火風空識界清淨水火風空識界清淨故一切智智清淨何以故若大空清淨若水火風空識界清淨若一切智智清淨無二無二分無別無斷故善現大空清淨故無明清淨無明清淨故一切智智清淨何以故若大空清淨若無明清淨若一切智智清淨無二無二分無別無斷故大空清淨故行識名色六處觸

受愛取有生老死愁歎苦憂惱清淨行乃至老死愁歎苦憂惱清淨故一切智智清淨何以故若大空清淨若行乃至老死愁歎苦憂惱清淨若一切智智清淨無二無二分無别無斷故

大般若波羅蜜多經卷第二百九

大般若波羅蜜多經卷第二百十

唐三藏法師玄奘奉　詔譯

初分難信解品第三十四之二十九

善現大空清淨故布施波羅蜜多清淨布施波羅蜜多清淨故一切智智清淨何以故若大空清淨若布施波羅蜜多清淨若一切智智清淨無二無二分無別無斷故大空清淨故淨戒安忍精進靜慮般若波羅蜜多清淨淨戒乃至般若波羅蜜多清淨故一切智智清淨何以故若大空清淨若淨戒乃至般若波羅蜜多清淨若一切智智清淨無二無二分無別無斷故善現大空清淨故內空清淨內空清淨故一切智智清淨何以故若大空清淨若內空清淨若一切智智清淨無二無二分無別無斷故大空清淨故外空內外空空空勝義空有爲空無爲空畢竟空無際空散空無變異空本性空自相空共相空一切法空不可得空無性空自性空無性自性空清淨外空乃至無性自性空清淨故一切智智清淨何以故若大空清淨若外空乃至無性自性空清淨若一切智智清淨無二無二分無別無斷故善現大空清淨故真如清淨真如清淨故一切智智清淨何以故若大空清淨若真如清淨若一切智智清淨無二無二分無別無斷故大空清淨故法界法性不虛妄性不變異性平等性離生性法定法住實際虛空界不思議界清淨法界乃至不思議界清淨故一切智智清淨何以故若大空清淨若法界乃至不思議界清淨若一切智智清淨無二無二分無別無斷故善現大空

清淨故苦聖諦清淨苦聖諦清淨故一切智智清淨何以故若大空清淨若苦聖諦清淨若一切智智清淨無二無二分無別無斷故大空清淨故集滅道聖諦清淨集滅道聖諦清淨故一切智智清淨何以故若大空清淨若集滅道聖諦清淨若一切智智清淨無二無二分無別無斷故善現大空清淨故四靜慮清淨四靜慮清淨故一切智智清淨何以故若大空清淨若四靜慮清淨若一切智智清淨無二無二分無別無斷故大空清淨故四無量四無色定清淨四無量四無色定清淨故一切智智清淨何以故若大空清淨若四無量四無色定清淨若一切智智清淨無二無二分無別無斷故善現大空清淨故八解脫清淨八解脫清淨故一切智智清淨何以故若大空清淨若八解脫清淨若一切智智清淨無二無二分無別無斷故大空清淨故八勝處九次第定十遍處清淨八勝處九次第定十遍處清淨故一切智智清淨何以故若大空清淨若八勝處九次第定十遍處清淨若一切智智清淨無二無二分無別無斷故善現大空清淨故四念住清淨四念住清淨故一切智智清淨何以故若大空清淨若四念住清淨若一切智智清淨無二無二分無別無斷故大空清淨故四正斷四神足五根五力七等覺支八聖道支清淨四正斷乃至八聖道支清淨故一切智智清淨何以故若大空清淨若四正斷乃至八聖道支清淨若一切智智清淨無二無二分無別無斷故善現大空清淨故空解脫門清淨空解脫

門清淨故一切智智清淨何以故若大空清淨若空解脫門清淨若一切智智清淨無二無二分無別無斷故大空清淨故無相無願解脫門清淨無相無願解脫門清淨故一切智智清淨何以故若大空清淨若無相無願解脫門清淨若一切智智清淨無二無二分無別無斷故善現大空清淨故菩薩十地清淨菩薩十地清淨故一切智智清淨何以故若大空清淨若菩薩十地清淨若一切智智清淨無二無二分無別無斷故善現大空清淨故五眼清淨五眼清淨故一切智智清淨何以故若大空清淨若五眼清淨若一切智智清淨無二無二分無別無斷故大空清淨故六神通清淨六神通清淨故一切智智清淨何以故若大空清淨若六神通清淨若一切智智清淨無二無二分無別無斷故善現大空清淨故佛十力清淨佛十力清淨故一切智智清淨何以故若大空清淨若佛十力清淨若一切智智清淨無二無二分無別無斷故大空清淨故四無所畏四無礙解大慈大悲大喜大捨十八佛不共法清淨四無所畏乃至十八佛不共法清淨故一切智智清淨何以故若大空清淨若四無所畏乃至十八佛不共法清淨若一切智智清淨無二無二分無別無斷故善現大空清淨故無忘失法清淨無忘失法清淨故一切智智清淨何以故若大空清淨若無忘失法清淨若一切智智清淨無二無二分無別無斷故大空清淨故恒住捨性清淨恒住捨性清淨故一切智智清淨何以故若大空清淨若恒住捨性

清淨若一切智智清淨無二無二分無別無斷故善現大空清淨故一切智清淨一切智清淨故一切智智清淨何以故若大空清淨若一切智清淨若一切智智清淨無二無二分無別無斷故大空清淨故道相智一切相智清淨道相智一切相智清淨故一切智智清淨何以故若大空清淨若道相智一切相智清淨若一切智智清淨無二無二分無別無斷故善現大空清淨故一切陀羅尼門清淨一切陀羅尼門清淨故一切智智清淨何以故若大空清淨若一切陀羅尼門清淨若一切智智清淨無二無二分無別無斷故大空清淨故一切三摩地門清淨一切三摩地門清淨故一切智智清淨何以故若大空清淨若一切三摩地門清淨若一切智智清淨

無二無二分無別無斷故善現大空清淨故預流果清淨預流果清淨故一切智智清淨何以故若大空清淨若預流果清淨若一切智智清淨無二無二分無別無斷故大空清淨故一來不還阿羅漢果清淨一來不還阿羅漢果清淨故一切智智清淨何以故若大空清淨若一來不還阿羅漢果清淨若一切智智清淨無二無二分無別無斷故善現大空清淨故獨覺菩提清淨獨覺菩提清淨故一切智智清淨何以故若大空清淨若獨覺菩提清淨若一切智智清淨無二無二分無別無斷故善現大空清淨故一切菩薩摩訶薩行清淨一切菩薩摩訶薩行清淨故一切智智清淨何以故若大空清淨若一切菩薩摩訶薩行清淨若一切智智清淨無二無二

分無别無斷故善現大空清淨故諸佛無上正等菩提清淨諸佛無上正等菩提清淨故一切智智清淨何以故若大空清淨若諸佛無上正等菩提清淨若一切智智清淨無二無二分無别無斷故復次善現勝義空清淨故色清淨色清淨故一切智智清淨何以故若勝義空清淨若色清淨若一切智智清淨無二無二分無别無斷故勝義空清淨故受想行識清淨受想行識清淨故一切智智清淨何以故若勝義空清淨若受想行識清淨若一切智智清淨無二無二分無别無斷故善現勝義空清淨故眼處清淨眼處清淨故一切智智清淨何以故若勝義空清淨若眼處清淨若一切智智清淨無二無二分無别無斷故勝義空清淨故耳鼻舌身意處清淨

耳鼻舌身意處清淨故一切智智清淨何以故若勝義空清淨若耳鼻舌身意處清淨若一切智智清淨無二無二分無别無斷故善現勝義空清淨故色處清淨色處清淨故一切智智清淨何以故若勝義空清淨若色處清淨若一切智智清淨無二無二分無别無斷故勝義空清淨故聲香味觸法處清淨聲香味觸法處清淨故一切智智清淨何以故若勝義空清淨若聲香味觸法處清淨若一切智智清淨無二無二分無别無斷故善現勝義空清淨故眼界清淨眼界清淨故一切智智清淨何以故若勝義空清淨若眼界清淨若一切智智清淨無二無二分無别無斷故勝義空清淨故色界眼識界及眼觸眼觸爲緣所生諸受清淨色界乃至眼觸爲緣所

生諸受清淨故一切智智清淨何以故若勝義空清淨若色界乃至眼觸爲緣所生諸受清淨若一切智智清淨無二無二分無別無斷故善現勝義空清淨故耳界清淨耳界清淨故一切智智清淨何以故若勝義空清淨若耳界清淨若一切智智清淨無二無二分無別無斷故勝義空清淨故聲界耳識界及耳觸耳觸爲緣所生諸受清淨聲界乃至耳觸爲緣所生諸受清淨故一切智智清淨何以故若勝義空清淨若聲界乃至耳觸爲緣所生諸受清淨若一切智智清淨無二無二分無別無斷故善現勝義空清淨故鼻界清淨鼻界清淨故一切智智清淨何以故若勝義空清淨若鼻界清淨若一切智智清淨無二無二分無別無斷故勝義空清淨故香界鼻識界及鼻觸鼻觸爲緣所生諸受清淨香界乃至鼻觸爲緣所生諸受清淨故一切智智清淨何以故若勝義空清淨若香界乃至鼻觸爲緣所生諸受清淨若一切智智清淨無二無二分無別無斷故善現勝義空清淨故舌界清淨舌界清淨故一切智智清淨何以故若勝義空清淨若舌界清淨若一切智智清淨無二無二分無別無斷故勝義空清淨故味界舌識界及舌觸舌觸爲緣所生諸受清淨味界乃至舌觸爲緣所生諸受清淨故一切智智清淨何以故若勝義空清淨若味界乃至舌觸爲緣所生諸受清淨若一切智智清淨無二無二分無別無斷故善現勝義空清淨故身界清淨身界清淨故一切智智清淨何以故若勝義空清淨若身界清淨

若一切智智清淨無二無二分無別無斷故勝義空清淨故觸界身識界及身觸身觸爲緣所生諸受清淨觸界乃至身觸爲緣所生諸受清淨故一切智智清淨何以故若勝義空清淨若觸界乃至身觸爲緣所生諸受清淨若一切智智清淨無二無二分無別無斷故善現勝義空清淨故意界清淨意界清淨故一切智智清淨何以故若勝義空清淨若意界清淨若一切智智清淨無二無二分無別無斷故勝義空清淨故法界意識界及意觸意觸爲緣所生諸受清淨法界乃至意觸爲緣所生諸受清淨故一切智智清淨何以故若勝義空清淨若法界乃至意觸爲緣所生諸受清淨若一切智智清淨無二無二分無別無斷故善現勝義空清淨故地界清淨地界清淨故一切智智清淨何以故若勝義空清淨若地界清淨若一切智智清淨無二無二分無別無斷故勝義空清淨故水火風空識界清淨水火風空識界清淨故一切智智清淨何以故若勝義空清淨若水火風空識界清淨若一切智智清淨無二無二分無別無斷故善現勝義空清淨故無明清淨無明清淨故一切智智清淨何以故若勝義空清淨若無明清淨若一切智智清淨無二無二分無別無斷故勝義空清淨故行識名色六處觸受愛取有生老死愁歎苦憂惱清淨行乃至老死愁歎苦憂惱清淨故一切智智清淨何以故若勝義空清淨若行乃至老死愁歎苦憂惱清淨若一切智智清淨無二無二分無別無斷故善現勝義空清淨故布施

波羅蜜多清淨布施波羅蜜多清淨故一切智智清淨何以故若勝義空清淨若布施波羅蜜多清淨若一切智智清淨無二無二分無別無斷故勝義空清淨故淨戒安忍精進靜慮般若波羅蜜多清淨淨戒乃至般若波羅蜜多清淨故一切智智清淨何以故若勝義空清淨若淨戒乃至般若波羅蜜多清淨若一切智智清淨無二無二分無別無斷故善現勝義空清淨故內空清淨內空清淨故一切智智清淨何以故若勝義空清淨若內空清淨若一切智智清淨無二無二分無別無斷故勝義空清淨故外空內外空空空大空有爲空無爲空畢竟空無際空散空無變異空本性空自相空共相空一切法空不可得空無性空自性空無性自性空清淨外空

乃至無性自性空清淨故一切智智清淨何以故若勝義空清淨若外空乃至無性自性空清淨若一切智智清淨無二無二分無別無斷故善現勝義空清淨故眞如清淨眞如清淨故一切智智清淨何以故若勝義空清淨若眞如清淨若一切智智清淨無二無二分無別無斷故勝義空清淨故法界法性不虛妄性不變異性平等性離生性法定法住實際虛空界不思議界清淨法界乃至不思議界清淨故一切智智清淨何以故若勝義空清淨若法界乃至不思議界清淨若一切智智清淨無二無二分無別無斷故善現勝義空清淨故苦聖諦清淨苦聖諦清淨故一切智智清淨何以故若勝義空清淨若苦聖諦清淨若一切智智清淨無二無二分無別

無斷故勝義空清淨故集滅道聖諦清淨集滅道聖諦清淨故一切智智清淨何以故若勝義空清淨若集滅道聖諦清淨若一切智智清淨無二無二分無別無斷故善現勝義空清淨故四靜慮清淨四靜慮清淨故一切智智清淨何以故若勝義空清淨若四靜慮清淨若一切智智清淨無二無二分無別無斷故勝義空清淨故四無量四無色定清淨四無量四無色定清淨故一切智智清淨何以故若勝義空清淨若四無量四無色定清淨若一切智智清淨無二無二分無別無斷故善現勝義空清淨故八解脱清淨八解脱清淨故一切智智清淨何以故若勝義空清淨若八解脱清淨若一切智智清淨無二無二分無別無斷故勝義空清淨故八勝處九次第定十遍處清淨八勝處九次第定十遍處清淨故一切智智清淨何以故若勝義空清淨若八勝處九次第定十遍處清淨若一切智智清淨無二無二分無別無斷故善現勝義空清淨故四念住清淨四念住清淨故一切智智清淨何以故若勝義空清淨若四念住清淨若一切智智清淨無二無二分無別無斷故勝義空清淨故四正斷四神足五根五力七等覺支八聖道支清淨四正斷乃至八聖道支清淨故一切智智清淨何以故若勝義空清淨若四正斷乃至八聖道支清淨若一切智智清淨無二無二分無別無斷故善現勝義空清淨故空解脱門清淨空解脱門清淨故一切智智清淨何以故若勝義空清淨若空解脱門清淨若一切智智清淨

無二無二分無別無斷故勝義空清淨故無相無願解脫門清淨無相無願解脫門清淨故一切智智清淨何以故若勝義空清淨若無相無願解脫門清淨若一切智智清淨無二無二分無別無斷故善現勝義空清淨故菩薩十地清淨菩薩十地清淨故一切智智清淨何以故若勝義空清淨若菩薩十地清淨若一切智智清淨無二無二分無別無斷故善現勝義空清淨故五眼清淨五眼清淨故一切智智清淨何以故若勝義空清淨若五眼清淨若一切智智清淨無二無二分無別無斷故勝義空清淨故六神通清淨六神通清淨故一切智智清淨何以故若勝義空清淨若六神通清淨若一切智智清淨無二無二分無別無斷故善現勝義空清淨故佛十力清淨佛十力清淨故一切智智清淨何以故若勝義空清淨若佛十力清淨若一切智智清淨無二無二分無別無斷故勝義空清淨故四無所畏四無礙解大慈大悲大喜大捨十八佛不共法清淨四無所畏乃至十八佛不共法清淨故一切智智清淨何以故若勝義空清淨若四無所畏乃至十八佛不共法清淨若一切智智清淨無二無二分無別無斷故善現勝義空清淨故無忘失法清淨無忘失法清淨故一切智智清淨何以故若勝義空清淨若無忘失法清淨若一切智智清淨無二無二分無別無斷故勝義空清淨故恒住捨性清淨恒住捨性清淨故一切智智清淨何以故若勝義空清淨若恒住捨性清淨若一切智智清淨無二無二分無別

無斷故善現勝義空清淨故一切智清淨一切智清淨故一切智智清淨何以故若勝義空清淨若一切智清淨若一切智智清淨無二無二分無別無斷故勝義空清淨故道相智一切相智清淨道相智一切相智清淨故一切智智清淨何以故若勝義空清淨若道相智一切相智清淨若一切智智清淨無二無二分無別無斷故善現勝義空清淨故一切陀羅尼門清淨一切陀羅尼門清淨故一切智智清淨何以故若勝義空清淨若一切陀羅尼門清淨若一切智智清淨無二無二分無別無斷故勝義空清淨故一切三摩地門清淨一切三摩地門清淨故一切智智清淨何以故若勝義空清淨若一切三摩地門清淨若一切智智清淨無二無二分無別無斷故善現勝義空清淨故預流果清淨預流果清淨故一切智智清淨何以故若勝義空清淨若預流果清淨若一切智智清淨無二無二分無別無斷故勝義空清淨故一來不還阿羅漢果清淨一來不還阿羅漢果清淨故一切智智清淨何以故若勝義空清淨若一來不還阿羅漢果清淨若一切智智清淨無二無二分無別無斷故善現勝義空清淨故獨覺菩提清淨獨覺菩提清淨故一切智智清淨何以故若勝義空清淨若獨覺菩提清淨若一切智智清淨無二無二分無別無斷故善現勝義空清淨故一切菩薩摩訶薩行清淨一切菩薩摩訶薩行清淨故一切智智清淨何以故若勝義空清淨若一切菩薩摩訶薩行清淨若一切智智清淨無二無二

分無别無斷故善現勝義空清淨故諸佛無上正等菩提清淨諸佛無上正等菩提清淨故一切智智清淨何以故若勝義空清淨若諸佛無上正等菩提清淨若一切智智清淨無二無二分無别無斷故復次善現有爲空清淨故色清淨色清淨故一切智智清淨何以故若有爲空清淨若色清淨若一切智智清淨無二無二分無别無斷故有爲空清淨故受想行識清淨受想行識清淨故一切智智清淨何以故若有爲空清淨若受想行識清淨若一切智智清淨無二無二分無别無斷故善現有爲空清淨故眼處清淨眼處清淨故一切智智清淨何以故若有爲空清淨若眼處清淨若一切智智清淨無二無二分無别無斷故有爲空清淨故耳鼻舌身意處清淨耳鼻舌身意處清淨故一切智智清淨何以故若有爲空清淨若耳鼻舌身意處清淨若一切智智清淨無二無二分無别無斷故善現有爲空清淨故色處清淨色處清淨故一切智智清淨何以故若有爲空清淨若色處清淨若一切智智清淨無二無二分無别無斷故有爲空清淨故聲香味觸法處清淨聲香味觸法處清淨故一切智智清淨何以故若有爲空清淨若聲香味觸法處清淨若一切智智清淨無二無二分無别無斷故善現有爲空清淨故眼界清淨眼界清淨故一切智智清淨何以故若有爲空清淨若眼界清淨若一切智智清淨無二無二分無别無斷故有爲空清淨故色界眼識界及眼觸眼觸爲緣所生諸受清淨色界乃至眼觸爲

緣所生諸受清淨故一切智智清淨何以故若有爲空清淨若色界乃至眼觸爲緣所生諸受清淨若一切智智清淨無二無二分無別無斷故善現有爲空清淨故耳界清淨耳界清淨故一切智智清淨何以故若有爲空清淨若耳界清淨若一切智智清淨無二無二分無別無斷故有爲空清淨故聲界耳識界及耳觸耳觸爲緣所生諸受清淨聲界乃至耳觸爲緣所生諸受清淨故一切智智清淨何以故若有爲空清淨若聲界乃至耳觸爲緣所生諸受清淨若一切智智清淨無二無二分無別無斷故善現有爲空清淨故鼻界清淨鼻界清淨故一切智智清淨何以故若有爲空清淨若鼻界清淨若一切智智清淨無二無二分無別無斷故有爲空清淨故香界鼻識界及鼻觸鼻觸爲緣所生諸受清淨香界乃至鼻觸爲緣所生諸受清淨故一切智智清淨何以故若有爲空清淨若香界乃至鼻觸爲緣所生諸受清淨若一切智智清淨無二無二分無別無斷故善現有爲空清淨故舌界清淨舌界清淨故一切智智清淨何以故若有爲空清淨若舌界清淨若一切智智清淨無二無二分無別無斷故有爲空清淨故味界舌識界及舌觸舌觸爲緣所生諸受清淨味界乃至舌觸爲緣所生諸受清淨故一切智智清淨何以故若有爲空清淨若味界乃至舌觸爲緣所生諸受清淨若一切智智清淨無二無二分無別無斷故善現有爲空清淨故身界清淨身界清淨故一切智智清淨何以故若有爲空清淨若身界

清淨若一切智智清淨無二無二分無別無斷故有爲空清淨故觸界身識界及身觸身觸爲緣所生諸受清淨觸界乃至身觸爲緣所生諸受清淨故一切智智清淨何以故若有爲空清淨若觸界乃至身觸爲緣所生諸受清淨若一切智智清淨無二無二分無別無斷故善現有爲空清淨故意界清淨意界清淨故一切智智清淨何以故若有爲空清淨若意界清淨若一切智智清淨無二無二分無別無斷故有爲空清淨故法界意識界及意觸意觸爲緣所生諸受清淨法界乃至意觸爲緣所生諸受清淨故一切智智清淨何以故若有爲空清淨若法界乃至意觸爲緣所生諸受清淨若一切智智清淨無二無二分無別無斷故善現有爲空清淨故地界清淨地界清淨故一切智智清淨何以故若有爲空清淨若地界清淨若一切智智清淨無二無二分無別無斷故有爲空清淨故水火風空識界清淨水火風空識界清淨故一切智智清淨何以故若有爲空清淨若水火風空識界清淨若一切智智清淨無二無二分無別無斷故善現有爲空清淨故無明清淨無明清淨故一切智智清淨何以故若有爲空清淨若無明清淨若一切智智清淨無二無二分無別無斷故有爲空清淨故行識名色六處觸受愛取有生老死愁歎苦憂惱清淨行乃至老死愁歎苦憂惱清淨故一切智智清淨何以故若有爲空清淨若行乃至老死愁歎苦憂惱清淨若一切智智清淨無二無二分無別無斷故善現有爲空清淨故

布施波羅蜜多清淨布施波羅蜜多清淨故一切智智清淨何以故若有爲空清淨若布施波羅蜜多清淨若一切智智清淨無二無二分無別無斷故有爲空清淨故淨戒安忍精進靜慮般若波羅蜜多清淨淨戒乃至般若波羅蜜多清淨故一切智智清淨何以故若有爲空清淨若淨戒乃至般若波羅蜜多清淨若一切智智清淨無二無二分無別無斷故善現有爲空清淨故內空清淨內空清淨故一切智智清淨何以故若有爲空清淨若內空清淨若一切智智清淨無二無二分無別無斷故有爲空清淨故外空內外空空空大空勝義空無爲空畢竟空無際空散空無變異空本性空自相空共相空一切法空不可得空無性空自性空無性自性空清淨外空乃至無性自性空清淨故一切智智清淨何以故若有爲空清淨若外空乃至無性自性空清淨若一切智智清淨無二無二分無別無斷故善現有爲空清淨故眞如清淨眞如清淨故一切智智清淨何以故若有爲空清淨若眞如清淨若一切智智清淨無二無二分無別無斷故有爲空清淨故法界法性不虛妄性不變異性平等性離生性法定法住實際虛空界不思議界清淨法界乃至不思議界清淨故一切智智清淨何以故若有爲空清淨若法界乃至不思議界清淨若一切智智清淨無二無二分無別無斷故善現有爲空清淨故苦聖諦清淨苦聖諦清淨故一切智智清淨何以故若有爲空清淨若苦聖諦清淨若一切智智清淨無二無二分

無別無斷故有爲空清淨故集滅道聖諦清淨集滅道聖諦清淨故一切智智清淨何以故若有爲空清淨若集滅道聖諦清淨若一切智智清淨無二無二分無別無斷故善現有爲空清淨故四靜慮清淨四靜慮清淨故一切智智清淨何以故若有爲空清淨若四靜慮清淨若一切智智清淨無二無二分無別無斷故有爲空清淨故四無量四無色定清淨四無量四無色定清淨故一切智智清淨何以故若有爲空清淨若四無量四無色定清淨若一切智智清淨無二無二分無別無斷故善現有爲空清淨故八解脫清淨八解脫清淨故一切智智清淨何以故若有爲空清淨若八解脫清淨若一切智智清淨無二無二分無別無斷故有爲空清淨故八勝處九次第定十遍處清淨八勝處九次第定十遍處清淨故一切智智清淨何以故若有爲空清淨若八勝處九次第定十遍處清淨若一切智智清淨無二無二分無別無斷故

大般若波羅蜜多經卷第二百十

大般若波羅蜜多經卷第二百十一

唐三藏法師玄奘奉　詔譯

初分難信解品第三十四之三十

善現有爲空清淨故四念住清淨四念住清淨故一切智智清淨何以故若有爲空清淨若四念住清淨若一切智智清淨無二無二分無別無斷故有爲空清淨故四正斷四神足五根五力七等覺支八聖道支清淨四正斷乃至八聖道支清淨故一切智智清淨何以故若有爲空清淨若四正斷乃至八聖道支清淨若一切智智清淨無二無二分無別無斷故善現有爲空清淨故空解脫門清淨空解脫門清淨故一切智智清淨何以故若有爲空清淨若空解脫門清淨若一切智智清淨無二無二分無別無斷故有爲空清淨故無相無願解脫門清淨無相無願解脫門清淨故一切智智清淨何以故若有爲空清淨若無相無願解脫門清淨若一切智智清淨無二無二分無別無斷故善現有爲空清淨故菩薩十地清淨菩薩十地清淨故一切智智清淨何以故若有爲空清淨若菩薩十地清淨若一切智智清淨無二無二分無別無斷故善現有爲空清淨故五眼清淨五眼清淨故一切智智清淨何以故若有爲空清淨若五眼清淨若一切智智清淨無二無二分無別無斷故有爲空清淨故六神通清淨六神通清淨故一切智智清淨何以故若有爲空清淨若六神通清淨若一切智智清淨無二無二分無別無斷故善現有爲空清淨故佛十力清淨佛十力清淨故一切智智清

淨何以故若有爲空清淨若佛十力清淨若一切智智清淨無二無二分無別無斷故有爲空清淨故四無所畏四無礙解大慈大悲大喜大捨十八佛不共法清淨四無所畏乃至十八佛不共法清淨故一切智智清淨何以故若有爲空清淨若四無所畏乃至十八佛不共法清淨若一切智智清淨無二無二分無別無斷故善現有爲空清淨故無忘失法清淨無忘失法清淨故一切智智清淨何以故若有爲空清淨若無忘失法清淨若一切智智清淨無二無二分無別無斷故有爲空清淨故恒住捨性清淨恒住捨性清淨故一切智智清淨何以故若有爲空清淨若恒住捨性清淨若一切智智清淨無二無二分無別無斷故善現有爲空清淨故一切智清淨一切智清淨故一切智智清淨何以故若有爲空清淨若一切智清淨若一切智智清淨無二無二分無別無斷故有爲空清淨故道相智一切相智清淨道相智一切相智清淨故一切智智清淨何以故若有爲空清淨若道相智一切相智清淨若一切智智清淨無二無二分無別無斷故善現有爲空清淨故一切陀羅尼門清淨一切陀羅尼門清淨故一切智智清淨何以故若有爲空清淨若一切陀羅尼門清淨若一切智智清淨無二無二分無別無斷故有爲空清淨故一切三摩地門清淨一切三摩地門清淨故一切智智清淨何以故若有爲空清淨若一切三摩地門清淨若一切智智清淨無二無二分無別無斷故善現有爲空清淨故預流果清淨

預流果清淨故一切智智清淨何以故若有爲空清淨若預流果清淨若一切智智清淨無二無二分無別無斷故有爲空清淨故一來不還阿羅漢果清淨一來不還阿羅漢果清淨故一切智智清淨何以故若有爲空清淨若一來不還阿羅漢果清淨若一切智智清淨無二無二分無別無斷故善現有爲空清淨故獨覺菩提清淨獨覺菩提清淨故一切智智清淨何以故若有爲空清淨若獨覺菩提清淨若一切智智清淨無二無二分無別無斷故善現有爲空清淨故一切菩薩摩訶薩行清淨一切菩薩摩訶薩行清淨故一切智智清淨何以故若有爲空清淨若一切菩薩摩訶薩行清淨若一切智智清淨無二無二分無別無斷故善現有爲空清淨故諸佛無上正等菩提清淨諸佛無上正等菩提清淨故一切智智清淨何以故若有爲空清淨若諸佛無上正等菩提清淨若一切智智清淨無二無二分無別無斷故復次善現無爲空清淨故色清淨色清淨故一切智智清淨何以故若無爲空清淨若色清淨若一切智智清淨無二無二分無別無斷故無爲空清淨故受想行識清淨受想行識清淨故一切智智清淨何以故若無爲空清淨若受想行識清淨若一切智智清淨無二無二分無別無斷故善現無爲空清淨故眼處清淨眼處清淨故一切智智清淨何以故若無爲空清淨若眼處清淨若一切智智清淨無二無二分無別無斷故無爲空清淨故耳鼻舌身意處清淨耳鼻舌身意處清淨故一切智智

清淨何以故若無爲空清淨若耳鼻舌身意處清淨若一切智智清淨無二無二分無別無斷故善現無爲空清淨故色處清淨色處清淨故一切智智清淨何以故若無爲空清淨若色處清淨若一切智智清淨無二無二分無別無斷故無爲空清淨故聲香味觸法處清淨聲香味觸法處清淨故一切智智清淨何以故若無爲空清淨若聲香味觸法處清淨若一切智智清淨無二無二分無別無斷故善現無爲空清淨故眼界清淨眼界清淨故一切智智清淨何以故若無爲空清淨若眼界清淨若一切智智清淨無二無二分無別無斷故無爲空清淨故色界眼識界及眼觸眼觸爲緣所生諸受清淨色界乃至眼觸眼觸爲緣所生諸受清淨故一切智智清淨何以故若無爲空清淨若色界乃至眼觸爲緣所生諸受清淨若一切智智清淨無二無二分無別無斷故善現無爲空清淨故耳界清淨耳界清淨故一切智智清淨何以故若無爲空清淨若耳界清淨若一切智智清淨無二無二分無別無斷故無爲空清淨故聲界耳識界及耳觸耳觸爲緣所生諸受清淨聲界乃至耳觸爲緣所生諸受清淨故一切智智清淨何以故若無爲空清淨若聲界乃至耳觸爲緣所生諸受清淨若一切智智清淨無二無二分無別無斷故善現無爲空清淨故鼻界清淨鼻界清淨故一切智智清淨何以故若無爲空清淨若鼻界清淨若一切智智清淨無二無二分無別無斷故無爲空清淨故香界鼻識界及鼻觸鼻觸爲緣所生諸

受清淨香界乃至鼻觸爲緣所生諸受清淨故一切智智清淨何以故若無爲空清淨若香界乃至鼻觸爲緣所生諸受清淨若一切智智清淨無二無二分無別無斷故善現無爲空清淨故舌界清淨舌界清淨故一切智智清淨何以故若無爲空清淨若舌界清淨若一切智智清淨無二無二分無別無斷故無爲空清淨故味界舌識界及舌觸舌觸爲緣所生諸受清淨味界乃至舌觸爲緣所生諸受清淨故一切智智清淨何以故若無爲空清淨若味界乃至舌觸爲緣所生諸受清淨若一切智智清淨無二無二分無別無斷故善現無爲空清淨故身界清淨身界清淨故一切智智清淨何以故若無爲空清淨若身界清淨若一切智智清淨無二無二分無別無斷故無爲空清淨故觸界身識界及身觸身觸爲緣所生諸受清淨觸界乃至身觸爲緣所生諸受清淨故一切智智清淨何以故若無爲空清淨若觸界乃至身觸爲緣所生諸受清淨若一切智智清淨無二無二分無別無斷故善現無爲空清淨故意界清淨意界清淨故一切智智清淨何以故若無爲空清淨若意界清淨若一切智智清淨無二無二分無別無斷故無爲空清淨故法界意識界及意觸意觸爲緣所生諸受清淨法界乃至意觸爲緣所生諸受清淨故一切智智清淨何以故若無爲空清淨若法界乃至意觸爲緣所生諸受清淨若一切智智清淨無二無二分無別無斷故善現無爲空清淨故地界清淨地界清淨故一切智智清淨何以

故若無爲空清淨若地界清淨若一切智智清淨無二無二分無別無斷故無爲空清淨故水火風空識界清淨水火風空識界清淨故一切智智清淨何以故若無爲空清淨若水火風空識界清淨若一切智智清淨無二無二分無別無斷故善現無爲空清淨故無明清淨無明清淨故一切智智清淨何以故若無爲空清淨若無明清淨若一切智智清淨無二無二分無別無斷故無爲空清淨故行識名色六處觸受愛取有生老死愁歎苦憂惱清淨行乃至老死愁歎苦憂惱清淨故一切智智清淨何以故若無爲空清淨若行乃至老死愁歎苦憂惱清淨若一切智智清淨無二無二分無別無斷故善現無爲空清淨故布施波羅蜜多清淨布施波羅蜜多清淨故一切智智清淨何以故若無爲空清淨若布施波羅蜜多清淨若一切智智清淨無二無二分無別無斷故無爲空清淨故淨戒安忍精進靜慮般若波羅蜜多清淨淨戒乃至般若波羅蜜多清淨故一切智智清淨何以故若無爲空清淨若淨戒乃至般若波羅蜜多清淨若一切智智清淨無二無二分無別無斷故善現無爲空清淨故內空清淨內空清淨故一切智智清淨何以故若無爲空清淨若內空清淨若一切智智清淨無二無二分無別無斷故無爲空清淨故外空內外空空空大空勝義空有爲空畢竟空無際空散空無變異空本性空自相空共相空一切法空不可得空無性空自性空無性自性空清淨外空乃至無性自性空清淨故一切智

智清淨何以故若無爲空清淨若外空乃至無性自性空清淨若一切智智清淨無二無二分無别無斷故善現無爲空清淨故眞如清淨眞如清淨故一切智智清淨何以故若無爲空清淨若眞如清淨若一切智智清淨無二無二分無别無斷故無爲空清淨故法界法性不虚妄性不變異性平等性離生性法定法住實際虚空界不思議界清淨法界乃至不思議界清淨故一切智智清淨何以故若無爲空清淨若法界乃至不思議界清淨若一切智智清淨無二無二分無别無斷故善現無爲空清淨故苦聖諦清淨苦聖諦清淨故一切智智清淨何以故若無爲空清淨若苦聖諦清淨若一切智智清淨無二無二分無别無斷故無爲空清淨故集滅道聖諦清淨集滅道聖諦清淨故一切智智清淨何以故若無爲空清淨若集滅道聖諦清淨若一切智智清淨無二無二分無别無斷故善現無爲空清淨故四靜慮清淨四靜慮清淨故一切智智清淨何以故若無爲空清淨若四靜慮清淨若一切智智清淨無二無二分無别無斷故無爲空清淨故四無量四無色定清淨四無量四無色定清淨故一切智智清淨何以故若無爲空清淨若四無量四無色定清淨若一切智智清淨無二無二分無别無斷故善現無爲空清淨故八解脱清淨八解脱清淨故一切智智清淨何以故若無爲空清淨若八解脱清淨若一切智智清淨無二無二分無别無斷故無爲空清淨故八勝處九次第定十遍處清淨八勝處九次

第定十遍處清淨故一切智智清淨何以故若無爲空清淨若八勝處九次第定十遍處清淨若一切智智清淨無二無二分無別無斷故善現無爲空清淨故四念住清淨四念住清淨故一切智智清淨何以故若無爲空清淨若四念住清淨若一切智智清淨無二無二分無別無斷故無爲空清淨故四正斷四神足五根五力七等覺支八聖道支清淨四正斷乃至八聖道支清淨故一切智智清淨何以故若無爲空清淨若四正斷乃至八聖道支清淨若一切智智清淨無二無二分無別無斷故善現無爲空清淨故空解脫門清淨空解脫門清淨故一切智智清淨何以故若無爲空清淨若空解脫門清淨若一切智智清淨無二無二分無別無斷故無爲空清淨故無相無願解脫門清淨無相無願解脫門清淨故一切智智清淨何以故若無爲空清淨若無相無願解脫門清淨若一切智智清淨無二無二分無別無斷故善現無爲空清淨故菩薩十地清淨菩薩十地清淨故一切智智清淨何以故若無爲空清淨若菩薩十地清淨若一切智智清淨無二無二分無別無斷故善現無爲空清淨故五眼清淨五眼清淨故一切智智清淨何以故若無爲空清淨若五眼清淨若一切智智清淨無二無二分無別無斷故無爲空清淨故六神通清淨六神通清淨故一切智智清淨何以故若無爲空清淨若六神通清淨若一切智智清淨無二無二分無別無斷故善現無爲空清淨故佛十力清淨佛十力清淨故一切智

智清淨何以故若無爲空清淨若佛十力清
淨若一切智智清淨無二無二分無別無斷
故無爲空清淨故四無所畏四無礙解大慈
大悲大喜大捨十八佛不共法清淨四無所
畏乃至十八佛不共法清淨故一切智智清
淨何以故若無爲空清淨若四無所畏乃至
十八佛不共法清淨若一切智智清淨無二
無二分無別無斷故善現無爲空清淨故無
忘失法清淨無忘失法清淨故一切智智清
淨何以故若無爲空清淨若無忘失法清淨
若一切智智清淨無二無二分無別無斷故
無爲空清淨故恒住捨性清淨恒住捨性清
淨故一切智智清淨何以故若無爲空清淨
若恒住捨性清淨若一切智智清淨無二無
二分無別無斷故善現無爲空清淨故一切

智清淨一切智清淨故一切智智清淨何以
故若無爲空清淨若一切智清淨若一切智
智清淨無二無二分無別無斷故無爲空清
淨故道相智一切相智清淨道相智一切相
智清淨故一切智智清淨何以故若無爲空
清淨若道相智一切相智清淨若一切智智
清淨無二無二分無別無斷故善現無爲空
清淨故一切陁羅尼門清淨一切陁羅尼門
清淨故一切智智清淨何以故若無爲空清
淨若一切陁羅尼門清淨若一切智智清淨
無二無二分無別無斷故無爲空清淨故一
切三摩地門清淨一切三摩地門清淨故一
切智智清淨何以故若無爲空清淨若一切
三摩地門清淨若一切智智清淨無二無二
分無別無斷故善見無爲空清淨故預流果

清淨預流果清淨故一切智智清淨何以故若無爲空清淨若預流果清淨若一切智智清淨無二無二分無別無斷故無爲空清淨故一來不還阿羅漢果清淨一來不還阿羅漢果清淨故一切智智清淨何以故若無爲空清淨若一來不還阿羅漢果清淨若一切智智清淨無二無二分無別無斷故善現無爲空清淨故獨覺菩提清淨獨覺菩提清淨故一切智智清淨何以故若無爲空清淨若獨覺菩提清淨若一切智智清淨無二無二分無別無斷故善現無爲空清淨故一切菩薩摩訶薩行清淨一切菩薩摩訶薩行清淨故一切智智清淨何以故若無爲空清淨若一切菩薩摩訶薩行清淨若一切智智清淨無二無二分無別無斷故善現無爲空清淨故諸佛無上正等菩提清淨諸佛無上正等菩提清淨故一切智智清淨何以故若無爲空清淨若諸佛無上正等菩提清淨若一切智智清淨無二無二分無別無斷故復次善現畢竟空清淨故色清淨色清淨故一切智智清淨何以故若畢竟空清淨若色清淨若一切智智清淨無二無二分無別無斷故畢竟空清淨故受想行識清淨受想行識清淨故一切智智清淨何以故若畢竟空清淨若受想行識清淨若一切智智清淨無二無二分無別無斷故善現畢竟空清淨故眼處清淨眼處清淨故一切智智清淨何以故若畢竟空清淨若眼處清淨若一切智智清淨無二無二分無別無斷故畢竟空清淨故耳鼻舌身意處清淨耳鼻舌身意處清淨故一切

智智清淨何以故若畢竟空清淨若耳鼻舌身意處清淨若一切智智清淨無二無二分無別無斷故善現畢竟空清淨故色處清淨色處清淨故一切智智清淨何以故若畢竟空清淨若色處清淨若一切智智清淨無二無二分無別無斷故畢竟空清淨故聲香味觸法處清淨聲香味觸法處清淨故一切智智清淨何以故若畢竟空清淨若聲香味觸法處清淨若一切智智清淨無二無二分無別無斷故善現畢竟空清淨故眼界清淨眼界清淨故一切智智清淨何以故若畢竟空清淨若眼界清淨若一切智智清淨無二無二分無別無斷故畢竟空清淨故色界眼識界及眼觸眼觸爲緣所生諸受清淨色界乃至眼觸爲緣所生諸受清淨故一切智智清淨何以故若畢竟空清淨若色界乃至眼觸爲緣所生諸受清淨若一切智智清淨無二無二分無別無斷故善現畢竟空清淨故耳界清淨耳界清淨故一切智智清淨何以故若畢竟空清淨若耳界清淨若一切智智清淨無二無二分無別無斷故畢竟空清淨若聲界耳識界及耳觸耳觸爲緣所生諸受清淨聲界乃至耳觸爲緣所生諸受清淨故一切智智清淨何以故若畢竟空清淨若聲界乃至耳觸爲緣所生諸受清淨若一切智智清淨無二無二分無別無斷故善現畢竟空清淨故鼻界清淨鼻界清淨故一切智智清淨何以故若畢竟空清淨若鼻界清淨若一切智智清淨無二無二分無別無斷故畢竟空清淨故香界鼻識界及鼻觸鼻觸爲緣所

生諸受清淨香界乃至鼻觸爲緣所生諸受清淨故一切智智清淨何以故若畢竟空清淨若香界乃至鼻觸爲緣所生諸受清淨若一切智智清淨無二無二分無別無斷故善現畢竟空清淨故舌界清淨舌界清淨故一切智智清淨何以故若畢竟空清淨若舌界清淨若一切智智清淨無二無二分無別無斷故畢竟空清淨故味界舌識界及舌觸舌觸爲緣所生諸受清淨味界乃至舌觸爲緣所生諸受清淨故一切智智清淨何以故若畢竟空清淨若味界乃至舌觸爲緣所生諸受清淨若一切智智清淨無二無二分無別無斷故善現畢竟空清淨故身界清淨身界清淨故一切智智清淨何以故若畢竟空清淨若身界清淨若一切智智清淨無二無二分無別無斷故畢竟空清淨故觸界身識界及身觸身觸爲緣所生諸受清淨觸界乃至身觸爲緣所生諸受清淨故一切智智清淨何以故若畢竟空清淨若觸界乃至身觸爲緣所生諸受清淨若一切智智清淨無二無二分無別無斷故善現畢竟空清淨故意界清淨意界清淨故一切智智清淨何以故若畢竟空清淨若意界清淨若一切智智清淨無二無二分無別無斷故畢竟空清淨故法界意識界及意觸意觸爲緣所生諸受清淨法界乃至意觸爲緣所生諸受清淨故一切智智清淨何以故若畢竟空清淨若法界乃至意觸爲緣所生諸受清淨若一切智智清淨無二無二分無別無斷故善現畢竟空清淨故地界清淨地界清淨故一切智智清淨

何以故若畢竟空清淨若地界清淨若一切智智清淨無二無二分無別無斷故畢竟空清淨故水火風空識界清淨水火風空識界清淨故一切智智清淨何以故若畢竟空清淨若水火風空識界清淨若一切智智清淨無二無二分無別無斷故善現畢竟空清淨故無明清淨無明清淨故一切智智清淨何以故若畢竟空清淨若無明清淨若一切智智清淨無二無二分無別無斷故畢竟空清淨故行識名色六處觸受愛取有生老死愁歎苦憂惱清淨行乃至老死愁歎苦憂惱清淨故一切智智清淨何以故若畢竟空清淨若行乃至老死愁歎苦憂惱清淨若一切智智清淨無二無二分無別無斷故善現畢竟空清淨故布施波羅蜜多清淨布施波羅蜜多清淨故一切智智清淨何以故若畢竟空清淨若布施波羅蜜多清淨若一切智智清淨無二無二分無別無斷故畢竟空清淨故淨戒安忍精進靜慮般若波羅蜜多清淨淨戒乃至般若波羅蜜多清淨故一切智智清淨何以故若畢竟空清淨若淨戒乃至般若波羅蜜多清淨若一切智智清淨無二無二分無別無斷故善現畢竟空清淨故內空清淨內空清淨故一切智智清淨何以故若畢竟空清淨若內空清淨若一切智智清淨無二無二分無別無斷故畢竟空清淨故外空內外空空空大空勝義空有為空無為空無際空散空無變異空本性空自相空共相空一切法空不可得空無性空自性空無性自性空清淨外空乃至無性自性空清淨故一

切智智清淨何以故若畢竟空清淨若外空乃至無性自性空清淨若一切智智清淨無二無二分無別無斷故善現畢竟空清淨故眞如清淨眞如清淨故一切智智清淨何以故若畢竟空清淨若眞如清淨若一切智智清淨無二無二分無別無斷故畢竟空清淨故法界法性不虛妄性不變異性平等性離生性法定法住實際虛空界不思議界清淨法界乃至不思議界清淨故一切智智清淨何以故若畢竟空清淨若法界乃至不思議界清淨若一切智智清淨無二無二分無別無斷故善現畢竟空清淨故苦聖諦清淨苦聖諦清淨故一切智智清淨何以故若畢竟空清淨若苦聖諦清淨若一切智智清淨無二無二分無別無斷故畢竟空清淨故集滅道聖諦清淨集滅道聖諦清淨故一切智智清淨何以故若畢竟空清淨若集滅道聖諦清淨若一切智智清淨無二無二分無別無斷故善現畢竟空清淨故四靜慮清淨四靜慮清淨故一切智智清淨何以故若畢竟空清淨若四靜慮清淨若一切智智清淨無二無二分無別無斷故畢竟空清淨故四無量四無色定清淨四無量四無色定清淨故一切智智清淨何以故若畢竟空清淨若四無量四無色定清淨若一切智智清淨無二無二分無別無斷故善現畢竟空清淨故八解脫清淨八解脫清淨故一切智智清淨何以故若畢竟空清淨若八解脫清淨若一切智智清淨無二無二分無別無斷故畢竟空清淨故八勝處九次第定十遍處清淨八勝處

九次第定十遍處清淨故一切智智清淨何以故若畢竟空清淨若八勝處九次第定十遍處清淨若一切智智清淨無二無二分無别無斷故善現畢竟空清淨故四念住清淨四念住清淨故一切智智清淨何以故若畢竟空清淨若四念住清淨若一切智智清淨無二無二分無别無斷故畢竟空清淨故四正斷四神足五根五力七等覺支八聖道支清淨四正斷乃至八聖道支清淨故一切智智清淨何以故若畢竟空清淨若四正斷乃至八聖道支清淨若一切智智清淨無二無二分無别無斷故善現畢竟空清淨故空解脱門清淨空解脱門清淨故一切智智清淨何以故若畢竟空清淨若空解脱門清淨若一切智智清淨無二無二分無别無斷故畢竟空清淨故無相無願解脱門清淨無相無願解脱門清淨故一切智智清淨何以故若畢竟空清淨若無相無願解脱門清淨若一切智智清淨無二無二分無别無斷故善現畢竟空清淨故菩薩十地清淨菩薩十地清淨故一切智智清淨何以故若畢竟空清淨若菩薩十地清淨若一切智智清淨無二無二分無别無斷故善現畢竟空清淨故五眼清淨五眼清淨故一切智智清淨何以故若畢竟空清淨若五眼清淨若一切智智清淨無二無二分無别無斷故畢竟空清淨故六神通清淨六神通清淨故一切智智清淨何以故若畢竟空清淨若六神通清淨若一切智智清淨無二無二分無别無斷故善現畢竟空清淨故佛十力清淨佛十力清淨故一

切智智清淨何以故若畢竟空清淨若佛十力清淨若一切智智清淨無二無二分無別無斷故畢竟空清淨故四無所畏四無礙解大慈大悲大喜大捨十八佛不共法清淨四無所畏乃至十八佛不共法清淨故一切智智清淨何以故若畢竟空清淨若四無所畏乃至十八佛不共法清淨若一切智智清淨無二無二分無別無斷故善現畢竟空清淨故無忘失法清淨無忘失法清淨故一切智智清淨何以故若畢竟空清淨若無忘失法清淨若一切智智清淨無二無二分無別無斷故畢竟空清淨故恒住捨性清淨恒住捨性清淨故一切智智清淨何以故若畢竟空清淨若恒住捨性清淨若一切智智清淨無二無二分無別無斷故善現畢竟空清淨故一切智清淨一切智清淨故一切智智清淨何以故若畢竟空清淨若一切智清淨若一切智智清淨無二無二分無別無斷故畢竟空清淨故道相智一切相智清淨道相智一切相智清淨故一切智智清淨何以故若畢竟空清淨若道相智一切相智清淨若一切智智清淨無二無二分無別無斷故善現畢竟空清淨故一切陀羅尼門清淨一切陀羅尼門清淨故一切智智清淨何以故若畢竟空清淨若一切陀羅尼門清淨若一切智智清淨無二無二分無別無斷故畢竟空清淨故一切三摩地門清淨一切三摩地門清淨故一切智智清淨何以故若畢竟空清淨若一切三摩地門清淨若一切智智清淨無二無二分無別無斷故善現畢竟空清淨故預

流果清淨預流果清淨故一切智智清淨何以故若畢竟空清淨若預流果清淨若一切智智清淨無二無二分無別無斷故畢竟空清淨故一來不還阿羅漢果清淨一來不還阿羅漢果清淨故一切智智清淨何以故若畢竟空清淨若一來不還阿羅漢果清淨若一切智智清淨無二無二分無別無斷故善現畢竟空清淨故獨覺菩提清淨獨覺菩提清淨故一切智智清淨何以故若畢竟空清淨若獨覺菩提清淨若一切智智清淨無二無二分無別無斷故善現畢竟空清淨故一切菩薩摩訶薩行清淨一切菩薩摩訶薩行清淨故一切智智清淨何以故若畢竟空清淨若一切菩薩摩訶薩行清淨若一切智智清淨無二無二分無別無斷故善現畢竟空清淨故諸佛無上正等菩提清淨諸佛無上正等菩提清淨故一切智智清淨何以故若畢竟空清淨若諸佛無上正等菩提清淨若一切智智清淨無二無二分無別無斷故

大般若波羅蜜多經卷第二百十一

音釋

陀羅尼 梵語也此云總持謂持善不失持惡不生　三摩地 梵語也亦云三摩鉢底此云等持謂離沉掉曰等令心住一境性曰持

大般若波羅蜜多經卷第二百十二

唐三藏法師玄奘奉詔譯

初分難信解品第三十四之三十一

復次善現無際空清淨故色清淨色清淨故一切智智清淨何以故若無際空清淨若色清淨若一切智智清淨無二無二分無別無斷故無際空清淨故受想行識清淨受想行識清淨故一切智智清淨何以故若無際空清淨若受想行識清淨若一切智智清淨無二無二分無別無斷故善現無際空清淨故眼處清淨眼處清淨故一切智智清淨何以故若無際空清淨若眼處清淨若一切智智清淨無二無二分無別無斷故無際空清淨故耳鼻舌身意處清淨耳鼻舌身意處清淨故一切智智清淨何以故若無際空清淨若耳鼻舌身意處清淨若一切智智清淨無二無二分無別無斷故善現無際空清淨故色處清淨色處清淨故一切智智清淨何以故若無際空清淨若色處清淨若一切智智清淨無二無二分無別無斷故無際空清淨故聲香味觸法處清淨聲香味觸法處清淨故一切智智清淨何以故若無際空清淨若聲香味觸法處清淨若一切智智清淨無二無二分無別無斷故善現無際空清淨故眼界清淨眼界清淨故一切智智清淨何以故若無際空清淨若眼界清淨若一切智智清淨無二無二分無別無斷故無際空清淨故色界眼識界及眼觸眼觸爲緣所生諸受清淨色界乃至眼觸爲緣所生諸受清淨故一切智智清淨何以故若無際空清淨若色界乃

至眼觸爲緣所生諸受清淨若一切智智清淨無二無二分無別無斷故善現無際空清淨故耳界清淨耳界清淨故一切智智清淨何以故若無際空清淨若耳界清淨若一切智智清淨無二無二分無別無斷故無際空清淨故聲界耳識界及耳觸耳觸爲緣所生諸受清淨聲界乃至耳觸爲緣所生諸受清淨故一切智智清淨何以故若無際空清淨若聲界乃至耳觸爲緣所生諸受清淨若一切智智清淨無二無二分無別無斷故善現無際空清淨故鼻界清淨鼻界清淨故一切智智清淨何以故若無際空清淨若鼻界清淨若一切智智清淨無二無二分無別無斷故無際空清淨故香界鼻識界及鼻觸鼻觸爲緣所生諸受清淨香界乃至鼻觸爲緣所生諸受清淨故一切智智清淨何以故若無際空清淨若香界乃至鼻觸爲緣所生諸受清淨若一切智智清淨無二無二分無別無斷故善現無際空清淨故舌界清淨舌界清淨故一切智智清淨何以故若無際空清淨若舌界清淨若一切智智清淨無二無二分無別無斷故無際空清淨故味界舌識界及舌觸舌觸爲緣所生諸受清淨味界乃至舌觸爲緣所生諸受清淨故一切智智清淨何以故若無際空清淨若味界乃至舌觸爲緣所生諸受清淨若一切智智清淨無二無二分無別無斷故善現無際空清淨故身界清淨身界清淨故一切智智清淨何以故若無際空清淨若身界清淨若一切智智清淨無二無二分無別無斷故無際空清淨故觸界

身識界及身觸身觸爲緣所生諸受清淨觸界乃至身觸爲緣所生諸受清淨故一切智智清淨何以故若無際空清淨若觸界乃至身觸爲緣所生諸受清淨若一切智智清淨無二無二分無別無斷故善現無際空清淨故意界清淨意界清淨故一切智智清淨何以故若無際空清淨若意界清淨若一切智智清淨無二無二分無別無斷故無際空清淨故法界意識界及意觸意觸爲緣所生諸受清淨法界乃至意觸爲緣所生諸受清淨故一切智智清淨何以故若無際空清淨若法界乃至意觸爲緣所生諸受清淨若一切智智清淨無二無二分無別無斷故善現無際空清淨故地界清淨地界清淨故一切智智清淨何以故若無際空清淨若地界清淨若一切智智清淨無二無二分無別無斷故無際空清淨故水火風空識界清淨水火風空識界清淨故一切智智清淨何以故若無際空清淨若水火風空識界清淨若一切智智清淨無二無二分無別無斷故善現無際空清淨故無明清淨無明清淨故一切智智清淨何以故若無際空清淨若無明清淨若一切智智清淨無二無二分無別無斷故無際空清淨故行識名色六處觸受愛取有生老死愁歎苦憂惱清淨行乃至老死愁歎苦憂惱清淨故一切智智清淨何以故若無際空清淨若行乃至老死愁歎苦憂惱清淨若一切智智清淨無二無二分無別無斷故善現無際空清淨故布施波羅蜜多清淨布施波羅蜜多清淨故一切智智清淨何以故若

無際空清淨若布施波羅蜜多清淨若一切智智清淨無二無二分無別無斷故無際空清淨故淨戒安忍精進靜慮般若波羅蜜多清淨淨戒乃至般若波羅蜜多清淨故一切智智清淨何以故若無際空清淨若淨戒乃至般若波羅蜜多清淨若一切智智清淨無二無二分無別無斷故善現無際空清淨故内空清淨内空清淨故一切智智清淨何以故若無際空清淨若内空清淨若一切智智清淨無二無二分無別無斷故無際空清淨故外空内外空空空大空勝義空有爲空無爲空畢竟空散空無變異空本性空自相空共相空一切法空不可得空無性空自性空無性自性空清淨外空乃至無性自性空清淨故一切智智清淨何以故若無際空清淨若外空乃至無性自性空清淨若一切智智清淨無二無二分無別無斷故善現無際空清淨故眞如清淨眞如清淨故一切智智清淨何以故若無際空清淨若眞如清淨若一切智智清淨無二無二分無別無斷故無際空清淨故法界法性不虛妄性不變異性平等性離生性法定法住實際虛空界不思議界清淨法界乃至不思議界清淨故一切智智清淨何以故若無際空清淨若法界乃至不思議界清淨若一切智智清淨無二無二分無別無斷故善現無際空清淨故苦聖諦清淨苦聖諦清淨故一切智智清淨何以故若無際空清淨若苦聖諦清淨若一切智智清淨無二無二分無別無斷故無際空清淨故集滅道聖諦清淨集滅道聖諦清淨故一

切智智清淨何以故若無際空清淨若集滅道聖諦清淨若一切智智清淨無二無二分無別無斷故善現無際空清淨故四靜慮清淨四靜慮清淨故一切智智清淨何以故若無際空清淨若四靜慮清淨若一切智智清淨無二無二分無別無斷故無際空清淨故四無量四無色定清淨四無量四無色定清淨故一切智智清淨何以故若無際空清淨若四無量四無色定清淨若一切智智清淨無二無二分無別無斷故善現無際空清淨故八解脫清淨八解脫清淨故一切智智清淨何以故若無際空清淨若八解脫清淨若一切智智清淨無二無二分無別無斷故無際空清淨故八勝處九次第定十遍處清淨八勝處九次第定十遍處清淨故一切智智清淨何以故若無際空清淨若八勝處九次第定十遍處清淨若一切智智清淨無二無二分無別無斷故善現無際空清淨故四念住清淨四念住清淨故一切智智清淨何以故若無際空清淨若四念住清淨若一切智智清淨無二無二分無別無斷故無際空清淨故四正斷四神足五根五力七等覺支八聖道支清淨四正斷乃至八聖道支清淨故一切智智清淨何以故若無際空清淨若四正斷乃至八聖道支清淨若一切智智清淨無二無二分無別無斷故善現無際空清淨故空解脫門清淨空解脫門清淨故一切智智清淨何以故若無際空清淨若空解脫門清淨若一切智智清淨無二無二分無別無斷故無際空清淨故無相無願解脫門清淨

無相無願解脫門清淨故一切智智清淨何以故若無際空清淨若無相無願解脫門清淨若一切智智清淨無二無二分無別無斷故善現無際空清淨故菩薩十地清淨菩薩十地清淨故一切智智清淨何以故若無際空清淨若菩薩十地清淨若一切智智清淨無二無二分無別無斷故善現無際空清淨故五眼清淨五眼清淨故一切智智清淨何以故若無際空清淨若五眼清淨若一切智智清淨無二無二分無別無斷故無際空清淨故六神通清淨六神通清淨故一切智智清淨何以故若無際空清淨若六神通清淨若一切智智清淨無二無二分無別無斷故善現無際空清淨故佛十力清淨佛十力清淨故一切智智清淨何以故若無際空清淨

若佛十力清淨若一切智智清淨無二無二分無別無斷故無際空清淨故四無所畏四無礙解大慈大悲大喜大捨十八佛不共法清淨四無所畏乃至十八佛不共法清淨故一切智智清淨何以故若無際空清淨若四無所畏乃至十八佛不共法清淨若一切智智清淨無二無二分無別無斷故善現無際空清淨故無忘失法清淨無忘失法清淨故一切智智清淨何以故若無際空清淨若無忘失法清淨若一切智智清淨無二無二分無別無斷故無際空清淨故恒住捨性清淨恒住捨性清淨故一切智智清淨何以故若無際空清淨若恒住捨性清淨若一切智智清淨無二無二分無別無斷故善現無際空清淨故一切智清淨一切智清淨故一切智

智清淨何以故若無際空清淨若一切智清淨若一切智智清淨無二無二分無別無斷故無際空清淨故道相智一切相智清淨道相智一切相智清淨故一切智智清淨何以故若無際空清淨若道相智一切相智清淨若一切智智清淨無二無二分無別無斷故善現無際空清淨故一切陀羅尼門清淨一切陀羅尼門清淨故一切智智清淨何以故若無際空清淨若一切陀羅尼門清淨若一切智智清淨無二無二分無別無斷故無際空清淨故一切三摩地門清淨一切三摩地門清淨故一切智智清淨何以故若無際空清淨若一切三摩地門清淨若一切智智清淨無二無二分無別無斷故善現無際空清淨故預流果清淨預流果清淨故一切智智

清淨何以故若無際空清淨若預流果清淨若一切智智清淨無二無二分無別無斷故無際空清淨故一來不還阿羅漢果清淨一來不還阿羅漢果清淨故一切智智清淨何以故若無際空清淨若一來不還阿羅漢果清淨若一切智智清淨無二無二分無別無斷故善現無際空清淨故獨覺菩提清淨獨覺菩提清淨故一切智智清淨何以故若無際空清淨若獨覺菩提清淨若一切智智清淨無二無二分無別無斷故善現無際空清淨故一切菩薩摩訶薩行清淨一切菩薩摩訶薩行清淨故一切智智清淨何以故若無際空清淨若一切菩薩摩訶薩行清淨若一切智智清淨無二無二分無別無斷故善現無際空清淨故諸佛無上正等菩提清淨諸

佛無上正等菩提清淨故一切智智清淨何以故若無際空清淨若諸佛無上正等菩提清淨若一切智智清淨無二無二分無別無斷故復次善現散空清淨故色清淨色清淨故一切智智清淨何以故若散空清淨若色清淨若一切智智清淨無二無二分無別無斷故散空清淨故受想行識清淨受想行識清淨故一切智智清淨何以故若散空清淨若受想行識清淨若一切智智清淨無二無二分無別無斷故善現散空清淨故眼處清淨眼處清淨故一切智智清淨何以故若散空清淨若眼處清淨若一切智智清淨無二無二分無別無斷故散空清淨故耳鼻舌身意處清淨耳鼻舌身意處清淨故一切智智清淨何以故若散空清淨若耳鼻舌身意處清淨若一切智智清淨無二無二分無別無斷故善現散空清淨故色處清淨色處清淨故一切智智清淨何以故若散空清淨若色處清淨若一切智智清淨無二無二分無別無斷故散空清淨故聲香味觸法處清淨聲香味觸法處清淨故一切智智清淨何以故若散空清淨若聲香味觸法處清淨若一切智智清淨無二無二分無別無斷故善現散空清淨故眼界清淨眼界清淨故一切智智清淨何以故若散空清淨若眼界清淨若一切智智清淨無二無二分無別無斷故散空清淨故色界眼識界及眼觸眼觸爲緣所生諸受清淨色界乃至眼觸爲緣所生諸受清淨故一切智智清淨何以故若散空清淨若色界乃至眼觸爲緣所生諸受清淨若一切

智智清淨無二無二分無別無斷故善現散空清淨故耳界清淨耳界清淨故一切智智清淨何以故若散空清淨若耳界清淨若一切智智清淨無二無二分無別無斷故散空清淨故聲界耳識界及耳觸耳觸爲縁所生諸受清淨聲界乃至耳觸爲縁所生諸受清淨故一切智智清淨何以故若散空清淨若聲界乃至耳觸爲縁所生諸受清淨若一切智智清淨無二無二分無別無斷故善現散空清淨故鼻界清淨鼻界清淨故一切智智清淨何以故若散空清淨若鼻界清淨若一切智智清淨無二無二分無別無斷故散空清淨故香界鼻識界及鼻觸鼻觸爲縁所生諸受清淨香界乃至鼻觸爲縁所生諸受清淨故一切智智清淨何以故若散空清淨若香界乃至鼻觸爲縁所生諸受清淨若一切智智清淨無二無二分無別無斷故善現散空清淨故舌界清淨舌界清淨故一切智智清淨何以故若散空清淨若舌界清淨若一切智智清淨無二無二分無別無斷故散空清淨故味界舌識界及舌觸舌觸爲縁所生諸受清淨味界乃至舌觸爲縁所生諸受清淨故一切智智清淨何以故若散空清淨若味界乃至舌觸爲縁所生諸受清淨若一切智智清淨無二無二分無別無斷故善現散空清淨故身界清淨身界清淨故一切智智清淨何以故若散空清淨若身界清淨若一切智智清淨無二無二分無別無斷故散空清淨故觸界身識界及身觸身觸爲縁所生諸受清淨觸界乃至身觸爲縁所生諸受清

淨故一切智智清淨何以故若散空清淨若觸界乃至身觸爲緣所生諸受清淨若一切智智清淨無二無二分無别無斷故善現散空清淨故意界清淨意界清淨故一切智智清淨何以故若散空清淨若意界清淨若一切智智清淨無二無二分無别無斷故散空清淨故法界意識界及意觸意觸爲緣所生諸受清淨法界乃至意觸爲緣所生諸受清淨故一切智智清淨何以故若散空清淨若法界乃至意觸爲緣所生諸受清淨若一切智智清淨無二無二分無别無斷故善現散空清淨故地界清淨地界清淨故一切智智清淨何以故若散空清淨若地界清淨若一切智智清淨無二無二分無别無斷故散空清淨故水火風空識界清淨水火風空識界清淨故一切智智清淨何以故若散空清淨若水火風空識界清淨若一切智智清淨無二無二分無别無斷故善現散空清淨故無明清淨無明清淨故一切智智清淨何以故若散空清淨若無明清淨若一切智智清淨無二無二分無别無斷故散空清淨故行識名色六處觸受愛取有生老死愁歎苦憂惱清淨行乃至老死愁歎苦憂惱清淨故一切智智清淨何以故若散空清淨若行乃至老死愁歎苦憂惱清淨若一切智智清淨無二無二分無别無斷故善現散空清淨故布施波羅蜜多清淨布施波羅蜜多清淨故一切智智清淨何以故若散空清淨若布施波羅蜜多清淨若一切智智清淨無二無二分無别無斷故散空清淨故淨戒安忍精進靜慮

般若波羅蜜多清淨淨戒乃至般若波羅蜜多清淨故一切智智清淨何以故若散空清淨若淨戒乃至般若波羅蜜多清淨若一切智智清淨無二無二分無别無斷故善現散空清淨故內空清淨內空清淨故一切智智清淨何以故若散空清淨若內空清淨若一切智智清淨無二無二分無别無斷故散空清淨故外空內外空空空大空勝義空有爲空無爲空畢竟空無際空無變異空本性空自相空共相空一切法空不可得空無性空自性空無性自性空清淨外空乃至無性自性空清淨故一切智智清淨何以故若散空清淨若外空乃至無性自性空清淨若一切智智清淨無二無二分無别無斷故善現散空清淨故眞如清淨眞如清淨故一切智智清淨何以故若散空清淨若眞如清淨若一切智智清淨無二無二分無别無斷故散空清淨故法界法性不虛妄性不變異性平等性離生性法定法住實際虛空界不思議界清淨法界乃至不思議界清淨故一切智智清淨何以故若散空清淨若法界乃至不思議界清淨若一切智智清淨無二無二分無别無斷故善現散空清淨故苦聖諦清淨苦聖諦清淨故一切智智清淨何以故若散空清淨若苦聖諦清淨若一切智智清淨無二無二分無别無斷故散空清淨故集滅道聖諦清淨集滅道聖諦清淨故一切智智清淨何以故若散空清淨若集滅道聖諦清淨若一切智智清淨無二無二分無别無斷故善現散空清淨故四靜慮清淨四靜慮清淨故

一切智智清淨何以故若散空清淨若四靜慮清淨若一切智智清淨無二無二分無別無斷故散空清淨故四無量四無色定清淨四無量四無色定清淨故一切智智清淨何以故若散空清淨若四無量四無色定清淨若一切智智清淨無二無二分無別無斷故善現散空清淨故八解脫清淨八解脫清淨故一切智智清淨何以故若散空清淨若八解脫清淨若一切智智清淨無二無二分無別無斷故散空清淨故八勝處九次第定十徧處清淨八勝處九次第定十徧處清淨故一切智智清淨何以故若散空清淨若八勝處九次第定十遍處清淨若一切智智清淨無二無二分無別無斷故善現散空清淨故四念住清淨四念住清淨故一切智智清淨

何以故若散空清淨若四念住清淨若一切智智清淨無二無二分無別無斷故散空清淨故四正斷四神足五根五力七等覺支八聖道支清淨四正斷乃至八聖道支清淨故一切智智清淨何以故若散空清淨若四正斷乃至八聖道支清淨若一切智智清淨無二無二分無別無斷故善現散空清淨故空解脫門清淨空解脫門清淨故一切智智清淨何以故若散空清淨若空解脫門清淨若一切智智清淨無二無二分無別無斷故散空清淨故無相無願解脫門清淨無相無願解脫門清淨故一切智智清淨何以故若散空清淨若無相無願解脫門清淨若一切智智清淨無二無二分無別無斷故善現散空清淨故菩薩十地清淨菩薩十地清淨故一

切智智清淨何以故若散空清淨若菩薩十地清淨若一切智智清淨無二無二分無別無斷故善現散空清淨故五眼清淨五眼清淨故一切智智清淨何以故若散空清淨若五眼清淨若一切智智清淨無二無二分無別無斷故散空清淨故六神通清淨六神通清淨故一切智智清淨何以故若散空清淨若六神通清淨若一切智智清淨無二無二分無別無斷故善現散空清淨故佛十力清淨佛十力清淨故一切智智清淨何以故若散空清淨若佛十力清淨若一切智智清淨無二無二分無別無斷故散空清淨故四無所畏四無礙解大慈大悲大喜大捨十八佛不共法清淨四無所畏乃至十八佛不共法清淨故一切智智清淨何以故若散空清淨若四無所畏乃至十八佛不共法清淨若一切智智清淨無二無二分無別無斷故善現散空清淨故無忘失法清淨無忘失法清淨故一切智智清淨何以故若散空清淨若無忘失法清淨若一切智智清淨無二無二分無別無斷故散空清淨故恒住捨性清淨恒住捨性清淨故一切智智清淨何以故若散空清淨若恒住捨性清淨若一切智智清淨無二無二分無別無斷故善現散空清淨故一切智清淨一切智清淨故一切智智清淨何以故若散空清淨若一切智清淨若一切智智清淨無二無二分無別無斷故散空清淨故道相智一切相智清淨道相智一切相智清淨故一切智智清淨何以故若散空清淨若道相智一切相智清淨若一切智智清

淨無二無二分無別無斷故善現散空清淨故一切陀羅尼門清淨一切陀羅尼門清淨故一切智智清淨何以故若散空清淨若一切陀羅尼門清淨若一切智智清淨無二無二分無別無斷故散空清淨故一切三摩地門清淨一切三摩地門清淨故一切智智清淨何以故若散空清淨若一切三摩地門清淨若一切智智清淨無二無二分無別無斷故善現散空清淨故預流果清淨預流果清淨故一切智智清淨何以故若散空清淨若預流果清淨若一切智智清淨無二無二分無別無斷故散空清淨故一來不還阿羅漢果清淨一來不還阿羅漢果清淨故一切智智清淨何以故若散空清淨若一來不還阿羅漢果清淨若一切智智清淨無二無二分無別無斷故善現散空清淨故獨覺菩提清淨獨覺菩提清淨故一切智智清淨何以故若散空清淨若獨覺菩提清淨若一切智智清淨無二無二分無別無斷故善現散空清淨故一切菩薩摩訶薩行清淨一切菩薩摩訶薩行清淨故一切智智清淨何以故若散空清淨若一切菩薩摩訶薩行清淨若一切智智清淨無二無二分無別無斷故善現散空清淨故諸佛無上正等菩提清淨諸佛無上正等菩提清淨故一切智智清淨何以故若散空清淨若諸佛無上正等菩提清淨若一切智智清淨無二無二分無別無斷故復次善現無變異空清淨故色清淨色清淨故一切智智清淨何以故若無變異空清淨若色清淨若一切智智清淨無二無二分無別

無斷故無變異空清淨故受想行識清淨受想行識清淨故一切智智清淨何以故若無變異空清淨若受想行識清淨若一切智智清淨無二無二分無別無斷故善現無變異空清淨故眼處清淨眼處清淨故一切智智清淨何以故若無變異空清淨若眼處清淨若一切智智清淨無二無二分無別無斷故無變異空清淨故耳鼻舌身意處清淨耳鼻舌身意處清淨故一切智智清淨何以故若無變異空清淨若耳鼻舌身意處清淨若一切智智清淨無二無二分無別無斷故善現無變異空清淨故色處清淨色處清淨故一切智智清淨何以故若無變異空清淨若色處清淨若一切智智清淨無二無二分無別無斷故無變異空清淨故聲香味觸法處清淨聲香味觸法處清淨故一切智智清淨何以故若無變異空清淨若聲香味觸法處清淨若一切智智清淨無二無二分無別無斷故善現無變異空清淨故眼界清淨眼界清淨故一切智智清淨何以故若無變異空清淨若眼界清淨若一切智智清淨無二無二分無別無斷故無變異空清淨故色界眼識界及眼觸眼觸爲緣所生諸受清淨色界乃至眼觸爲緣所生諸受清淨故一切智智清淨何以故若無變異空清淨若色界乃至眼觸爲緣所生諸受清淨若一切智智清淨無二無二分無別無斷故善現無變異空清淨故耳界清淨耳界清淨故一切智智清淨何以故若無變異空清淨若耳界清淨若一切智智清淨無二無二分無別無斷故無變異

空清淨故聲界耳識界及耳觸耳觸爲緣所生諸受清淨聲界乃至耳觸爲緣所生諸受清淨故一切智智清淨何以故若無變異空清淨若聲界乃至耳觸爲緣所生諸受清淨若一切智智清淨無二無二分無別無斷故善現無變異空清淨故鼻界清淨鼻界清淨故一切智智清淨何以故若無變異空清淨若鼻界清淨若一切智智清淨無二無二分無別無斷故無變異空清淨故香界鼻識界及鼻觸鼻觸爲緣所生諸受清淨香界乃至鼻觸爲緣所生諸受清淨故一切智智清淨何以故若無變異空清淨若香界乃至鼻觸爲緣所生諸受清淨若一切智智清淨無二無二分無別無斷故善現無變異空清淨故舌界清淨舌界清淨故一切智智清淨何以故若無變異空清淨若舌界清淨若一切智智清淨無二無二分無別無斷故無變異空清淨故味界舌識界及舌觸舌觸爲緣所生諸受清淨味界乃至舌觸爲緣所生諸受清淨故一切智智清淨何以故若無變異空清淨若味界乃至舌觸爲緣所生諸受清淨若一切智智清淨無二無二分無別無斷故善現無變異空清淨故身界清淨身界清淨故一切智智清淨何以故若無變異空清淨若身界清淨若一切智智清淨無二無二分無別無斷故無變異空清淨故觸界身識界及身觸身觸爲緣所生諸受清淨觸界乃至身觸爲緣所生諸受清淨故一切智智清淨何以故若無變異空清淨若觸界乃至身觸爲緣所生諸受清淨若一切智智清淨無二無

二分無別無斷故善現無變異空清淨故意界清淨意界清淨故一切智智清淨何以故若無變異空清淨若意界清淨若一切智智清淨無二無二分無別無斷故無變異空清淨故法界意識界及意觸意觸爲緣所生諸受清淨法界乃至意觸爲緣所生諸受清淨故一切智智清淨何以故若無變異空清淨若法界乃至意觸爲緣所生諸受清淨若一切智智清淨無二無二分無別無斷故善現無變異空清淨故地界清淨地界清淨故一切智智清淨何以故若無變異空清淨若地界清淨若一切智智清淨無二無二分無別無斷故無變異空清淨故水火風空識界清淨水火風空識界清淨故一切智智清淨何以故若無變異空清淨若水火風空識界清淨若一切智智清淨無二無二分無別無斷故善現無變異空清淨故無明清淨無明清淨故一切智智清淨何以故若無變異空清淨若無明清淨若一切智智清淨無二無二分無別無斷故無變異空清淨故行識名色六處觸受愛取有生老死愁歎苦憂惱清淨行乃至老死愁歎苦憂惱清淨故一切智智清淨何以故若無變異空清淨若行乃至老死愁歎苦憂惱清淨若一切智智清淨無二無二分無別無斷故

大般若波羅蜜多經卷第二百十二

大般若波羅蜜多經卷第二百十三

唐三藏法師玄奘奉詔譯

初分難信解品第三十四之三十二

善現無變異空清淨故布施波羅蜜多清淨布施波羅蜜多清淨故一切智智清淨何以故若無變異空清淨若布施波羅蜜多清淨若一切智智清淨無二無二分無別無斷故無變異空清淨故淨戒安忍精進靜慮般若波羅蜜多清淨淨戒乃至般若波羅蜜多清淨故一切智智清淨何以故若無變異空清淨若淨戒乃至般若波羅蜜多清淨若一切智智清淨無二無二分無別無斷故善現無變異空清淨故內空清淨內空清淨故一切智智清淨何以故若無變異空清淨若內空清淨若一切智智清淨無二無二分無別無斷故無變異空清淨故外空內外空空空大空勝義空有爲空無爲空畢竟空無際空散空本性空自相空共相空一切法空不可得空無性空自性空無性自性空清淨外空乃至無性自性空清淨故一切智智清淨何以故若無變異空清淨若外空乃至無性自性空清淨若一切智智清淨無二無二分無別無斷故善現無變異空清淨故真如清淨真如清淨故一切智智清淨何以故若無變異空清淨若真如清淨若一切智智清淨無二無二分無別無斷故無變異空清淨故法界法性不虛妄性不變異性平等性離生性法定法住實際虛空界不思議界清淨法界乃至不思議界清淨故一切智智清淨何以故若無變異空清淨若法界乃至不思議界清

淨若一切智智清淨無二無二分無別無斷故善現無變異空清淨故苦聖諦清淨苦聖諦清淨故一切智智清淨何以故若無變異空清淨若苦聖諦清淨若一切智智清淨無二無二分無別無斷故無變異空清淨故集滅道聖諦清淨集滅道聖諦清淨故一切智智清淨何以故若無變異空清淨若集滅道聖諦清淨若一切智智清淨無二無二分無別無斷故善現無變異空清淨故四靜慮清淨四靜慮清淨故一切智智清淨何以故若無變異空清淨若四靜慮清淨若一切智智清淨無二無二分無別無斷故無變異空清淨故四無量四無色定清淨四無量四無色定清淨故一切智智清淨何以故若無變異空清淨若四無量四無色定清淨若一切智智清淨無二無二分無別無斷故善現無變異空清淨故八解脫清淨八解脫清淨故一切智智清淨何以故若無變異空清淨若八解脫清淨若一切智智清淨無二無二分無別無斷故無變異空清淨故八勝處九次第定十遍處清淨八勝處九次第定十遍處清淨故一切智智清淨何以故若無變異空清淨若八勝處九次第定十遍處清淨若一切智智清淨無二無二分無別無斷故善現無變異空清淨故四念住清淨四念住清淨故一切智智清淨何以故若無變異空清淨若四念住清淨若一切智智清淨無二無二分無別無斷故無變異空清淨故四正斷四神足五根五力七等覺支八聖道支清淨四正斷乃至八聖道支清淨故一切智智清淨何

以故若無變異空清淨若四正斷乃至八聖道支清淨若一切智智清淨無二無二分無別無斷故善現無變異空清淨故空解脫門清淨空解脫門清淨故一切智智清淨何以故若無變異空清淨若空解脫門清淨若一切智智清淨無二無二分無別無斷故無變異空清淨故無相無願解脫門清淨無相無願解脫門清淨故一切智智清淨何以故若無變異空清淨若無相無願解脫門清淨若一切智智清淨無二無二分無別無斷故善現無變異空清淨故菩薩十地清淨菩薩十地清淨故一切智智清淨何以故若無變異空清淨若菩薩十地清淨若一切智智清淨無二無二分無別無斷故善現無變異空清淨故五眼清淨五眼清淨故一切智智清淨

何以故若無變異空清淨若五眼清淨若一切智智清淨無二無二分無別無斷故無變異空清淨故六神通清淨六神通清淨故一切智智清淨何以故若無變異空清淨若六神通清淨若一切智智清淨無二無二分無別無斷故善現無變異空清淨故佛十力清淨佛十力清淨故一切智智清淨何以故若無變異空清淨若佛十力清淨若一切智智清淨無二無二分無別無斷故無變異空清淨故四無所畏四無礙解大慈大悲大喜大捨十八佛不共法清淨四無所畏乃至十八佛不共法清淨故一切智智清淨何以故若無變異空清淨若四無所畏乃至十八佛不共法清淨若一切智智清淨無二無二分無別無斷故善現無變異空清淨故無忘失法

清淨無忘失法清淨故一切智智清淨何以故若無變異空清淨若無忘失法清淨若一切智智清淨無二無二分無別無斷故無變異空清淨故恒住捨性清淨恒住捨性清淨故一切智智清淨何以故若無變異空清淨若恒住捨性清淨若一切智智清淨無二無二分無別無斷故善現無變異空清淨故一切智清淨一切智清淨故一切智智清淨何以故若無變異空清淨若一切智清淨若一切智智清淨無二無二分無別無斷故無變異空清淨故道相智一切相智清淨道相智一切相智清淨故一切智智清淨何以故若無變異空清淨若道相智一切相智清淨若一切智智清淨無二無二分無別無斷故善現無變異空清淨故一切陀羅尼門清淨一切陀羅尼門清淨故一切智智清淨何以故若無變異空清淨若一切陀羅尼門清淨若一切智智清淨無二無二分無別無斷故無變異空清淨故一切三摩地門清淨一切三摩地門清淨故一切智智清淨何以故若無變異空清淨若一切三摩地門清淨若一切智智清淨無二無二分無別無斷故善現無變異空清淨故預流果清淨預流果清淨故一切智智清淨何以故若無變異空清淨若預流果清淨若一切智智清淨無二無二分無別無斷故無變異空清淨故一來不還阿羅漢果清淨一來不還阿羅漢果清淨故一切智智清淨何以故若無變異空清淨若一來不還阿羅漢果清淨若一切智智清淨無二無二分無別無斷故善現無變異空清淨

故獨覺菩提清淨獨覺菩提清淨故一切智智清淨何以故若無變異空清淨若獨覺菩提清淨若一切智智清淨無二無二分無別無斷故善現無變異空清淨故一切菩薩摩訶薩行清淨一切菩薩摩訶薩行清淨故一切智智清淨何以故若無變異空清淨若一切菩薩摩訶薩行清淨若一切智智清淨無二無二分無別無斷故善現無變異空清淨故諸佛無上正等菩提清淨諸佛無上正等菩提清淨故一切智智清淨何以故若無變異空清淨若諸佛無上正等菩提清淨若一一切智智清淨無二無二分無別無斷故復次善現本性空清淨故色清淨色清淨故一切智智清淨何以故若本性空清淨若色清淨若一切智智清淨無二無二分無別無斷故本性空清淨故受想行識清淨受想行識清淨故一切智智清淨何以故若本性空清淨若受想行識清淨若一切智智清淨無二無二分無別無斷故善現本性空清淨故眼處清淨眼處清淨故一切智智清淨何以故若本性空清淨若眼處清淨若一切智智清淨無二無二分無別無斷故本性空清淨故耳鼻舌身意處清淨耳鼻舌身意處清淨故一切智智清淨何以故若本性空清淨若耳鼻舌身意處清淨若一切智智清淨無二無二分無別無斷故善現本性空清淨故色處清淨色處清淨故一切智智清淨何以故若本性空清淨若色處清淨若一切智智清淨無二無二分無別無斷故本性空清淨故聲香味觸法處清淨聲香味觸法處清淨故一切

智智清淨何以故若本性空清淨若聲香味觸法處清淨若一切智智清淨無二無二分無別無斷故善現本性空清淨故眼界清淨眼界清淨故一切智智清淨何以故若本性空清淨若眼界清淨若一切智智清淨無二無二分無別無斷故本性空清淨故色界眼識界及眼觸眼觸爲緣所生諸受清淨色界乃至眼觸爲緣所生諸受清淨故一切智智清淨何以故若本性空清淨若色界乃至眼觸爲緣所生諸受清淨若一切智智清淨無二無二分無別無斷故善現本性空清淨故耳界清淨耳界清淨故一切智智清淨何以故若本性空清淨若耳界清淨若一切智智清淨無二無二分無別無斷故本性空清淨故聲界耳識界及耳觸耳觸爲緣所生諸受清淨聲界乃至耳觸爲緣所生諸受清淨故一切智智清淨何以故若本性空清淨若聲界乃至耳觸爲緣所生諸受清淨若一切智智清淨無二無二分無別無斷故善現本性空清淨故鼻界清淨鼻界清淨故一切智智清淨何以故若本性空清淨若鼻界清淨若一切智智清淨無二無二分無別無斷故本性空清淨故香界鼻識界及鼻觸鼻觸爲緣所生諸受清淨香界乃至鼻觸爲緣所生諸受清淨故一切智智清淨何以故若本性空清淨若香界乃至鼻觸爲緣所生諸受清淨若一切智智清淨無二無二分無別無斷故善現本性空清淨故舌界清淨舌界清淨故一切智智清淨何以故若本性空清淨若舌界清淨若一切智智清淨無二無二分無別

無斷故本性空清淨故味界舌識界及舌觸舌觸爲緣所生諸受清淨味界乃至舌觸爲緣所生諸受清淨故一切智智清淨何以故若本性空清淨若味界乃至舌觸爲緣所生諸受清淨若一切智智清淨無二無二分無別無斷故善現本性空清淨故身界清淨身界清淨故一切智智清淨何以故若本性空清淨若身界清淨若一切智智清淨無二無二分無別無斷故本性空清淨故觸界身識界及身觸身觸爲緣所生諸受清淨觸界乃至身觸爲緣所生諸受清淨故一切智智清淨何以故若本性空清淨若觸界乃至身觸爲緣所生諸受清淨若一切智智清淨無二無二分無別無斷故善現本性空清淨故意界清淨意界清淨故一切智智清淨何以故若本性空清淨若意界清淨若一切智智清淨無二無二分無別無斷故本性空清淨故法界意識界及意觸意觸爲緣所生諸受清淨法界乃至意觸爲緣所生諸受清淨故一切智智清淨何以故若本性空清淨若法界乃至意觸爲緣所生諸受清淨若一切智智清淨無二無二分無別無斷故善現本性空清淨故地界清淨地界清淨故一切智智清淨何以故若本性空清淨若地界清淨若一切智智清淨無二無二分無別無斷故本性空清淨故水火風空識界清淨水火風空識界清淨故一切智智清淨何以故若本性空清淨若水火風空識界清淨若一切智智清淨無二無二分無別無斷故善現本性空清淨故無明清淨無明清淨故一切智智清淨

何以故若本性空清淨若無明清淨若一切智智清淨無二無二分無別無斷故本性空清淨故行識名色六處觸受愛取有生老死愁歎苦憂惱清淨行乃至老死愁歎苦憂惱清淨故一切智智清淨何以故若本性空清淨若行乃至老死愁歎苦憂惱清淨若一切智智清淨無二無二分無別無斷故善現本性空清淨故布施波羅蜜多清淨布施波羅蜜多清淨故一切智智清淨何以故若本性空清淨若布施波羅蜜多清淨若一切智智清淨無二無二分無別無斷故本性空清淨故淨戒安忍精進靜慮般若波羅蜜多清淨淨戒乃至般若波羅蜜多清淨故一切智智清淨何以故若本性空清淨若淨戒乃至般若波羅蜜多清淨若一切智智清淨無二無二分無別無斷故善現本性空清淨故內空清淨內空清淨故一切智智清淨何以故若本性空清淨若內空清淨若一切智智清淨無二無二分無別無斷故本性空清淨故外空內外空空空大空勝義空有爲空無爲空畢竟空無際空散空無變異空自相空共相空一切法空不可得空無性空自性空無性自性空清淨外空乃至無性自性空清淨故一切智智清淨何以故若本性空清淨若外空乃至無性自性空清淨若一切智智清淨無二無二分無別無斷故善現本性空清淨故眞如清淨眞如清淨故一切智智清淨何以故若本性空清淨若眞如清淨若一切智智清淨無二無二分無別無斷故本性空清淨故法界法性不虛妄性不變異性平等性

離生性法定法住實際虛空界不思議界清淨法界乃至不思議界清淨故一切智智清淨何以故若本性空清淨若法界乃至不思議界清淨若一切智智清淨無二無二分無別無斷故善現本性空清淨故苦聖諦清淨苦聖諦清淨故一切智智清淨何以故若本性空清淨若苦聖諦清淨若一切智智清淨無二無二分無別無斷故本性空清淨故集滅道聖諦清淨集滅道聖諦清淨故一切智智清淨何以故若本性空清淨若集滅道聖諦清淨若一切智智清淨無二無二分無別無斷故善現本性空清淨故四靜慮清淨四靜慮清淨故一切智智清淨何以故若本性空清淨若四靜慮清淨若一切智智清淨無二無二分無別無斷故本性空清淨故四無

量四無色定清淨四無量四無色定清淨故一切智智清淨何以故若本性空清淨若四無量四無色定清淨若一切智智清淨無二無二分無別無斷故善現本性空清淨故八解脫清淨八解脫清淨故一切智智清淨何以故若本性空清淨若八解脫清淨若一切智智清淨無二無二分無別無斷故本性空清淨故八勝處九次第定十遍處清淨八勝處九次第定十遍處清淨故一切智智清淨何以故若本性空清淨若八勝處九次第定十遍處清淨若一切智智清淨無二無二分無別無斷故善現本性空清淨故四念住清淨四念住清淨故一切智智清淨何以故若本性空清淨若四念住清淨若一切智智清淨無二無二分無別無斷故本性空清淨故

四正斷四神足五根五力七等覺支八聖道支清淨四正斷乃至八聖道支清淨故一切智智清淨何以故若本性空清淨若四正斷乃至八聖道支清淨若一切智智清淨無二無二分無別無斷故善現本性空清淨故空解脫門清淨空解脫門清淨故一切智智清淨何以故若本性空清淨若空解脫門清淨若一切智智清淨無二無二分無別無斷故本性空清淨故無相無願解脫門清淨無相無願解脫門清淨故一切智智清淨何以故若本性空清淨若無相無願解脫門清淨若一切智智清淨無二無二分無別無斷故善現本性空清淨故菩薩十地清淨菩薩十地清淨故一切智智清淨何以故若本性空清淨若菩薩十地清淨若一切智智清淨無二無二分無別無斷故善現本性空清淨故五眼清淨五眼清淨故一切智智清淨何以故若本性空清淨若五眼清淨若一切智智清淨無二無二分無別無斷故本性空清淨故六神通清淨六神通清淨故一切智智清淨何以故若本性空清淨若六神通清淨若一切智智清淨無二無二分無別無斷故善現本性空清淨故佛十力清淨佛十力清淨故一切智智清淨何以故若本性空清淨若佛十力清淨若一切智智清淨無二無二分無別無斷故本性空清淨故四無所畏四無礙解大慈大悲大喜大捨十八佛不共法清淨四無所畏乃至十八佛不共法清淨故一切智智清淨何以故若本性空清淨若四無所畏乃至十八佛不共法清淨若一切智智清

淨無二無二分無別無斷故善現本性空清淨故無忘失法清淨無忘失法清淨故一切智智清淨何以故若本性空清淨若無忘失法清淨若一切智智清淨無二無二分無別無斷故本性空清淨故恒住捨性清淨恒住捨性清淨故一切智智清淨何以故若本性空清淨若恒住捨性清淨若一切智智清淨無二無二分無別無斷故善現本性空清淨故一切智清淨一切智清淨故一切智智清淨何以故若本性空清淨若一切智清淨若一切智智清淨無二無二分無別無斷故本性空清淨故道相智一切相智清淨道相智一切相智清淨故一切智智清淨何以故若本性空清淨若道相智一切相智清淨若一切智智清淨無二無二分無別無斷故善現

本性空清淨故一切陀羅尼門清淨一切陀羅尼門清淨故一切智智清淨何以故若本性空清淨若一切陀羅尼門清淨若一切智智清淨無二無二分無別無斷故本性空清淨故一切三摩地門清淨一切三摩地門清淨故一切智智清淨何以故若本性空清淨若一切三摩地門清淨若一切智智清淨無二無二分無別無斷故善現本性空清淨故預流果清淨預流果清淨故一切智智清淨何以故若本性空清淨若預流果清淨若一切智智清淨無二無二分無別無斷故本性空清淨故一來不還阿羅漢果清淨一來不還阿羅漢果清淨故一切智智清淨何以故若本性空清淨若一來不還阿羅漢果清淨若一切智智清淨無二無二分無別無斷故

善現本性空清淨故獨覺菩提清淨獨覺菩提清淨故一切智智清淨何以故若本性空清淨若獨覺菩提清淨若一切智智清淨無二無二分無別無斷故善現本性空清淨故一切菩薩摩訶薩行清淨一切菩薩摩訶薩行清淨故一切智智清淨何以故若本性空清淨若一切菩薩摩訶薩行清淨若一切智智清淨無二無二分無別無斷故善現本性空清淨故諸佛無上正等菩提清淨諸佛無上正等菩提清淨故一切智智清淨何以故若本性空清淨若諸佛無上正等菩提清淨若一切智智清淨無二無二分無別無斷故復次善現自相空清淨故色清淨色清淨故一切智智清淨何以故若自相空清淨若色清淨若一切智智清淨無二無二分無別無斷故自相空清淨故受想行識清淨受想行識清淨故一切智智清淨何以故若自相空清淨若受想行識清淨若一切智智清淨無二無二分無別無斷故善現自相空清淨故眼處清淨眼處清淨故一切智智清淨何以故若自相空清淨若眼處清淨若一切智智清淨無二無二分無別無斷故自相空清淨故耳鼻舌身意處清淨耳鼻舌身意處清淨故一切智智清淨何以故若自相空清淨若耳鼻舌身意處清淨若一切智智清淨無二無二分無別無斷故善現自相空清淨故色處清淨色處清淨故一切智智清淨何以故若自相空清淨若色處清淨若一切智智清淨無二無二分無別無斷故自相空清淨故聲香味觸法處清淨聲香味觸法處清淨故

一切智智清淨何以故若自相空清淨若聲香味觸法處清淨若一切智智清淨無二無二分無別無斷故善現自相空清淨故眼界清淨眼界清淨故一切智智清淨何以故若自相空清淨若眼界清淨若一切智智清淨無二無二分無別無斷故自相空清淨故色界眼識界及眼觸眼觸爲緣所生諸受清淨色界乃至眼觸爲緣所生諸受清淨故一切智智清淨何以故若自相空清淨若色界乃至眼觸爲緣所生諸受清淨若一切智智清淨無二無二分無別無斷故善現自相空清淨故耳界清淨耳界清淨故一切智智清淨何以故若自相空清淨若耳界清淨若一切智智清淨無二無二分無別無斷故自相空清淨故聲界耳識界及耳觸耳觸爲緣所生諸受清淨聲界乃至耳觸爲緣所生諸受清淨故一切智智清淨何以故若自相空清淨若聲界乃至耳觸爲緣所生諸受清淨若一切智智清淨無二無二分無別無斷故善現自相空清淨故鼻界清淨鼻界清淨故一切智智清淨何以故若自相空清淨若鼻界清淨若一切智智清淨無二無二分無別無斷故自相空清淨故香界鼻識界及鼻觸鼻觸爲緣所生諸受清淨香界乃至鼻觸爲緣所生諸受清淨故一切智智清淨何以故若自相空清淨若香界乃至鼻觸爲緣所生諸受清淨若一切智智清淨無二無二分無別無斷故善現自相空清淨故舌界清淨舌界清淨故一切智智清淨何以故若自相空清淨若舌界清淨若一切智智清淨無二無二分

無別無斷故自相空清淨故味界舌識界及舌觸舌觸爲緣所生諸受清淨味界乃至舌觸爲緣所生諸受清淨故一切智智清淨何以故若自相空清淨若味界乃至舌觸爲緣所生諸受清淨若一切智智清淨無二無二分無別無斷故善現自相空清淨故身界清淨身界清淨故一切智智清淨何以故若自相空清淨若身界清淨若一切智智清淨無二無二分無別無斷故自相空清淨故觸界身識界及身觸身觸爲緣所生諸受清淨觸界乃至身觸爲緣所生諸受清淨故一切智智清淨何以故若自相空清淨若觸界乃至身觸爲緣所生諸受清淨若一切智智清淨無二無二分無別無斷故善現自相空清淨故意界清淨意界清淨故一切智智清淨何以故若自相空清淨若意界清淨若一切智智清淨無二無二分無別無斷故自相空清淨故法界意識界及意觸意觸爲緣所生諸受清淨法界乃至意觸爲緣所生諸受清淨故一切智智清淨何以故若自相空清淨若法界乃至意觸爲緣所生諸受清淨若一切智智清淨無二無二分無別無斷故善現自相空清淨故地界清淨地界清淨故一切智智清淨何以故若自相空清淨若地界清淨若一切智智清淨無二無二分無別無斷故自相空清淨故水火風空識界清淨水火風空識界清淨故一切智智清淨何以故若自相空清淨若水火風空識界清淨若一切智智清淨無二無二分無別無斷故善現自相空清淨故無明清淨無明清淨故一切智智

清淨何以故若自相空清淨若無明清淨若一切智智清淨無二無二分無别無斷故自相空清淨故行識名色六處觸受愛取有生老死愁歎苦憂惱清淨行乃至老死愁歎苦憂惱清淨故一切智智清淨何以故若自相空清淨若行乃至老死愁歎苦憂惱清淨若一切智智清淨無二無二分無别無斷故善現自相空清淨故布施波羅蜜多清淨布施波羅蜜多清淨故一切智智清淨何以故若自相空清淨若布施波羅蜜多清淨若一切智智清淨無二無二分無别無斷故自相空清淨故淨戒安忍精進靜慮般若波羅蜜多清淨淨戒乃至般若波羅蜜多清淨故一切智智清淨何以故若自相空清淨若淨戒乃至般若波羅蜜多清淨若一切智智清淨無二無二分無别無斷故

大般若波羅蜜多經卷第二百十三

大般若波羅蜜多經卷第二百十四

唐三藏法師玄奘奉　詔譯

初分難信解品第三十四之三十三

善現自相空清淨故內空清淨內空清淨故一切智智清淨何以故若自相空清淨若內空清淨若一切智智清淨無二無二分無別無斷故自相空清淨故外空內外空空空大空勝義空有爲空無爲空畢竟空無際空散空無變異空本性空共相空一切法空不可得空無性空自性空無性自性空清淨外空乃至無性自性空清淨故一切智智清淨何以故若自相空清淨若外空乃至無性自性空清淨若一切智智清淨無二無二分無別無斷故善現自相空清淨故眞如清淨眞如清淨故一切智智清淨何以故若自相空清淨若眞如清淨若一切智智清淨無二無二分無別無斷故自相空清淨故法界法性不虛妄性不變異性平等性離生性法定法住實際虛空界不思議界清淨法界乃至不思議界清淨故一切智智清淨何以故若自相空清淨若法界乃至不思議界清淨若一切智智清淨無二無二分無別無斷故善現自相空清淨故苦聖諦清淨苦聖諦清淨故一切智智清淨何以故若自相空清淨若苦聖諦清淨若一切智智清淨無二無二分無別無斷故自相空清淨故集滅道聖諦清淨集滅道聖諦清淨故一切智智清淨何以故若自相空清淨若集滅道聖諦清淨若一切智智清淨無二無二分無別無斷故善現自相空清淨故四靜慮清淨四靜慮清淨故一切

智智清淨何以故若自相空清淨若四靜慮清淨若一切智智清淨無二無二分無別無斷故自相空清淨故四無量四無色定清淨四無量四無色定清淨故一切智智清淨何以故若自相空清淨若四無量四無色定清淨若一切智智清淨無二無二分無別無斷故善現自相空清淨故八解脫清淨八解脫清淨故一切智智清淨何以故若自相空清淨若八解脫清淨若一切智智清淨無二無二分無別無斷故自相空清淨故八勝處九次第定十遍處清淨八勝處九次第定十遍處清淨故一切智智清淨何以故若自相空清淨若八勝處九次第定十遍處清淨若一切智智清淨無二無二分無別無斷故善現自相空清淨故四念住清淨四念住清淨故一切智智清淨何以故若自相空清淨若四念住清淨若一切智智清淨無二無二分無別無斷故自相空清淨故四正斷四神足五根五力七等覺支八聖道支清淨四正斷乃至八聖道支清淨故一切智智清淨何以故若自相空清淨若四正斷乃至八聖道支清淨若一切智智清淨無二無二分無別無斷故善現自相空清淨故空解脫門清淨空解脫門清淨故一切智智清淨何以故若自相空清淨若空解脫門清淨若一切智智清淨無二無二分無別無斷故自相空清淨故無相無願解脫門清淨無相無願解脫門清淨故一切智智清淨何以故若自相空清淨若無相無願解脫門清淨若一切智智清淨無二無二分無別無斷故善現自相空清淨故

菩薩十地清淨菩薩十地清淨故一切智智清淨何以故若自相空清淨若菩薩十地清淨若一切智智清淨無二無二分無別無斷故善現自相空清淨故五眼清淨五眼清淨故一切智智清淨何以故若自相空清淨若五眼清淨若一切智智清淨無二無二分無別無斷故自相空清淨故六神通清淨六神通清淨故一切智智清淨何以故若自相空清淨若六神通清淨若一切智智清淨無二無二分無別無斷故善現自相空清淨故佛十力清淨佛十力清淨故一切智智清淨何以故若自相空清淨若佛十力清淨若一切智智清淨無二無二分無別無斷故自相空清淨故四無所畏四無礙解大慈大悲大喜大捨十八佛不共法清淨四無所畏乃至十八佛不共法清淨故一切智智清淨何以故若自相空清淨若四無所畏乃至十八佛不共法清淨若一切智智清淨無二無二分無別無斷故善現自相空清淨故無忘失法清淨無忘失法清淨故一切智智清淨何以故若自相空清淨若無忘失法清淨若一切智智清淨無二無二分無別無斷故自相空清淨故恒住捨性清淨恒住捨性清淨故一切智智清淨何以故若自相空清淨若恒住捨性清淨若一切智智清淨無二無二分無別無斷故善現自相空清淨故一切智清淨一切智清淨故一切智智清淨何以故若自相空清淨若一切智清淨若一切智智清淨無二無二分無別無斷故自相空清淨故道相智一切相智清淨道相智一切相智清淨故

一切智智清淨何以故若自相空清淨若道相智一切相智清淨若一切智智清淨無二無二分無別無斷故善現自相空清淨故一切陀羅尼門清淨一切陀羅尼門清淨故一切智智清淨何以故若自相空清淨若一切陀羅尼門清淨若一切智智清淨無二無二分無別無斷故自相空清淨故一切三摩地門清淨一切三摩地門清淨故一切智智清淨何以故若自相空清淨若一切三摩地門清淨若一切智智清淨無二無二分無別無斷故善現自相空清淨故預流果清淨預流果清淨故一切智智清淨何以故若自相空清淨若預流果清淨若一切智智清淨無二無二分無別無斷故自相空清淨故一來不還阿羅漢果清淨一來不還阿羅漢果清淨故一切智智清淨何以故若自相空清淨若一來不還阿羅漢果清淨若一切智智清淨無二無二分無別無斷故善現自相空清淨故獨覺菩提清淨獨覺菩提清淨故一切智智清淨何以故若自相空清淨若獨覺菩提清淨若一切智智清淨無二無二分無別無斷故善現自相空清淨故一切菩薩摩訶薩行清淨一切菩薩摩訶薩行清淨故一切智智清淨何以故若自相空清淨若一切菩薩摩訶薩行清淨若一切智智清淨無二無二分無別無斷故善現自相空清淨故諸佛無上正等菩提清淨諸佛無上正等菩提清淨故一切智智清淨何以故若自相空清淨若諸佛無上正等菩提清淨若一切智智清淨無二無二分無別無斷故復次善現共相空

清淨故色清淨色清淨故一切智智清淨何以故若共相空清淨若色清淨若一切智智清淨無二無二分無別無斷故共相空清淨故受想行識清淨受想行識清淨故一切智智清淨何以故若共相空清淨若受想行識清淨若一切智智清淨無二無二分無別無斷故善現共相空清淨故眼處清淨眼處清淨故一切智智清淨何以故若共相空清淨若眼處清淨若一切智智清淨無二無二分無別無斷故共相空清淨故耳鼻舌身意處清淨耳鼻舌身意處清淨故一切智智清淨何以故若共相空清淨若耳鼻舌身意處清淨若一切智智清淨無二無二分無別無斷故善現共相空清淨故色處清淨色處清淨故一切智智清淨何以故若共相空清淨若色處清淨若一切智智清淨無二無二分無別無斷故共相空清淨故聲香味觸法處清淨聲香味觸法處清淨故一切智智清淨何以故若共相空清淨若聲香味觸法處清淨若一切智智清淨無二無二分無別無斷故善現共相空清淨故眼界清淨眼界清淨故一切智智清淨何以故若共相空清淨若眼界清淨若一切智智清淨無二無二分無別無斷故共相空清淨故色界眼識界及眼觸眼觸爲緣所生諸受清淨色界乃至眼觸爲緣所生諸受清淨故一切智智清淨何以故若共相空清淨若色界乃至眼觸爲緣所生諸受清淨若一切智智清淨無二無二分無別無斷故善現共相空清淨故耳界清淨耳界清淨故一切智智清淨何以故若共相空

清淨若耳界清淨若一切智智清淨無二無二分無別無斷故共相空清淨故聲界耳識界及耳觸耳觸爲緣所生諸受清淨聲界乃至耳觸爲緣所生諸受清淨故一切智智清淨何以故若共相空清淨若聲界乃至耳觸爲緣所生諸受清淨若一切智智清淨無二無二分無別無斷故善現共相空清淨故鼻界清淨鼻界清淨故一切智智清淨何以故若共相空清淨若鼻界清淨若一切智智清淨無二無二分無別無斷故共相空清淨故香界鼻識界及鼻觸鼻觸爲緣所生諸受清淨香界乃至鼻觸爲緣所生諸受清淨故一切智智清淨何以故若共相空清淨若香界乃至鼻觸爲緣所生諸受清淨若一切智智清淨無二無二分無別無斷故善現共相空清淨故舌界清淨舌界清淨故一切智智清淨何以故若共相空清淨若舌界清淨若一切智智清淨無二無二分無別無斷故共相空清淨故味界舌識界及舌觸舌觸爲緣所生諸受清淨味界乃至舌觸爲緣所生諸受清淨故一切智智清淨何以故若共相空清淨若味界乃至舌觸爲緣所生諸受清淨若一切智智清淨無二無二分無別無斷故善現共相空清淨故身界清淨身界清淨故一切智智清淨何以故若共相空清淨若身界清淨若一切智智清淨無二無二分無別無斷故共相空清淨故觸界身識界及身觸身觸爲緣所生諸受清淨觸界乃至身觸爲緣所生諸受清淨故一切智智清淨何以故若共相空清淨若觸界乃至身觸爲緣所生諸

受清淨若一切智智清淨無二無二分無別無斷故善現共相空清淨故意界清淨意界清淨故一切智智清淨何以故若共相空清淨若意界清淨若一切智智清淨無二無二分無別無斷故共相空清淨故法界意識界及意觸意觸爲緣所生諸受清淨法界乃至意觸爲緣所生諸受清淨故一切智智清淨何以故若共相空清淨若法界乃至意觸爲緣所生諸受清淨若一切智智清淨無二無二分無別無斷故善現共相空清淨故地界清淨地界清淨故一切智智清淨何以故若共相空清淨若地界清淨若一切智智清淨無二無二分無別無斷故共相空清淨故水火風空識界清淨水火風空識界清淨故一切智智清淨何以故若共相空清淨若水火風空識界清淨若一切智智清淨無二無二分無別無斷故善現共相空清淨故無明清淨無明清淨故一切智智清淨何以故若共相空清淨若無明清淨若一切智智清淨無二無二分無別無斷故共相空清淨故行識名色六處觸受愛取有生老死愁歎苦憂惱清淨行乃至老死愁歎苦憂惱清淨故一切智智清淨何以故若共相空清淨若行乃至老死愁歎苦憂惱清淨若一切智智清淨無二無二分無別無斷故善現共相空清淨故布施波羅蜜多清淨布施波羅蜜多清淨故一切智智清淨何以故若共相空清淨若布施波羅蜜多清淨若一切智智清淨無二無二分無別無斷故共相空清淨故淨戒安忍精進靜慮般若波羅蜜多清淨淨戒乃至般

若波羅蜜多清淨故一切智智清淨何以故若共相空清淨若淨戒乃至般若波羅蜜多清淨若一切智智清淨無二無二分無別無斷故善現共相空清淨故內空清淨內空清淨故一切智智清淨何以故若共相空清淨若內空清淨若一切智智清淨無二無二分無別無斷故共相空清淨故外空內外空空空大空勝義空有為空無為空畢竟空無際空散空無變異空本性空自相空一切法空不可得空無性空自性空無性自性空清淨外空乃至無性自性空清淨故一切智智清淨何以故若共相空清淨若外空乃至無性自性空清淨若一切智智清淨無二無二分無別無斷故善現共相空清淨故眞如清淨眞如清淨故一切智智清淨何以故若共相空清淨若眞如清淨若一切智智清淨無二無二分無別無斷故共相空清淨故法界法性不虛妄性不變異性平等性離生性法定法住實際虛空界不思議界清淨法界乃至不思議界清淨故一切智智清淨何以故若共相空清淨若法界乃至不思議界清淨若一切智智清淨無二無二分無別無斷故善現共相空清淨故苦聖諦清淨苦聖諦清淨故一切智智清淨何以故若共相空清淨若苦聖諦清淨若一切智智清淨無二無二分無別無斷故共相空清淨故集滅道聖諦清淨集滅道聖諦清淨故一切智智清淨何以故若共相空清淨若集滅道聖諦清淨若一切智智清淨無二無二分無別無斷故善現共相空清淨故四靜慮清淨四靜慮清淨故

一切智智清淨何以故若共相空清淨若四靜慮清淨若一切智智清淨無二無二分無別無斷故共相空清淨故四無量四無色定清淨四無量四無色定清淨故一切智智清淨何以故若共相空清淨若四無量四無色定清淨若一切智智清淨無二無二分無別無斷故善現共相空清淨故八解脫清淨八解脫清淨故一切智智清淨何以故若共相空清淨若八解脫清淨若一切智智清淨無二無二分無別無斷故共相空清淨故八勝處九次第定十遍處清淨八勝處九次第定十遍處清淨故一切智智清淨何以故若共相空清淨若八勝處九次第定十遍處清淨若一切智智清淨無二無二分無別無斷故善現共相空清淨故四念住清淨四念住清淨故一切智智清淨何以故若共相空清淨若四念住清淨若一切智智清淨無二無二分無別無斷故共相空清淨故四正斷四神足五根五力七等覺支八聖道支清淨四正斷乃至八聖道支清淨故一切智智清淨何以故若共相空清淨若四正斷乃至八聖道支清淨若一切智智清淨無二無二分無別無斷故善現共相空清淨故空解脫門清淨空解脫門清淨故一切智智清淨何以故若共相空清淨若空解脫門清淨若一切智智清淨無二無二分無別無斷故共相空清淨故無相無願解脫門清淨無相無願解脫門清淨故一切智智清淨何以故若共相空清淨若無相無願解脫門清淨若一切智智清淨無二無二分無別無斷故善現共相空清

淨故菩薩十地清淨菩薩十地清淨故一切智智清淨何以故若共相空清淨若菩薩十地清淨若一切智智清淨無二無二分無別無斷故善現共相空清淨故五眼清淨五眼清淨故一切智智清淨何以故若共相空清淨若五眼清淨若一切智智清淨無二無二分無別無斷故共相空清淨故六神通清淨六神通清淨故一切智智清淨何以故若共相空清淨若六神通清淨若一切智智清淨無二無二分無別無斷故善現共相空清淨故佛十力清淨佛十力清淨故一切智智清淨何以故若共相空清淨若佛十力清淨若一切智智清淨無二無二分無別無斷故共相空清淨故四無所畏四無礙解大慈大悲大喜大捨十八佛不共法清淨四無所畏乃至十八佛不共法清淨故一切智智清淨何以故若共相空清淨若四無所畏乃至十八佛不共法清淨若一切智智清淨無二無二分無別無斷故善現共相空清淨故無忘失法清淨無忘失法清淨故一切智智清淨何以故若共相空清淨若無忘失法清淨若一切智智清淨無二無二分無別無斷故共相空清淨故恒住捨性清淨恒住捨性清淨故一切智智清淨何以故若共相空清淨若恒住捨性清淨若一切智智清淨無二無二分無別無斷故善現共相空清淨故一切智清淨一切智清淨故一切智智清淨何以故若共相空清淨若一切智清淨若一切智智清淨無二無二分無別無斷故共相空清淨故道相智一切相智清淨道相智一切相智清

淨故一切智智清淨何以故若共相空清淨
若道相智一切相智清淨若一切智智清淨
無二無二分無別無斷故善現共相空清淨
故一切陀羅尼門清淨一切陀羅尼門清淨
故一切智智清淨何以故若共相空清淨若
一切陀羅尼門清淨若一切智智清淨無二
無二分無別無斷故共相空清淨故一切三
摩地門清淨一切三摩地門清淨故一切智
智清淨何以故若共相空清淨若一切三摩
地門清淨若一切智智清淨無二無二分無
別無斷故善現共相空清淨故預流果清淨
預流果清淨故一切智智清淨何以故若共
相空清淨若預流果清淨若一切智智清淨
無二無二分無別無斷故共相空清淨故一
來不還阿羅漢果清淨一來不還阿羅漢果
清淨故一切智智清淨何以故若共相空清
淨若一來不還阿羅漢果清淨若一切智智
清淨無二無二分無別無斷故善現共相空
清淨故獨覺菩提清淨獨覺菩提清淨故一
切智智清淨何以故若共相空清淨若獨覺
菩提清淨若一切智智清淨無二無二分無
別無斷故善現共相空清淨故一切菩薩摩
訶薩行清淨一切菩薩摩訶薩行清淨故一
切智智清淨何以故若共相空清淨若一切
菩薩摩訶薩行清淨若一切智智清淨無二
無二分無別無斷故善現共相空清淨故諸
佛無上正等菩提清淨諸佛無上正等菩提
清淨故一切智智清淨何以故若共相空清
淨若諸佛無上正等菩提清淨若一切智智
清淨無二無二分無別無斷故復次善現一

切法空清淨故色清淨色清淨故一切智智清淨何以故若一切法空清淨若色清淨若一切智智清淨無二無二分無別無斷故一切法空清淨故受想行識清淨受想行識清淨故一切智智清淨何以故若一切法空清淨若受想行識清淨若一切智智清淨無二無二分無別無斷故善現一切法空清淨故眼處清淨眼處清淨故一切智智清淨何以故若一切法空清淨若眼處清淨若一切智智清淨無二無二分無別無斷故一切法空清淨故耳鼻舌身意處清淨耳鼻舌身意處清淨故一切智智清淨何以故若一切法空清淨若耳鼻舌身意處清淨若一切智智清淨無二無二分無別無斷故善現一切法空清淨故色處清淨色處清淨故一切智智清淨何以故若一切法空清淨若色處清淨若一切智智清淨無二無二分無別無斷故一切法空清淨故聲香味觸法處清淨聲香味觸法處清淨故一切智智清淨何以故若一切法空清淨若聲香味觸法處清淨若一切智智清淨無二無二分無別無斷故善現一切法空清淨故眼界清淨眼界清淨故一切智智清淨何以故若一切法空清淨若眼界清淨若一切智智清淨無二無二分無別無斷故一切法空清淨故色界眼識界及眼觸眼觸爲緣所生諸受清淨色界乃至眼觸爲緣所生諸受清淨故一切智智清淨何以故若一切法空清淨若色界乃至眼觸爲緣所生諸受清淨若一切智智清淨無二無二分無別無斷故善現一切法空清淨故耳界清

淨耳界清淨故一切智智清淨何以故若一切法空清淨若耳界清淨若一切智智清淨無二無二分無別無斷故一切法空清淨故聲界耳識界及耳觸耳觸爲緣所生諸受清淨聲界乃至耳觸爲緣所生諸受清淨故一切智智清淨何以故若一切法空清淨若聲界乃至耳觸爲緣所生諸受清淨若一切智智清淨無二無二分無別無斷故善現一切法空清淨故鼻界清淨鼻界清淨故一切智智清淨何以故若一切法空清淨若鼻界清淨若一切智智清淨無二無二分無別無斷故一切法空清淨故香界鼻識界及鼻觸鼻觸爲緣所生諸受清淨香界乃至鼻觸爲緣所生諸受清淨故一切智智清淨何以故若一切法空清淨若香界乃至鼻觸爲緣所生諸受清淨若一切智智清淨無二無二分無別無斷故善現一切法空清淨故舌界清淨舌界清淨故一切智智清淨何以故若一切法空清淨若舌界清淨若一切智智清淨無二無二分無別無斷故一切法空清淨故味界舌識界及舌觸舌觸爲緣所生諸受清淨味界乃至舌觸爲緣所生諸受清淨故一切智智清淨何以故若一切法空清淨若味界乃至舌觸爲緣所生諸受清淨若一切智智清淨無二無二分無別無斷故善現一切法空清淨故身界清淨身界清淨故一切智智清淨何以故若一切法空清淨若身界清淨若一切智智清淨無二無二分無別無斷故一切法空清淨故觸界身識界及身觸身觸爲緣所生諸受清淨觸界乃至身觸爲緣所

生諸受清淨故一切智智清淨何以故若一切法空清淨若觸界乃至身觸爲緣所生諸受清淨若一切智智清淨無二無二分無別無斷故善現一切法空清淨故意界清淨意界清淨故一切智智清淨何以故若一切法空清淨若意界清淨若一切智智清淨無二無二分無別無斷故一切法空清淨故法界意識界及意觸意觸爲緣所生諸受清淨法界乃至意觸爲緣所生諸受清淨故一切智智清淨何以故若一切法空清淨若法界乃至意觸爲緣所生諸受清淨若一切智智清淨無二無二分無別無斷故善現一切法空清淨故地界清淨地界清淨故一切智智清淨何以故若一切法空清淨若地界清淨若一切智智清淨無二無二分無別無斷故一切法空清淨故水火風空識界清淨水火風空識界清淨故一切智智清淨何以故若一切法空清淨若水火風空識界清淨若一切智智清淨無二無二分無別無斷故善現一切法空清淨故無明清淨無明清淨故一切智智清淨何以故若一切法空清淨若無明清淨若一切智智清淨無二無二分無別無斷故一切法空清淨故行識名色六處觸受愛取有生老死愁歎苦憂惱清淨行乃至老死愁歎苦憂惱清淨故一切智智清淨何以故若一切法空清淨若行乃至老死愁歎苦憂惱清淨若一切智智清淨無二無二分無別無斷故善現一切法空清淨故布施波羅蜜多清淨布施波羅蜜多清淨故一切智智清淨何以故若一切法空清淨若布施波羅

蜜多清淨若一切智智清淨無二無二分無別無斷故一切法空清淨故淨戒安忍精進靜慮般若波羅蜜多清淨淨戒乃至般若波羅蜜多清淨故一切智智清淨何以故若一切法空清淨若淨戒乃至般若波羅蜜多清淨若一切智智清淨無二無二分無別無斷故善現一切法空清淨故內空清淨內空清淨故一切智智清淨何以故若一切法空清淨若內空清淨若一切智智清淨無二無二分無別無斷故一切法空清淨故外空內外空空空大空勝義空有爲空無爲空畢竟空無際空散空無變異空本性空自相空共相空一切法空不可得空無性空自性空無性自性空清淨外空乃至無性自性空清淨故一切智智清淨何以故若一切法空清淨若外空乃至無性自性空清淨若一切智智清淨無二無二分無別無斷故善現一切法空清淨故眞如清淨眞如清淨故一切智智清淨何以故若一切法空清淨若眞如清淨若一切智智清淨無二無二分無別無斷故一切法空清淨故法界法性不虛妄性不變異性平等性離生性法定法住實際虛空界不思議界清淨法界乃至不思議界清淨故一切智智清淨何以故若一切法空清淨若法界乃至不思議界清淨若一切智智清淨無二無二分無別無斷故

大般若波羅蜜多經卷第二百十四

大般若波羅蜜多經卷第二百十五

唐三藏法師玄奘奉　詔譯

初分難信解品第三十四之三十四

善現一切法空清淨故苦聖諦清淨苦聖諦清淨故一切智智清淨何以故若一切法空清淨若苦聖諦清淨若一切智智清淨無二無二分無別無斷故一切法空清淨故集滅道聖諦清淨集滅道聖諦清淨故一切智智清淨何以故若一切法空清淨若集滅道聖諦清淨若一切智智清淨無二無二分無別無斷故善現一切法空清淨故四靜慮清淨四靜慮清淨故一切智智清淨何以故若一切法空清淨若四靜慮清淨若一切智智清淨無二無二分無別無斷故一切法空清淨故四無量四無色定清淨四無量四無色定清淨故一切智智清淨何以故若一切法空清淨若四無量四無色定清淨若一切智智清淨無二無二分無別無斷故善現一切法空清淨故八解脫清淨八解脫清淨故一切智智清淨何以故若一切法空清淨若八解脫清淨若一切智智清淨無二無二分無別無斷故一切法空清淨故八勝處九次第定十遍處清淨八勝處九次第定十遍處清淨故一切智智清淨何以故若一切法空清淨若八勝處九次第定十遍處清淨若一切智智清淨無二無二分無別無斷故善現一切法空清淨故四念住清淨四念住清淨故一切智智清淨何以故若一切法空清淨若四念住清淨若一切智智清淨無二無二分無別無斷故一切法空清淨故四正斷四神足

五根五力七等覺支八聖道支清淨四正斷乃至八聖道支清淨故一切智智清淨何以故若一切法空清淨若四正斷乃至八聖道支清淨若一切智智清淨無二無二分無別無斷故善現一切法空清淨故空解脫門清淨空解脫門清淨故一切智智清淨何以故若一切法空清淨若空解脫門清淨若一切智智清淨無二無二分無別無斷故一切法空清淨故無相無願解脫門清淨無相無願解脫門清淨故一切智智清淨何以故若一切法空清淨若無相無願解脫門清淨若一切智智清淨無二無二分無別無斷故善現一切法空清淨故菩薩十地清淨菩薩十地清淨故一切智智清淨何以故若一切法空清淨若菩薩十地清淨若一切智智清淨無

二無二分無別無斷故善現一切法空清淨故五眼清淨五眼清淨故一切智智清淨何以故若一切法空清淨若五眼清淨若一切智智清淨無二無二分無別無斷故一切法空清淨故六神通清淨六神通清淨故一切智智清淨何以故若一切法空清淨若六神通清淨若一切智智清淨無二無二分無別無斷故善現一切法空清淨故佛十力清淨佛十力清淨故一切智智清淨何以故若一切法空清淨若佛十力清淨若一切智智清淨無二無二分無別無斷故一切法空清淨故四無所畏四無礙解大慈大悲大喜大捨十八佛不共法清淨四無所畏乃至十八佛不共法清淨故一切智智清淨何以故若一切法空清淨若四無所畏乃至十八佛不共

法清淨若一切智智清淨無二無二分無別無斷故善現一切法空清淨故無忘失法清淨無忘失法清淨故一切智智清淨何以故若一切法空清淨若無忘失法清淨若一切智智清淨無二無二分無別無斷故一切法空清淨故恒住捨性清淨恒住捨性清淨故一切智智清淨何以故若一切法空清淨若恒住捨性清淨若一切智智清淨無二無二分無別無斷故善現一切法空清淨故一切智清淨一切智清淨故一切智智清淨何以故若一切法空清淨若一切智清淨若一切智智清淨無二無二分無別無斷故一切法空清淨故道相智一切相智清淨道相智一切相智清淨故一切智智清淨何以故若一切法空清淨若道相智一切相智清淨若一切智智清淨無二無二分無別無斷故善現一切法空清淨故一切陀羅尼門清淨一切陀羅尼門清淨故一切智智清淨何以故若一切法空清淨若一切陀羅尼門清淨若一切智智清淨無二無二分無別無斷故一切法空清淨故一切三摩地門清淨一切三摩地門清淨故一切智智清淨何以故若一切法空清淨若一切三摩地門清淨若一切智智清淨無二無二分無別無斷故善現一切法空清淨故預流果清淨預流果清淨故一切智智清淨何以故若一切法空清淨若預流果清淨若一切智智清淨無二無二分無別無斷故一切法空清淨故一來不還阿羅漢果清淨一來不還阿羅漢果清淨故一切智智清淨何以故若一切法空清淨若一來

不還阿羅漢果清淨若一切智智清淨無二無二分無別無斷故善現一切法空清淨故獨覺菩提清淨獨覺菩提清淨故一切智智清淨何以故若一切法空清淨若獨覺菩提清淨若一切智智清淨無二無二分無別無斷故善現一切法空清淨故一切菩薩摩訶薩行清淨一切菩薩摩訶薩行清淨故一切智智清淨何以故若一切法空清淨若一切菩薩摩訶薩行清淨若一切智智清淨無二無二分無別無斷故善現一切法空清淨故諸佛無上正等菩提清淨諸佛無上正等菩提清淨故一切智智清淨何以故若一切法空清淨若諸佛無上正等菩提清淨若一切智智清淨無二無二分無別無斷故復次善現不可得空清淨故色清淨色清淨故一切智智清淨何以故若不可得空清淨若色清淨若一切智智清淨無二無二分無別無斷故不可得空清淨故受想行識清淨受想行識清淨故一切智智清淨何以故若不可得空清淨若受想行識清淨若一切智智清淨無二無二分無別無斷故善現不可得空清淨故眼處清淨眼處清淨故一切智智清淨何以故若不可得空清淨若眼處清淨若一切智智清淨無二無二分無別無斷故不可得空清淨故耳鼻舌身意處清淨耳鼻舌身意處清淨故一切智智清淨何以故若不可得空清淨若耳鼻舌身意處清淨若一切智智清淨無二無一分無別無斷故善現不可得空清淨故色處清淨色處清淨故一切智智清淨何以故若不可得空清淨若色處清

淨若一切智智清淨無二無二分無別無斷故不可得空清淨故聲香味觸法處清淨聲香味觸法處清淨故一切智智清淨何以故若不可得空清淨若聲香味觸法處清淨若一切智智清淨無二無二分無別無斷故善現不可得空清淨故眼界清淨眼界清淨故一切智智清淨何以故若不可得空清淨若眼界清淨若一切智智清淨無二無二分無別無斷故不可得空清淨故色界眼識界及眼觸眼觸爲緣所生諸受清淨色界乃至眼觸爲緣所生諸受清淨故一切智智清淨何以故若不可得空清淨若色界乃至眼觸爲緣所生諸受清淨若一切智智清淨無二無二分無別無斷故善現不可得空清淨故耳界清淨耳界清淨故一切智智清淨何以故若不可得空清淨若耳界清淨若一切智智清淨無二無二分無別無斷故不可得空清淨故聲界耳識界及耳觸耳觸爲緣所生諸受清淨聲界乃至耳觸爲緣所生諸受清淨故一切智智清淨何以故若不可得空清淨若聲界乃至耳觸爲緣所生諸受清淨若一切智智清淨無二無二分無別無斷故善現不可得空清淨故鼻界清淨鼻界清淨故一切智智清淨何以故若不可得空清淨若鼻界清淨若一切智智清淨無二無二分無別無斷故不可得空清淨故香界鼻識界及鼻觸鼻觸爲緣所生諸受清淨香界乃至鼻觸爲緣所生諸受清淨故一切智智清淨何以故若不可得空清淨若香界乃至鼻觸爲緣所生諸受清淨若一切智智清淨無二無二

分無别無斷故善現不可得空清淨故舌界
清淨舌界清淨故一切智智清淨何以故若
不可得空清淨若舌界清淨若一切智智清
淨無二無二分無别無斷故不可得空清淨
故味界舌識界及舌觸舌觸爲緣所生諸受
清淨味界乃至舌觸爲緣所生諸受清淨故
一切智智清淨何以故若不可得空清淨若
味界乃至舌觸爲緣所生諸受清淨若一切
智智清淨無二無二分無别無斷故善現不
可得空清淨故身界清淨身界清淨故一切
智智清淨何以故若不可得空清淨若身界
清淨若一切智智清淨無二無二分無别無
斷故不可得空清淨故觸界身識界及身觸
身觸爲緣所生諸受清淨觸界乃至身觸爲
緣所生諸受清淨故一切智智清淨何以故
若不可得空清淨若觸界乃至身觸爲緣所
生諸受清淨若一切智智清淨無二無二分
無别無斷故善現不可得空清淨故意界清
淨意界清淨故一切智智清淨何以故若不
可得空清淨若意界清淨若一切智智清淨
無二無二分無别無斷故不可得空清淨故
法界意識界及意觸意觸爲緣所生諸受清
淨法界乃至意觸爲緣所生諸受清淨故一
切智智清淨何以故若不可得空清淨若法
界乃至意觸爲緣所生諸受清淨若一切智
智清淨無二無二分無别無斷故善現不可
得空清淨故地界清淨地界清淨故一切智
智清淨何以故若不可得空清淨若地界清
淨若一切智智清淨無二無二分無别無斷
故不可得空清淨故水火風空識界清淨水

火風空識界清淨故一切智智清淨何以故若不可得空清淨若水火風空識界清淨若一切智智清淨無二無二分無別無斷故善現不可得空清淨故無明清淨無明清淨故一切智智清淨何以故若不可得空清淨若無明清淨若一切智智清淨無二無二分無別無斷故不可得空清淨故行識名色六處觸受愛取有生老死愁歎苦憂惱清淨行乃至老死愁歎苦憂惱清淨故一切智智清淨何以故若不可得空清淨若行乃至老死愁歎苦憂惱清淨若一切智智清淨無二無二分無別無斷故善現不可得空清淨故布施波羅蜜多清淨布施波羅蜜多清淨故一切智智清淨何以故若不可得空清淨若布施波羅蜜多清淨若一切智智清淨無二無二分無別無斷故不可得空清淨故淨戒安忍精進靜慮般若波羅蜜多清淨淨戒乃至般若波羅蜜多清淨故一切智智清淨何以故若不可得空清淨若淨戒乃至般若波羅蜜多清淨若一切智智清淨無二無二分無別無斷故善現不可得空清淨故內空清淨內空清淨故一切智智清淨何以故若不可得空清淨若內空清淨若一切智智清淨無二無二分無別無斷故不可得空清淨故外空內外空空空大空勝義空有爲空無爲空畢竟空無際空散空無變異空本性空自相空共相空一切法空無性空自性空無性自性空清淨外空乃至無性自性空清淨故一切智智清淨何以故若不可得空清淨若外空乃至無性自性空清淨若一切智智清淨無

二無二分無別無斷故善現不可得空清淨故眞如清淨眞如清淨故一切智智清淨何以故若不可得空清淨若眞如清淨若一切智智清淨無二無二分無別無斷故不可得空清淨故法界法性不虛妄性不變異性平等性離生性法定法住實際虛空界不思議界清淨法界乃至不思議界清淨故一切智智清淨何以故若不可得空清淨若法界乃至不思議界清淨若一切智智清淨無二無二分無別無斷故善現不可得空清淨故苦聖諦清淨苦聖諦清淨故一切智智清淨何以故若不可得空清淨若苦聖諦清淨若一切智智清淨無二無二分無別無斷故不可得空清淨故集滅道聖諦清淨集滅道聖諦清淨故一切智智清淨何以故若不可得空清淨若集滅道聖諦清淨若一切智智清淨無二無二分無別無斷故善現不可得空清淨故四靜慮清淨四靜慮清淨故一切智智清淨何以故若不可得空清淨若四靜慮清淨若一切智智清淨無二無二分無別無斷故不可得空清淨故四無量四無色定清淨四無量四無色定清淨故一切智智清淨何以故若不可得空清淨若四無量四無色定清淨若一切智智清淨無二無二分無別無斷故善現不可得空清淨故八解脫清淨八解脫清淨故一切智智清淨何以故若不可得空清淨若八解脫清淨若一切智智清淨無二無二分無別無斷故不可得空清淨故八勝處九次第定十遍處清淨八勝處九次第定十遍處清淨故一切智智清淨何以故

若不可得空清淨若八勝處九次第定十遍處清淨若一切智智清淨無二無二分無別無斷故善現不可得空清淨故四念住清淨四念住清淨故一切智智清淨何以故若不可得空清淨若四念住清淨若一切智智清淨無二無二分無別無斷故不可得空清淨故四正斷四神足五根五力七等覺支八聖道支清淨四正斷乃至八聖道支清淨故一切智智清淨何以故若不可得空清淨若四正斷乃至八聖道支清淨若一切智智清淨無二無二分無別無斷故善現不可得空清淨故空解脫門清淨空解脫門清淨故一切智智清淨何以故若不可得空清淨若空解脫門清淨若一切智智清淨無二無二分無別無斷故不可得空清淨故無相無願解脫門清淨無相無願解脫門清淨故一切智智清淨何以故若不可得空清淨若無相無願解脫門清淨若一切智智清淨無二無二分無別無斷故善現不可得空清淨故菩薩十地清淨菩薩十地清淨故一切智智清淨何以故若不可得空清淨若菩薩十地清淨若一切智智清淨無二無二分無別無斷故善現不可得空清淨故五眼清淨五眼清淨故一切智智清淨何以故若不可得空清淨若五眼清淨若一切智智清淨無二無二分無別無斷故不可得空清淨故六神通清淨六神通清淨故一切智智清淨何以故若不可得空清淨若六神通清淨若一切智智清淨無二無二分無別無斷故善現不可得空清淨故佛十力清淨佛十力清淨故一切智智

清淨何以故若不可得空清淨若佛十力清淨若一切智智清淨無二無二分無别無斷故不可得空清淨故四無所畏四無礙解大慈大悲大喜大捨十八佛不共法清淨四無所畏乃至十八佛不共法清淨故一切智智清淨何以故若不可得空清淨若四無所畏乃至十八佛不共法清淨若一切智智清淨無二無二分無别無斷故善現不可得空清淨故無忘失法清淨無忘失法清淨故一切智智清淨何以故若不可得空清淨若無忘失法清淨若一切智智清淨無二無二分無别無斷故不可得空清淨故恒住捨性清淨恒住捨性清淨故一切智智清淨何以故若不可得空清淨若恒住捨性清淨若一切智智清淨無二無二分無别無斷故善現不可得空清淨故一切智清淨一切智清淨故一切智智清淨何以故若不可得空清淨若一切智清淨若一切智智清淨無二無二分無别無斷故不可得空清淨故道相智一切相智清淨道相智一切相智清淨故一切智智清淨何以故若不可得空清淨若道相智一切相智清淨若一切智智清淨無二無二分無别無斷故善現不可得空清淨故一切陀羅尼門清淨一切陀羅尼門清淨故一切智智清淨何以故若不可得空清淨若一切陀羅尼門清淨若一切智智清淨無二無二分無别無斷故不可得空清淨故一切三摩地門清淨一切三摩地門清淨故一切智智清淨何以故若不可得空清淨若一切三摩地門清淨若一切智智清淨無二無二分無别

無斷故善現不可得空清淨故預流果清淨預流果清淨故一切智智清淨何以故若不可得空清淨若預流果清淨若一切智智清淨無二無二分無別無斷故不可得空清淨故一來不還阿羅漢果清淨一來不還阿羅漢果清淨故一切智智清淨何以故若不可得空清淨若一來不還阿羅漢果清淨若一切智智清淨無二無二分無別無斷故善現不可得空清淨故獨覺菩提清淨獨覺菩提清淨故一切智智清淨何以故若不可得空清淨若獨覺菩提清淨若一切智智清淨無二無二分無別無斷故善現不可得空清淨故一切菩薩摩訶薩行清淨一切菩薩摩訶薩行清淨故一切智智清淨何以故若不可得空清淨若一切菩薩摩訶薩行清淨若一切智智清淨無二無二分無別無斷故善現不可得空清淨故諸佛無上正等菩提清淨諸佛無上正等菩提清淨故一切智智清淨何以故若不可得空清淨若諸佛無上正等菩提清淨若一切智智清淨無二無二分無別無斷故復次善現無性空清淨故色清淨色清淨故一切智智清淨何以故若無性空清淨若色清淨若一切智智清淨無二無二分無別無斷故無性空清淨故受想行識清淨受想行識清淨故一切智智清淨何以故若無性空清淨若受想行識清淨若一切智智清淨無二無二分無別無斷故善現無性空清淨故眼處清淨眼處清淨故一切智智清淨何以故若無性空清淨若眼處清淨若一切智智清淨無二無二分無別無斷故無

性空清淨故耳鼻舌身意處清淨耳鼻舌身意處清淨故一切智智清淨何以故若無性空清淨若耳鼻舌身意處清淨若一切智智清淨無二無二分無別無斷故善現無性空清淨故色處清淨色處清淨故一切智智清淨何以故若無性空清淨若色處清淨若一切智智清淨無二無二分無別無斷故無性空清淨故聲香味觸法處清淨聲香味觸法處清淨故一切智智清淨何以故若無性空清淨若聲香味觸法處清淨若一切智智清淨無二無二分無別無斷故善現無性空清淨故眼界清淨眼界清淨故一切智智清淨何以故若無性空清淨若眼界清淨若一切智智清淨無二無二分無別無斷故無性空清淨故色界眼識界及眼觸眼觸爲緣所生諸受清淨色界乃至眼觸爲緣所生諸受清淨故一切智智清淨何以故若無性空清淨若色界乃至眼觸爲緣所生諸受清淨若一切智智清淨無二無二分無別無斷故善現無性空清淨故耳界清淨耳界清淨故一切智智清淨何以故若無性空清淨若耳界清淨若一切智智清淨無二無二分無別無斷故無性空清淨故聲界耳識界及耳觸耳觸爲緣所生諸受清淨聲界乃至耳觸爲緣所生諸受清淨故一切智智清淨何以故若無性空清淨若聲界乃至耳觸爲緣所生諸受清淨若一切智智清淨無二無二分無別無斷故善現無性空清淨故鼻界清淨鼻界清淨故一切智智清淨何以故若無性空清淨若鼻界清淨若一切智智清淨無二無二分

無别無斷故無性空清淨故香界鼻識界及鼻觸鼻觸爲緣所生諸受清淨香界乃至鼻觸爲緣所生諸受清淨故一切智智清淨何以故若無性空清淨若香界乃至鼻觸爲緣所生諸受清淨若一切智智清淨無二無二分無别無斷故善現無性空清淨故舌界清淨舌界清淨故一切智智清淨何以故若無性空清淨若舌界清淨若一切智智清淨無二無二分無别無斷故無性空清淨故味界舌識界及舌觸舌觸爲緣所生諸受清淨味界乃至舌觸爲緣所生諸受清淨故一切智智清淨何以故若無性空清淨若味界乃至舌觸爲緣所生諸受清淨若一切智智清淨無二無二分無别無斷故善現無性空清淨故身界清淨身界清淨故一切智智清淨何以故若無性空清淨若身界清淨若一切智智清淨無二無二分無别無斷故無性空清淨故觸界身識界及身觸身觸爲緣所生諸受清淨觸界乃至身觸爲緣所生諸受清淨故一切智智清淨何以故若無性空清淨若觸界乃至身觸爲緣所生諸受清淨若一切智智清淨無二無二分無别無斷故善現無性空清淨故意界清淨意界清淨故一切智智清淨何以故若無性空清淨若意界清淨若一切智智清淨無二無二分無别無斷故無性空清淨故法界意識界及意觸意觸爲緣所生諸受清淨法界乃至意觸爲緣所生諸受清淨故一切智智清淨何以故若無性空清淨若法界乃至意觸爲緣所生諸受清淨若一切智智清淨無二無二分無别無斷

故善現無性空清淨故地界清淨地界清淨故一切智智清淨何以故若無性空清淨若地界清淨若一切智智清淨無二無二分無別無斷故無性空清淨故水火風空識界清淨水火風空識界清淨故一切智智清淨何以故若無性空清淨若水火風空識界清淨若一切智智清淨無二無二分無別無斷故善現無性空清淨故無明清淨無明清淨故一切智智清淨何以故若無性空清淨若無明清淨若一切智智清淨無二無二分無別無斷故無性空清淨故行識名色六處觸受愛取有生老死愁歎苦憂惱清淨行乃至老死愁歎苦憂惱清淨故一切智智清淨何以故若無性空清淨若行乃至老死愁歎苦憂惱清淨若一切智智清淨無二無二分無別無斷故

大般若波羅蜜多經卷第二百十五

大般若波羅蜜多經卷第二百十六

唐三藏法師玄奘奉　詔譯

初分難信解品第三十四之三十五

善現無性空清淨故布施波羅蜜多清淨布施波羅蜜多清淨故一切智智清淨何以故若無性空清淨若布施波羅蜜多清淨若一切智智清淨無二無二分無別無斷故無性空清淨故淨戒安忍精進靜慮般若波羅蜜多清淨淨戒乃至般若波羅蜜多清淨故一切智智清淨何以故若無性空清淨若淨戒乃至般若波羅蜜多清淨若一切智智清淨無二無二分無別無斷故善現無性空清淨故內空清淨內空清淨故一切智智清淨何以故若無性空清淨若內空清淨若一切智智清淨無二無二分無別無斷故無性空清淨故外空內外空空空大空勝義空有爲空無爲空畢竟空無際空散空無變異空本性空自相空共相空一切法空不可得空自性空無性自性空清淨外空乃至無性自性空清淨故一切智智清淨何以故若無性空清淨若外空乃至無性自性空清淨若一切智智清淨無二無二分無別無斷故善現無性空清淨故眞如清淨眞如清淨故一切智智清淨何以故若無性空清淨若眞如清淨若一切智智清淨無二無二分無別無斷故無性空清淨故法界法性不虛妄性不變異性平等性離生性法定法住實際虛空界不思議界清淨法界乃至不思議界清淨故一切智智清淨何以故若無性空清淨若法界乃至不思議界清淨若一切智智清淨無二無

二分無别無斷故善現無性空清淨故苦聖諦清淨苦聖諦清淨故一切智智清淨何以故若無性空清淨若苦聖諦清淨若一切智智清淨無二無二分無别無斷故無性空清淨故集滅道聖諦清淨集滅道聖諦清淨故一切智智清淨何以故若無性空清淨若集滅道聖諦清淨若一切智智清淨無二無二分無别無斷故善現無性空清淨故四靜慮清淨四靜慮清淨故一切智智清淨何以故若無性空清淨若四靜慮清淨若一切智智清淨無二無二分無别無斷故無性空清淨故四無量四無色定清淨四無量四無色定清淨故一切智智清淨何以故若無性空清淨若四無量四無色定清淨若一切智智清淨無二無二分無别無斷故善現無性空清淨故八解脫清淨八解脫清淨故一切智智清淨何以故若無性空清淨若八解脫清淨若一切智智清淨無二無二分無别無斷故無性空清淨故八勝處九次第定十遍處清淨八勝處九次第定十遍處清淨故一切智智清淨何以故若無性空清淨若八勝處九次第定十遍處清淨若一切智智清淨無二無二分無别無斷故善現無性空清淨故四念住清淨四念住清淨故一切智智清淨何以故若無性空清淨若四念住清淨若一切智智清淨無二無二分無别無斷故無性空清淨故四正斷四神足五根五力七等覺支八聖道支清淨四正斷乃至八聖道支清淨故一切智智清淨何以故若無性空清淨若四正斷乃至八聖道支清淨若一切智智清

淨無二無二分無別無斷故善現無性空清淨故空解脫門清淨空解脫門清淨故一切智智清淨何以故若無性空清淨若空解脫門清淨若一切智智清淨無二無二分無別無斷故無性空清淨故無相無願解脫門清淨無相無願解脫門清淨故一切智智清淨何以故若無性空清淨若無相無願解脫門清淨若一切智智清淨無二無二分無別無斷故善現無性空清淨故菩薩十地清淨菩薩十地清淨故一切智智清淨何以故若無性空清淨若菩薩十地清淨若一切智智清淨無二無二分無別無斷故善現無性空清淨故五眼清淨五眼清淨故一切智智清淨何以故若無性空清淨若五眼清淨若一切智智清淨無二無二分無別無斷故無性空清淨故六神通清淨六神通清淨故一切智智清淨何以故若無性空清淨若六神通清淨若一切智智清淨無二無二分無別無斷故善現無性空清淨故佛十力清淨佛十力清淨故一切智智清淨何以故若無性空清淨若佛十力清淨若一切智智清淨無二無二分無別無斷故無性空清淨故四無所畏四無礙解大慈大悲大喜大捨十八佛不共法清淨四無所畏乃至十八佛不共法清淨故一切智智清淨何以故若無性空清淨若四無所畏乃至十八佛不共法清淨若一切智智清淨無二無二分無別無斷故善現無性空清淨故無忘失法清淨無忘失法清淨故一切智智清淨何以故若無性空清淨若無忘失法清淨若一切智智清淨無二無二

分無別無斷故無性空清淨故恒住捨性清淨恒住捨性清淨故一切智智清淨何以故若無性空清淨若恒住捨性清淨若一切智智清淨無二無二分無別無斷故善現無性空清淨故一切智清淨一切智清淨故一切智智清淨何以故若無性空清淨若一切智清淨若一切智智清淨無二無二分無別無斷故無性空清淨故道相智一切相智清淨道相智一切相智清淨故一切智智清淨何以故若無性空清淨若道相智一切相智清淨若一切智智清淨無二無二分無別無斷故善現無性空清淨故一切陀羅尼門清淨一切陀羅尼門清淨故一切智智清淨何以故若無性空清淨若一切陀羅尼門清淨若一切智智清淨無二無二分無別無斷故無性空清淨故一切三摩地門清淨一切三摩地門清淨故一切智智清淨何以故若無性空清淨若一切三摩地門清淨若一切智智清淨無二無二分無別無斷故善現無性空清淨故預流果清淨預流果清淨故一切智智清淨何以故若無性空清淨若預流果清淨若一切智智清淨無二無二分無別無斷故無性空清淨故一來不還阿羅漢果清淨一來不還阿羅漢果清淨故一切智智清淨何以故若無性空清淨若一來不還阿羅漢果清淨若一切智智清淨無二無二分無別無斷故善現無性空清淨故獨覺菩提清淨獨覺菩提清淨故一切智智清淨何以故若無性空清淨若獨覺菩提清淨若一切智智清淨無二無二分無別無斷故善現無性空

清淨故一切菩薩摩訶薩行清淨一切菩薩摩訶薩行清淨故一切智智清淨何以故若無性空清淨若一切菩薩摩訶薩行清淨若一切智智清淨無二無二分無別無斷故善現無性空清淨故諸佛無上正等菩提清淨諸佛無上正等菩提清淨故一切智智清淨何以故若無性空清淨若諸佛無上正等菩提清淨若一切智智清淨無二無二分無別無斷故復次善現自性空清淨故色清淨色清淨故一切智智清淨何以故若自性空清淨若色清淨若一切智智清淨無二無二分無別無斷故自性空清淨故受想行識清淨受想行識清淨故一切智智清淨何以故若自性空清淨若受想行識清淨若一切智智清淨無二無二分無別無斷故善現自性空清淨故眼處清淨眼處清淨故一切智智清淨何以故若自性空清淨若眼處清淨若一切智智清淨無二無二分無別無斷故自性空清淨故耳鼻舌身意處清淨耳鼻舌身意處清淨故一切智智清淨何以故若自性空清淨若耳鼻舌身意處清淨若一切智智清淨無二無二分無別無斷故善現自性空清淨故色處清淨色處清淨故一切智智清淨何以故若自性空清淨若色處清淨若一切智智清淨無二無二分無別無斷故自性空清淨故聲香味觸法處清淨聲香味觸法處清淨故一切智智清淨何以故若自性空清淨若聲香味觸法處清淨若一切智智清淨無二無二分無別無斷故善現自性空清淨故眼界清淨眼界清淨故一切智智清淨何

以故若自性空清淨若眼界清淨若一切智智清淨無二無二分無別無斷故自性空清淨故色界眼識界及眼觸眼觸爲緣所生諸受清淨色界乃至眼觸爲緣所生諸受清淨故一切智智清淨何以故若自性空清淨若色界乃至眼觸爲緣所生諸受清淨若一切智智清淨無二無二分無別無斷故善現自性空清淨故耳界清淨耳界清淨故一切智智清淨何以故若自性空清淨若耳界清淨若一切智智清淨無二無二分無別無斷故自性空清淨故聲界耳識界及耳觸耳觸爲緣所生諸受清淨聲界乃至耳觸爲緣所生諸受清淨故一切智智清淨何以故若自性空清淨若聲界乃至耳觸爲緣所生諸受清淨若一切智智清淨無二無二分無別無斷故善現自性空清淨故鼻界清淨鼻界清淨故一切智智清淨何以故若自性空清淨若鼻界清淨若一切智智清淨無二無二分無別無斷故自性空清淨故香界鼻識界及鼻觸鼻觸爲緣所生諸受清淨香界乃至鼻觸爲緣所生諸受清淨故一切智智清淨何以故若自性空清淨若香界乃至鼻觸爲緣所生諸受清淨若一切智智清淨無二無二分無別無斷故善現自性空清淨故舌界清淨舌界清淨故一切智智清淨何以故若自性空清淨若舌界清淨若一切智智清淨無二無二分無別無斷故自性空清淨故味界舌識界及舌觸舌觸爲緣所生諸受清淨味界乃至舌觸爲緣所生諸受清淨故一切智智清淨何以故若自性空清淨若味界乃至舌

觸爲緣所生諸受清淨若一切智智清淨無二無二分無別無斷故善現自性空清淨故身界清淨身界清淨故一切智智清淨何以故若自性空清淨若身界清淨若一切智智清淨無二無二分無別無斷故自性空清淨故觸界身識界及身觸身觸爲緣所生諸受清淨觸界乃至身觸爲緣所生諸受清淨故一切智智清淨何以故若自性空清淨若觸界乃至身觸爲緣所生諸受清淨若一切智智清淨無二無二分無別無斷故善現自性空清淨故意界清淨意界清淨故一切智智清淨何以故若自性空清淨若意界清淨若一切智智清淨無二無二分無別無斷故自性空清淨故法界意識界及意觸意觸爲緣所生諸受清淨法界乃至意觸爲緣所生諸受清淨故一切智智清淨何以故若自性空清淨若法界乃至意觸爲緣所生諸受清淨若一切智智清淨無二無二分無別無斷故善現自性空清淨故地界清淨地界清淨故一切智智清淨何以故若自性空清淨若地界清淨若一切智智清淨無二無二分無別無斷故自性空清淨故水火風空識界清淨水火風空識界清淨故一切智智清淨何以故若自性空清淨若水火風空識界清淨若一切智智清淨無二無二分無別無斷故善現自性空清淨故無明清淨無明清淨故一切智智清淨何以故若自性空清淨若無明清淨若一切智智清淨無二無二分無別無斷故自性空清淨故行識名色六處觸受愛取有生老死愁歎苦憂惱清淨行乃至老死

愁歎苦憂惱清淨故一切智智清淨何以故若自性空清淨若行乃至老死愁歎苦憂惱清淨若一切智智清淨無二無二分無別無斷故善現自性空清淨故布施波羅蜜多清淨布施波羅蜜多清淨故一切智智清淨何以故若自性空清淨若布施波羅蜜多清淨若一切智智清淨無二無二分無別無斷故自性空清淨故淨戒安忍精進靜慮般若波羅蜜多清淨淨戒乃至般若波羅蜜多清淨故一切智智清淨何以故若自性空清淨若淨戒乃至般若波羅蜜多清淨若一切智智清淨無二無二分無別無斷故善現自性空清淨故內空清淨內空清淨故一切智智清淨何以故若自性空清淨若內空清淨若一切智智清淨無二無二分無別無斷故自性空清淨故外空內外空空空大空勝義空有爲空無爲空畢竟空無際空散空無變異空本性空自相空共相空一切法空不可得空無性空無性自性空清淨外空乃至無性自性空清淨故一切智智清淨何以故若自性空清淨若外空乃至無性自性空清淨若一切智智清淨無二無二分無別無斷故善現自性空清淨故眞如清淨眞如清淨故一切智智清淨何以故若自性空清淨若眞如清淨若一切智智清淨無二無二分無別無斷故自性空清淨故法界法性不虛妄性不變異性平等性離生性法定法住實際虛空界不思議界清淨法界乃至不思議界清淨故一切智智清淨何以故若自性空清淨若法界乃至不思議界清淨若一切智智清淨無

二無二分無別無斷故善現自性空清淨故苦聖諦清淨苦聖諦清淨故一切智智清淨何以故若自性空清淨若苦聖諦清淨若一切智智清淨無二無二分無別無斷故自性空清淨故集滅道聖諦清淨集滅道聖諦清淨故一切智智清淨何以故若自性空清淨若集滅道聖諦清淨若一切智智清淨無二無二分無別無斷故善現自性空清淨故四靜慮清淨四靜慮清淨故一切智智清淨何以故若自性空清淨若四靜慮清淨若一切智智清淨無二無二分無別無斷故自性空清淨故四無量四無色定清淨四無量四無色定清淨故一切智智清淨何以故若自性空清淨若四無量四無色定清淨若一切智智清淨無二無二分無別無斷故善現自性空清淨故八解脫清淨八解脫清淨故一切智智清淨何以故若自性空清淨若八解脫清淨若一切智智清淨無二無二分無別無斷故自性空清淨故八勝處九次第定十遍處清淨八勝處九次第定十遍處清淨故一切智智清淨何以故若自性空清淨若八勝處九次第定十遍處清淨若一切智智清淨無二無二分無別無斷故善現自性空清淨故四念住清淨四念住清淨故一切智智清淨何以故若自性空清淨若四念住清淨若一切智智清淨無二無二分無別無斷故自性空清淨故四正斷四神足五根五力七等覺支八聖道支清淨四正斷乃至八聖道支清淨故一切智智清淨何以故若自性空清淨若四正斷乃至八聖道支清淨若一切智

智清淨無二無二分無別無斷故善現自性空清淨故空解脫門清淨空解脫門清淨故一切智智清淨何以故若自性空清淨若空解脫門清淨若一切智智清淨無二無二分無別無斷故自性空清淨故無相無願解脫門清淨無相無願解脫門清淨故一切智智清淨何以故若自性空清淨若無相無願解脫門清淨若一切智智清淨無二無二分無別無斷故善現自性空清淨故菩薩十地清淨菩薩十地清淨故一切智智清淨何以故若自性空清淨若菩薩十地清淨若一切智智清淨無二無二分無別無斷故善現自性空清淨故五眼清淨五眼清淨故一切智智清淨何以故若自性空清淨若五眼清淨若一切智智清淨無二無二分無別無斷故自性空清淨故六神通清淨六神通清淨故一切智智清淨何以故若自性空清淨若六神通清淨若一切智智清淨無二無二分無別無斷故善現自性空清淨故佛十力清淨佛十力清淨故一切智智清淨何以故若自性空清淨若佛十力清淨若一切智智清淨無二無二分無別無斷故自性空清淨故四無所畏四無礙解大慈大悲大喜大捨十八佛不共法清淨四無所畏乃至十八佛不共法清淨故一切智智清淨何以故若自性空清淨若四無所畏乃至十八佛不共法清淨若一切智智清淨無二無二分無別無斷故善現自性空清淨故無忘失法清淨無忘失法清淨故一切智智清淨何以故若自性空清淨若無忘失法清淨若一切智智清淨無二

無二分無別無斷故自性空清淨故恒住捨性清淨恒住捨性清淨故一切智智清淨何以故若自性空清淨若恒住捨性清淨若一切智智清淨無二無二分無別無斷故善現自性空清淨故一切智清淨一切智清淨故一切智智清淨何以故若自性空清淨若一切智清淨若一切智智清淨無二無二分無別無斷故自性空清淨故道相智一切相智清淨道相智一切相智清淨故一切智智清淨何以故若自性空清淨若道相智一切相智清淨若一切智智清淨無二無二分無別無斷故善現自性空清淨故一切陀羅尼門清淨一切陀羅尼門清淨故一切智智清淨何以故若自性空清淨若一切陀羅尼門清淨若一切智智清淨無二無二分無別無斷故自性空清淨故一切三摩地門清淨一切三摩地門清淨故一切智智清淨何以故若自性空清淨若一切三摩地門清淨若一切智智清淨無二無二分無別無斷故善現自性空清淨故預流果清淨預流果清淨故一切智智清淨何以故若自性空清淨若預流果清淨若一切智智清淨無二無二分無別無斷故自性空清淨故一來不還阿羅漢果清淨一來不還阿羅漢果清淨故一切智智清淨何以故若自性空清淨若一來不還阿羅漢果清淨若一切智智清淨無二無二分無別無斷故善現自性空清淨故獨覺菩提清淨獨覺菩提清淨故一切智智清淨何以故若自性空清淨若獨覺菩提清淨若一切智智清淨無二無二分無別無斷故善現自

性空清淨故一切菩薩摩訶薩行清淨一切菩薩摩訶薩行清淨故一切智智清淨何以故若自性空清淨若一切菩薩摩訶薩行清淨若一切智智清淨無二無二分無別無斷故善現自性空清淨故諸佛無上正等菩提清淨諸佛無上正等菩提清淨故一切智智清淨何以故若自性空清淨若諸佛無上正等菩提清淨若一切智智清淨無二無二分無別無斷故復次善現無性自性空清淨故色清淨色清淨故一切智智清淨何以故若無性自性空清淨若色清淨若一切智智清淨無二無二分無別無斷故無性自性空清淨故受想行識清淨受想行識清淨故一切智智清淨何以故若無性自性空清淨若受想行識清淨若一切智智清淨無二無二分無別無斷故善現無性自性空清淨故眼處清淨眼處清淨故一切智智清淨何以故若無性自性空清淨若眼處清淨若一切智智清淨無二無二分無別無斷故無性自性空清淨故耳鼻舌身意處清淨耳鼻舌身意處清淨故一切智智清淨何以故若無性自性空清淨若耳鼻舌身意處清淨若一切智智清淨無二無二分無別無斷故善現無性自性空清淨故色處清淨色處清淨故一切智智清淨何以故若無性自性空清淨若色處清淨若一切智智清淨無二無二分無別無斷故無性自性空清淨故聲香味觸法處清淨聲香味觸法處清淨故一切智智清淨何以故若無性自性空清淨若聲香味觸法處清淨若一切智智清淨無二無二分無別無

斷故善現無性自性空清淨故眼界清淨眼界清淨故一切智智清淨何以故若無性自性空清淨若眼界清淨若一切智智清淨無二無二分無別無斷故無性自性空清淨故色界眼識界及眼觸眼觸爲緣所生諸受清淨色界乃至眼觸爲緣所生諸受清淨故一切智智清淨何以故若無性自性空清淨若色界乃至眼觸爲緣所生諸受清淨若一切智智清淨無二無二分無別無斷故善現無性自性空清淨故耳界清淨耳界清淨故一切智智清淨何以故若無性自性空清淨若耳界清淨若一切智智清淨無二無二分無別無斷故無性自性空清淨故聲界耳識界及耳觸耳觸爲緣所生諸受清淨聲界乃至耳觸爲緣所生諸受清淨故一切智智清淨何以故若無性自性空清淨若聲界乃至耳觸爲緣所生諸受清淨若一切智智清淨無二無二分無別無斷故善現無性自性空清淨故鼻界清淨鼻界清淨故一切智智清淨何以故若無性自性空清淨若鼻界清淨若一切智智清淨無二無二分無別無斷故無性自性空清淨故香界鼻識界及鼻觸鼻觸爲緣所生諸受清淨香界乃至鼻觸爲緣所生諸受清淨故一切智智清淨何以故若無性自性空清淨若香界乃至鼻觸爲緣所生諸受清淨若一切智智清淨無二無二分無別無斷故善現無性自性空清淨故舌界清淨舌界清淨故一切智智清淨何以故若無性自性空清淨若舌界清淨若一切智智清淨無二無二分無別無斷故無性自性空清

淨故味界舌識界及舌觸舌觸爲緣所生諸受清淨味界乃至舌觸爲緣所生諸受清淨故一切智智清淨何以故若無性自性空清淨若味界乃至舌觸爲緣所生諸受清淨若一切智智清淨無二無二分無別無斷故善現無性自性空清淨故身界清淨身界清淨故一切智智清淨何以故若無性自性空清淨若身界清淨若一切智智清淨無二無二分無別無斷故無性自性空清淨故觸界身識界及身觸身觸爲緣所生諸受清淨觸界乃至身觸爲緣所生諸受清淨故一切智智清淨何以故若無性自性空清淨若觸界乃至身觸爲緣所生諸受清淨若一切智智清淨無二無二分無別無斷故善現無性自性空清淨故意界清淨意界清淨故一切智智清淨何以故若無性自性空清淨若意界清淨若一切智智清淨無二無二分無別無斷故無性自性空清淨故法界意識界及意觸意觸爲緣所生諸受清淨法界乃至意觸爲緣所生諸受清淨故一切智智清淨何以故若無性自性空清淨若法界乃至意觸爲緣所生諸受清淨若一切智智清淨無二無二分無別無斷故善現無性自性空清淨故地界清淨地界清淨故一切智智清淨何以故若無性自性空清淨若地界清淨若一切智智清淨無二無二分無別無斷故無性自性空清淨故水火風空識界清淨水火風空識界清淨故一切智智清淨何以故若無性自性空清淨若水火風空識界清淨若一切智智清淨無二無二分無別無斷故善現無性

自性空清淨故無明清淨無明清淨故一切智智清淨何以故若無性自性空清淨若無明清淨若一切智智清淨無二無二分無別無斷故無性自性空清淨故行識名色六處觸受愛取有生老死愁歎苦憂惱清淨行乃至老死愁歎苦憂惱清淨故一切智智清淨何以故若無性自性空清淨若行乃至老死愁歎苦憂惱清淨若一切智智清淨無二無二分無別無斷故

大般若波羅蜜多經卷第二百十六

大般若波羅蜜多經卷第二百十七

唐三藏法師玄奘奉　詔譯

初分難信解品第三十四之三十六

善現無性自性空清淨故布施波羅蜜多清淨布施波羅蜜多清淨故一切智智清淨何以故若無性自性空清淨若布施波羅蜜多清淨若一切智智清淨無二無二分無別無斷故無性自性空清淨故淨戒安忍精進靜慮般若波羅蜜多清淨淨戒乃至般若波羅蜜多清淨故一切智智清淨何以故若無性自性空清淨若淨戒乃至般若波羅蜜多清淨若一切智智清淨無二無二分無別無斷故善現無性自性空清淨故內空清淨內空清淨故一切智智清淨何以故若無性自性空清淨若內空清淨若一切智智清淨無二無二分無別無斷故無性自性空清淨故外空內外空空空大空勝義空有為空無為空畢竟空無際空散空無變異空本性空自相空共相空一切法空不可得空無性空自性空清淨外空乃至自性空清淨故一切智智清淨何以故若無性自性空清淨若外空乃至自性空清淨若一切智智清淨無二無二分無別無斷故善現無性自性空清淨故真如清淨真如清淨故一切智智清淨何以故若無性自性空清淨若真如清淨若一切智智清淨無二無二分無別無斷故無性自性空清淨故法界法性不虛妄性不變異性平等性離生性法定法住實際虛空界不思議界清淨法界乃至不思議界清淨故一切智智清淨何以故若無性自性空清淨若法界

乃至不思議界清淨若一切智智清淨無二無二分無別無斷故善現無性自性空清淨故苦聖諦清淨苦聖諦清淨故一切智智清淨何以故若無性自性空清淨若苦聖諦清淨若一切智智清淨無二無二分無別無斷故無性自性空清淨故集滅道聖諦清淨集滅道聖諦清淨故一切智智清淨何以故若無性自性空清淨若集滅道聖諦清淨若一切智智清淨無二無二分無別無斷故善現無性自性空清淨故四靜慮清淨四靜慮清淨故一切智智清淨何以故若無性自性空清淨若四靜慮清淨若一切智智清淨無二無二分無別無斷故無性自性空清淨故四無量四無色定清淨四無量四無色定清淨故一切智智清淨何以故若無性自性空清淨若四無量四無色定清淨若一切智智清淨無二無二分無別無斷故善現無性自性空清淨故八解脫清淨八解脫清淨故一切智智清淨何以故若無性自性空清淨若八解脫清淨若一切智智清淨無二無二分無別無斷故無性自性空清淨故八勝處九次第定十遍處清淨八勝處九次第定十遍處清淨故一切智智清淨何以故若無性自性空清淨若八勝處九次第定十遍處清淨若一切智智清淨無二無二分無別無斷故善現無性自性空清淨故四念住清淨四念住清淨故一切智智清淨何以故若無性自性空清淨若四念住清淨若一切智智清淨無二無二分無別無斷故無性自性空清淨故四正斷四神足五根五力七等覺支八聖道

支清淨四正斷乃至八聖道支清淨故一切智智清淨何以故若無性自性空清淨若四正斷乃至八聖道支清淨若一切智智清淨無二無二分無別無斷故善現無性自性空清淨故空解脫門清淨空解脫門清淨故一切智智清淨何以故若無性自性空清淨若空解脫門清淨若一切智智清淨無二無二分無別無斷故無性自性空清淨故無相無願解脫門清淨無相無願解脫門清淨故一切智智清淨何以故若無性自性空清淨若無相無願解脫門清淨若一切智智清淨無二無二分無別無斷故善現無性自性空清淨故菩薩十地清淨菩薩十地清淨故一切智智清淨何以故若無性自性空清淨若菩薩十地清淨若一切智智清淨無二無二分無別無斷故善現無性自性空清淨故五眼清淨五眼清淨故一切智智清淨何以故若無性自性空清淨若五眼清淨若一切智智清淨無二無二分無別無斷故無性自性空清淨故六神通清淨六神通清淨故一切智智清淨何以故若無性自性空清淨若六神通清淨若一切智智清淨無二無二分無別無斷故善現無性自性空清淨故佛十力清淨佛十力清淨故一切智智清淨何以故若無性自性空清淨若佛十力清淨若一切智智清淨無二無二分無別無斷故無性自性空清淨故四無所畏四無礙解大慈大悲大喜大捨十八佛不共法清淨四無所畏乃至十八佛不共法清淨故一切智智清淨何以故若無性自性空清淨若四無所畏乃至十

八佛不共法清淨若一切智智清淨無二無二分無別無斷故善現無性自性空清淨故無忘失法清淨無忘失法清淨故一切智智清淨何以故若無性自性空清淨若無忘失法清淨若一切智智清淨無二無二分無別無斷故無性自性空清淨故恒住捨性清淨恒住捨性清淨故一切智智清淨何以故若無性自性空清淨若恒住捨性清淨若一切智智清淨無二無二分無別無斷故善現無性自性空清淨故一切智清淨一切智清淨故一切智智清淨何以故若無性自性空清淨若一切智清淨若一切智智清淨無二無二分無別無斷故無性自性空清淨故道相智一切相智清淨道相智一切相智清淨故一切智智清淨何以故若無性自性空清淨若道相智一切相智清淨若一切智智清淨無二無二分無別無斷故善現無性自性空清淨故一切陀羅尼門清淨一切陀羅尼門清淨故一切智智清淨何以故若無性自性空清淨若一切陀羅尼門清淨若一切智智清淨無二無二分無別無斷故無性自性空清淨故一切三摩地門清淨一切三摩地門清淨故一切智智清淨何以故若無性自性空清淨若一切三摩地門清淨若一切智智清淨無二無二分無別無斷故善現無性自性空清淨故預流果清淨預流果清淨故一切智智清淨何以故若無性自性空清淨若預流果清淨若一切智智清淨無二無二分無別無斷故無性自性空清淨故一來不還阿羅漢果清淨一來不還阿羅漢果清淨故

一切智智清淨何以故若無性自性空清淨若一來不還阿羅漢果清淨若一切智智清淨無二無二分無別無斷故善現無性自性空清淨故獨覺菩提清淨獨覺菩提清淨故一切智智清淨何以故若無性自性空清淨若獨覺菩提清淨若一切智智清淨無二無二分無別無斷故善現無性自性空清淨故一切菩薩摩訶薩行清淨一切菩薩摩訶薩行清淨故一切智智清淨何以故若無性自性空清淨若一切菩薩摩訶薩行清淨若一切智智清淨無二無二分無別無斷故善現無性自性空清淨故諸佛無上正等菩提清淨諸佛無上正等菩提清淨故一切智智清淨何以故若無性自性空清淨若諸佛無上正等菩提清淨若一切智智清淨無二無二分無別無斷故復次善現眞如清淨故色清淨色清淨故一切智智清淨何以故若眞如清淨若色清淨若一切智智清淨無二無二分無別無斷故眞如清淨故受想行識清淨受想行識清淨故一切智智清淨何以故若眞如清淨若受想行識清淨若一切智智清淨無二無二分無別無斷故善現眞如清淨故眼處清淨眼處清淨故一切智智清淨何以故若眞如清淨若眼處清淨若一切智智清淨無二無二分無別無斷故眞如清淨故耳鼻舌身意處清淨耳鼻舌身意處清淨故一切智智清淨何以故若眞如清淨若耳鼻舌身意處清淨若一切智智清淨無二無二分無別無斷故善現眞如清淨故色處清淨色處清淨故一切智智清淨何以故若眞如

清淨若色處清淨若一切智智清淨無二無二分無別無斷故眞如清淨故聲香味觸法處清淨聲香味觸法處清淨故一切智智清淨何以故若眞如清淨若聲香味觸法處清淨若一切智智清淨無二無二分無別無斷故善現眞如清淨故眼界清淨眼界清淨故一切智智清淨何以故若眞如清淨若眼界清淨若一切智智清淨無二無二分無別無斷故眞如清淨故色界眼識界及眼觸眼觸爲緣所生諸受清淨色界乃至眼觸爲緣所生諸受清淨故一切智智清淨何以故若眞如清淨若色界乃至眼觸爲緣所生諸受清淨若一切智智清淨無二無二分無別無斷故善現眞如清淨故耳界清淨耳界清淨故一切智智清淨何以故若眞如清淨若耳界

清淨若一切智智清淨無二無二分無別無斷故眞如清淨故聲界耳識界及耳觸耳觸爲緣所生諸受清淨聲界乃至耳觸爲緣所生諸受清淨故一切智智清淨何以故若眞如清淨若聲界乃至耳觸爲緣所生諸受清淨若一切智智清淨無二無二分無別無斷故善現眞如清淨故鼻界清淨鼻界清淨故一切智智清淨何以故若眞如清淨若鼻界清淨若一切智智清淨無二無二分無別無斷故眞如清淨故香界鼻識界及鼻觸鼻觸爲緣所生諸受清淨香界乃至鼻觸爲緣所生諸受清淨故一切智智清淨何以故若眞如清淨若香界乃至鼻觸爲緣所生諸受清淨若一切智智清淨無二無二分無別無斷故善現眞如清淨故舌界清淨舌界清淨故

一切智智清淨何以故若眞如清淨若舌界
清淨若一切智智清淨無二無二分無別無
斷故眞如清淨故味界舌識界及舌觸舌觸
爲緣所生諸受清淨味界乃至舌觸爲緣所
生諸受清淨故一切智智清淨何以故若眞
如清淨若味界乃至舌觸爲緣所生諸受清
淨若一切智智清淨無二無二分無別無斷
故善現眞如清淨故身界清淨身界清淨故
一切智智清淨何以故若眞如清淨若身界
清淨若一切智智清淨無二無二分無別無
斷故眞如清淨故觸界身識界及身觸身觸
爲緣所生諸受清淨觸界乃至身觸爲緣所
生諸受清淨故一切智智清淨何以故若眞
如清淨若觸界乃至身觸爲緣所生諸受清
淨若一切智智清淨無二無二分無別無斷

故善現眞如清淨故意界清淨意界清淨故
一切智智清淨何以故若眞如清淨若意界
清淨若一切智智清淨無二無二分無別無
斷故眞如清淨故法界意識界及意觸意觸
爲緣所生諸受清淨法界乃至意觸爲緣所
生諸受清淨故一切智智清淨何以故若眞
如清淨若法界乃至意觸爲緣所生諸受清
淨若一切智智清淨無二無二分無別無斷
故善現眞如清淨故地界清淨地界清淨故
一切智智清淨何以故若眞如清淨若地界
清淨若一切智智清淨無二無二分無別無
斷故眞如清淨故水火風空識界清淨水火
風空識界清淨故一切智智清淨何以故若
眞如清淨若水火風空識界清淨若一切智
智清淨無二無二分無別無斷故善現眞如

清淨故無明清淨無明清淨故一切智智清淨何以故若真如清淨若無明清淨若一切智智清淨無二無二分無別無斷故真如清淨故行識名色六處觸受愛取有生老死愁歎苦憂惱清淨行乃至老死愁歎苦憂惱清淨故一切智智清淨何以故若真如清淨若行乃至老死愁歎苦憂惱清淨若一切智智清淨無二無二分無別無斷故善現真如清淨故布施波羅蜜多清淨布施波羅蜜多清淨故一切智智清淨何以故若真如清淨若布施波羅蜜多清淨若一切智智清淨無二無二分無別無斷故真如清淨故淨戒安忍精進靜慮般若波羅蜜多清淨淨戒乃至般若波羅蜜多清淨故一切智智清淨何以故若真如清淨若淨戒乃至般若波羅蜜多清淨若一切智智清淨無二無二分無別無斷故善現真如清淨故內空清淨內空清淨故一切智智清淨何以故若真如清淨若內空清淨若一切智智清淨無二無二分無別無斷故真如清淨故外空內外空空空大空勝義空有爲空無爲空畢竟空無際空散空無變異空本性空自相空共相空一切法空不可得空無性空自性空無性自性空清淨外空乃至無性自性空清淨故一切智智清淨何以故若真如清淨若外空乃至無性自性空清淨若一切智智清淨無二無二分無別無斷故善現真如清淨故法界清淨法界清淨故一切智智清淨何以故若真如清淨若法界清淨若一切智智清淨無二無二分無別無斷故真如清淨故法性不虛妄性不變

異性平等性離生性法定法住實際虛空界不思議界清淨法性乃至不思議界清淨故一切智智清淨何以故若眞如清淨若法性乃至不思議界清淨若一切智智清淨無二無二分無别無斷故善現眞如清淨故苦聖諦清淨苦聖諦清淨故一切智智清淨何以故若眞如清淨若苦聖諦清淨若一切智智清淨無二無二分無别無斷故眞如清淨故集滅道聖諦清淨集滅道聖諦清淨若一切智智清淨何以故若眞如清淨若集滅道聖諦清淨若一切智智清淨無二無二分無别無斷故善現眞如清淨故四靜慮清淨四靜慮清淨故一切智智清淨何以故若眞如清淨若四靜慮清淨若一切智智清淨無二無二分無别無斷故眞如清淨故四無量四無色定清淨四無量四無色定清淨故一切智智清淨何以故若眞如清淨若四無量四無色定清淨若一切智智清淨無二無二分無别無斷故善現眞如清淨故八解脫清淨八解脫清淨故一切智智清淨何以故若眞如清淨若八解脫清淨若一切智智清淨無二無二分無别無斷故眞如清淨故八勝處九次第定十遍處清淨八勝處九次第定十遍處清淨故一切智智清淨何以故若眞如清淨若八勝處九次第定十遍處清淨若一切智智清淨無二無二分無别無斷故善現眞如清淨故四念住清淨四念住清淨故一切智智清淨何以故若眞如清淨若四念住清淨若一切智智清淨無二無二分無别無斷故眞如清淨故四正斷四神足五根五力七

等覺支八聖道支清淨四正斷乃至八聖道支清淨故一切智智清淨何以故若真如清淨若四正斷乃至八聖道支清淨若一切智智清淨無二無二分無別無斷故善現真如清淨故空解脱門清淨空解脱門清淨故一切智智清淨何以故若真如清淨若空解脱門清淨若一切智智清淨無二無二分無別無斷故真如清淨故無相無願解脱門清淨無相無願解脱門清淨故一切智智清淨何以故若真如清淨若無相無願解脱門清淨若一切智智清淨無二無二分無別無斷故善現真如清淨故菩薩十地清淨菩薩十地清淨故一切智智清淨何以故若真如清淨若菩薩十地清淨若一切智智清淨無二無二分無別無斷故善現真如清淨故五眼清淨五眼清淨故一切智智清淨何以故若真如清淨若五眼清淨若一切智智清淨無二無二分無別無斷故真如清淨故六神通清淨六神通清淨故一切智智清淨何以故若真如清淨若六神通清淨若一切智智清淨無二無二分無別無斷故善現真如清淨故佛十力清淨佛十力清淨故一切智智清淨何以故若真如清淨若佛十力清淨若一切智智清淨無二無二分無別無斷故真如清淨故四無所畏四無礙解大慈大悲大喜大捨十八佛不共法清淨四無所畏乃至十八佛不共法清淨故一切智智清淨何以故若真如清淨若四無所畏乃至十八佛不共法清淨若一切智智清淨無二無二分無別無斷故善現真如清淨故無忘失法清淨無忘

失法清淨故一切智智清淨何以故若眞如清淨若無忘失法清淨若一切智智清淨無二無二分無別無斷故眞如清淨故恒住捨性清淨恒住捨性清淨故一切智智清淨何以故若眞如清淨若恒住捨性清淨若一切智智清淨無二無二分無別無斷故善現眞如清淨故一切智清淨一切智清淨故一切智智清淨何以故若眞如清淨若一切智清淨若一切智智清淨無二無二分無別無斷故眞如清淨故道相智一切相智清淨道相智一切相智清淨故一切智智清淨何以故若眞如清淨若道相智一切相智清淨若一切智智清淨無二無二分無別無斷故善現眞如清淨故一切陀羅尼門清淨一切陀羅尼門清淨故一切智智清淨何以故若眞如清淨若一切陀羅尼門清淨若一切智智清淨無二無二分無別無斷故眞如清淨故一切三摩地門清淨一切三摩地門清淨故一切智智清淨何以故若眞如清淨若一切三摩地門清淨若一切智智清淨無二無二分無別無斷故善現眞如清淨故預流果清淨預流果清淨故一切智智清淨何以故若眞如清淨若預流果清淨若一切智智清淨無二無二分無別無斷故眞如清淨故一來不還阿羅漢果清淨一來不還阿羅漢果清淨故一切智智清淨何以故若眞如清淨若一來不還阿羅漢果清淨若一切智智清淨無二無二分無別無斷故善現眞如清淨故獨覺菩提清淨獨覺菩提清淨故一切智智清淨何以故若眞如清淨若獨覺菩提清淨若

一切智智清淨無二無二分無别無斷故善現眞如清淨故一切菩薩摩訶薩行清淨一切菩薩摩訶薩行清淨故一切智智清淨何以故若眞如清淨若一切菩薩摩訶薩行清淨若一切智智清淨無二無二分無别無斷故善現眞如清淨故諸佛無上正等菩提清淨諸佛無上正等菩提清淨故一切智智清淨何以故若眞如清淨若諸佛無上正等菩提清淨若一切智智清淨無二無二分無别無斷故復次善現法界清淨故色清淨色清淨故一切智智清淨何以故若法界清淨若色清淨若一切智智清淨無二無二分無别無斷故法界清淨故受想行識清淨受想行識清淨故一切智智清淨何以故若法界清淨若受想行識清淨若一切智智清淨無二無二分無别無斷故善現法界清淨故眼處清淨眼處清淨故一切智智清淨何以故若法界清淨若眼處清淨若一切智智清淨無二無二分無别無斷故法界清淨故耳鼻舌身意處清淨耳鼻舌身意處清淨故一切智智清淨何以故若法界清淨若耳鼻舌身意處清淨若一切智智清淨無二無二分無别無斷故善現法界清淨故色處清淨色處清淨故一切智智清淨何以故若法界清淨若色處清淨若一切智智清淨無二無二分無别無斷故法界清淨故聲香味觸法處清淨聲香味觸法處清淨故一切智智清淨何以故若法界清淨若聲香味觸法處清淨若一切智智清淨無二無二分無别無斷故善現法界清淨故眼界清淨眼界清淨故一切智

智清淨何以故若法界清淨若眼界清淨若一切智智清淨無二無二分無別無斷故法界清淨故色界眼識界及眼觸眼觸爲緣所生諸受清淨色界乃至眼觸爲緣所生諸受清淨故一切智智清淨何以故若法界清淨若色界乃至眼觸爲緣所生諸受清淨若一切智智清淨無二無二分無別無斷故善現法界清淨故耳界清淨耳界清淨故一切智智清淨何以故若法界清淨若耳界清淨若一切智智清淨無二無二分無別無斷故法界清淨故聲界耳識界及耳觸耳觸爲緣所生諸受清淨聲界乃至耳觸爲緣所生諸受清淨故一切智智清淨何以故若法界清淨若聲界乃至耳觸爲緣所生諸受清淨若一切智智清淨無二無二分無別無斷故善現法界清淨故鼻界清淨鼻界清淨故一切智智清淨何以故若法界清淨若鼻界清淨若一切智智清淨無二無二分無別無斷故法界清淨故香界鼻識界及鼻觸鼻觸爲緣所生諸受清淨香界乃至鼻觸爲緣所生諸受清淨故一切智智清淨何以故若法界清淨若香界乃至鼻觸爲緣所生諸受清淨若一切智智清淨無二無二分無別無斷故善現法界清淨故舌界清淨舌界清淨故一切智智清淨何以故若法界清淨若舌界清淨若一切智智清淨無二無二分無別無斷故法界清淨故味界舌識界及舌觸舌觸爲緣所生諸受清淨味界乃至舌觸爲緣所生諸受清淨故一切智智清淨何以故若法界清淨若味界乃至舌觸爲緣所生諸受清淨若一

切智智清淨無二無二分無別無斷故善現法界清淨故身界清淨身界清淨故一切智智清淨何以故若法界清淨若身界清淨若一切智智清淨無二無二分無別無斷故法界清淨故觸界身識界及身觸身觸爲緣所生諸受清淨觸界乃至身觸爲緣所生諸受清淨故一切智智清淨何以故若法界清淨若觸界乃至身觸爲緣所生諸受清淨若一切智智清淨無二無二分無別無斷故善現法界清淨故意界清淨意界清淨故一切智智清淨何以故若法界清淨若意界清淨若一切智智清淨無二無二分無別無斷故法界清淨故法界意識界及意觸意觸爲緣所生諸受清淨法界乃至意觸爲緣所生諸受清淨故一切智智清淨何以故若法界清淨若法界乃至意觸爲緣所生諸受清淨若一切智智清淨無二無二分無別無斷故善現法界清淨故地界清淨地界清淨故一切智智清淨何以故若法界清淨若地界清淨若一切智智清淨無二無二分無別無斷故法界清淨故水火風空識界清淨水火風空識界清淨故一切智智清淨何以故若法界清淨若水火風空識界清淨若一切智智清淨無二無二分無別無斷故善現法界清淨故無明清淨無明清淨故一切智智清淨何以故若法界清淨若無明清淨若一切智智清淨無二無二分無別無斷故法界清淨故行識名色六處觸受愛取有生老死愁歎苦憂惱清淨行乃至老死愁歎苦憂惱清淨故一切智智清淨何以故若法界清淨若行乃至

老死愁歎苦憂惱清淨若一切智智清淨無二無二分無別無斷故善現法界清淨故布施波羅蜜多清淨布施波羅蜜多清淨故一切智智清淨何以故若法界清淨若布施波羅蜜多清淨若一切智智清淨無二無二分無別無斷故法界清淨故淨戒安忍精進靜慮般若波羅蜜多清淨淨戒乃至般若波羅蜜多清淨故一切智智清淨何以故若法界清淨若淨戒乃至般若波羅蜜多清淨若一切智智清淨無二無二分無別無斷故善現法界清淨故內空清淨內空清淨故一切智智清淨何以故若法界清淨若內空清淨若一切智智清淨無二無二分無別無斷故法界清淨故外空內外空空空大空勝義空有為空無為空畢竟空無際空散空無變異空本性空自相空共相空一切法空不可得空無性空自性空無性自性空清淨外空乃至無性自性空清淨故一切智智清淨何以故若法界清淨若外空乃至無性自性空清淨若一切智智清淨無二無二分無別無斷故

大般若波羅蜜多經卷第二百十七

大般若波羅蜜多經卷第二百十八

唐三藏法師玄奘奉詔譯

初分難信解品第三十四之三十七

善現法界清淨故眞如清淨眞如清淨故一切智智清淨何以故若法界清淨若眞如清淨若一切智智清淨無二無二分無別無斷故法界清淨故法性不虛妄性不變異性平等性離生性法定法住實際虛空界不思議界清淨法性乃至不思議界清淨故一切智智清淨何以故若法界清淨若法性乃至不思議界清淨若一切智智清淨無二無二分無別無斷故善現法界清淨故苦聖諦清淨苦聖諦清淨故一切智智清淨何以故若法界清淨若苦聖諦清淨若一切智智清淨無二無二分無別無斷故法界清淨故集滅道聖諦清淨集滅道聖諦清淨故一切智智清淨何以故若法界清淨若集滅道聖諦清淨若一切智智清淨無二無二分無別無斷故善現法界清淨故四靜慮清淨四靜慮清淨故一切智智清淨何以故若法界清淨若四靜慮清淨若一切智智清淨無二無二分無別無斷故法界清淨故四無量四無色定清淨四無量四無色定清淨故一切智智清淨何以故若法界清淨若四無量四無色定清淨若一切智智清淨無二無二分無別無斷故善現法界清淨故八解脫清淨八解脫清淨故一切智智清淨何以故若法界清淨若八解脫清淨若一切智智清淨無二無二分無別無斷故法界清淨故八勝處九次第定十遍處清淨八勝處九次第定十遍處清淨

故一切智智清淨何以故若法界清淨若八勝處九次第定十遍處清淨若一切智智清淨無二無二分無別無斷故善現法界清淨故四念住清淨四念住清淨故一切智智清淨何以故若法界清淨若四念住清淨若一切智智清淨無二無二分無別無斷故法界清淨故四正斷四神足五根五力七等覺支八聖道支清淨四正斷乃至八聖道支清淨故一切智智清淨何以故若法界清淨若四正斷乃至八聖道支清淨若一切智智清淨無二無二分無別無斷故善現法界清淨故空解脫門清淨空解脫門清淨故一切智智清淨何以故若法界清淨若空解脫門清淨若一切智智清淨無二無二分無別無斷故法界清淨故無相無願解脫門清淨無相無願解脫門清淨故一切智智清淨何以故若法界清淨若無相無願解脫門清淨若一切智智清淨無二無二分無別無斷故善現法界清淨故菩薩十地清淨菩薩十地清淨故一切智智清淨何以故若法界清淨若菩薩十地清淨若一切智智清淨無二無二分無別無斷故善現法界清淨故五眼清淨五眼清淨故一切智智清淨何以故若法界清淨若五眼清淨若一切智智清淨無二無二分無別無斷故法界清淨故六神通清淨六神通清淨故一切智智清淨何以故若法界清淨若六神通清淨若一切智智清淨無二無二分無別無斷故善現法界清淨故佛十力清淨佛十力清淨故一切智智清淨何以故若法界清淨若佛十力清淨若一切智智清

淨無二無二分無別無斷故法界清淨故四無所畏四無礙解大慈大悲大喜大捨十八佛不共法清淨四無所畏乃至十八佛不共法清淨故一切智智清淨何以故若法界清淨若四無所畏乃至十八佛不共法清淨若一切智智清淨無二無二分無別無斷故善現法界清淨故無忘失法清淨無忘失法清淨故一切智智清淨何以故若法界清淨若無忘失法清淨若一切智智清淨無二無二分無別無斷故法界清淨故恒住捨性清淨恒住捨性清淨故一切智智清淨何以故若法界清淨若恒住捨性清淨若一切智智清淨無二無二分無別無斷故善現法界清淨故一切智清淨一切智清淨故一切智智清淨何以故若法界清淨若一切智清淨若一切智智清淨無二無二分無別無斷故法界清淨故道相智一切相智清淨道相智一切相智清淨故一切智智清淨何以故若法界清淨若道相智一切相智清淨若一切智智清淨無二無二分無別無斷故善現法界清淨故一切陀羅尼門清淨一切陀羅尼門清淨故一切智智清淨何以故若法界清淨若一切陀羅尼門清淨若一切智智清淨無二無二分無別無斷故法界清淨故一切三摩地門清淨一切三摩地門清淨故一切智智清淨何以故若法界清淨若一切三摩地門清淨若一切智智清淨無二無二分無別無斷故善現法界清淨故預流果清淨預流果清淨故一切智智清淨何以故若法界清淨若預流果清淨若一切智智清淨無二無二

分無別無斷故法界清淨故一來不還阿羅漢果清淨一來不還阿羅漢果清淨故一切智智清淨何以故若法界清淨若一來不還阿羅漢果清淨若一切智智清淨無二無二分無別無斷故善現法界清淨故獨覺菩提清淨獨覺菩提清淨故一切智智清淨何以故若法界清淨若獨覺菩提清淨若一切智智清淨無二無二分無別無斷故善現法界清淨故一切菩薩摩訶薩行清淨一切菩薩摩訶薩行清淨故一切智智清淨何以故若法界清淨若一切菩薩摩訶薩行清淨若一切智智清淨無二無二分無別無斷故善現法界清淨故諸佛無上正等菩提清淨諸佛無上正等菩提清淨故一切智智清淨何以故若法界清淨若諸佛無上正等菩提清淨若一切智智清淨無二無二分無別無斷故

復次善現法性清淨故色清淨色清淨故一切智智清淨何以故若法性清淨若色清淨若一切智智清淨無二無二分無別無斷故法性清淨故受想行識清淨受想行識清淨故一切智智清淨何以故若法性清淨若受想行識清淨若一切智智清淨無二無二分無別無斷故善現法性清淨故眼處清淨眼處清淨故一切智智清淨何以故若法性清淨若眼處清淨若一切智智清淨無二無二分無別無斷故法性清淨故耳鼻舌身意處清淨耳鼻舌身意處清淨故一切智智清淨何以故若法性清淨若耳鼻舌身意處清淨若一切智智清淨無二無二分無別無斷故善現法性清淨故色處清淨色處清淨故一

切智智清淨何以故若法性清淨若色處清淨若一切智智清淨無二無二分無別無斷故法性清淨故聲香味觸法處清淨聲香味觸法處清淨故一切智智清淨何以故若法性清淨若聲香味觸法處清淨若一切智智清淨無二無二分無別無斷故善現法性清淨故眼界清淨眼界清淨故一切智智清淨何以故若法性清淨若眼界清淨若一切智智清淨無二無二分無別無斷故法性清淨故色界眼識界及眼觸眼觸為緣所生諸受清淨色界乃至眼觸為緣所生諸受清淨故一切智智清淨何以故若法性清淨若色界乃至眼觸為緣所生諸受清淨若一切智智清淨無二無二分無別無斷故善現法性清淨故耳界清淨耳界清淨故一切智智清淨

何以故若法性清淨若耳界清淨若一切智智清淨無二無二分無別無斷故法性清淨故聲界耳識界及耳觸耳觸為緣所生諸受清淨聲界乃至耳觸為緣所生諸受清淨故一切智智清淨何以故若法性清淨若聲界乃至耳觸為緣所生諸受清淨若一切智智清淨無二無二分無別無斷故善現法性清淨故鼻界清淨鼻界清淨故一切智智清淨何以故若法性清淨若鼻界清淨若一切智智清淨無二無二分無別無斷故善性清淨故香界鼻識界及鼻觸鼻觸為緣所生諸受清淨香界乃至鼻觸為緣所生諸受清淨故一切智智清淨何以故若法性清淨若香界乃至鼻觸為緣所生諸受清淨若一切智智清淨無二無二分無別無斷故善現法性清

淨故舌界清淨舌界清淨故一切智智清淨何以故若法性清淨若舌界清淨若一切智智清淨無二無二分無別無斷故法性清淨故味界舌識界及舌觸舌觸爲緣所生諸受清淨味界乃至舌觸爲緣所生諸受清淨故一切智智清淨何以故若法性清淨若味界乃至舌觸爲緣所生諸受清淨若一切智智清淨無二無二分無別無斷故善現法性清淨故身界清淨身界清淨故一切智智清淨何以故若法性清淨若身界清淨若一切智智清淨無二無二分無別無斷故法性清淨故觸界身識界及身觸身觸爲緣所生諸受清淨觸界乃至身觸爲緣所生諸受清淨故一切智智清淨何以故若法性清淨若觸界乃至身觸爲緣所生諸受清淨若一切智智

清淨無二無二分無別無斷故善現法性清淨故意界清淨意界清淨故一切智智清淨何以故若法性清淨若意界清淨若一切智智清淨無二無二分無別無斷故法性清淨故法界意識界及意觸意觸爲緣所生諸受清淨法界乃至意觸爲緣所生諸受清淨故一切智智清淨何以故若法性清淨若法界乃至意觸爲緣所生諸受清淨若一切智智清淨無二無二分無別無斷故善現法性清淨故地界清淨地界清淨故一切智智清淨何以故若法性清淨若地界清淨若一切智智清淨無二無二分無別無斷故法性清淨故水火風空識界清淨水火風空識界清淨故一切智智清淨何以故若法性清淨若水火風空識界清淨若一切智智清淨無二無

二分無别無斷故善現法性清淨故無明清淨無明清淨故一切智智清淨何以故若法性清淨若無明清淨若一切智智清淨無二無二分無别無斷故法性清淨故行識名色六處觸受愛取有生老死愁歎苦憂惱清淨行乃至老死愁歎苦憂惱清淨故一切智智清淨何以故若法性清淨若行乃至老死愁歎苦憂惱清淨若一切智智清淨無二無二分無别無斷故善現法性清淨故布施波羅蜜多清淨布施波羅蜜多清淨故一切智智清淨何以故若法性清淨若布施波羅蜜多清淨若一切智智清淨無二無二分無别無斷故法性清淨故淨戒安忍精進靜慮般若波羅蜜多清淨淨戒乃至般若波羅蜜多清淨故一切智智清淨何以故若法性清淨若淨戒乃至般若波羅蜜多清淨若一切智智清淨無二無二分無别無斷故善現法性清淨故内空清淨内空清淨故一切智智清淨何以故若法性清淨若内空清淨若一切智智清淨無二無二分無别無斷故法性清淨故外空内外空空空大空勝義空有爲空無爲空畢竟空無際空散空無變異空本性空自相空共相空一切法空不可得空無性空自性空無性自性空清淨外空乃至無性自性空清淨故一切智智清淨何以故若法性清淨若外空乃至無性自性空清淨若一切智智清淨無二無二分無别無斷故善現法性清淨故眞如清淨眞如清淨故一切智智清淨何以故若法性清淨若眞如清淨若一切智智清淨無二無二分無别無斷故法性

清淨故法界不虛妄性不變異性平等性離生性法定法住實際虛空界不思議界清淨法界乃至不思議界清淨故一切智智清淨何以故若法性清淨若法界乃至不思議界清淨若一切智智清淨無二無二分無別無斷故善現法性清淨故苦聖諦清淨苦聖諦清淨故一切智智清淨何以故若法性清淨若苦聖諦清淨若一切智智清淨無二無二分無別無斷故法性清淨故集滅道聖諦清淨集滅道聖諦清淨故一切智智清淨何以故若法性清淨若集滅道聖諦清淨若一切智智清淨無二無二分無別無斷故善現法性清淨故四靜慮清淨四靜慮清淨故一切智智清淨何以故若法性清淨若四靜慮清淨若一切智智清淨無二無二分無別無斷故法性清淨故四無量四無色定清淨四無量四無色定清淨故一切智智清淨何以故若法性清淨若四無量四無色定清淨若一切智智清淨無二無二分無別無斷故善現法性清淨故八解脫清淨八解脫清淨故一切智智清淨何以故若法性清淨若八解脫清淨若一切智智清淨無二無二分無別無斷故法性清淨故八勝處九次第定十遍處清淨八勝處九次第定十遍處清淨故一切智智清淨何以故若法性清淨若八勝處九次第定十遍處清淨若一切智智清淨無二無二分無別無斷故善現法性清淨故四念住清淨四念住清淨故一切智智清淨何以故若法性清淨若四念住清淨若一切智智清淨無二無二分無別無斷故法性清淨故

四正斷四神足五根五力七等覺支八聖道支清淨四正斷乃至八聖道支清淨故一切智智清淨何以故若法性清淨若四正斷乃至八聖道支清淨若一切智智清淨無二無二分無別無斷故善現法性清淨故空解脫門清淨空解脫門清淨故一切智智清淨何以故若法性清淨若空解脫門清淨若一切智智清淨無二無二分無別無斷故法性清淨故無相無願解脫門清淨無相無願解脫門清淨故一切智智清淨何以故若法性清淨若無相無願解脫門清淨若一切智智清淨無二無二分無別無斷故善現法性清淨故菩薩十地清淨菩薩十地清淨故一切智智清淨何以故若法性清淨若菩薩十地清淨若一切智智清淨無二無二分無別無斷

故善現法性清淨故五眼清淨五眼清淨故一切智智清淨何以故若法性清淨若五眼清淨若一切智智清淨無二無二分無別無斷故法性清淨故六神通清淨六神通清淨故一切智智清淨何以故若法性清淨若六神通清淨若一切智智清淨無二無二分無別無斷故善現法性清淨故佛十力清淨佛十力清淨故一切智智清淨何以故若法性清淨若佛十力清淨若一切智智清淨無二無二分無別無斷故法性清淨故四無所畏四無礙解大慈大悲大喜大捨十八佛不共法清淨四無所畏乃至十八佛不共法清淨故一切智智清淨何以故若法性清淨若四無所畏乃至十八佛不共法清淨若一切智智清淨無二無二分無別無斷故善現法性

清淨故無忘失法清淨無忘失法清淨故一切智智清淨何以故若法性清淨若無忘失法清淨若一切智智清淨無二無二分無別無斷故法性清淨故恒住捨性清淨恒住捨性清淨故一切智智清淨何以故若法性清淨若恒住捨性清淨若一切智智清淨無二無二分無別無斷故善現法性清淨故一切智清淨一切智清淨故一切智智清淨何以故若法性清淨若一切智清淨若一切智智清淨無二無二分無別無斷故法性清淨故道相智一切相智清淨道相智一切相智清淨故一切智智清淨何以故若法性清淨若道相智一切相智清淨若一切智智清淨無二無二分無別無斷故善現法性清淨故一切陀羅尼門清淨一切陀羅尼門清淨故一切智智清淨何以故若法性清淨若一切陀羅尼門清淨若一切智智清淨無二無二分無別無斷故法性清淨故一切三摩地門清淨一切三摩地門清淨故一切智智清淨何以故若法性清淨若一切三摩地門清淨若一切智智清淨無二無二分無別無斷故善現法性清淨故預流果清淨預流果清淨故一切智智清淨何以故若法性清淨若預流果清淨若一切智智清淨無二無二分無別無斷故法性清淨故一來不還阿羅漢果清淨一來不還阿羅漢果清淨故一切智智清淨何以故若法性清淨若一來不還阿羅漢果清淨若一切智智清淨無二無二分無別無斷故善現法性清淨故獨覺菩提清淨獨覺菩提清淨故一切智智清淨何以故若法

性清淨若獨覺菩提清淨若一切智智清淨無二無二分無別無斷故善現法性清淨故一切菩薩摩訶薩行清淨一切菩薩摩訶薩行清淨故一切智智清淨何以故若法性清淨若一切菩薩摩訶薩行清淨若一切智智清淨無二無二分無別無斷故善現法性清淨故諸佛無上正等菩提清淨諸佛無上正等菩提清淨故一切智智清淨何以故若法性清淨若諸佛無上正等菩提清淨若一切智智清淨無二無二分無別無斷故復次善現不虛妄性清淨故色清淨色清淨故一切智智清淨何以故若不虛妄性清淨若色清淨若一切智智清淨無二無二分無別無斷故不虛妄性清淨故受想行識清淨受想行識清淨故一切智智清淨何以故若不虛妄性清淨若受想行識清淨若一切智智清淨無二無二分無別無斷故善現不虛妄性清淨故眼處清淨眼處清淨故一切智智清淨何以故若不虛妄性清淨若眼處清淨若一切智智清淨無二無二分無別無斷故不虛妄性清淨故耳鼻舌身意處清淨耳鼻舌身意處清淨故一切智智清淨何以故若不虛妄性清淨若耳鼻舌身意處清淨若一切智智清淨無二無二分無別無斷故善現不虛妄性清淨故色處清淨色處清淨故一切智智清淨何以故若不虛妄性清淨若色處清淨若一切智智清淨無二無二分無別無斷故不虛妄性清淨故聲香味觸法處清淨聲香味觸法處清淨故一切智智清淨何以故若不虛妄性清淨若聲香味觸法處清淨若

一切智智清淨無二無二分無別無斷故善現不虛妄性清淨故眼界清淨眼界清淨故一切智智清淨何以故若不虛妄性清淨若眼界清淨若一切智智清淨無二無二分無別無斷故不虛妄性清淨故色界眼識界及眼觸眼觸爲緣所生諸受清淨色界乃至眼觸爲緣所生諸受清淨故一切智智清淨何以故若不虛妄性清淨若色界乃至眼觸爲緣所生諸受清淨若一切智智清淨無二無二分無別無斷故善現不虛妄性清淨故耳界清淨耳界清淨故一切智智清淨何以故若不虛妄性清淨若耳界清淨若一切智智清淨無二無二分無別無斷故不虛妄性清淨故聲界耳識界及耳觸耳觸爲緣所生諸受清淨聲界乃至耳觸爲緣所生諸受清淨故一切智智清淨何以故若不虛妄性清淨若聲界乃至耳觸爲緣所生諸受清淨若一切智智清淨無二無二分無別無斷故善現不虛妄性清淨故鼻界清淨鼻界清淨故一切智智清淨何以故若不虛妄性清淨若鼻界清淨若一切智智清淨無二無二分無別無斷故不虛妄性清淨故香界鼻識界及鼻觸鼻觸爲緣所生諸受清淨香界乃至鼻觸爲緣所生諸受清淨故一切智智清淨何以故若不虛妄性清淨若香界乃至鼻觸爲緣所生諸受清淨若一切智智清淨無二無二分無別無斷故善現不虛妄性清淨故舌界清淨舌界清淨故一切智智清淨何以故若不虛妄性清淨若舌界清淨若一切智智清淨無二無二分無別無斷故不虛妄性清淨

故味界舌識界及舌觸舌觸爲緣所生諸受清淨味界乃至舌觸爲緣所生諸受清淨故一切智智清淨何以故若不虛妄性清淨若味界乃至舌觸爲緣所生諸受清淨若一切智智清淨無二無二分無別無斷故善現不虛妄性清淨故身界清淨身界清淨故一切智智清淨何以故若不虛妄性清淨若身界清淨若一切智智清淨無二無二分無別無斷故不虛妄性清淨故觸界身識界及身觸身觸爲緣所生諸受清淨觸界乃至身觸爲緣所生諸受清淨故一切智智清淨何以故若不虛妄性清淨若觸界乃至身觸爲緣所生諸受清淨若一切智智清淨無二無二分無別無斷故善現不虛妄性清淨故意界清淨意界清淨故一切智智清淨何以故若不虛妄性清淨若意界清淨若一切智智清淨無二無二分無別無斷故不虛妄性清淨故法界意識界及意觸意觸爲緣所生諸受清淨法界乃至意觸爲緣所生諸受清淨故一切智智清淨何以故若不虛妄性清淨若法界乃至意觸爲緣所生諸受清淨若一切智智清淨無二無二分無別無斷故善現不虛妄性清淨故地界清淨地界清淨故一切智智清淨何以故若不虛妄性清淨若地界清淨若一切智智清淨無二無二分無別無斷故不虛妄性清淨故水火風空識界清淨水火風空識界清淨故一切智智清淨何以故若不虛妄性清淨若水火風空識界清淨若一切智智清淨無二無二分無別無斷故善現不虛妄性清淨故無明清淨無明清淨故

一切智智清淨何以故若不虛妄性清淨若無明清淨若一切智智清淨無二無二分無別無斷故不虛妄性清淨故行識名色六處觸受愛取有生老死愁歎苦憂惱清淨行乃至老死愁歎苦憂惱清淨故一切智智清淨何以故若不虛妄性清淨若行乃至老死愁歎苦憂惱清淨若一切智智清淨無二無二分無別無斷故善現不虛妄性清淨故布施波羅蜜多清淨布施波羅蜜多清淨故一切智智清淨何以故若不虛妄性清淨若布施波羅蜜多清淨若一切智智清淨無二無二分無別無斷故不虛妄性清淨故淨戒安忍精進靜慮般若波羅蜜多清淨淨戒乃至般若波羅蜜多清淨故一切智智清淨何以故若不虛妄性清淨若淨戒乃至般若波羅蜜多清淨若一切智智清淨無二無二分無別無斷故善現不虛妄性清淨故內空清淨內空清淨故一切智智清淨何以故若不虛妄性清淨若內空清淨若一切智智清淨無二無二分無別無斷故不虛妄性清淨故外空內外空空空大空勝義空有爲空無爲空畢竟空無際空散空無變異空本性空自相空共相空一切法空不可得空無性空自性空無性自性空清淨外空乃至無性自性空清淨故一切智智清淨何以故若不虛妄性清淨若外空乃至無性自性空清淨若一切智智清淨無二無二分無別無斷故善現不虛妄性清淨故眞如清淨眞如清淨故一切智智清淨何以故若不虛妄性清淨若眞如清淨若一切智智清淨無二無二分無別無斷

故不虛妄性清淨故法界法性不變異性平等性離生性法定法住實際虛空界不思議界清淨法界乃至不思議界清淨故一切智智清淨何以故若不虛妄性清淨若法界乃至不思議界清淨若一切智智清淨無二無二分無別無斷故善現不虛妄性清淨故苦聖諦清淨苦聖諦清淨故一切智智清淨何以故若不虛妄性清淨若苦聖諦清淨若一切智智清淨無二無二分無別無斷故不虛妄性清淨故集滅道聖諦清淨集滅道聖諦清淨故一切智智清淨何以故若不虛妄性清淨若集滅道聖諦清淨若一切智智清淨無二無二分無別無斷故善現不虛妄性清淨故四靜慮清淨四靜慮清淨故一切智智清淨何以故若不虛妄性清淨若四靜慮清淨若一切智智清淨無二無二分無別無斷故不虛妄性清淨故四無量四無色定清淨四無量四無色定清淨故一切智智清淨何以故若不虛妄性清淨若四無量四無色定清淨若一切智智清淨無二無二分無別無斷故善現不虛妄性清淨故八解脫清淨八解脫清淨故一切智智清淨何以故若不虛妄性清淨若八解脫清淨若一切智智清淨無二無二分無別無斷故不虛妄性清淨故八勝處九次第定十遍處清淨八勝處九次第定十遍處清淨故一切智智清淨何以故若不虛妄性清淨若八勝處九次第定十遍處清淨若一切智智清淨無二無二分無別無斷故善現不虛妄性清淨故四念住清淨四念住清淨故一切智智清淨何以故若不

虛妄性清淨若四念住清淨若一切智智清淨無二無二分無别無斷故不虛妄性清淨故四正斷四神足五根五力七等覺支八聖道支清淨四正斷乃至八聖道支清淨故一切智智清淨何以故若不虛妄性清淨若四正斷乃至八聖道支清淨若一切智智清淨無二無二分無别無斷故善現不虛妄性清淨故空解脱門清淨空解脱門清淨故一切智智清淨何以故若不虛妄性清淨若空解脱門清淨若一切智智清淨無二無二分無别無斷故不虛妄性清淨故無相無願解脱門清淨無相無願解脱門清淨故一切智智清淨何以故若不虛妄性清淨若無相無願解脱門清淨若一切智智清淨無二無二分無别無斷故善現不虛妄性清淨故菩薩十地清淨菩薩十地清淨故一切智智清淨何以故若不虛妄性清淨若菩薩十地清淨若一切智智清淨無二無二分無别無斷故

大般若波羅蜜多經卷第二百十八

大般若波羅蜜多經卷第二百十九

唐三藏法師玄奘奉　詔譯

初分難信解品第三十四之三十八

善現不虛妄性清淨故五眼清淨五眼清淨故一切智智清淨何以故若不虛妄性清淨若五眼清淨若一切智智清淨無二無二分無別無斷故不虛妄性清淨故六神通清淨六神通清淨故一切智智清淨何以故若不虛妄性清淨若六神通清淨若一切智智清淨無二無二分無別無斷故善現不虛妄性清淨故佛十力清淨佛十力清淨故一切智智清淨何以故若不虛妄性清淨若佛十力清淨若一切智智清淨無二無二分無別無斷故不虛妄性清淨故四無所畏四無礙解大慈大悲大喜大捨十八佛不共法清淨四無所畏乃至十八佛不共法清淨故一切智智清淨何以故若不虛妄性清淨若四無所畏乃至十八佛不共法清淨若一切智智清淨無二無二分無別無斷故善現不虛妄性清淨故無忘失法清淨無忘失法清淨故一切智智清淨何以故若不虛妄性清淨若無忘失法清淨若一切智智清淨無二無二分無別無斷故不虛妄性清淨故恒住捨性清淨恒住捨性清淨故一切智智清淨何以故若不虛妄性清淨若恒住捨性清淨若一切智智清淨無二無二分無別無斷故善現不虛妄性清淨故一切智清淨一切智清淨故一切智智清淨何以故若不虛妄性清淨若一切智清淨若一切智智清淨無二無二分無別無斷故不虛妄性清淨故道相智一切

相智清淨道相智一切相智清淨故一切智智清淨何以故若不虛妄性清淨若道相智一切相智清淨若一切智智清淨無二無二分無別無斷故善現不虛妄性清淨故一切陀羅尼門清淨一切陀羅尼門清淨故一切智智清淨何以故若不虛妄性清淨若一切陀羅尼門清淨若一切智智清淨無二無二分無別無斷故不虛妄性清淨故一切三摩地門清淨一切三摩地門清淨故一切智智清淨何以故若不虛妄性清淨若一切三摩地門清淨若一切智智清淨無二無二分無別無斷故善現不虛妄性清淨故預流果清淨預流果清淨故一切智智清淨何以故若不虛妄性清淨若預流果清淨若一切智智清淨無二無二分無別無斷故不虛妄性清淨故一來不還阿羅漢果清淨一來不還阿羅漢果清淨故一切智智清淨何以故若不虛妄性清淨若一來不還阿羅漢果清淨若一切智智清淨無二無二分無別無斷故善現不虛妄性清淨故獨覺菩提清淨獨覺菩提清淨故一切智智清淨何以故若不虛妄性清淨若獨覺菩提清淨若一切智智清淨無二無二分無別無斷故善現不虛妄性清淨故一切菩薩摩訶薩行清淨一切菩薩摩訶薩行清淨故一切智智清淨何以故若不虛妄性清淨若一切菩薩摩訶薩行清淨若一切智智清淨無二無二分無別無斷故善現不虛妄性清淨故諸佛無上正等菩提清淨諸佛無上正等菩提清淨故一切智智清淨何以故若不虛妄性清淨若諸佛無上正

等善提清淨若一切智智清淨無二無二分無別無斷故復次善現不變異性清淨故色清淨色清淨故一切智智清淨何以故若不變異性清淨若色清淨若一切智智清淨無二無二分無別無斷故不變異性清淨故受想行識清淨受想行識清淨故一切智智清淨何以故若不變異性清淨若受想行識清淨若一切智智清淨無二無二分無別無斷故善現不變異性清淨故眼處清淨眼處清淨故一切智智清淨何以故若不變異性清淨若眼處清淨若一切智智清淨無二無二分無別無斷故不變異性清淨故耳鼻舌身意處清淨耳鼻舌身意處清淨故一切智智清淨何以故若不變異性清淨若耳鼻舌身意處清淨若一切智智清淨無二無二分無別無斷故善現不變異性清淨故色處清淨色處清淨故一切智智清淨何以故若不變異性清淨若色處清淨若一切智智清淨無二無二分無別無斷故不變異性清淨故聲香味觸法處清淨聲香味觸法處清淨故一切智智清淨何以故若不變異性清淨若聲香味觸法處清淨若一切智智清淨無二無二分無別無斷故善現不變異性清淨故眼界清淨眼界清淨故一切智智清淨何以故若不變異性清淨若眼界清淨若一切智智清淨無二無二分無別無斷故不變異性清淨故色界眼識界及眼觸眼觸爲緣所生諸受清淨色界乃至眼觸爲緣所生諸受清淨故一切智智清淨何以故若不變異性清淨若色界乃至眼觸爲緣所生諸受清淨若一

切智智清淨無二無二分無别無斷故善現
不變異性清淨故耳界清淨耳界清淨故一
切智智清淨何以故若不變異性清淨若耳
界清淨若一切智智清淨無二無二分無别
無斷故不變異性清淨故聲界耳識界及耳
觸耳觸爲縁所生諸受清淨聲界乃至耳觸
爲縁所生諸受清淨故一切智智清淨何以
故若不變異性清淨若聲界乃至耳觸爲縁
所生諸受清淨若一切智智清淨無二無二
分無别無斷故善現不變異性清淨故鼻界
清淨鼻界清淨故一切智智清淨何以故若
不變異性清淨若鼻界清淨若一切智智清
淨無二無二分無别無斷故不變異性清淨
故香界鼻識界及鼻觸鼻觸爲縁所生諸受
清淨香界乃至鼻觸爲縁所生諸受清淨故

一切智智清淨何以故若不變異性清淨若
香界乃至鼻觸爲縁所生諸受清淨若一切
智智清淨無二無二分無别無斷故善現不
變異性清淨故舌界清淨舌界清淨故一切
智智清淨何以故若不變異性清淨若舌界
清淨若一切智智清淨無二無二分無别無
斷故不變異性清淨故味界舌識界及舌觸
舌觸爲縁所生諸受清淨味界乃至舌觸爲
縁所生諸受清淨故一切智智清淨何以故
若不變異性清淨若味界乃至舌觸爲縁所
生諸受清淨若一切智智清淨無二無二分
無别無斷故善現不變異性清淨故身界清
淨身界清淨故一切智智清淨何以故若不
變異性清淨若身界清淨若一切智智清淨
無二無二分無别無斷故不變異性清淨故

觸界身識界及身觸身觸爲緣所生諸受清淨觸界乃至身觸爲緣所生諸受清淨故一切智智清淨何以故若不變異性清淨若觸界乃至身觸爲緣所生諸受清淨若一切智智清淨無二無二分無別無斷故善現不變異性清淨故意界清淨意界清淨故一切智智清淨何以故若不變異性清淨若意界清淨若一切智智清淨無二無二分無別無斷故不變異性清淨故法界意識界及意觸意觸爲緣所生諸受清淨法界乃至意觸爲緣所生諸受清淨故一切智智清淨何以故若不變異性清淨若法界乃至意觸爲緣所生諸受清淨若一切智智清淨無二無二分無別無斷故善現不變異性清淨故地界清淨地界清淨故一切智智清淨何以故若不變

異性清淨若地界清淨若一切智智清淨無二無二分無別無斷故不變異性清淨故水火風空識界清淨水火風空識界清淨故一切智智清淨何以故若不變異性清淨若水火風空識界清淨若一切智智清淨無二無二分無別無斷故善現不變異性清淨故無明清淨無明清淨故一切智智清淨何以故若不變異性清淨若無明清淨若一切智智清淨無二無二分無別無斷故不變異性清淨故行識名色六處觸受愛取有生老死愁歎苦憂惱清淨行乃至老死愁歎苦憂惱清淨故一切智智清淨何以故若不變異性清淨若行乃至老死愁歎苦憂惱清淨若一切智智清淨無二無二分無別無斷故善現不變異性清淨故布施波羅蜜多清淨布施波

羅蜜多清淨故一切智智清淨何以故若不變異性清淨若布施波羅蜜多清淨若一切智智清淨無二無二分無別無斷故不變異性清淨故淨戒安忍精進靜慮般若波羅蜜多清淨淨戒乃至般若波羅蜜多清淨故一切智智清淨何以故若不變異性清淨若淨戒乃至般若波羅蜜多清淨若一切智智清淨無二無二分無別無斷故善現不變異性清淨故內空清淨內空清淨故一切智智清淨何以故若不變異性清淨若內空清淨若一切智智清淨無二無二分無別無斷故不變異性清淨故外空內外空空空大空勝義空有爲空無爲空畢竟空無際空散空無變異空本性空自相空共相空一切法空不可得空無性空自性空無性自性空清淨外空乃至無性自性空清淨故一切智智清淨何以故若不變異性清淨若外空乃至無性自性空清淨若一切智智清淨無二無二分無別無斷故善現不變異性清淨故眞如清淨眞如清淨故一切智智清淨何以故若不變異性清淨若眞如清淨若一切智智清淨無二無二分無別無斷故不變異性清淨故法界法性不虛妄性平等性離生性法定法住實際虛空界不思議界清淨法界乃至不思議界清淨故一切智智清淨何以故若不變異性清淨若法界乃至不思議界清淨若一切智智清淨無二無二分無別無斷故善現不變異性清淨故苦聖諦清淨苦聖諦清淨故一切智智清淨何以故若不變異性清淨若苦聖諦清淨若一切智智清淨無二無二

分無別無斷故不變異性清淨故集滅道聖諦清淨集滅道聖諦清淨故一切智智清淨何以故若不變異性清淨若集滅道聖諦清淨若一切智智清淨無二無二分無別無斷故善現不變異性清淨故四靜慮清淨四靜慮清淨故一切智智清淨何以故若不變異性清淨若四靜慮清淨若一切智智清淨無二無二分無別無斷故不變異性清淨故四無量四無色定清淨四無量四無色定清淨故一切智智清淨何以故若不變異性清淨若四無量四無色定清淨若一切智智清淨無二無二分無別無斷故善現不變異性清淨故八解脫清淨八解脫清淨故一切智智清淨何以故若不變異性清淨若八解脫清淨若一切智智清淨無二無二分無別無斷

故不變異性清淨故八勝處九次第定十遍處清淨八勝處九次第定十遍處清淨故一切智智清淨何以故若不變異性清淨若八勝處九次第定十遍處清淨若一切智智清淨無二無二分無別無斷故善現不變異性清淨故四念住清淨四念住清淨故一切智智清淨何以故若不變異性清淨若四念住清淨若一切智智清淨無二無二分無別無斷故不變異性清淨故四正斷四神足五根五力七等覺支八聖道支清淨四正斷乃至八聖道支清淨故一切智智清淨何以故若不變異性清淨若四正斷乃至八聖道支清淨若一切智智清淨無二無二分無別無斷故善現不變異性清淨故空解脫門清淨空解脫門清淨故一切智智清淨何以故若不

變異性清淨若空解脫門清淨若一切智智清淨無二無二分無別無斷故不變異性清淨故無相無願解脫門清淨無相無願解脫門清淨故一切智智清淨何以故若不變異性清淨若無相無願解脫門清淨若一切智智清淨無二無二分無別無斷故善現不變異性清淨故菩薩十地清淨菩薩十地清淨故一切智智清淨何以故若不變異性清淨若菩薩十地清淨若一切智智清淨無二無二分無別無斷故善現不變異性清淨故五眼清淨五眼清淨故一切智智清淨何以故若不變異性清淨若五眼清淨若一切智智清淨無二無二分無別無斷故不變異性清淨故六神通清淨六神通清淨故一切智智清淨何以故若不變異性清淨若六神通清淨若一切智智清淨無二無二分無別無斷故善現不變異性清淨故佛十力清淨佛十力清淨故一切智智清淨何以故若不變異性清淨若佛十力清淨若一切智智清淨無二無二分無別無斷故不變異性清淨故四無所畏四無礙解大慈大悲大喜大捨十八佛不共法清淨四無所畏乃至十八佛不共法清淨故一切智智清淨何以故若不變異性清淨若四無所畏乃至十八佛不共法清淨若一切智智清淨無二無二分無別無斷故善現不變異性清淨故無忘失法清淨無忘失法清淨故一切智智清淨何以故若不變異性清淨若無忘失法清淨若一切智智清淨無二無二分無別無斷故不變異性清淨故恒住捨性清淨恒住捨性清淨故一切

智智清淨何以故若不變異性清淨若恒住捨性清淨若一切智智清淨無二無二分無別無斷故善現不變異性清淨故一切智清淨一切智清淨故一切智智清淨何以故若不變異性清淨若一切智清淨若一切智智清淨無二無二分無別無斷故不變異性清淨故道相智一切相智清淨道相智一切相智清淨故一切智智清淨何以故若不變異性清淨若道相智一切相智清淨若一切智智清淨無二無二分無別無斷故善現不變異性清淨故一切陀羅尼門清淨一切陀羅尼門清淨故一切智智清淨何以故若不變異性清淨若一切陀羅尼門清淨若一切智智清淨無二無二分無別無斷故不變異性清淨故一切三摩地門清淨一切三摩地門清淨故一切智智清淨何以故若不變異性清淨若一切三摩地門清淨若一切智智清淨無二無二分無別無斷故善現不變異性清淨故預流果清淨預流果清淨故一切智智清淨何以故若不變異性清淨若預流果清淨若一切智智清淨無二無二分無別無斷故不變異性清淨故一來不還阿羅漢果清淨一來不還阿羅漢果清淨故一切智智清淨何以故若不變異性清淨若一來不還阿羅漢果清淨若一切智智清淨無二無二分無別無斷故善現不變異性清淨故獨覺菩提清淨獨覺菩提清淨故一切智智清淨何以故若不變異性清淨若獨覺菩提清淨若一切智智清淨無二無二分無別無斷故善現不變異性清淨故一切菩薩摩訶薩行

清淨一切菩薩摩訶薩行清淨故一切智智清淨何以故若不變異性清淨若一切菩薩摩訶薩行清淨若一切智智清淨無二無二分無別無斷故善現不變異性清淨故諸佛無上正等菩提清淨諸佛無上正等菩提清淨故一切智智清淨何以故若不變異性清淨若諸佛無上正等菩提清淨若一切智智清淨無二無二分無別無斷故復次善現平等性清淨故色清淨色清淨故一切智智清淨何以故若平等性清淨若色清淨若一切智智清淨無二無二分無別無斷故平等性清淨故受想行識清淨受想行識清淨故一切智智清淨何以故若平等性清淨若受想行識清淨若一切智智清淨無二無二分無別無斷故善現平等性清淨故眼處清淨眼處清淨故一切智智清淨何以故若平等性清淨若眼處清淨若一切智智清淨無二無二分無別無斷故平等性清淨故耳鼻舌身意處清淨耳鼻舌身意處清淨故一切智智清淨何以故若平等性清淨若耳鼻舌身意處清淨若一切智智清淨無二無二分無別無斷故善現平等性清淨故色處清淨色處清淨故一切智智清淨何以故若平等性清淨若色處清淨若一切智智清淨無二無二分無別無斷故平等性清淨故聲香味觸法處清淨聲香味觸法處清淨故一切智智清淨何以故若平等性清淨若聲香味觸法處清淨若一切智智清淨無二無二分無別無斷故善現平等性清淨故眼界清淨眼界清淨故一切智智清淨何以故若平等性清淨

若眼界清淨若一切智智清淨無二無二分無別無斷故平等性清淨故色界眼識界及眼觸眼觸爲緣所生諸受清淨色界乃至眼觸爲緣所生諸受清淨故一切智智清淨何以故若平等性清淨若色界乃至眼觸爲緣所生諸受清淨若一切智智清淨無二無二分無別無斷故善現平等性清淨故耳界清淨耳界清淨故一切智智清淨何以故若平等性清淨若耳界清淨若一切智智清淨無二無二分無別無斷故平等性清淨故聲界耳識界及耳觸耳觸爲緣所生諸受清淨聲界乃至耳觸爲緣所生諸受清淨故一切智智清淨何以故若平等性清淨若聲界乃至耳觸爲緣所生諸受清淨若一切智智清淨無二無二分無別無斷故善現平等性清淨故鼻界清淨鼻界清淨故一切智智清淨何以故若平等性清淨若鼻界清淨若一切智智清淨無二無二分無別無斷故平等性清淨故香界鼻識界及鼻觸鼻觸爲緣所生諸受清淨香界乃至鼻觸爲緣所生諸受清淨故一切智智清淨何以故若平等性清淨若香界乃至鼻觸爲緣所生諸受清淨若一切智智清淨無二無二分無別無斷故善現平等性清淨故舌界清淨舌界清淨故一切智智清淨何以故若平等性清淨若舌界清淨若一切智智清淨無二無二分無別無斷故平等性清淨故味界舌識界及舌觸舌觸爲緣所生諸受清淨味界乃至舌觸爲緣所生諸受清淨故一切智智清淨何以故若平等性清淨若味界乃至舌觸爲緣所生諸受清

淨若一切智智清淨無二無二分無別無斷故善現平等性清淨故身界清淨身界清淨故一切智智清淨何以故若平等性清淨若身界清淨若一切智智清淨無二無二分無別無斷故平等性清淨故觸界身識界及身觸身觸爲緣所生諸受清淨觸界乃至身觸爲緣所生諸受清淨故一切智智清淨何以故若平等性清淨若觸界乃至身觸爲緣所生諸受清淨若一切智智清淨無二無二分無別無斷故善現平等性清淨故意界清淨意界清淨故一切智智清淨何以故若平等性清淨若意界清淨若一切智智清淨無二無二分無別無斷故平等性清淨故法界意識界及意觸意觸爲緣所生諸受清淨法界乃至意觸爲緣所生諸受清淨故一切智智清淨何以故若平等性清淨若法界乃至意觸爲緣所生諸受清淨若一切智智清淨無二無二分無別無斷故善現平等性清淨故地界清淨地界清淨故一切智智清淨何以故若平等性清淨若地界清淨若一切智智清淨無二無二分無別無斷故平等性清淨故水火風空識界清淨水火風空識界清淨故一切智智清淨何以故若平等性清淨若水火風空識界清淨若一切智智清淨無二無二分無別無斷故善現平等性清淨故無明清淨無明清淨故一切智智清淨何以故若平等性清淨若無明清淨若一切智智清淨無二無二分無別無斷故平等性清淨故行識名色六處觸受愛取有生老死愁歎苦憂惱清淨行乃至老死愁歎苦憂惱清淨故

一切智智清淨何以故若平等性清淨若行乃至老死愁歎苦憂惱清淨若一切智智清淨無二無二分無別無斷故善現平等性清淨故布施波羅蜜多清淨布施波羅蜜多清淨故一切智智清淨何以故若平等性清淨若布施波羅蜜多清淨若一切智智清淨無二無二分無別無斷故平等性清淨故淨戒安忍精進靜慮般若波羅蜜多清淨淨戒乃至般若波羅蜜多清淨故一切智智清淨何以故若平等性清淨若淨戒乃至般若波羅蜜多清淨若一切智智清淨無二無二分無別無斷故善現平等性清淨故內空清淨內空清淨故一切智智清淨何以故若平等性清淨若內空清淨若一切智智清淨無二無二分無別無斷故平等性清淨故外空內外空空空大空勝義空有爲空無爲空畢竟空無際空散空無變異空本性空自相空共相空一切法空不可得空無性空自性空無性自性空清淨外空乃至無性自性空清淨故一切智智清淨何以故若平等性清淨若外空乃至無性自性空清淨若一切智智清淨無二無二分無別無斷故善現平等性清淨故眞如清淨眞如清淨故一切智智清淨何以故若平等性清淨若眞如清淨若一切智智清淨無二無二分無別無斷故平等性清淨故法界法性不虛妄性不變異性離生性法定法住實際虛空界不思議界清淨法界乃至不思議界清淨故一切智智清淨何以故若平等性清淨若法界乃至不思議界清淨若一切智智清淨無二無二分無別無斷

故善現平等性清淨故苦聖諦清淨苦聖諦清淨故一切智智清淨何以故若平等性清淨若苦聖諦清淨若一切智智清淨無二無二分無別無斷故平等性清淨故集滅道聖諦清淨集滅道聖諦清淨故一切智智清淨何以故若平等性清淨若集滅道聖諦清淨若一切智智清淨無二無二分無別無斷故善現平等性清淨故四靜慮清淨四靜慮清淨故一切智智清淨何以故若平等性清淨若四靜慮清淨若一切智智清淨無二無二分無別無斷故平等性清淨故四無量四無色定清淨四無量四無色定清淨故一切智智清淨何以故若平等性清淨若四無量四無色定清淨若一切智智清淨無二無二分無別無斷故善現平等性清淨故八解脫清

淨八解脫清淨故一切智智清淨何以故若平等性清淨若八解脫清淨若一切智智清淨無二無二分無別無斷故平等性清淨故八勝處九次第定十遍處清淨八勝處九次第定十遍處清淨故一切智智清淨何以故若平等性清淨若八勝處九次第定十遍處清淨若一切智智清淨無二無二分無別無斷故善現平等性清淨故四念住清淨四念住清淨故一切智智清淨何以故若平等性清淨若四念住清淨若一切智智清淨無二無二分無別無斷故平等性清淨故四正斷四神足五根五力七等覺支八聖道支清淨四正斷乃至八聖道支清淨故一切智智清淨何以故若平等性清淨若四正斷乃至八勝道支清淨若一切智智清淨無二無二分

無別無斷故善現平等性清淨故空解脫門清淨空解脫門清淨故一切智智清淨何以故若平等性清淨若空解脫門清淨若一切智智清淨無二無二分無別無斷故平等性清淨故無相無願解脫門清淨無相無願解脫門清淨故一切智智清淨何以故若平等性清淨若無相無願解脫門清淨若一切智智清淨無二無二分無別無斷故善現平等性清淨故菩薩十地清淨菩薩十地清淨故一切智智清淨何以故若平等性清淨若菩薩十地清淨若一切智智清淨無二無二分無別無斷故善現平等性清淨故五眼清淨五眼清淨故一切智智清淨何以故若平等性清淨若五眼清淨若一切智智清淨無二無二分無別無斷故平等性清淨故六神通

清淨六神通清淨故一切智智清淨何以故若平等性清淨若六神通清淨若一切智智清淨無二無二分無別無斷故善現平等性清淨故佛十力清淨佛十力清淨故一切智智清淨何以故若平等性清淨若佛十力清淨若一切智智清淨無二無二分無別無斷故平等性清淨故四無所畏四無礙解大慈大悲大喜大捨十八佛不共法清淨四無所畏乃至十八佛不共法清淨故一切智智清淨何以故若平等性清淨若四無所畏乃至十八佛不共法清淨若一切智智清淨無二無二分無別無斷故善現平等性清淨故無忘失法清淨無忘失法清淨故一切智智清淨何以故若平等性清淨若無忘失法清淨若一切智智清淨無二無二分無別無斷故

平等性清淨故恒住捨性清淨恒住捨性清淨故一切智智清淨何以故若平等性清淨若恒住捨性清淨若一切智智清淨無二無二分無别無斷故善現平等性清淨故一切智清淨一切智清淨故一切智智清淨何以故若平等性清淨若一切智清淨若一切智智清淨無二無二分無别無斷故平等性清淨故道相智一切相智清淨道相智一切相智清淨故一切智智清淨何以故若平等性清淨若道相智一切相智清淨若一切智智清淨無二無二分無别無斷故善現平等性清淨故一切陀羅尼門清淨一切陀羅尼門清淨故一切智智清淨何以故若平等性清淨若一切陀羅尼門清淨若一切智智清淨無二無二分無别無斷故平等性清淨故一切三摩地門清淨一切三摩地門清淨故一切智智清淨何以故若平等性清淨若一切三摩地門清淨若一切智智清淨無二無二分無别無斷故善現平等性清淨故預流果清淨預流果清淨故一切智智清淨何以故若平等性清淨若預流果清淨若一切智智清淨無二無二分無别無斷故平等性清淨故一來不還阿羅漢果清淨一來不還阿羅漢果清淨故一切智智清淨何以故若平等性清淨若一來不還阿羅漢果清淨若一切智智清淨無二無二分無别無斷故善現平等性清淨故獨覺菩提清淨獨覺菩提清淨故一切智智清淨何以故若平等性清淨若獨覺菩提清淨若一切智智清淨無二無二分無别無斷故善現平等性清淨故一切菩

薩摩訶薩行清淨一切菩薩摩訶薩行清淨故一切智智清淨何以故若平等性清淨若一切菩薩摩訶薩行清淨若一切智智清淨無二無二分無別無斷故善現平等性清淨故諸佛無上正等菩提清淨諸佛無上正等菩提清淨故一切智智清淨何以故若平等性清淨若諸佛無上正等菩提清淨若一切智智清淨無二無二分無別無斷故

大般若波羅蜜多經卷第二百十九

大般若波羅蜜多經卷第二百二十

唐三藏法師玄奘奉　詔譯

初分難信解品第三十四之三十九

復次善現離生性清淨故色清淨色清淨故一切智智清淨何以故若離生性清淨若色清淨若一切智智清淨無二無二分無別無斷故離生性清淨故受想行識清淨受想行識清淨故一切智智清淨何以故若離生性清淨若受想行識清淨若一切智智清淨無二無二分無別無斷故善現離生性清淨故眼處清淨眼處清淨故一切智智清淨何以故若離生性清淨若眼處清淨若一切智智清淨無二無二分無別無斷故離生性清淨故耳鼻舌身意處清淨耳鼻舌身意處清淨故一切智智清淨何以故若離生性清淨若耳鼻舌身意處清淨若一切智智清淨無二無二分無別無斷故善現離生性清淨故色處清淨色處清淨故一切智智清淨何以故若離生性清淨若色處清淨若一切智智清淨無二無二分無別無斷故離生性清淨故聲香味觸法處清淨聲香味觸法處清淨故一切智智清淨何以故若離生性清淨若聲香味觸法處清淨若一切智智清淨無二無二分無別無斷故善現離生性清淨故眼界清淨眼界清淨故一切智智清淨何以故若離生性清淨若眼界清淨若一切智智清淨無二無二分無別無斷故離生性清淨故色界眼識界及眼觸眼觸爲緣所生諸受清淨色界乃至眼觸爲緣所生諸受清淨故一切智智清淨何以故若離生性清淨若色界乃

至眼觸爲緣所生諸受清淨若一切智智清淨無二無二分無別無斷故善現離生性清淨故耳界清淨耳界清淨故一切智智清淨何以故若離生性清淨若耳界清淨若一切智智清淨無二無二分無別無斷故離生性清淨故聲界耳識界及耳觸耳觸爲緣所生諸受清淨聲界乃至耳觸爲緣所生諸受清淨故一切智智清淨何以故若離生性清淨若聲界乃至耳觸爲緣所生諸受清淨若一切智智清淨無二無二分無別無斷故善現離生性清淨故鼻界清淨鼻界清淨故一切智智清淨何以故若離生性清淨若鼻界清淨若一切智智清淨無二無二分無別無斷故離生性清淨故香界鼻識界及鼻觸鼻觸爲緣所生諸受清淨香界乃至鼻觸爲緣所生諸受清淨故一切智智清淨何以故若離生性清淨若香界乃至鼻觸爲緣所生諸受清淨若一切智智清淨無二無二分無別無斷故善現離生性清淨故舌界清淨舌界清淨故一切智智清淨何以故若離生性清淨若舌界清淨若一切智智清淨無二無二分無別無斷故離生性清淨故味界舌識界及舌觸舌觸爲緣所生諸受清淨味界乃至舌觸爲緣所生諸受清淨故一切智智清淨何以故若離生性清淨若味界乃至舌觸爲緣所生諸受清淨若一切智智清淨無二無二分無別無斷故善現離生性清淨故身界清淨身界清淨故一切智智清淨何以故若離生性清淨若身界清淨若一切智智清淨無二無二分無別無斷故離生性清淨故觸界

身識界及身觸身觸爲緣所生諸受清淨觸界乃至身觸爲緣所生諸受清淨故一切智智清淨何以故若離生性清淨若觸界乃至身觸爲緣所生諸受清淨若一切智智清淨無二無二分無別無斷故善現離生性清淨故意界清淨意界清淨故一切智智清淨何以故若離生性清淨若意界清淨若一切智智清淨無二無二分無別無斷故離生性清淨故法界意識界及意觸意觸爲緣所生諸受清淨法界乃至意觸爲緣所生諸受清淨故一切智智清淨何以故若離生性清淨若法界乃至意觸爲緣所生諸受清淨若一切智智清淨無二無二分無別無斷故善現離生性清淨故地界清淨地界清淨故一切智智清淨何以故若離生性清淨若地界清淨

若一切智智清淨無二無二分無別無斷故離生性清淨故水火風空識界清淨水火風空識界清淨故一切智智清淨何以故若離生性清淨若水火風空識界清淨若一切智智清淨無二無二分無別無斷故善現離生性清淨故無明清淨無明清淨故一切智智清淨何以故若離生性清淨若無明清淨若一切智智清淨無二無二分無別無斷故離生性清淨故行識名色六處觸受愛取有生老死愁歎苦憂惱清淨行乃至老死愁歎苦憂惱清淨故一切智智清淨何以故若離生性清淨若行乃至老死愁歎苦憂惱清淨若一切智智清淨無二無二分無別無斷故善現離生性清淨故布施波羅蜜多清淨布施波羅蜜多清淨故一切智智清淨何以故若

離生性清淨若布施波羅蜜多清淨若一切智智清淨無二無二分無別無斷故離生性清淨故淨戒安忍精進靜慮般若波羅蜜多清淨淨戒乃至般若波羅蜜多清淨故一切智智清淨何以故若離生性清淨若淨戒乃至般若波羅蜜多清淨若一切智智清淨無二無二分無別無斷故善現離生性清淨故內空清淨內空清淨故一切智智清淨何以故若離生性清淨若內空清淨若一切智智清淨無二無二分無別無斷故離生性清淨故外空內外空空空大空勝義空有爲空無爲空畢竟空無際空散空無變異空本性空自相空共相空一切法空不可得空無性空自性空無性自性空清淨外空乃至無性自性空清淨故一切智智清淨何以故若離生性清淨若外空乃至無性自性空清淨若一切智智清淨無二無二分無別無斷故善現離生性清淨故眞如清淨眞如清淨故一切智智清淨何以故若離生性清淨若眞如清淨若一切智智清淨無二無二分無別無斷故離生性清淨故法界法性不虛妄性不變異性平等性法定法住實際虛空界不思議界清淨法界乃至不思議界清淨故一切智智清淨何以故若離生性清淨若法界乃至不思議界清淨若一切智智清淨無二無二分無別無斷故善現離生性清淨故苦聖諦清淨苦聖諦清淨故一切智智清淨何以故若離生性清淨若苦聖諦清淨若一切智智清淨無二無二分無別無斷故離生性清淨故集滅道聖諦清淨集滅道聖諦清淨故一

切智智清淨何以故若離生性清淨若集滅道聖諦清淨若一切智智清淨無二無二分無別無斷故善現離生性清淨故四靜慮清淨四靜慮清淨故一切智智清淨何以故若離生性清淨若四靜慮清淨若一切智智清淨無二無二分無別無斷故離生性清淨故四無量四無色定清淨四無量四無色定清淨故一切智智清淨何以故若離生性清淨若四無量四無色定清淨若一切智智清淨無二無二分無別無斷故善現離生性清淨故八解脫清淨八解脫清淨故一切智智清淨何以故若離生性清淨若八解脫清淨若一切智智清淨無二無二分無別無斷故離生性清淨故八勝處九次第定十遍處清淨八勝處九次第定十遍處清淨故一切智智清淨何以故若離生性清淨若八勝處九次第定十遍處清淨若一切智智清淨無二無二分無別無斷故善現離生性清淨故四念住清淨四念住清淨故一切智智清淨何以故若離生性清淨若四念住清淨若一切智智清淨無二無二分無別無斷故離生性清淨故四正斷四神足五根五力七等覺支八聖道支清淨四正斷乃至八聖道支清淨故一切智智清淨何以故若離生性清淨若四正斷乃至八聖道支清淨若一切智智清淨無二無二分無別無斷故善現離生性清淨故空解脫門清淨空解脫門清淨故一切智智清淨何以故若離生性清淨若空解脫門清淨若一切智智清淨無二無二分無別無斷故離生性清淨故無相無願解脫門清淨

無相無願解脫門清淨故一切智智清淨何以故若離生性清淨若無相無願解脫門清淨若一切智智清淨無二無二分無別無斷故善現離生性清淨故菩薩十地清淨菩薩十地清淨故一切智智清淨何以故若離生性清淨若菩薩十地清淨若一切智智清淨無二無二分無別無斷故善現離生性清淨故五眼清淨五眼清淨故一切智智清淨何以故若離生性清淨若五眼清淨若一切智智清淨無二無二分無別無斷故離生性清淨故六神通清淨六神通清淨故一切智智清淨何以故若離生性清淨若六神通清淨若一切智智清淨無二無二分無別無斷故善現離生性清淨故佛十力清淨佛十力清淨故一切智智清淨何以故若離生性清淨若佛十力清淨若一切智智清淨無二無二分無別無斷故離生性清淨故四無所畏四無礙解大慈大悲大喜大捨十八佛不共法清淨四無所畏乃至十八佛不共法清淨故一切智智清淨何以故若離生性清淨若四無所畏乃至十八佛不共法清淨若一切智智清淨無二無二分無別無斷故善現離生性清淨故無忘失法清淨無忘失法清淨故一切智智清淨何以故若離生性清淨若無忘失法清淨若一切智智清淨無二無二分無別無斷故離生性清淨故恒住捨性清淨恒住捨性清淨故一切智智清淨何以故若離生性清淨若恒住捨性清淨若一切智智清淨無二無二分無別無斷故善現離生性清淨故一切智清淨一切智清淨故一切智

智清淨何以故若離生性清淨若一切智清淨若一切智智清淨無二無二分無別無斷故離生性清淨故道相智一切相智清淨道相智一切相智清淨故一切智智清淨何以故若離生性清淨若道相智一切相智清淨若一切智智清淨無二無二分無別無斷故善現離生性清淨故一切陀羅尼門清淨一切陀羅尼門清淨故一切智智清淨何以故若離生性清淨若一切陀羅尼門清淨若一切智智清淨無二無二分無別無斷故離生性清淨故一切三摩地門清淨一切三摩地門清淨故一切智智清淨何以故若離生性清淨若一切三摩地門清淨若一切智智清淨無二無二分無別無斷故善現離生性清淨故預流果清淨預流果清淨故一切智智清淨何以故若離生性清淨若預流果清淨若一切智智清淨無二無二分無別無斷故離生性清淨故一來不還阿羅漢果清淨一來不還阿羅漢果清淨故一切智智清淨何以故若離生性清淨若一來不還阿羅漢果清淨若一切智智清淨無二無二分無別無斷故善現離生性清淨故獨覺菩提清淨獨覺菩提清淨故一切智智清淨何以故若離生性清淨若獨覺菩提清淨若一切智智清淨無二無二分無別無斷故善現離生性清淨故一切菩薩摩訶薩行清淨一切菩薩摩訶薩行清淨故一切智智清淨何以故若離生性清淨若一切菩薩摩訶薩行清淨若一切智智清淨無二無二分無別無斷故善現離生性清淨故諸佛無上正等菩提清淨諸

佛無上正等菩提清淨故一切智智清淨何以故若離生性清淨若諸佛無上正等菩提清淨若一切智智清淨無二無二分無別無斷故復次善現法定清淨故色清淨色清淨故一切智智清淨何以故若法定清淨若色清淨若一切智智清淨無二無二分無別無斷故法定清淨故受想行識清淨受想行識清淨故一切智智清淨何以故若法定清淨若受想行識清淨若一切智智清淨無二無二分無別無斷故善現法定清淨故眼處清淨眼處清淨故一切智智清淨何以故若法定清淨若眼處清淨若一切智智清淨無二無二分無別無斷故法定清淨故耳鼻舌身意處清淨耳鼻舌身意處清淨故一切智智清淨何以故若法定清淨若耳鼻舌身意處清淨若一切智智清淨無二無二分無別無斷故善現法定清淨故色處清淨色處清淨故一切智智清淨何以故若法定清淨若色處清淨若一切智智清淨無二無二分無別無斷故法定清淨故聲香味觸法處清淨聲香味觸法處清淨故一切智智清淨何以故若法定清淨若聲香味觸法處清淨若一切智智清淨無二無二分無別無斷故善現法定清淨故眼界清淨眼界清淨故一切智智清淨何以故若法定清淨若眼界清淨若一切智智清淨無二無二分無別無斷故法定清淨故色界眼識界及眼觸眼觸爲緣所生諸受清淨色界乃至眼觸爲緣所生諸受清淨故一切智智清淨何以故若法定清淨若色界乃至眼觸爲緣所生諸受清淨若一切

智智清淨無二無二分無別無斷故善現法定清淨故耳界清淨耳界清淨故一切智智清淨何以故若法定清淨若耳界清淨若一切智智清淨無二無二分無別無斷故法定清淨故聲界耳識界及耳觸耳觸爲縁所生諸受清淨聲界乃至耳觸爲縁所生諸受清淨故一切智智清淨何以故若法定清淨若聲界乃至耳觸爲縁所生諸受清淨若一切智智清淨無二無二分無別無斷故善現法定清淨故鼻界清淨鼻界清淨故一切智智清淨何以故若法定清淨若鼻界清淨若一切智智清淨無二無二分無別無斷故法定清淨故香界鼻識界及鼻觸鼻觸爲縁所生諸受清淨香界乃至鼻觸爲縁所生諸受清淨故一切智智清淨何以故若法定清淨若

香界乃至鼻觸爲縁所生諸受清淨若一切智智清淨無二無二分無別無斷故善現法定清淨故舌界清淨舌界清淨故一切智智清淨何以故若法定清淨若舌界清淨若一切智智清淨無二無二分無別無斷故法定清淨故味界舌識界及舌觸舌觸爲縁所生諸受清淨味界乃至舌觸爲縁所生諸受清淨故一切智智清淨何以故若法定清淨若味界乃至舌觸爲縁所生諸受清淨若一切智智清淨無二無二分無別無斷故善現法定清淨故身界清淨身界清淨故一切智智清淨何以故若法定清淨若身界清淨若一切智智清淨無二無二分無別無斷故法定清淨故觸界身識界及身觸身觸爲縁所生諸受清淨觸界乃至身觸爲縁所生諸受清

淨故一切智智清淨何以故若法定清淨若觸界乃至身觸爲緣所生諸受清淨若一切智智清淨無二無二分無別無斷故善現法定清淨故意界清淨意界清淨故一切智智清淨何以故若法定清淨若意界清淨若一切智智清淨無二無二分無別無斷故法定清淨故法界意識界及意觸意觸爲緣所生諸受清淨法界乃至意觸爲緣所生諸受清淨故一切智智清淨何以故若法定清淨若法界乃至意觸爲緣所生諸受清淨若一切智智清淨無二無二分無別無斷故善現法定清淨故地界清淨地界清淨故一切智智清淨何以故若法定清淨若地界清淨若一切智智清淨無二無二分無別無斷故法定清淨故水火風空識界清淨水火風空識界清淨故一切智智清淨何以故若法定清淨若水火風空識界清淨若一切智智清淨無二無二分無別無斷故善現法定清淨故無明清淨無明清淨故一切智智清淨何以故若法定清淨若無明清淨若一切智智清淨無二無二分無別無斷故法定清淨故行識名色六處觸受愛取有生老死愁歎苦憂惱清淨行乃至老死愁歎苦憂惱清淨故一切智智清淨何以故若法定清淨若行乃至老死愁歎苦憂惱清淨若一切智智清淨無二無二分無別無斷故善現法定清淨故布施波羅蜜多清淨布施波羅蜜多清淨故一切智智清淨何以故若法定清淨若布施波羅蜜多清淨若一切智智清淨無二無二分無別無斷故法定清淨故淨戒安忍精進靜慮

般若波羅蜜多清淨淨戒乃至般若波羅蜜多清淨故一切智智清淨何以故若法定清淨若淨戒乃至般若波羅蜜多清淨若一切智智清淨無二無二分無別無斷故善現法定清淨故內空清淨內空清淨故一切智智清淨何以故若法定清淨若內空清淨若一切智智清淨無二無二分無別無斷故法定清淨故外空內外空空空大空勝義空有爲空無爲空畢竟空無際空散空無變異空本性空自相空共相空一切法空不可得空無性空自性空無性自性空清淨外空乃至無性自性空清淨故一切智智清淨何以故若法定清淨若外空乃至無性自性空清淨若一切智智清淨無二無二分無別無斷故善現法定清淨故眞如清淨眞如清淨故一切智智清淨何以故若法定清淨若眞如清淨若一切智智清淨無二無二分無別無斷故法定清淨故法界法性不虛妄性不變異性平等性離生性法住實際虛空界不思議界清淨法界乃至不思議界清淨故一切智智清淨何以故若法定清淨若法界乃至不思議界清淨若一切智智清淨無二無二分無別無斷故善現法定清淨故苦聖諦清淨苦聖諦清淨故一切智智清淨何以故若法定清淨若苦聖諦清淨若一切智智清淨無二無二分無別無斷故法定清淨故集滅道聖諦清淨集滅道聖諦清淨故一切智智清淨何以故若法定清淨若集滅道聖諦清淨若一切智智清淨無二無二分無別無斷故善現法定清淨故四靜慮清淨四靜慮清淨故

一切智智清淨何以故若法定清淨若四靜慮清淨若一切智智清淨無二無二分無別無斷故法定清淨故四無量四無色定清淨四無量四無色定清淨故一切智智清淨何以故若法定清淨若四無量四無色定清淨若一切智智清淨無二無二分無別無斷故善現法定清淨故八解脫清淨八解脫清淨故一切智智清淨何以故若法定清淨若八解脫清淨若一切智智清淨無二無二分無別無斷故法定清淨故八勝處九次第定十遍處清淨八勝處九次第定十遍處清淨故一切智智清淨何以故若法定清淨若八勝處九次第定十遍處清淨若一切智智清淨無二無二分無別無斷故善現法定清淨故四念住清淨四念住清淨故一切智智清淨何以故若法定清淨若四念住清淨若一切智智清淨無二無二分無別無斷故法定清淨故四正斷四神足五根五力七等覺支八聖道支清淨四正斷乃至八聖道支清淨故一切智智清淨何以故若法定清淨若四正斷乃至八聖道支清淨若一切智智清淨無二無二分無別無斷故善現法定清淨故空解脫門清淨空解脫門清淨故一切智智清淨何以故若法定清淨若空解脫門清淨若一切智智清淨無二無二分無別無斷故法定清淨故無相無願解脫門清淨無相無願解脫門清淨故一切智智清淨何以故若法定清淨若無相無願解脫門清淨若一切智智清淨無二無二分無別無斷故善現法定清淨故菩薩十地清淨菩薩十地清淨故一

切智智清淨何以故若法定清淨若菩薩十地清淨若一切智智清淨無二無二分無別無斷故善現法定清淨故五眼清淨五眼清淨故一切智智清淨何以故若法定清淨若五眼清淨若一切智智清淨無二無二分無別無斷故法定清淨故六神通清淨六神通清淨故一切智智清淨何以故若法定清淨若六神通清淨若一切智智清淨無二無二分無別無斷故善現法定清淨故佛十力清淨佛十力清淨故一切智智清淨何以故若法定清淨若佛十力清淨若一切智智清淨無二無二分無別無斷故法定清淨故四無所畏四無礙解大慈大悲大喜大捨十八佛不共法清淨四無所畏乃至十八佛不共法清淨故一切智智清淨何以故若法定清淨若四無所畏乃至十八佛不共法清淨若一切智智清淨無二無二分無別無斷故善現法定清淨故無忘失法清淨無忘失法清淨故一切智智清淨何以故若法定清淨若無忘失法清淨若一切智智清淨無二無二分無別無斷故法定清淨故恒住捨性清淨恒住捨性清淨故一切智智清淨何以故若法定清淨若恒住捨性清淨若一切智智清淨無二無二分無別無斷故善現法定清淨故一切智清淨一切智清淨故一切智智清淨何以故若法定清淨若一切智清淨若一切智智清淨無二無二分無別無斷故法定清淨故道相智一切相智清淨道相智一切相智清淨故一切智智清淨何以故若法定清淨若道相智一切相智清淨若一切智智清

淨無二無二分無別無斷故善現法定清淨故一切陀羅尼門清淨一切陀羅尼門清淨故一切智智清淨何以故若法定清淨若一切陀羅尼門清淨若一切智智清淨無二無二分無別無斷故法定清淨故一切三摩地門清淨一切三摩地門清淨故一切智智清淨何以故若法定清淨若一切三摩地門清淨若一切智智清淨無二無二分無別無斷故善現法定清淨故預流果清淨預流果清淨故一切智智清淨何以故若法定清淨若預流果清淨若一切智智清淨無二無二分無別無斷故法定清淨故一來不還阿羅漢果清淨一來不還阿羅漢果清淨故一切智智清淨何以故若法定清淨若一來不還阿羅漢果清淨若一切智智清淨無二無二分無別無斷故善現法定清淨故獨覺菩提清淨獨覺菩提清淨故一切智智清淨何以故若法定清淨若獨覺菩提清淨若一切智智清淨無二無二分無別無斷故善現法定清淨故一切菩薩摩訶薩行清淨一切菩薩摩訶薩行清淨故一切智智清淨何以故若法定清淨若一切菩薩摩訶薩行清淨若一切智智清淨無二無二分無別無斷故善現法定清淨故諸佛無上正等菩提清淨諸佛無上正等菩提清淨故一切智智清淨何以故若法定清淨若諸佛無上正等菩提清淨若一切智智清淨無二無二分無別無斷故

大般若波羅蜜多經卷第二百二十

大般若波羅蜜多經卷第二百二十一

唐三藏法師玄奘奉　詔譯

初分難信解品第三十四之四十

復次善現法住清淨故色清淨色清淨故一切智智清淨何以故若法住清淨若色清淨若一切智智清淨無二無二分無別無斷故法住清淨故受想行識清淨受想行識清淨故一切智智清淨何以故若法住清淨若受想行識清淨若一切智智清淨無二無二分無別無斷故善現法住清淨故眼處清淨眼處清淨故一切智智清淨何以故若法住清淨若眼處清淨若一切智智清淨無二無二分無別無斷故法住清淨故耳鼻舌身意處清淨耳鼻舌身意處清淨故一切智智清淨何以故若法住清淨若耳鼻舌身意處清淨若一切智智清淨無二無二分無別無斷故善現法住清淨故色處清淨色處清淨故一切智智清淨何以故若法住清淨若色處清淨若一切智智清淨無二無二分無別無斷故法住清淨故聲香味觸法處清淨聲香味觸法處清淨故一切智智清淨何以故若法住清淨若聲香味觸法處清淨若一切智智清淨無二無二分無別無斷故善現法住清淨故眼界清淨眼界清淨故一切智智清淨何以故若法住清淨若眼界清淨若一切智智清淨無二無二分無別無斷故法住清淨故色界眼識界及眼觸眼觸爲緣所生諸受清淨色界乃至眼觸爲緣所生諸受清淨故一切智智清淨何以故若法住清淨若色界乃至眼觸爲緣所生諸受清淨若一切智智

清淨無二無二分無別無斷故善現法住清淨故耳界清淨耳界清淨故一切智智清淨何以故若法住清淨若耳界清淨若一切智智清淨無二無二分無別無斷故法住清淨故聲界耳識界及耳觸耳觸爲緣所生諸受清淨聲界乃至耳觸爲緣所生諸受清淨故一切智智清淨何以故若法住清淨若聲界乃至耳觸爲緣所生諸受清淨若一切智智清淨無二無二分無別無斷故善現法住清淨故鼻界清淨鼻界清淨故一切智智清淨何以故若法住清淨若鼻界清淨若一切智智清淨無二無二分無別無斷故法住清淨故香界鼻識界及鼻觸鼻觸爲緣所生諸受清淨香界乃至鼻觸爲緣所生諸受清淨故一切智智清淨何以故若法住清淨若香界

乃至鼻觸爲緣所生諸受清淨若一切智智清淨無二無二分無別無斷故善現法住清淨故舌界清淨舌界清淨故一切智智清淨何以故若法住清淨若舌界清淨若一切智智清淨無二無二分無別無斷故法住清淨故味界舌識界及舌觸舌觸爲緣所生諸受清淨味界乃至舌觸爲緣所生諸受清淨故一切智智清淨何以故若法住清淨若味界乃至舌觸爲緣所生諸受清淨若一切智智清淨無二無二分無別無斷故善現法住清淨故身界清淨身界清淨故一切智智清淨何以故若法住清淨若身界清淨若一切智智清淨無二無二分無別無斷故法住清淨故觸界身識界及身觸身觸爲緣所生諸受清淨觸界乃至身觸爲緣所生諸受清淨故

一切智智清淨何以故若法住清淨若觸界乃至身觸爲縁所生諸受清淨若一切智智清淨無二無二分無别無斷故善現法住清淨故意界清淨意界清淨故一切智智清淨何以故若法住清淨若意界清淨若一切智智清淨無二無二分無别無斷故法住清淨故法界意識界及意觸意觸爲縁所生諸受清淨法界乃至意觸爲縁所生諸受清淨故一切智智清淨何以故若法住清淨若法界乃至意觸爲縁所生諸受清淨若一切智智清淨無二無二分無别無斷故善現法住清淨故地界清淨地界清淨故一切智智清淨何以故若法住清淨若地界清淨若一切智智清淨無二無二分無别無斷故法住清淨故水火風空識界清淨水火風空識界清淨

故一切智智清淨何以故若法住清淨若水火風空識界清淨若一切智智清淨無二無二分無别無斷故善現法住清淨故無明清淨無明清淨故一切智智清淨何以故若法住清淨若無明清淨若一切智智清淨無二無二分無别無斷故法住清淨故行識名色六處觸受愛取有生老死愁歎苦憂惱清淨行乃至老死愁歎苦憂惱清淨故一切智智清淨何以故若法住清淨若行乃至老死愁歎苦憂惱清淨若一切智智清淨無二無二分無别無斷故善現法住清淨故布施波羅蜜多清淨布施波羅蜜多清淨故一切智智清淨何以故若法住清淨若布施波羅蜜多清淨若一切智智清淨無二無二分無别無斷故法住清淨故淨戒安忍精進静慮般若

波羅蜜多清淨淨戒乃至般若波羅蜜多清淨故一切智智清淨何以故若法住清淨若淨戒乃至般若波羅蜜多清淨若一切智智清淨無二無二分無別無斷故善現法住清淨故內空清淨內空清淨故一切智智清淨何以故若法住清淨若內空清淨若一切智智清淨無二無二分無別無斷故法住清淨故外空內外空空空大空勝義空有爲空無爲空畢竟空無際空散空無變異空本性空自相空共相空一切法空不可得空無性空自性空無性自性空清淨外空乃至無性自性空清淨故一切智智清淨何以故若法住清淨若外空乃至無性自性空清淨若一切智智清淨無二無二分無別無斷故善現法住清淨故眞如清淨眞如清淨故一切智智

清淨何以故若法住清淨若眞如清淨若一切智智清淨無二無二分無別無斷故法住清淨故法界法性不虛妄性不變異性平等性離生性法定實際虛空界不思議界清淨法界乃至不思議界清淨故一切智智清淨何以故若法住清淨若法界乃至不思議界清淨若一切智智清淨無二無二分無別無斷故善現法住清淨故苦聖諦清淨苦聖諦清淨故一切智智清淨何以故若法住清淨若苦聖諦清淨若一切智智清淨無二無二分無別無斷故法住清淨故集滅道聖諦清淨集滅道聖諦清淨故一切智智清淨何以故若法住清淨若集滅道聖諦清淨若一切智智清淨無二無二分無別無斷故善現法住清淨故四靜慮清淨四靜慮清淨故一切

智智清淨何以故若法住清淨若四靜慮清淨若一切智智清淨無二無二分無別無斷故法住清淨故四無量四無色定清淨四無量四無色定清淨故一切智智清淨何以故若法住清淨若四無量四無色定清淨若一切智智清淨無二無二分無別無斷故善現法住清淨故八解脫清淨八解脫清淨故一切智智清淨何以故若法住清淨若八解脫清淨若一切智智清淨無二無二分無別無斷故法住清淨故八勝處九次第定十徧處清淨八勝處九次第定十徧處清淨故一切智智清淨何以故若法住清淨若八勝處九次第定十徧處清淨若一切智智清淨無二無二分無別無斷故善現法住清淨故四念住清淨四念住清淨故一切智智清淨何以故若法住清淨若四念住清淨若一切智智清淨無二無二分無別無斷故法住清淨故四正斷四神足五根五力七等覺支八聖道支清淨四正斷乃至八聖道支清淨故一切智智清淨何以故若法住清淨若四正斷乃至八聖道支清淨若一切智智清淨無二無二分無別無斷故善現法住清淨故空解脫門清淨空解脫門清淨故一切智智清淨何以故若法住清淨若空解脫門清淨若一切智智清淨無二無二分無別無斷故法住清淨故無相無願解脫門清淨無相無願解脫門清淨故一切智智清淨何以故若法住清淨若無相無願解脫門清淨若一切智智清淨無二無二分無別無斷故善現法住清淨故菩薩十地清淨菩薩十地清淨故一切智

智清淨何以故若法住清淨若菩薩十地清淨若一切智智清淨無二無二分無別無斷故善現法住清淨故五眼清淨五眼清淨故一切智智清淨何以故若法住清淨若五眼清淨若一切智智清淨無二無二分無別無斷故法住清淨故六神通清淨六神通清淨故一切智智清淨何以故若法住清淨若六神通清淨若一切智智清淨無二無二分無別無斷故善現法住清淨故佛十力清淨佛十力清淨故一切智智清淨何以故若法住清淨若佛十力清淨若一切智智清淨無二無二分無別無斷故法住清淨故四無所畏四無礙解大慈大悲大喜大捨十八佛不共法清淨四無所畏乃至十八佛不共法清淨故一切智智清淨何以故若法住清淨若四無所畏乃至十八佛不共法清淨若一切智智清淨無二無二分無別無斷故善現法住清淨故無忘失法清淨無忘失法清淨故一切智智清淨何以故若法住清淨若無忘失法清淨若一切智智清淨無二無二分無別無斷故法住清淨故恒住捨性清淨恒住捨性清淨故一切智智清淨何以故若法住清淨若恒住捨性清淨若一切智智清淨無二無二分無別無斷故善現法住清淨故一切智清淨一切智清淨故一切智智清淨何以故若法住清淨若一切智清淨若一切智智清淨無二無二分無別無斷故法住清淨故道相智一切相智清淨道相智一切相智清淨故一切智智清淨何以故若法住清淨若道相智一切相智清淨若一切智智清淨無

二無二分無別無斷故善現法住清淨故一切陀羅尼門清淨一切陀羅尼門清淨故一切智智清淨何以故若法住清淨若一切陀羅尼門清淨若一切智智清淨無二無二分無別無斷故法住清淨故一切三摩地門清淨一切三摩地門清淨故一切智智清淨何以故若法住清淨若一切三摩地門清淨若一切智智清淨無二無二分無別無斷故善現法住清淨故預流果清淨預流果清淨故一切智智清淨何以故若法住清淨若預流果清淨若一切智智清淨無二無二分無別無斷故法住清淨故一來不還阿羅漢果清淨一來不還阿羅漢果清淨故一切智智清淨何以故若法住清淨若一來不還阿羅漢果清淨若一切智智清淨無二無二分無別無斷故善現法住清淨故獨覺菩提清淨獨覺菩提清淨故一切智智清淨何以故若法住清淨若獨覺菩提清淨若一切智智清淨無二無二分無別無斷故善現法住清淨故一切菩薩摩訶薩行清淨一切菩薩摩訶薩行清淨故一切智智清淨何以故若法住清淨若一切菩薩摩訶薩行清淨若一切智智清淨無二無二分無別無斷故善現法住清淨故諸佛無上正等菩提清淨諸佛無上正等菩提清淨故一切智智清淨何以故若法住清淨若諸佛無上正等菩提清淨若一切智智清淨無二無二分無別無斷故復次善現實際清淨故色清淨色清淨故一切智智清淨何以故若實際清淨若色清淨若一切智智清淨無二無二分無別無斷故實際清

淨故受想行識清淨受想行識清淨故一切智智清淨何以故若實際清淨若受想行識清淨若一切智智清淨無二無二分無別無斷故善現實際清淨故眼處清淨眼處清淨故一切智智清淨何以故若實際清淨若眼處清淨若一切智智清淨無二無二分無別無斷故實際清淨故耳鼻舌身意處清淨耳鼻舌身意處清淨故一切智智清淨何以故若實際清淨若耳鼻舌身意處清淨若一切智智清淨無二無二分無別無斷故善現實際清淨故色處清淨色處清淨故一切智智清淨何以故若實際清淨若色處清淨若一切智智清淨無二無二分無別無斷故實際清淨故聲香味觸法處清淨聲香味觸法處清淨故一切智智清淨何以故若實際清淨若聲香味觸法處清淨若一切智智清淨無二無二分無別無斷故善現實際清淨故眼界清淨眼界清淨故一切智智清淨何以故若實際清淨若眼界清淨若一切智智清淨無二無二分無別無斷故實際清淨故色界眼識界及眼觸眼觸爲緣所生諸受清淨色界乃至眼觸爲緣所生諸受清淨故一切智智清淨何以故若實際清淨若色界乃至眼觸爲緣所生諸受清淨若一切智智清淨無二無二分無別無斷故善現實際清淨故耳界清淨耳界清淨故一切智智清淨何以故若實際清淨若耳界清淨若一切智智清淨無二無二分無別無斷故實際清淨故聲界耳識界及耳觸耳觸爲緣所生諸受清淨聲界乃至耳觸爲緣所生諸受清淨故一切智

智清淨何以故若實際清淨若聲界乃至耳
觸爲緣所生諸受清淨若一切智智清淨無
二無二分無別無斷故善現實際清淨故鼻
界清淨鼻界清淨故一切智智清淨何以故
若實際清淨若鼻界清淨若一切智智清淨
無二無二分無別無斷故實際清淨故香界
鼻識界及鼻觸鼻觸爲緣所生諸受清淨香
界乃至鼻觸爲緣所生諸受清淨故一切智
智清淨何以故若實際清淨若香界乃至鼻
觸爲緣所生諸受清淨若一切智智清淨無
二無二分無別無斷故善現實際清淨故舌
界清淨舌界清淨故一切智智清淨何以故
若實際清淨若舌界清淨若一切智智清淨
無二無二分無別無斷故實際清淨故味界
舌識界及舌觸舌觸爲緣所生諸受清淨味

界乃至舌觸爲緣所生諸受清淨故一切智
智清淨何以故若實際清淨若味界乃至舌
觸爲緣所生諸受清淨若一切智智清淨無
二無二分無別無斷故善現實際清淨故身
界清淨身界清淨故一切智智清淨何以故
若實際清淨若身界清淨若一切智智清淨
無二無二分無別無斷故實際清淨故觸界
身識界及身觸身觸爲緣所生諸受清淨觸
界乃至身觸爲緣所生諸受清淨故一切智
智清淨何以故若實際清淨若觸界乃至身
觸爲緣所生諸受清淨若一切智智清淨無
二無二分無別無斷故善現實際清淨故意
界清淨意界清淨故一切智智清淨何以故
若實際清淨若意界清淨若一切智智清淨
無二無二分無別無斷故實際清淨故法界

意識界及意觸意觸爲緣所生諸受清淨法界乃至意觸爲緣所生諸受清淨故一切智智清淨何以故若實際清淨若法界乃至意觸爲緣所生諸受清淨若一切智智清淨無二無二分無別無斷故善現實際清淨故地界清淨地界清淨故一切智智清淨何以故若實際清淨若地界清淨若一切智智清淨無二無二分無別無斷故實際清淨故水火風空識界清淨水火風空識界清淨故一切智智清淨何以故若實際清淨若水火風空識界清淨若一切智智清淨無二無二分無別無斷故善現實際清淨故無明清淨無明清淨故一切智智清淨何以故若實際清淨若無明清淨若一切智智清淨無二無二分無別無斷故實際清淨故行識名色六處觸受愛取有生老死愁歎苦憂惱清淨行乃至老死愁歎苦憂惱清淨故一切智智清淨何以故若實際清淨若行乃至老死愁歎苦憂惱清淨若一切智智清淨無二無二分無別無斷故善現實際清淨故布施波羅蜜多清淨布施波羅蜜多清淨故一切智智清淨何以故若實際清淨若布施波羅蜜多清淨若一切智智清淨無二無二分無別無斷故實際清淨故淨戒安忍精進靜慮般若波羅蜜多清淨淨戒乃至般若波羅蜜多清淨故一切智智清淨何以故若實際清淨若淨戒乃至般若波羅蜜多清淨若一切智智清淨無二無二分無別無斷故善現實際清淨故內空清淨內空清淨故一切智智清淨何以故若實際清淨若內空清淨若一切智智清淨

無二無二分無別無斷故實際清淨故外空內外空空空大空勝義空有爲空無爲空畢竟空無際空散空無變異空本性空自相空共相空一切法空不可得空無性空自性空無性自性空清淨外空乃至無性自性空清淨故一切智智清淨何以故若實際清淨若外空乃至無性自性空清淨若一切智智清淨無二無二分無別無斷故善現實際清淨故真如清淨真如清淨故一切智智清淨何以故若實際清淨若真如清淨若一切智智清淨無二無二分無別無斷故實際清淨故法界法性不虛妄性不變異性平等性離生性法定法住虛空界不思議界清淨法界乃至不思議界清淨故一切智智清淨何以故若實際清淨若法界乃至不思議界清淨若

一切智智清淨無二無二分無別無斷故善現實際清淨故苦聖諦清淨苦聖諦清淨故一切智智清淨何以故若實際清淨若苦聖諦清淨若一切智智清淨無二無二分無別無斷故實際清淨故集滅道聖諦清淨集滅道聖諦清淨故一切智智清淨何以故若實際清淨若集滅道聖諦清淨若一切智智清淨無二無二分無別無斷故善現實際清淨故四靜慮清淨四靜慮清淨故一切智智清淨何以故若實際清淨若四靜慮清淨若一切智智清淨無二無二分無別無斷故實際清淨故四無量四無色定清淨四無量四無色定清淨故一切智智清淨何以故若實際清淨若四無量四無色定清淨若一切智智清淨無二無二分無別無斷故善現實際清

淨故八解脫清淨八解脫清淨故一切智智清淨何以故若實際清淨若八解脫清淨若一切智智清淨無二無二分無別無斷故實際清淨故八勝處九次第定十徧處清淨八勝處九次第定十徧處清淨故一切智智清淨何以故若實際清淨若八勝處九次第定十徧處清淨若一切智智清淨無二無二分無別無斷故善現實際清淨故四念住清淨四念住清淨故一切智智清淨何以故若實際清淨若四念住清淨若一切智智清淨無二無二分無別無斷故實際清淨故四正斷四神足五根五力七等覺支八聖道支清淨四正斷乃至八聖道支清淨故一切智智清淨何以故若實際清淨若四正斷乃至八聖道支清淨若一切智智清淨無二無二分無別無斷故善現實際清淨故空解脫門清淨空解脫門清淨故一切智智清淨何以故若實際清淨若空解脫門清淨若一切智智清淨無二無二分無別無斷故實際清淨故無相無願解脫門清淨無相無願解脫門清淨故一切智智清淨何以故若實際清淨若無相無願解脫門清淨若一切智智清淨無二無二分無別無斷故善現實際清淨故菩薩十地清淨菩薩十地清淨故一切智智清淨何以故若實際清淨若菩薩十地清淨若一切智智清淨無二無二分無別無斷故善現實際清淨故五眼清淨五眼清淨故一切智智清淨何以故若實際清淨若五眼清淨若一切智智清淨無二無二分無別無斷故實際清淨故六神通清淨六神通清淨故一切

智智清淨何以故若實際清淨若六神通清淨若一切智智清淨無二無二分無別無斷故善現實際清淨故佛十力清淨佛十力清淨故一切智智清淨何以故若實際清淨若佛十力清淨若一切智智清淨無二無二分無別無斷故實際清淨故四無所畏四無礙解大慈大悲大喜大捨十八佛不共法清淨四無所畏乃至十八佛不共法清淨故一切智智清淨何以故若實際清淨若四無所畏乃至十八佛不共法清淨若一切智智清淨無二無二分無別無斷故善現實際清淨故無忘失法清淨無忘失法清淨故一切智智清淨何以故若實際清淨若無忘失法清淨若一切智智清淨無二無二分無別無斷故實際清淨故恒住捨性清淨恒住捨性清淨故一切智智清淨何以故若實際清淨若恒住捨性清淨若一切智智清淨無二無二分無別無斷故善現實際清淨故一切智清淨一切智清淨故一切智智清淨何以故若實際清淨若一切智清淨若一切智智清淨無二無二分無別無斷故實際清淨故道相智一切相智清淨道相智一切相智清淨故一切智智清淨何以故若實際清淨若道相智一切相智清淨若一切智智清淨無二無二分無別無斷故善現實際清淨故一切陀羅尼門清淨一切陀羅尼門清淨故一切智智清淨何以故若實際清淨若一切陀羅尼門清淨若一切智智清淨無二無二分無別無斷故實際清淨故一切三摩地門清淨一切三摩地門清淨故一切智智清淨何以故若

實際清淨若一切三摩地門清淨若一切智智清淨無二無二分無別無斷故善現實際清淨故預流果清淨預流果清淨故一切智智清淨何以故若實際清淨若預流果清淨若一切智智清淨無二無二分無別無斷故實際清淨故一來不還阿羅漢果清淨一來不還阿羅漢果清淨故一切智智清淨何以故若實際清淨若一來不還阿羅漢果清淨若一切智智清淨無二無二分無別無斷故善現實際清淨故獨覺菩提清淨獨覺菩提清淨故一切智智清淨何以故若實際清淨若獨覺菩提清淨若一切智智清淨無二無二分無別無斷故善現實際清淨故一切菩薩摩訶薩行清淨一切菩薩摩訶薩行清淨故一切智智清淨何以故若實際清淨若一切菩薩摩訶薩行清淨若一切智智清淨無二無二分無別無斷故善現實際清淨故諸佛無上正等菩提清淨諸佛無上正等菩提清淨故一切智智清淨何以故若實際清淨若諸佛無上正等菩提清淨若一切智智清淨無二無二分無別無斷故

大般若波羅蜜多經卷第二百二十一

大般若波羅蜜多經卷第二百二十二

唐三藏法師玄奘奉詔譯

初分難信解品第三十四之四十一

復次善現虛空界清淨故色清淨色清淨故一切智智清淨何以故若虛空界清淨若色清淨若一切智智清淨無二無二分無別無斷故虛空界清淨故受想行識清淨受想行識清淨故一切智智清淨何以故若虛空界清淨若受想行識清淨若一切智智清淨無二無二分無別無斷故善現虛空界清淨故眼處清淨眼處清淨故一切智智清淨何以故若虛空界清淨若眼處清淨若一切智智清淨無二無二分無別無斷故虛空界清淨故耳鼻舌身意處清淨耳鼻舌身意處清淨故一切智智清淨何以故若虛空界清淨若耳鼻舌身意處清淨若一切智智清淨無二無二分無別無斷故善現虛空界清淨故色處清淨色處清淨故一切智智清淨何以故若虛空界清淨若色處清淨若一切智智清淨無二無二分無別無斷故虛空界清淨故聲香味觸法處清淨聲香味觸法處清淨故一切智智清淨何以故若虛空界清淨若聲香味觸法處清淨若一切智智清淨無二無二分無別無斷故善現虛空界清淨故眼界清淨眼界清淨故一切智智清淨何以故若虛空界清淨若眼界清淨若一切智智清淨無二無二分無別無斷故虛空界清淨故色界眼識界及眼觸眼觸為緣所生諸受清淨色界乃至眼觸為緣所生諸受清淨故一切智智清淨何以故若虛空界清淨若色界乃

至眼觸爲緣所生諸受清淨若一切智智清淨無二無二分無別無斷故善現虛空界清淨故耳界清淨耳界清淨故一切智智清淨何以故若虛空界清淨若耳界清淨若一切智智清淨無二無二分無別無斷故虛空界清淨故聲界耳識界及耳觸耳觸爲緣所生諸受清淨聲界乃至耳觸爲緣所生諸受清淨故一切智智清淨何以故若虛空界清淨若聲界乃至耳觸爲緣所生諸受清淨若一切智智清淨無二無二分無別無斷故善現虛空界清淨故鼻界清淨鼻界清淨故一切智智清淨何以故若虛空界清淨若鼻界清淨若一切智智清淨無二無二分無別無斷故虛空界清淨故香界鼻識界及鼻觸鼻觸爲緣所生諸受清淨香界乃至鼻觸爲緣所生諸受清淨故一切智智清淨何以故若虛空界清淨若香界乃至鼻觸爲緣所生諸受清淨若一切智智清淨無二無二分無別無斷故善現虛空界清淨故舌界清淨舌界清淨故一切智智清淨何以故若虛空界清淨若舌界清淨若一切智智清淨無二無二分無別無斷故虛空界清淨故味界舌識界及舌觸舌觸爲緣所生諸受清淨味界乃至舌觸爲緣所生諸受清淨故一切智智清淨何以故若虛空界清淨若味界乃至舌觸爲緣所生諸受清淨若一切智智清淨無二無二分無別無斷故善現虛空界清淨故身界清淨身界清淨故一切智智清淨何以故若虛空界清淨若身界清淨若一切智智清淨無二無二分無別無斷故虛空界清淨故觸界

身識界及身觸身觸爲緣所生諸受清淨觸界乃至身觸爲緣所生諸受清淨故一切智智清淨何以故若虛空界清淨若觸界乃至身觸爲緣所生諸受清淨若一切智智清淨無二無二分無別無斷故善現虛空界清淨故意界清淨意界清淨故一切智智清淨何以故若虛空界清淨若意界清淨若一切智智清淨無二無二分無別無斷故虛空界清淨故法界意識界及意觸意觸爲緣所生諸受清淨法界乃至意觸爲緣所生諸受清淨故一切智智清淨何以故若虛空界清淨若法界乃至意觸爲緣所生諸受清淨若一切智智清淨無二無二分無別無斷故善現虛空界清淨故地界清淨地界清淨故一切智智清淨何以故若虛空界清淨若地界清淨若一切智智清淨無二無二分無別無斷故虛空界清淨故水火風空識界清淨水火風空識界清淨故一切智智清淨何以故若虛空界清淨若水火風空識界清淨若一切智智清淨無二無二分無別無斷故善現虛空界清淨故無明清淨無明清淨故一切智智清淨何以故若虛空界清淨若無明清淨若一切智智清淨無二無二分無別無斷故虛空界清淨故行識名色六處觸受愛取有生老死愁歎苦憂惱清淨行乃至老死愁歎苦憂惱清淨故一切智智清淨何以故若虛空界清淨若行乃至老死愁歎苦憂惱清淨若一切智智清淨無二無二分無別無斷故善現虛空界清淨故布施波羅蜜多清淨布施波羅蜜多清淨故一切智智清淨何以故若

虛空界清淨若布施波羅蜜多清淨若一切智智清淨無二無二分無別無斷故虛空界清淨故淨戒安忍精進靜慮般若波羅蜜多清淨淨戒乃至般若波羅蜜多清淨故一切智智清淨何以故若虛空界清淨若淨戒乃至般若波羅蜜多清淨若一切智智清淨無二無二分無別無斷故善現虛空界清淨故內空清淨內空清淨故一切智智清淨何以故若虛空界清淨若內空清淨若一切智智清淨無二無二分無別無斷故虛空界清淨故外空內外空空空大空勝義空有爲空無爲空畢竟空無際空散空無變異空本性空自相空共相空一切法空不可得空無性空自性空無性自性空清淨外空乃至無性自性空清淨故一切智智清淨何以故若虛空界清淨若外空乃至無性自性空清淨若一切智智清淨無二無二分無別無斷故善現虛空界清淨故真如清淨真如清淨故一切智智清淨何以故若虛空界清淨若真如清淨若一切智智清淨無二無二分無別無斷故虛空界清淨故法界法性不虛妄性不變異性平等性離生性法定法住實際不思議界清淨法界乃至不思議界清淨故一切智智清淨何以故若虛空界清淨若法界乃至不思議界清淨若一切智智清淨無二無二分無別無斷故善現虛空界清淨故苦聖諦清淨苦聖諦清淨故一切智智清淨何以故若虛空界清淨若苦聖諦清淨若一切智智清淨無二無二分無別無斷故虛空界清淨故集滅道聖諦清淨集滅道聖諦清淨故一

切智智清淨何以故若虛空界清淨若集滅道聖諦清淨若一切智智清淨無二無二分無別無斷故善現虛空界清淨故四靜慮清淨四靜慮清淨故一切智智清淨何以故若虛空界清淨若四靜慮清淨若一切智智清淨無二無二分無別無斷故虛空界清淨故四無量四無色定清淨四無量四無色定清淨故一切智智清淨何以故若虛空界清淨若四無量四無色定清淨若一切智智清淨無二無二分無別無斷故善現虛空界清淨故八解脫清淨八解脫清淨故一切智智清淨何以故若虛空界清淨若八解脫清淨若一切智智清淨無二無二分無別無斷故虛空界清淨故八勝處九次第定十徧處清淨八勝處九次第定十徧處清淨故一切智智清淨何以故若虛空界清淨若八勝處九次第定十徧處清淨若一切智智清淨無二無二分無別無斷故善現虛空界清淨故四念住清淨四念住清淨故一切智智清淨何以故若虛空界清淨若四念住清淨若一切智智清淨無二無二分無別無斷故虛空界清淨故四正斷四神足五根五力七等覺支八聖道支清淨四正斷乃至八聖道支清淨故一切智智清淨何以故若虛空界清淨若四正斷乃至八聖道支清淨若一切智智清淨無二無二分無別無斷故善現虛空界清淨故空解脫門清淨空解脫門清淨故一切智智清淨何以故若虛空界清淨若空解脫門清淨若一切智智清淨無二無二分無別無斷故虛空界清淨故無相無願解脫門清淨

無相無願解脱門清淨故一切智智清淨何以故若虚空界清淨若無相無願解脱門清淨若一切智智清淨無二無二分無别無斷故善現虚空界清淨故菩薩十地清淨菩薩十地清淨故一切智智清淨何以故若虚空界清淨若菩薩十地清淨若一切智智清淨無二無二分無别無斷故善現虚空界清淨故五眼清淨五眼清淨故一切智智清淨何以故若虚空界清淨若五眼清淨若一切智智清淨無二無二分無别無斷故虚空界清淨故六神通清淨六神通清淨故一切智智清淨何以故若虚空界清淨若六神通清淨若一切智智清淨無二無二分無别無斷故善現虚空界清淨故佛十力清淨佛十力清淨故一切智智清淨何以故若虚空界清淨若佛十力清淨若一切智智清淨無二無二分無别無斷故虚空界清淨故四無所畏四無礙解大慈大悲大喜大捨十八佛不共法清淨四無所畏乃至十八佛不共法清淨故一切智智清淨何以故若虚空界清淨若四無所畏乃至十八佛不共法清淨若一切智智清淨無二無二分無别無斷故善現虚空界清淨故無忘失法清淨無忘失法清淨故一切智智清淨何以故若虚空界清淨若無忘失法清淨若一切智智清淨無二無二分無别無斷故虚空界清淨故恒住捨性清淨恒住捨性清淨故一切智智清淨何以故若虚空界清淨若恒住捨性清淨若一切智智清淨無二無二分無别無斷故善現虚空界清淨故一切智清淨一切智清淨故一切智

智清淨何以故若虛空界清淨若一切智清淨若一切智智清淨無二無二分無別無斷故虛空界清淨故道相智一切相智清淨道相智一切相智清淨故一切智智清淨何以故若虛空界清淨若道相智一切相智清淨若一切智智清淨無二無二分無別無斷故善現虛空界清淨故一切陀羅尼門清淨一切陀羅尼門清淨故一切智智清淨何以故若虛空界清淨若一切陀羅尼門清淨若一切智智清淨無二無二分無別無斷故虛空界清淨故一切三摩地門清淨一切三摩地門清淨故一切智智清淨何以故若虛空界清淨若一切三摩地門清淨若一切智智清淨無二無二分無別無斷故善現虛空界清淨故預流果清淨預流果清淨故一切智智清淨何以故若虛空界清淨若預流果清淨若一切智智清淨無二無二分無別無斷故虛空界清淨故一來不還阿羅漢果清淨一來不還阿羅漢果清淨故一切智智清淨何以故若虛空界清淨若一來不還阿羅漢果清淨若一切智智清淨無二無二分無別無斷故善現虛空界清淨故獨覺菩提清淨獨覺菩提清淨故一切智智清淨何以故若虛空界清淨若獨覺菩提清淨若一切智智清淨無二無二分無別無斷故善現虛空界清淨故一切菩薩摩訶薩行清淨一切菩薩摩訶薩行清淨故一切智智清淨何以故若虛空界清淨若一切菩薩摩訶薩行清淨若一切智智清淨無二無二分無別無斷故善現虛空界清淨故諸佛無上正等菩提清淨諸

佛無上正等菩提清淨故一切智智清淨何以故若虛空界清淨若諸佛無上正等菩提清淨若一切智智清淨無二無二分無別無斷故復次善現不思議界清淨故色清淨色清淨故一切智智清淨何以故若不思議界清淨若色清淨若一切智智清淨無二無二分無別無斷故不思議界清淨故受想行識清淨受想行識清淨故一切智智清淨何以故若不思議界清淨若受想行識清淨若一切智智清淨無二無二分無別無斷故善現不思議界清淨故眼處清淨眼處清淨故一切智智清淨何以故若不思議界清淨若眼處清淨若一切智智清淨無二無二分無別無斷故不思議界清淨故耳鼻舌身意處清淨耳鼻舌身意處清淨故一切智智清淨何以故若不思議界清淨若耳鼻舌身意處清淨若一切智智清淨無二無二分無別無斷故善現不思議界清淨故色處清淨色處清淨故一切智智清淨何以故若不思議界清淨若色處清淨若一切智智清淨無二無二分無別無斷故不思議界清淨故聲香味觸法處清淨聲香味觸法處清淨故一切智智清淨何以故若不思議界清淨若聲香味觸法處清淨若一切智智清淨無二無二分無別無斷故善現不思議界清淨故眼界清淨眼界清淨故一切智智清淨何以故若不思議界清淨若眼界清淨若一切智智清淨無二無二分無別無斷故不思議界清淨故色界眼識界及眼觸眼觸爲緣所生諸受清淨色界乃至眼觸爲緣所生諸受清淨故一切

智智清淨何以故若不思議界清淨若色界乃至眼觸爲縁所生諸受清淨若一切智智清淨無二無二分無别無斷故善現不思議界清淨故耳界清淨耳界清淨故一切智智清淨何以故若不思議界清淨若耳界清淨若一切智智清淨無二無二分無别無斷故不思議界清淨故聲界耳識界及耳觸耳觸爲縁所生諸受清淨聲界乃至耳觸爲縁所生諸受清淨故一切智智清淨何以故若不思議界清淨若聲界乃至耳觸爲縁所生諸受清淨若一切智智清淨無二無二分無别無斷故善現不思議界清淨故鼻界清淨鼻界清淨故一切智智清淨何以故若不思議界清淨若鼻界清淨若一切智智清淨無二無二分無别無斷故不思議界清淨故香界鼻識界及鼻觸鼻觸爲縁所生諸受清淨香界乃至鼻觸爲縁所生諸受清淨故一切智智清淨何以故若不思議界清淨若香界乃至鼻觸爲縁所生諸受清淨若一切智智清淨無二無二分無别無斷故善現不思議界清淨故舌界清淨舌界清淨故一切智智清淨何以故若不思議界清淨若舌界清淨若一切智智清淨無二無二分無别無斷故不思議界清淨故味界舌識界及舌觸舌觸爲縁所生諸受清淨味界乃至舌觸爲縁所生諸受清淨故一切智智清淨何以故若不思議界清淨若味界乃至舌觸爲縁所生諸受清淨若一切智智清淨無二無二分無别無斷故善現不思議界清淨故身界清淨身界清淨故一切智智清淨何以故若不思議界

清淨若身界清淨若一切智智清淨無二無二分無別無斷故不思議界清淨故觸界身識界及身觸身觸爲緣所生諸受清淨觸界乃至身觸爲緣所生諸受清淨故一切智智清淨何以故若不思議界清淨若觸界乃至身觸爲緣所生諸受清淨若一切智智清淨無二無二分無別無斷故善現不思議界清淨故意界清淨意界清淨故一切智智清淨何以故若不思議界清淨若意界清淨若一切智智清淨無二無二分無別無斷故不思議界清淨故法界意識界及意觸意觸爲緣所生諸受清淨法界乃至意觸爲緣所生諸受清淨故一切智智清淨何以故若不思議界清淨若法界乃至意觸爲緣所生諸受清淨若一切智智清淨無二無二分無別無斷故善現不思議界清淨故地界清淨地界清淨故一切智智清淨何以故若不思議界清淨若地界清淨若一切智智清淨無二無二分無別無斷故不思議界清淨故水火風空識界清淨水火風空識界清淨故一切智智清淨何以故若不思議界清淨若水火風空識界清淨若一切智智清淨無二無二分無別無斷故善現不思議界清淨故無明清淨無明清淨故一切智智清淨何以故若不思議界清淨若無明清淨若一切智智清淨無二無二分無別無斷故不思議界清淨故行識名色六處觸受愛取有生老死愁歎苦憂惱清淨行乃至老死愁歎苦憂惱清淨故一切智智清淨何以故若不思議界清淨若行乃至老死愁歎苦憂惱清淨若一切智智清

淨無二無二分無别無斷故善現不思議界清淨故布施波羅蜜多清淨布施波羅蜜多清淨故一切智智清淨何以故若不思議界清淨若布施波羅蜜多清淨若一切智智清淨無二無二分無别無斷故不思議界清淨故淨戒安忍精進靜慮般若波羅蜜多清淨淨戒乃至般若波羅蜜多清淨故一切智智清淨何以故若不思議界清淨若淨戒乃至般若波羅蜜多清淨若一切智智清淨無二無二分無别無斷故善現不思議界清淨故內空清淨內空清淨故一切智智清淨何以故若不思議界清淨若內空清淨若一切智智清淨無二無二分無别無斷故不思議界清淨故外空內外空空空大空勝義空有爲空無爲空畢竟空無際空散空無變異空本性空自相空共相空一切法空不可得空無性空自性空無性自性空清淨外空乃至無性自性空清淨故一切智智清淨何以故若不思議界清淨若外空乃至無性自性空清淨若一切智智清淨無二無二分無别無斷故善現不思議界清淨故真如清淨真如清淨故一切智智清淨何以故若不思議界清淨若真如清淨若一切智智清淨無二無二分無别無斷故不思議界清淨故法界法性不虛妄性不變異性平等性離生性法定法住實際虛空界清淨法界乃至虛空界清淨故一切智智清淨何以故若不思議界清淨若法界乃至虛空界清淨若一切智智清淨無二無二分無别無斷故善現不思議界清淨故苦聖諦清淨苦聖諦清淨故一切智智

清淨何以故若不思議界清淨若苦聖諦清淨若一切智智清淨無二無二分無別無斷故不思議界清淨故集滅道聖諦清淨集滅道聖諦清淨故一切智智清淨何以故若不思議界清淨若集滅道聖諦清淨若一切智智清淨無二無二分無別無斷故善現不思議界清淨故四靜慮清淨四靜慮清淨故一切智智清淨何以故若不思議界清淨若四靜慮清淨若一切智智清淨無二無二分無別無斷故不思議界清淨故四無量四無色定清淨四無量四無色定清淨故一切智智清淨何以故若不思議界清淨若四無量四無色定清淨若一切智智清淨無二無二分無別無斷故善現不思議界清淨故八解脱清淨八解脱清淨故一切智智清淨何以故

若不思議界清淨若八解脱清淨若一切智智清淨無二無二分無別無斷故不思議界清淨故八勝處九次第定十徧處清淨八勝處九次第定十徧處清淨故一切智智清淨何以故若不思議界清淨若八勝處九次第定十徧處清淨若一切智智清淨無二無二分無別無斷故善現不思議界清淨故四念住清淨四念住清淨故一切智智清淨何以故若不思議界清淨若四念住清淨若一切智智清淨無二無二分無別無斷故不思議界清淨故四正斷四神足五根五力七等覺支八聖道支清淨四正斷乃至八聖道支清淨故一切智智清淨何以故若不思議界清淨若四正斷乃至八聖道支清淨若一切智智清淨無二無二分無別無斷故善現不思

議界清淨故空解脫門清淨空解脫門清淨故一切智智清淨何以故若不思議界清淨若空解脫門清淨若一切智智清淨無二無二分無別無斷故不思議界清淨故無相無願解脫門清淨無相無願解脫門清淨故一切智智清淨何以故若不思議界清淨若無相無願解脫門清淨若一切智智清淨無二無二分無別無斷故善現不思議界清淨故菩薩十地清淨菩薩十地清淨故一切智智清淨何以故若不思議界清淨若菩薩十地清淨若一切智智清淨無二無二分無別無斷故善現不思議界清淨故五眼清淨五眼清淨故一切智智清淨何以故若不思議界清淨若五眼清淨若一切智智清淨無二無二分無別無斷故不思議界清淨故六神通清淨六神通清淨故一切智智清淨何以故若不思議界清淨若六神通清淨若一切智智清淨無二無二分無別無斷故善現不思議界清淨故佛十力清淨佛十力清淨故一切智智清淨何以故若不思議界清淨若佛十力清淨若一切智智清淨無二無二分無別無斷故不思議界清淨故四無所畏四無礙解大慈大悲大喜大捨十八佛不共法清淨四無所畏乃至十八佛不共法清淨故一切智智清淨何以故若不思議界清淨若四無所畏乃至十八佛不共法清淨若一切智智清淨無二無二分無別無斷故善現不思議界清淨故無忘失法清淨無忘失法清淨故一切智智清淨何以故若不思議界清淨若無忘失法清淨若一切智智清淨無二無

二分無別無斷故不思議界清淨故恒住捨性清淨恒住捨性清淨故一切智智清淨何以故若不思議界清淨若恒住捨性清淨若一切智智清淨無二無二分無別無斷故善現不思議界清淨故一切智清淨一切智清淨故一切智智清淨何以故若不思議界清淨若一切智清淨若一切智智清淨無二無二分無別無斷故不思議界清淨故道相智一切相智清淨道相智一切相智清淨故一切智智清淨何以故若不思議界清淨若道相智一切相智清淨若一切智智清淨無二無二分無別無斷故善現不思議界清淨故一切陀羅尼門清淨一切陀羅尼門清淨故一切智智清淨何以故若不思議界清淨若一切陀羅尼門清淨若一切智智清淨無二無二分無別無斷故不思議界清淨故一切三摩地門清淨一切三摩地門清淨故一切智智清淨何以故若不思議界清淨若一切三摩地門清淨若一切智智清淨無二無二分無別無斷故善現不思議界清淨故預流果清淨預流果清淨故一切智智清淨何以故若不思議界清淨若預流果清淨若一切智智清淨無二無二分無別無斷故不思議界清淨故一來不還阿羅漢果清淨一來不還阿羅漢果清淨故一切智智清淨何以故若不思議界清淨若一來不還阿羅漢果清淨若一切智智清淨無二無二分無別無斷故善現不思議界清淨故獨覺菩提清淨獨覺菩提清淨故一切智智清淨何以故若不思議界清淨若獨覺菩提清淨若一切智智

清淨無二無二分無別無斷故善現不思議界清淨故一切菩薩摩訶薩行清淨一切菩薩摩訶薩行清淨故一切智智清淨何以故若不思議界清淨若一切菩薩摩訶薩行清淨若一切智智清淨無二無二分無別無斷故善現不思議界清淨故諸佛無上正等菩提清淨諸佛無上正等菩提清淨故一切智智清淨何以故若不思議界清淨若諸佛無上正等菩提清淨若一切智智清淨無二無二分無別無斷故

大般若波羅蜜多經卷第二百二十二

大般若波羅蜜多經卷第二百二十三

唐三藏法師玄奘奉　詔譯

初分難信解品第三十四之四十二

復次善現苦聖諦清淨故色清淨色清淨故一切智智清淨何以故若苦聖諦清淨若色清淨若一切智智清淨無二無二分無別無斷故苦聖諦清淨故受想行識清淨受想行識清淨故一切智智清淨何以故若苦聖諦清淨若受想行識清淨若一切智智清淨無二無二分無別無斷故善現苦聖諦清淨故眼處清淨眼處清淨故一切智智清淨何以故若苦聖諦清淨若眼處清淨若一切智智清淨無二無二分無別無斷故苦聖諦清淨故耳鼻舌身意處清淨耳鼻舌身意處清淨故一切智智清淨何以故若苦聖諦清淨若耳鼻舌身意處清淨若一切智智清淨無二無二分無別無斷故善現苦聖諦清淨故色處清淨色處清淨故一切智智清淨何以故若苦聖諦清淨若色處清淨若一切智智清淨無二無二分無別無斷故苦聖諦清淨故聲香味觸法處清淨聲香味觸法處清淨故一切智智清淨何以故若苦聖諦清淨若聲香味觸法處清淨若一切智智清淨無二無二分無別無斷故善現苦聖諦清淨故眼界清淨眼界清淨故一切智智清淨何以故若苦聖諦清淨若眼界清淨若一切智智清淨無二無二分無別無斷故苦聖諦清淨故色界眼識界及眼觸眼觸爲緣所生諸受清淨色界乃至眼觸爲緣所生諸受清淨故一切智智清淨何以故若苦聖諦清淨若色界乃

至眼觸爲緣所生諸受清淨若一切智智清淨無二無二分無別無斷故善現苦聖諦清淨故耳界清淨耳界清淨故一切智智清淨何以故若苦聖諦清淨若耳界清淨若一切智智清淨無二無二分無別無斷故苦聖諦清淨故聲界耳識界及耳觸耳觸爲緣所生諸受清淨聲界乃至耳觸爲緣所生諸受清淨故一切智智清淨何以故若苦聖諦清淨若聲界乃至耳觸爲緣所生諸受清淨若一切智智清淨無二無二分無別無斷故善現苦聖諦清淨故鼻界清淨鼻界清淨故一切智智清淨何以故若苦聖諦清淨若鼻界清淨若一切智智清淨無二無二分無別無斷故苦聖諦清淨故香界鼻識界及鼻觸鼻觸爲緣所生諸受清淨香界乃至鼻觸爲緣所生諸受清淨故一切智智清淨何以故若苦聖諦清淨若香界乃至鼻觸爲緣所生諸受清淨若一切智智清淨無二無二分無別無斷故善現苦聖諦清淨故舌界清淨舌界清淨故一切智智清淨何以故若苦聖諦清淨若舌界清淨若一切智智清淨無二無二分無別無斷故苦聖諦清淨故味界舌識界及舌觸舌觸爲緣所生諸受清淨味界乃至舌觸爲緣所生諸受清淨故一切智智清淨何以故若苦聖諦清淨若味界乃至舌觸爲緣所生諸受清淨若一切智智清淨無二無二分無別無斷故善現苦聖諦清淨故身界清淨身界清淨故一切智智清淨何以故若苦聖諦清淨若身界清淨若一切智智清淨無二無二分無別無斷故苦聖諦清淨故觸界

身識界及身觸身觸爲縁所生諸受清淨觸界乃至身觸爲縁所生諸受清淨故一切智智清淨何以故若苦聖諦清淨若觸界乃至身觸爲縁所生諸受清淨若一切智智清淨無二無二分無别無斷故善現苦聖諦清淨故意界清淨意界清淨故一切智智清淨何以故若苦聖諦清淨若意界清淨若一切智智清淨無二無二分無别無斷故苦聖諦清淨故法界意識界及意觸意觸爲縁所生諸受清淨法界乃至意觸爲縁所生諸受清淨故一切智智清淨何以故若苦聖諦清淨若法界乃至意觸爲縁所生諸受清淨若一切智智清淨無二無二分無别無斷故善現苦聖諦清淨故地界清淨地界清淨故一切智智清淨何以故若苦聖諦清淨若地界清淨若一切智智清淨無二無二分無别無斷故苦聖諦清淨故水火風空識界清淨水火風空識界清淨故一切智智清淨何以故若苦聖諦清淨若水火風空識界清淨若一切智智清淨無二無二分無别無斷故善現苦聖諦清淨故無明清淨無明清淨故一切智智清淨何以故若苦聖諦清淨若無明清淨若一切智智清淨無二無二分無别無斷故苦聖諦清淨故行識名色六處觸受愛取有生老死愁歎苦憂惱清淨行乃至老死愁歎苦憂惱清淨故一切智智清淨何以故若苦聖諦清淨若行乃至老死愁歎苦憂惱清淨若一切智智清淨無二無二分無别無斷故善現苦聖諦清淨故布施波羅蜜多清淨布施波羅蜜多清淨故一切智智清淨何以故若

苦聖諦清淨若布施波羅蜜多清淨若一切智智清淨無二無二分無別無斷故苦聖諦清淨故淨戒安忍精進靜慮般若波羅蜜多清淨淨戒乃至般若波羅蜜多清淨故一切智智清淨何以故若苦聖諦清淨若淨戒乃至般若波羅蜜多清淨若一切智智清淨無二無二分無別無斷故善現苦聖諦清淨故内空清淨内空清淨故一切智智清淨何以故若苦聖諦清淨若内空清淨若一切智智清淨無二無二分無別無斷故苦聖諦清淨故外空内外空空空大空勝義空有爲空無爲空畢竟空無際空散空無變異空本性空自相空共相空一切法空不可得空無性空自性空無性自性空清淨外空乃至無性自性空清淨故一切智智清淨何以故若苦聖諦清淨若外空乃至無性自性空清淨若一切智智清淨無二無二分無別無斷故善現苦聖諦清淨故真如清淨真如清淨故一切智智清淨何以故若苦聖諦清淨若真如清淨若一切智智清淨無二無二分無別無斷故苦聖諦清淨故法界法性不虛妄性不變異性平等性離生性法定法住實際虛空界不思議界清淨法界乃至不思議界清淨故一切智智清淨何以故若苦聖諦清淨若法界乃至不思議界清淨若一切智智清淨無二無二分無別無斷故善現苦聖諦清淨故集聖諦清淨集聖諦清淨故一切智智清淨何以故若苦聖諦清淨若集聖諦清淨若一切智智清淨無二無二分無別無斷故苦聖諦清淨故滅道聖諦清淨滅道聖諦清淨故

一切智智清淨何以故若苦聖諦清淨若滅道聖諦清淨若一切智智清淨無二無二分無別無斷故善現苦聖諦清淨故四靜慮清淨四靜慮清淨故一切智智清淨何以故若苦聖諦清淨若四靜慮清淨若一切智智清淨無二無二分無別無斷故苦聖諦清淨故四無量四無色定清淨四無量四無色定清淨故一切智智清淨何以故若苦聖諦清淨若四無量四無色定清淨若一切智智清淨無二無二分無別無斷故善現苦聖諦清淨故八解脫清淨八解脫清淨故一切智智清淨何以故若苦聖諦清淨若八解脫清淨若一切智智清淨無二無二分無別無斷故若聖諦清淨故八勝處九次第定十徧處清淨八勝處九次第定十徧處清淨故一切智智清淨何以故若苦聖諦清淨若八勝處九次第定十徧處清淨若一切智智清淨無二無二分無別無斷故善現苦聖諦清淨故四念住清淨四念住清淨故一切智智清淨何以故若苦聖諦清淨若四念住清淨若一切智智清淨無二無二分無別無斷故苦聖諦清淨故四正斷四神足五根五力七等覺支八聖道支清淨四正斷乃至八聖道支清淨故一切智智清淨何以故若苦聖諦清淨若四正斷乃至八聖道支清淨若一切智智清淨無二無二分無別無斷故善現苦聖諦清淨故空解脫門清淨空解脫門清淨故一切智智清淨何以故若苦聖諦清淨若空解脫門清淨若一切智智清淨無二無二分無別無斷故苦聖諦清淨故無相無願解脫門清淨

無相無願解脫門清淨故一切智智清淨何以故若苦聖諦清淨若無相無願解脫門清淨若一切智智清淨無二無二分無別無斷故善現苦聖諦清淨故菩薩十地清淨菩薩十地清淨故一切智智清淨何以故若苦聖諦清淨若菩薩十地清淨若一切智智清淨無二無二分無別無斷故善現苦聖諦清淨故五眼清淨五眼清淨故一切智智清淨何以故若苦聖諦清淨若五眼清淨若一切智智清淨無二無二分無別無斷故苦聖諦清淨故六神通清淨六神通清淨故一切智智清淨何以故若苦聖諦清淨若六神通清淨若一切智智清淨無二無二分無別無斷故善現苦聖諦清淨故佛十力清淨佛十力清淨故一切智智清淨何以故若苦聖諦清淨若佛十力清淨若一切智智清淨無二無二分無別無斷故苦聖諦清淨故四無所畏四無礙解大慈大悲大喜大捨十八佛不共法清淨四無所畏乃至十八佛不共法清淨故一切智智清淨何以故若苦聖諦清淨若四無所畏乃至十八佛不共法清淨若一切智智清淨無二無二分無別無斷故善現苦聖諦清淨故無忘失法清淨無忘失法清淨故一切智智清淨何以故若苦聖諦清淨若無忘失法清淨若一切智智清淨無二無二分無別無斷故苦聖諦清淨故恒住捨性清淨恒住捨性清淨故一切智智清淨何以故若苦聖諦清淨若恒住捨性清淨若一切智智清淨無二無二分無別無斷故善現苦聖諦清淨故一切智清淨一切智清淨故一切智

智清淨何以故若苦聖諦清淨若一切智清
淨若一切智智清淨無二無二分無別無斷
故苦聖諦清淨故道相智一切相智清淨道
相智一切相智清淨故一切智智清淨何以
故若苦聖諦清淨若道相智一切相智清淨
若一切智智清淨無二無二分無別無斷故
善現苦聖諦清淨故一切陀羅尼門清淨一
切陀羅尼門清淨故一切智智清淨何以故
若苦聖諦清淨若一切陀羅尼門清淨若一
切智智清淨無二無二分無別無斷故苦聖
諦清淨故一切三摩地門清淨一切三摩地
門清淨故一切智智清淨何以故若苦聖諦
清淨若一切三摩地門清淨若一切智智清
淨無二無二分無別無斷故善現苦聖諦清
淨故預流果清淨預流果清淨故一切智智

清淨何以故若苦聖諦清淨若預流果清淨
若一切智智清淨無二無二分無別無斷故
苦聖諦清淨故一來不還阿羅漢果清淨一
來不還阿羅漢果清淨故一切智智清淨何
以故若苦聖諦清淨若一來不還阿羅漢果
清淨若一切智智清淨無二無二分無別無
斷故善現苦聖諦清淨故獨覺菩提清淨獨
覺菩提清淨故一切智智清淨何以故若苦
聖諦清淨若獨覺菩提清淨若一切智智清
淨無二無二分無別無斷故善現苦聖諦清
淨故一切菩薩摩訶薩行清淨一切菩薩摩
訶薩行清淨故一切智智清淨何以故若苦
聖諦清淨若一切菩薩摩訶薩行清淨若一
切智智清淨無二無二分無別無斷故善現
苦聖諦清淨故諸佛無上正等菩提清淨諸

佛無上正等菩提清淨故一切智智清淨何以故若苦聖諦清淨若諸佛無上正等菩提清淨若一切智智清淨無二無二分無別無斷故復次善現集聖諦清淨故色清淨色清淨故一切智智清淨何以故若集聖諦清淨若色清淨若一切智智清淨無二無二分無別無斷故集聖諦清淨故受想行識清淨受想行識清淨故一切智智清淨何以故若集聖諦清淨若受想行識清淨若一切智智清淨無二無二分無別無斷故善現集聖諦清淨故眼處清淨眼處清淨故一切智智清淨何以故若集聖諦清淨若眼處清淨若一切智智清淨無二無二分無別無斷故集聖諦清淨故耳鼻舌身意處清淨耳鼻舌身意處清淨故一切智智清淨何以故若集聖諦清淨若耳鼻舌身意處清淨若一切智智清淨無二無二分無別無斷故善現集聖諦清淨故色處清淨色處清淨故一切智智清淨何以故若集聖諦清淨若色處清淨若一切智智清淨無二無二分無別無斷故集聖諦清淨故聲香味觸法處清淨聲香味觸法處清淨故一切智智清淨何以故若集聖諦清淨若聲香味觸法處清淨若一切智智清淨無二無二分無別無斷故善現集聖諦清淨故眼界清淨眼界清淨故一切智智清淨何以故若集聖諦清淨若眼界清淨若一切智智清淨無二無二分無別無斷故集聖諦清淨故色界眼識界及眼觸眼觸爲緣所生諸受清淨色界乃至眼觸爲緣所生諸受清淨故一切智智清淨何以故若集聖諦清淨若色

界乃至眼觸爲緣所生諸受清淨若一切智智清淨無二無二分無別無斷故善現集聖諦清淨故耳界清淨耳界清淨故一切智智清淨何以故若集聖諦清淨若耳界清淨若一切智智清淨無二無二分無別無斷故集聖諦清淨故聲界耳識界及耳觸耳觸爲緣所生諸受清淨聲界乃至耳觸爲緣所生諸受清淨故一切智智清淨何以故若集聖諦清淨若聲界乃至耳觸爲緣所生諸受清淨若一切智智清淨無二無二分無別無斷故善現集聖諦清淨故鼻界清淨鼻界清淨故一切智智清淨何以故若集聖諦清淨若鼻界清淨若一切智智清淨無二無二分無別無斷故集聖諦清淨故香界鼻識界及鼻觸鼻觸爲緣所生諸受清淨香界乃至鼻觸爲緣所生諸受清淨故一切智智清淨何以故若集聖諦清淨若香界乃至鼻觸爲緣所生諸受清淨若一切智智清淨無二無二分無別無斷故善現集聖諦清淨故舌界清淨舌界清淨故一切智智清淨何以故若集聖諦清淨若舌界清淨若一切智智清淨無二無二分無別無斷故集聖諦清淨故味界舌識界及舌觸舌觸爲緣所生諸受清淨味界乃至舌觸爲緣所生諸受清淨故一切智智清淨何以故若集聖諦清淨若味界乃至舌觸爲緣所生諸受清淨若一切智智清淨無二無二分無別無斷故善現集聖諦清淨故身界清淨身界清淨故一切智智清淨何以故若集聖諦清淨若身界清淨若一切智智清淨無二無二分無別無斷故集聖諦清淨故

觸界身識界及身觸身觸爲緣所生諸受清淨觸界乃至身觸爲緣所生諸受清淨故一切智智清淨何以故若集聖諦清淨若觸界乃至身觸爲緣所生諸受清淨若一切智智清淨無二無二分無別無斷故善現集聖諦清淨故意界清淨意界清淨故一切智智清淨何以故若集聖諦清淨若意界清淨若一切智智清淨無二無二分無別無斷故集聖諦清淨故法界意識界及意觸意觸爲緣所生諸受清淨法界乃至意觸爲緣所生諸受清淨故一切智智清淨何以故若集聖諦清淨若法界乃至意觸爲緣所生諸受清淨若一切智智清淨無二無二分無別無斷故善現集聖諦清淨故地界清淨地界清淨故一切智智清淨何以故若集聖諦清淨若地界清淨若一切智智清淨無二無二分無別無斷故集聖諦清淨故水火風空識界清淨水火風空識界清淨故一切智智清淨何以故若集聖諦清淨若水火風空識界清淨若一切智智清淨無二無二分無別無斷故善現集聖諦清淨故無明清淨無明清淨故一切智智清淨何以故若集聖諦清淨若無明清淨若一切智智清淨無二無二分無別無斷故集聖諦清淨故行識名色六處觸受愛取有生老死愁歎苦憂惱清淨行乃至老死愁歎苦憂惱清淨故一切智智清淨何以故若集聖諦清淨若行乃至老死愁歎苦憂惱清淨若一切智智清淨無二無二分無別無斷故善現集聖諦清淨故布施波羅蜜多清淨布施波羅蜜多清淨故一切智智清淨何以

故若集聖諦清淨若布施波羅蜜多清淨若一切智智清淨無二無二分無別無斷故集聖諦清淨故淨戒安忍精進靜慮般若波羅蜜多清淨淨戒乃至般若波羅蜜多清淨故一切智智清淨何以故若集聖諦清淨若淨戒乃至般若波羅蜜多清淨若一切智智清淨無二無二分無別無斷故善現集聖諦清淨故內空清淨內空清淨故一切智智清淨何以故若集聖諦清淨若內空清淨若一切智智清淨無二無二分無別無斷故集聖諦清淨故外空內外空空空大空勝義空有為空無為空畢竟空無際空散空無變異空本性空自相空共相空一切法空不可得空無性空自性空無性自性空清淨外空乃至無性自性空清淨故一切智智清淨何以故若集聖諦清淨若外空乃至無性自性空清淨若一切智智清淨無二無二分無別無斷故善現集聖諦清淨故真如清淨真如清淨故一切智智清淨何以故若集聖諦清淨若真如清淨若一切智智清淨無二無二分無別無斷故集聖諦清淨故法界法性不虛妄性不變異性平等性離生性法定法住實際虛空界不思議界清淨法界乃至不思議界清淨故一切智智清淨何以故若集聖諦清淨若法界乃至不思議界清淨若一切智智清淨無二無二分無別無斷故善現集聖諦清淨故苦聖諦清淨苦聖諦清淨故一切智智清淨何以故若集聖諦清淨若苦聖諦清淨若一切智智清淨無二無二分無別無斷故集聖諦清淨故滅道聖諦清淨滅道聖諦清

淨故一切智智清淨何以故若集聖諦清淨若滅道聖諦清淨若一切智智清淨無二無二分無別無斷故善現集聖諦清淨故四靜慮清淨四靜慮清淨故一切智智清淨何以故若集聖諦清淨若四靜慮清淨若一切智智清淨無二無二分無別無斷故集聖諦清淨故四無量四無色定清淨四無量四無色定清淨故一切智智清淨何以故若集聖諦清淨若四無量四無色定清淨若一切智智清淨無二無二分無別無斷故善現集聖諦清淨故八解脫清淨八解脫清淨故一切智智清淨何以故若集聖諦清淨若八解脫清淨若一切智智清淨無二無二分無別無斷故集聖諦清淨故八勝處九次第定十徧處清淨八勝處九次第定十徧處清淨故一切智智清淨何以故若集聖諦清淨若八勝處九次第定十徧處清淨若一切智智清淨無二無二分無別無斷故善現集聖諦清淨故四念住清淨四念住清淨故一切智智清淨何以故若集聖諦清淨若四念住清淨若一切智智清淨無二無二分無別無斷故集聖諦清淨故四正斷四神足五根五力七等覺支八聖道支清淨四正斷乃至八聖道支清淨故一切智智清淨何以故若集聖諦清淨若四正斷乃至八聖道支清淨若一切智智清淨無二無二分無別無斷故善現集聖諦清淨故空解脫門清淨空解脫門清淨故一切智智清淨何以故若集聖諦清淨若空解脫門清淨若一切智智清淨無二無二分無別無斷故集聖諦清淨故無相無願解脫門

清淨無相無願解脫門清淨故一切智智清淨何以故若集聖諦清淨若無相無願解脫門清淨若一切智智清淨無二無二分無別無斷故善現集聖諦清淨故菩薩十地清淨菩薩十地清淨故一切智智清淨何以故若集聖諦清淨若菩薩十地清淨若一切智智清淨無二無二分無別無斷故善現集聖諦清淨故五眼清淨五眼清淨故一切智智清淨何以故若集聖諦清淨若五眼清淨若一切智智清淨無二無二分無別無斷故集聖諦清淨故六神通清淨六神通清淨故一切智智清淨何以故若集聖諦清淨若六神通清淨若一切智智清淨無二無二分無別無斷故善現集聖諦清淨故佛十力清淨佛十力清淨故一切智智清淨何以故若集聖諦清淨若佛十力清淨若一切智智清淨無二無二分無別無斷故集聖諦清淨故四無所畏四無礙解大慈大悲大喜大捨十八佛不共法清淨四無所畏乃至十八佛不共法清淨故一切智智清淨何以故若集聖諦清淨若四無所畏乃至十八佛不共法清淨若一切智智清淨無二無二分無別無斷故善現集聖諦清淨故無忘失法清淨無忘失法清淨故一切智智清淨何以故若集聖諦清淨若無忘失法清淨若一切智智清淨無二無二分無別無斷故集聖諦清淨故恒住捨性清淨恒住捨性清淨故一切智智清淨何以故若集聖諦清淨若恒住捨性清淨若一切智智清淨無二無二分無別無斷故善現集聖諦清淨故一切智清淨一切智清淨故一

切智智清淨何以故若集聖諦清淨若一切智清淨若一切智智清淨無二無二分無別無斷故集聖諦清淨故道相智一切相智清淨道相智一切相智清淨故一切智智清淨何以故若集聖諦清淨若道相智一切相智清淨若一切智智清淨無二無二分無別無斷故善現集聖諦清淨故一切陀羅尼門清淨一切陀羅尼門清淨故一切智智清淨何以故若集聖諦清淨若一切陀羅尼門清淨若一切智智清淨無二無二分無別無斷故集聖諦清淨故一切三摩地門清淨一切三摩地門清淨故一切智智清淨何以故若集聖諦清淨若一切三摩地門清淨若一切智智清淨無二無二分無別無斷故善現集聖諦清淨故預流果清淨預流果清淨故一切智智清淨何以故若集聖諦清淨若預流果清淨若一切智智清淨無二無二分無別無斷故集聖諦清淨故一來不還阿羅漢果清淨一來不還阿羅漢果清淨故一切智智清淨何以故若集聖諦清淨若一來不還阿羅漢果清淨若一切智智清淨無二無二分無別無斷故善現集聖諦清淨故獨覺菩提清淨獨覺菩提清淨故一切智智清淨何以故若集聖諦清淨若獨覺菩提清淨若一切智智清淨無二無二分無別無斷故善現集聖諦清淨故一切菩薩摩訶薩行清淨一切菩薩摩訶薩行清淨故一切智智清淨何以故若集聖諦清淨若一切菩薩摩訶薩行清淨若一切智智清淨無二無二分無別無斷故善現集聖諦清淨故諸佛無上正等菩提清

淨諸佛無上正等菩提清淨故一切智智清淨何以故若集聖諦清淨若諸佛無上正等菩提清淨若一切智智清淨無二無二分無別無斷故

大般若波羅蜜多經卷第二百二十三

大般若波羅蜜多經卷第二百二十四

唐三藏法師玄奘奉詔譯

初分難信解品第三十四之四十三

復次善現滅聖諦清淨故色清淨色清淨故一切智智清淨何以故若滅聖諦清淨若色清淨若一切智智清淨無二無二分無別無斷故滅聖諦清淨故受想行識清淨受想行識清淨故一切智智清淨何以故若滅聖諦清淨若受想行識清淨若一切智智清淨無二無二分無別無斷故善現滅聖諦清淨故眼處清淨眼處清淨故一切智智清淨何以故若滅聖諦清淨若眼處清淨若一切智智清淨無二無二分無別無斷故滅聖諦清淨故耳鼻舌身意處清淨耳鼻舌身意處清淨故一切智智清淨何以故若滅聖諦清淨若耳鼻舌身意處清淨若一切智智清淨無二無二分無別無斷故善現滅聖諦清淨故色處清淨色處清淨故一切智智清淨何以故若滅聖諦清淨若色處清淨若一切智智清淨無二無二分無別無斷故滅聖諦清淨故聲香味觸法處清淨聲香味觸法處清淨故一切智智清淨何以故若滅聖諦清淨若聲香味觸法處清淨若一切智智清淨無二無二分無別無斷故善現滅聖諦清淨故眼界清淨眼界清淨故一切智智清淨何以故若滅聖諦清淨若眼界清淨若一切智智清淨無二無二分無別無斷故滅聖諦清淨故色界眼識界及眼觸眼觸爲緣所生諸受清淨色界乃至眼觸爲緣所生諸受清淨故一切智智清淨何以故若滅聖諦清淨若色界乃

至眼觸為緣所生諸受清淨若一切智智清淨無二無二分無別無斷故善現滅聖諦清淨故耳界清淨耳界清淨故一切智智清淨何以故若滅聖諦清淨若耳界清淨若一切智智清淨無二無二分無別無斷故滅聖諦清淨故聲界耳識界及耳觸耳觸為緣所生諸受清淨聲界乃至耳觸為緣所生諸受清淨故一切智智清淨何以故若滅聖諦清淨若聲界乃至耳觸為緣所生諸受清淨若一切智智清淨無二無二分無別無斷故善現滅聖諦清淨故鼻界清淨鼻界清淨故一切智智清淨何以故若滅聖諦清淨若鼻界清淨若一切智智清淨無二無二分無別無斷故滅聖諦清淨故香界鼻識界及鼻觸鼻觸為緣所生諸受清淨香界乃至鼻觸為緣所生諸受清淨故一切智智清淨何以故若滅聖諦清淨若香界乃至鼻觸為緣所生諸受清淨若一切智智清淨無二無二分無別無斷故善現滅聖諦清淨故舌界清淨舌界清淨故一切智智清淨何以故若滅聖諦清淨若舌界清淨若一切智智清淨無二無二分無別無斷故滅聖諦清淨故味界舌識界及舌觸舌觸為緣所生諸受清淨味界乃至舌觸為緣所生諸受清淨故一切智智清淨何以故若滅聖諦清淨若味界乃至舌觸為緣所生諸受清淨若一切智智清淨無二無二分無別無斷故善現滅聖諦清淨故身界清淨身界清淨故一切智智清淨何以故若滅聖諦清淨若身界清淨若一切智智清淨無二無二分無別無斷故滅聖諦清淨故觸界

身識界及身觸身觸爲緣所生諸受清淨觸界乃至身觸爲緣所生諸受清淨故一切智智清淨何以故若滅聖諦清淨若觸界乃至身觸爲緣所生諸受清淨若一切智智清淨無二無二分無別無斷故善現滅聖諦清淨故意界清淨意界清淨故一切智智清淨何以故若滅聖諦清淨若意界清淨若一切智智清淨無二無二分無別無斷故滅聖諦清淨故法界意識界及意觸意觸爲緣所生諸受清淨法界乃至意觸爲緣所生諸受清淨故一切智智清淨何以故若滅聖諦清淨若法界乃至意觸爲緣所生諸受清淨若一切智智清淨無二無二分無別無斷故善現滅聖諦清淨故地界清淨地界清淨故一切智智清淨何以故若滅聖諦清淨若地界清淨若一切智智清淨無二無二分無別無斷故滅聖諦清淨故水火風空識界清淨水火風空識界清淨故一切智智清淨何以故若滅聖諦清淨若水火風空識界清淨若一切智智清淨無二無二分無別無斷故善現滅聖諦清淨故無明清淨無明清淨故一切智智清淨何以故若滅聖諦清淨若無明清淨若一切智智清淨無二無二分無別無斷故滅聖諦清淨故行識名色六處觸受愛取有生老死愁歎苦憂惱清淨行乃至老死愁歎苦憂惱清淨故一切智智清淨何以故若滅聖諦清淨若行乃至老死愁歎苦憂惱清淨若一切智智清淨無二無二分無別無斷故善現滅聖諦清淨故布施波羅蜜多清淨布施波羅蜜多清淨故一切智智清淨何以故若

滅聖諦清淨若布施波羅蜜多清淨若一切智智清淨無二無二分無别無斷故滅聖諦清淨故淨戒安忍精進靜慮般若波羅蜜多清淨淨戒乃至般若波羅蜜多清淨故一切智智清淨何以故若滅聖諦清淨若淨戒乃至般若波羅蜜多清淨若一切智智清淨無二無二分無别無斷故善現滅聖諦清淨故内空清淨内空清淨故一切智智清淨何以故若滅聖諦清淨若内空清淨若一切智智清淨無二無二分無别無斷故滅聖諦清淨故外空内外空空空大空勝義空有爲空無爲空畢竟空無際空散空無變異空本性空自相空共相空一切法空不可得空無性空自性空無性自性空清淨外空乃至無性自性空清淨故一切智智清淨何以故若滅聖諦清淨若外空乃至無性自性空清淨若一切智智清淨無二無二分無别無斷故善現滅聖諦清淨故真如清淨真如清淨故一切智智清淨何以故若滅聖諦清淨若真如清淨若一切智智清淨無二無二分無别無斷故滅聖諦清淨故法界法性不虛妄性不變異性平等性離生性法定法住實際虛空界不思議界清淨法界乃至不思議界清淨故一切智智清淨何以故若滅聖諦清淨若法界乃至不思議界清淨若一切智智清淨無二無二分無别無斷故善現滅聖諦清淨故苦聖諦清淨苦聖諦清淨故一切智智清淨何以故若滅聖諦清淨若苦聖諦清淨若一切智智清淨無二無二分無别無斷故滅聖諦清淨故集道聖諦清淨集道聖諦清淨故

一切智智清淨何以故若滅聖諦清淨若集道聖諦清淨若一切智智清淨無二無二分無別無斷故善現滅聖諦清淨故四靜慮清淨四靜慮清淨故一切智智清淨何以故若滅聖諦清淨若四靜慮清淨若一切智智清淨無二無二分無別無斷故滅聖諦清淨故四無量四無色定清淨四無量四無色定清淨故一切智智清淨何以故若滅聖諦清淨若四無量四無色定清淨若一切智智清淨無二無二分無別無斷故善現滅聖諦清淨故八解脫清淨八解脫清淨故一切智智清淨何以故若滅聖諦清淨若八解脫清淨若一切智智清淨無二無二分無別無斷故滅聖諦清淨故八勝處九次第定十徧處清淨八勝處九次第定十徧處清淨故一切智智清淨何以故若滅聖諦清淨若八勝處九次第定十徧處清淨若一切智智清淨無二無二分無別無斷故善現滅聖諦清淨故四念住清淨四念住清淨故一切智智清淨何以故若滅聖諦清淨若四念住清淨若一切智智清淨無二無二分無別無斷故滅聖諦清淨故四正斷四神足五根五力七等覺支八聖道支清淨四正斷乃至八聖道支清淨故一切智智清淨何以故若滅聖諦清淨若四正斷乃至八聖道支清淨若一切智智清淨無二無二分無別無斷故善現滅聖諦清淨故空解脫門清淨空解脫門清淨故一切智智清淨何以故若滅聖諦清淨若空解脫門清淨若一切智智清淨無二無二分無別無斷故滅聖諦清淨故無相無願解脫門清淨

無相無願解脱門清淨故一切智智清淨何以故若滅聖諦清淨若無相無願解脱門清淨若一切智智清淨無二無二分無别無斷故善現滅聖諦清淨故菩薩十地清淨菩薩十地清淨故一切智智清淨何以故若滅聖諦清淨若菩薩十地清淨若一切智智清淨無二無二分無别無斷故善現滅聖諦清淨故五眼清淨五眼清淨故一切智智清淨何以故若滅聖諦清淨若五眼清淨若一切智智清淨無二無二分無别無斷故滅聖諦清淨故六神通清淨六神通清淨故一切智智清淨何以故若滅聖諦清淨若六神通清淨若一切智智清淨無二無二分無别無斷故善現滅聖諦清淨故佛十力清淨佛十力清淨故一切智智清淨何以故若滅聖諦清淨若佛十力清淨若一切智智清淨無二無二分無别無斷故滅聖諦清淨故四無所畏四無礙解大慈大悲大喜大捨十八佛不共法清淨四無所畏乃至十八佛不共法清淨故一切智智清淨何以故若滅聖諦清淨若四無所畏乃至十八佛不共法清淨若一切智智清淨無二無二分無别無斷故善現滅聖諦清淨故無忘失法清淨無忘失法清淨故一切智智清淨何以故若滅聖諦清淨若無忘失法清淨若一切智智清淨無二無二分無别無斷故滅聖諦清淨故恒住捨性清淨恒住捨性清淨故一切智智清淨何以故若滅聖諦清淨若恒住捨性清淨若一切智智清淨無二無二分無别無斷故善現滅聖諦清淨故一切智清淨一切智清淨故一切智

智清淨何以故若滅聖諦清淨若一切智清淨若一切智智清淨無二無二分無別無斷故滅聖諦清淨故道相智一切相智清淨道相智一切相智清淨故一切智智清淨何以故若滅聖諦清淨若道相智一切相智清淨若一切智智清淨無二無二分無別無斷故善現滅聖諦清淨故一切陀羅尼門清淨一切陀羅尼門清淨故一切智智清淨何以故若滅聖諦清淨若一切陀羅尼門清淨若一切智智清淨無二無二分無別無斷故滅聖諦清淨故一切三摩地門清淨一切三摩地門清淨故一切智智清淨何以故若滅聖諦清淨若一切三摩地門清淨若一切智智清淨無二無二分無別無斷故善現滅聖諦清淨故預流果清淨預流果清淨故一切智智清淨何以故若滅聖諦清淨若預流果清淨若一切智智清淨無二無二分無別無斷故滅聖諦清淨故一來不還阿羅漢果清淨一來不還阿羅漢果清淨故一切智智清淨何以故若滅聖諦清淨若一來不還阿羅漢果清淨若一切智智清淨無二無二分無別無斷故善現滅聖諦清淨故獨覺菩提清淨獨覺菩提清淨故一切智智清淨何以故若滅聖諦清淨若獨覺菩提清淨若一切智智清淨無二無二分無別無斷故善現滅聖諦清淨故一切菩薩摩訶薩行清淨一切菩薩摩訶薩行清淨故一切智智清淨何以故若滅聖諦清淨若一切菩薩摩訶薩行清淨若一切智智清淨無二無二分無別無斷故善現滅聖諦清淨故諸佛無上正等菩提清淨諸

佛無上正等菩提清淨故一切智智清淨何以故若滅聖諦清淨若諸佛無上正等菩提清淨若一切智智清淨無二無二分無別無斷故復次善現道聖諦清淨故色清淨色清淨故一切智智清淨何以故若道聖諦清淨若色清淨若一切智智清淨無二無二分無別無斷故道聖諦清淨故受想行識清淨受想行識清淨故一切智智清淨何以故若道聖諦清淨若受想行識清淨若一切智智清淨無二無二分無別無斷故善現道聖諦清淨故眼處清淨眼處清淨故一切智智清淨何以故若道聖諦清淨若眼處清淨若一切智智清淨無二無二分無別無斷故道聖諦清淨故耳鼻舌身意處清淨耳鼻舌身意處清淨故一切智智清淨何以故若道聖諦清淨若耳鼻舌身意處清淨若一切智智清淨無二無二分無別無斷故善現道聖諦清淨故色處清淨色處清淨故一切智智清淨何以故若道聖諦清淨若色處清淨若一切智智清淨無二無二分無別無斷故道聖諦清淨故聲香味觸法處清淨聲香味觸法處清淨故一切智智清淨何以故若道聖諦清淨若聲香味觸法處清淨若一切智智清淨無二無二分無別無斷故善現道聖諦清淨故眼界清淨眼界清淨故一切智智清淨何以故若道聖諦清淨若眼界清淨若一切智智清淨無二無二分無別無斷故道聖諦清淨故色界眼識界及眼觸眼觸爲緣所生諸受清淨色界乃至眼觸爲緣所生諸受清淨故一切智智清淨何以故若道聖諦清淨若色

界乃至眼觸爲緣所生諸受清淨若一切智智清淨無二無二分無別無斷故善現道聖諦清淨故耳界清淨耳界清淨故一切智智清淨何以故若道聖諦清淨若耳界清淨若一切智智清淨無二無二分無別無斷故道聖諦清淨故聲界耳識界及耳觸耳觸爲緣所生諸受清淨聲界乃至耳觸爲緣所生諸受清淨故一切智智清淨何以故若道聖諦清淨若聲界乃至耳觸爲緣所生諸受清淨若一切智智清淨無二無二分無別無斷故善現道聖諦清淨故鼻界清淨鼻界清淨故一切智智清淨何以故若道聖諦清淨若鼻界清淨若一切智智清淨無二無二分無別無斷故道聖諦清淨故香界鼻識界及鼻觸鼻觸爲緣所生諸受清淨香界乃至鼻觸爲緣所生諸受清淨故一切智智清淨何以故若道聖諦清淨若香界乃至鼻觸爲緣所生諸受清淨若一切智智清淨無二無二分無別無斷故善現道聖諦清淨故舌界清淨舌界清淨故一切智智清淨何以故若道聖諦清淨若舌界清淨若一切智智清淨無二無二分無別無斷故道聖諦清淨故味界舌識界及舌觸舌觸爲緣所生諸受清淨味界乃至舌觸爲緣所生諸受清淨故一切智智清淨何以故若道聖諦清淨若味界乃至舌觸爲緣所生諸受清淨若一切智智清淨無二無二分無別無斷故善現道聖諦清淨故身界清淨身界清淨故一切智智清淨何以故若道聖諦清淨若身界清淨若一切智智清淨無二無二分無別無斷故道聖諦清淨故

觸界身識界及身觸身觸爲緣所生諸受清淨觸界乃至身觸爲緣所生諸受清淨故一切智智清淨何以故若道聖諦清淨若觸界乃至身觸爲緣所生諸受清淨若一切智智清淨無二無二分無別無斷故善現道聖諦清淨故意界清淨意界清淨故一切智智清淨何以故若道聖諦清淨若意界清淨若一切智智清淨無二無二分無別無斷故道聖諦清淨故法界意識界及意觸意觸爲緣所生諸受清淨法界乃至意觸爲緣所生諸受清淨故一切智智清淨何以故若道聖諦清淨若法界乃至意觸爲緣所生諸受清淨若一切智智清淨無二無二分無別無斷故善現道聖諦清淨故地界清淨地界清淨故一切智智清淨何以故若道聖諦清淨若地界清淨若一切智智清淨無二無二分無別無斷故道聖諦清淨故水火風空識界清淨水火風空識界清淨故一切智智清淨何以故若道聖諦清淨若水火風空識界清淨若一切智智清淨無二無二分無別無斷故善現道聖諦清淨故無明清淨無明清淨故一切智智清淨何以故若道聖諦清淨若無明清淨若一切智智清淨無二無二分無別無斷故道聖諦清淨故行識名色六處觸受愛取有生老死愁歎苦憂惱清淨行乃至老死愁歎苦憂惱清淨故一切智智清淨何以故若道聖諦清淨若行乃至老死愁歎苦憂惱清淨若一切智智清淨無二無二分無別無斷故善現道聖諦清淨故布施波羅蜜多清淨布施波羅蜜多清淨故一切智智清淨何以

故若道聖諦清淨若布施波羅蜜多清淨若一切智智清淨無二無二分無別無斷故道聖諦清淨故淨戒安忍精進靜慮般若波羅蜜多清淨淨戒乃至般若波羅蜜多清淨故一切智智清淨何以故若道聖諦清淨若淨戒乃至般若波羅蜜多清淨若一切智智清淨無二無二分無別無斷故善現道聖諦清淨故内空清淨内空清淨故一切智智清淨何以故若道聖諦清淨若内空清淨若一切智智清淨無二無二分無別無斷故道聖諦清淨故外空内外空空空大空勝義空有爲空無爲空畢竟空無際空散空無變異空本性空自相空共相空一切法空不可得空無性空自性空無性自性空清淨外空乃至無性自性空清淨故一切智智清淨何以故若道聖諦清淨若外空乃至無性自性空清淨若一切智智清淨無二無二分無別無斷故善現道聖諦清淨故真如清淨真如清淨故一切智智清淨何以故若道聖諦清淨若真如清淨若一切智智清淨無二無二分無別無斷故道聖諦清淨故法界法性不虛妄性不變異性平等性離生性法定法住實際虛空界不思議界清淨法界乃至不思議界清淨故一切智智清淨何以故若道聖諦清淨若法界乃至不思議界清淨若一切智智清淨無二無二分無別無斷故善現道聖諦清淨故苦聖諦清淨苦聖諦清淨故一切智智清淨何以故若道聖諦清淨若苦聖諦清淨若一切智智清淨無二無二分無別無斷故道聖諦清淨故集滅聖諦清淨集滅聖諦清

淨故一切智智清淨何以故若道聖諦清淨若集滅聖諦清淨若一切智智清淨無二無二分無别無斷故善現道聖諦清淨故四靜慮清淨四靜慮清淨故一切智智清淨何以故若道聖諦清淨若四靜慮清淨若一切智智清淨無二無二分無别無斷故道聖諦清淨故四無量四無色定清淨四無量四無色定清淨故一切智智清淨何以故若道聖諦清淨若四無量四無色定清淨若一切智智清淨無二無二分無别無斷故善現道聖諦清淨故八解脱清淨八解脱清淨故一切智智清淨何以故若道聖諦清淨若八解脱清淨若一切智智清淨無二無二分無别無斷故道聖諦清淨故八勝處九次第定十徧處清淨八勝處九次第定十徧處清淨故一切智智清淨何以故若道聖諦清淨若八勝處九次第定十徧處清淨若一切智智清淨無二無二分無别無斷故善現道聖諦清淨故四念住清淨四念住清淨故一切智智清淨何以故若道聖諦清淨若四念住清淨若一切智智清淨無二無二分無别無斷故道聖諦清淨故四正斷四神足五根五力七等覺支八聖道支清淨四正斷乃至八聖道支清淨故一切智智清淨何以故若道聖諦清淨若四正斷乃至八聖道支清淨若一切智智清淨無二無二分無别無斷故善現道聖諦清淨故空解脱門清淨空解脱門清淨故一切智智清淨何以故若道聖諦清淨若空解脱門清淨若一切智智清淨無二無二分無别無斷故道聖諦清淨故無相無願解脱門

清淨無相無願解脫門清淨故一切智智清淨何以故若道聖諦清淨若無相無願解脫門清淨若一切智智清淨無二無二分無別無斷故善現道聖諦清淨故菩薩十地清淨菩薩十地清淨故一切智智清淨何以故若道聖諦清淨若菩薩十地清淨若一切智智清淨無二無二分無別無斷故善現道聖諦清淨故五眼清淨五眼清淨故一切智智清淨何以故若道聖諦清淨若五眼清淨若一切智智清淨無二無二分無別無斷故道聖諦清淨故六神通清淨六神通清淨故一切智智清淨何以故若道聖諦清淨若六神通清淨若一切智智清淨無二無二分無別無斷故善現道聖諦清淨故佛十力清淨佛十力清淨故一切智智清淨何以故若道聖諦清淨若佛十力清淨若一切智智清淨無二無二分無別無斷故道聖諦清淨故四無所畏四無礙解大慈大悲大喜大捨十八佛不共法清淨四無所畏乃至十八佛不共法清淨故一切智智清淨何以故若道聖諦清淨若四無所畏乃至十八佛不共法清淨若一切智智清淨無二無二分無別無斷故善現道聖諦清淨故無忘失法清淨無忘失法清淨故一切智智清淨何以故若道聖諦清淨若無忘失法清淨若一切智智清淨無二無二分無別無斷故道聖諦清淨故恒住捨性清淨恒住捨性清淨故一切智智清淨何以故若道聖諦清淨若恒住捨性清淨若一切智智清淨無二無二分無別無斷故善現道聖諦清淨故一切智清淨一切智清淨故一

切智智清淨何以故若道聖諦清淨若一切智智清淨若一切智智清淨無二無二分無別無斷故道聖諦清淨故道相智一切相智清淨道相智一切相智清淨故一切智智清淨何以故若道聖諦清淨若道相智一切相智清淨若一切智智清淨無二無二分無別無斷故善現道聖諦清淨故一切陀羅尼門清淨一切陀羅尼門清淨故一切智智清淨何以故若道聖諦清淨若一切陀羅尼門清淨若一切智智清淨無二無二分無別無斷故道聖諦清淨故一切三摩地門清淨一切三摩地門清淨故一切智智清淨何以故若道聖諦清淨若一切三摩地門清淨若一切智智清淨無二無二分無別無斷故善現道聖諦清淨故預流果清淨預流果清淨故一切智智清淨何以故若道聖諦清淨若預流果清淨若一切智智清淨無二無二分無別無斷故道聖諦清淨故一來不還阿羅漢果清淨一來不還阿羅漢果清淨故一切智智清淨何以故若道聖諦清淨若一來不還阿羅漢果清淨若一切智智清淨無二無二分無別無斷故善現道聖諦清淨故獨覺菩提清淨獨覺菩提清淨故一切智智清淨何以故若道聖諦清淨若獨覺菩提清淨若一切智智清淨無二無二分無別無斷故善現道聖諦清淨故一切菩薩摩訶薩行清淨一切菩薩摩訶薩行清淨故一切智智清淨何以故若道聖諦清淨若一切菩薩摩訶薩行清淨若一切智智清淨無二無二分無別無斷故善現道聖諦清淨故諸佛無上正等菩提清

淨諸佛無上正等菩提清淨故一切智智清淨何以故若道聖諦清淨若諸佛無上正等菩提清淨若一切智智清淨無二無二分無别無斷故

大般若波羅蜜多經卷第二百二十四

大般若波羅蜜多經卷第二百二十五

唐三藏法師玄奘奉　詔譯

初分難信解品第三十四之四十四

復次善現四靜慮清淨故色清淨色清淨故一切智智清淨何以故若四靜慮清淨若色清淨若一切智智清淨無二無二分無別無斷故四靜慮清淨故受想行識清淨受想行識清淨故一切智智清淨何以故若四靜慮清淨若受想行識清淨若一切智智清淨無二無二分無別無斷故善現四靜慮清淨故眼處清淨眼處清淨故一切智智清淨何以故若四靜慮清淨若眼處清淨若一切智智清淨無二無二分無別無斷故四靜慮清淨故耳鼻舌身意處清淨耳鼻舌身意處清淨故一切智智清淨何以故若四靜慮清淨若耳鼻舌身意處清淨若一切智智清淨無二無二分無別無斷故善現四靜慮清淨故色處清淨色處清淨故一切智智清淨何以故若四靜慮清淨若色處清淨若一切智智清淨無二無二分無別無斷故四靜慮清淨故聲香味觸法處清淨聲香味觸法處清淨故一切智智清淨何以故若四靜慮清淨若聲香味觸法處清淨若一切智智清淨無二無二分無別無斷故善現四靜慮清淨故眼界清淨眼界清淨故一切智智清淨何以故若四靜慮清淨若眼界清淨若一切智智清淨無二無二分無別無斷故四靜慮清淨故色界眼識界及眼觸眼觸爲緣所生諸受清淨色界乃至眼觸爲緣所生諸受清淨故一切智智清淨何以故若四靜慮清淨若色界乃

至眼觸爲緣所生諸受清淨若一切智智清淨無二無二分無別無斷故善現四靜慮清淨故耳界清淨耳界清淨故一切智智清淨何以故若四靜慮清淨若耳界清淨若一切智智清淨無二無二分無別無斷故四靜慮清淨故聲界耳識界及耳觸耳觸爲緣所生諸受清淨聲界乃至耳觸爲緣所生諸受清淨故一切智智清淨何以故若四靜慮清淨若聲界乃至耳觸爲緣所生諸受清淨若一切智智清淨無二無二分無別無斷故善現四靜慮清淨故鼻界清淨鼻界清淨故一切智智清淨何以故若四靜慮清淨若鼻界清淨若一切智智清淨無二無二分無別無斷故四靜慮清淨故香界鼻識界及鼻觸鼻觸爲緣所生諸受清淨香界乃至鼻觸爲緣所生諸受清淨故一切智智清淨何以故若四靜慮清淨若香界乃至鼻觸爲緣所生諸受清淨若一切智智清淨無二無二分無別無斷故善現四靜慮清淨故舌界清淨舌界清淨故一切智智清淨何以故若四靜慮清淨若舌界清淨若一切智智清淨無二無二分無別無斷故四靜慮清淨故味界舌識界及舌觸舌觸爲緣所生諸受清淨味界乃至舌觸爲緣所生諸受清淨故一切智智清淨何以故若四靜慮清淨若味界乃至舌觸爲緣所生諸受清淨若一切智智清淨無二無二分無別無斷故善現四靜慮清淨故身界清淨身界清淨故一切智智清淨何以故若四靜慮清淨若身界清淨若一切智智清淨無二無二分無別無斷故四靜慮清淨故觸界

身識界及身觸身觸爲緣所生諸受清淨觸界乃至身觸爲緣所生諸受清淨故一切智智清淨何以故若四靜慮清淨若觸界乃至身觸爲緣所生諸受清淨若一切智智清淨無二無二分無別無斷故善現四靜慮清淨故意界清淨意界清淨故一切智智清淨何以故若四靜慮清淨若意界清淨若一切智智清淨無二無二分無別無斷故四靜慮清淨故法界意識界及意觸意觸爲緣所生諸受清淨法界乃至意觸爲緣所生諸受清淨故一切智智清淨何以故若四靜慮清淨若法界乃至意觸爲緣所生諸受清淨若一切智智清淨無二無二分無別無斷故善現四靜慮清淨故地界清淨地界清淨故一切智智清淨何以故若四靜慮清淨若地界清淨若一切智智清淨無二無二分無別無斷故四靜慮清淨故水火風空識界清淨水火風空識界清淨故一切智智清淨何以故若四靜慮清淨若水火風空識界清淨若一切智智清淨無二無二分無別無斷故善現四靜慮清淨故無明清淨無明清淨故一切智智清淨何以故若四靜慮清淨若無明清淨若一切智智清淨無二無二分無別無斷故四靜慮清淨故行識名色六處觸受愛取有生老死愁歎苦憂惱清淨行乃至老死愁歎苦憂惱清淨故一切智智清淨何以故若四靜慮清淨若行乃至老死愁歎苦憂惱清淨若一切智智清淨無二無二分無別無斷故善現四靜慮清淨故布施波羅蜜多清淨布施波羅蜜多清淨故一切智智清淨何以故若

四靜慮清淨若布施波羅蜜多清淨若一切智智清淨無二無二分無別無斷故四靜慮清淨故淨戒安忍精進靜慮般若波羅蜜多清淨淨戒乃至般若波羅蜜多清淨故一切智智清淨何以故若四靜慮清淨若淨戒乃至般若波羅蜜多清淨若一切智智清淨無二無二分無別無斷故善現四靜慮清淨故內空清淨內空清淨故一切智智清淨何以故若四靜慮清淨若內空清淨若一切智智清淨無二無二分無別無斷故四靜慮清淨故外空內外空空空大空勝義空有為空無為空畢竟空無際空散空無變異空本性空自相空共相空一切法空不可得空無性空自性空無性自性空清淨外空乃至無性自性空清淨故一切智智清淨何以故若四靜慮清淨若外空乃至無性自性空清淨若一切智智清淨無二無二分無別無斷故善現四靜慮清淨故真如清淨真如清淨故一切智智清淨何以故若四靜慮清淨若真如清淨若一切智智清淨無二無二分無別無斷故四靜慮清淨故法界法性不虛妄性不變異性平等性離生性法定法住實際虛空界不思議界清淨法界乃至不思議界清淨故一切智智清淨何以故若四靜慮清淨若法界乃至不思議界清淨若一切智智清淨無二無二分無別無斷故善現四靜慮清淨故苦聖諦清淨苦聖諦清淨故一切智智清淨何以故若四靜慮清淨若苦聖諦清淨若一切智智清淨無二無二分無別無斷故四靜慮清淨故集滅道聖諦清淨集滅道聖諦清

淨故一切智智清淨何以故若四靜慮清淨若集滅道聖諦清淨若一切智智清淨無二無二分無别無斷故善現四靜慮清淨故四無量清淨四無量清淨故一切智智清淨何以故若四靜慮清淨若四無量清淨若一切智智清淨無二無二分無别無斷故四靜慮清淨故四無色定清淨四無色定清淨故一切智智清淨何以故若四靜慮清淨若四無色定清淨若一切智智清淨無二無二分無别無斷故善現四靜慮清淨故八解脱清淨八解脱清淨故一切智智清淨何以故若四靜慮清淨若八解脱清淨若一切智智清淨無二無二分無别無斷故四靜慮清淨故八勝處九次第定十徧處清淨八勝處九次第定十徧處清淨故一切智智清淨何以故若四靜慮清淨若八勝處九次第定十徧處清淨若一切智智清淨無二無二分無别無斷故善現四靜慮清淨故四念住清淨四念住清淨故一切智智清淨何以故若四靜慮清淨若四念住清淨若一切智智清淨無二無二分無别無斷故四靜慮清淨故四正斷四神足五根五力七等覺支八聖道支清淨四正斷乃至八聖道支清淨故一切智智清淨何以故若四靜慮清淨若四正斷乃至八聖道支清淨若一切智智清淨無二無二分無别無斷故善現四靜慮清淨故空解脱門清淨空解脱門清淨故一切智智清淨何以故若四靜慮清淨若空解脱門清淨若一切智智清淨無二無二分無别無斷故四靜慮清淨故無相無願解脱門清淨無相無願解脱

門清淨故一切智智清淨何以故若四靜慮清淨若無相無願解脫門清淨若一切智智清淨無二無二分無別無斷故善現四靜慮清淨故菩薩十地清淨菩薩十地清淨故一切智智清淨何以故若四靜慮清淨若菩薩十地清淨若一切智智清淨無二無二分無別無斷故善現四靜慮清淨故五眼清淨五眼清淨故一切智智清淨何以故若四靜慮清淨若五眼清淨若一切智智清淨無二無二分無別無斷故四靜慮清淨故六神通清淨六神通清淨故一切智智清淨何以故若四靜慮清淨若六神通清淨若一切智智清淨無二無二分無別無斷故善現四靜慮清淨故佛十力清淨佛十力清淨故一切智智清淨何以故若四靜慮清淨若佛十力清淨若一切智智清淨無二無二分無別無斷故四靜慮清淨故四無所畏四無礙解大慈大悲大喜大捨十八佛不共法清淨四無所畏乃至十八佛不共法清淨故一切智智清淨何以故若四靜慮清淨若四無所畏乃至十八佛不共法清淨若一切智智清淨無二無二分無別無斷故善現四靜慮清淨故無忘失法清淨無忘失法清淨故一切智智清淨何以故若四靜慮清淨若無忘失法清淨若一切智智清淨無二無二分無別無斷故四靜慮清淨故恒住捨性清淨恒住捨性清淨故一切智智清淨何以故若四靜慮清淨若恒住捨性清淨若一切智智清淨無二無二分無別無斷故善現四靜慮清淨故一切智清淨一切智清淨故一切智智清淨何以故

若四靜慮清淨若一切智清淨若一切智智清淨無二無二分無別無斷故四靜慮清淨故道相智一切相智清淨道相智一切相智清淨故一切智智清淨何以故若四靜慮清淨若道相智一切相智清淨若一切智智清淨無二無二分無別無斷故善現四靜慮清淨故一切陀羅尼門清淨一切陀羅尼門清淨故一切智智清淨何以故若四靜慮清淨若一切陀羅尼門清淨若一切智智清淨無二無二分無別無斷故四靜慮清淨故一切三摩地門清淨一切三摩地門清淨故一切智智清淨何以故若四靜慮清淨若一切三摩地門清淨若一切智智清淨無二無二分無別無斷故善現四靜慮清淨故預流果清淨預流果清淨故一切智智清淨何以故若

四靜慮清淨若預流果清淨若一切智智清淨無二無二分無別無斷故四靜慮清淨故一來不還阿羅漢果清淨一來不還阿羅漢果清淨故一切智智清淨何以故若四靜慮清淨若一來不還阿羅漢果清淨若一切智智清淨無二無二分無別無斷故善現四靜慮清淨故獨覺菩提清淨獨覺菩提清淨故一切智智清淨何以故若四靜慮清淨若獨覺菩提清淨若一切智智清淨無二無二分無別無斷故善現四靜慮清淨故一切菩薩摩訶薩行清淨一切菩薩摩訶薩行清淨故一切智智清淨何以故若四靜慮清淨若一切菩薩摩訶薩行清淨若一切智智清淨無二無二分無別無斷故善現四靜慮清淨故諸佛無上正等菩提清淨諸佛無上正等菩

提清淨故一切智智清淨何以故若四靜慮清淨若諸佛無上正等菩提清淨若一切智智清淨無二無二分無別無斷故復次善現四無量清淨故色清淨色清淨故一切智智清淨何以故若四無量清淨若色清淨若一切智智清淨無二無二分無別無斷故四無量清淨故受想行識清淨受想行識清淨故一切智智清淨何以故若四無量清淨若受想行識清淨若一切智智清淨無二無二分無別無斷故善現四無量清淨故眼處清淨眼處清淨故一切智智清淨何以故若四無量清淨若眼處清淨若一切智智清淨無二無二分無別無斷故四無量清淨故耳鼻舌身意處清淨耳鼻舌身意處清淨故一切智智清淨何以故若四無量清淨若耳鼻舌身意處清淨若一切智智清淨無二無二分無別無斷故善現四無量清淨故色處清淨色處清淨故一切智智清淨何以故若四無量清淨若色處清淨若一切智智清淨無二無二分無別無斷故四無量清淨故聲香味觸法處清淨聲香味觸法處清淨故一切智智清淨何以故若四無量清淨若聲香味觸法處清淨若一切智智清淨無二無二分無別無斷故善現四無量清淨故眼界清淨眼界清淨故一切智智清淨何以故若四無量清淨若眼界清淨若一切智智清淨無二無二分無別無斷故四無量清淨故色界眼識界及眼觸眼觸爲緣所生諸受清淨色界乃至眼觸爲緣所生諸受清淨故一切智智清淨何以故若四無量清淨若色界乃至眼觸爲

緣所生諸受清淨若一切智智清淨無二無二分無別無斷故善現四無量清淨故耳界清淨耳界清淨故一切智智清淨何以故若四無量清淨若耳界清淨若一切智智清淨無二無二分無別無斷故四無量清淨故聲界耳識界及耳觸耳觸爲緣所生諸受清淨聲界乃至耳觸爲緣所生諸受清淨故一切智智清淨何以故若四無量清淨若聲界乃至耳觸爲緣所生諸受清淨若一切智智清淨無二無二分無別無斷故善現四無量清淨故鼻界清淨鼻界清淨故一切智智清淨何以故若四無量清淨若鼻界清淨若一切智智清淨無二無二分無別無斷故四無量清淨故香界鼻識界及鼻觸鼻觸爲緣所生諸受清淨香界乃至鼻觸爲緣所生諸受清淨故一切智智清淨何以故若四無量清淨若香界乃至鼻觸爲緣所生諸受清淨若一切智智清淨無二無二分無別無斷故善現四無量清淨故舌界清淨舌界清淨故一切智智清淨何以故若四無量清淨若舌界清淨若一切智智清淨無二無二分無別無斷故四無量清淨故味界舌識界及舌觸舌觸爲緣所生諸受清淨味界乃至舌觸爲緣所生諸受清淨故一切智智清淨何以故若四無量清淨若味界乃至舌觸爲緣所生諸受清淨若一切智智清淨無二無二分無別無斷故善現四無量清淨故身界清淨身界清淨故一切智智清淨何以故若四無量清淨若身界清淨若一切智智清淨無二無二分無別無斷故四無量清淨故觸界身識界及

身觸身觸爲緣所生諸受清淨觸界乃至身觸爲緣所生諸受清淨故一切智智清淨何以故若四無量清淨若觸界乃至身觸爲緣所生諸受清淨若一切智智清淨無二無二分無別無斷故善現四無量清淨故意界清淨意界清淨故一切智智清淨何以故若四無量清淨若意界清淨若一切智智清淨無二無二分無別無斷故四無量清淨故法界意識界及意觸意觸爲緣所生諸受清淨法界乃至意觸爲緣所生諸受清淨故一切智智清淨何以故若四無量清淨若法界乃至意觸爲緣所生諸受清淨若一切智智清淨無二無二分無別無斷故善現四無量清淨故地界清淨地界清淨故一切智智清淨何以故若四無量清淨若地界清淨若一切智智清淨無二無二分無別無斷故四無量清淨故水火風空識界清淨水火風空識界清淨故一切智智清淨何以故若四無量清淨若水火風空識界清淨若一切智智清淨無二無二分無別無斷故善現四無量清淨故無明清淨無明清淨故一切智智清淨何以故若四無量清淨若無明清淨若一切智智清淨無二無二分無別無斷故四無量清淨故行識名色六處觸受愛取有生老死愁歎苦憂惱清淨行乃至老死愁歎苦憂惱清淨故一切智智清淨何以故若四無量清淨若行乃至老死愁歎苦憂惱清淨若一切智智清淨無二無二分無別無斷故善現四無量清淨故布施波羅蜜多清淨布施波羅蜜多清淨故一切智智清淨何以故若四無量清

淨若布施波羅蜜多清淨若一切智智清淨無二無二分無別無斷故四無量清淨故淨戒安忍精進靜慮般若波羅蜜多清淨淨戒乃至般若波羅蜜多清淨故一切智智清淨何以故若四無量清淨若淨戒乃至般若波羅蜜多清淨若一切智智清淨無二無二分無別無斷故善現四無量清淨故內空清淨內空清淨故一切智智清淨何以故若四無量清淨若內空清淨若一切智智清淨無二無二分無別無斷故四無量清淨故外空內外空空空大空勝義空有為空無為空畢竟空無際空散空無變異空本性空自相空共相空一切法空不可得空無性空自性空無性自性空清淨外空乃至無性自性空清淨故一切智智清淨何以故若四無量清淨若外空乃至無性自性空清淨若一切智智清淨無二無二分無別無斷故善現四無量清淨故真如清淨真如清淨故一切智智清淨何以故若四無量清淨若真如清淨若一切智智清淨無二無二分無別無斷故四無量清淨故法界法性不虛妄性不變異性平等性離生性法定法住實際虛空界不思議界清淨法界乃至不思議界清淨故一切智智清淨何以故若四無量清淨若法界乃至不思議界清淨若一切智智清淨無二無二分無別無斷故善現四無量清淨故苦聖諦清淨苦聖諦清淨故一切智智清淨何以故若四無量清淨若苦聖諦清淨若一切智智清淨無二無二分無別無斷故四無量清淨故集滅道聖諦清淨集滅道聖諦清淨故一切

智智清淨何以故若四無量清淨若集滅道聖諦清淨若一切智智清淨無二無二分無別無斷故善現四無量清淨故四靜慮清淨四靜慮清淨故一切智智清淨何以故若四無量清淨若四靜慮清淨若一切智智清淨無二無二分無別無斷故四無量清淨故四無色定清淨四無色定清淨故一切智智清淨何以故若四無量清淨若四無色定清淨若一切智智清淨無二無二分無別無斷故善現四無量清淨故八解脫清淨八解脫清淨故一切智智清淨何以故若四無量清淨若八解脫清淨若一切智智清淨無二無二分無別無斷故四無量清淨故八勝處九次第定十徧處清淨八勝處九次第定十徧處清淨故一切智智清淨何以故若四無量清淨若八勝處九次第定十徧處清淨若一切智智清淨無二無二分無別無斷故善現四無量清淨故四念住清淨四念住清淨故一切智智清淨何以故若四無量清淨若四念住清淨若一切智智清淨無二無二分無別無斷故四無量清淨故四正斷四神足五根五力七等覺支八聖道支清淨四正斷乃至八聖道支清淨故一切智智清淨何以故若四無量清淨若四正斷乃至八聖道支清淨若一切智智清淨無二無二分無別無斷故善現四無量清淨故空解脫門清淨空解脫門清淨故一切智智清淨何以故若四無量清淨若空解脫門清淨若一切智智清淨無二無二分無別無斷故四無量清淨故無相無願解脫門清淨無相無願解脫門清淨故

一切智智清淨何以故若四無量清淨若無相無願解脱門清淨若一切智智清淨無二無二分無別無斷故善現四無量清淨故菩薩十地清淨菩薩十地清淨故一切智智清淨何以故若四無量清淨若菩薩十地清淨若一切智智清淨無二無二分無別無斷故善現四無量清淨故五眼清淨五眼清淨故一切智智清淨何以故若四無量清淨若五眼清淨若一切智智清淨無二無二分無別無斷故四無量清淨故六神通清淨六神通清淨故一切智智清淨何以故若四無量清淨若六神通清淨若一切智智清淨無二無二分無別無斷故善現四無量清淨故佛十力清淨佛十力清淨故一切智智清淨何以故若四無量清淨若佛十力清淨若一切智智清淨無二無二分無別無斷故四無所畏四無礙解大慈大悲大喜大捨十八佛不共法清淨四無所畏乃至十八佛不共法清淨故一切智智清淨何以故若四無量清淨若四無所畏乃至十八佛不共法清淨若一切智智清淨無二無二分無別無斷故善現四無量清淨故無忘失法清淨無忘失法清淨故一切智智清淨何以故若四無量清淨若無忘失法清淨若一切智智清淨無二無二分無別無斷故四無量清淨故恒住捨性清淨恒住捨性清淨故一切智智清淨何以故若四無量清淨若恒住捨性清淨若一切智智清淨無二無二分無別無斷故善現四無量清淨故一切智清淨一切智清淨故一切智智清淨何以故若四無量

清淨若一切智智清淨若一切智智清淨無二無二分無別無斷故四無量清淨故道相智一切相智清淨道相智一切相智清淨故一切智智清淨何以故若四無量清淨若道相智一切相智清淨若一切智智清淨無二無二分無別無斷故善現四無量清淨故一切陀羅尼門清淨一切陀羅尼門清淨故一切智智清淨何以故若四無量清淨若一切陀羅尼門清淨若一切智智清淨無二無二分無別無斷故四無量清淨故一切三摩地門清淨一切三摩地門清淨故一切智智清淨何以故若四無量清淨若一切三摩地門清淨若一切智智清淨無二無二分無別無斷故善現四無量清淨故預流果清淨預流果清淨故一切智智清淨何以故若四無量清淨若預流果清淨若一切智智清淨無二無二分無別無斷故四無量清淨故一來不還阿羅漢果清淨一來不還阿羅漢果清淨故一切智智清淨何以故若四無量清淨若一來不還阿羅漢果清淨若一切智智清淨無二無二分無別無斷故善現四無量清淨故獨覺菩提清淨獨覺菩提清淨故一切智智清淨何以故若四無量清淨若獨覺菩提清淨若一切智智清淨無二無二分無別無斷故善現四無量清淨故一切菩薩摩訶薩行清淨一切菩薩摩訶薩行清淨故一切智智清淨何以故若四無量清淨若一切菩薩摩訶薩行清淨若一切智智清淨無二無二分無別無斷故善現四無量清淨故諸佛無上正等菩提清淨諸佛無上正等菩提清淨故

一切智智清淨何以故若四無量清淨若諸佛無上正等菩提清淨若一切智智清淨無二無二分無別無斷故復次善現四無色定清淨故色清淨色清淨故一切智智清淨何以故若四無色定清淨若色清淨若一切智智清淨無二無二分無別無斷故四無色定清淨故受想行識清淨受想行識清淨故一切智智清淨何以故若四無色定清淨若受想行識清淨若一切智智清淨無二無二分無別無斷故善現四無色定清淨故眼處清淨眼處清淨故一切智智清淨何以故若四無色定清淨若眼處清淨若一切智智清淨無二無二分無別無斷故四無色定清淨故耳鼻舌身意處清淨耳鼻舌身意處清淨故一切智智清淨何以故若四無色定清淨若耳鼻舌身意處清淨若一切智智清淨無二無二分無別無斷故善現四無色定清淨故色處清淨色處清淨故一切智智清淨何以故若四無色定清淨若色處清淨若一切智智清淨無二無二分無別無斷故四無色定清淨故聲香味觸法處清淨聲香味觸法處清淨故一切智智清淨何以故若四無色定清淨若聲香味觸法處清淨若一切智智清淨無二無二分無別無斷故善現四無色定清淨故眼界清淨眼界清淨故一切智智清淨何以故若四無色定清淨若眼界清淨若一切智智清淨無二無二分無別無斷故四無色定清淨故色界眼識界及眼觸眼觸爲緣所生諸受清淨色界乃至眼觸爲緣所生諸受清淨故一切智智清淨何以故若四無

色定清淨若色界乃至眼觸爲緣所生諸受清淨若一切智智清淨無二無二分無别無斷故善現四無色定清淨故耳界清淨耳界清淨故一切智智清淨何以故若四無色定清淨若耳界清淨若一切智智清淨無二無二分無别無斷故四無色定清淨故聲界耳識界及耳觸耳觸爲緣所生諸受清淨聲界乃至耳觸爲緣所生諸受清淨故一切智智清淨何以故若四無色定清淨若聲界乃至耳觸爲緣所生諸受清淨若一切智智清淨無二無二分無别無斷故善現四無色定清淨故鼻界清淨鼻界清淨故一切智智清淨何以故若四無色定清淨若鼻界清淨若一切智智清淨無二無二分無别無斷故四無色定清淨故香界鼻識界及鼻觸鼻觸爲緣所生諸受清淨香界乃至鼻觸爲緣所生諸受清淨故一切智智清淨何以故若四無色定清淨若香界乃至鼻觸爲緣所生諸受清淨若一切智智清淨無二無二分無别無斷故善現四無色定清淨故舌界清淨舌界清淨故一切智智清淨何以故若四無色定清淨若舌界清淨若一切智智清淨無二無二分無别無斷故四無色定清淨故味界舌識界及舌觸舌觸爲緣所生諸受清淨味界乃至舌觸爲緣所生諸受清淨故一切智智清淨何以故若四無色定清淨若味界乃至舌觸爲緣所生諸受清淨若一切智智清淨無二無二分無别無斷故善現四無色定清淨故身界清淨身界清淨故一切智智清淨何以故若四無色定清淨若身界清淨若一切

智智清淨無二無二分無別無斷故四無色定清淨故觸界身識界及身觸身觸爲緣所生諸受清淨觸界乃至身觸爲緣所生諸受清淨故一切智智清淨何以故若四無色定清淨若觸界乃至身觸爲緣所生諸受清淨若一切智智清淨無二無二分無別無斷故善現四無色定清淨故意界清淨意界清淨故一切智智清淨何以故若四無色定清淨若意界清淨若一切智智清淨無二無二分無別無斷故四無色定清淨故法界意識界及意觸意觸爲緣所生諸受清淨法界乃至意觸爲緣所生諸受清淨故一切智智清淨何以故若四無色定清淨若法界乃至意觸爲緣所生諸受清淨若一切智智清淨無二無二分無別無斷故善現四無色定清淨故地界清淨地界清淨故一切智智清淨何以故若四無色定清淨若地界清淨若一切智智清淨無二無二分無別無斷故四無色定清淨故水火風空識界清淨水火風空識界清淨故一切智智清淨何以故若四無色定清淨若水火風空識界清淨若一切智智清淨無二無二分無別無斷故善現四無色定清淨故無明清淨無明清淨故一切智智清淨何以故若四無色定清淨若無明清淨若一切智智清淨無二無二分無別無斷故四無色定清淨故行識名色六處觸受愛取有生老死愁歎苦憂惱清淨行乃至老死愁歎苦憂惱清淨故一切智智清淨何以故若四無色定清淨若行乃至老死愁歎苦憂惱清淨若一切智智清淨無二無二分無別無斷

故

大般若波羅蜜多經卷第二百二十五

大般若波羅蜜多經卷第二百二十六

唐三藏法師玄奘奉　詔譯

初分難信解品第三十四之四十五

善現四無色定清淨故布施波羅蜜多清淨布施波羅蜜多清淨故一切智智清淨何以故若四無色定清淨若布施波羅蜜多清淨若一切智智清淨無二無二分無別無斷故四無色定清淨故淨戒安忍精進靜慮般若波羅蜜多清淨淨戒乃至般若波羅蜜多清淨故一切智智清淨何以故若四無色定清淨若淨戒乃至般若波羅蜜多清淨若一切智智清淨無二無二分無別無斷故善現四無色定清淨故內空清淨內空清淨故一切智智清淨何以故若四無色定清淨若內空清淨若一切智智清淨無二無二分無別無斷故四無色定清淨故外空內外空空空大空勝義空有爲空無爲空畢竟空無際空散空無變異空本性空自相空共相空一切法空不可得空無性空自性空無性自性空清淨外空乃至無性自性空清淨故一切智智清淨何以故若四無色定清淨若外空乃至無性自性空清淨若一切智智清淨無二無二分無別無斷故善現四無色定清淨故真如清淨真如清淨故一切智智清淨何以故若四無色定清淨若真如清淨若一切智智清淨無二無二分無別無斷故四無色定清淨故法界法性不虛妄性不變異性平等性離生性法定法住實際虛空界不思議界清淨法界乃至不思議界清淨故一切智智清淨何以故若四無色定清淨若法界乃至不

思議界清淨若一切智智清淨無二無二分無別無斷故善現四無色定清淨故苦聖諦清淨苦聖諦清淨故一切智智清淨何以故若四無色定清淨若苦聖諦清淨若一切智智清淨無二無二分無別無斷故四無色定清淨故集滅道聖諦清淨集滅道聖諦清淨故一切智智清淨何以故若四無色定清淨若集滅道聖諦清淨若一切智智清淨無二無二分無別無斷故善現四無色定清淨故四靜慮清淨四靜慮清淨故一切智智清淨何以故若四無色定清淨若四靜慮清淨若一切智智清淨無二無二分無別無斷故四無色定清淨故四無量清淨四無量清淨故一切智智清淨何以故若四無色定清淨若四無量清淨若一切智智清淨無二無二分無別無斷故善現四無色定清淨故八解脫清淨八解脫清淨故一切智智清淨何以故若四無色定清淨若八解脫清淨若一切智智清淨無二無二分無別無斷故四無色定清淨故八勝處九次第定十徧處清淨八勝處九次第定十徧處清淨故一切智智清淨何以故若四無色定清淨若八勝處九次第定十徧處清淨若一切智智清淨無二無二分無別無斷故善現四無色定清淨故四念住清淨四念住清淨故一切智智清淨何以故若四無色定清淨若四念住清淨若一切智智清淨無二無二分無別無斷故四無色定清淨故四正斷四神足五根五力七等覺支八聖道支清淨四正斷乃至八聖道支清淨故一切智智清淨何以故若四無色定清

淨若四正斷乃至八聖道支清淨若一切智智清淨無二無二分無別無斷故善現四無色定清淨故空解脫門清淨空解脫門清淨故一切智智清淨何以故若四無色定清淨若空解脫門清淨若一切智智清淨無二無二分無別無斷故四無色定清淨故無相無願解脫門清淨無相無願解脫門清淨故一切智智清淨何以故若四無色定清淨若無相無願解脫門清淨若一切智智清淨無二無二分無別無斷故善現四無色定清淨故菩薩十地清淨菩薩十地清淨故一切智智清淨何以故若四無色定清淨若菩薩十地清淨若一切智智清淨無二無二分無別無斷故善現四無色定清淨故五眼清淨五眼清淨故一切智智清淨何以故若四無色定清淨若五眼清淨若一切智智清淨無二無二分無別無斷故四無色定清淨故六神通清淨六神通清淨故一切智智清淨何以故若四無色定清淨若六神通清淨若一切智智清淨無二無二分無別無斷故善現四無色定清淨故佛十力清淨佛十力清淨故一切智智清淨何以故若四無色定清淨若佛十力清淨若一切智智清淨無二無二分無別無斷故四無色定清淨故四無所畏四無礙解大慈大悲大喜大捨十八佛不共法清淨四無所畏乃至十八佛不共法清淨故一切智智清淨何以故若四無色定清淨若四無所畏乃至十八佛不共法清淨若一切智智清淨無二無二分無別無斷故善現四無色定清淨故無忘失法清淨無忘失法清淨

故一切智智清淨何以故若四無色定清淨若無忘失法清淨若一切智智清淨無二無二分無別無斷故四無色定清淨故恒住捨性清淨恒住捨性清淨故一切智智清淨何以故若四無色定清淨若恒住捨性清淨若一切智智清淨無二無二分無別無斷故善現四無色定清淨故一切智清淨一切智清淨故一切智智清淨何以故若四無色定清淨若一切智智淨若一切智智清淨無二無二分無別無斷故四無色定清淨故道相智一切相智清淨道相智一切相智清淨故一切智智清淨何以故若四無色定清淨若道相智一切相智清淨若一切智智清淨無二無二分無別無斷故善現四無色定清淨故一切陀羅尼門清淨一切陀羅尼門清淨故一切智智清淨何以故若四無色定清淨若一切陀羅尼門清淨若一切智智清淨無二無二分無別無斷故四無色定清淨故一切三摩地門清淨一切三摩地門清淨故一切智智清淨何以故若四無色定清淨若一切三摩地門清淨若一切智智清淨無二無二分無別無斷故善現四無色定清淨故預流果清淨預流果清淨故一切智智清淨何以故若四無色定清淨若預流果清淨若一切智智清淨無二無二分無別無斷故四無色定清淨故一來不還阿羅漢果清淨一來不還阿羅漢果清淨故一切智智清淨何以故若四無色定清淨若一來不還阿羅漢果清淨若一切智智清淨無二無二分無別無斷故善現四無色定清淨故獨覺菩提清淨獨

覺菩提清淨故一切智智清淨何以故若四無色定清淨若獨覺菩提清淨若一切智智清淨無二無二分無別無斷故善現四無色定清淨故一切菩薩摩訶薩行清淨一切菩薩摩訶薩行清淨故一切智智清淨何以故若四無色定清淨若一切菩薩摩訶薩行清淨若一切智智清淨無二無二分無別無斷故善現四無色定清淨故諸佛無上正等菩提清淨諸佛無上正等菩提清淨故一切智智清淨何以故若四無色定清淨若諸佛無上正等菩提清淨若一切智智清淨無二無二分無別無斷故復次善現八解脫清淨故色清淨色清淨故一切智智清淨何以故若八解脫清淨若色清淨若一切智智清淨無二無二分無別無斷故八解脫清淨故受想行識清淨受想行識清淨故一切智智清淨何以故若八解脫清淨若受想行識清淨若一切智智清淨無二無二分無別無斷故善現八解脫清淨故眼處清淨眼處清淨故一切智智清淨何以故若八解脫清淨若眼處清淨若一切智智清淨無二無二分無別無斷故八解脫清淨故耳鼻舌身意處清淨耳鼻舌身意處清淨故一切智智清淨何以故若八解脫清淨若耳鼻舌身意處清淨若一切智智清淨無二無二分無別無斷故善現八解脫清淨故色處清淨色處清淨故一切智智清淨何以故若八解脫清淨若色處清淨若一切智智清淨無二無二分無別無斷故八解脫清淨故聲香味觸法處清淨聲香味觸法處清淨故一切智智清淨何以故若

八解脫清淨若聲香味觸法處清淨若一切智智清淨無二無二分無別無斷故善現八解脫清淨故眼界清淨眼界清淨故一切智智清淨何以故若八解脫清淨若眼界清淨若一切智智清淨無二無二分無別無斷故八解脫清淨故色界眼識界及眼觸眼觸爲緣所生諸受清淨色界乃至眼觸爲緣所生諸受清淨故一切智智清淨何以故若八解脫清淨若色界乃至眼觸爲緣所生諸受清淨若一切智智清淨無二無二分無別無斷故善現八解脫清淨故耳界清淨耳界清淨故一切智智清淨何以故若八解脫清淨若耳界清淨若一切智智清淨無二無二分無別無斷故八解脫清淨故聲界耳識界及耳觸耳觸爲緣所生諸受清淨聲界乃至耳觸爲緣所生諸受清淨故一切智智清淨何以故若八解脫清淨若聲界乃至耳觸爲緣所生諸受清淨若一切智智清淨無二無二分無別無斷故善現八解脫清淨故鼻界清淨鼻界清淨故一切智智清淨何以故若八解脫清淨若鼻界清淨若一切智智清淨無二無二分無別無斷故八解脫清淨故香界鼻識界及鼻觸鼻觸爲緣所生諸受清淨香界乃至鼻觸爲緣所生諸受清淨故一切智智清淨何以故若八解脫清淨若香界乃至鼻觸爲緣所生諸受清淨若一切智智清淨無二無二分無別無斷故善現八解脫清淨故舌界清淨舌界清淨故一切智智清淨何以故若八解脫清淨若舌界清淨若一切智智清淨無二無二分無別無斷故八解脫清淨

故味界舌識界及舌觸舌觸爲緣所生諸受清淨味界乃至舌觸爲緣所生諸受清淨故一切智智清淨何以故若八解脱清淨若味界乃至舌觸爲緣所生諸受清淨若一切智智清淨無二無二分無別無斷故善現八解脱清淨故身界清淨身界清淨故一切智智清淨何以故若八解脱清淨若身界清淨若一切智智清淨無二無二分無別無斷故八解脱清淨故觸界身識界及身觸身觸爲緣所生諸受清淨觸界乃至身觸爲緣所生諸受清淨故一切智智清淨何以故若八解脱清淨若觸界乃至身觸爲緣所生諸受清淨若一切智智清淨無二無二分無別無斷故善現八解脱清淨故意界清淨意界清淨故一切智智清淨何以故若八解脱清淨若意界清淨若一切智智清淨無二無二分無別無斷故八解脱清淨故法界意識界及意觸意觸爲緣所生諸受清淨法界乃至意觸爲緣所生諸受清淨故一切智智清淨何以故若八解脱清淨若法界乃至意觸爲緣所生諸受清淨若一切智智清淨無二無二分無別無斷故善現八解脱清淨故地界清淨地界清淨故一切智智清淨何以故若八解脱清淨若地界清淨若一切智智清淨無二無二分無別無斷故八解脱清淨故水火風空識界清淨水火風空識界清淨故一切智智清淨何以故若八解脱清淨若水火風空識界清淨若一切智智清淨無二無二分無別無斷故善現八解脱清淨故無明清淨無明清淨故一切智智清淨何以故若八解脱清

淨若無明清淨若一切智智清淨無二無二分無別無斷故八解脫清淨故行識名色六處觸受愛取有生老死愁歎苦憂惱清淨行乃至老死愁歎苦憂惱清淨故一切智智清淨何以故若八解脫清淨若行乃至老死愁歎苦憂惱清淨若一切智智清淨無二無二分無別無斷故善現八解脫清淨故布施波羅蜜多清淨布施波羅蜜多清淨故一切智智清淨何以故若八解脫清淨若布施波羅蜜多清淨若一切智智清淨無二無二分無別無斷故八解脫清淨故淨戒安忍精進靜慮般若波羅蜜多清淨淨戒乃至般若波羅蜜多清淨故一切智智清淨何以故若八解脫清淨若淨戒乃至般若波羅蜜多清淨若一切智智清淨無二無二分無別無斷故善

現八解脫清淨故內空清淨內空清淨故一切智智清淨何以故若八解脫清淨若內空清淨若一切智智清淨無二無二分無別無斷故八解脫清淨故外空內外空空空大空勝義空有爲空無爲空畢竟空無際空散空無變異空本性空自相空共相空一切法空不可得空無性空自性空無性自性空清淨外空乃至無性自性空清淨故一切智智清淨何以故若八解脫清淨若外空乃至無性自性空清淨若一切智智清淨無二無二分無別無斷故善現八解脫清淨故真如清淨真如清淨故一切智智清淨何以故若八解脫清淨若真如清淨若一切智智清淨無二無二分無別無斷故八解脫清淨故法界法性不虛妄性不變異性平等性離生性法定

法住實際虛空界不思議界清淨法界乃至不思議界清淨故一切智智清淨何以故若八解脱清淨若法界乃至不思議界清淨若一切智智清淨無二無二分無別無斷故善現八解脱清淨故苦聖諦清淨苦聖諦清淨故一切智智清淨何以故若八解脱清淨若苦聖諦清淨若一切智智清淨無二無二分無別無斷故八解脱清淨故集滅道聖諦清淨集滅道聖諦清淨故一切智智清淨何以故若八解脱清淨若集滅道聖諦清淨若一切智智清淨無二無二分無別無斷故善現八解脱清淨故四靜慮清淨四靜慮清淨故一切智智清淨何以故若八解脱清淨若四靜慮清淨若一切智智清淨無二無二分無別無斷故八解脱清淨故四無量四無色定清淨四無量四無色定清淨故一切智智清淨何以故若八解脱清淨若四無量四無色定清淨若一切智智清淨無二無二分無別無斷故善現八解脱清淨故八勝處清淨八勝處清淨故一切智智清淨何以故若八解脱清淨若八勝處清淨若一切智智清淨無二無二分無別無斷故八解脱清淨故九次第定十徧處清淨九次第定十徧處清淨故一切智智清淨何以故若八解脱清淨若九次第定十徧處清淨若一切智智清淨無二無二分無別無斷故善現八解脱清淨故四念住清淨四念住清淨故一切智智清淨何以故若八解脱清淨若四念住清淨若一切智智清淨無二無二分無別無斷故八解脱清淨故四正斷四神足五根五力七等覺支

八聖道支清淨四正斷乃至八聖道支清淨故一切智智清淨何以故若八解脫清淨若四正斷乃至八聖道支清淨若一切智智清淨無二無二分無別無斷故善現八解脫清淨故空解脫門清淨空解脫門清淨故一切智智清淨何以故若八解脫清淨若空解脫門清淨若一切智智清淨無二無二分無別無斷故八解脫清淨故無相無願解脫門清淨無相無願解脫門清淨故一切智智清淨何以故若八解脫清淨若無相無願解脫門清淨若一切智智清淨無二無二分無別無斷故善現八解脫清淨故菩薩十地清淨菩薩十地清淨故一切智智清淨何以故若八解脫清淨若菩薩十地清淨若一切智智清淨無二無二分無別無斷故善現八解脫清淨故五眼清淨五眼清淨故一切智智清淨何以故若八解脫清淨若五眼清淨若一切智智清淨無二無二分無別無斷故八解脫清淨故六神通清淨六神通清淨故一切智智清淨何以故若八解脫清淨若六神通清淨若一切智智清淨無二無二分無別無斷故善現八解脫清淨故佛十力清淨佛十力清淨故一切智智清淨何以故若八解脫清淨若佛十力清淨若一切智智清淨無二無二分無別無斷故八解脫清淨故四無所畏四無礙解大慈大悲大喜大捨十八佛不共法清淨四無所畏乃至十八佛不共法清淨故一切智智清淨何以故若八解脫清淨若四無所畏乃至十八佛不共法清淨若一切智智清淨無二無二分無別無斷故善現八

解脱清淨故無忘失法清淨無忘失法清淨故一切智智清淨何以故若八解脱清淨若無忘失法清淨若一切智智清淨無二無二分無別無斷故八解脱清淨故恒住捨性清淨恒住捨性清淨故一切智智清淨何以故若八解脱清淨若恒住捨性清淨若一切智智清淨無二無二分無別無斷故善現八解脱清淨故一切智清淨一切智清淨故一切智智清淨何以故若八解脱清淨若一切智智清淨若一切智智清淨無二無二分無別無斷故八解脱清淨故道相智一切相智清淨道相智一切相智清淨故一切智智清淨何以故若八解脱清淨若道相智一切相智清淨若一切智智清淨無二無二分無別無斷故善現八解脱清淨故一切陀羅尼門清淨

一切陀羅尼門清淨故一切智智清淨何以故若八解脱清淨若一切陀羅尼門清淨若一切智智清淨無二無二分無別無斷故八解脱清淨故一切三摩地門清淨一切三摩地門清淨故一切智智清淨何以故若八解脱清淨若一切三摩地門清淨若一切智智清淨無二無二分無別無斷故善現八解脱清淨故預流果清淨預流果清淨故一切智智清淨何以故若八解脱清淨若預流果清淨若一切智智清淨無二無二分無別無斷故八解脱清淨故一來不還阿羅漢果清淨一來不還阿羅漢果清淨故一切智智清淨何以故若八解脱清淨若一來不還阿羅漢果清淨若一切智智清淨無二無二分無別無斷故善現八解脱清淨故獨覺菩提清淨

獨覺菩提清淨故一切智智清淨何以故若八解脫清淨若獨覺菩提清淨若一切智智清淨無二無二分無別無斷故善現八解脫清淨故一切菩薩摩訶薩行清淨一切菩薩摩訶薩行清淨故一切智智清淨何以故若八解脫清淨若一切菩薩摩訶薩行清淨若一切智智清淨無二無二分無別無斷故善現八解脫清淨故諸佛無上正等菩提清淨諸佛無上正等菩提清淨故一切智智清淨何以故若八解脫清淨若諸佛無上正等菩提清淨若一切智智清淨無二無二分無別無斷故復次善現八勝處清淨故色清淨色清淨故一切智智清淨何以故若八勝處清淨若色清淨若一切智智清淨無二無二分無別無斷故八勝處清淨故受想行識清淨受想行識清淨故一切智智清淨何以故若八勝處清淨若受想行識清淨若一切智智清淨無二無二分無別無斷故善現八勝處清淨故眼處清淨眼處清淨故一切智智清淨何以故若八勝處清淨若眼處清淨若一切智智清淨無二無二分無別無斷故八勝處清淨故耳鼻舌身意處清淨耳鼻舌身意處清淨故一切智智清淨何以故若八勝處清淨若耳鼻舌身意處清淨若一切智智清淨無二無二分無別無斷故善現八勝處清淨故色處清淨色處清淨故一切智智清淨何以故若八勝處清淨若色處清淨若一切智智清淨無二無二分無別無斷故八勝處清淨故聲香味觸法處清淨聲香味觸法處清淨故一切智智清淨何以故若八勝處清

淨若聲香味觸法處清淨若一切智智清淨無二無二分無别無斷故善現八勝處清淨故眼界清淨眼界清淨故一切智智清淨何以故若八勝處清淨若眼界清淨若一切智智清淨無二無二分無别無斷故八勝處清淨故色界眼識界及眼觸眼觸爲緣所生諸受清淨色界乃至眼觸爲緣所生諸受清淨故一切智智清淨何以故若八勝處清淨若色界乃至眼觸爲緣所生諸受清淨若一切智智清淨無二無二分無别無斷故善現八勝處清淨故耳界清淨耳界清淨故一切智智清淨何以故若八勝處清淨若耳界清淨若一切智智清淨無二無二分無别無斷故八勝處清淨故聲界耳識界及耳觸耳觸爲緣所生諸受清淨聲界乃至耳觸爲緣所生

諸受清淨故一切智智清淨何以故若八勝處清淨若聲界乃至耳觸爲緣所生諸受清淨若一切智智清淨無二無二分無别無斷故善現八勝處清淨故鼻界清淨鼻界清淨故一切智智清淨何以故若八勝處清淨若鼻界清淨若一切智智清淨無二無二分無别無斷故八勝處清淨故香界鼻識界及鼻觸鼻觸爲緣所生諸受清淨香界乃至鼻觸爲緣所生諸受清淨故一切智智清淨何以故若八勝處清淨若香界乃至鼻觸爲緣所生諸受清淨若一切智智清淨無二無二分無别無斷故善現八勝處清淨故舌界清淨舌界清淨故一切智智清淨何以故若八勝處清淨若舌界清淨若一切智智清淨無二無二分無别無斷故八勝處清淨故味界舌

識界及舌觸舌觸爲縁所生諸受清淨味界乃至舌觸爲縁所生諸受清淨故一切智智清淨何以故若八勝處清淨若味界乃至舌觸爲縁所生諸受清淨若一切智智清淨無二無二分無别無斷故善現八勝處清淨故身界清淨身界清淨故一切智智清淨何以故若八勝處清淨若身界清淨若一切智智清淨無二無二分無别無斷故八勝處清淨故觸界身識界及身觸身觸爲縁所生諸受清淨觸界乃至身觸爲縁所生諸受清淨故一切智智清淨何以故若八勝處清淨若觸界乃至身觸爲縁所生諸受清淨若一切智智清淨無二無二分無别無斷故善現八勝處清淨故意界清淨意界清淨故一切智智清淨何以故若八勝處清淨若意界清淨若一切智智清淨無二無二分無别無斷故八勝處清淨故法界意識界及意觸意觸爲縁所生諸受清淨法界乃至意觸爲縁所生諸受清淨故一切智智清淨何以故若八勝處清淨若法界乃至意觸爲縁所生諸受清淨若一切智智清淨無二無二分無别無斷故善現八勝處清淨故地界清淨地界清淨故一切智智清淨何以故若八勝處清淨若地界清淨若一切智智清淨無二無二分無别無斷故八勝處清淨故水火風空識界清淨水火風空識界清淨故一切智智清淨何以故若八勝處清淨若水火風空識界清淨若一切智智清淨無二無二分無别無斷故善現八勝處清淨故無明清淨無明清淨故一切智智清淨何以故若八勝處清淨若無明

清淨若一切智智清淨無二無二分無別無
斷故八勝處清淨故行識名色六處觸受愛
取有生老死愁歎苦憂惱清淨行乃至老死
愁歎苦憂惱清淨故一切智智清淨何以故
若八勝處清淨若行乃至老死愁歎苦憂惱
清淨若一切智智清淨無二無二分無別無
斷故

大般若波羅蜜多經卷第二百二十六

大般若波羅蜜多經卷第二百二十七

唐三藏法師玄奘奉　詔譯

初分難信解品第三十四之四十六

善現八勝處清淨故布施波羅蜜多清淨布施波羅蜜多清淨故一切智智清淨何以故若八勝處清淨若布施波羅蜜多清淨若一切智智清淨無二無二分無別無斷故八勝處清淨故淨戒安忍精進靜慮般若波羅蜜多清淨淨戒乃至般若波羅蜜多清淨故一切智智清淨何以故若八勝處清淨若淨戒乃至般若波羅蜜多清淨若一切智智清淨無二無二分無別無斷故善現八勝處清淨故内空清淨内空清淨故一切智智清淨何以故若八勝處清淨若内空清淨若一切智智清淨無二無二分無別無斷故八勝處清淨故外空内外空空空大空勝義空有爲空無爲空畢竟空無際空散空無變異空本性空自相空共相空一切法空不可得空無性空自性空無性自性空清淨外空乃至無性自性空清淨故一切智智清淨何以故若八勝處清淨若外空乃至無性自性空清淨若一切智智清淨無二無二分無別無斷故善現八勝處清淨故真如清淨真如清淨故一切智智清淨何以故若八勝處清淨若真如清淨若一切智智清淨無二無二分無別無斷故八勝處清淨故法界法性不虛妄性不變異性平等性離生性法定法住實際虛空界不思議界清淨法界乃至不思議界清淨故一切智智清淨何以故若八勝處清淨若法界乃至不思議界清淨若一切智智清淨

無二無二分無別無斷故善現八勝處清淨故苦聖諦清淨苦聖諦清淨故一切智智清淨何以故若八勝處清淨若苦聖諦清淨若一切智智清淨無二無二分無別無斷故八勝處清淨故集滅道聖諦清淨集滅道聖諦清淨故一切智智清淨何以故若八勝處清淨若集滅道聖諦清淨若一切智智清淨無二無二分無別無斷故善現八勝處清淨故四靜慮清淨四靜慮清淨故一切智智清淨何以故若八勝處清淨若四靜慮清淨若一切智智清淨無二無二分無別無斷故八勝處清淨故四無量四無色定清淨四無量四無色定清淨故一切智智清淨何以故若八勝處清淨若四無量四無色定清淨若一切智智清淨無二無二分無別無斷故善現八勝處清淨故八解脫清淨八解脫清淨故一切智智清淨何以故若八勝處清淨若八解脫清淨若一切智智清淨無二無二分無別無斷故八勝處清淨故九次第定十徧處清淨九次第定十徧處清淨故一切智智清淨何以故若八勝處清淨若九次第定十徧處清淨若一切智智清淨無二無二分無別無斷故善現八勝處清淨故四念住清淨四念住清淨故一切智智清淨何以故若八勝處清淨若四念住清淨若一切智智清淨無二無二分無別無斷故八勝處清淨故四正斷四神足五根五力七等覺支八聖道支清淨四正斷乃至八聖道支清淨故一切智智清淨何以故若八勝處清淨若四正斷乃至八聖道支清淨若一切智智清淨無二無二分

無别無斷故善現八勝處清淨故空解脱門清淨空解脱門清淨故一切智智清淨何以故若八勝處清淨若空解脱門清淨若一切智智清淨無二無二分無别無斷故八勝處清淨故無相無願解脱門清淨無相無願解脱門清淨故一切智智清淨何以故若八勝處清淨若無相無願解脱門清淨若一切智智清淨無二無二分無别無斷故善現八勝處清淨故菩薩十地清淨菩薩十地清淨故一切智智清淨何以故若八勝處清淨若菩薩十地清淨若一切智智清淨無二無二分無别無斷故善現八勝處清淨故五眼清淨五眼清淨故一切智智清淨何以故若八勝處清淨若五眼清淨若一切智智清淨無二無二分無别無斷故八勝處清淨故六神通清淨六神通清淨故一切智智清淨何以故若八勝處清淨若六神通清淨若一切智智清淨無二無二分無别無斷故善現八勝處清淨故佛十力清淨佛十力清淨故一切智智清淨何以故若八勝處清淨若佛十力清淨若一切智智清淨無二無二分無别無斷故八勝處清淨故四無所畏四無礙解大慈大悲大喜大捨十八佛不共法清淨四無所畏乃至十八佛不共法清淨故一切智智清淨何以故若八勝處清淨若四無所畏乃至十八佛不共法清淨若一切智智清淨無二無二分無别無斷故善現八勝處清淨故無忘失法清淨無忘失法清淨故一切智智清淨何以故若八勝處清淨若無忘失法清淨若一切智智清淨無二無二分無别無斷故

八勝處清淨故恒住捨性清淨恒住捨性清淨故一切智智清淨何以故若八勝處清淨若恒住捨性清淨若一切智智清淨無二無二分無別無斷故善現八勝處清淨故一切智清淨一切智清淨故一切智智清淨何以故若八勝處清淨若一切智清淨若一切智智清淨無二無二分無別無斷故八勝處清淨故道相智一切相智清淨道相智一切相智清淨故一切智智清淨何以故若八勝處清淨若道相智一切相智清淨若一切智智清淨無二無二分無別無斷故善現八勝處清淨故一切陀羅尼門清淨一切陀羅尼門清淨故一切智智清淨何以故若八勝處清淨若一切陀羅尼門清淨若一切智智清淨無二無二分無別無斷故八勝處清淨故一切三摩地門清淨一切三摩地門清淨故一切智智清淨何以故若八勝處清淨若一切三摩地門清淨若一切智智清淨無二無二分無別無斷故善現八勝處清淨故預流果清淨預流果清淨故一切智智清淨何以故若八勝處清淨若預流果清淨若一切智智清淨無二無二分無別無斷故八勝處清淨故一來不還阿羅漢果清淨一來不還阿羅漢果清淨故一切智智清淨何以故若八勝處清淨若一來不還阿羅漢果清淨若一切智智清淨無二無二分無別無斷故善現八勝處清淨故獨覺菩提清淨獨覺菩提清淨故一切智智清淨何以故若八勝處清淨若獨覺菩提清淨若一切智智清淨無二無二分無別無斷故善現八勝處清淨故一切菩

薩摩訶薩行清淨一切菩薩摩訶薩行清淨故一切智智清淨何以故若八勝處清淨若一切菩薩摩訶薩行清淨若一切智智清淨無二無二分無別無斷故善現八勝處清淨故諸佛無上正等菩提清淨諸佛無上正等菩提清淨故一切智智清淨何以故若八勝處清淨若諸佛無上正等菩提清淨若一切智智清淨無二無二分無別無斷故復次善現九次第定清淨故色清淨色清淨故一切智智清淨何以故若九次第定清淨若色清淨若一切智智清淨無二無二分無別無斷故九次第定清淨故受想行識清淨受想行識清淨故一切智智清淨何以故若九次第定清淨若受想行識清淨若一切智智清淨無二無二分無別無斷故善現九次第定清淨故眼處清淨眼處清淨故一切智智清淨何以故若九次第定清淨若眼處清淨若一切智智清淨無二無二分無別無斷故九次第定清淨故耳鼻舌身意處清淨耳鼻舌身意處清淨故一切智智清淨何以故若九次第定清淨若耳鼻舌身意處清淨若一切智智清淨無二無二分無別無斷故善現九次第定清淨故色處清淨色處清淨故一切智智清淨何以故若九次第定清淨若色處清淨若一切智智清淨無二無二分無別無斷故九次第定清淨故聲香味觸法處清淨聲香味觸法處清淨故一切智智清淨何以故若九次第定清淨若聲香味觸法處清淨若一切智智清淨無二無二分無別無斷故善現九次第定清淨故眼界清淨眼界清淨故

一切智智清淨何以故若九次第定清淨若眼界清淨若一切智智清淨無二無二分無別無斷故九次第定清淨故色界眼識界及眼觸眼觸爲緣所生諸受清淨色界乃至眼觸爲緣所生諸受清淨故一切智智清淨何以故若九次第定清淨若色界乃至眼觸爲緣所生諸受清淨若一切智智清淨無二無二分無別無斷故善現九次第定清淨故耳界清淨耳界清淨故一切智智清淨何以故若九次第定清淨若耳界清淨若一切智智清淨無二無二分無別無斷故九次第定清淨故聲界耳識界及耳觸耳觸爲緣所生諸受清淨聲界乃至耳觸爲緣所生諸受清淨故一切智智清淨何以故若九次第定清淨若聲界乃至耳觸爲緣所生諸受清淨若一

切智智清淨無二無二分無別無斷故善現九次第定清淨故鼻界清淨鼻界清淨故一切智智清淨何以故若九次第定清淨若鼻界清淨若一切智智清淨無二無二分無別無斷故九次第定清淨故香界鼻識界及鼻觸鼻觸爲緣所生諸受清淨香界乃至鼻觸爲緣所生諸受清淨故一切智智清淨何以故若九次第定清淨若香界乃至鼻觸爲緣所生諸受清淨若一切智智清淨無二無二分無別無斷故善現九次第定清淨故舌界清淨舌界清淨故一切智智清淨何以故若九次第定清淨若舌界清淨若一切智智清淨無二無二分無別無斷故九次第定清淨故味界舌識界及舌觸舌觸爲緣所生諸受清淨味界乃至舌觸爲緣所生諸受清淨故

一切智智清淨何以故若九次第定清淨若味界乃至舌觸爲緣所生諸受清淨若一切智智清淨無二無二分無別無斷故善現九次第定清淨故身界清淨身界清淨故一切智智清淨何以故若九次第定清淨若身界清淨若一切智智清淨無二無二分無別無斷故九次第定清淨故觸界身識界及身觸身觸爲緣所生諸受清淨觸界乃至身觸爲緣所生諸受清淨故一切智智清淨何以故若九次第定清淨若觸界乃至身觸爲緣所生諸受清淨若一切智智清淨無二無二分無別無斷故善現九次第定清淨故意界清淨意界清淨故一切智智清淨何以故若九次第定清淨若意界清淨若一切智智清淨無二無二分無別無斷故九次第定清淨故法界意識界及意觸意觸爲緣所生諸受清淨法界乃至意觸爲緣所生諸受清淨故一切智智清淨何以故若九次第定清淨若法界乃至意觸爲緣所生諸受清淨若一切智智清淨無二無二分無別無斷故善現九次第定清淨故地界清淨地界清淨故一切智智清淨何以故若九次第定清淨若地界清淨若一切智智清淨無二無二分無別無斷故九次第定清淨故水火風空識界清淨水火風空識界清淨故一切智智清淨何以故若九次第定清淨若水火風空識界清淨若一切智智清淨無二無二分無別無斷故善現九次第定清淨故無明清淨無明清淨故一切智智清淨何以故若九次第定清淨若無明清淨若一切智智清淨無二無二分無

別無斷故九次第定清淨故行識名色六處觸受愛取有生老死愁歎苦憂惱清淨行乃至老死愁歎苦憂惱清淨故一切智智清淨何以故若九次第定清淨若行乃至老死愁歎苦憂惱清淨若一切智智清淨無二無二分無別無斷故善現九次第定清淨故布施波羅蜜多清淨布施波羅蜜多清淨故一切智智清淨何以故若九次第定清淨若布施波羅蜜多清淨若一切智智清淨無二無二分無別無斷故九次第定清淨故淨戒安忍精進靜慮般若波羅蜜多清淨淨戒乃至般若波羅蜜多清淨故一切智智清淨何以故若九次第定清淨若淨戒乃至般若波羅蜜多清淨若一切智智清淨無二無二分無別無斷故善現九次第定清淨故內空清淨內空清淨故一切智智清淨何以故若九次第定清淨若內空清淨若一切智智清淨無二無二分無別無斷故九次第定清淨故外空內外空空空大空勝義空有爲空無爲空畢竟空無際空散空無變異空本性空自相空共相空一切法空不可得空無性空自性空無性自性空清淨外空乃至無性自性空清淨故一切智智清淨何以故若九次第定清淨若外空乃至無性自性空清淨若一切智智清淨無二無二分無別無斷故善現九次第定清淨故真如清淨真如清淨故一切智智清淨何以故若九次第定清淨若真如清淨若一切智智清淨無二無二分無別無斷故九次第定清淨故法界法性不虛妄性不變異性平等性離生性法定法住實際虛空

界不思議界清淨法界乃至不思議界清淨故一切智智清淨何以故若九次第定清淨若法界乃至不思議界清淨若一切智智清淨無二無二分無別無斷故善現九次第定清淨故苦聖諦清淨苦聖諦清淨故一切智智清淨何以故若九次第定清淨若苦聖諦清淨若一切智智清淨無二無二分無別無斷故九次第定清淨故集滅道聖諦清淨集滅道聖諦清淨故一切智智清淨何以故若九次第定清淨若集滅道聖諦清淨若一切智智清淨無二無二分無別無斷故善現九次第定清淨故四靜慮清淨四靜慮清淨故一切智智清淨何以故若九次第定清淨若四靜慮清淨若一切智智清淨無二無二分無別無斷故九次第定清淨故四無量四無色定清淨四無量四無色定清淨故一切智智清淨何以故若九次第定清淨若四無量四無色定清淨若一切智智清淨無二無二分無別無斷故善現九次第定清淨故八解脫清淨八解脫清淨故一切智智清淨何以故若九次第定清淨若八解脫清淨若一切智智清淨無二無二分無別無斷故九次第定清淨故八勝處十徧處清淨八勝處十徧處清淨故一切智智清淨何以故若九次第定清淨若八勝處十徧處清淨若一切智智清淨無二無二分無別無斷故善現九次第定清淨故四念住清淨四念住清淨故一切智智清淨何以故若九次第定清淨若四念住清淨若一切智智清淨無二無二分無別無斷故九次第定清淨故四正斷四神足五

根五力七等覺支八聖道支清淨四正斷乃至八聖道支清淨故一切智智清淨何以故若九次第定清淨若四正斷乃至八聖道支清淨若一切智智清淨無二無二分無別無斷故善現九次第定清淨故空解脱門清淨空解脱門清淨故一切智智清淨何以故若九次第定清淨若空解脱門清淨若一切智智清淨無二無二分無別無斷故九次第定清淨故無相無願解脱門清淨無相無願解脱門清淨故一切智智清淨何以故若九次第定清淨若無相無願解脱門清淨若一切智智清淨無二無二分無別無斷故善現九次第定清淨故菩薩十地清淨菩薩十地清淨故一切智智清淨何以故若九次第定清淨若菩薩十地清淨若一切智智清淨無二無二分無別無斷故善現九次第定清淨故五眼清淨五眼清淨故一切智智清淨何以故若九次第定清淨若五眼清淨若一切智智清淨無二無二分無別無斷故九次第定清淨故六神通清淨六神通清淨故一切智智清淨何以故若九次第定清淨若六神通清淨若一切智智清淨無二無二分無別無斷故善現九次第定清淨故佛十力清淨佛十力清淨故一切智智清淨何以故若九次第定清淨若佛十力清淨若一切智智清淨無二無二分無別無斷故九次第定清淨故四無所畏四無礙解大慈大悲大喜大捨十八佛不共法清淨四無所畏乃至十八佛不共法清淨故一切智智清淨何以故若九次第定清淨若四無所畏乃至十八佛不共法

清淨若一切智智清淨無二無二分無別無
斷故善現九次第定清淨故無忘失法清淨
無忘失法清淨故一切智智清淨何以故若
九次第定清淨若無忘失法清淨若一切智
智清淨無二無二分無別無斷故九次第定
清淨故恒住捨性清淨恒住捨性清淨故一
切智智清淨何以故若九次第定清淨若恒
住捨性清淨若一切智智清淨無二無二分
無別無斷故善現九次第定清淨故一切智
清淨一切智清淨故一切智智清淨何以故
若九次第定清淨若一切智清淨若一切智
智清淨無二無二分無別無斷故九次第定
清淨故道相智一切相智清淨道相智一切
相智清淨故一切智智清淨何以故若九次
第定清淨若道相智一切相智清淨若一切
智智清淨無二無二分無別無斷故善現九
次第定清淨故一切陀羅尼門清淨一切陀
羅尼門清淨故一切智智清淨何以故若九
次第定清淨若一切陀羅尼門清淨若一切
智智清淨無二無二分無別無斷故九次第
定清淨故一切三摩地門清淨一切三摩地
門清淨故一切智智清淨何以故若九次第
定清淨若一切三摩地門清淨若一切智智
清淨無二無二分無別無斷故善現九次第
定清淨故預流果清淨預流果清淨故一切
智智清淨何以故若九次第定清淨若預流
果清淨若一切智智清淨無二無二分無別
無斷故九次第定清淨故一來不還阿羅漢
果清淨一來不還阿羅漢果清淨故一切智
智清淨何以故若九次第定清淨若一來不

還阿羅漢果清淨若一切智智清淨無二無二分無別無斷故善現九次第定清淨故獨覺菩提清淨獨覺菩提清淨故一切智智清淨何以故若九次第定清淨若獨覺菩提清淨若一切智智清淨無二無二分無別無斷故善現九次第定清淨故一切菩薩摩訶薩行清淨一切菩薩摩訶薩行清淨故一切智智清淨何以故若九次第定清淨若一切菩薩摩訶薩行清淨若一切智智清淨無二無二分無別無斷故善現九次第定清淨故諸佛無上正等菩提清淨諸佛無上正等菩提清淨故一切智智清淨何以故若九次第定清淨若諸佛無上正等菩提清淨若一切智智清淨無二無二分無別無斷故復次善現十徧處清淨故色清淨色清淨故一切智智清淨何以故若十徧處清淨若色清淨若一切智智清淨無二無二分無別無斷故十徧處清淨故受想行識清淨受想行識清淨故一切智智清淨何以故若十徧處清淨若受想行識清淨若一切智智清淨無二無二分無別無斷故善現十徧處清淨眼處清淨眼處清淨故一切智智清淨何以故若十徧處清淨若眼處清淨若一切智智清淨無二無二分無別無斷故十徧處清淨故耳鼻舌身意處清淨耳鼻舌身意處清淨故一切智智清淨何以故若十徧處清淨若耳鼻舌身意處清淨若一切智智清淨無二無二分無別無斷故善現十徧處清淨故色處清淨色處清淨故一切智智清淨何以故若十徧處清淨若色處清淨若一切智智清淨無二無二

分無別無斷故十徧處清淨故聲香味觸法處清淨聲香味觸法處清淨故一切智智清淨何以故若十徧處清淨若聲香味觸法處清淨若一切智智清淨無二無二分無別無斷故善現十徧處清淨故眼界清淨眼界清淨故一切智智清淨何以故若十徧處清淨若眼界清淨若一切智智清淨無二無二分無別無斷故十徧處清淨故色界眼識界及眼觸眼觸為緣所生諸受清淨色界乃至眼觸為緣所生諸受清淨故一切智智清淨何以故若十徧處清淨若色界乃至眼觸為緣所生諸受清淨若一切智智清淨無二無二分無別無斷故善現十徧處清淨故耳界清淨耳界清淨故一切智智清淨何以故若十徧處清淨若耳界清淨若一切智智清淨無二無二分無別無斷故十徧處清淨故聲界耳識界及耳觸耳觸為緣所生諸受清淨聲界乃至耳觸為緣所生諸受清淨故一切智智清淨何以故若十徧處清淨若聲界乃至耳觸為緣所生諸受清淨若一切智智清淨無二無二分無別無斷故善現十徧處清淨故鼻界清淨鼻界清淨故一切智智清淨何以故若十徧處清淨若鼻界清淨若一切智智清淨無二無二分無別無斷故十徧處清淨故香界鼻識界及鼻觸鼻觸為緣所生諸受清淨香界乃至鼻觸為緣所生諸受清淨故一切智智清淨何以故若十徧處清淨若香界乃至鼻觸為緣所生諸受清淨若一切智智清淨無二無二分無別無斷故善現十徧處清淨故舌界清淨舌界清淨故一切智

智清淨何以故若十徧處清淨若舌界清淨若一切智智清淨無二無二分無別無斷故十徧處清淨故味界舌識界及舌觸舌觸爲緣所生諸受清淨味界乃至舌觸爲緣所生諸受清淨故一切智智清淨何以故若十徧處清淨若味界乃至舌觸爲緣所生諸受清淨若一切智智清淨無二無二分無別無斷故善現十徧處清淨故身界清淨身界清淨故一切智智清淨何以故若十徧處清淨若身界清淨若一切智智清淨無二無二分無別無斷故十徧處清淨故觸界身識界及身觸身觸爲緣所生諸受清淨觸界乃至身觸爲緣所生諸受清淨故一切智智清淨何以故若十徧處清淨若觸界乃至身觸爲緣所生諸受清淨若一切智智清淨無二無二分無別無斷故善現十徧處清淨故意界清淨意界清淨故一切智智清淨何以故若十徧處清淨若意界清淨若一切智智清淨無二無二分無別無斷故十徧處清淨故法界意識界及意觸意觸爲緣所生諸受清淨法界乃至意觸爲緣所生諸受清淨故一切智智清淨何以故若十徧處清淨若法界乃至意觸爲緣所生諸受清淨若一切智智清淨無二無二分無別無斷故善現十徧處清淨故地界清淨地界清淨故一切智智清淨何以故若十徧處清淨若地界清淨若一切智智清淨無二無二分無別無斷故十徧處清淨故水火風空識界清淨水火風空識界清淨故一切智智清淨何以故若十徧處清淨若水火風空識界清淨若一切智智清淨無二

無二分無別無斷故善現十徧處清淨故無明清淨無明清淨故一切智智清淨何以故若十徧處清淨若無明清淨若一切智智清淨無二無二分無別無斷故十徧處清淨故行識名色六處觸受愛取有生老死愁歎苦憂惱清淨行乃至老死愁歎苦憂惱清淨故一切智智清淨何以故若十徧處清淨若行乃至老死愁歎苦憂惱清淨若一切智智清淨無二無二分無別無斷故善現十徧處清淨故布施波羅蜜多清淨布施波羅蜜多清淨故一切智智清淨何以故若十徧處清淨若布施波羅蜜多清淨若一切智智清淨無二無二分無別無斷故十徧處清淨故淨戒安忍精進靜慮般若波羅蜜多清淨淨戒乃至般若波羅蜜多清淨故一切智智清淨何

以故若十徧處清淨若淨戒乃至般若波羅蜜多清淨若一切智智清淨無二無二分無別無斷故善現十徧處清淨故內空清淨內空清淨故一切智智清淨何以故若十徧處清淨若內空清淨若一切智智清淨無二無二分無別無斷故十徧處清淨故外空內外空空空大空勝義空有爲空無爲空畢竟空無際空散空無變異空本性空自相空共相空一切法空不可得空無性空自性空無性自性空清淨外空乃至無性自性空清淨故一切智智清淨何以故若十徧處清淨若外空乃至無性自性空清淨若一切智智清淨無二無二分無別無斷故善現十徧處清淨故真如清淨真如清淨故一切智智清淨何以故若十徧處清淨若真如清淨若一切智

智清淨無二無二分無別無斷故十徧處清
淨故法界法性不虛妄性不變異性平等性
離生性法定法住實際虛空界不思議界清
淨法界乃至不思議界清淨故一切智智清
淨何以故若十徧處清淨若法界乃至不思
議界清淨若一切智智清淨無二無二分無
別無斷故善現十徧處清淨故苦聖諦清淨
苦聖諦清淨故一切智智清淨何以故若十
徧處清淨若苦聖諦清淨若一切智智清淨
無二無二分無別無斷故十徧處清淨故集
滅道聖諦清淨集滅道聖諦清淨故一切智
智清淨何以故若十徧處清淨若集滅道聖
諦清淨若一切智智清淨無二無二分無別
無斷故

大般若波羅蜜多經卷第二百二十七

大般若波羅蜜多經卷第二百二十八

唐三藏法師玄奘奉　詔譯

初分難信解品第三十四之四十七

善現十徧處清淨故四靜慮清淨四靜慮清淨故一切智智清淨何以故若十徧處清淨若四靜慮清淨若一切智智清淨無二無二分無別無斷故十徧處清淨故四無量四無色定清淨四無量四無色定清淨故一切智智清淨何以故若十徧處清淨若四無量四無色定清淨若一切智智清淨無二無二分無別無斷故善現十徧處清淨故八解脫清淨八解脫清淨故一切智智清淨何以故若十徧處清淨若八解脫清淨若一切智智清淨無二無二分無別無斷故十徧處清淨故八勝處九次第定清淨八勝處九次第定清淨故一切智智清淨何以故若十徧處清淨若八勝處九次第定清淨若一切智智清淨無二無二分無別無斷故善現十徧處清淨故四念住清淨四念住清淨故一切智智清淨何以故若十徧處清淨若四念住清淨若一切智智清淨無二無二分無別無斷故十徧處清淨故四正斷四神足五根五力七等覺支八聖道支清淨四正斷乃至八聖道支清淨故一切智智清淨何以故若十徧處清淨若四正斷乃至八聖道支清淨若一切智智清淨無二無二分無別無斷故善現十徧處清淨故空解脫門清淨空解脫門清淨故一切智智清淨何以故若十徧處清淨若空解脫門清淨若一切智智清淨無二無二分無別無斷故十徧處清淨故無相無願解脫

門清淨無相無願解脱門清淨故一切智智
清淨何以故若十徧處清淨若無相無願解
脱門清淨若一切智智清淨無二無二分無
别無斷故善現十徧處清淨故菩薩十地清
淨菩薩十地清淨故一切智智清淨何以故
若十徧處清淨若菩薩十地清淨若一切智
智清淨無二無二分無别無斷故善現十徧
處清淨故五眼清淨五眼清淨故一切智智
清淨何以故若十徧處清淨若五眼清淨若
一切智智清淨無二無二分無别無斷故十
徧處清淨故六神通清淨六神通清淨故一
切智智清淨何以故若十徧處清淨若六神
通清淨若一切智智清淨無二無二分無别
無斷故善現十徧處清淨故佛十力清淨佛
十力清淨故一切智智清淨何以故若十徧

處清淨若佛十力清淨若一切智智清淨無
二無二分無别無斷故十徧處清淨故四無
所畏四無礙解大慈大悲大喜大捨十八佛
不共法清淨四無所畏乃至十八佛不共法
清淨故一切智智清淨何以故若十徧處清
淨若四無所畏乃至十八佛不共法清淨若
一切智智清淨無二無二分無别無斷故善
現十徧處清淨故無忘失法清淨無忘失法
清淨故一切智智清淨何以故若十徧處清
淨若無忘失法清淨若一切智智清淨無二
無二分無别無斷故十徧處清淨故恒住捨
性清淨恒住捨性清淨故一切智智清淨何
以故若十徧處清淨若恒住捨性清淨若一
切智智清淨無二無二分無别無斷故善現
十徧處清淨故一切智清淨一切智清淨故

一切智智清淨何以故若十徧處清淨若一切智清淨若一切智智清淨無二無二分無别無斷故十徧處清淨故道相智一切相智清淨道相智一切相智清淨故一切智智清淨何以故若十徧處清淨若道相智一切相智清淨若一切智智清淨無二無二分無别無斷故善現十徧處清淨故一切陀羅尼門清淨一切陀羅尼門清淨故一切智智清淨何以故若十徧處清淨若一切陀羅尼門清淨若一切智智清淨無二無二分無别無斷故十徧處清淨故一切三摩地門清淨一切三摩地門清淨故一切智智清淨何以故若十徧處清淨若一切三摩地門清淨若一切智智清淨無二無二分無别無斷故善現十徧處清淨故預流果清淨預流果清淨故一切智智清淨何以故若十徧處清淨若預流果清淨若一切智智清淨無二無二分無别無斷故十徧處清淨故一來不還阿羅漢果清淨一來不還阿羅漢果清淨故一切智智清淨何以故若十徧處清淨若一來不還阿羅漢果清淨若一切智智清淨無二無二分無别無斷故善現十徧處清淨故獨覺菩提清淨獨覺菩提清淨故一切智智清淨何以故若十徧處清淨若獨覺菩提清淨若一切智智清淨無二無二分無别無斷故善現十徧處清淨故一切菩薩摩訶薩行清淨一切菩薩摩訶薩行清淨故一切智智清淨何以故若十徧處清淨若一切菩薩摩訶薩行清淨若一切智智清淨無二無二分無别無斷故善現十徧處清淨故諸佛無上正等菩提

清淨諸佛無上正等菩提清淨故一切智智清淨何以故若十徧處清淨若諸佛無上正等菩提清淨若一切智智清淨無二無二分無別無斷故復次善現四念住清淨故色清淨色清淨故一切智智清淨何以故若四念住清淨若色清淨若一切智智清淨無二無二分無別無斷故四念住清淨故受想行識清淨受想行識清淨故一切智智清淨何以故若四念住清淨若受想行識清淨若一切智智清淨無二無二分無別無斷故善現四念住清淨故眼處清淨眼處清淨故一切智智清淨何以故若四念住清淨若眼處清淨若一切智智清淨無二無二分無別無斷故四念住清淨故耳鼻舌身意處清淨耳鼻舌身意處清淨故一切智智清淨何以故若四念住清淨若耳鼻舌身意處清淨若一切智智清淨無二無二分無別無斷故善現四念住清淨故色處清淨色處清淨故一切智智清淨何以故若四念住清淨若色處清淨若一切智智清淨無二無二分無別無斷故四念住清淨故聲香味觸法處清淨聲香味觸法處清淨故一切智智清淨何以故若四念住清淨若聲香味觸法處清淨若一切智智清淨無二無二分無別無斷故善現四念住清淨故眼界清淨眼界清淨故一切智智清淨何以故若四念住清淨若眼界清淨若一切智智清淨無二無二分無別無斷故四念住清淨故色界眼識界及眼觸眼觸爲緣所生諸受清淨色界乃至眼觸爲緣所生諸受清淨故一切智智清淨何以故若四念住清

淨若色界乃至眼觸爲緣所生諸受清淨若一切智智清淨無二無二分無別無斷故善現四念住清淨故耳界清淨耳界清淨故一切智智清淨何以故若四念住清淨若耳界清淨若一切智智清淨無二無二分無別無斷故四念住清淨故聲界耳識界及耳觸耳觸爲緣所生諸受清淨聲界乃至耳觸爲緣所生諸受清淨故一切智智清淨何以故若四念住清淨若聲界乃至耳觸爲緣所生諸受清淨若一切智智清淨無二無二分無別無斷故善現四念住清淨故鼻界清淨鼻界清淨故一切智智清淨何以故若四念住清淨若鼻界清淨若一切智智清淨無二無二分無別無斷故四念住清淨故香界鼻識界及鼻觸鼻觸爲緣所生諸受清淨香界乃至

鼻觸爲緣所生諸受清淨故一切智智清淨何以故若四念住清淨若香界乃至鼻觸爲緣所生諸受清淨若一切智智清淨無二無二分無別無斷故善現四念住清淨故舌界清淨舌界清淨故一切智智清淨何以故若四念住清淨若舌界清淨若一切智智清淨無二無二分無別無斷故四念住清淨故味界舌識界及舌觸舌觸爲緣所生諸受清淨味界乃至舌觸爲緣所生諸受清淨故一切智智清淨何以故若四念住清淨若味界乃至舌觸爲緣所生諸受清淨若一切智智清淨無二無二分無別無斷故善現四念住清淨故身界清淨身界清淨故一切智智清淨何以故若四念住清淨若身界清淨若一切智智清淨無二無二分無別無斷故四念住

清淨故觸界身識界及身觸身觸爲緣所生諸受清淨觸界乃至身觸爲緣所生諸受清淨故一切智智清淨何以故若四念住清淨若觸界乃至身觸爲緣所生諸受清淨若一切智智清淨無二無二分無別無斷故善現四念住清淨故意界清淨意界清淨故一切智智清淨何以故若四念住清淨若意界清淨若一切智智清淨無二無二分無別無斷故四念住清淨故法界意識界及意觸意觸爲緣所生諸受清淨法界乃至意觸爲緣所生諸受清淨故一切智智清淨何以故若四念住清淨若法界乃至意觸爲緣所生諸受清淨若一切智智清淨無二無二分無別無斷故善現四念住清淨故地界清淨地界清淨故一切智智清淨何以故若四念住清淨

若地界清淨若一切智智清淨無二無二分無別無斷故四念住清淨故水火風空識界清淨水火風空識界清淨故一切智智清淨何以故若四念住清淨若水火風空識界清淨若一切智智清淨無二無二分無別無斷故善現四念住清淨故無明清淨無明清淨故一切智智清淨何以故若四念住清淨若無明清淨若一切智智清淨無二無二分無別無斷故四念住清淨故行識名色六處觸受愛取有生老死愁歎苦憂惱清淨行乃至老死愁歎苦憂惱清淨故一切智智清淨何以故若四念住清淨若行乃至老死愁歎苦憂惱清淨若一切智智清淨無二無二分無別無斷故善現四念住清淨故布施波羅蜜多清淨布施波羅蜜多清淨故一切智智清

淨何以故若四念住清淨若布施波羅蜜多清淨若一切智智清淨無二無二分無別無斷故四念住清淨故淨戒安忍精進靜慮般若波羅蜜多清淨淨戒乃至般若波羅蜜多清淨故一切智智清淨何以故若四念住清淨若淨戒乃至般若波羅蜜多清淨若一切智智清淨無二無二分無別無斷故善現四念住清淨故內空清淨內空清淨故一切智智清淨何以故若四念住清淨若內空清淨若一切智智清淨無二無二分無別無斷故四念住清淨故外空內外空空空大空勝義空有為空無為空畢竟空無際空散空無變異空本性空自相空共相空一切法空不可得空無性空自性空無性自性空清淨外空乃至無性自性空清淨故一切智智清淨何以故若四念住清淨若外空乃至無性自性空清淨若一切智智清淨無二無二分無別無斷故善現四念住清淨故真如清淨真如清淨故一切智智清淨何以故若四念住清淨若真如清淨若一切智智清淨無二無二分無別無斷故四念住清淨故法界法性不虛妄性不變異性平等性離生性法定法住實際虛空界不思議界清淨法界乃至不思議界清淨故一切智智清淨何以故若四念住清淨若法界乃至不思議界清淨若一切智智清淨無二無二分無別無斷故善現四念住清淨故苦聖諦清淨苦聖諦清淨故一切智智清淨何以故若四念住清淨若苦聖諦清淨若一切智智清淨無二無二分無別無斷故四念住清淨故集滅道聖諦清淨集

滅道聖諦清淨故一切智智清淨何以故若
四念住清淨若集滅道聖諦清淨若一切智
智清淨無二無二分無別無斷故善現四念
住清淨故四靜慮清淨四靜慮清淨故一切
智智清淨何以故若四念住清淨若四靜慮
清淨若一切智智清淨無二無二分無別無
斷故四念住清淨故四無量四無色定清淨
四無量四無色定清淨故一切智智清淨何
以故若四念住清淨若四無量四無色定清
淨若一切智智清淨無二無二分無別無斷
故善現四念住清淨故八解脫清淨八解脫
清淨故一切智智清淨何以故若四念住清
淨若八解脫清淨若一切智智清淨無二無
二分無別無斷故四念住清淨故八勝處九
次第定十徧處清淨八勝處九次第定十徧
處清淨故一切智智清淨何以故若四念住
清淨若八勝處九次第定十徧處清淨若一
切智智清淨無二無二分無別無斷故善現
四念住清淨故四正斷清淨四正斷清淨故
一切智智清淨何以故若四念住清淨若四
正斷清淨若一切智智清淨無二無二分無
別無斷故四念住清淨故四神足五根五力
七等覺支八聖道支清淨四神足乃至八聖
道支清淨故一切智智清淨何以故若四念
住清淨若四神足乃至八聖道支清淨若一
切智智清淨無二無二分無別無斷故善現
四念住清淨故空解脫門清淨空解脫門清
淨故一切智智清淨何以故若四念住清淨
若空解脫門清淨若一切智智清淨無二無
二分無別無斷故四念住清淨故無相無願

解脱門清淨無相無願解脱門清淨故一切智智清淨何以故若四念住清淨若無相無願解脱門清淨若一切智智清淨無二無二分無別無斷故善現四念住清淨故菩薩十地清淨菩薩十地清淨故一切智智清淨何以故若四念住清淨若菩薩十地清淨若一切智智清淨無二無二分無別無斷故善現四念住清淨故五眼清淨五眼清淨故一切智智清淨何以故若四念住清淨若五眼清淨若一切智智清淨無二無二分無別無斷故四念住清淨故六神通清淨六神通清淨故一切智智清淨何以故若四念住清淨若六神通清淨若一切智智清淨無二無二分無別無斷故善現四念住清淨故佛十力清淨佛十力清淨故一切智智清淨何以故若四念住清淨若佛十力清淨若一切智智清淨無二無二分無別無斷故四念住清淨故四無所畏四無礙解大慈大悲大喜大捨十八佛不共法清淨四無所畏乃至十八佛不共法清淨故一切智智清淨何以故若四念住清淨若四無所畏乃至十八佛不共法清淨若一切智智清淨無二無二分無別無斷故善現四念住清淨故無忘失法清淨無忘失法清淨故一切智智清淨何以故若四念住清淨若無忘失法清淨若一切智智清淨無二無二分無別無斷故四念住清淨故恒住捨性清淨恒住捨性清淨故一切智智清淨何以故若四念住清淨若恒住捨性清淨若一切智智清淨無二無二分無別無斷故善現四念住清淨故一切智清淨一切智清

淨故一切智智清淨何以故若四念住清淨若一切智清淨若一切智智清淨無二無二分無別無斷故四念住清淨故道相智一切相智清淨道相智一切相智清淨故一切智智清淨何以故若四念住清淨若道相智一切相智清淨若一切智智清淨無二無二分無別無斷故善現四念住清淨故一切陀羅尼門清淨一切陀羅尼門清淨故一切智智清淨何以故若四念住清淨若一切陀羅尼門清淨若一切智智清淨無二無二分無別無斷故四念住清淨故一切三摩地門清淨一切三摩地門清淨故一切智智清淨何以故若四念住清淨若一切三摩地門清淨若一切智智清淨無二無二分無別無斷故善現四念住清淨故預流果清淨預流果清淨故一切智智清淨何以故若四念住清淨若預流果清淨若一切智智清淨無二無二分無別無斷故四念住清淨故一來不還阿羅漢果清淨一來不還阿羅漢果清淨故一切智智清淨何以故若四念住清淨若一來不還阿羅漢果清淨若一切智智清淨無二無二分無別無斷故善現四念住清淨故獨覺菩提清淨獨覺菩提清淨故一切智智清淨何以故若四念住清淨若獨覺菩提清淨若一切智智清淨無二無二分無別無斷故善現四念住清淨故一切菩薩摩訶薩行清淨一切菩薩摩訶薩行清淨故一切智智清淨何以故若四念住清淨若一切菩薩摩訶薩行清淨若一切智智清淨無二無二分無別無斷故善現四念住清淨故諸佛無上正等

菩提清淨諸佛無上正等菩提清淨故一切智智清淨何以故若四念住清淨若諸佛無上正等菩提清淨若一切智智清淨無二無二分無別無斷故復次善現四正斷清淨故色清淨色清淨故一切智智清淨何以故若四正斷清淨若色清淨若一切智智清淨無二無二分無別無斷故四正斷清淨故受想行識清淨受想行識清淨故一切智智清淨何以故若四正斷清淨若受想行識清淨若一切智智清淨無二無二分無別無斷故善現四正斷清淨故眼處清淨眼處清淨故一切智智清淨何以故若四正斷清淨若眼處清淨若一切智智清淨無二無二分無別無斷故四正斷清淨故耳鼻舌身意處清淨耳鼻舌身意處清淨故一切智智清淨何以故

若四正斷清淨若耳鼻舌身意處清淨若一切智智清淨無二無二分無別無斷故善現四正斷清淨故色處清淨色處清淨故一切智智清淨何以故若四正斷清淨若色處清淨若一切智智清淨無二無二分無別無斷故四正斷清淨故聲香味觸法處清淨聲香味觸法處清淨故一切智智清淨何以故若四正斷清淨若聲香味觸法處清淨若一切智智清淨無二無二分無別無斷故善現四正斷清淨故眼界清淨眼界清淨故一切智智清淨何以故若四正斷清淨若眼界清淨若一切智智清淨無二無二分無別無斷故四正斷清淨故色界眼識界及眼觸眼觸為緣所生諸受清淨色界乃至眼觸為緣所生諸受清淨故一切智智清淨何以故若四正

斷清淨若色界乃至眼觸爲緣所生諸受清淨若一切智智清淨無二無二分無别無斷故善現四正斷清淨故耳界清淨耳界清淨故一切智智清淨何以故若四正斷清淨若耳界清淨若一切智智清淨無二無二分無别無斷故四正斷清淨故聲界耳識界及耳觸耳觸爲緣所生諸受清淨聲界乃至耳觸爲緣所生諸受清淨故一切智智清淨何以故若四正斷清淨若聲界乃至耳觸爲緣所生諸受清淨若一切智智清淨無二無二分無别無斷故善現四正斷清淨故鼻界清淨鼻界清淨故一切智智清淨何以故若四正斷清淨若鼻界清淨若一切智智清淨無二無二分無别無斷故四正斷清淨故香界鼻識界及鼻觸鼻觸爲緣所生諸受清淨香界乃至鼻觸爲緣所生諸受清淨故一切智智清淨何以故若四正斷清淨若香界乃至鼻觸爲緣所生諸受清淨若一切智智清淨無二無二分無别無斷故善現四正斷清淨故舌界清淨舌界清淨故一切智智清淨何以故若四正斷清淨若舌界清淨若一切智智清淨無二無二分無别無斷故四正斷清淨故味界舌識界及舌觸舌觸爲緣所生諸受清淨味界乃至舌觸爲緣所生諸受清淨故一切智智清淨何以故若四正斷清淨若味界乃至舌觸爲緣所生諸受清淨若一切智智清淨無二無二分無别無斷故善現四正斷清淨故身界清淨身界清淨故一切智智清淨何以故若四正斷清淨若身界清淨若一切智智清淨無二無二分無别無斷故四

正斷清淨故觸界身識界及身觸身觸爲緣所生諸受清淨觸界乃至身觸爲緣所生諸受清淨故一切智智清淨何以故若四正斷清淨若觸界乃至身觸爲緣所生諸受清淨若一切智智清淨無二無二分無別無斷故善現四正斷清淨故意界清淨意界清淨故一切智智清淨何以故若四正斷清淨若意界清淨若一切智智清淨無二無二分無別無斷故四正斷清淨故法界意識界及意觸意觸爲緣所生諸受清淨法界乃至意觸爲緣所生諸受清淨故一切智智清淨何以故若四正斷清淨若法界乃至意觸爲緣所生諸受清淨若一切智智清淨無二無二分無別無斷故善現四正斷清淨故地界清淨地界清淨故一切智智清淨何以故若四正斷清淨若地界清淨若一切智智清淨無二無二分無別無斷故四正斷清淨故水火風空識界清淨水火風空識界清淨故一切智智清淨何以故若四正斷清淨若水火風空識界清淨若一切智智清淨無二無二分無別無斷故善現四正斷清淨故無明清淨無明清淨故一切智智清淨何以故若四正斷清淨若無明清淨若一切智智清淨無二無二分無別無斷故四正斷清淨故行識名色六處觸受愛取有生老死愁歎苦憂惱清淨行乃至老死愁歎苦憂惱清淨故一切智智清淨何以故若四正斷清淨若行乃至老死愁歎苦憂惱清淨若一切智智清淨無二無二分無別無斷故善現四正斷清淨故布施波羅蜜多清淨布施波羅蜜多清淨故一切智

智清淨何以故若四正斷清淨若布施波羅蜜多清淨若一切智智清淨無二無二分無別無斷故四正斷清淨故淨戒安忍精進靜慮般若波羅蜜多清淨淨戒乃至般若波羅蜜多清淨故一切智智清淨何以故若四正斷清淨若淨戒乃至般若波羅蜜多清淨若一切智智清淨無二無二分無別無斷故善現四正斷清淨故内空清淨内空清淨故一切智智清淨何以故若四正斷清淨若内空清淨若一切智智清淨無二無二分無別無斷故四正斷清淨故外空内外空空空大空勝義空有爲空無爲空畢竟空無際空散空無變異空本性空自相空共相空一切法空不可得空無性空自性空無性自性空清淨外空乃至無性自性空清淨故一切智智清淨何以故若四正斷清淨若外空乃至無性自性空清淨若一切智智清淨無二無二分無別無斷故善現四正斷清淨故真如清淨真如清淨故一切智智清淨何以故若四正斷清淨若真如清淨若一切智智清淨無二無二分無別無斷故四正斷清淨故法界法性不虚妄性不變異性平等性離生性法定法住實際虚空界不思議界清淨法界乃至不思議界清淨故一切智智清淨何以故若四正斷清淨若法界乃至不思議界清淨若一切智智清淨無二無二分無別無斷故善現四正斷清淨故苦聖諦清淨苦聖諦清淨故一切智智清淨何以故若四正斷清淨若苦聖諦清淨若一切智智清淨無二無二分無別無斷故四正斷清淨故集滅道聖諦清

淨集滅道聖諦清淨故一切智智清淨何以故若四正斷清淨若集滅道聖諦清淨若一切智智清淨無二無二分無別無斷故善現四正斷清淨故四靜慮清淨四靜慮清淨故一切智智清淨何以故若四正斷清淨若四靜慮清淨若一切智智清淨無二無二分無別無斷故四正斷清淨故四無量四無色定清淨四無量四無色定清淨故一切智智清淨何以故若四正斷清淨若四無量四無色定清淨若一切智智清淨無二無二分無別無斷故善現四正斷清淨故八解脫清淨八解脫清淨故一切智智清淨何以故若四正斷清淨若八解脫清淨若一切智智清淨無二無二分無別無斷故四正斷清淨故八勝處九次第定十徧處清淨八勝處九次第定十徧處清淨故一切智智清淨何以故若四正斷清淨若八勝處九次第定十徧處清淨若一切智智清淨無二無二分無別無斷故善現四正斷清淨故四念住清淨四念住清淨故一切智智清淨何以故若四正斷清淨若四念住清淨若一切智智清淨無二無二分無別無斷故四正斷清淨故四神足五根五力七等覺支八聖道支清淨四神足乃至八聖道支清淨故一切智智清淨何以故若四正斷清淨若四神足乃至八聖道支清淨若一切智智清淨無二無二分無別無斷故

大般若波羅蜜多經卷第二百二十八

大般若波羅蜜多經卷第二百二十九

唐三藏法師玄奘奉　詔譯

初分難信解品第三十四之四十八

善現四正斷清淨故空解脫門清淨空解脫門清淨故一切智智清淨何以故若四正斷清淨若空解脫門清淨若一切智智清淨無二無二分無別無斷故四正斷清淨故無相無願解脫門清淨無相無願解脫門清淨故一切智智清淨何以故若四正斷清淨若無相無願解脫門清淨若一切智智清淨無二無二分無別無斷故善現四正斷清淨故菩薩十地清淨菩薩十地清淨故一切智智清淨何以故若四正斷清淨若菩薩十地清淨若一切智智清淨無二無二分無別無斷故善現四正斷清淨故五眼清淨五眼清淨故一切智智清淨何以故若四正斷清淨若五眼清淨若一切智智清淨無二無二分無別無斷故四正斷清淨故六神通清淨六神通清淨故一切智智清淨何以故若四正斷清淨若六神通清淨若一切智智清淨無二無二分無別無斷故善現四正斷清淨故佛十力清淨佛十力清淨故一切智智清淨何以故若四正斷清淨若佛十力清淨若一切智智清淨無二無二分無別無斷故四正斷清淨故四無所畏四無礙解大慈大悲大喜大捨十八佛不共法清淨四無所畏乃至十八佛不共法清淨故一切智智清淨何以故若四正斷清淨若四無所畏乃至十八佛不共法清淨若一切智智清淨無二無二分無別無斷故善現四正斷清淨故無忘失法清淨

無忘失法清淨故一切智智清淨何以故若四正斷清淨若無忘失法清淨若一切智智清淨無二無二分無別無斷故四正斷清淨故恒住捨性清淨恒住捨性清淨故一切智智清淨何以故若四正斷清淨若恒住捨性清淨若一切智智清淨無二無二分無別無斷故善現四正斷清淨故一切智清淨一切智清淨故一切智智清淨何以故若四正斷清淨若一切智清淨若一切智智清淨無二無二分無別無斷故四正斷清淨故道相智一切相智清淨道相智一切相智清淨故一切智智清淨何以故若四正斷清淨若道相智一切相智清淨若一切智智清淨無二無二分無別無斷故善現四正斷清淨故一切陀羅尼門清淨一切陀羅尼門清淨故一切智智清淨何以故若四正斷清淨若一切陀羅尼門清淨若一切智智清淨無二無二分無別無斷故四正斷清淨故一切三摩地門清淨一切三摩地門清淨故一切智智清淨何以故若四正斷清淨若一切三摩地門清淨若一切智智清淨無二無二分無別無斷故善現四正斷清淨故預流果清淨預流果清淨故一切智智清淨何以故若四正斷清淨若預流果清淨若一切智智清淨無二無二分無別無斷故四正斷清淨故一來不還阿羅漢果清淨一來不還阿羅漢果清淨故一切智智清淨何以故若四正斷清淨若一來不還阿羅漢果清淨若一切智智清淨無二無二分無別無斷故善現四正斷清淨故獨覺菩提清淨獨覺菩提清淨故一切智智

清淨何以故若四正斷清淨若獨覺菩提清淨若一切智智清淨無二無二分無別無斷故善現四正斷清淨故一切菩薩摩訶薩行清淨一切菩薩摩訶薩行清淨故一切智智清淨何以故若四正斷清淨若一切菩薩摩訶薩行清淨若一切智智清淨無二無二分無別無斷故善現四正斷清淨故諸佛無上正等菩提清淨諸佛無上正等菩提清淨故一切智智清淨何以故若四正斷清淨若諸佛無上正等菩提清淨若一切智智清淨無二無二分無別無斷故復次善現四神足清淨故色清淨色清淨故一切智智清淨何以故若四神足清淨若色清淨若一切智智清淨無二無二分無別無斷故四神足清淨故受想行識清淨受想行識清淨故一切智智清淨何以故若四神足清淨若受想行識清淨若一切智智清淨無二無二分無別無斷故善現四神足清淨故眼處清淨眼處清淨故一切智智清淨何以故若四神足清淨若眼處清淨若一切智智清淨無二無二分無別無斷故四神足清淨故耳鼻舌身意處清淨耳鼻舌身意處清淨故一切智智清淨何以故若四神足清淨若耳鼻舌身意處清淨若一切智智清淨無二無二分無別無斷故善現四神足清淨故色處清淨色處清淨故一切智智清淨何以故若四神足清淨若色處清淨若一切智智清淨無二無二分無別無斷故四神足清淨故聲香味觸法處清淨聲香味觸法處清淨故一切智智清淨何以故若四神足清淨若聲香味觸法處清淨若

一切智智清淨無二無二分無別無斷故善現四神足清淨故眼界清淨眼界清淨故一切智智清淨何以故若四神足清淨若眼界清淨若一切智智清淨無二無二分無別無斷故四神足清淨故色界眼識界及眼觸眼觸爲緣所生諸受清淨色界乃至眼觸爲緣所生諸受清淨故一切智智清淨何以故若四神足清淨若色界乃至眼觸爲緣所生諸受清淨若一切智智清淨無二無二分無別無斷故善現四神足清淨故耳界清淨耳界清淨故一切智智清淨何以故若四神足清淨若耳界清淨若一切智智清淨無二無二分無別無斷故四神足清淨故聲界耳識界及耳觸耳觸爲緣所生諸受清淨聲界乃至耳觸爲緣所生諸受清淨故一切智智清淨何以故若四神足清淨若聲界乃至耳觸爲緣所生諸受清淨若一切智智清淨無二無二分無別無斷故善現四神足清淨故鼻界清淨鼻界清淨故一切智智清淨何以故若四神足清淨若鼻界清淨若一切智智清淨無二無二分無別無斷故四神足清淨故香界鼻識界及鼻觸鼻觸爲緣所生諸受清淨香界乃至鼻觸爲緣所生諸受清淨故一切智智清淨何以故若四神足清淨若香界乃至鼻觸爲緣所生諸受清淨若一切智智清淨無二無二分無別無斷故善現四神足清淨故舌界清淨舌界清淨故一切智智清淨何以故若四神足清淨若舌界清淨若一切智智清淨無二無二分無別無斷故四神足清淨故味界舌識界及舌觸舌觸爲緣所生

諸受清淨味界乃至舌觸爲緣所生諸受清淨故一切智智清淨何以故若四神足清淨若味界乃至舌觸爲緣所生諸受清淨若一切智智清淨無二無二分無別無斷故善現四神足清淨故身界清淨身界清淨故一切智智清淨何以故若四神足清淨若身界清淨若一切智智清淨無二無二分無別無斷故四神足清淨故觸界身識界及身觸身觸爲緣所生諸受清淨觸界乃至身觸爲緣所生諸受清淨故一切智智清淨何以故若四神足清淨若觸界乃至身觸爲緣所生諸受清淨若一切智智清淨無二無二分無別無斷故善現四神足清淨故意界清淨意界清淨故一切智智清淨何以故若四神足清淨若意界清淨若一切智智清淨無二無二分無別無斷故四神足清淨故法界意識界及意觸意觸爲緣所生諸受清淨法界乃至意觸爲緣所生諸受清淨故一切智智清淨何以故若四神足清淨若法界乃至意觸爲緣所生諸受清淨若一切智智清淨無二無二分無別無斷故善現四神足清淨故地界清淨地界清淨故一切智智清淨何以故若四神足清淨若地界清淨若一切智智清淨無二無二分無別無斷故四神足清淨故水火風空識界清淨水火風空識界清淨故一切智智清淨何以故若四神足清淨若水火風空識界清淨若一切智智清淨無二無二分無別無斷故善現四神足清淨故無明清淨無明清淨故一切智智清淨何以故若四神足清淨若無明清淨若一切智智清淨無二

無二分無别無斷故四神足清淨故行識名色六處觸受愛取有生老死愁歎苦憂惱清淨行乃至老死愁歎苦憂惱清淨故一切智智清淨何以故若四神足清淨若行乃至老死愁歎苦憂惱清淨若一切智智清淨無二無二分無别無斷故善現四神足清淨故布施波羅蜜多清淨布施波羅蜜多清淨故一切智智清淨何以故若四神足清淨若布施波羅蜜多清淨若一切智智清淨無二無二分無别無斷故四神足清淨故淨戒安忍精進靜慮般若波羅蜜多清淨淨戒乃至般若波羅蜜多清淨故一切智智清淨何以故若四神足清淨若淨戒乃至般若波羅蜜多清淨若一切智智清淨無二無二分無别無斷故善現四神足清淨故内空清淨内空清淨故一切智智清淨何以故若四神足清淨若内空清淨若一切智智清淨無二無二分無别無斷故四神足清淨故外空内外空空空大空勝義空有爲空無爲空畢竟空無際空散空無變異空本性空自相空共相空一切法空不可得空無性空自性空無性自性空清淨外空乃至無性自性空清淨故一切智智清淨何以故若四神足清淨若外空乃至無性自性空清淨若一切智智清淨無二無二分無别無斷故善現四神足清淨故眞如清淨眞如清淨故一切智智清淨何以故若四神足清淨若眞如清淨若一切智智清淨無二無二分無别無斷故四神足清淨故法界法性不虛妄性不變異性平等性離生性法定法住實際虛空界不思議界清淨法界

乃至不思議界清淨故一切智智清淨何以故若四神足清淨若法界乃至不思議界清淨若一切智智清淨無二無二分無別無斷故善現四神足清淨故苦聖諦清淨苦聖諦清淨故一切智智清淨何以故若四神足清淨若苦聖諦清淨若一切智智清淨無二無二分無別無斷故四神足清淨故集滅道聖諦清淨集滅道聖諦清淨故一切智智清淨何以故若四神足清淨若集滅道聖諦清淨若一切智智清淨無二無二分無別無斷故善現四神足清淨故四靜慮清淨四靜慮清淨故一切智智清淨何以故若四神足清淨若四靜慮清淨若一切智智清淨無二無二分無別無斷故四神足清淨故四無量四無色定清淨四無量四無色定清淨故一切智智清淨何以故若四神足清淨若四無量四無色定清淨若一切智智清淨無二無二分無別無斷故善現四神足清淨故八解脫清淨八解脫清淨故一切智智清淨何以故若四神足清淨若八解脫清淨若一切智智清淨無二無二分無別無斷故四神足清淨故八勝處九次第定十徧處清淨八勝處九次第定十徧處清淨故一切智智清淨何以故若四神足清淨若八勝處九次第定十徧處清淨若一切智智清淨無二無二分無別無斷故善現四神足清淨故四念住清淨四念住清淨故一切智智清淨何以故若四神足清淨若四念住清淨若一切智智清淨無二無二分無別無斷故四神足清淨故四正斷五根五力七等覺支八聖道支清淨四正斷

乃至八聖道支清淨故一切智智清淨何以故若四神足清淨若四正斷乃至八聖道支清淨若一切智智清淨無二無二分無別無斷故善現四神足清淨故空解脫門清淨空解脫門清淨故一切智智清淨何以故若四神足清淨若空解脫門清淨若一切智智清淨無二無二分無別無斷故四神足清淨故無相無願解脫門清淨無相無願解脫門清淨故一切智智清淨何以故若四神足清淨若無相無願解脫門清淨若一切智智清淨無二無二分無別無斷故善現四神足清淨故菩薩十地清淨菩薩十地清淨故一切智智清淨何以故若四神足清淨若菩薩十地清淨若一切智智清淨無二無二分無別無斷故善現四神足清淨故五眼清淨五眼清淨故一切智智清淨何以故若四神足清淨若五眼清淨若一切智智清淨無二無二分無別無斷故四神足清淨故六神通清淨六神通清淨故一切智智清淨何以故若四神足清淨若六神通清淨若一切智智清淨無二無二分無別無斷故善現四神足清淨故佛十力清淨佛十力清淨故一切智智清淨何以故若四神足清淨若佛十力清淨若一切智智清淨無二無二分無別無斷故四神足清淨故四無所畏四無礙解大慈大悲大喜大捨十八佛不共法清淨四無所畏乃至十八佛不共法清淨故一切智智清淨何以故若四神足清淨若四無所畏乃至十八佛不共法清淨若一切智智清淨無二無二分無別無斷故善現四神足清淨故無忘失法

清淨無忘失法清淨故一切智智清淨何以故若四神足清淨若無忘失法清淨若一切智智清淨無二無二分無別無斷故四神足清淨故恒住捨性清淨恒住捨性清淨故一切智智清淨何以故若四神足清淨若恒住捨性清淨若一切智智清淨無二無二分無別無斷故善現四神足清淨故一切智清淨一切智清淨故一切智智清淨何以故若四神足清淨若一切智清淨若一切智智清淨無二無二分無別無斷故四神足清淨故道相智一切相智清淨道相智一切相智清淨故一切智智清淨何以故若四神足清淨若道相智一切相智清淨若一切智智清淨無二無二分無別無斷故善現四神足清淨故一切陀羅尼門清淨一切陀羅尼門清淨故

一切智智清淨何以故若四神足清淨若一切陀羅尼門清淨若一切智智清淨無二無二分無別無斷故四神足清淨故一切三摩地門清淨一切三摩地門清淨故一切智智清淨何以故若四神足清淨若一切三摩地門清淨若一切智智清淨無二無二分無別無斷故善現四神足清淨故預流果清淨預流果清淨故一切智智清淨何以故若四神足清淨若預流果清淨若一切智智清淨無二無二分無別無斷故四神足清淨故一來不還阿羅漢果清淨一來不還阿羅漢果清淨故一切智智清淨何以故若四神足清淨若一來不還阿羅漢果清淨若一切智智清淨無二無二分無別無斷故善現四神足清淨故獨覺菩提清淨獨覺菩提清淨故一切

智智清淨何以故若四神足清淨若獨覺菩提清淨若一切智智清淨無二無二分無別無斷故善現四神足清淨故一切菩薩摩訶薩行清淨一切菩薩摩訶薩行清淨故一切智智清淨何以故若四神足清淨若一切菩薩摩訶薩行清淨若一切智智清淨無二無二分無別無斷故善現四神足清淨故諸佛無上正等菩提清淨諸佛無上正等菩提清淨故一切智智清淨何以故若四神足清淨若諸佛無上正等菩提清淨若一切智智清淨無二無二分無別無斷故復次善現五根清淨故色清淨色清淨故一切智智清淨何以故若五根清淨若色清淨若一切智智清淨無二無二分無別無斷故五根清淨故受想行識清淨受想行識清淨故一切智智清淨何以故若五根清淨若受想行識清淨若一切智智清淨無二無二分無別無斷故善現五根清淨故眼處清淨眼處清淨故一切智智清淨何以故若五根清淨若眼處清淨若一切智智清淨無二無二分無別無斷故五根清淨故耳鼻舌身意處清淨耳鼻舌身意處清淨故一切智智清淨何以故若五根清淨若耳鼻舌身意處清淨若一切智智清淨無二無二分無別無斷故善現五根清淨故色處清淨色處清淨故一切智智清淨何以故若五根清淨若色處清淨若一切智智清淨無二無二分無別無斷故五根清淨故聲香味觸法處清淨聲香味觸法處清淨故一切智智清淨何以故若五根清淨若聲香味觸法處清淨若一切智智清淨無二無二

分無别無斷故善現五根清淨故眼界清淨眼界清淨故一切智智清淨何以故若五根清淨若眼界清淨若一切智智清淨無二無二分無别無斷故五根清淨故色界眼識界及眼觸眼觸爲緣所生諸受清淨色界乃至眼觸爲緣所生諸受清淨故一切智智清淨何以故若五根清淨若色界乃至眼觸爲緣所生諸受清淨若一切智智清淨無二無二分無别無斷故善現五根清淨故耳界清淨耳界清淨故一切智智清淨何以故若五根清淨若耳界清淨若一切智智清淨無二無二分無别無斷故五根清淨故聲界耳識界及耳觸耳觸爲緣所生諸受清淨聲界乃至耳觸爲緣所生諸受清淨故一切智智清淨何以故若五根清淨若聲界乃至耳觸爲緣所生諸受清淨若一切智智清淨無二無二分無别無斷故善現五根清淨故鼻界清淨鼻界清淨故一切智智清淨何以故若五根清淨若鼻界清淨若一切智智清淨無二無二分無别無斷故五根清淨故香界鼻識界及鼻觸鼻觸爲緣所生諸受清淨香界乃至鼻觸爲緣所生諸受清淨故一切智智清淨何以故若五根清淨若香界乃至鼻觸爲緣所生諸受清淨若一切智智清淨無二無二分無别無斷故善現五根清淨故舌界清淨舌界清淨故一切智智清淨何以故若五根清淨若舌界清淨若一切智智清淨無二無二分無别無斷故五根清淨故味界舌識界及舌觸舌觸爲緣所生諸受清淨味界乃至舌觸爲緣所生諸受清淨故一切智智清淨

何以故若五根清淨若味界乃至舌觸爲緣所生諸受清淨若一切智智清淨無二無二分無別無斷故善現五根清淨故身界清淨身界清淨故一切智智清淨何以故若五根清淨若身界清淨若一切智智清淨無二無二分無別無斷故五根清淨故觸界身識界及身觸身觸爲緣所生諸受清淨觸界乃至身觸爲緣所生諸受清淨故一切智智清淨何以故若五根清淨若觸界乃至身觸爲緣所生諸受清淨若一切智智清淨無二無二分無別無斷故善現五根清淨故意界清淨意界清淨故一切智智清淨何以故若五根清淨若意界清淨若一切智智清淨無二無二分無別無斷故五根清淨故法界意識界及意觸意觸爲緣所生諸受清淨法界乃至意觸爲緣所生諸受清淨故一切智智清淨何以故若五根清淨若法界乃至意觸爲緣所生諸受清淨若一切智智清淨無二無二分無別無斷故善現五根清淨故地界清淨地界清淨故一切智智清淨何以故若五根清淨若地界清淨若一切智智清淨無二無二分無別無斷故五根清淨故水火風空識界清淨水火風空識界清淨故一切智智清淨何以故若五根清淨若水火風空識界清淨若一切智智清淨無二無二分無別無斷故善現五根清淨故無明清淨無明清淨故一切智智清淨何以故若五根清淨若無明清淨若一切智智清淨無二無二分無別無斷故五根清淨故行識名色六處觸受愛取有生老死愁歎苦憂惱清淨行乃至老死愁

歎苦憂惱清淨故一切智智清淨何以故若五根清淨若行乃至老死愁歎苦憂惱清淨若一切智智清淨無二無二分無別無斷故善現五根清淨故布施波羅蜜多清淨布施波羅蜜多清淨故一切智智清淨何以故若五根清淨若布施波羅蜜多清淨若一切智智清淨無二無二分無別無斷故五根清淨故淨戒安忍精進靜慮般若波羅蜜多清淨淨戒乃至般若波羅蜜多清淨故一切智智清淨何以故若五根清淨若淨戒乃至般若波羅蜜多清淨若一切智智清淨無二無二分無別無斷故善現五根清淨故內空清淨內空清淨故一切智智清淨何以故若五根清淨若內空清淨若一切智智清淨無二無二分無別無斷故五根清淨故外空內外空

空空大空勝義空有為空無為空畢竟空無際空散空無變異空本性空自相空共相空一切法空不可得空無性空自性空無性自性空清淨外空乃至無性自性空清淨故一切智智清淨何以故若五根清淨若外空乃至無性自性空清淨若一切智智清淨無二無二分無別無斷故善現五根清淨故真如清淨真如清淨故一切智智清淨何以故若五根清淨若真如清淨若一切智智清淨無二無二分無別無斷故五根清淨故法界法性不虛妄性不變異性平等性離生性法定法住實際虛空界不思議界清淨法界乃至不思議界清淨故一切智智清淨何以故若五根清淨若法界乃至不思議界清淨若一切智智清淨無二無二分無別無斷故善現

五根清淨故苦聖諦清淨苦聖諦清淨故一切智智清淨何以故若五根清淨若苦聖諦清淨若一切智智清淨無二無二分無別無斷故五根清淨故集滅道聖諦清淨集滅道聖諦清淨故一切智智清淨何以故若五根清淨若集滅道聖諦清淨若一切智智清淨無二無二分無別無斷故善現五根清淨故四靜慮清淨四靜慮清淨故一切智智清淨何以故若五根清淨若四靜慮清淨若一切智智清淨無二無二分無別無斷故五根清淨故四無量四無色定清淨四無量四無色定清淨故一切智智清淨何以故若五根清淨若四無量四無色定清淨若一切智智清淨無二無二分無別無斷故善現五根清淨故八解脫清淨八解脫清淨故一切智智清淨何以故若五根清淨若八解脫清淨若一切智智清淨無二無二分無別無斷故五根清淨故八勝處九次第定十徧處清淨八勝處九次第定十徧處清淨故一切智智清淨何以故若五根清淨若八勝處九次第定十徧處清淨若一切智智清淨無二無二分無別無斷故善現五根清淨故四念住清淨四念住清淨故一切智智清淨何以故若五根清淨若四念住清淨若一切智智清淨無二無二分無別無斷故五根清淨故四正斷四神足五力七等覺支八聖道支清淨四正斷乃至八聖道支清淨故一切智智清淨何以故若五根清淨若四正斷乃至八聖道支清淨若一切智智清淨無二無二分無別無斷故善現五根清淨故空解脫門清淨空解脫

門清淨故一切智智清淨何以故若五根清淨若空解脱門清淨若一切智智清淨無二無二分無别無斷故五根清淨故無相無願解脱門清淨無相無願解脱門清淨故一切智智清淨何以故若五根清淨若無相無願解脱門清淨若一切智智清淨無二無二分無别無斷故善現五根清淨故菩薩十地清淨菩薩十地清淨故一切智智清淨何以故若五根清淨若菩薩十地清淨若一切智智清淨無二無二分無别無斷故善現五根清淨故五眼清淨五眼清淨故一切智智清淨何以故若五根清淨若五眼清淨若一切智智清淨無二無二分無别無斷故五根清淨故六神通清淨六神通清淨故一切智智清淨何以故若五根清淨若六神通清淨若一切智智清淨無二無二分無别無斷故善現五根清淨故佛十力清淨佛十力清淨故一切智智清淨何以故若五根清淨若佛十力清淨若一切智智清淨無二無二分無别無斷故五根清淨故四無所畏四無礙解大慈大悲大喜大捨十八佛不共法清淨四無所畏乃至十八佛不共法清淨故一切智智清淨何以故若五根清淨若四無所畏乃至十八佛不共法清淨若一切智智清淨無二無二分無别無斷故善現五根清淨故無忘失法清淨無忘失法清淨故一切智智清淨何以故若五根清淨若無忘失法清淨若一切智智清淨無二無二分無别無斷故五根清淨故恒住捨性清淨恒住捨性清淨故一切智智清淨何以故若五根清淨若恒住捨性

清淨若一切智智清淨無二無二分無別無斷故善現五根清淨故一切智清淨一切智清淨故一切智智清淨何以故若五根清淨若一切智清淨若一切智智清淨無二無二分無別無斷故五根清淨故道相智一切相智清淨道相智一切相智清淨故一切智智清淨何以故若五根清淨若道相智一切相智清淨若一切智智清淨無二無二分無別無斷故善現五根清淨故一切陀羅尼門清淨一切陀羅尼門清淨故一切智智清淨何以故若五根清淨若一切陀羅尼門清淨若一切智智清淨無二無二分無別無斷故五根清淨故一切三摩地門清淨一切三摩地門清淨故一切智智清淨何以故若五根清淨若一切三摩地門清淨若一切智智清淨無二無二分無別無斷故善現五根清淨故預流果清淨預流果清淨故一切智智清淨何以故若五根清淨若預流果清淨若一切智智清淨無二無二分無別無斷故五根清淨故一來不還阿羅漢果清淨一來不還阿羅漢果清淨故一切智智清淨何以故若五根清淨若一來不還阿羅漢果清淨若一切智智清淨無二無二分無別無斷故善現五根清淨故獨覺菩提清淨獨覺菩提清淨故一切智智清淨何以故若五根清淨若獨覺菩提清淨若一切智智清淨無二無二分無別無斷故善現五根清淨故一切菩薩摩訶薩行清淨一切菩薩摩訶薩行清淨故一切智智清淨何以故若五根清淨若一切菩薩摩訶薩行清淨若一切智智清淨無二無二

分無別無斷故善現五根清淨故諸佛無上正等菩提清淨諸佛無上正等菩提清淨故一切智智清淨何以故若五根清淨若諸佛無上正等菩提清淨若一切智智清淨無二無二分無別無斷故

大般若波羅蜜多經卷第二百二十九

大般若波羅蜜多經卷第二百三十

唐三藏法師玄奘奉　詔譯

初分難信解品第三十四之四十九

復次善現五力清淨故色清淨色清淨故一切智智清淨何以故若五力清淨若色清淨若一切智智清淨無二無二分無別無斷故五力清淨故受想行識清淨受想行識清淨故一切智智清淨何以故若五力清淨若受想行識清淨若一切智智清淨無二無二分無別無斷故善現五力清淨故眼處清淨眼處清淨故一切智智清淨何以故若五力清淨若眼處清淨若一切智智清淨無二無二分無別無斷故五力清淨故耳鼻舌身意處清淨耳鼻舌身意處清淨故一切智智清淨何以故若五力清淨若耳鼻舌身意處清淨若一切智智清淨無二無二分無別無斷故善現五力清淨故色處清淨色處清淨故一切智智清淨何以故若五力清淨若色處清淨若一切智智清淨無二無二分無別無斷故五力清淨故聲香味觸法處清淨聲香味觸法處清淨故一切智智清淨何以故若五力清淨若聲香味觸法處清淨若一切智智清淨無二無二分無別無斷故善現五力清淨故眼界清淨眼界清淨故一切智智清淨何以故若五力清淨若眼界清淨若一切智智清淨無二無二分無別無斷故五力清淨故色界眼識界及眼觸眼觸爲緣所生諸受清淨色界乃至眼觸爲緣所生諸受清淨故一切智智清淨何以故若五力清淨若色界乃至眼觸爲緣所生諸受清淨若一切智智

清淨無二無二分無別無斷故善現五力清淨故耳界清淨耳界清淨故一切智智清淨何以故若五力清淨若耳界清淨若一切智智清淨無二無二分無別無斷故五力清淨故聲界耳識界及耳觸耳觸爲緣所生諸受清淨聲界乃至耳觸爲緣所生諸受清淨故一切智智清淨何以故若五力清淨若聲界乃至耳觸爲緣所生諸受清淨若一切智智清淨無二無二分無別無斷故善現五力清淨故鼻界清淨鼻界清淨故一切智智清淨何以故若五力清淨若鼻界清淨若一切智智清淨無二無二分無別無斷故五力清淨故香界鼻識界及鼻觸鼻觸爲緣所生諸受清淨香界乃至鼻觸爲緣所生諸受清淨故一切智智清淨何以故若五力清淨若香界乃至鼻觸爲緣所生諸受清淨若一切智智清淨無二無二分無別無斷故善現五力清淨故舌界清淨舌界清淨故一切智智清淨何以故若五力清淨若舌界清淨若一切智智清淨無二無二分無別無斷故五力清淨故味界舌識界及舌觸舌觸爲緣所生諸受清淨味界乃至舌觸爲緣所生諸受清淨故一切智智清淨何以故若五力清淨若味界乃至舌觸爲緣所生諸受清淨若一切智智清淨無二無二分無別無斷故善現五力清淨故身界清淨身界清淨故一切智智清淨何以故若五力清淨若身界清淨若一切智智清淨無二無二分無別無斷故五力清淨故觸界身識界及身觸身觸爲緣所生諸受清淨觸界乃至身觸爲緣所生諸受清淨故

一切智智清淨何以故若五力清淨若觸界乃至身觸爲緣所生諸受清淨若一切智智清淨無二無二分無別無斷故善現五力清淨故意界清淨意界清淨故一切智智清淨何以故若五力清淨若意界清淨若一切智智清淨無二無二分無別無斷故五力清淨故法界意識界及意觸意觸爲緣所生諸受清淨法界乃至意觸爲緣所生諸受清淨故一切智智清淨何以故若五力清淨若法界乃至意觸爲緣所生諸受清淨若一切智智清淨無二無二分無別無斷故善現五力清淨故地界清淨地界清淨故一切智智清淨何以故若五力清淨若地界清淨若一切智智清淨無二無二分無別無斷故五力清淨故水火風空識界清淨水火風空識界清淨故一切智智清淨何以故若五力清淨若水火風空識界清淨若一切智智清淨無二無二分無別無斷故善現五力清淨故無明清淨無明清淨故一切智智清淨何以故若五力清淨若無明清淨若一切智智清淨無二無二分無別無斷故五力清淨故行識名色六處觸受愛取有生老死愁歎苦憂惱清淨行乃至老死愁歎苦憂惱清淨故一切智智清淨何以故若五力清淨若行乃至老死愁歎苦憂惱清淨若一切智智清淨無二無二分無別無斷故善現五力清淨故布施波羅蜜多清淨布施波羅蜜多清淨故一切智智清淨何以故若五力清淨若布施波羅蜜多清淨若一切智智清淨無二無二分無別無斷故五力清淨故淨戒安忍精進靜慮般若

波羅蜜多清淨淨戒乃至般若波羅蜜多清淨故一切智智清淨何以故若五力清淨若淨戒乃至般若波羅蜜多清淨若一切智智清淨無二無二分無別無斷故善現五力清淨故內空清淨內空清淨故一切智智清淨何以故若五力清淨若內空清淨若一切智智清淨無二無二分無別無斷故五力清淨故外空內外空空空大空勝義空有爲空無爲空畢竟空無際空散空無變異空本性空自相空共相空一切法空不可得空無性空自性空無性自性空清淨外空乃至無性自性空清淨故一切智智清淨何以故若五力清淨若外空乃至無性自性空清淨若一切智智清淨無二無二分無別無斷故善現五力清淨故真如清淨真如清淨故一切智智清淨何以故若五力清淨若真如清淨若一切智智清淨無二無二分無別無斷故五力清淨故法界法性不虛妄性不變異性平等性離生性法定法住實際虛空界不思議界清淨法界乃至不思議界清淨故一切智智清淨何以故若五力清淨若法界乃至不思議界清淨若一切智智清淨無二無二分無別無斷故善現五力清淨故苦聖諦清淨苦聖諦清淨故一切智智清淨何以故若五力清淨若苦聖諦清淨若一切智智清淨無二無二分無別無斷故五力清淨故集滅道聖諦清淨集滅道聖諦清淨故一切智智清淨何以故若五力清淨若集滅道聖諦清淨若一切智智清淨無二無二分無別無斷故善現五力清淨故四靜慮清淨四靜慮清淨故

一切智智清淨何以故若五力清淨若四靜
慮清淨若一切智智清淨無二無二分無別
無斷故五力清淨故四無量四無色定清淨
四無量四無色定清淨故一切智智清淨何
以故若五力清淨若四無量四無色定清淨
若一切智智清淨無二無二分無別無斷故
善現五力清淨故八解脫清淨八解脫清淨
故一切智智清淨何以故若五力清淨若八
解脫清淨若一切智智清淨無二無二分無
別無斷故五力清淨故八勝處九次第定十
徧處清淨八勝處九次第定十徧處清淨故
一切智智清淨何以故若五力清淨若八勝
處九次第定十徧處清淨若一切智智清淨
無二無二分無別無斷故善現五力清淨故
四念住清淨四念住清淨故一切智智清淨
何以故若五力清淨若四念住清淨若一切
智智清淨無二無二分無別無斷故五力清
淨故四正斷四神足五根七等覺支八聖道
支清淨四正斷乃至八聖道支清淨故一切
智智清淨何以故若五力清淨若四正斷乃
至八聖道支清淨若一切智智清淨無二無
二分無別無斷故善現五力清淨故空解脫
門清淨空解脫門清淨故一切智智清淨何
以故若五力清淨若空解脫門清淨若一切
智智清淨無二無二分無別無斷故五力清
淨故無相無願解脫門清淨無相無願解脫
門清淨故一切智智清淨何以故若五力清
淨若無相無願解脫門清淨若一切智智清
淨無二無二分無別無斷故善現五力清淨
故菩薩十地清淨菩薩十地清淨故一切智

智清淨何以故若五力清淨若菩薩十地清淨若一切智智清淨無二無二分無別無斷故善現五力清淨故五眼清淨五眼清淨故一切智智清淨何以故若五力清淨若五眼清淨若一切智智清淨無二無二分無別無斷故五力清淨故六神通清淨六神通清淨故一切智智清淨何以故若五力清淨若六神通清淨若一切智智清淨無二無二分無別無斷故善現五力清淨故佛十力清淨佛十力清淨故一切智智清淨何以故若五力清淨若佛十力清淨若一切智智清淨無二無二分無別無斷故五力清淨故四無所畏四無礙解大慈大悲大喜大捨十八佛不共法清淨四無所畏乃至十八佛不共法清淨故一切智智清淨何以故若五力清淨若四無所畏乃至十八佛不共法清淨若一切智智清淨無二無二分無別無斷故善現五力清淨故無忘失法清淨無忘失法清淨故一切智智清淨何以故若五力清淨若無忘失法清淨若一切智智清淨無二無二分無別無斷故五力清淨故恒住捨性清淨恒住捨性清淨故一切智智清淨何以故若五力清淨若恒住捨性清淨若一切智智清淨無二無二分無別無斷故善現五力清淨故一切智清淨一切智清淨故一切智智清淨何以故若五力清淨若一切智清淨若一切智智清淨無二無二分無別無斷故五力清淨故道相智一切相智清淨道相智一切相智清淨故一切智智清淨何以故若五力清淨若道相智一切相智清淨若一切智智清淨無

二無二分無別無斷故善現五力清淨故一切陀羅尼門清淨一切陀羅尼門清淨故一切智智清淨何以故若五力清淨若一切陀羅尼門清淨若一切智智清淨無二無二分無別無斷故五力清淨故一切三摩地門清淨一切三摩地門清淨故一切智智清淨何以故若五力清淨若一切三摩地門清淨若一切智智清淨無二無二分無別無斷故善現五力清淨故預流果清淨預流果清淨故一切智智清淨何以故若五力清淨若預流果清淨若一切智智清淨無二無二分無別無斷故五力清淨故一來不還阿羅漢果清淨一來不還阿羅漢果清淨故一切智智清淨何以故若五力清淨若一來不還阿羅漢果清淨若一切智智清淨無二無二分無別無斷故善現五力清淨故獨覺菩提清淨獨覺菩提清淨故一切智智清淨何以故若五力清淨若獨覺菩提清淨若一切智智清淨無二無二分無別無斷故善現五力清淨故一切菩薩摩訶薩行清淨一切菩薩摩訶薩行清淨故一切智智清淨何以故若五力清淨若一切菩薩摩訶薩行清淨若一切智智清淨無二無二分無別無斷故善現五力清淨故諸佛無上正等菩提清淨諸佛無上正等菩提清淨故一切智智清淨何以故若五力清淨若諸佛無上正等菩提清淨若一切智智清淨無二無二分無別無斷故復次善現七等覺支清淨故色清淨色清淨故一切智智清淨何以故若七等覺支清淨若色清淨若一切智智清淨無二無二分無別無斷

故七等覺支清淨故受想行識清淨受想行識清淨故一切智智清淨何以故若七等覺支清淨若受想行識清淨若一切智智清淨無二無二分無別無斷故善現七等覺支清淨故眼處清淨眼處清淨故一切智智清淨何以故若七等覺支清淨若眼處清淨若一切智智清淨無二無二分無別無斷故七等覺支清淨故耳鼻舌身意處清淨耳鼻舌身意處清淨故一切智智清淨何以故若七等覺支清淨若耳鼻舌身意處清淨若一切智智清淨無二無二分無別無斷故善現七等覺支清淨故色處清淨色處清淨故一切智智清淨何以故若七等覺支清淨若色處清淨若一切智智清淨無二無二分無別無斷故七等覺支清淨故聲香味觸法處清淨聲香味觸法處清淨故一切智智清淨何以故若七等覺支清淨若聲香味觸法處清淨若一切智智清淨無二無二分無別無斷故善現七等覺支清淨故眼界清淨眼界清淨故一切智智清淨何以故若七等覺支清淨若眼界清淨若一切智智清淨無二無二分無別無斷故七等覺支清淨故色界眼識界及眼觸眼觸爲緣所生諸受清淨色界乃至眼觸爲緣所生諸受清淨故一切智智清淨何以故若七等覺支清淨若色界乃至眼觸爲緣所生諸受清淨若一切智智清淨無二無二分無別無斷故善現七等覺支清淨故耳界清淨耳界清淨故一切智智清淨何以故若七等覺支清淨若耳界清淨若一切智智清淨無二無二分無別無斷故七等覺支清

淨故聲界耳識界及耳觸耳觸爲縁所生諸受清淨聲界乃至耳觸爲縁所生諸受清淨故一切智智清淨何以故若七等覺支清淨若聲界乃至耳觸爲縁所生諸受清淨若一切智智清淨無二無二分無別無斷故善現七等覺支清淨故鼻界清淨鼻界清淨故一切智智清淨何以故若七等覺支清淨若鼻界清淨若一切智智清淨無二無二分無別無斷故七等覺支清淨故香界鼻識界及鼻觸鼻觸爲縁所生諸受清淨香界乃至鼻觸爲縁所生諸受清淨故一切智智清淨何以故若七等覺支清淨若香界乃至鼻觸爲縁所生諸受清淨若一切智智清淨無二無二分無別無斷故善現七等覺支清淨故舌界清淨舌界清淨故一切智智清淨何以故若七等覺支清淨若舌界清淨若一切智智清淨無二無二分無別無斷故七等覺支清淨故味界舌識界及舌觸舌觸爲縁所生諸受清淨味界乃至舌觸爲縁所生諸受清淨故一切智智清淨何以故若七等覺支清淨若味界乃至舌觸爲縁所生諸受清淨若一切智智清淨無二無二分無別無斷故善現七等覺支清淨故身界清淨身界清淨故一切智智清淨何以故若七等覺支清淨若身界清淨若一切智智清淨無二無二分無別無斷故七等覺支清淨故觸界身識界及身觸身觸爲縁所生諸受清淨觸界乃至身觸爲縁所生諸受清淨故一切智智清淨何以故若七等覺支清淨若觸界乃至身觸爲縁所生諸受清淨若一切智智清淨無二無二分

無別無斷故善現七等覺支清淨故意界清淨意界清淨故一切智智清淨何以故若七等覺支清淨若意界清淨若一切智智清淨無二無二分無別無斷故七等覺支清淨故法界意識界及意觸意觸爲緣所生諸受清淨法界乃至意觸爲緣所生諸受清淨故一切智智清淨何以故若七等覺支清淨若法界乃至意觸爲緣所生諸受清淨若一切智智清淨無二無二分無別無斷故善現七等覺支清淨故地界清淨地界清淨故一切智智清淨何以故若七等覺支清淨若地界清淨若一切智智清淨無二無二分無別無斷故七等覺支清淨故水火風空識界清淨水火風空識界清淨故一切智智清淨何以故若七等覺支清淨若水火風空識界清淨若

一切智智清淨無二無二分無別無斷故善現七等覺支清淨故無明清淨無明清淨故一切智智清淨何以故若七等覺支清淨若無明清淨若一切智智清淨無二無二分無別無斷故七等覺支清淨故行識名色六處觸受愛取有生老死愁歎苦憂惱清淨行乃至老死愁歎苦憂惱清淨故一切智智清淨何以故若七等覺支清淨若行乃至老死愁歎苦憂惱清淨若一切智智清淨無二無二分無別無斷故善現七等覺支清淨故布施波羅蜜多清淨布施波羅蜜多清淨故一切智智清淨何以故若七等覺支清淨若布施波羅蜜多清淨若一切智智清淨無二無二分無別無斷故七等覺支清淨故淨戒安忍精進靜慮般若波羅蜜多清淨淨戒乃至般

若波羅蜜多清淨故一切智智清淨何以故若七等覺支清淨若淨戒乃至般若波羅蜜多清淨若一切智智清淨無二無二分無別無斷故善現七等覺支清淨故內空清淨內空清淨故一切智智清淨何以故若七等覺支清淨若內空清淨若一切智智清淨無二無二分無別無斷故七等覺支清淨故外空內外空空空大空勝義空有爲空無爲空畢竟空無際空散空無變異空本性空自相空共相空一切法空不可得空無性空自性空無性自性空清淨外空乃至無性自性空清淨故一切智智清淨何以故若七等覺支清淨若外空乃至無性自性空清淨若一切智智清淨無二無二分無別無斷故善現七等覺支清淨故真如清淨真如清淨故一切智智清淨何以故若七等覺支清淨若真如清淨若一切智智清淨無二無二分無別無斷故七等覺支清淨故法界法性不虛妄性不變異性平等性離生性法定法住實際虛空界不思議界清淨法界乃至不思議界清淨故一切智智清淨何以故若七等覺支清淨若法界乃至不思議界清淨若一切智智清淨無二無二分無別無斷故善現七等覺支清淨故苦聖諦清淨苦聖諦清淨故一切智智清淨何以故若七等覺支清淨若苦聖諦清淨若一切智智清淨無二無二分無別無斷故七等覺支清淨故集滅道聖諦清淨集滅道聖諦清淨故一切智智清淨何以故若七等覺支清淨若集滅道聖諦清淨若一切智智清淨無二無二分無別無斷故善現七

等覺支清淨故四靜慮清淨四靜慮清淨故一切智智清淨何以故若七等覺支清淨若四靜慮清淨若一切智智清淨無二無二分無別無斷故七等覺支清淨故四無量四無色定清淨四無量四無色定清淨故一切智智清淨何以故若七等覺支清淨若四無量四無色定清淨若一切智智清淨無二無二分無別無斷故善現七等覺支清淨故八解脫清淨八解脫清淨故一切智智清淨何以故若七等覺支清淨若八解脫清淨若一切智智清淨無二無二分無別無斷故七等覺支清淨故八勝處九次第定十徧處清淨八勝處九次第定十徧處清淨故一切智智清淨何以故若七等覺支清淨若八勝處九次第定十徧處清淨若一切智智清淨無二無二分無別無斷故善現七等覺支清淨故四念住清淨四念住清淨故一切智智清淨何以故若七等覺支清淨若四念住清淨若一切智智清淨無二無二分無別無斷故七等覺支清淨故四正斷四神足五根五力八聖道支清淨四正斷乃至八聖道支清淨故一切智智清淨何以故若七等覺支清淨若四正斷乃至八聖道支清淨若一切智智清淨無二無二分無別無斷故善現七等覺支清淨故空解脫門清淨空解脫門清淨故一切智智清淨何以故若七等覺支清淨若空解脫門清淨若一切智智清淨無二無二分無別無斷故七等覺支清淨故無相無願解脫門清淨無相無願解脫門清淨故一切智智清淨何以故若七等覺支清淨若無相無願

解脱門清淨若一切智智清淨無二無二分無別無斷故善現七等覺支清淨故菩薩十地清淨菩薩十地清淨故一切智智清淨何以故若七等覺支清淨若菩薩十地清淨若一切智智清淨無二無二分無別無斷故善現七等覺支清淨故五眼清淨五眼清淨故一切智智清淨何以故若七等覺支清淨若五眼清淨若一切智智清淨無二無二分無別無斷故七等覺支清淨故六神通清淨六神通清淨故一切智智清淨何以故若七等覺支清淨若六神通清淨若一切智智清淨無二無二分無別無斷故善現七等覺支清淨故佛十力清淨佛十力清淨故一切智智清淨何以故若七等覺支清淨若佛十力清淨若一切智智清淨無二無二分無別無斷故七等覺支清淨故四無所畏四無礙解大慈大悲大喜大捨十八佛不共法清淨四無所畏乃至十八佛不共法清淨故一切智智清淨何以故若七等覺支清淨若四無所畏乃至十八佛不共法清淨若一切智智清淨無二無二分無別無斷故善現七等覺支清淨故無忘失法清淨無忘失法清淨故一切智智清淨何以故若七等覺支清淨若無忘失法清淨若一切智智清淨無二無二分無別無斷故七等覺支清淨故恒住捨性清淨恒住捨性清淨故一切智智清淨何以故若七等覺支清淨若恒住捨性清淨若一切智智清淨無二無二分無別無斷故善現七等覺支清淨故一切智清淨一切智清淨故一切智智清淨何以故若七等覺支清淨若一

切智清淨若一切智智清淨無二無二分無別無斷故七等覺支清淨故道相智一切相智清淨道相智一切相智清淨故一切智智清淨何以故若七等覺支清淨若道相智一切相智清淨若一切智智清淨無二無二分無別無斷故善現七等覺支清淨故一切陀羅尼門清淨一切陀羅尼門清淨故一切智智清淨何以故若七等覺支清淨若一切陀羅尼門清淨若一切智智清淨無二無二分無別無斷故七等覺支清淨故一切三摩地門清淨一切三摩地門清淨故一切智智清淨何以故若七等覺支清淨若一切三摩地門清淨若一切智智清淨無二無二分無別無斷故善現七等覺支清淨故預流果清淨預流果清淨故一切智智清淨何以故若七等覺支清淨若預流果清淨若一切智智清淨無二無二分無別無斷故七等覺支清淨故一來不還阿羅漢果清淨一來不還阿羅漢果清淨故一切智智清淨何以故若七等覺支清淨若一來不還阿羅漢果清淨若一切智智清淨無二無二分無別無斷故善現七等覺支清淨故獨覺菩提清淨獨覺菩提清淨故一切智智清淨何以故若七等覺支清淨若獨覺菩提清淨若一切智智清淨無二無二分無別無斷故善現七等覺支清淨故一切菩薩摩訶薩行清淨一切菩薩摩訶薩行清淨故一切智智清淨何以故若七等覺支清淨若一切菩薩摩訶薩行清淨若一切智智清淨無二無二分無別無斷故善現七等覺支清淨故諸佛無上正等菩提清淨

諸佛無上正等菩提清淨故一切智智清淨
何以故若七等覺支清淨若諸佛無上正等
菩提清淨若一切智智清淨無二無二分無
別無斷故

大般若波羅蜜多經卷第二百三十

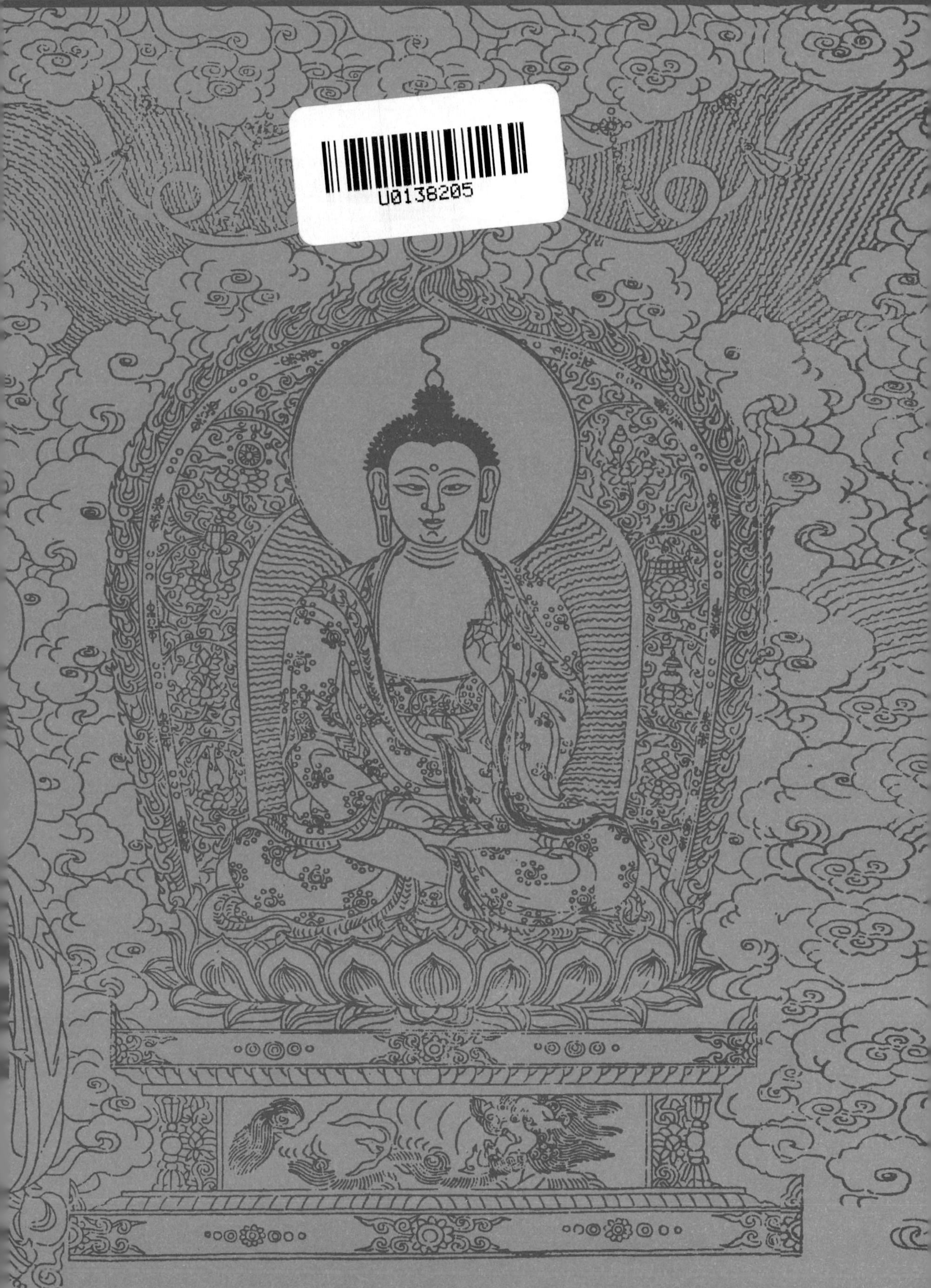